古遠清臺灣文學新五書

臺灣當代文學辭典

第三冊

古遠清　編著

十二　作品

（一）小說

龍山寺の曹姓老人

林熊生著，東寧書局一九四五年十一月版。這是日文偵探小說，結合台灣民俗，獨具風格。

楊逵小說集．鵝鳥の嫁入

楊逵著，三省堂印書館一九四六年三月版。中文名為〈鵝媽媽出嫁〉，這部日文短篇小說描寫日據時代小人物的遭遇，暴露日本人的惡行劣跡。

成長

劉白羽著，新創造出版社一九四六年四月版。本書為大陸作家的創作合集，由去臺美術家黃榮燦在臺北新創辦的出版社推出，列為「新創造文藝叢書」之一。

胡志明（第一篇）

吳濁流著，國華書局一九四六年十月版。長篇小說〈亞細亞的孤兒〉第一部分。胡志明是書中主人翁的名字，後來又改成了胡太明，「亞細亞的孤兒」比喻臺灣在國際社會上就像一個被遺棄的孤兒。

胡志明　悲恋の巻（第二篇）

吳濁流著，國華書局一九四六年十月版。〈亞細亞的孤兒〉第二部分。這部長篇透過胡太明的一生，把日本統治下的臺灣，所有沉澱在清水下層的泥污無不揭露出來。登場的人有教員，官吏、醫師、商人、老百姓、保正、模範青年、走狗等。中國各個階層及日本人都網羅在一起，不異是一篇日本殖民統治社會的反面史話。

胡志明　悲恋の巻（大陸篇）（第三篇）

吳濁流著，國華書局一九四六年十一月版。〈亞細亞的孤兒〉第三部分。

胡志明　桎梏の巻（第四篇）

吳濁流著，民報印書館一九四六年十二月版。〈亞細亞的孤兒〉第四部分。

長生不老

葉步月著，臺灣藝術社一九四六年十一月版。這部日文小說是臺灣最早出現的科幻小說，作者葉步月即葉炳輝。

善訟的人的故事

賴和著，民族出版社一九四七年一月版。這部小說集講述清代彰化城內一位姓林的賬房先生，看不慣主人霸占山地賣風水的惡行，不惜渡海到大陸福建打官司，終於替老百姓爭回公道的故事。

狂人日記

魯迅著，臺北市標準國語通信學會一九四七年一月版。列為臺灣「現代國語文學叢書」第一輯。〈狂人日記〉是中國第一部現代白話文小說，以一個「狂人」的所見所聞，指出中國文化的朽壞，開創了中國新文學的革命現實主義傳統。

華威先生

張天翼著，臺北新民印書館一九四七年一月版。由何欣等人注音解析，列為「國語文學名著選」之一。原作於一九三八年發表。國民黨官吏華威整天忙碌於開會、演說、吃飯，企圖操縱一切群眾活動。其所作所為遭到人們的鄙視和抵制，最後，他不得不為此感到害怕。作品刻畫了一個自命不凡、剛愎自用的官僚形象。

故鄉

魯迅著，臺北現代文學研究社一九四七年八月版。由藍明谷日譯。作品通過記憶中的故鄉和現實目睹的故鄉對比，揭露帝國主義的侵略、封建主義的壓榨給人民造成的苦難，反映了辛亥革命前後農村破產後農民痛苦生活的現實。

送報伕

楊逵著，臺北東華書局一九四七年十月版。原為日文，由大陸作家胡風用中文翻譯，列為中日文對照之「中國文藝叢書」之六。作品所描寫的農民運動係用來對抗日本殖民主義，為社會現象中的不公與被壓榨人群發聲。透過黑暗與光明的交錯寫法，失敗與成功的兩相對照，使得故事走上光明希望的方向。

胡志明　發狂の卷（第五完結）

吳濁流著，學友書局一九四八年一月版。這部長篇小說係〈亞細亞的孤兒〉第五部分。

波茨坦科長

吳濁流著，學友書局一九四八年五月版。這篇日文小說通過范漢智、玉蘭、陳德清等人物及其關係的刻畫，以及社會環境的描繪，反映了抗戰勝利後臺灣社會腐敗的陰暗面。

臺灣作家選集

〈橋〉編輯部編，〈臺灣新生報〉一九四八年六月版。係發表在〈臺灣新生報〉〈橋〉副刊上的作品選集。

女匪幹

成鐵吾著，新生報社一九五〇年版。李子衡本是大學一年級學生羅挹芬的男友，後被迫和一個共產黨員張瓊結婚，後來發生了一系列衝突。

紫色的愛

吳引激（筆名水束文）著，正中書局一九五〇年版。這部長篇小說敘述大陸解放前一個參加革命工作的大學生，在激烈動盪的上海學潮中，和敵方女生相戀的故事。

疤動章

端木方著，正中書局一九五一年三月版。這部中篇小說寫熱血青年為國奮戰，反映了動盪的時代社會變遷。人物有熱情沉毅的「健」、忠貞剛烈的表哥，豪邁粗曠的費大個子。

荻村傳

陳紀瀅著，重光文藝出版社一九五一年四月版。這部長篇小說反映了中國北方鄉村自義和團以後四十年間的歷史變遷。

幕後

段彩華著，文藝創作社出版一九五一年十月版。這部中篇小說寫農民大平用轟轟烈烈的行動來反抗大陸新政權，人物還有胡參員與祖母等人。

大動亂

穆中南著，一九五二年一月文壇社出版。描寫一家兩代人夾在日本、中國共產黨與游擊隊中間，窮以應付的痛苦經歷。出版後即遭當局查禁。

富良江畔

潘壘著，暴風雨出版社一九五二年五月版。「紅河三部曲」之一。這部長篇小說寫河內的熱帶風光，其中充滿了仇恨色彩。

為祖國而戰

潘壘著，暴風雨出版社一九五二年六月版。「紅河三部曲」之二。這部長篇小說一方面致力於描寫范聖珂的堅強鬥志，一方面聚精會神地描寫叢林戰場的實況。

大火炬的愛

朱西甯著，重光文藝出版社一九五二年六月版，本篇為反共小說，不過，對大陸解放後的現實生活描寫較誇張，未真實反映時代面貌，收入〈她與他〉等九篇短篇作品。

沒有走完的路

師範著，文藝生活出版公司一九五二年八月版。這部長篇小說寫在抗戰勝利前後，一個小資產階級知識分子的徘徊與新生。

自由自由

潘壘著，暴風雨出版社一九五二年七月版。「紅河三部曲」之三，係描寫遠東「赤禍」的內幕野史。

海闊天空

郭嗣汾著，文藝創作出版社一九五二年十二月版。這部中篇小說的主人公為海軍中尉石海寧，藉由描寫海戰與空戰的場面，襯托出國共兩黨對立的緊張關係。

蓮漪表妹

潘人木著，文藝創作出版社一九五二年版。被譽為臺灣「四大抗戰小說」之一。這部長篇小說分「在校之日」與「蓮漪手記」兩個部分，描寫一群北平大學生在抗戰時期的生活遭遇，是一本得到官方文藝大獎的小說。

意難忘

張漱菡著，暢流半月刊社一九五二年版。這部長篇小說以男女主角的愛情故事為主軸，描寫知識青年因戰爭而產生不同的人生觀。在那個不確定的年代，男主角在女主角音訊全無的情況下，毫無條件、沒有承諾，深情執著地等了女主角十年之久。此書橫掃當年書市，被評為全臺灣青年最喜歡閱讀的小說冠軍。

三十五歲的女人

穆穆著，文壇出版社一九五三年四月版。這部長篇小說描寫大家閨秀玉蘭的愛情和婚姻生活的波折。

美虹

孟瑤著，重光文藝出版社一九五三年五月版。這部長篇小說通過愛情描寫，反映社會生活的變遷。

心園

孟瑤著，暢流半月刊社一九五三年七月版。這部長篇小說以胡曰娟做護士時的經歷為線索，反映政治動亂環境中人們對傳統美德和以及作者對女性的期待、追求。人物各自的個性，尤其是胡曰娟含蓄的痴愛、丁亞玫狂放的摯情、王文秀追求物慾的矯情，都有生動地呈現。此書奠定了作者在文壇上的地位。

半下流社會

趙滋蕃著，（香港）亞洲出版社一九五三年七月版。這部只有十五萬字的長篇小說，從作者自身經歷出發，描寫一九四九至一九五〇年間香港的百萬難民種種生活面貌。

寃獄

廖清秀著，中興文學出版社一九五三年九月版。這部長篇小說寫費力在澳洲與他的合夥人佐治在墨爾本做進出口生意，後陷入一樁謀殺案，經過長期審訊後判費力有罪，因為找不到屍體而判以誤殺。費力坐了二十年的牢獄後，終於被放出來。

夢中草

張秀亞著，商務印書館一九五三年九月版。收錄〈誤會〉、〈幻影〉、〈畸零人〉等作品。

蝗蟲東南飛

柏楊著，文藝創作社一九五三年十一月版。書名的「蝗蟲」指蘇俄紅軍，小說以中國東北為背景，極盡醜化蘇聯紅軍之能事。一九六六年改名為《天疆》再版。

荒茫夜

王平陵著，華國出版社一九五三年十二月版。這部中篇小說描寫在一九四九年堅守文化崗位的一位作家，其作品無法出版的悲慘故事。

葛藤

聶華苓著，自由中國出版社一九五三年版。這部中篇小說表面上是情愛故事，實際上是抒寫在臺灣受壓抑的幾個人物的遭遇。

海燕集

張漱菡主編，海洋出版社一九五三年版。為戰後第一本女作家選集，共收二十四位作家的小說。

大風雪

孫陵著，拔提書局一九五三年版。這十二萬字的反清抗日長篇，描寫四十年代的青年在風雪彌漫的東北原野上，與侵略者及其走狗展開愛國鬥爭的故事。作者用借古諷今的手法，罵了不少投機政客和文人。一九五六年被查禁，次年解禁

奔流

張放著，中興出版社一九五四年一月版。這部長篇小說反映內戰時期的中國社會與生活。

七弦琴

張秀亞著，大業書店一九五四年一月版。表現了老人來到臺灣後的寂寞心情，收入〈夕陽〉等作品。

有一家

陳紀瀅著，文壇社一九四年四月版。描寫范家大小因抗美援朝爆發，急切期待返回大陸的心境。

藍天

陳紀瀅著，中央文物供應社一九五四年十月版。以一九四五年至一九五〇年代前期為背景，敘述隨國軍去臺的第一代外省人在寶島的生活。共收錄〈協防前後〉、〈有一家〉、〈大地回春〉等九篇作品，有作者自序。

赤地之戀

張愛玲著，（香港）天風出版社一九五四年十月版。這部長篇小說描寫劉荃、黃絹兩位年輕人從土改、三反到抗美援朝的經歷與蛻變。不少人認為它是反共小說，可臺灣官方認為裡面有不少擁共的內容，經刪改後才引進臺灣出版。

禁果

郭良蕙著，臺灣書局一九五四年十二月版。描寫知識女人對愛情婚姻的思考，收入〈風雅〉、〈兇手〉等作品。

聖潔的靈魂

謝冰瑩著，（香港）亞洲出版社一九五四年版。收入〈神秘的房子〉、〈一個韓國的女戰士〉、〈英子的困惑〉、〈感情的野馬〉、〈愛的幻滅〉、

〈斷指記〉等短篇小說。

菁姐

琦君著，今日婦女雜誌社一九五四年版。其所收錄的十篇故事，主題皆以兩岸隔絕引出相思之情，追憶是其主調。

赤地

陳紀瀅，文友出版社一九五五年六月版，係描寫從抗戰勝利直到國民黨撤退臺灣的一段社會情況的長篇小說。

寒夜曲

郭嗣汾著，海洋生活月刊社一九五五年八月版。這部中篇小說，描寫海軍軍官與少婦的浪漫愛情故事。為臺灣早期的海洋文學作品，也是海軍文學的著作之一。

血渡

潘壘著，中國文學出版社一九五五年十二月版。這部長篇小說描寫八位普通人在兩天兩夜所發生的事件，一九七七年改名為〈地獄之南〉再版。

長夜

王藍著，紅藍出版社一九五五年版。這部長篇小說描寫抗日時期北方淪陷區的愛國青年參加敵後抗日工作，其中穿插了不少昆明的大學生活。

憐與恨

王敬羲著，明華書局一九五六年五月版。本書所收為書信體的短篇小說，有梁實秋序。

落月

彭歌著，自由中國社一九五六年八月版。時空橫跨北平、重慶、臺北，從抗戰寫到國共內戰，是現代長篇小說在臺灣的最初收穫。

七孔笛

張漱菡著，大業書店一九五六年八月版。以抗戰時期的大陸為背景，寫女主角謝心瓊的愛情故事。

春蠶

王潔心著，東方書店一九五六年版。這部長篇小說描寫湯先生由於生活悲慘而投海自殺的故事。

山靈

司馬中原著，（香港）正文出版社一九五六年版。共收兩個中篇小說，其中〈山靈〉以開發橫貫公路為背景，敘述一位退伍軍人勇炸危崖殉身的故事。

六十名家小說選集

蕭銅編，臺北書局一九五六年出版。收入「牛哥」等人的小說。

流星

彭歌著，中國文學出版社一九五六年版。這部長篇小說從大陸某縣城寫到北平並延續到臺灣，描述男主人公的愛情和事業屢遭挫折的故事。

恩仇血淚記

廖清秀著，一九五七年一月自印。以日據時期的親身生活經驗寫成，除了對殖民者的仇恨之外，亦有人與人之間基本人性的關懷，獲中華文藝獎金委員會的長篇小說獎。

綠藻與鹹蛋

林海音著，文華文藝社，一九五七年七月版。本書係作者到臺灣後所寫，有明顯的教育意味，收入〈殉〉、〈標會〉、〈春酒〉等十三篇小說。

今檮杌傳

姜貴著，一九五七年十月自印。係作者一九五二年創作的小說《旋風》的更名再版，印五千冊。

費雲兒前傳

陳紀瀅著，重光文藝出版社一九五七年十二月版。這部長篇小說以主人公賈雲兒自戰時大陸到戰後臺灣時空場景為序，描寫賈雲兒的心路歷程與兩次婚變的遭遇，共十八章。

遲開的茉莉

鍾梅音著，三民書局一九五七年十二月版。收入〈路〉等十篇小說，主題多寫愛情、婚姻、事業上的無奈。

屋頂下

孟瑤著，自由中國出版社一九五七年版。這部長篇小說描寫三戶人家各自有難念的一本輕，揭示出女性應當自愛自重的觀點。

京華煙雲

林語堂著，文光圖書公司一九五七年版。這是一部好幾篇聯成的長篇，其中有佳話、有哲學、有歷史演義、有風俗變遷、有深談、有閒話。作品也講述了人物之喜怒哀樂，包括過渡時代的中國。

女友夏蓓

王藍著，紅藍出版社一九五七年版。收入〈愛情垃圾〉、〈夠意思的人〉、〈賽馬場之夜〉等七個短篇。

天涯故事

郭衣洞著，光盤書局一九五七年版。收入〈金蘋果〉等十五篇童話小說。郭衣洞係柏楊的筆名。

仇

呼嘯著，樂人出版社一九五八年一月版，以抗戰為背景，描寫青年人戀愛的長篇小說。

藍與黑

王藍著，紅藍出版社一九五八年二月版。這部長篇小說計四十二萬字，描寫一男和二女從抗戰到國共內戰在大時代洪流中「一生戀愛兩次」的故事。

野火

張放著，文壇社一九五八年六月版。這部中篇小說分上、下兩篇，描寫山東沂蒙山區的范家大洼，因為共產黨人的進入，平靜的小村從此波瀾四起。

女兒行

張秀亞著，光啟出版社一九五八年八月版。收入〈老校工的羊〉等短篇小說。

百合羹

琦君著，開明書店一九五八年九月版。收入〈清泉曲〉等十個短篇小說。

流浪漢

孟瑤著，力行書局一九五九年九月版。描寫男女之愛的短篇小說集。

遊奔自由

王平陵著，中央文物供應社一九五八年十一月版。共收十一個短篇小說，其中五篇屬「戰鬥文藝」。

尋父記

彭歌著，明華書局一九五九年四月版。這部長篇小說主要描寫一位中國少女到日本尋找父親卻遭暗算的故事。

這一代

田原著，新中國出版社一九五九年六月版。描寫主角羅小虎被利用、控制，最後帶著下一代潛逃到金門的故事。

象牙球

彭歌著，光啟出版社一九五九年九月版。這個短篇小說集主要描寫抗戰發生時如何辨認漢奸的故事。

春雷

司馬中原、朱西甯、段彩華、劉慕沙、舒暢等合著，青白出版社一九五九年十二月版。本書為軍中作家初露鋒芒之作，共收二十一篇作品，政治色彩濃厚。

黎明前

孟瑤著，明華書局一九五九年十二月版。以趙氏家族寫辛亥革命、抗戰等大時代變遷。

曉雲

林海音著，紅藍出版社一九五九年十二月版。這部長篇小說寫一位高中少女充當第三者的愛情悲劇，揭示了舊中國婦女的不幸命運。

咆哮荒塚

尼洛著，文壇社一九五九年版。這部中篇小說描寫了下放到農村的長征幹部王誠成為看墳人的一系列遭遇。

野馬傳

司馬桑敦著，（香港）友聯出版社一九五九年版。「野馬」係指性格剛烈的女主角牟小霞，在階級與醜陋的現實中徘徊。此書係二十世紀五十年代最著名的三部反共小說之一，卻被當局以「挑撥階級仇恨」的罪名查禁。

近鄉情怯

尼落著，中央日報社出版社一九六〇年五月版。以大陸三面紅旗為背景，寫下放知青公社化過程中的血淚故事。

華夏八年

陳紀瀅著，文友出版社一九六〇年五月版。這部長篇小說以抗日戰爭為背景，敘述結緣於同船避難的江南華家與華北夏家，在社會風雲變化間及光復後再次同行返回南京的經歷。共三十章，另有〈著作自白〉。

城南舊事

林海音著，光啟出版社一九六〇年七月版。這部中、短篇小說集，描述二十世紀二十年代作者童年居住在北京城南的景色、人物及生活往事。

玩具手槍

王文興著，志文出版社一九六〇年十月版。收入〈最快樂的事〉〈日曆〉〈母親〉等九篇小說，另有手記。

雨

鍾理和著，文星書店一九六〇年版。收入〈同姓之婚〉、〈奔逃〉等十六個短篇小說。

遲升的月亮

尹雪曼著，大業書店一九六〇年版。這部長篇小說表現了青年學生在抗日時期獻身的故事。

黑色的愛

郭良蕙著，大業書店一九六〇年版。這部長篇小說描寫一齣愛情悲劇。

失去的金鈴子

聶華苓著，臺灣學生書局一九六〇年版。這部長篇小說描寫抗戰時期一位女孩子莊嚴而又痛苦的心靈歷程。作品通過主角鈴子流亡鍛煉又不失青稚熱情的十八歲眼光，閱讀小鎮人情姿態，表現了對人性的熱愛。

重陽

姜貴著，作品出版社一九六一年四月版。這部長篇小說描寫了一九二七年國民革命政府領導下的武漢社會生活。

餘音

徐鍾珮著，重光文藝出版社一九六一年五月版。這部長篇小說以中國抗戰前十年社會為背景，將婦女、教育、婚姻、思想等問題，通過故事中的主角呈現出來，被列為臺灣三大抗戰小說之一。

異域

柏楊著，平原出版社一九六一年八月版。這部長篇小說記載一九四九年底從雲南往緬甸撤退時的艱難險阻：孤軍腹背受敵，又得不到政府之支持，在複雜情勢中擬定的戰略及戰術運用，穿插有袍澤、親子的關係等情節。

夢回青河

於梨華著，皇冠出版社一九六一年版。這部長篇小說，以三〇年代抗戰初期浙江水鄉為背景，通過林氏大家庭在時代動蕩中的悲歡離合，以幾個姑表兄弟之間的感情糾葛為主線，記錄了人們在愛情和慾望中的狀態。

笠山農場

鍾理和著，臺灣學生書局一九六一年版。這部長篇小說以日本占領時期臺灣農村破產的生活為背景，通過對咖啡農場興衰史的描述，反映臺灣農村經濟的凋敝，表現了青年男女純潔真摯的愛情，頌揚了衝破封建習俗的鬥爭精神。

春盡

郭良蕙著，大業書店一九六一年版。這部長篇小說描寫一位少女由於婚姻問題受到打擊而厭世自殺的故事。

斷虹

郭嗣汾著，大業書店一九六一年版。這部長篇小說，從大陸寫到臺灣，描寫空軍士兵複雜微妙的愛情故事。

荒原

司馬中原著，大業書店一九六一年版。這部長篇小說，以抗日為背景，敘述歪胡癩兒和六指兒貴隆，為捍衛位於蘇北與皖北之交的洪澤湖東岸澤地而發生的悲壯故事。

智慧的燈

華嚴著，文星書店一九六一年版。這部長篇小說，描寫男人的感受對每位純真少女的心，都是一盞智慧的燈，她們的心靈閃動的節奏，本身就是一首絕妙好詩。作者通過文字的編織，追述其少女時代的見聞閱歷。

微笑

馮馮著，紅藍出版社一九六二年五月版。收入〈水牛的故事〉等十二個短篇。

濁流

鍾肇政著，中央日報社一九六二年五月版。以日本為背景的長篇小說，充滿濃厚的歷史悲情。

危樓

孟瑤著，文壇社一九六二年六月版。這部長篇小說描寫主角朱正心一家因感情上的困擾而導致家庭的破滅。

魯冰花

鍾肇政著，明志出版社一九六二年六月版。像一首傷感而深沉的詩，講述了一個淒美的鄉村故事，也講述了一個腐敗的故事。書中殘缺的家庭、破碎的夢想，已然伴隨著無數的淚水和唏噓感嘆，打動了整整一代人的心。

廢園舊事

楊念慈著，文壇社一九六二年八月版。寫八路軍用製造誤解來分化「剿匪游擊隊」的故事。

心鎖

郭良蕙著，大業書店一九六二年九月版。這部長篇小說寫為了報復情人的不忠，美麗的丹琪負氣地嫁給毫無生活情趣但有財富有名望的醫生。婚後，舊情人成了妹婿，而小叔更是情場高手，丹琪身旁有這二人虎視眈眈，呆板的丈夫竟聽不見妻子內心求助的吶喊，於是情魔無情地向丹琪撒網，直逼得她喘不過氣來，無路可逃。

餘音（第二部）

徐鍾珮著，重光文藝出版社一九六二年版。從七七事變主人公讀大學一年級入手，寫到畢業後的記者生涯和抗戰勝利。這三十五章寫出一個家族一敗塗地的過程，人物有父親、兒女等，像是作者的家庭信史。

狼

朱西甯著，大業書店一九六三年二月版。收入〈大翠與大黑牛〉、〈祖父農莊〉、〈偶〉、〈蛇屋〉等九篇小說。

歸

於梨華著，文星書店一九六三年八月版。寫留學生生活的短篇小說集。

解凍的時候

蔡文甫著，東方出版社一九六三年九月版。這部短篇小說集以獨特的題材寫日常生活中的普通人。收入〈放鳥記〉、〈生命之歌〉、〈天堂和地獄〉等十六篇作品。

黑牛與白蛇

楊念慈著，大業書店一九六三年十一月版。作品的時代背景為抗戰時期。

瘡疤集

吳濁流著，集文書局一九六三年十一月版。上、下冊，收入〈水月〉、〈波茨坦科長〉等小說十一篇，另有隨筆八篇。

鐵漿

朱西甯著，文星書店一九六三年十一月版。收入〈賊〉、〈新墳〉、〈鎖谷門〉等九篇小說。

皮牧師正傳

張系國著，皇冠出版社一九六三年十二月版。這部長篇小說揭示了教會內部的腐敗及其權力鬥爭。

青草青青

郭良蕙著，聯合出版社一九六三年版。這部長篇小說，描寫了少年愛少年之情，具有男同志情愫，係以初中男同志為主人公的成長小說。

在天之涯

彭歌著，長城出版社一九六三年版。這部長篇小說描寫到美國留學的臺灣學生的失落感和漂泊感。

橋

尹雪曼著，大業書店一九六三年版。這部長篇小說寫姚神父和萬家兩門爭鬥、衝突而最後被人暗殺的故事。

窗外

瓊瑤著，皇冠出版社一九六三年版。這部長篇小說是瓊瑤首部長篇愛情小說，為瓊瑤根據親身經歷撰寫而成，講述世俗所不容的師生戀。

幾度夕陽紅

瓊瑤著，皇冠出版社一九六三年版。這部長篇小說描寫了嘉陵江畔的一對有情人，衝破重重阻力，傾心相戀，但因種種緣由，使兩人苦心經營的宮殿化為幻影。故事美麗而蒼涼，反映了臺灣現代青年的戀愛觀，歌頌了民族寬容和進取的品質。

一朵小白花

聶華苓著，文星書店一九六三年版。收入〈繡花鞋〉、〈橋〉等十一篇短篇小說。

也是秋天

於梨華著，皇冠出版社一九六四年六月版。這部中篇小說寫美麗的姑娘正雲與美國青年迪克相親相愛，卻遭到雙方父母的反對，反映了中西文化衝突，係作者從描寫舊家庭題材向反映留學生生活的一種過渡。

碧海青天夜夜心

姜貴著，長城出版社一九六四年七月版。敘述自修等三人不成功的婚姻故事，穿插著四角戀愛，用於反映抗戰初期的社會現實。

春盡花殘

許蔭萼著，立志出版社一九六四年十一月版。這是以抗日期間淪陷後的北平做背景的長篇小說。

微曉

馮馮著，皇冠出版社一九六四年版。這部長篇小說帶自傳性質，寫作者生活中遭遇的四個階段。

金色的憂鬱

郭良蕙著，文化沙龍一九六四年版。這部長篇小說，描寫了出身豪門的唐大瑞的家庭和愛情生活。

沒有觀眾的舞臺

蔡文甫著，文星書店一九六五年七月版。收入〈人獸之間〉、〈玩具手槍〉等十九個短篇。

逃向自由城

林語堂著，中央通訊社一九六五年九月版。這部作品以一個逃亡的故事，闡述主人公追求自由的過程。

秘密

郭衣洞著，平原出版社一九六五年九月版。收入〈窗前〉等十個短篇小說。

變

於梨華著，文星書店一九六五年十一月版。這部長篇小說敘述一位中年女人的曲折婚姻生活。

海外夢回錄

尹雪曼著，皇冠出版社一九六六年一月版。收入〈異國的孤寂〉、〈接吻橋與石獅子〉、〈美國的月亮是「方」的〉等二十二篇作品。

雲雨春夢

曉風著，生活雜誌社一九六六年五月版。屬情殺故事的長篇小說。

屬於十七歲的

季季著，皇冠出版社一九六六年六月版。收入〈情婦〉等十八篇作品。

人在西風裡

吳麗婉著，新亞出版社一九六六年六月版。這部長篇小說寫異國情侶的愛情悲劇，分十二節，近二十萬字。

坑裡的太陽

江玲著，文星書店一九六六年八月版。收入〈不再等待〉等八篇作品。

飄走的瓣式球

蔡文甫著，光啟出版社一九六六年八月版。收入〈兩兄弟〉、〈十字路口〉等十一個短篇，其中〈豬狗同盟〉險些釀成文字獄。

大圳

鍾肇政著，臺灣省新聞處一九六六年九月版。這部長篇小說以臺灣光復前後為背景，屬農村題材的作品。

雲泥

郭嗣汾著，皇冠出版社一九六六年十月版。這部長篇小說描寫情感糾葛，分四十四節。

野鴿子的黃昏

王尚義著，水牛出版社一九六六年十一月版。收集作者生前寫的中篇小說〈現實的邊緣〉及短篇小說〈野鴿子的黃昏〉、〈棉花〉和散文〈幻滅三部曲〉等，並附錄了他死後親友紀念他的文字和生前女友給他的情書。在這本集子裡，可以看到「失落的一代」的影子，同時也能看到這位早夭的青年人的才情和博愛。

吳濁流選集·小說

吳濁流著，廣鴻文出版社一九六六年十二月版。本書節錄〈亞細亞的孤兒〉等十九個短篇小說，讓讀者看到日據時期與光復後臺灣社會的縮影。

花晨集

羅蘭著，皇冠出版社一九六六年版。收入〈在夕陽裡〉等十二個短篇小說。

塞外

墨人著，臺灣商務印書館一九六六年版。收入〈塞外〉、〈鬍子百合花〉、〈天山風雲〉、〈半路夫妻〉、〈美人計〉、〈花燭劫〉等十四個短篇小說。

七色橋

華嚴著，皇冠出版社一九六六年版。這部長篇小說以愛情為主線，分二十八節，約二十一萬字。

煙雨濛濛

瓊瑤著，皇冠出版社一九六六年版。這部長篇小說描寫愛與恨交織的復仇故事，書寫出人性的多面性。書桓的離開，讓依萍彷彿立在四周空寂無人的荒野中，忘了空間，也忘了時間，在這煙雨濛濛的蒼穹裡，她找不到失落的自己。

朱門風雨

姜貴著，聯合圖書公司一九六七年一月版。這部長篇小說著重表現人性的善良與愛心。

破曉時分

朱西甯著，皇冠出版社一九六七年二月版。多寫姦夫淫婦的故事，收入〈春去也〉、〈屠狗記〉、〈偷穀賊〉等十四篇小說。

又見棕櫚，又見棕櫚

於梨華著，皇冠出版社一九六七年三月版。作者長篇小說代表作，當代留學生文學經典開端。描寫臺灣留美學生的生活遭遇，反映「沒有根的一代」的苦惱心境。

拾鄉

吉錚著，皇冠出版社一九六七年三月版。是以美國和臺灣為背景的長篇小說，主要寫女留學生榮之怡回國探親的心情，以及留美生活的苦況，具有自傳色彩。

火鳥

大荒著，臺灣商務印書館一九六七年四月版。收入〈春雨〉等十五個短篇小說。

輪迴

鍾肇政著，實踐出版社一九六七年五月版。收入作者一九五八至一九六一年間的〈柑子〉、〈蕃薯少年〉、〈榕樹下〉等小說，結合本土性與現代感，並嘗試各種題材和手法，略帶意識流色彩。

海那邊

吉錚著，文星書店一九六七年五月版。這部長篇小說描寫了在美國的留學生范希彥、趙士元、于鳳等人為求生存而掙扎和奮鬥的經過。

孤雲

吉錚著，文星書店一九六七年五月版。收入〈會哭的樹〉等十三篇作品。

孟珠的旅程

林海音著，純文學出版社一九六七年五月版。這部長篇小說描寫一位生長於六十年代的歌女孟珠的心路歷程。

沉淪

鍾肇政著，蘭開書局一九六七年六月版。為《臺灣人三部曲》之一，此三部曲記述了臺灣人民抗擊日本侵略的英雄史。第一部《沉淪》（上、下冊），本部小說記述日本割臺初期名門大族的陸家子弟兵祭祖誓師，奮起抗日。在民間抗日領袖吳湯興、姜紹祖的旗幟下，殺敵獻身。

謫仙記

白先勇著，文星書店一九六七年六月版。收入〈永遠的尹雪豔〉等十篇短篇小說。其中〈謫仙記〉敘述四位上海大小姐李彤、黃慧芬、張嘉行、雷芷苓風光地赴美求學，美國人選她們為「五月皇后」。一九四九年發生太平輪沉沒事件，改變了李彤的一生，最後在威尼斯遊河跳水自殺以求解脫。

狂風沙

司馬中原著，皇冠出版社一九六七年九月版。這是描寫江湖人物俠義行為的首部長篇小說。

康同的歸來

王敬羲著，文星書店一九六七年十一月版。這部短篇小說集中的〈康同的歸來〉，寫的是臺灣學生留美的故事。窮學生康同赴美國中部的小城市讀博士，忽聞母親生病入院，康同連忙把錢寄回去讓母親做手術，卻仍然沒救活老人的性命。自此，遭遇坎坷的康同自甘墮落，五年後空手回到臺北。

青春

朱小燕著，立志出版社一九六七年十二月版。這部長篇小說，描寫一群青年男女追求愛情的故事。

羅蘭小說

羅蘭著，文化圖書公司一九六七年版。收入〈二弟〉等八個短篇小說。

未央歌

鹿橋著，臺灣商務印書館一九六七年版。這部長篇小說一九四五年完成，於一九六七年出版後立刻引起轟動。作品通過描寫西南聯大的學生生活，表現了抗戰時期教育事業艱難發展的歷程。

學生的故事

孟瑤著，皇冠出版社一九六七年版。這部長篇小說描寫一個戲班子在一九四〇年代變遷的遭遇。

春風麗日

林海音著，正式出版社一九六七年版。這部長篇小說表現了兩位處於敵對狀態的女人彼此之間的衝突與情誼。

冰山下

黃娟著，臺灣商務印書館一九六八年一月版。收入〈冰山下〉等十三個短篇小說。

大地之歌

田原著，立志出版社一九六八年一月版。這部長篇小說描寫北方農村生活，分「春回大地」等四章。

一串項鏈

王璞著，光啟出版社一九六八年一月版。收入〈產科病房〉等十七篇短篇小說。

焚情記

姜貴著，生活雜誌社一九六八年一月版。這部長篇小說，描述不正常的家庭和男女關係的故事。

大河．在高山上

黃海著，臺灣商務印書館一九六八年二月版。收入〈奔向太陽〉等二十篇短篇小說。

生命的旋律

徐薏藍著，立志出版社一九六八年二月版。這部長篇小說表現了一對恩愛夫妻相敬如賓、心心相愛的情感生活。

愛莎岡的女孩

黃娟著，純文學出版社一九六八年三月版。這部長篇小說，描寫戰爭孤兒黎瑛帶憂愁的倦怠感，與莎岡筆下的人物很相似。

誰是最後的玫瑰

季季著，水牛出版社一九六八年四月版。收入〈只有寂寞的心〉等四篇短篇小說。

小橋流水人家

蕭傳文著，文壇出版社一九六八年五月版。這部長篇小說描寫了愛情悲劇，分六十八節。

玫瑰城

陳珊珊著，正式出版社一九六八年五月版。這部長篇小說，描寫國王兒子的愛情故事。

菸田

鍾鐵民著，臺灣商務印書館一九六八年五月版。收入〈山路〉等十五篇短篇小說。

大肚山風雲

鍾肇政著，臺灣商務印書館一九六八年六月版，收入〈二十年前的故事〉等七篇短篇小說。

葫蘆巷春夢

葉石濤著，蘭開書局一九六八年六月版。葫蘆巷是一條狹窄又邋遢的巷弄，作者以誇張筆法寫市井巷弄的滑稽人生，喜劇結局，銅鐘仔與風塵女最終牽手離開都會，一起回鄉種田。

彩雲飛

瓊瑤著，皇冠出版社一九六八年六月版。這部長篇小說，描寫男主角孟雲樓和楊涵妮相戀，但因對方患有心臟病，加上兩家上一代結有情仇導致無法結合。分三十節，另有尾聲。

憤怒的淡江

陳火泉著，臺灣商務印書館一九六八年七月版。收入〈溫柔的反抗〉等二十篇短篇小說。

泥路

文心著，臺灣商務印書館一九六八年八月版。這部長篇小說，反映了臺灣同胞在日本侵略者統治下的苦痛生活。

秋夜宴

畢璞著，水牛出版社一九六八年八月版。收入〈晶晶和我〉等十篇作品。

兩記耳光

康芸薇著，仙人掌出版社一九六八年九月版。收入〈新婚之夜〉等七篇短篇小說。

天涯夢回

朱小燕著，立志出版社一九六八年九月版。收入〈如夢令〉等二十一篇短篇。

哭牆

曉風著，仙人掌出版社一九六八年九月版。收入〈樹〉等六篇短篇小說。

游園驚夢

白先勇著，仙人掌出版社一九六八年九月版。作者細膩的描繪，為的是寫「美人遲暮的故事」，把個人命運與悠悠歷史文化聯繫起來。主角錢夫人對過去美好生活的追尋，包含了對傳統藝術的懷念，對那個輝煌時代的哀悼。她的身世遭遇，是一部濃縮了的歷史。

青春行

司馬中原著，皇冠出版社一九六八年九月版。這部長篇小說以第一人稱敘述「我」少年時期的生活。背景為抗戰及抗戰勝利後，反映戰爭給人們帶來的傷痛。

喜上眉梢

吳東權著，新中國出版社一九六八年十月版。收入〈光輝銀幕〉等十一篇短篇小說。

一寸芳心萬縷情

若冰著，立志出版社一九六八年十月版。這部長篇小說描寫了反抗父母包辦婚姻及由此引發的三角戀愛，分二十二節。

木屐裡的春天

彭品光著，水牛出版社一九六八年十月版。收入

〈愛情的鬧劇〉等五篇短篇小說。

山色青青

繁露著，立志出版社一九六八年十一月版。這部長篇小說講述退役軍人在臺東開山墾地的故事，分十五節。

江湖女

繁露著，立志出版社一九六八年十二月版。這部長篇小說，寫施太太在馬戲團賣藝的滄桑史，以及和親人團聚後發生的一系列事件。

颱風草

吳永權者，立志出版社一九六八年十二月版。收入〈百合花之戀〉等十二篇短篇。

中元的構圖

鍾肇政著，康橋出版社一九六八年十二月版。收入〈長夜行〉等十篇短篇。

驟雨

司馬中原著，水牛出版社一九六八年版。這部長篇小說，描寫鹽工的愛情故事。

靈姑

墨人著，小說創作社一九六八年版。這部長篇小說描寫了兩種人物之間感情糾葛及衝突。

微弱的光

桑品載著，水牛出版社一九六三年版。收入〈假日〉等十二篇短篇小說。

小蝴蝶和半袋麵

劉枋著，立志出版社一九六九年一月版。收入〈姐妹倆〉等十篇作品。

僵局

七等生著，林白出版社一九六九年一月版。收入〈我愛黑眼珠〉等三篇短篇小說。其中〈我愛黑眼珠〉描寫了「隱士」李龍第在遇到洪水之後不理會妻子的呼喊卻去救一個妓女，導致妻子被洪水沖走的故事。

秧歌

張愛玲著，皇冠出版社一九六八年版。這部長篇小說曾於一九五四年由香港今日世界社出版。通過金根、金花兄妹及金根妻子月香三人的故事，反映大陸土政以後農村經濟蕭條、生活困苦的情況，屬反饑餓小說。

白夜

李藍著，立志出版社一九六九年二月版。這部長篇小說，分為「婦人的聲音」等二十七節，用第一人稱敘述主人公的各種恩恩怨怨。

春泉夢

吳熙晃著，臺灣商務印書館一九六九年二月版。這部長篇小說以日據下和光復前後的臺灣為背景，寫一群愛國青年在艱難困苦中爭取愛情和自由的故事。

羅桑榮和四個女人

葉石濤著，縱橫出版社一九六九年三月版。以男女之情為主線，借由各種不同的故事，表現女性特有的剛強和韌性，共收五篇中短篇小說。

春風

童世璋著，臺灣省新聞處一九六九年三月版。這部長篇小說探討了有關師德、學校、家庭及有關社會教育等問題，約十五萬字。

風雪桃花渡

楊念慈著，立志出版社一九六九年六月版。收入〈山神〉等四篇短篇小說。

生命的樂章

華嚴著，皇冠出版社一九六九年七月版。這部長篇小說描寫多角戀愛所造成的悲劇。

爬藤草

呼嘯著，立志出版社一九六九年八月版。收入〈婚事〉等十九個短篇小說。

寄生樹

沙塵著，臺灣商務印書館一九六九年九月版。收入〈外婆的遺產〉等十六篇短篇小說。

河上的月光

徐薏藍著，立志出版社一九六九年十月版。這部長篇小說描寫了一位女人為還父債，代姐嫁給債主的故事。

小蓉

繁露著，立志出版社一九六九年十月版。這部長篇小說描寫青年士兵冬生撫養一個小女孩的故事。

兒子的大玩偶

黃春明著，仙人掌出版社一九六九年十月版。借小說主人翁坤樹的故事，反映小人物面對現實生活的無奈、掙扎與辛酸，同時也展現出他對家庭的愛與責任。

霧中雲霓

蔡文甫著，仙人掌出版社一九六九年十一月版。收入〈勇者的遊戲〉等十三篇短篇小說。

晴天和陰天

葉石濤著，晚蟬書店一九六九年十一月版。這部中短篇小說集，有多篇描寫日據時期本省知識分子的抗日運動。

磁石的女神

蔡文甫著，廣文書局一九六九年十一月版。這部短篇小說，集寫靈肉間的選擇、男女間的矛盾以及家庭與社會脫序等問題。

青雲路

墨人著，臺灣商務印書館一九六九年版。收入〈世家子弟〉、〈青雲路〉、〈空棺記〉、〈久香〉等四個短篇小說。

晴

華嚴著，皇冠出版社一九六九年版。這部長篇小說描寫一位窮苦的私生子，經歷一番波折和磨難後，終於得到愛情的故事。

泥人與狗

季季著，皇冠出版社一九六九年版。收入〈風暴之夜〉等六個短篇小說。

江山萬里

鍾肇政著，林白出版社一九六九年版。這部長篇小說，表現了臺灣青年在光復前夕衝破皇民教育的束縛而走向覺醒的心靈歷程。

庭院深深

瓊瑤著，皇冠出版社一九六九年版。這部長篇小說由「灰姑娘」等三部分組成。柏園大茶莊的少爺柏沛文認識了摘茶女工章含煙，他們開始了戀愛。婚後，柏母不滿他們的結合，含煙在一次暴雨中出走。後來，一場大火燒毀了含煙山莊，沛文雙目失明。十年後，含煙重遊山莊，見到了雙目失明的沛文和可愛的女兒。

白駒集

於梨華著，仙人掌出版社一九六九年版。收入〈苦難中的成長〉等六個短篇小說。

和風

華嚴著，皇冠出版社一九六九年版。這部長篇小說描寫代課教師和富家子弟的愛情故事。

飛燕去來

孟瑤著，皇冠出版社一九六九年版。這部長篇小說敘述的是海外歸國學人的故事。

輕舟已過萬重山

繁露著，立志出版社一九六九年版。這部長篇小說講述女主角家庭富有卻隱藏著危機。

約伯的末裔

施叔青著，仙人掌出版社一九六九年版。收入〈紀念碑〉、〈泥像們的祭典〉、〈池魚〉等七篇短篇小說。

紅絲鳳

司馬中原著，皇冠出版社一九七〇年二月版。收入〈斧頭和魚缸〉等七篇短篇小說。

再見，秋水！

畢璞著，三民書局一九七〇年二月版。收入〈只因為沒有哥哥〉等八篇短篇小說。

飄雪的春天

羅蘭著，羅蘭書屋一九七〇年四月版。寫女主人公安詠絮在抗戰時的遭遇。

滾滾遼河

季剛著，純文學出版社一九七〇年五月版。臺灣四大抗戰小說之一。這部長篇小說以東北青年在偽滿洲國的地下抗日行動為主題，描寫一位地下工作者如何對待愛情和工作，約三十萬字。

晝夢記

朱西甯著，皇冠出版社一九七〇年九月版。這部長篇小說敘述一位男子對異性的看法及態度。

地

張系國著，純文學出版社一九七〇年九月版。收入〈焚〉、〈超人列傳〉等七篇短篇小說。

寂寞紅

王禎和著，晨鐘出版社一九七〇年十月版。收入〈那一年冬天〉、〈永遠不在〉等五篇短篇小說。

老樹濃蔭

楊念慈著，愛眉文藝出版社一九七〇年十一月版。收入〈師生之間〉等八篇短篇小說。

班會之死

碧竹（林雙不）著，三民書局一九七〇年十二月版。收入〈最後一夜〉、〈無色天〉等十篇作品。

松花江畔

田原著，中國時報社一九七〇年版。這部長篇小說，描寫一群「土匪」抵抗日寇侵略的悲壯故事。

單身漢的體溫

王鼎鈞著，大林出版社一九七〇年版。收入〈求婚之夜〉、〈交心〉、〈孤俠〉等十二篇短篇小說。

放生鼠

七等生著，士林出版社一九七〇年版。收入〈精神病患〉及〈放生鼠〉兩部中篇。

在室男

楊青矗著，文皇出版社一九七一年一月版。「在室男」就是未有性經驗的男生的意思。時裝店男學徒綽號「有酒窩的」，害羞且惹人疼愛，原本暗地喜歡店裡的一個師傅媛媛，可是酒家女大目仔逐漸取代媛媛在他心目中的地位。一天，大目仔卻突然不知去向，他於是決定毀掉大目仔最在乎的東西——他的童貞，心碎地朝著妓院走去。

柳樹塘

楊安祥著，純文學出版社一九七一年二月版。這部長篇小說表現了對往日親情的感激和留戀。

拾掇那些日子

施叔青著，志文出版社一九七一年三月版。收入〈火雞的故事〉、〈曲線之內〉等七個短篇。

古道斜陽

田原著，皇冠出版社一九七一年三月版。這部長篇小說描寫了抗戰時期一群草莽人物行俠仗義，最後慘遭滅亡的故事。

臺北人

白先勇著，晨鐘出版社一九七一年四月版。收入〈永遠的尹雪豔〉、〈游園驚夢〉等十四個短篇。

這些形形色色的故事題材都是大陸來臺的外省人在

臺北市內發生的，將讀者的思緒引入到那些錚錚俠骨和風花雪月的民國年月。他們一九四九年退居臺灣，心卻留在了北平、上海、桂林。

山園戀

李喬著，臺灣省新聞處一九七一年五月版。這是以六十年代「山地鄉」的山地實施農地重劃為背景，敘述女主角為生計遠離家園，最後回歸家鄉的故事。屬省政文藝相關的長篇小說。

竹園村

呼嘯著，臺灣省新聞處一九七一年六月版。這部長篇小說描寫三位年輕人參與山區資源開發的故事。

珊瑚項鏈

蘇雲青著，臺灣省政府新聞處一九七一年六月版。這部長篇小說敘述一位華僑富家子弟，如何從頹廢走向奮發向上的心路歷程。

青紗帳起

田原著，皇冠出版社一九七一年八月版。這部長篇小說描寫長吉為首的游擊隊抗日的故事。

秋葉

歐陽子著，晨鐘出版社一九七一年十月版。收入〈花瓶〉等十三個短篇。

七月的哀傷

琦君著，驚聲文物供應社一九七一年十一月版。收入〈姐夫〉等十個短篇。

鄰家有女

郭良蕙著，立志出版社一九七一年版。這是描寫青年教育問題的長篇小說。

海笑

趙滋蕃著，驚聲文物供應社一九七一年版。這部長篇小說反映了抗日戰爭時期流亡學生的愛國熱情。

破落戶的春天

朱秀娟著，皇冠出版社一九七一年版。這部長篇小說以美國的破落戶為背景，描寫來自臺灣的戀人及其婚姻生活。

十八里旱湖

司馬中原著，皇冠出版社一九七二年一月版。收入〈狗尾巴草〉等七個短篇。

斜菸

郭良蕙著，立志出版社一九七二年五月版。這部長篇小說，敘述了一對夫妻的婚姻生活由美滿走向不幸的故事。

雨後

鍾鐵民著，臺灣省新聞處一九七二年六月版。這部長篇小說站在南方飽受摧殘的土地上，以文字為身邊弱勢的農民發聲。

會場現形記

於梨華著，志文出版社一九七二年七月版。收入〈長短調〉等八個短篇。

墨人自選集——鳳凰谷

墨人著，臺灣中華書局一九七二年七月版。這部長篇小說，用傳統手法寫成。故事發生在九江的鳳凰谷，時間是北伐前夕，作品謳歌革命黨，批判九江小軍閥王公霸的橫行霸道。

玲玲的畫像

蔡文甫著，世界文物出版社一九七二年九月版。這部中篇小說，借助對四位年輕男女異化生活形態的敘述，完成一位教育工作者的歷史使命。

長廊

蕭白著，博愛圖書公司一九七二年十一月版。收入〈夏日〉等八個短篇。

秋霧

叢甦著，晨鐘出版社一九七二年十一月版。收入〈斜坡〉、〈車站〉、〈盲獵〉、〈在樂園外〉等十個短篇。

墨人自選集——靈姑

墨人著，臺灣中華書局一九七二年版。以江西九江為背景，寫婁郁心和俞彩霞的戀愛故事，其中有抗戰的內容。

墨人自選集——白雪青山

墨人著，臺灣中華書局一九七二年版。這部長篇小說，以廬山為背景，讓人們在男主角何夢華和女主角古月仙的糾葛中幻遊仙境，其中所體現的思想和山水人物，有優美的意境，也有新時代的意義。

墨人自選集——江水悠悠

墨人著，臺灣中華書局一九七二年版。這部長篇小說，以揚子江為背景寫抗日戰爭，分三十四章，有作者簡介和小引。

墨人自選集——短篇小說、詩選

墨人著，臺灣中華書局一九七二年版。這是合集，收入〈亂世佳人〉、〈風雪歸人〉、〈子孫父子〉、〈秋風落葉〉等二十八篇小說，附有吳友詩的評論文章。詩選部分收入〈寄臺北詩人〉、〈臺灣海峽的霧〉、〈上海抒情〉、〈最後通牒的勝利〉等短詩，附錄〈詩人與詩〉，有後記。

牆裡牆外

郭良蕙著，大業書店一九七二年版。這部長篇小說描寫了主人公婚外戀後，陷入大騙局的悲劇故事。

偶像

鄭慶祠著，皇冠出版社一九七二年版。收入〈驗血報告〉等五個短篇小說。

非禮記

朱西甯著，皇冠出版社一九七三年五月版。這部短篇小說集以北方農村及小城鎮為背景，多寫地方上的瑣碎事情，風俗味甚濃，共收入十一篇作品。

蛇

朱西甯著，大地出版社一九七三年六月版。收入〈小說家者流〉等六個短篇。

月亮的背後

季季著，大地出版社一九七三年六月版。收入〈寂寞之冬〉等七篇作品。

馬黑坡風雲

鍾肇政著，臺灣商務印書館一九七三年九月版。這部長篇小說，記述了原住民反抗日本侵略者暴政的「霧社事件」。

離城記

七等生著，晨鐘出版社一九七三年十一月版。收入中篇小說〈離城記〉，另有含九則短篇的〈無葉之樹集〉。

一簾幽夢

瓊瑤著，皇冠出版社一九七三年版。這部長篇小說為兩姐妹同時愛上一個男子的故事，分二十節。

遇邪記

司馬中原著，皇冠出版社一九七三年十二月版。收入〈血櫻〉等九個短篇。

心有千千結

瓊瑤著，皇冠出版社一九七三年版。這部長篇小說表現愛情的磨難，分二十二節。

覺醒的人

孫陵著，智燕出版社一九七三年版。這部長篇小說以抗戰前夕活躍在文壇的種種人物為題材，表現了蕭軍、蕭紅、胡風、巴金等人的不同風貌。

鑼

黃春明著，遠景出版社一九七四年三月版。收入〈兒子的大玩偶〉等五個短篇。

恍惚的世界

李喬著，三信出版社一九七四年四月版。為某男士與女友被誤為嫖客娼女的故事。另收入〈鏡中〉等十八個短篇。

憂鬱年代

呼嘯著，彩虹出版社一九七四年五月版。這部長篇小說描寫羅乃石的家庭問題。

綠色大地

鍾肇政著，皇冠出版社一九七四年六月版。敘述一位農村青年在國外打工返回故鄉教書，一心想改變農村面貌的故事。

青春行

鍾肇政著，三信出版社一九七四年七月版。這是自傳體的長篇小說，描寫一位小學教師的生活經歷。

復仇

司馬中原著，皇冠出版社一九七四年三月版。收入〈討油〉等八篇作品。

考驗

於梨華著，大地出版社一九七四年十月版。這部長篇小說描寫旅美學人在異國的艱難奮進與掙扎。

浮木

楚軍著，田中出版社一九七四年十月版。這部長篇小說敘述大學生胡萍為了負擔弟弟的學雜費而下海擔任伴舞的故事。

長虹

張漱菡著，田中出版社一九七四年十月版。這部長篇小說描寫臺灣西部小鎮老百姓的愛情與家庭風波。

沒有翅膀的鳥

王默人著，林白出版社一九七四年版。收入〈望著海上的人〉等七個短篇。

敬神

楊子著，聯經出版公司一九七四年版。這部長篇小說描寫婚後外遇的故事。

蟬

林懷民著，大地出版社一九七四年版。本書收錄〈穿紅襯衫的男孩〉、〈虹外虹〉、〈逝者〉、〈蟬〉、〈辭鄉〉，其中〈蟬〉為林懷民重要著作。蟬，被解讀為同性戀的象徵，講述大學生對生死的困惑、情感的懵懂、對社會的呼喊，是許多「四年級」、「五年級」的文藝愛好者念念不忘的青春小說，亦被改編為舞臺劇。作品中有濃厚的灰暗氣氛，真實呈現六、七十年代的青年族群生活型態。

小寡婦

黃春明著，遠景出版社一九七五年二月版。收入〈魚〉、〈癬〉等五個短篇。

蛹之生

小野著，文豪出版社一九七五年三月版。除中篇〈蛹之生〉外，另收入〈遺傳〉等十四個短篇。

流星雨

司馬中原著，水芙蓉出版社一九七五年三月版。這部長篇小說，描寫臺灣早期的移民從衝突到和解的過程。

呆虎傳

司馬中原著，皇冠出版社一九七五年四月版。收入〈蛇的故事〉等九個短篇。

插天山之歌

鍾肇政著，志文出版社一九七五年五月版。這部小說描寫陸家第七代青年陸志驤在東京參加秘密抗日組織，潛回臺灣工作，隱蔽於插天山，一直堅持到抗日戰爭勝利。

噶瑪蘭的柑子

葉石濤著，三信出版社一九七五年六月版。收入〈漂泊淚〉等十二個短篇。

霜天

司馬中原著，大地出版社一九七五年六月版。收入〈逃婚〉等九個短篇。

牛鈴聲響

施叔青著，皇冠出版社一九七五年七月版。這部長篇小說描寫一位嚮往美國生活的女孩，其心理轉變的過程。

三春記

王禎和著，晨鐘出版社一九七五年九月版。收入〈寂寞紅〉等六個短篇。

工廠人

楊青矗著，文皇出版社一九七五年九月版。收入〈低等人〉等十個短篇。

把生命放在手中

趙雲著，大地出版社一九七五年十月版。收入〈沒有故鄉的人〉等十四個短篇。

第一件差事

陳映真著，遠景出版社一九七五年十月版。收入〈最後的夏日〉、〈唐倩的喜劇〉、〈六月裡的玫瑰花〉等五個短篇。

將軍族

陳映真著，遠景出版社一九七五年十月版。收入〈我的弟弟康雄〉、〈鄉村的教師〉、〈故鄉〉等十一個短篇。

又是花季

丘榮襄著，浩瀚出版社一九七五年十月版。收入〈千金小姐〉等十九個短篇。

混聲合唱

李昂著，華欣文化中心一九七五年十二月版。小說主題充滿了少女成長過程中初次萌發的對於性的恐懼和探索。

拒絕聯考的小子

吳祥輝著，遠流出版公司一九七五年十二月版。建中是全臺灣中學男生最夢寐以求的好學校，但在這個學校裡竟然出現了拒絕聯考的叛逆古怪學生。此書的出版，在這個交織著勇氣和苦悶的時代，無畏地衝撞了臺灣教育體制，成為當年對中學生最具影響力的書籍。

少女與貓

心岱著，皇冠出版社一九七五年版。收入〈搬家〉等十四個短篇。

在水一方

瓊瑤著，皇冠出版社一九七五年版。為描寫三角戀情的長篇小說。杜小雙投靠臺北的伯父朱自謙，並認識了其子朱詩堯。詩堯對小雙漸生愛意，但又無法表白。後來，小雙認識了作家盧友文，並嫁與他為妻。婚後，盧友文為了尋找創作題材迷上賭博，漸漸絕望的小雙終於離開了他。離婚後，小雙在詩堯的幫助下走上作曲創作的道路。

團圓

郭良蕙著，新亞出版社一九七五年版。這部長篇小說以家人團圓的農曆年為背景，描寫男女婚外感情困擾的問題，共分五十七節。

鵝媽媽要出嫁

楊逵著，大行出版社一九七五年再版。收入〈種地瓜〉等七個短篇。

梅村心曲

謝霜天著，智燕出版社一九七五年版。這部長篇小說描寫了幾十年來臺灣農村的變遷。

秋暮

謝霜天著，自志出版社一九七五年版。為《梅村心曲》第一部，這部長篇小說敘述了一九三〇年代發生在臺灣後龍溪畔的故事。

廢園

廖偉峻〈筆名宋澤萊〉著，豐生出版社一九七六年三月版。小說受西方文學的影響，描寫林文清從「慘綠少年」到青年的成長歷程，表現其心靈哀愁和畸戀的變態心理。

尹縣長

陳若曦著，遠景出版社一九七六年三月版。有葉維廉、白先勇序，收入〈晶晶的生日會〉、〈查戶口〉等六個短篇。其中〈尹縣長〉寫的是文革初期發生在陝西興安縣的一個悲劇，是「傷痕文學」的先聲。

現代英雄

鄭清文著，爾雅出版社一九七六年四月版。收入〈苦瓜〉、〈雷公點心〉等九個短篇。

陳若曦自選集

陳若曦著，聯經出版公司一九七六年五月版。收入〈燃燒的夜〉等十一個短篇。

舞會

蔡文甫著，華欣文化中心一九七六年五月版。收入〈保密〉等十三個短篇，反映普遍人性。

沙河悲歌

七等生著，遠行出版社一九七六年七月版。描寫家境貧困的文龍，一心追求小喇叭的吹奏技藝，離鄉背井隨著歌仔戲劇團在各地演出的故事。

金水嬸

王拓著，香草山出版社一九七六年八月版。收入〈吊人樹〉、〈一個年輕的鄉下醫生〉等八個短篇小說。

香蕉船

張系國著，洪範書店一九七六年八月版。收入〈冬夜殺手〉等八個短篇。

春風不相識

朱西甯著，皇冠出版社一九七六年八月版。這部長篇小說表現的是婚姻生活和男女關係。

絕糧

麥秀著，國家出版社一九七六年九月版。收入〈浪子〉等十九個短篇。

滄溟行

鍾肇政著，七燈出版社一九七六年十月版。這部小說寫二十世紀初陸家第六代青年陸維梁繼承前輩抗日傳統，組織和領導農民反剝削反壓榨，抗租請願，英勇鬥爭。最後陸維梁跨越海峽，回歸大陸，與祖國融為一體。

羊頭集

楊逵著，輝煌出版社一九七六年十月版。收錄了〈水牛〉、〈泥娃娃〉等短篇，另外有不少散文。

我是一片雲

瓊瑤著，皇冠出版社一九七六年十月版。為悲劇性戀愛的長篇小說，主要講述女主角在情感搖擺之際，得知自己的身世，最後歷經人生打擊而瘋掉。了她是愛笑的一片雲，他是熱情的一陣風，愛供養他們成長，滋潤他們的生命。她邂逅他，兩情相悅時，意外也接踵而來。

原鄉人

鍾理和著，遠行出版社一九七六年十一月版。收入〈校長〉等十三個短篇。書名命名，起因日本軍國主義稱呼中國人為「支那人」，但是臺灣人以「原鄉人」同「支那人」的稱謂相對抗。作者寫了一個臺灣人從孩童到青年的成長，他的愛國意識和民族氣節的成長，表達強烈的民族認同。

策馬入林

陳雨航著，領導出版社一九七六年十一月版。收入〈士〉、〈丹青〉等十二個短篇。

人間世

李昂著，大漢出版社一九七六年十二月版。分兩部分，組成「人間世」和「鹿城故事」系列，收入〈昨夜〉、〈初戀〉等十三個短篇。

寂寞的十七歲

白先勇著，遠景出版社一九七六年十二月。收入〈金大奶奶〉、〈入院〉等十八個短篇。

一顆紅豆

瓊瑤著，皇冠出版社一九七六年版。這部長篇小說，講述一個纏綿悱惻的愛情故事，講述女主角和梁家二兄弟的感情糾葛。

蝶舞

季季著，皇冠出版社一九七六年版。收入〈玫瑰之死〉等九個短篇。

貓

朱西甯著，皇冠出版社一九七六年版。這部長篇小說由「老紅牆」、「鎖鏈」、「龍族組曲」等三個單元組成，約二十五萬字。

桑青與桃紅

聶華苓著，香港友聯出版社一九七六年版。這部長篇小說，以抗日戰爭、國共內戰、國民政府撤退赴台的家國分裂史為背景，講述主人公桑青如何惶惶終日逃亡奔走，不得不去國離鄉，赴美逃難以致最終精神分裂的故事，是一支浪子的悲歌。

綿纏

曹又方著，大漢出版社一九七六年版。收入〈都市之晨〉等十一個短篇。

豔陽天

田原著，文壇社一九七六年版。這部長篇小說，描寫了上海富商在臺灣立足後，不改奸商本性最後以大團圓收場的故事。

汪洋中的一條船

鄭豐喜著，地球出版社一九七六年版。敘述從童年記憶寫到求學、結婚，道出人生的艱難。

盆栽與瓶插

孟瑤著，遠景出版社一九七六年版。這是描寫美國的華人及留學生生活的長篇小說。

試管蜘蛛

小野著，文豪出版社一九七六年版。收入〈咖啡裡的月亮〉等十一個短篇。

逃避婚姻的人

光泰著，時報出版公司一九七六年版。這部長篇小說中男同性戀主人公戀慕軍中同袍，和對方已有妻室和情婦，主人翁最後和其情婦結婚。其也是該作品中唯一走入異性戀婚姻的主要角色。

桂花巷

蕭麗紅著，聯合報社一九七七年一月版。這部長篇小說，描寫光緒十四年間高家在臺南府居住的遷經過。

變奏的喇叭

蔡文甫著，源成文物供應中心一九七七年二月版。這是小小說，書中有故事，讓人省察到不同時空背景的人生百態，後改名為〈變奏的戀曲〉再版。

望春風

鍾肇政著，大漢出版社一九七七年三月版。寫鄧雨賢生命最後十年的情況。

方舟上的日子

朱天心著，時報文化出版公司一九七七年四月版。收入〈浪淘沙〉等十三個短篇。

龍戰於野

銀正雄著，長河出版社一九七七年六月版。收入〈最後一夜〉等十個短篇。

抓住一個春天

吳念真著，聯經出版公司一九七七年七月版。為吳念真第一本小說，收入〈抓住一個春天〉、〈哥哥捕魚去〉、〈婚禮〉、〈難報生平未展眉〉、〈牧羊女〉、〈尋車記〉、〈醫者〉、〈公休日〉、〈看戲去囉〉、〈樹上的黃瓜〉等作品。

喬太守新記

朱天文著，皇冠出版社一九七七年七月版。收集了作者十六歲到二十歲之間寫的九篇小說。

望君早歸

王拓著，遠景出版社一九七七年九月版。收入〈春牛圖〉等五個短篇。

雁兒在林梢

瓊瑤著，皇冠出版社一九七七年九月版。這部長篇小說所寫的愛情故事驚心動魄，充滿騙局。

青山青史

林文月著，近代中國雜誌社一九七七年十月版。是關於連雅堂連橫的長篇傳記小說。

沙河村

張放著，文豪出版社一九七七年十一月版。收入〈風土情〉等四個短篇。

弦歌

徐薏藍著，皇冠出版社一九七七年十一月版。這部長篇小說描寫容貌出眾的鄉下少女，如何對待愛情和事業的故事。

結義西來庵

李喬著，近代中國出版社一九七七年版。這是根據歷史事件寫成的抗日傳記小說。

莎喲娜拉．再見

黃春明著，遠景出版社一九七七年版。收入〈看海的日子〉等四個短篇，其中〈莎喲娜拉．再見〉說的是在一家公司工作的主角黃桑受上級的委託，帶七個日本人去黃桑的老家宜蘭礁溪以公務為名嫖娼的故事。

生活在瓶中

馬森著，四季出版公司一九七七年版。收入〈野鴨〉等八個短篇。

水幕

保真著，道聲出版社一九七七年版。收入〈班代表〉等三個短篇。

現代文學小說選集

歐陽子編，爾雅出版社一九七七年版。收入二十世紀六十年代三十三個短篇。

雲漢悠悠

姜貴著，時報文化出版公司一九七八年一月版。這部長篇小說通過冬來一家的遭遇，反映了抗戰時代的社會亂象。

剖雲行日

丘秀芷著，近代中國出版社一九七八年一月版。這是小說式的傳記文學，敘述了丘逢甲的生平和抗日史實。

山盟

呼嘯著，求精出版社一九七八年一月版。收入〈流水不回頭〉等十三個短篇。

圓之外

玄小佛著，南琪出版社一九七八年一月版。本篇小說以女同性戀為主角，探討同性戀在情感和世俗的掙扎。

異鄉之死

季季著，大地出版社一九七八年二月版。收入〈浪花〉、〈死了的港〉等七個短篇。

昨日之怒

張系國著，洪範書店一九七八年三月版。這部長篇小說描寫留美的臺灣青年為保衛釣魚臺引發的團結與分化、熱情與消沉的故事。

誰開生命的玩笑

季季著，皇冠出版社一九七八年四月版。收入〈水妹在臺北〉等十一個短篇。

老人

陳若曦著，聯經出版公司一九七八年四月版。收入

〈十三號單元〉、〈丁雲〉等七個短篇。

挑燈練膽

司馬中原著，皇冠出版社一九七八年八月版。收入〈夜行者〉等十二個短篇。

邊秋一雁聲

吳念真著，遠流出版公司一九七八年九月版。收入〈邊秋一雁聲〉、〈掌聲〉等十個短篇。

散步去黑橋

七等生著，遠景出版公司一九七八年九月版，收入〈復職〉等七個短篇。

打牛湳村

宋澤萊著，遠流出版社一九七八年九月版。包括〈笠仔和責仔的故事〉、〈花鼠仔立志的故事〉、〈糶穀日記〉、〈大頭崁仔的布袋戲〉等四個短篇，是作者寫實主義代表作。作者有計劃去描寫變遷中的臺灣農村，反映農人的喜怒哀樂及困境。其中〈打牛湳村〉是臺灣文學史上表現農村問題最深入的小說，將鄉土文學帶入了新的里程。

露意湖

東方白著，爾雅出版社一九七八年九月版。這部長篇小說描述一對相戀而私定終身的男女留學生的悲劇愛情故事。

龍天樓

王文興著，大林出版社一九七八年十一月版。收入〈寒流〉等六個短篇小說。本書以命運的荒誕和力量為主題，其中〈龍天樓〉意識形態明顯帶出更廣泛的存在命題。

山茶與露

尼洛著，世系出版社一九七八年十一月版。這部長篇小說描寫了一位女性成長的心靈歷程。

棋王

張系國著，洪範書店一九七八年十一月版。這部長篇小說描寫擁有預知未來的能力的五子棋神童由被電視節目操控到喪失異能的故事。

夢斷青山

張放著，華風出版社一九七八年十二月版。這部長篇小說描寫一對有名無實的夫妻遭遇種種坎坷的故事。

黑面慶仔

洪醒夫著，爾雅出版社一九七八年十二月版。收入〈人鬼遊戲〉等十個短篇。

中國人

叢甦著，時報文化出版公司一九七八年十二月版。收入〈自由人〉等五個短篇。

歸

陳若曦著，聯合報社一九七八年版。這部長篇小說分為「南京」、「武漢」、「南京」三章，敘述從美國回歸大陸的留學生，在文革中受到打擊、迫害的遭遇。

工廠女兒圈

楊青矗著，敦理出版社一九七八年版。收入〈工廠的舞會〉等八個短篇，收有呂秀蓮所作的序〈楊青矗的良心與用心〉。

兩種以外的

郭良蕙著，漢麟出版社一九七八年版。講的是一個叫米楣君的單相思與一個寂寞的、高傲的、對感情已經麻木的貴婦若即若離的同性感情。家有生病老母而又窮困的米楣君對貴婦傾心傾情，為了錢財而賣色，貴婦只是因為太寂寞，暫時享受跟米楣君在一起的刺激，刺激過後的不安全感，使貴婦很無情地想擺脫米楣君，以致米楣君起了殺心，但最終沒有實施。

彩鳳的心願

曾心儀著，遠景出版社一九七八年版。收入〈杜鵑花開〉等六個短篇。

西窗一夜雨

趙淑俠著，道聲出版社一九七八年版。收入〈異國之夜〉等九個短篇。

採硫記

葉石濤著，龍田出版社一九七九年二月版。收入〈決斗〉、〈斷層〉、〈等待〉、〈叛國者〉、〈晴天和陰天〉等九個中短篇作品。

日據下臺灣新文學明集

李南衡編，明潭出版社一九七九年三月版。以小說為主的合集：第一冊〈賴和先生全集〉，第二、三冊小說選集（一）、（二），第四冊詩選，第五冊文獻資料選輯。

我愛瑪莉

黃春明著，遠景出版社一九七九年三月版。收入〈蘋果的滋味〉等三個短篇。其中〈我愛瑪莉〉中的瑪莉是一隻狼狗的名字。小說的主人翁陳大衛的洋人主管即將離職回國，陳大衛為了討好上司，要求領養這頭雜種洋狗。想不到一帶回家，就惹來許多問題，從而揭露了二十世紀六、七十年代一些臺灣人崇洋媚外的醜惡嘴臉。

春雨繽紛

舫歌著，環球書社一九七九年四月版。這部長篇小說，描寫兩對年輕人的家庭關係及由此造成的恩恩怨怨。

紅樓舊事

宋澤萊著，聯經出版公司一九七九年四月版。這部長篇小說描寫了一位大學生成長的過程，其中有男同性戀內容。

七彩雲

曾焰著，中央日報社一九七九年五月版。作者生於昆明，後由緬甸到臺灣。這部長篇小說寫雲南知青從邊境逃往緬甸而被驅逐出境的經過。

骨城素描

宋澤萊著，遠景出版社一九七九年六月版。收入〈救世主在骨城〉等兩個中篇。

變遷的牛眺灣

宋澤萊著，遠景出版社一九七九年六月版。寫牛眺灣在都市化及工業化的威逼下，一天天走向沒落的過程。

植有木瓜樹的小鎮

龍瑛宗著，遠景出版社一九七九年七月版。立志做律師的陳有三，其理想被醜惡的現實所擊破。

小盼

農晴依著，采風出版社一九七九年八月版。收入〈夢醒〉等十三個短篇。

孤絕

馬森著，聯經出版公司一九七九年九月版。收入〈父與子〉、〈母校〉、〈康教授的囚室〉等十四個短篇小說。

我愛博士

曾心儀著，遠景出版社一九七九年九月版。收入〈美麗小姐〉等八個短篇。

出岫雲

畢璞著，中央日報社一九七九年九月版。收入〈做完美的螺絲釘〉等九篇作品。

東方寓言

東方白著，爾雅出版社一九七九年九月版。收入〈草原上〉等十五個短篇。

封殺

小野著，文豪出版社一九七九年十月版。收入〈再叫一聲爸〉、〈老奶奶的婚禮〉等短篇。

那群青春的女孩

曾心儀著，遠景出版社一九七九年十一月版。收入〈從窗櫥裡的少女〉等兩個中篇。

夜行貨車

陳映真著，遠景出版社一九七九年十一月版。收入〈將軍族〉、〈麵攤〉等十四個短篇。其中〈夜行貨車〉女秘書劉小玲與林榮平、詹奕寵的感情糾葛為線索，以跨國公司老闆在臺灣超越經濟的滲透為背景，揭示臺灣社會工商化、經濟國際化過程中所出現的社會病態，也涉及到當代臺灣知識分子的分化和走向。

王詩琅全集

王詩琅著，德馨室出版社一九七九年版。收入〈沒落〉等小說。

十五篇小說

王文興著，洪範書店一九七九年版。收集作者在發表〈家變〉以前所撰短篇小說，始於大學時代而終於留學時代之末期，觸及問題多樣而繁複。讀此書，可知王文興的文學心路，更足以體會他震撼人心的〈家變〉及〈背海的人〉之淵源。

曲巷幽幽

姜貴著，天華出版公司一九七九年版。這部長篇小說以北伐前津浦鐵路北端某地為故事背景，描寫了兩戶人家的生活遭遇。

心猿

墨人著，學人文化公司一九七九年版。這部長篇小說原名〈紫燕〉，描寫的是悲劇戀愛故事。

當我們年輕時

趙淑俠著，道聲出版社一九七九年版。收入〈母與子〉等短篇。

水手之妻

楊小雲著，九歌出版社一九七九年版。這部長篇小說從「新嫁娘」寫到「今生今世」，表達一代船員的婚姻生活及其內心的矛盾與掙扎。

劍氣長虹

溫瑞安著，神州出版社一九八〇年一月版。神州奇俠故事第一集。寫蕭秋水率領「神州結義」的兄弟們闖蕩江湖，做下無數驚天動地的大事，勇鬥權力幫李沉舟，火拼朱大天王，其間穿插與權力幫眾高手的恩怨情仇。

將軍令

朱西甯著，三三書坊一九八〇年一月版。以軍將領為題材，收入〈道篇〉、〈天篇〉、〈地篇〉等十個短篇。

紫色北極光

馮馮著，皇冠出版社一九八〇年一月版。這部長篇小說，敘述主人公范范寫作得獎成名後在臺北的遭遇。

畫天涯

方娥真著，皇冠出版社一九八〇年二月版。這部長篇小說描寫少女初戀的故事。

夢的衣裳

瓊瑤著，皇冠出版社一九八〇年二月版。這部長篇小說描述少女曲折的愛情故事：當父親再娶了幾乎和她同年紀的曼如後，雅晴就不再是父親唯一的愛了。她不願待在家裡而到處閒逛，卻因此遇見桑爾璇，一連串的變化，從此改變了她的一生。

海燕

朱西甯著，中國文化學院出版部一九八〇年三月版。收入〈奔向太陽〉等十一個短篇。

夏樹是鳥的莊園

顏元叔著，九歌出版社一九八〇年三月版。收入〈老夏的一生〉、〈長巷〉等短篇。

錢塘江畔

琦君著，爾雅出版社一九八〇年四月版。收入〈完整的愛〉等十一個短篇。

臺北的女人

郭良蕙著，爾雅出版社一九八〇年四月版。這部短篇小說描寫臺北女人外貌和內心世界。

臺靜農短篇小說選

臺靜農著，遠景出版社一九八〇年五月版。寫於一九二六至一九二七年間的作品。其中〈地之子〉刻畫中國的底層人物，受魯迅影響很大。〈天二哥〉讓人想起〈阿Q正傳〉。〈紅燈〉中得銀的老娘，讓人想起悲慘的祥林嫂。〈新墳〉中的四太太是混合了祥林嫂和孔乙己的一個悲慘形象。此外，還有〈拜堂〉、〈蚯蚓們〉、〈燭焰〉等。

賴索

黃凡著，時報出版公司一九八〇年六月版。收入〈最後的冬天〉等五個短篇。其中〈賴索〉以跳躍的時間點勾勒出主角的一生。迷惘中的主角，以為重新確認信仰之所在是再度建立自身的方法，卻終究發現信仰的本質原是虛無。

傳家的兒女們

於梨華著，天地圖書公司一九八〇年六月版。這部長篇小說寫留美臺灣學生的愛情、家庭和事業上的不幸遭遇。

雞翎圖

張大春著，時報文化出版公司一九八〇年六月版。文本中的修辭幻象常常突破傳統修辭原型的束縛，而層層推進文本的敘事。「雞」在〈雞翎圖〉臨時生成的多個修辭幻象，衝擊了歷史生成的「雞」的修辭原型。

一九七九年臺灣小說選

葉石濤、彭瑞金編，文華出版社一九八〇年六月版。入選東方白等十一位作家的十三篇作品。

森林三部曲

保真著，道聲出版社一九八〇年七月版。收入〈失去的原始林〉等三個短篇。

原鄉人：作家鍾理和的故事

鍾肇政著，文華出版社一九八〇年七月版。分為〈奔逃〉、〈雪地〉、〈新生〉、〈故都〉、〈勝利〉、〈故鄉〉、〈師表〉、〈病苦〉、〈貧賤夫妻〉、〈筆耕〉、〈收獲〉、〈鵑血〉等十二篇。

芒果的滋味

金兆著，聯經出版公司一九八〇年八月版。這部短篇小說集，係從內地到香港的作家反映文革前後生活的作品。「芒果」，是文革期間毛澤東送給清華大學師生的禮物。這些小說，以反映十年浩劫生活著稱。

香格里拉

王禎和著，洪範書店一九八〇年十月版。著者自選集，收入〈寂寞湖〉等五個短篇小說。

寒夜

李喬著，遠景出版社一九八〇年十月版。為《寒夜》三部曲的第一部，這部長篇小說描寫日據時期以阿強伯為代表的農民反抗侵略者的故事。

孤燈

李喬著，遠景出版社一九八〇年十月版。為《寒夜》三部曲的第三部，這部長篇小說描寫日據末期臺灣人民歷盡戰火劫難的史實。

余忠雄的春天

鍾鐵民著，東大圖書公司一九八〇年十月版，收入〈清明〉、〈黃昏〉等十五個中短篇。

卡薩爾斯之琴

葉石濤著，東大圖書公司一九八〇年十月版。這本中短篇小說集，收錄著者從一九六四年到一九七一年之間所寫的作品。每一篇小說所描寫的都是臺灣市井小民滑稽荒誕的生活本質，而在小說背後所隱藏的是作者銳利的批判精神。

昨日當我年輕時

朱天心著，遠流出版公司一九八〇年十二月版。係短篇小說集，小說主題多為對死亡的凝視、人心暗影的刻劃、荒謬處境的切割，可見作者創作的抒情核心。

等待春天

楊小雲著，九歌出版社一九八〇年版。這部長篇小說描寫兩位女人從農村轉入城市後所邁向不同的人生道路。

儒林新傳

寒爵著，成文出版社一九八一年一月版。這部為章回式長篇小說，敘寫當今知識分子的各種醜態。

我兒漢生

蕭颯著，九歌出版社一九八一年一月版。以漢生長大後無法與母親溝通的一連串事件，表現時代知青與社會格格不入的種種矛盾。

燭芯

林海音著，純文學出版社一九八一年三月版。收入〈晚晴〉等九個短篇。

婚姻的故事

林海音著，純文學出版社一九八一年三月版。收入〈地壇樂園〉等四個小短篇。

紅顏已老

蘇偉貞著，聯經出版公司一九八一年三月版。收入〈光線〉、〈放羊〉、〈奶奶的孫子〉、〈暗影〉等八個短篇。

背海的人

王文興著，洪範書店一九八一年四月版。這部長篇小說以一個自稱為「爺」的半盲退伍軍人獨白為主調，通過現代寓言的形式，以一人的挫折遭遇和困頓、突破，反映並且批評社會。

千江有水千江月

蕭麗紅著，聯合報社一九八一年六月版。這部長篇小說的男主角大信初到嘉義布袋鎮與貞觀相戀，後來貞觀到臺北上班，大信到金門當兵，兩人之間的情愫產生變化。作者的敘述充滿了臺灣民俗的趣味，而貞觀與大信古典又含蓄的戀情，為這個時代逐漸失去的純然戀歌，悠悠地低吟了一遍。

市井傳奇

洪醒夫著，遠景出版社一九八一年六月版。收入〈盜墓〉等十個短篇。

自己的天空

袁瓊瓊著，洪範書店一九八一年八月版。收入〈少年時〉等十四個短篇。

大將軍

金兆著，洪範書店一九八一年八月版。這部長篇小說以大陸生活為背景。

大時代

黃凡著，時報文化出版公司一九八一年九月版。收入〈雨夜〉等七個短篇，反映了一些想往政界發展的臺籍知識分子的悲劇。

碧海紅塵

曹又方著，皇冠出版社一九八一年九月版。這部長篇小說分十七章。

城裡城外

陳若曦著，時報文化出版公司一九八一年九月版。收入〈綠卡〉、〈路口〉等六個短篇。

張大春自選集

張大春著，世界文物供應社一九八一年九月版。作者善於故弄玄虛，鄉野怪聞、魔幻後設、都會傳奇，真真假假隨手拍來，每能渾然成趣。收入短篇小說及散文二十二篇。

傳說

朱天文著，三三書坊一九八一年十二月版。分為〈喬太守新記〉、〈傳說〉兩輯，每輯附兩篇序。上輯內容以學生校園生活為主，收有作者的成名作〈喬太守新記〉，下輯則將視野擴展到青年人所接觸中的家庭與社會，表現了七、八十年代臺灣青年在社會變革初期既興奮又迷惘的思想和狀態。

荒村

李喬著，遠景出版社一九八一年十二月版。為《寒夜》三部曲的第三部。這部長篇小說描寫了臺灣文化協會與農民組合所領導的重大歷史事件，以及劉阿漢一家參加反帝反封建的農民運動的悲壯鬥爭。

美人圖

王禎和著，洪範書店一九八二年一月版。寫從鄉下到臺北的年輕男子小林和小郭的同性戀故事。

愛情試驗

李昂著，洪範書店一九八二年一月版。描繪了晦暗的人生，塑造的人物形象大多變態、醜陋，加上語言的清幽冷寂，使她的作品蒙上灰色的格調。具體說來，以一個心理實驗，寫都市文化圈的男女若有似無的愛情遊戲，宛如寓言，卻讓我們一看就想起臺北的咖啡座、書城。

未了

朱天心著，聯合報社一九八二年四月版。一位像麥田捕手一樣的少女，若有所思地看著朝衰老墜落的人們，這是某一段特殊時光、某一群人曾在如煙消逝的眷村中所發生的故事。

一心大廈

孟瑤著，九歌出版社一九八二年五月版。這部長篇小說描寫女企業家的創業歷程。

再春

朱秀娟著，黎明文化事業公司一九八二年五月版。這部長篇小說描寫了愛情生活由和諧到破裂的過程。

無情海

楊小雲著，九歌出版社一九八二年八月版。這部長篇小說是敘述海員的戀愛故事。

不歸路

廖輝英著，九歌出版社一九八二年八月版。這部長篇小說寫李芸兒的愛情與婚姻。

紅樓夢斷

高陽著，聯合報社一九八二至一九八三年版。共四部：《秣陵春》、《茂陵秋》、《五陵遊》、《延陵劍》，寫盡曹、李家由朱門繡戶、錦衣玉食到家道中落至籍沒歸京的榮辱盛衰過程。這部歷史小說寫的是曹雪芹如何「十年辛苦」創造了賈寶玉及其〈紅樓夢〉。

田莊人

洪醒夫著，爾雅出版社一九八三年版。收入〈四叔〉、〈父親大人〉等十二個短篇。

雲

陳映真著，遠景出版社一九八三年二月版。這是〈華盛頓大樓〉第一部，收入〈上班族一日〉、〈萬商帝君〉等四篇作品。

世間女子

蘇偉貞著，聯經出版公司一九八三年二月版。收入〈兩世一生〉、〈宿命〉、〈回首〉、〈不要忘記帶雨傘〉等小說。

神仙眷屬

華嚴著，皇冠出版社一九八三年三月版。這部長篇小說描寫一對老年夫婦的生活遭遇。

不朽者

張系國著，洪範書店一九八三年七月版。收入〈征服者〉等五個短篇。

流年

鍾曉陽著，洪範書店一九八三年七月版。收入〈荔枝熟〉等四個短篇。

島上愛與死

施明正著，前衛出版社一九八三年十月版。有宋澤萊序，收入〈遲來的初戀及其聯想〉、〈渴死者〉、〈喝尿者〉等六篇作品。

月亮照在水田裡

胡宗智著，文境文化公司一九八三年十一月版。收入〈歸來〉等二十個短篇。

自由鬥士

黃凡著，前衛出版社一九八三年十一月版。收入〈將軍之淚〉等八個短篇。

殺夫

李昂著，聯經出版公司一九八三年十一月版。林市因家境清貧嫁給屠夫江水，被其長期施暴，最後無法忍受，精神恍惚下殺夫。故事以臺灣農村為背景，討論人性的掙扎。最終夫婦倆都犧牲在世俗的價值觀下。

油麻菜籽

廖輝英著，皇冠出版社一九八三年十二月版。收入〈油麻菜籽〉、〈失去的月光〉、〈小貝兒的十字架〉、〈紅塵劫〉四篇小說。

十三生肖

東方白著，爾雅出版社一九八三年版。收入〈長城〉等九個短篇。

春江

趙淑俠著，論壇出版社一九八三年版。這部長篇小說描寫到西德留學的臺灣學生的生活狀況。

突圍

陳若曦著，聯合報社一九八三年版。這部長篇小說描寫美國舊金山華人和中國大陸留學生婚姻生活的故事。

她們的眼淚

李昂著，洪範書店一九八四年一月版。收入〈訊息〉、〈莫村〉等七個短篇。主題皆為對生命、情感、人性的探討。

夜遊

馬森著，爾雅出版社一九八四年一月版。描寫一位臺灣女子到加拿大留學的故事，反映出性道德的衝突，表現了青少年價值判斷的危機。

臺大學生關琳的日記

朱天心著，三三書坊一九八四年二月版。收入數篇風格迥異的小說：〈臺大學生關琳的日記〉、〈有人怕鬼〉、〈主耶穌降生是日〉、〈無情刀〉等。作者以一支冷靜的筆，為七十年代的臺北人，做了最真實的記錄。

愫細怨

施叔青著，洪範書店一九八四年一月版。收〈臺灣玉〉、〈票房〉、〈冤〉等六篇小說。

最後的紳士

鄭清文著，純文學出版社一九八四年二月版。收入〈秘密〉、〈堂嫂〉、〈婚約〉等十一篇小說。

北京的故事

馬森著，時報出版公司一九八四年五月版。係政治寓言小說，收入〈北京烤鴨〉等十四個短篇。

遠見

陳若曦著，遠景出版社一九八四年五月版。這部長篇小說以華人社會為背景，寫臺灣女子廖淑貞因為丈夫吳道遠的移民高見，陪同女兒來到美國升學所發生的種種故事。

玫瑰玫瑰我愛你

王禎和著，時報出版公司一九八四年六月版。這部作品，實際上是一齣喜劇，內容回敘吧女速成班開學的經過，重點放在班主任董斯文的身上。小說以王禎和善用的藝術手法寫作，探討當時社會問題。

最想念的季節

朱天文著，三三書坊一九八四年七月版。收錄〈這一天〉等九個短篇。其中〈安安的假期〉、〈風櫃來的人〉、〈最想念的季節〉是電影故事大綱。

移愛記

蔡文甫著，臺灣學生書局一九八四年七月版。收入〈生命和死亡〉等十五個短篇。

山路

陳映真著，遠景出版社一九八四年九月版。收入〈故鄉〉等十二個短篇。作者是一個對社會充滿熱情的理想主義者，其中〈山路〉體現了他強烈的人道主義情懷和基督教忘我的「救贖」精神，折射出作家對社會理想和愛情的深刻思考。

反對者

黃凡著，自立晚報社一九八四年九月版。此長篇描寫知識分子命運，計十萬字，是令人耳目一新的政治小說。

杜鵑啼血

劉大任著，遠景出版社一九八四年十月版。收入〈落日照大旗〉、〈杜鵑啼血〉等小說。

老婦人

七等生著，洪範書店一九八四年十一月版。描述偉大的母性和倫理人情，收入〈垃圾〉、〈行過最後一個秋季〉等作品。其中的〈老婦人〉呈現工商社會大家庭制崩潰成為小家庭制，奔走於幾個小家庭間的老婦人精神和肉體上的種種煩惱。

獵女犯

陳千武著，熱點文化公司一九八四年十一月版。以林逸平主人公為主線，以南洋為戰地背景，帶有強烈的自傳色彩。

五十五年短篇小說選

馬各等編，爾雅出版社一九八四年十二月版。收入一九六六年有代表性作家的七個短篇。

小鎮醫生的愛情

蕭颯著，爾雅出版社一九八四年十二月版。這部長篇小說以一位年邁醫生王利一的婚外情為主幹，描寫鄉下女孩子的成長過程。

臺灣政治小說選

李喬等編，臺灣文學雜誌社一九八四年版。所收錄之作品勇敢突破國民黨當局設置的種種禁忌，直接向現行統治體制發起挑戰，批判政治弊端，表達爭取民主和人權的政治主題，宣告新型政治文學的誕生。

完美的丈夫

施叔青著，洪範書店一九八五年一月版。以婚姻故事為主題，共收入五個短篇。

花季

李昂著，洪範書店一九八五年一月版。以魔幻寫實手法寫就，收入〈婚禮〉、〈有曲線的娃娃〉、〈橋〉等十個短篇。

夜曲

張系國著，知識系統出版公司一九八五年一月版。作者第二本科幻小說集，計八篇。

燈火樓臺（一）

高陽著，經濟日報社一九八五年一月版。這部長篇小說係〈胡雪岩〉系列小說的第三部。

當代科幻小說選

張系國編，知識系統出版公司一九八五年二月版。分兩卷，收錄一九八五年以前三十位中文科幻作家的短篇作品，開臺灣科幻小說的先河。

一九八四臺灣小說選

唐文標編，前衛出版社一九八五年二月版。收入李昂等人的作品。

滄桑

袁瓊瓊著，洪範書店一九八五年二月版。收入〈愛的邊緣地帶〉等十一個短篇。

失蹤的太平洋三號

東年著，聯經出版公司一九八五年三月版。這部長篇小說是兩岸海洋文學的先驅，對於整個民族做了深沉的精神分析。文中有大篇幅閩南語對白，成為戰後臺灣文學中「臺語文學」的最早範本之一。

七十三年短篇小說選

馬森編，爾雅出版社一九八五年四月版。收入一九八四年的優秀短篇小說十篇。

川中島

鍾肇政著，蘭亭書店一九八五年四月版。這部長篇小說係〈高山組曲〉第一部。描寫霧社事件後，日本人強迫原住民遺族們離開故鄉，遷移到川中島。書中主角畢荷·瓦利斯是在親日背景下成長的原住民青年。

戰火

鍾肇政著，蘭亭書店一九八五年四月版。這部長篇小說是〈高山組曲〉第二部。描寫太平洋戰爭末期，川中島的生活與環境變化，以及高砂義勇隊在戰場上的表現，並探討霧社事件過後青年們對於自身民族意識以及外來文化教育的矛盾與衝突。

廢墟臺灣

宋澤萊著，前衛出版社一九八五年五月版。這部長篇小說寫核能災害預測，顯示了作者創作上的覺醒和奮起。對臺灣未來世界的描寫，以政治批判為中心的兩部分，讓人們看到國家機器在臺灣廢墟化的過程，被人稱為「核能災害預測小說」。

臺北，臺北！

王拓著，一九八五年六月自印。這部長篇小說圍繞二十世紀七十年代初「保釣運動」展開，共二冊。

告密者

李喬著，臺灣文藝雜誌社一九八五年七月版。收入〈丈夫日記〉等十一個短篇。

二胡

陳若曦著，敦理出版社一九八五年八月版。寫出了中國人在美國、大陸、臺灣的各種不同生活狀態，以及中西文化衝擊下人的變化，每個人都成為一座圍城。「二胡」都選擇了回歸，「老米」的死讓人憂傷。

暗夜

李昂著，時報文化出版公司一九八五年八月版。這部中篇小說，通過兩位都市女性的迷亂情態，揭示以經濟利益為中心的臺灣工商社會的病態和女性性路的迷途。

玉米田之死

平路著，聯合報社一九八五年八月版。收入〈玉米田之死〉、〈妒魘〉、〈繭〉、〈驚夢曲〉、〈十二月八日槍響時〉五個短篇。這是五個關於「異鄉客」的悲傷故事，作者像稜光鏡一般穿透切割了歷史、種族、性別、愛慾與人性的深邃岩層。

這三個女性

呂秀蓮著，自立晚報社一九八五年八月版。這是作者早年的獄中作品，描述三個無話不談的大學死黨，三段不同的人生際遇，每個人都有難題，像潘慧如以為遇到真命天子，結婚後才發現感情這堂課已經死亡。她們在愛情、家庭事業間掙扎的心路歷程，也是許多臺灣女人的故事。

松花江的浪

趙淑敏著，中央日報出版部一九八五年九月版。這部長篇小說，以東北青年高金生為主線，寫他的生命中的轉折與高潮。

海水正藍

張曼娟著，希代出版社一九八五年十月版。收入〈黃道吉日〉、〈乍暖還寒時候〉、〈長干行〉等七篇作品。

曾經

愛亞著，爾雅出版社一九八五年十一月版。這部長篇小說由〈那年十歲〉、〈情竇〉、〈白〉、〈南無〉等篇章組成，以女主角十歲至四十歲中經歷的事件，描述人的成長。

譚郎的書信

七等生著，圓神出版社一九八五年十一月版。「譚郎」是古代女子對丈夫或情人「檀郎」的諧音。作者以此作為寓托，用半年的時間投出九封信，抒發他對遠在美國的戀人的一片深情。

陳映真小說選

陳映真著，人間雜誌社一九八五年十二月版。收入〈將軍族〉、〈第一件差事〉、〈夜行貨車〉、〈山路〉等五篇作品。

藍彩霞的春天

李喬著，五千年出版社一九八五年十二月版。這部長篇小說寫少女藍彩霞被賣，開始血淚的妓女生涯，受盡凌辱的遭遇。為臺灣首部討論臺灣妓女的長篇小說，是作者的反抗理論具體化的成果。

盲點

廖輝英著，九歌出版社一九八六年一月版。描寫一位處於傳統與現代夾縫中的新女性丁素素的愛情婚姻故事，有張曉風的序。

秋陽似酒

劉大任著，小燕子書店一九八六年一月版。收入〈草原狼〉、〈鶴頂紅〉、〈羊齒〉等短篇小說。

一九八五臺灣小說選

宋澤萊編，前衛出版社一九八六年二月版。這部小說集的內容有反映社會問題的，有關於民族史的、關於人權和公害等方面的問題。

一封未寄的情書

李昂著，洪範書店一九八六年二月版。這部短篇小說集分為「一封未寄的情書」、「寓言小說」兩輯，描寫了當代人愛情的追求及性的苦悶。

情

呂秀蓮著，敦理出版社一九八六年二月版。這部長篇小說描寫臺灣下層社會的家庭裡所發生的種種事件，探討社會價值、兩性關係、意識形態的衝突。

今夜微雨

廖輝英著，聯經出版公司一九八六年三月版。這部中短篇小說集，內容多為婚姻愛情的故事。

欲與罪

王幼華著，晨星出版社一九八六年三月版。這部短篇小說集描寫現代都市文明的畸零人心意。

塞納河畔

趙淑俠著，純文學出版社一九八六年四月版。這部長篇小說描寫海外中國人的心態與生活情形。

吉陵春秋

李永平著，洪範書店一九八六年四月版。分四卷：白衣、空門、天荒、花雨。以吉陵小鎮為時空背景，揉合了中國大陸、臺灣及南洋的生活風情。吉陵鎮的存在，只能靠中國社會的風俗與文化傳統去印證。

公寓導遊

張大春著，時報出版公司一九八六年六月版。本書所收的小說，是作者最初的小說經典：時報文學獎五位評審一致高票推崇的〈將軍碑〉、憂國的外省榮民寫下的〈四喜憂國〉、科幻小說首獎的〈傷逝者〉、令人不禁玩起解讀遊戲的〈公寓導遊〉等，為一篇篇熱鬧又有門道的短篇作品。

內在美

朱秀娟著，瑞德出版社一九八六年六月版。收入〈你走了〉等三個中篇。

時間軸

張大春著，時報文化出版公司一九八六年七月版。這部長篇小說從不同的角度描寫了老人與少年各種不同的社會生活。

紙婚

陳若曦著，自立晚報社一九八六年九月版。為日記體長篇小說，講述一位遠赴美國學藝術的上海女子平平因非法打工被移民局驅逐，後與一位美國青年以假結婚的方式，換取合法居留身份的種種際遇。

冶金者

朱西甯著，三三書城一九八六年十月版。收入〈橋〉等七個短篇。

決戰星期五

林雙不著，前衛出版社一九八六年十二月版。這部長篇小說，刻意強調「臺灣人的悲劇命運」，是以身體喻政治的校園問題小說。

五四廣場

金兆著，大地出版社一九八六年十二月版。這些短篇小說，寫大陸文革前為教授平反，引發知識分子控訴極「左」路線，書中有朱光潛、沈從文等人的影子。

野棉花

段彩華著，爾雅出版社一九八六年十二月版。收入〈外香客〉等二十三個短篇。

二憨子

尹雪曼著，智燕出版社一九八六年十二月版。收入〈一江春水〉等十三個短篇。

變形虹

林懷民著，水牛出版社一九八六年版。以男男情慾為中心內容的「同志」作品。有葉石濤序。

連雲夢

楊青矗著，敦理出版社一九八七年一月版。這部長篇小說分十一章，內容寫石油危機中男企業家的遭遇。為臺灣第一部描寫創業者白手起家的故事。

都市生活

黃凡著，一九八七年一月自印。所收八個短篇，均描寫了都市生活。

臺灣小說半世紀（一九三〇—一九八〇）

林雙不編，前衛出版社一九八七年三月版。收入王拓等人的短篇小說。

一九八六臺灣小說選

李喬等主編，前衛出版社一九八七年三月版。收入林雙不等人的短篇小說。

人生歌王

王禎和著，聯合文學雜誌社一九八七年四月版。這部中篇小說係改編同名電影劇本。男主角長於嘉義水牛厝，在歌唱事業方面有所成就。在歌廳駐唱期間，他因不滿黑道勒索而教唆殺人，被判七年徒刑。這位臺語歌手的遭遇，與有「寶島歌王」封號的葉啟田相似。

蓮花落

楊照著，圓神出版社一九八七年四月版。收入〈婚姻〉、〈文革遺事〉、〈上樓摘星〉等十五個短篇。

溫瑞安回來了

溫瑞安著，希代出版公司一九八七年四月版。收入〈午夜〉等十一個短篇小說。

白衣

方娥真著，林白出版社一九八七年四月版。收入〈窗外少年〉等八個短篇。

返鄉劄記

蕭颯著，洪範書店一九八七年五月版。通過碧春的日記，寫臺灣人的大陸經驗。

姜貴的小說續編

應鳳凰編，九歌出版社一九八七年五月版。收入〈三豔婦〉等三篇小說。

趙南棟及陳映真短文選

陳映真著，人間出版社一九八七年六月版。其〈趙南棟〉大膽描寫臺灣白色恐怖時期的政治受難者，重現已被社會遺忘的那段歷史中的故事，以溫和、穩健、真摯的文體，撼動尚未解禁的臺灣。

第三性

郭良蕙著，時報文化出版公司一九八七年六月版。為女同志主題的長篇小說，又稱〈兩種以外的〉。

臺灣連翹

吳濁流著，臺灣南方叢書出版社一九八七年六月版。「臺灣連翹」是一種臺灣常見植物的名稱，又被稱為黃藤枝。這部自傳體小說以一位土生土長的臺灣人的視角，描寫二十世紀歷史大背景下普通百姓的辛酸血淚，涉及二．二八事件與許多當時尚活躍在政治舞臺的人物。

臺灣七色記

姚嘉文著，自立晚報社一九八七年六至八月版。這部大河小說橫跨一千六百年，由七部曲組成：〈白版戶〉（西元三八三年河洛人的故事）、〈黑水溝〉（西元一六八三年臺灣天地會）、〈洪豆劫〉

〈西元一七八六年林爽文事件〉、〈黃虎印〉（西元一八九五年「臺灣民主國」抗日）、〈藍海夢〉（西元一九四五年臺灣光復記）、〈青山路〉（西元一九七一年退出聯合國）及〈紫帽寺〉（西元一九八四年泉州人的故事）。

杜甫在長安

龍瑛宗著，聯經出版公司一九八七年七月。收〈夕照〉等日文作品和〈夜流〉等中文作品，計二十四篇。以臺灣青年的一生紀錄臺灣當代歷史。

鍾玲極短篇

鍾玲著，爾雅出版社一九八七年七月版。收入作者從一九八一年至一九八七年寫的二十篇小小說，內容多半為愛情故事。

弱小民族

宋澤萊著，前衛出版社一九八七年七月版。此小說描寫以「我」為代表的「弱者」和以「我」的六個朋友為代表的「強者」，兩種角色的對抗中，包含了作者的思考與評價。

報馬仔

鄭清文著，圓神出版社一九八七年七月版。收〈菸斗〉等九個短篇。

施明正短篇小說精選集

施明正著，前衛出版社一九八七年八月版。這是政治小說集，內容多為控訴白色恐怖給人民帶來的災難。

最後的獵人

拓拔斯·塔瑪匹瑪著，晨星出版社一九八七年九月版。這部原住民小說集，探討族群與文化的衝突，描寫臺灣少數民族的生活非常深入到位。

炎夏之都

朱天文著，三三書坊一九八七年九月版。收錄自一九八二年到一九八七年間所寫的〈畫眉記〉、〈最藍的藍〉、〈伊甸不再〉、〈安安的假期〉、〈風櫃來的人〉、〈最想念的季節〉等十五篇小說，分為「最想念的季節」、「炎夏之都」上、下兩卷。

二殘遊記（完結篇）

二殘（原名劉紹銘）著，時報文化出版公司一九八七年九月版。雖然不像作者其他作品那樣情節跌宕，但在完結篇，該說的問題都說了，比如文化的衝擊，比如心靈的寄託，比如現在的一些文學樣式，比如中西方對親人的觀念。

閒愛孤雲

林黛嫚著，希代出版公司一九八七年十月版。此短篇小說集描寫愛情、家庭和社會問題。

馬蘭的故事

潘人木著，純文學出版社一九八七年十二月版。這部長篇小說寫大時代的家庭親情和社會百態。

姻緣

葉石濤著，新地出版社一九七年版。收入〈鬼月〉等八個短篇。

黃水仙花

葉石濤著，新地出版社一九八七年版。收入〈決鬥〉等八個短篇。

孤獨之旅

曹又方著，圓神出版社一九八八年一月版。收入〈演出〉等四個短篇。

模範市民

東年著，聯經出版公司一九八八年一月版。這部長篇小說敘述一位失業青年墮落的故事。

花的恐怖

無名氏著，黎明文化事業公司一九八八年一月版。收〈拈花〉等十四個短篇，另有報導文學一篇。

春秋茶室

吳錦發著，聯合文學出版社一九八八年一月版。收〈誰是臺灣人〉等六篇作品。

長江有愛

汪笨湖著，希代出版社一九八八年二月版。這部長篇小說，作者不笨不糊，他出手不凡，以與眾不同的風格和面孔使人們記住了他。

百花王國

段彩華著，世茂出版社一九八八年二月版。收入〈花市〉等八個短篇。

袁瓊瓊極短篇

袁瓊瓊著，爾雅出版社一九八八年二月版。收入〈情感〉等二十六個極短篇。

柏楊小說選讀

柏楊著，皇冠出版社一九八八年二月版。收入〈鬼屋〉等二十個短篇。

唐倩的喜劇

陳映真著，人間出版社一九八八年四月版。作品藉由唐倩這個女子，讓我們看到環繞其周遭的眾男性知識分子的荒誕。國民黨打壓學術自由，使學者們失去了思想自主，而關於現代化意識形態及其所支配的社會，與人文學術思想在臺灣的霸權性勝利，〈唐倩的喜劇〉則是一個準確而不幸的預言。

上班族的一日

陳映真著，人間出版社一九八八年四月版。收入〈某一個日子〉等七個短篇。

五印封緘

平路著，圓神出版社一九八八年四月版。收入一九八六至一九八八年間發表的五個短篇小說，〈五印封緘〉、〈在巨星的年代裡〉、〈罪名〉、〈按鍵的手〉、〈郝大師傳奇〉。

第二春

墨人著，采風出版社一九八八年四月版。收入〈春酒〉、〈客從故鄉來〉、〈丹麥寡婦〉、〈杏林之春〉、〈林議員的蜜月〉等九個短篇。有作者〈我的筆墨生涯〉和附錄三篇。

蓬萊誌異

宋澤萊著，前衛出版社一九八八年五月版。作者自然主義時期代表作，係寫給臺灣兄弟姐妹的人世間故事。

四喜憂國

張大春著，遠流出版公司一九八八年六月版。收入〈將軍牌〉、〈四喜憂國〉、〈晨間新聞〉、〈長髮の假面〉、〈自莽林躍出〉、〈如果林秀雄〉、〈最後的先知〉、〈飢餓〉等小說。

飛天

陳燁著，聯經出版公司一九八八年七月版。為中、短篇小說集，鼓舞人們反思教育環境。作者是少見的有著超傳奇大家族作背景的文學創作者，因而她的身世成為其源源不絕的作品源泉。

我愛黑眼珠續記

七等生著，漢藝色研出版公司一九八八年九月版。描寫李龍第尋回晴子的故事。小說焦點放在反省解嚴後風起雲湧的社會運動，改變了讀者眼中的〈我愛黑眼珠〉印象。

上將的女兒

段彩華著，九歌出版社一九八八年九月版。這部長篇小說寫一個少女冒著生命的危險，從敵人的後方闖入中央軍的封鎖線，經過化裝後又由四人陪同再深入敵人的禁區，從而遭遇到重重的艱險。好幾次掙扎在死亡線，是不卑不亢的女強人。

那些不毛的日子

施叔青著，洪範書店一九八八年十月版。收〈火雞的故事〉等短篇小說。

惡地形

林燿德著，希代出版社一九八八年十月版。收入作者一九八四年六月至一九八八年九月所發表的十六個短篇，〈惡地形〉、〈意識的彩帶〉、〈史坦答併發症〉、〈聖誕節真正的由來〉、〈我的兔子們〉、〈粉紅色男孩〉、〈戰胎〉等。

柯珊的兒女

張貴興著，遠流出版社一九八八年十一月版。收入〈如果鳳凰不死〉、〈柯珊的兒女〉等四篇作品。

沙豬傳奇

張系國著，洪範書店一九八八年十二月版。討論大男人主義，附與作家李昂的對話。收入〈試妻〉、〈殺妻〉等七個短篇。

悲情的山林——臺灣山地小說選

吳錦發編，晨星出版社一九八八年版。山地，即高山族同胞居住地，從這本書可看出原住民文學發展的軌跡。

陳克華極短篇

陳克華著，爾雅出版社一九八九年一月版。當作者開始寫極短篇時，文壇上卻遭逢一片對「輕薄文學」的殺伐之爭。作者的極短篇創作，回答了這類作品能否登大雅之堂的問題。

愛人天下

苦苓著，希代出版社一九八九年二月版。卷一為「人生之道」，收〈我得獎了〉、〈耳之戀〉、〈鴛鴦盜〉等小小說。

二二八臺灣小說選

林雙不編，自立晚報一九八九年二月版。收入呂赫若的〈冬夜〉、林雙不的〈黃素小編年〉、李喬的〈泰姆山記〉等有關「二・二八」抗爭的小說。

歡喜賊

張大春著，皇冠出版社一九八九年三月版。敘述者盡量模仿一種自己不會說的方言，講述種種奇怪的民俗。

春城無處不飛花

朱西甯著，遠流出版公司一九八九年三月版。收入〈夕陽再見〉等九個短篇。

泥河

陳燁著，自立晚報一九八九年三月版。除序言外，分為〈濃霧河畔〉、〈泥河〉、〈明日在大河彼岸〉，是文壇上首次寫「二·二八」事件的長篇小說。

熱愛

王幼華著，遠流出版公司一九八九年四月版。這是中、短篇小說集。作者之所以選擇了文學，是因為他自信這種方式最契合他的天籟本性和最適於他的思想表達。

紅鞋子

葉石濤著，自立晚報社一九八九年五月版。收入〈荷花居〉等二十四個短篇。

中華現代文學大系（壹）——小說卷（臺灣　一九七〇～一九八九）

齊邦媛主編，九歌出版社一九八九年五月版。共五冊，收入潘人木、三毛等人的短篇小說。

一九八八臺灣小說選

吳錦發編，前衛出版社一九八九年五月版。收入的短篇小說以本土作家為主，有強烈的臺灣意識。

貴州女人

陳若曦著，遠流出版公司一九八九年六月版。收入二十一篇作品。除了〈耿爾在北京〉和〈向著太平洋彼岸〉篇幅略長之外，其餘短篇小說所寫的故事，都留下了意味深長的結局。

我記得…

朱天心著，遠流出版公司一九八九年七月版。為短篇小說合集，其中〈我記得…〉裡，瀕死前靈光一現，昔日革命情感與青春肉體逐漸頹敗，慢動作播放。〈鶴妻〉中的男子在悼亡過程中，發現溫柔靜默的亡妻早變成城市廢墟裡的東西。

甜蜜夢幻

朱天衣著，遠流出版公司一九八九年八月版。收入〈紅塵故事〉等短篇。

夢中織

姬小苔著，晨星出版社一九八九年九月版。此小小說描寫夢中愛情，似真似幻。

大說謊家

張大春著，遠流出版公司一九八九年九月版。作者每天早上到報社將當日新聞寫進他的長篇小說裡，然後在當天的〈中時晚報〉刊出。其短篇小說等新聞事件與小說情節融合交織，不時夾插一段「箴言」，蔚為奇觀。

黃春明電影小說集

黃春明著，皇冠出版社一九八九年十二月版。以寫實手法描述傳統社會的人情味，最讓人感受深刻是作者用鄉村的淳樸熱情來反襯現今社會的冷漠，還讓人感受到一個為人父母者的心情。

新世代小說大系

黃凡等主編，希代出版社一九八九年版。分政治卷、都市卷，工商卷、鄉野卷、心理卷、歷史/戰爭卷、科幻卷、神秘卷、武俠卷、校園卷、愛情卷之一和之二，共收一〇一家的一百三十三篇作品。

臺灣當代小說精選（一九四五—一九八八）

鄭清文等主編，新地文學出版社一九八九年版。收入的短篇小說多為描寫臺灣這個島嶼發生的故事。

賽金花

趙淑俠著，九歌出版社一九九〇年一月版。作者在這部長篇小說中，突破男性對歷史人物賽金花的習見，將其放在中西文化衝突、交融的歷史背景上，用現代女性觀點來考察其悲劇命運，塑造出一個嶄新的、立體的女性形象。

財閥

黃凡著，希代出版社一九九〇年一月版。這部長篇小說，描寫主人公賴樸恩為向趙公元帥表達膜拜，可以讓自己的情人與別人結婚，反過來，他又運用自己的錢財去控制別人。作品通過他，使讀者認識到都市生活除離不開金錢外，還受政治權威的支配。這部把握都市整體精神的作品，充滿人事權力鬥爭和佛學哲理議論，但主題過於直露。

晚風習習

劉大任著，洪範書店一九九〇年一月版。以家屬故事經緯，反映祖孫父子三代的離亂心事，是用家族史隱喻國族。收入〈白髮的故事〉、〈重金屬〉等作品。

病變

張大春著，時報出版公司一九九〇年二月版。這部中短篇小說集富有創意，有些地方讀來叫人無從捉摸。透過作者的描寫，周遭各種騷動不安的人們所聚成的世界，顯得生氣蓬勃。他的小說給我們一個個獨特又再熟悉不過的世界。

上帝的耳目

黃凡著，希代出版社一九九〇年五月版。這部長篇幻想小說，觸及社會的敏感話題，並以自己獨到的觀察和思索，帶給讀者一次又一次的心靈震撼。

又見夕陽紅

玄小佛著，晨星出版社一九九〇年五月版。突破男強女弱愛情模式的長篇小說。

臺灣男子簡阿淘

葉石濤著，前衛出版社一九九〇年五月版。這是自傳體小說，主角簡阿淘是作者的化身。他詼諧自嘲卻隱含無數心酸血淚，道出一個沒落地主家庭出身的知識分子經歷改朝換代、二·二八、五十年代白色恐怖的特殊人生際遇，是臺灣變動時代的縮影。

世紀末的華麗

朱天文著，遠流出版社一九九〇年七月版。收入〈尼羅河女兒〉等短篇，一般煙火人間中草民百姓的庸常歲月，到了作者筆下，被演繹得嫵媚又妖嬈、華麗又蒼涼。

我們之間

蘇偉貞著，洪範書店一九九〇年七月版。收入〈雨天〉等十二個短篇。

人人愛讀喜劇

林宜澐著，遠流出版社一九九〇年七月版。收入〈王牌〉等十一個短篇。

賴和集

張恆豪主編，前衛出版社一九九〇年八月版。收錄賴和二十篇主要的小說，其作品具有強烈的反抗色彩。作者不僅以醫道救人，因大義凜然指控日本帝國主義者對殖民地的殘酷統治，為弱者伸張正義。

薔薇刑

藍玉湖著，晨星出版社一九九〇年八月版。其短篇小說主題都離不開男同志的性愛探險，封面折口刊有作者裸體照。

在秋天道別

廖輝英著，皇冠出版社一九九〇年十月版。這部長篇小說，敘述的是一位女子的情感挫折。

失聲畫眉

凌煙著，自立晚報社一九九〇年十月版。寫社會對歌仔戲演員的看法以及歌仔戲班、演員的感情世界，是首次描寫歌仔戲的長篇小說。其並非從同志小說的角度來書寫，而是將戲班實際生活現象及文化以小說的形式，用「冷」的淡淡筆法寫出。

一九四七·高砂百合

林燿德著，聯合文學出版社一九九〇年十二月版。這部長篇小說用意識流的手法刻畫原住民的歷史生態，其中融合了漢文化等現象。

靈山

高行健著，聯經出版公司一九九〇年十二月版。這部長篇小說用散漫而溫婉的筆觸，表現中國知識分子心靈和人性最深的絕望，暴露社會的本質，但作者並沒有找到解決的方法。

西拉雅族的末裔

葉詩著，前衛出版社一九九〇年版。這部短篇小說集借大地女兒的故事，寫出崇拜族群的生活形態。

朱天文電影小說集

朱天文著，遠流出版社一九九一年一月版。收入〈小畢的故事〉、〈風櫃來的人〉、〈安安的假期〉、〈最想念的季節〉、〈童年往事〉、〈尼羅河女兒〉等改編成電影的小說。此六部電影，皆由侯孝賢、陳坤厚、朱天文、吳念真等人合作而成，在國內外影展屢獲大獎並成為臺灣電影經典之作。

楊雲萍、張我軍、蔡秋桐合集

張恆豪主編，前衛出版社一九九一年二月版。楊雲萍以詩的知性和感性手法來觀照日據下的警察、製糖會社、婦女三大問題；張我軍的小說語言完全用中國白話，雖產量不多，但在草創期有重要的代表性；蔡秋桐則擅長「反面寫實」的嘲諷手法，以詼諧筆法揭開日北殖民政策的荒謬。

楊守愚集

張恆豪主編，前衛出版社一九九一年二月版。描寫了知識分子左傾現象的出現和人道主義的關懷，收入〈決裂〉等作品。

呂赫若集

張恆豪主編，前衛出版社一九九一年二月版。收錄呂赫若九個短篇力作：〈暴風雨的故事〉、〈婚約奇談〉、〈萍蹤小記〉、〈逃匿者〉、〈玉蘭花〉、〈山川草木〉、〈風頭水尾〉，皆為首度發表的中譯文。

張文環集

張恆豪主編，前衛出版社一九九一年二月版。從作者的處女作〈早凋的蓓蕾〉中，可看出他早期關心的主題及文學風格的原型，而〈夜猿〉、〈閹雞〉則是作者邁向成熟的標誌。將這些作品並列，能凸顯其歷久彌新的光芒。

紅塵（上、中、下）

墨人著，臺灣新生報出版部一九九一年二月版。這部長篇小說有雁翼序〈百年世態圖〉。長達一百二十萬言，以龍氏家族幾代人物的活動寫出近百年來中華民族歷經八國聯軍、中日戰爭、大陸翻天覆地的變化人情世態。

鬼的狂歡

邱妙津著，聯合文學出版社一九九一年三月版。收入〈柏拉圖之髮〉等短篇。

和風

華嚴著，躍升文化公司一九九一年五月版。這部長篇小說，描寫了一男三女的複雜關係。

屏東姑丈

李潼著，遠流出版社一九九一年五月版。收入〈白玫瑰〉等八個短篇。

黃禍

保密著，風雲時代出版公司一九九一年六月版。這部長篇政治預言小說分成〈臺灣生死存亡〉等三部分。

吳濁流集

彭瑞金主編，前衛出版社一九九一年七月版。收入〈水月〉等九個短篇。

葉石濤集

彭瑞金主編，前衛出版社一九九一年七月版。收入〈鬼月〉等十四個短篇。

鍾肇政集

彭瑞金主編，前衛出版社一九九一年七月版。收入〈父與子〉等九個短篇。

張彥勳集

彭瑞金主編，前衛出版社一九九一年七月版。感傷、強烈地表達詠嘆與悲哀的傾向，是作者的特殊風格。

廖清秀集

彭瑞金主編，前衛出版社一九九一年七月版。作者對臺灣近代風貌及演變有生動的描述。

文心集

彭瑞金主編，前衛出版社一九九一年七月版。取材具有闡揚人間美善的正面意義，雖然是描寫窮愁困苦的小人物生活，卻也能避開白色恐怖風暴。

陳千武集

彭瑞金編，前衛出版社一九九一年七月版。收入〈獵女犯〉等短篇。小說內容皆以臺灣特別志願兵的回憶為主軸，為戰爭經驗小說。

你的眼中，留著我

舒薔著，希代出版社一九九一年八月版。為愛情小說，表達出衝突的浪漫。

掌聲響起

水晶著，漢藝色研文化公司一九九一年九月版。收入〈午夜夢囈〉等兩部中短篇小說。

變奏的戀曲

蔡文甫著，九歌出版社一九九一年十月版。這是描繪中年男子微妙心思的極短篇小說集。

戲說慈禧

畢珍著，漢光文化公司一九九一年十一月版。這部長篇歷史小說，為葉赫那拉氏傳。

複製丈夫

王伯榮著，晨星出版社一九九一年十二月版。收入八個短篇。

海東青

李永平著，聯合文學出版社一九九二年一月版。以臺北為例，作者虛構一座城市，敘述主角與各女子往來過程，係臺北一則國族寓言。

土地與靈魂

王幼華著，九歌出版社一九九二年二月版。收入〈東北角〉等二十四個短篇。

愛上三〇〇歲的女孩

吳淡如著，晨星出版社一九九二年二月版。這部長篇小說分〈離魂天使〉等三部分。

我愛張愛玲

林裕翼著，聯合文學出版社一九九二年三月版。收入〈情人〉、〈白雪公主〉等有同志內容的短篇。

張大春集

高天生編，前衛出版社一九九二年四月版。所收錄的〈透明人〉是自剖式的心理描寫，屬質疑小說語言本身的後設小說。〈天火備忘錄〉是具有強烈政治導向的魔幻寫實作品。〈將軍碑〉的敘述結構則呈現出反寫實精神。作者擺脫了小說故事情節的功能性，而純粹以語言及其結構來影射現代社會。

李昂集

高天生等主編，前衛出版社一九九二年四月版。收入的短篇小說時間跨度大，實驗性強，幾乎都是第一或第二人稱，且與情色有關。

楊青矗集

高天生等主編，前衛出版社一九九二年四月版。作者代表作〈在室男〉是成長小說，「在室」就是「處男」，為一個人最純潔的時期，是純潔的象徵，作品寫出都市化如何摧毀一個少年。

王拓集

高天生等主編，前衛出版社一九九二年四月版。〈墳地鐘聲〉暴露了校長的醜行與罪行；〈炸〉、〈金水嬸〉反映漁村中重利薄情的現實；〈春牛圖〉描寫外務員可以不擇手段去賺錢，甚至犧牲色相；〈一個年輕的中學教員〉寫不認真教學、只熱衷於金錢的教師。這部短篇小說集呈現出資本主義帶給臺灣社會的災難。

履彊集

高天生等主編，前衛出版社一九九二年四月版。這部短篇小說集由社會問題向政治主題逼近，題材由一般問題向敏感問題集中，如「老兵」、「眷村」題材作品便涉及了省籍矛盾問題。

吳錦發集

高天生等主編，前衛出版社一九九二年四月版。作者根據美濃的地方史，創造出一系列印證美濃人精神面貌的鄉土小說。

王幼華集

高天生等主編，前衛出版社一九九二年四月版。這些短篇小說，表現了作者對社會歷史人生的思索。

廈門新娘

汪笨湖著，晨星出版社一九九二年五月版。這部長篇小說，寫鄭麗萍到臺灣後和舊情人李軍相逢，被阿巧姨和她老相好綁票。其義兄林哲志和她的關係遭人非議，自己的弟弟鄭順成因和工人打架使非法偷渡的身份曝光，最後為姐復仇殺人而坐牢。

想我眷村的兄弟們

朱天心著，麥田出版公司一九九二年五月版。收〈春風蝴蝶之事〉等短篇小說，著重描寫臺灣社會「畸零族群」。作者懷著極大的現實關注和眷村情懷，刻畫出不勝鄉愁的老兵、在眷村成長流離的女孩和少年，其間夾雜著對家園身世的追懷，係反映「眷村文化」的代表作。

太人性的小鎮

黃克全著，晨星出版社一九九二年六月版。這部短篇小說集以金門的當代生活為主要描述對象，同時大量涉獵金門的地理、歷史和人文景觀，生動地呈現出金門特殊的歷史文化與時代社會氛圍，具有哲學深度，又有鄉土活力的特色。

愛情私語

李元貞著，自立晚報社出版部一九九二年七月版。以倒敘的方式描寫一位年輕女性如何在一連串諸如失戀、墮打胎等不如意的經歷下，逐漸成長為能掌握自我命運、走向成熟的故事。

捕蝶人

平路、張系國著，洪範書店一九九二年七月版。這部長篇屬後設小說，是一位男作家與一位女作家合寫大陸金無怠的間諜生涯。作者並未機械化地以在文本中分出不同後設層次為滿足，而是穿插了書信、傳真、記錄等形式。

暗戀桃花源

葉姿麟著，皇冠出版社一九九二年八月版。據賴聲川之同名電影及劇本改寫。

少年大頭春的生活週記

張大春著，聯合文學出版社一九九二年八月版。大頭春，一個逃家逃學逃社會的孩子，藉著「週記」建立起自己的小王國。《週記》中有確切發生的時事和學習心得，還有人們習以為常或難以消化的胡說八道。他也許是個壞小孩，但值得所有的賢明家長和賢明子弟認識。

綠色的心

鄭寶娟著，九歌出版社一九九二年九月版。反映男人和女人之間、男人和男人之間相處交往的世間眾生相。男性應做一個大度、光明、磊落、直率的男人，讓女人覺得安全，而作為女人應該有獨立的能力與決斷，並善意地提醒有錯的男人及時改過。

情色極短篇

苦苓著，希代出版社一九九二年十月版。現在的男女關係實在不怎麼「靠得住」，變心的情節實在太多，變心的形式也夠複雜，但無論你是曾經變心、企圖變心、即將變心、不想變心，你都不能不知道，這些屬於你的、我的、他的——變心故事。

荒人手記

朱天文著，時報出版公司一九九二年十一月版。這部長篇小說以手記形式，寫男同性戀者與八位不同戀人之間發生的錯綜複雜的關係，獲第一屆時報文學百萬小說獎。

日據時代臺灣小說選

施淑編，前衛出版社一九九二年十二月版。收入小說十六篇，題材涵蓋工人、農民、小市民。有賴和的〈一桿「秤仔」〉、陳虛谷的〈榮歸〉、孤峰的〈流氓〉、蔡秋桐的〈新興的悲哀〉、楊守愚的〈決裂〉等。

枝頭上的烏鴉

王玉佩著，高雄市立中正文化中心一九九三年三月版。收入〈真與假〉等十三個短篇。

紅字團

駱以軍著，聯合文學出版社一九九三年四月版。共收入〈手槍王〉等六篇得獎作品。作者將我們習以為常的感覺、情緒、道德判斷置放於荒謬曖昧的情境，運用角色認同及敘事聲音皆充斥干擾與延宕的技巧，逼視讀者注意小說虛構的本質，並開創出高度智性的遊戲。

因為孤獨的緣故

蔣勳著，時報出版公司一九九三年四月版。這部短篇小說集帶你走近一個詩與美之外的蔣動，聽他為你講述小說世界的光怪陸離。收錄〈舌頭考〉、〈婦人明月的手指〉等六篇作品。

愛情與激情

玄小佛著，晨星出版社一九九三年五月版。這部長篇小說講述了一個非常簡單的道理，在沒有愛情的世界裡，生活原來是那麼的蒼白和單調。

故里人歸

鄭清文著，臺北縣立文化中心一九九三年六月版。收入〈最後的紳士〉等六個短篇。

約克夏的黃昏

鍾鐵民著，高雄縣立文化中心一九九三年六月版。收入〈三伯公傳奇〉、〈女人與甘蔗〉、〈偷雞的人〉等九個短篇。

不屈服者

廖清秀著，臺北縣立文化中心一九九三年六月版。這部長篇小說，描寫臺灣同胞遭日寇毆打不投降的故事。

反骨

廖清秀著，遠景出版社一九九三年七月版。寫專制時代御用紳士、反骨者和中立者三種人。

小說家和他的太太

張啟疆著，聯合文學出版社一九九三年九月版。收入〈他人的臉〉等二十六個短篇。

她名叫蝴蝶

施叔青著，洪範書店一九九三年九月版。「香港三部曲」第一部。作品寫一八九四年鼠疫、一八九八年英人強租新界、香港兩次大罷工、日據時期、七十年代中產階級的興起、香港經濟的起飛。香港的百年大事依附著書中人物，穿插著典故傳說，隨著時代往前推進，意圖涵括百年來的香港。全書還刻畫了不同時代在香港生活的洋人形象。

維多利亞俱樂部

施叔青著，聯合文學出版社一九九三年十月版。這部長篇小說，講述香港殖民地身份象徵的維多利亞俱樂部內部一樁採購主任和經理串通、以次貨代替好貨、向供應商收取回扣的商業罪案。透過案件，折射出香港司法運作的黑暗面和殖民者的貪婪。

上帝的骰子

郭箏著，臺灣食貨出版社一九九三年十一月版。收入〈最後文告〉等八個短篇。

我們自夜闇的酒館離開

駱以軍著，皇冠出版社一九九三年十一月版。收入〈折光〉、〈我們自夜闇的酒館離開〉等六個短篇。

我妹妹

張大春著，聯合文學出版社一九九三年十一月版。〈少年大頭春生活週記〉續作，但不再以男性為主，它透過家喻戶曉的角色——少年大頭春妹妹的故事，深入處理少年的青春困擾，觸及少有的兩性問題。

李喬集

陳萬益等主編，前衛出版社一九九三年十二月版。分三卷，收入十一篇作品。

施明正集

陳萬益等主編，前衛出版社一九九三年十二月版。他寫過愛情小說、政治小說，也寫了不少自傳體小說。他的作品又是人權小說，且開了「監獄小說」

的先河。

郭松棻集

陳萬益等主編，前衛出版社一九九三年十二月版。收入〈奔跑的母親〉、〈機場即景〉、〈第一課〉等十二篇小說。

季季集

陳萬益等主編，前衛出版社一九九三年十二月版。透過本書可見作者多變的風格，但始終不離男女關係的看法和描寫。

劉大任集

陳萬益等主編，前衛出版社一九九三年十二月版。此短篇小說集有自傳成分，行文夾敘夾議，有抒情散文的氣息。

歐陽子集

陳萬益等主編，前衛出版社一九九三年十二月版。這部短篇小說集著力的焦點，在於毫無保留的人性解剖，向內挖掘那複雜的內心世界。其所收的〈網〉、〈覺醒〉、〈浪子〉、〈花瓶〉、〈最後一節課〉、〈魔女〉在小說形式上，做到了盡善盡美。

七等生集

陳萬益等主編，前衛出版社一九九三年十二月版。這個短篇小說集的布局，充滿了真實與夢幻的交錯，經常從一個現實的敘事，陡然融入一個非現實的世界。透過冥想的運作，或以象徵、或以預言的形式，探討繁複尖銳的現實問題。

陳恆嘉集

陳萬益等主編，前衛出版社一九九三年十二月版。

陳恆嘉的作品描述臺灣庶民本土性格，並嘗試融合「臺語文學」特色。

陳若曦集

陳萬益等主編，前衛出版社一九九三年十二月版。以寫實手法表現其在大陸文革時期生活的作品，尤為引人矚目。

張系國集

陳萬益等主編，前衛出版社一九九三年十二月版。作者從事自然科學研究，有不少作品屬科幻小說。

鍾鐵民集

陳萬益等主編，前衛出版社一九九三年十二月版。東方白（林文德）鍾鐵民的作品多為作者以非農民身份撰寫的農民小說。數十年的農村觀察記述，見證了臺灣農村變遷史。

東方白集

陳萬益等主編，前衛出版社一九九三年十二月版。東方白（林文德）旅居國外而心繫臺灣，使他的小說含有抽象的、異質的東西，更運用了大量臺灣方言，展現其作品根植鄉土的特性。

鄭清文集

陳萬益等主編，前衛出版社一九九三年十二月版。鄭清文喜以冰山比喻來寫作，故讀他的作品常有問「為什麼」的衝動。他也喜歡寫得「沉」一點，從而形成含蓄深沉的風格。

施叔青集

陳萬益等主編，前衛出版社一九九三年十二月版。作品描寫了香港新移民——投奔香港的大陸同胞的故事，小說中人物的顛撲命運、蹇促生涯，看見了香港生活的另一景觀。作者筆下的香港絢麗多彩，但轉眼卻變作陣陣鬼火磷光，繁華卻也淒清。

紅塵（續集）

墨人著，臺灣新生報出版部一九九三年十二月版。附有作者自序和作品重要人物系統表。這部長篇計四十萬字，一直寫到海峽兩岸骨肉分離，述說大環境的變遷給社會帶來的重大影響，書後附有潘亞暾等人的評論。

兒女們

履彊著，聯合文學出版社一九九四年一月臨。收入〈大亨〉等十一個短篇小說。

永樂大帝

商傳著，國際村文庫書店一九九四年二月版。此小說是有關永樂大帝朱棣的故事。

李昂說情

李昂著，一九九四年三月自印。這部短篇小說集處處離不開色與愛。

客家臺灣文學選

鍾肇政主編，新地文學出版社一九九四年四月版。分上、下冊，所收錄的龍瑛宗、吳濁流、賴和等均屬於客語族群作家的短篇小說。

鹽田兒女

蔡素芬著，聯經出版公司一九九四年五月版。這部長篇小說寫的是一對住在南部鹽田村落的青梅竹馬男女，女方卻在父母安排下招了一位嗜賭的男人，這樁錯誤的婚姻使女方一生命運坎坷。作品也寫親情，寫鹽田的生活形態，以及社會的變遷，相當生活化。

鱷魚手記

邱妙津著，時報出版公司一九九四年五月版。全書分為八個章節，多以大學生活為背景，敘述了七個男女主人公的同性、雙性戀的情感生活和心路歷程，係震動整個臺灣的同性愛情物語，是臺灣二十世紀末不可忽視的同志文學之作。

三八雨

汪笨湖著，晨星出版社一九九四年六月版。這是描寫愛情與政治經濟糾葛的異色小說。

夢與豬與黎明

黃錦樹著，九歌出版社一九九四年六月版。收入〈少女病〉、〈撤退〉、〈死在南方〉等十篇小說。幾近荒謬的故事，呈現各種特立獨行的人物，是榮獲多項文學獎的小說集。

孟瑤讀本

吉廣輿編選，幼獅文化公司一九九四年七月版。每一個短篇小說都有不同的主題、寫法，合起來表現出中國近代社會蛻變的痕跡。

時間龍

林燿德著，時報文化出版公司一九九四年八月版。有〈楔子：奧馬變種蝶〉。這部長篇小說分兩部分：基爾篇、奧馬篇，另有附錄〈黑蟻與多巴哥〉。

沒人寫信給上校

張大春著，聯合文學出版社一九九四年九月版。這部長篇小說，描寫尹清楓命案及其後面發展的軍購弊案的故事。

異族的婚禮

葉石濤著，皇冠出版社一九九四年九月版。描寫太平洋戰爭時期到戰後期間，因為戰亂移居到臺灣的人們在經濟、物質，感情、生活上的互相往來與交流，表現二十世紀四十年代臺灣各族群衝突與融合的過程。收入〈叛變〉等十篇作品。

公主徹夜未眠

成英姝著，聯合文學出版社一九九四年十月版。這是一部描繪人與人之間距離的小說。作品貼近生活，如同發生在你我周遭環境的小故事。除了講述人的物質距離，也凸顯了人的心理距離。

地藏菩薩的本願

東年著，聯合文學出版社一九九四年十一月版。借由淨月法師、自在活佛和李立三者以及興建地藏寺廟等事件，去探討修行所重視的發願、行願，在修道的過程中可能產生的問題，以及願力（神通）與普渡眾生之間，不單純是施與受的關係。

船夫和猴子

蔡文甫著，九歌出版社一九九四年十一月版。以獨特的體裁，寫日常生活中的普通人，深入探索人類的心靈活動。人性的描繪出神入化，王克難傳神的英譯，更讓人體會雙語閱讀的樂趣。

如煙消逝的高祖皇帝

郭箏著，食貨出版社一九九四年十二月版。這部長篇小說記錄了大順高祖皇帝李自成傳奇的一生。

海那邊

嚴歌苓著，九歌出版社一九九五年一月版。描寫海峽兩岸新移民的故事。

王左的悲哀

陳若曦著，遠流出版公司一九九五年一月版。告別文革小說而以美國華人社會和海峽兩岸暨香港澳門的人情世故為題材，各種政治社會等文化背景各異的人物紛紛進入作者的視域，其中對女人主體性的省思，仍是作者主要的關注點之一。

生活在真實中

娃娜著，時報文化出版公司一九九五年二月版。這是描寫母女關係的長篇小說。

陳映真作品集

陳映真著，人間出版社一九九五年三月版。共十五冊：〈我的弟弟康雄〉、〈唐倩的喜劇〉、〈上班族的一日〉、〈萬商帝君〉、〈鈴鐺花〉、〈思想的貧困〉、〈石破天驚〉、〈鳶山〉、〈鞭子和提燈〉、〈走出國境內的異國〉、〈中國結〉、〈西川滿與臺灣文學〉、〈美國統治下的臺灣〉、〈愛情的故事〉、〈文學的思考者〉。

行道天涯

平路著，聯合文學出版社一九九五年三月版。這部長篇小說，係描寫孫中山與宋慶齡的革命愛情故事，借用私密事情瓦解政治神話。

在海德堡墜入情網

龍應台著，聯合文學出版社一九九五年四月版。由三個中篇組成，題材均與愛情有關。

裸魚

褚士瑩著，探索文化公司一九九五年五月版。以埃及六日戰爭為題材的長篇小說。

大東區

林燿德著，聯合文學出版社一九九五年六月版。收入〈黑海域〉、〈遊行〉、〈三〇三號房〉等十四個短篇小說。

深夜走過藍色的城市

陳玉慧著，遠流出版公司一九九五年七月版。為作者嘗試用「商業性」寫的首部有關異國游戀故事的中篇小說。

臺灣連翹

吳濁流著，草根出版公司一九九五年七月版。自傳體小說，也是吳濁流一生的最後著作，寫出他在「祖國」來臨之後，思想和精神上的變化。全書道出臺灣戰爭前後政壇的秘辛。

呂赫若小說全集

呂赫若著，林至清譯，聯合文學出版社一九九五年七月版。收入戰前小說二十一篇、戰後小說四篇，另有〈我思我想〉等五篇附錄。

絕望中誕生

朱蘇進著，遠流出版公司一九九五年八月版。收入〈輕輕地說〉等三個短篇小說。

感官世界

紀大偉著，平氏出版公司一九九五年九月版。這是一本前衛小說，收入七篇作品，展現了一片科幻魔界，滿足初生之犢的衝撞力與企圖心。

惡女書

陳雪著，平氏出版公司一九九五年九月版。共收入〈尋找天使遺失的翅膀〉、〈異色之屋〉、〈夜的迷宮〉、〈貓死了之後〉四個前衛中篇，以第一人稱告白體，書寫女同性戀充滿罪惡感卻又耽溺其中的情慾，流露出被社會主流價值所壓抑的苦痛。

遍山洋紫荊

施叔青著，洪範書店一九九五年九月版。〈香港三部曲〉第二部。融合了香港的殖民史與發展史，反映了在滄海桑田的變遷中的眾生百態，涉及中下層人民生活，揭開了那段傳奇歷史的面紗。故事的男女主人公是前妓黃得雲與華人通譯屈亞炳，係黃得雲一人的奮鬥史。

寂寞的群眾

邱妙津著，聯合文學出版社一九九五年九月版。這些短篇小說有濃厚實驗性及都市網格，人物性格強烈，情節敘事用構圖式的電影剪裁手法，視覺意象豐富。

袍修羅蘭

愚溪著，普音文化公司一九九五年十月版。這部長篇小說敘述瓔珞姑娘堅定不移追尋真情的故事。

埋冤·一九四七·埋冤

李喬著，一九九五年十月自印。埋冤即埋怨。這部共兩冊的長篇小說，所展示的不只是客家人「硬頸」不屈的精神，更是他們擁抱土地的根深情懷。

蕃薯仔哀歌

蔡德本著，遠景出版社一九九五年十一月版。分〈逮捕〉、〈自新辦法〉、〈戲劇花與聯誼會〉等章節，以自己的親身經歷描寫五十年代白色恐怖的情況。

慾望夾心

陳璐西、林燿德著，皇冠出版社一九九五年版。雙色小小說集，有二十個題目，每個題目下有兩篇小說，藉由兩種完全不同的角度經營意象、構築成篇。

占領龐克希爾號

張國立著，皇冠出版社一九九六年一月版。為長篇軍事小說。

逆女

杜修蘭著，皇冠出版社一九九六年一月版。敘述破碎家庭中出現的女同性戀故事。

騷動的島

王幼華著，允晨文化公司一九九六年二月版。這部長篇小說描寫媒體工作者的生活狀況。

撒謊的信徒

張大春著，聯合文學出版社一九九六年三月版。這部長篇小說描寫了政治人物的墮落。與其稱作品刻畫了某個集爭議於一身的政客，倒不如說它揭露了權力所誘發的人情惡質之源：懦弱、貪婪、傲慢、

無知，以及權力如何使人擁有它和失去它。

貓臉的歲月

顧肇森著，九歌出版社一九九六年三月版。收入〈張偉〉、〈曾美月〉、〈李莉〉等同志主題短篇小說。

膜

紀大偉著，聯經出版公司一九九六年三月版。這部中篇小說是虛擬女性情慾的科幻之作，另收入八個短篇。

愛情女子聯盟

曹又方著，圓神出版社一九九六年四月版。這部長篇小說描寫一位風流的廣告公司老闆的婚姻遭遇。

八十四年短篇小說選

廖咸浩編，爾雅出版社一九九六年四月版。「八十

四年」即一九九五年，收入當年有影響的作品。

抓住心靈的震顫

劉墉著，水雲齋文化公司一九九六年五月版。本書是作者在〈我不是教你詐〉之後，所寫的一本在最微妙處表現愛情、親情和友情的長篇作品。

蒙馬特遺書

邱妙津著，聯合文學出版社一九九六年五月版。這部長篇小說，用書信體敘述女同志的愛情故事。這二十封信，是作者留給這個世界的生命告白。愛慾的強烈、背叛的痛苦、不顧一切的占有與痛切的自我剖析，在文字中噴薄而出。

血色蝙蝠降臨的城市

宋澤萊著，前衛出版社一九九六年五月版。這部長篇小說，取材於選戰及黑金政治。

清明上河圖

段彩華著，九歌出版社一九九六年六月版。這部武俠小說敘述宮中的古畫被盜，從而引發一場爭奪戰的故事。

愛過總比沒愛好

吳若權著，希代出版社一九九六年八月版。以男女感情事件為背景的極短篇，計二十四篇。

野孩子

大頭春（張大春）著，聯合文學出版社一九九六年九月版。以二十九個故事連接成一情節連貫的長篇小說，大頭春用叛逆的眼光看成人世界。離家出走的青少年以流浪來肯定停滯，以死亡來終結成長，這些另類的「拒絕成長」的創傷性體驗，背離、顛覆了成人世界中的主流成長模式，暗示了作者對內在自我的追尋和對外在體制的抵抗。

夢遊一九九四

陳雪著，遠流出版公司一九九六年九月版。收入〈色情天使〉等三個短篇。

草原的盛夏

王文興著，洪範書店一九九六年九月版。收入〈母親〉等五個短篇小說。

封閉的島嶼

蘇偉貞著，麥田出版公司一九九六年十月版。收入〈生涯〉、〈舊愛〉等小說。

花憶前身

朱天文著，麥田出版公司一九九六年十月版。收入〈最想念的季節〉等小說。

傷心咖啡店之歌

朱少麟著，九歌出版社一九九六年十月版。這部長篇小說以馬蒂為軸心，勾畫出兩個相生相剋、密不可分的世界：一個是呆板機械的物質世界，一個是自由恣肆的精神世界。前者給馬蒂等人帶來生活的物質基礎的同時，也桎梏了她們的靈性；後者讓馬蒂等人的私生活變得搖曳多姿，比如傷心咖啡店、馬達加斯加。

白水湖春夢

蕭麗紅著，聯經出版公司一九九六年十二月版。二．二八事件，係早年臺灣閩南族群無法說出口的傷痛。這部長篇小說以此事件為背景，表現臺灣人的人情義理，每個人都像叔叔伯伯阿姨那般熟悉。

烏暗暝

黃錦樹著，九歌出版社一九九七年二月版。收入

〈大水〉、〈血崩〉等十一篇作品。

惡魚

林宜澐著，麥田出版社一九九七年四月版。收入〈我所不知道的魔術〉、〈蹲著等待地震〉等十一篇作品。

夾竹桃

鍾理和著，派色文化出版公司一九九七年四月版。這部中篇小說通過北平一所大雜院各種人事的描寫，反映出人類社會的悲慘與罪惡。

古都

朱天心著，麥田出版公司一九九七年五月版。是一部關心城市人命運的作品，這部中短篇小說集寫出一種又一種的城市記憶。

禁書啟示錄

平路著，麥田出版公司一九九七年五月版。擺蕩在新舊女性書寫方式間，其敘述多了一份省思或諷刺的層次，而她質疑的核心，正是人和人道思想論述的誘惑與限制。收入〈玉田米之死〉、〈人工智慧記事〉等作品。

火宅之貓

張曼娟著，皇冠出版社一九九七年六月版。心理醫生齊大夫與一個孤苦無依、惹人愛憐的美麗病人亞咪結婚了。婚後不久發現妻子及其漫畫一夜之間竟走紅了整座城市。正當大夫為做一位名女人的丈夫陷入煩惱時，亞咪卻突然失蹤。撲朔迷離的情愛糾葛，編織出一個扣人心弦的玫瑰色現代愛情故事。

十七歲之海

舞鶴著，元尊文化公司一九九七年六月版。是作者重新整理各時期實驗性的中、短篇小說。收入〈姐姐〉、〈午休〉、〈漂女〉、〈一位同性戀者的秘密手記〉、〈飆的少年我是〉、〈祖母的死〉等作品。

寂寞雲園

施叔青著，洪範書店一九九七年七月版。這部長篇小說通過與黃得雲的曾孫女黃蝶娘的交往，時空交錯地倒敘著黃家幾代的故事：一個非常偶然的機會，黃得雲成了匯豐銀行董事洛修的情婦，變成上層社會的名流。

還珠格格（三之一）：陰錯陽差

瓊瑤著，皇冠出版社一九九七年八月版。後改編成著名電視劇。故事內容描寫寫兩個身世截然不同的女孩，相遇義結金蘭所發生的一連串故事，乾隆皇帝東巡與一女子夏雨荷有一段露水姻緣，並生下一女兒夏紫薇。多年後，夏雨荷病逝，紫薇、爾康、小燕子、永琪這兩對有情人終成眷屬。

匈奴

張國立著，皇冠出版社一九九七年九月版。背景是大漢王朝武帝時代，以李廣、李敢、李陵祖宗三代討伐匈奴為主線。

北港香爐人人插

李昂著，麥田出版社一九九七年九月版。這部中篇小說的身體敘事融入政治倫理的大敘事，重點並不在「香爐」，小說的政治指向遠大於女權的一面，她表示在我們眼前的是那些偽善君子，藉著「主義」而愚弄大眾，是對臺灣政治活動的思考。

還珠格格（三之二）：水深火熱

瓊瑤著，皇冠出版社一九九七年十一月版。描寫宮中的冒牌格格小燕子日漸得寵，宮外的正牌格格紫薇卻「妾身未明」，為了讓她們倆各歸其位，爾康等人冒著危險把紫薇送進宮中，精通琴棋書畫的紫薇也立即獲得乾隆的喜愛，不料卻引來皇后的嫉妒，竟藉故將紫薇囚禁起來動私刑。

尋找獨角獸

黃永芳著，皇冠出版社一九九七年十二月版。這部長篇小說描寫當背叛的因子被誘發的瞬間，愛與恨的純度，成為禁錮悅慈的力量。所以，她摺疊著每一個隕落的夢，寧可相信自己。但紀升卻溫柔地輕敲悅慈的心門。他明白，悅慈深愛的「獨角獸」，是一種愛的象徵。

籲神錄

朱夜著，黎明文化事業公司一九九七年版。這部長篇小說共有四冊，係奇幻作品，第一部為「夢非夢」。

女兒的家

陳若曦著，探索文化公司一九九八年一月版。在離散背景及宗教修持下，包容糅合了思想、社群、教育及心靈之下不同面向而自成其特色。由離家到回家，有家到無家，從「何處是女兒家」到「處處是女兒家」，這個二十世紀的著名公案，直指跨世紀臺灣女性書寫與心靈創作的重要契機。

把她交給你

朱秀娟著，皇冠出版社一九九八年一月版。這部短篇小說集在曲折但不離奇的故事中，展現出女主角的生活和命運。

蒼天有淚（三之一）：無語問蒼天

瓊瑤著，皇冠出版社一九九八年二月版。這部長篇小說描寫展家二少爺的一把火，燒毀了寄傲山莊，燒死了父親，更燒掉全部的希望。帶著三個年幼的弟弟妹妹，纖弱的雨鳳和倔強的雨鵑無法挑起這沉重的擔子。接著，會有什麼不同的命運降臨在她們身上？後改編成著名電視劇。

群象

張貴興著，時報出版公司一九九八年二月版。本書是以個人及龐大的東馬熱帶雨林中施、余家史與華人家族史，進入記憶體的書寫，是一部充滿浪漫和傳奇的史詩。

黃凡小說精選集

黃凡著，聯合文學出版社一九九八年三月版。用廣角鏡頭對準臺灣都市叢林：對於都市的觀察和描繪，對於都市社會結構特徵的揭示，對於都市人新的行為模式、性格特徵的刻畫，對於都市人普遍的焦慮的精神狀態，還有對臺灣都市社會發展趨向的揭示。

屏風後的女人

於梨華著，九歌出版社一九九八年三月版。收入〈亂世男女系列〉等六篇小說。

八角塔下

鍾肇政著，草根出版社一九九八年四月版。這部長篇小說以中學經驗為題材，背景是第二次世界大戰中的私立淡水中學。

兩地相思

王禎和著，聯合文學出版社一九九八年五月版。這是作者最後一部短篇小說集，書中對小人物的關注、地方色彩的經營和語言的鮮活運用，都是其一貫特色，而愈益成熟的敘述手法——平行對比的電影剪輯手法，更是該書重要嘗試。

牛肚港的故事

王拓著，草根出版社一九九八年五月版。通過趙孝義等三位國中教師的遭遇，反映出戒嚴時代中下層民眾的生活。

范柳原懺悔錄

李歐梵著，麥田出版社一九九八年五月版。通過男主角范柳原用二十餘封書信的形式，追述自己的情感歷程，係〈傾城之戀〉又一章。

鄭清文短篇小說全集

鄭清文著，齊邦媛等編，麥田出版社一九九八年六月版。分六卷，收入〈女司機〉、〈下水湯〉、〈苦瓜〉等小說六十八篇。

妻夢狗

駱以軍著，元尊文化公司一九九八年七月版。這是後設短篇小說，描述在時間之屋裡，狗和狐狸相愛的故事。

大地之春

吳漫沙著，前衛出版社一九九八年八月版。這部中篇小說，是法西斯美學的小說形象化。

本事

張大春著，聯合文學出版社一九九八年八月版。以戲弄的筆法演繹人世荒謬，站在流行的端頭吟哦古今歷史。

第一次的親密接觸

痞子蔡著，紅色文化出版社一九九八年九月版。一個患有遺傳性紅斑狼瘡的美麗女孩，她希望讓生命更多一點亮色，與痞子蔡網路相逢之後，倍感知心。世事難料，輕舞飛揚的生命突然結束了，而小魚也在看穿真相後拂袖而去。

初雪

李黎著，聯合文學出版社一九九八年九月版，第一篇與最後一篇小說，在創作時間上相隔二十一年之久。李黎的筆名更替，包含了作者創作生涯中的糾結與現實生活裡的頡頏，以及繁華過後沉澱的生命軌跡與心路。

戀物癖

紀大偉著，時報文化公司一九九八年十月版。站在傳統與現代價值認知逐漸剝離的世紀岔口，情慾戀物或文化戀物，都是生命轉折時無力逃脫的課題。跟隨作者時而低吟，時而嘲謔的筆觸，漫溯靈魂與身體最私密的記憶底層。

日據時期臺灣小說選讀

許俊雅編，萬卷樓一九九八年十一月版。選入賴和〈一桿稱仔〉、陳虛谷〈榮歸〉、楊逵〈送報伕〉，呂赫若〈牛車〉、王詩琅〈沒落〉、朱點人〈秋信〉、龍瑛宗〈植有木瓜樹的小鎮〉、張文環〈閹雞〉、王昶雄〈奔流〉等十五個短篇，附錄賞析兩篇。至於每篇小說，在本文前有「作者登場」，後有「集評」。

每個愛情都是出口

吳淡如著，皇冠出版社一九九八年十二月版。寫愛情就是這樣令人又愛又恨，它仿如一張藏寶圖，不斷吸引著人們向前奔去。談戀愛還有點像在冒險，一旦你出發了，就該清楚前方定會有岔路、荊棘，也會有陷阱和誘惑，每一次的歷練都會讓你改變，重要的是，在愛中成長。

童女之舞

曹麗娟著，大田出版社一九九九年一月版。收入〈斷裂〉、〈在父名之下〉、〈關於她的白髮及其他〉等四篇小說。

新勢力小說選

陳祖彥編，探索文化公司一九九九年一月版。收入年輕一代十分前衛的短篇小說多篇。

喜歡

張曼娟著，皇冠出版社一九九九年二月版。我們即將分別時，他坦白了自己的情感，說他喜歡我。我終於明白，他不顧一切的付出，如此勇敢，因為他喜歡我。這份美好溫暖的感覺，甚至能夠支撐我們走過生命中的冰原。

黑色的翅膀

夏曼・藍波安著，晨星出版社一九九九年四月版。此書描寫四位達悟小孩賈飛亞等人的海洋夢，用第一人稱描繪出海上捕魚的驚險及豐收後的喜悅。

一顆永恆的星

王藍著，九歌出版社一九九九年四月版。此短篇小說寫淪陷區青少年抗擊日本侵略者的故事，作者認為吳祖光的早期劇作〈少年遊〉曾「抄襲」此小說。

清水嬸回家

陳若曦著，駱駝出版社一九九九年五月版。收入〈晶晶的生日〉、〈尹縣長〉等七個短篇，有馬森的導讀。

惡魔的女兒

陳雪著，聯合文學出版社一九九九年六月版。此前衛小說敘述一名自幼年起身心飽受親生父親摧殘的女子，歷經長年的失眠和自我放逐，在隱抑多年後回復童年的創傷記憶，以及接受心理治療的過程。

禁色的暗夜

李昂著，皇冠出版社一九九九年八月版。收入〈回顧〉、〈莫春〉、〈禁色的愛〉等三篇與情色有關的小說。其中〈莫春〉用第三人稱敘述女主角的性冒險經驗。

尋人啟事

張大春著，聯合文學出版社一九九九年八月版。作者以細膩動人的筆觸，在世紀末譜寫出最抒情的小說樂章。五十七篇筆記小說，五十七位人物，讓讀者眷戀、情愁、悵惘，從腦海裡漸漸褪色的人物，重新自記憶中甦醒。

第三個舞者

駱以軍著，聯合文學出版社一九九九年九月版，第一個舞者說了一個他老娘寂寞子宮空無地膨脹的故事，第二個舞者說了一個男家庭教師日夜顛倒和一對單親母女亂倫性交的故事，第四個舞者說了一個不存在的精神分裂症文學獎和兩個不存在的藥品銷售員的故事，第五個舞者說了一個肛交女孩的故事。這部長篇小說中的第三個舞者呢？他們突然統統回頭問我。

尋找一座島嶼

廖鴻基著，翰音文化出版社一九九九年九月版。收入〈阿莫〉、〈死去〉、〈脫困〉、〈七星潭〉等小說。

放生

黃春明著，聯合文學出版社一九九九年十月版。描寫發生在農村裡的故事，是村鎮裡老人的眾生相、浮世繪，例如瞎子阿木、一位像土地公的銀鬚老人。收入〈瞎子阿木〉、〈死去活來〉、〈最後一隻鳳鳥〉等十篇小說。

婆娑世界

墨人著，昭明出版社一九九九年十一月版。「婆娑」梵語為SAHA，中譯為「忍土」，為大千世界之總名，稱為「婆娑世界」。此世界眾生有貪、嗔、痴三毒，為一切亂源、禍首。這部長篇小說告訴我們幸福來之不易，因此我們更該惜緣、惜福。

非常的日常

林燿德著，聯合文學出版社一九九九年十二月版。收入〈龍泉街〉、〈粉紅色男孩〉、〈惡地形〉等十四個短篇。

李喬短篇小說全集

李喬著，苗栗縣立文化中心二〇〇〇年一月版。收短篇小說一百七十四篇，中篇小說三篇。

餘生

舞鶴著，麥田出版社二〇〇〇年一月版。寫「霧社事件」的長篇小說。

北京法源寺

李敖著，李敖出版社二〇〇〇年二月版。這部長篇小說以北京宣武區的法源寺為故事背景，描述了從戊戌變法到辛亥革命前後，康有為、梁啟超、譚嗣同、大刀王五等一批中國志士為中國的振興所做出的努力和貢獻。

看海的日子

黃春明著，皇冠文學出版社二〇〇〇年二月版。為底層的小人物發聲，一向是作者創作中最大的關懷。〈看海的日子〉刻畫委身青樓卻不向命運低頭的妓女白梅，重新找回了生存的尊嚴，〈青番公的故事〉描寫青番公雖慘遭水災，仍不屈不撓守護家園。透過小說，作者將底層人物的悲哀與喜樂、既卑微又尊嚴的眾生相，活靈活現地表現了出來。

自傳の小說

李昂著，皇冠出版社二〇〇〇年三月版。以臺灣「二·二八」事件傳奇女子謝雪紅的故事為經緯，展現百年女性的情慾、革命與血淚。映現出的不只是謝雪紅的生平，也不只是女性政客對權力的操控，或許，真正含藏的是百年來女人的一生。

逆旅

郝譽翔著，聯合文學出版社二〇〇〇年三月版。故事陳述一九四九年身為流亡學生的父親，僥倖在澎湖事件中逃脫，然而從未安定下來，父親最後在母親的怨懟與女兒的疏離之下，形同生命中的局外人。

有你同行

楊小雲著，九歌出版社二〇〇〇年四月版。愛情究竟是什麼，幸福的定義又在哪裡，人生追求的又是什麼？這部長篇小說均作了形象回答。

完美丈夫的秘密

陳若曦著，九歌出版社二〇〇〇年五月版。以多情之筆寫了三十七個女人，三十七段發生在你我之間，既令人同情又令人深思的婚姻故事。

愛的幽默

吳淡如著，皇冠出版社二〇〇〇年六月版。不同於一般憂鬱的愛情，在本書裡呈現出十六個現代色彩的、詼諧有趣的愛情故事，引發你對愛情的深沉認識。

秀才的手錶

袁哲生著，聯合文學出版社二〇〇〇年七月版。透過兒童敘事者的觀點讓我們認識秀才這個人。秀才連一句臺詞都沒有，但他仍舊是主角。收入〈天頂的父〉、〈時針〉等三篇作品。

度外

黃國峻著，聯合文學出版社二〇〇〇年八月版。作者的想像力與實驗性，以及對藝術的獨特看法、獨特的翻譯文學式語彙，及其承接現代主義文學遺緒的內涵，使其成為新世代極具特色的作品。收入〈歸寧〉、〈失措〉等十一篇作品。

鵝仔

歐坦生（丁樹南）著，人間出版社二〇〇〇年九月版。收入〈訓導主任〉、〈十八響〉等作品。

城邦暴力團

張大春著，時報出版公司二〇〇〇年九月版。地下社會與特務統治如何連成一體，藍衣社、武功秘籍與神秘失蹤的佛頭緣何聯繫在一處，淞滬抗戰、桐油借款，黃金運臺究竟有何隱情？這部長篇小說將中國小說敘事技巧與稗官野史傳統結合，揭開中華民族風雨史背後的秘辛，創造出「江湖即現實」的新武俠高峰。

山海小城

廖鴻基著，望春風文化出版公司二〇〇〇年十月版。收入〈傷口〉、〈秋冬〉等七篇作品。

李喬短篇小說精選集

李喬著，聯經出版公司二〇〇〇年十月版。選自一九七〇年到一九九九年間十一個短篇，跨越不同時期，反映出作者有關時代的觀點，文字具有歷久彌新的價值。

月球姓氏

駱以軍著，聯合文學出版社二〇〇〇年十一月版。既非各自獨立的短篇小說，亦非傳統形式的長篇小說，它開啟了臺灣下個十年家族史寫作的浪潮。在此書中，小說家調動的是具有全景縱深視角、極其繁複華麗的身世大書。這是無身世者的夢中造鎮、無地圖者的海上豪華旅館和家族遷移神話。

漫游者

朱天心著，聯合文學出版社二〇〇〇年十一月版。本書收錄六篇短篇小說，其拋棄以往的寫作手法，以夢魘般漫遊於文字之間，展現小女兒的憂鬱，與其創傷與斷離的空間。與其說該書是一本「悼祭之書」，不如說是一本「憂鬱之書」。

島

賴香吟著，聯合文學出版社二〇〇〇年十一月版。收入〈蛙〉、〈戲院〉、〈野鳥〉、〈熱蘭遮〉、〈歌亞〉等二十篇小說。

原鄉人：怒濤

鍾肇政著，桃園縣文化局二〇〇〇年十二月版。這部長篇小說寫光復初期的臺灣人民，面臨著國民政府接收臺灣等變局，大家對新生活開始是期待，後來是憤怒到絕望。尤其是二．二八事件，改變了他們的看法。

無伴奏安魂曲

成英姝著，時報出版公司二〇〇〇年十一月版。全書共十節，描述一個覺得人間處處有惡意而自己無力反抗的女子美綺在一次「修鞋事件」中的遭遇。

慧心蓮

陳若曦著，九歌出版社二〇〇一年二月版。通過一家三代四位女子的遭遇，展現臺灣婦女的心理成長歷程。小說以最初被動地遁入空門到最後主動爭取剃度，反映了三十年來臺灣的佛教改革和社會變化，並為這物慾橫流的年代，提供一劑安定人心的良藥。

貓空愛情故事

藤井樹著，商周出版社二〇〇一年三月版。這部網路小說共十一章，故事起源一通發錯的訊息，使互不相識的男女逐漸靠近，但因女生已心有所屬，而黯然分別的故事。

張愛玲典藏全集

張愛玲著，皇冠出版社二〇〇一年四月版。不論是小說還是散文，幾乎都是以上海、香港等大都市作為背景。她特別敏感於都市生活的大雅大俗。本套典藏全集包括了她一生中的大部分作品。

綠色大地

鍾肇政著，桃園縣文化局二〇〇一年五月版。這部長篇小說描述生長於農村的郭茂村，學成歸國後返回故鄉，原希望藉助自己的學歷改善家中的環境，且有助於今後的工作、生活乃至愛情，但回到故鄉後，他重新體會到簡樸與單純的重要性。

革命家的夜間生活

林文義著，聯合文學出版社二〇〇一年五月版。收入〈霧河〉、〈乳房的香味〉、〈暴雨飛行〉等十篇小說。

迷園

李昂著，麥田出版社二〇〇一年六月版。這部長篇小說描寫一座歷時兩百多年的古老園林裡，鬼魅般地糾纏著一個海盜與唐山小妾、朱家先祖立譜歸宗與敗亡的毒誓。到二十世紀七十年代，歷經政治變局和新開展的工商業社會，恢復了這座園林的是朱家的後世子孫——朱影紅。是她挽救了「迷園」，也印證了那古老的家族毒誓。

日據以來臺灣女作家小說選讀

邱貴芬主編，女書文化公司二〇〇一年七月版。以宏觀的視野勾勒女作家創作歷史的軌跡，並揚棄了傳統文學史在論述上慣用完整性、連續性的歷史敘述，代之以編者論述、作家作品與學者導讀的論述架構，讓女作家作品與當代從事臺灣文學研究的學者多向對話。收錄的作家有：袁瓊瓊、朱天文、邱妙津、蔡素芬、朱天心，阿女烏、李昂、平路、成英姝、蘇偉貞。

人子

鹿橋著，遠景出版社二〇〇一年八月版。讀〈未央歌〉，再讀短篇小說集〈人子〉，可以了解作者心境的改變和思想的成熟。讀〈人子〉，不止是舊夢重溫，同時也有人生體驗。

陳映真小說集

陳映真著，洪範書店二〇〇一年十月版。共六冊：〈我的弟弟康雄〉、〈唐倩的喜劇〉、〈上班族的一日〉、〈萬商帝君〉、〈鈴鐺花〉、〈忠孝公園〉。

邊界旅店

楊宗翰主編，天行社二〇〇一年十月版。這是〈林燿德佚文選II．創作卷（上）〉，收入林燿德的小說、散文、劇本多篇。

重返桃花源

陳若曦著，南投縣文化局二〇〇一年十月版。以反映臺灣社會的婦女問題為主。關懷的焦點在女性與臺灣當代宗教現象之關係，尤其著重在比丘尼與佛教之關係上。

遣悲懷

駱以軍著，麥田出版社二〇〇一年十一月版。「遣悲懷」帶出紀德懷念亡妻的同名文集，表明作家的書寫是一次「事過境遷的哀悼、自悼之舉」。悼亡的對象為自殺的作家邱妙津。這部長篇小說的主線為與邱妙津對話的九封書信，作者與死者對話、不斷岔開去講故事的方式，力圖使時間停止，延緩死亡的到來。

狂成仔

廖清秀著，臺北縣文化局二〇〇一年十二月版。這部短篇小說集以熱誠的心，冷靜的眼，關照臺灣歷史與社會。文章風格嚴謹而有趣，寓諷刺於幽默。

雙月記

郭松棻著，臺北縣文化局二〇〇一年版。收入〈月印〉、〈月嗥〉二篇。

超感應魔女之謎

林黛嫚著，九歌出版社二〇〇二年一月版。這部長篇小說原名為〈今世精靈〉。上班族周清清突然獲得超能力，在探索過程中，其重新省視自我的生命意義。

蝴蝶過期居留

張小嫻著，皇冠出版社二〇〇二年三月版。這部言情小說寫暗戀邵重俠的范玫因，邵重俠卻愛上已有男友的林康悅。已婚的杜蒼林深愛著莫君怡，卻沒有能力給她一個身份。嚴英如是邵重俠的大學女友，兩人曾一起到溫哥華念書，但後來她移情別戀愛上了杜蒼林，怎奈杜蒼林最後也離她而去。

九十年小說選

李昂編著，九歌出版社二〇〇二年四月版，收錄海峽兩岸暨香港澳門中、新生代小說家的作品，計有駱以軍、吳明益、蔡逸君、黃國峻、平路、陳瑤華、張惠菁、李永平、黃碧雲、莫言等。

指甲長花的世代

陳思宏著，麥田出版社二〇〇二年五月版。共收錄七個短篇小說，其中〈指甲長花的世代〉、〈鬢角仙桃〉、〈揭幕柏林〉寫新世紀的迷幻、煙草鄉愁，以及可男可女的性別流動與交媾。

夏日躊躇

李渝著，麥田出版社二〇〇二年五月版。收入〈夜煦〉、〈夜琴〉、〈尋找新娘〉等作品。

北歸南回

段彩華著，聯合文學出版社二〇〇二年六月版。這是時代的悲歌，係寫白髮還鄉的長篇。所謂北歸，是回歸故鄉；南回，則是重返臺灣。全書以季里秋、于思屏、方信成等三人回鄉的故事為線索，鋪陳衍生其悲喜哀樂，卻又環環相扣，彼此牽連。

何日君再來

平路著，印刻文學生活雜誌出版公司二〇〇二年七月版。這部長篇小說以神秘的金三角為背景，以大明星鄧麗君的身分為故事主幹，寫出了一個詭異譎奇的故事。不只是一本帶有後設性質的歷史小說，它同時還是間諜小說、偵探小說，甚至男性懺情錄。

愛情酒店

陳雪著，麥田出版社二〇〇二年八月版。故事主軸由一位毫無生活目標的女子與黑道大哥、帥氣女同志的情慾糾葛開始，旁及同性、異性的內心世界。作者突破現代情慾書寫的侷限，勇敢表達出現代人真實的慾望世界。

周金波集

周金波著，前衛出版社二〇〇二年十月版。中島利郎、周振英編，詹秀娟等人譯。周金波為日據時期的作家，一九四三年周金波代表臺灣出席「第二回大東亞文學者大會」，他的短篇小說〈志願兵〉亦獲第一屆「文藝臺灣賞」。由於該作品，作者被歸類為「大東亞共榮圈」的臺灣作家，或曰「皇民作家」。

王昶雄全集

王昶雄著，許俊雅主編，臺北縣政府文化局二〇〇二年十月版。第一冊為小說卷；第二至六冊為散文卷一～五；第七卷為詩歌卷；第八冊為日記、書信卷；第九冊為隨筆、翻譯卷；第十冊為評論卷；第十一冊為影像卷。

情虜——短篇小說集

陳千武著，南投縣文化局二〇〇二年十一月版。這部短篇小說集以詩的心靈活動，探求人事物存在的意義，作者也以其人生體驗撰寫而成。

小說汪笨湖

汪笨湖著，晨星出版公司二〇〇三年一月版。收入〈落山風〉、〈吹鼓吹，一吹到草堆〉、〈時間嚮馬〉、〈吹笛人〉、〈嬲〉（〈阿爸的情人〉電影原著）這五部電影的原著小說，保留作者一貫的草地人傳奇魔力書寫之特質，傳達出凡夫俗子情慾悲歌，儼然為三教九流的浮世繪。

神秘列車

甘耀明著，寶瓶文化公司二〇〇三年一月版。〈伯公討妾〉描寫某個客家莊的土地公娶大陸妾神入廟的故事，〈神秘列車〉看似寫了一位對火車著迷的少年，但骨子裡卻點滴渲染出少年的阿公所經歷過的一樁神秘牢獄事件。〈上關刀夜殺虎姑婆〉有武俠小說的味道，虎姑婆的虛實以及是否真有吃人的本性，著實吊弄著讀者的胃口。

復活：八十八至九十一年度小說

林黛嫚編，爾雅出版社二〇〇三年二月版。四年中所選出十五個短篇小說，題材各異，有名家也有新人，盼能撐起一個文學創作的時代，召喚出一個共同閱讀的年代。

在河左岸

鍾文音著，大田出版公司二〇〇三年二月版。這部長篇小說以家族為書寫中心，道出家族生命情感緊密結合著河流深遠流長的意象。在這座島上，河流分割了土地的左岸與右岸，分別了生命的貧賤富貴，區隔了職業的藍領與白領。

藍眼睛

林文義著，印刻文學生活雜誌出版公司二〇〇三年二月版。藍眼睛，像神秘的海洋，索隱了十七世紀從南中國海北上琉球的西班牙海盜。幽靈船一般的聖馬丁號脫離了歷史航道，展示著夢魘般的殺戮、血腥與死亡景觀。

九十一年小說選

袁瓊瓊編，九歌出版社二〇〇三年三月版。精選二〇〇二年十一篇年度短篇小說，計有蘇偉貞、成英姝、嚴歌苓、虹影，黃碧雲、甘耀明等名家好手。本年度的小說獎得主為蘇偉貞的〈日曆日曆掛在牆壁〉。

臺灣原住民族漢語文學選集：小說卷

孫大川篇，印刻文學生活雜誌出版公司二〇〇三年三月版。上冊收錄陳英雄、田敏忠、奧威尼．卡露斯、根健、根阿盛、霍斯陸曼．伐伐等六位作家共十篇中短篇小說。下冊收錄林二郎、里慕伊．阿紀、林俊明、蔡金智、李永松、乜寇．索克魯曼等七位作家十二篇小說，包括李永修的長篇史詩〈雪山子民〉。

女人香

廖輝英著，九歌出版社二〇〇三年四月版。這部長篇小說描繪臺灣光復之初生活在這塊土地上各族群的生活面相，更點出了不論時代如何更迭，兩性間理也理不清的心結與盲點。在高潮起伏、動人心弦的故事中，為兩性社會做探路的工作。

遠方

駱以軍著，印刻文學生活雜誌出版公司二〇〇三年六月版。這部長篇小說以第一人稱細述兩年前父親在遊歷廬山時突然腦出血，住進江西九江的一家醫院，作者偕母趕赴當地搶救父親的經過。另描述其妻子即將生產第二個孩子，而他卻被困在大陸醫院無法親自陪伴的焦慮。

女館

孫梓評著，麥田出版社二〇〇三年五月版。這部長篇小說嘗試性別跨界，描摹女性慾想，或是透過性與性別，來構思一些荒謬但又具備真實的瞬間。在看似正襟危坐的兩性常軌裡，正因為愛慾本身給出諸多可能，作者想擷取某些人生樣本，培育出想像、擬態後的身體與靈魂的對話。

姜貴小說集

姜貴著，應鳳凰編，九歌出版社二〇〇三年六月版。姜貴的作品中用了許多看似溫情的諷刺手法，讓人讀後覺得無比同情。所收之〈新樓〉、〈墮落〉、〈青山白骨〉、〈永遠站著的人〉、〈九泉之上〉等短篇小說，反映了社會中的醜陋和悲劇的一面。

聆聽父親

張大春著，時報文化出版公司二〇〇三年七月版。以與未出生的孩子對話的方式，從祖上五代開始，說到父輩，說到自己所處的時代。除了父親的講述外，更貫穿了六大爺所寫的「家史漫談」，另有友人的回憶與教述。前六章目錄：角落裡的光、預言、我從哪裡來、傳家之寶、書寫的人、我往何處去。

世事如煙

余華著，大田出版公司二〇〇三年七月版。這八篇小說所記錄下來的就是這位大陸作者的另一條人生之路。與現實的人生之路不同的是，它有著還原的可能，而且準確無誤。雖然歲月的流逝會使它紙張泛黃字跡不清，然而每一次的重新出版都讓它煥然一新，重獲鮮明的形象。

水門的洞口

黃國峻著，聯合文學出版社二〇〇三年八月版。這部長篇小說敘說一個平凡男人林建銘的成長及徘徊的歷程。

天使之城

李性蓁著，寶瓶文化公司二〇〇三年八月版。他們談愛情，談觀念，談彼此的生活，原本各自孤單的兩個人，因一封信，兩個人不再孤單。這部長篇小說以女性的角度為切入點，將一段以一封誤寄的電子郵件為出發點的愛情，做最柔性的呈現，讀者從中可看到以女性觀點詮釋愛情。

猴子

袁哲生著，寶瓶文化公司二〇〇三年九月版。這個中篇小說寫「我」、榮小強和梁羽玲的感情故事。作者第一次在這部小說中加入了愛情的主題。

我愛黑眼珠

七等生著，遠景出版社二〇〇三年十月版。七等生全集之二，收入作者在一九六六年至一九六七年寫的小說、散文及論文。此輯依作者規劃，以年代劃分，是作者親編的版本。這其中〈我愛黑眼珠〉描寫了「隱士」李龍第在遇到洪水之後不理會妻子的呼喊卻去救一個妓女，導致妻子被洪水沖走的故事。

失去的春天

陳長慶著，聯經出版公司二〇〇三年十一月版。這部長篇小說描繪金門戰地的風土人情和人情冷暖，有濃烈的鄉土情懷。

水長流

張放著，臺北縣文化局二〇〇三年十二月版。收入〈海若有情〉、〈榕樹下〉、〈明月〉等八個短篇小說。

銀色仙人掌

龍應台著，聯合文學出版社二〇〇三年十二月版。收錄七篇情愛小說，漂流於塵世男女或者情愛迷離之間，顯示出生命裡陰暗的角落、悲傷而捉摸不住的影像、彼此抵觸無可解釋的力量、脆弱而不可自拔的沉淪。

看得見的鬼

李昂著，聯合文學出版社二〇〇四年一月版。五個鬼的故事透視出的臺灣歷史，無不處於一種壓迫與反抗的對立中。在作者的文字裡，體現的是臺灣人在自我認同上的尷尬與搖擺。書中對性與暴力的大膽描寫，引發爭議。

臺灣眷村小說選

蘇偉貞主編，二魚文化公司二〇〇四年二月版。此短篇小說集記錄了一個被遺忘或即將被遺忘的世界。為留住眷村記憶，銘刻這個特殊的族群的地理文化記憶，編者精選朱天文、朱天心作品，還有許久不見的馬叔禮、苦苓、孫瑋芒，為即將流失的眷村記憶提供文本。

最後的黃埔：老兵與離散的故事

齊邦媛、王德威編，麥田出版社二〇〇四年二月版。收入與老兵、眷村、探親有關的短篇小說，還有部分散文。作者包括：孫瑋芒、朱天心、蕭颯、白先勇、桑品載、李黎、王幼華、張曉風、戴文采、遠人、李渝、袁瓊瓊等。本書完整體現了臺灣外省族群的離散故事。

客家文學精選集：小說卷

賴和等作，李喬等編，天下遠見公司二〇〇四年四月版。起自賴和、吳濁流、鍾理和、鍾肇政、李喬等，至戰後第二代的鍾鐵民，共收入十一人的十一篇小說。

純真年代

彭小妍著，麥田出版公司二〇〇四年六月版。從小女孩姍姍的眼光來觀看成人世界的一舉一動。一場鋼琴課，一位來訪的遠親，一個新嫁的山村女孩，一張不可思議的偷情名單，都帶給珊珊無限困惑和好奇。

臺灣後現代小說選

周芬伶主編，二魚文化公司二〇〇四年六月版。在臺灣文學的發展中，舉凡後設、魔幻、解構、情色等書寫都有豐碩的成果。為了充分了解此脈絡的發展，「小說選」為讀者這勾畫出臺灣後現代小說創作的輪廓。

臺灣縱貫鐵路

西川滿著，黃玉燕譯，柏室科技公司二〇〇五年一月版。這部長篇小說描寫日本殖民統治時期，在臺灣日本人的遭遇。故事從一八九五年甲午戰後，清朝割讓臺灣開始，翔實記錄日據初期臺北城的實況以及草創時期的鐵路建設。

降生十二星座

駱以軍著，印刻文學生活雜誌出版公司二〇〇五年二月版。收入六個短篇小說，以電玩主角春麗與十二星座知識糅雜編織的〈降生十二星座〉；從朋友的表妹蹺家寫到錯亂失序的〈折光〉；描寫一群在酒吧廝混的青年的〈我們自夜暗的酒館離開〉；從小城街道滿布的夾娃娃機，狂想到其中赫然出現了父親化身的娃娃布偶的〈齊人〉；關於說故事的主角崔寧和他的女人們的〈陰鬱的森林及某些迴旋不止的雙人舞〉；關於一場銀河爭戰的〈消失在銀河的航道〉。

花間迷情

李昂著，大塊文化公司二〇〇五年三月版。女子踽踽獨行於路，她在洪水漫溢的黑暗裡去尋找另一名女子。夏日迷離，愛情撲朔。這個長篇故事不只是關於女同志，而且是關於女人，與女人之愛。

那年夏天，最寧靜的海

郝譽翔著，聯合文學出版社二〇〇五年四月版。這部長篇小說描寫被背叛了的April，消失不見的May，以及K與Coco的偶然邂逅。他們身不由己，陷入一場謊言與真實的迷藏，但答案卻已渙散於海風中。

相逢一笑宮町前

廖輝英著，九歌出版社二〇〇五年五月版。這部長篇小說講一個女孩在養父養母家受盡虐待，連街坊鄰居都為她打抱不平。最終好不容易找到了一個心儀的丈夫，在過了兩三年幸福生活後，丈夫卻喜歡上了妓女，從此她又無依無靠。

臺灣同志小說選

朱偉誠編，二魚文化公司二〇〇五年六月版。編者認為：同志文學蘊含了社會解放的意義與人類情感的張力，令人動容的美感激動著人。當不安衝破牢籠，靈魂不拘形體，從容的慾望在歷史的河中，他們毫不畏懼地相愛。

賢明時代

李渝著，麥田出版公司二〇〇五年六月版。描寫一代女皇武則天的宮廷鬥爭，俠女之刺客傳奇，一代皇朝的夢中花園。

藤纏樹

藍博洲著，臺海出版社二〇〇五年八月版。前面有「序場」，分三部分：「尋訪」由三十篇文章組成，「閉關」由二十四篇文章組成，最後為「終場」。這是一部描寫白色恐怖時期左派青年遭殺害的寫實小說。

驅魔

施叔青著，聯合文學出版社二〇〇五年七月版。女主人翁為在龐貝中邪的女兒驅魔，然而她自己的內心也存在著心魔。本書看似為義大利的遊記，卻又是後設小說，寫實與魔幻交織，因而構築出充滿不確定的世界。

春燈公子

張大春著，印刻文學生活雜誌出版公司二〇〇五年八月版。春燈公子大宴江湖人物是一年一度的盛事，但設宴人出身成謎，而設宴地點更是直似桃花源，在現實空間裡以及曾與會者的記憶中不復尋覓。

水鬼學校和失去媽媽的水獺

甘耀明著，寶瓶文化公司二〇〇五年九月版。像是偷自魍神的魔法，作者的敘事語言迷離絢麗，營造了讓人信以為真的世界。用童話技法網織民間傳說、習俗與俚語，將人性的純真善良，與動物的擬人情思，置入魔幻歡魅的場景。

小英雄當小兵

馬景賢著，天衛文化公司二〇〇五年九月版。這長篇小說寫的是少年成長的故事。

黃凡後現代小說選

黃凡著，聯合文學出版社二〇〇五年十月版。係作者「後現代時期」的代表作，收入〈完全出於偶然〉、〈房地產銷售史〉、〈如何測量水溝的寬度〉、〈系統的多重關係〉、〈不斷上升的泡沫〉、〈說實驗〉、〈鳥人〉、〈紅燈焦慮狂〉、〈冰淇淋〉、〈空中樓閣〉、〈東區連環泡〉。

我未來次子關於我的回憶

駱以軍著，印刻文學生活雜誌出版公司二〇〇五年十一月版。小說以作者虛構的未來次子的記憶作為背景，不斷追憶在孩子懂事之初乃至出生之前，就已經深陷被父親預設的身份和命運迷宮，只能在黑暗中漸次摸索破碎、散亂、顛倒的記憶碎片，以此試圖緩緩拼湊出那些他已經無力挽回、改寫、粉飾的生命情節。

好黑

謝曉虹著，寶瓶文化公司二〇〇五年十一月版。模糊自我的存在，只能透過他人的口述來理解、還原，愛情與天真的渴求被層層肢解，人們以血腥的方式疼寵相愛。晦暗的世界開出魔幻且燦然的想像，青春成傷，太陽看不見光。作者以淡然的文字標示了真實世界的殘酷與荒涼。

慾之尼

姬小苔著，聯合文學出版社二〇〇五年十二月版。這部長篇小說描寫水街上老吉祥棺材店的稚齡養女能靜，在被養母賣入雲有寺之後，與佛菩薩乍然相逢，心中有說不出的歡喜，自此成為佛門弟子，一路行來，歷經種種苦寂磨難，絲毫不曾動搖追求佛法超凡智慧的決心。

戰

吳心怡著，寶瓶文化公司二〇〇五年版。這部長篇奇幻小說描寫弗朝，一個沒有外侮的朝代，卻在朝內上演著日漸激烈的爭權內戰。

封城之日

郭漢辰著，寶瓶文化公司二〇〇六年一月版。寫生與死的極限、憂傷與決裂的極限、失去心愛之人的極限。作者書寫著這些生命中的極限，縱看人間悲欣交集的每一刻。

二十世紀臺灣文學金典．小說卷

向陽主編，聯合文學出版社二〇〇六年一月版。一共四冊，分為日治時期、戰後時期第一部至第三部。精選自二十世紀二十年代臺灣新文學運動發軔以來，截至二十世紀終了期間最具代表性的經典短篇小說，全面而多樣地展示臺灣各階段、各年代重要作家的書寫成績。

風骨

劉洪順等合著，金門縣文化局二〇〇六年二月版。本書收錄一九七九至二〇〇八年金門歷史的相關故事。

戰夏陽

張大春著，九州出版公司二〇〇六年三月版。中國傳奇筆記材料小說集「春、夏、秋（一葉秋）、冬

（島國之冬）」系列的第二本。小說家關注的視角聚焦到廟堂之上、塾宮之中，講的笑的皆是古代官場與科場的怪狀、醜態，是各懷心思機關的諸品人物，也呈現了近代中國知識/權勢階層流動升降的複雜光譜。

巴黎的故事

馬森著，印刻文學生活雜誌出版公司二〇〇六年四月版。這是馬森重新整理其描寫異國生活的短篇小說集。

九降風

紀培慧著，大田出版公司二〇〇六年五月版。這部青春小說以電影為藍本，以九個高中生的成長故事為背景。這群血氣方剛的靈魂不安地騷動著，他們以彼此對棒球的熱愛結為死黨，然而那段在球場上恣意吶喊的歲月，卻似乎禁不住九月狂風的吹襲。

銀合歡

洪素麗著，聯合文學出版社二〇〇六年六月版。這部長篇小說寫一九四六年那個動盪的時代，母性的無奈只能認命從夫隨波逐流，飄到對岸，但心還在故鄉。襁褓的嬰孩用哭泣抗議她的選擇。她不忍了，手足之情、夫妻之愛抵不過孩子的饑渴及不安，她決定回鄉，但命運似乎要給她更多的難題。

同類

張曼娟主編，麥田出版公司二〇〇六年七月版。以女同性戀為主題的前衛小說。

臺灣大風雲

邱家洪著，前衛出版社二〇〇六年七月版。精裝五冊，兩百三十萬字，係臺灣一九四〇至二〇〇〇年的歷史見證，曾獲巫永福長篇小說獎。

臺灣政治小說選

邱貴芬編，二魚文化出版公司二〇〇六年三月版。本選集收錄了從一九三二年到一九九八年的政治小說十二篇：賴和的〈歸家〉、楊逵的〈送報伕〉，拓拔斯·塔瑪匹瑪的〈最後的獵人〉、宋澤萊的〈打牛湳村：笙仔與貴仔的傳奇〉、黃凡的〈賴索〉、李昂的〈北港香爐人人插〉等。

祕密假期

蔣勳著，圓神出版社二〇〇六年八月版。這部長篇小說分為兩種不同的敘事，開場於一個年輕人的叛逆獨白，緊接著是隻身在法國工作的單身女子周芳，坐在計算機前安排一場義大利「祕密假期」。兩段故事平行出現，卻讓底層的臺灣社會和美好的義大利有了交集。

老憨大傳

郭楓著，印刻文學生活雜誌出版公司二〇〇六年十二月版。這本自傳體長篇小說，反思時代情境、社會生活以及個人和群體經驗，顯現一九三〇至一九四九年中國國民黨政府所背棄的人民和社會變化。

曼娜舞蹈教室

黃凡著，聯合文學出版社二〇〇七年二月版。描寫經濟起飛的八十年代，人們玩起金錢遊戲，沉醉於愛情關係。故事裡充斥著虛假的美麗，沒有善良與邪惡的對立，沒有思想淫穢的批判，矯飾與炫耀像空氣般無所不在，有令人發噱的結局。

霧中風景

賴香吟著，印刻文學生活雜誌出版公司二〇〇七年三月版。這十五則短篇小說，像是一個總結與告別，其中寫出了她看到世界最初的模樣。書中諸篇小說實驗，可稱之為多年前作者對於書寫、愛情、啟蒙的多重質疑。

拉斯維加斯的春天

陶龍生著，聯合文學出版社二〇〇七年四月版。這部長篇小說寫年輕的珍妮布朗，因出入拉斯維加斯當地的獸醫院而不幸罹病死亡的故事。

不存在的情人

英培安著，唐山出版社二〇〇七年七月版。收入作者青年時期的作品，其人物總是強烈地表示要離開所在地，要出去散步或者鬧失蹤，流露了一種「出走意識」。

笛鶴：大巴六九部落之大正年間

巴代著，麥田出版社二〇〇七年八月版。卑南人第一部大河小說，書寫卑南人（大巴六九）部落發生的事。

我的神秘訪客

李慧娟著，九歌出版社二〇〇七年十月版。這少年小說寫與未來人小頭奇特的相遇，周景元看到了未來的世界，更珍惜當下。在大停水的日子裡，周景元見識到人類對水的依賴。沒水的日子，讓人產生摩擦，甚至升起無形的焦慮與不安。

衣錦榮歸

張系國著，洪範書店二〇〇七年十一月版。這中篇小說以一個人家庭和事業的劇變，描繪時代和現實，記錄城市和家鄉。種種人性糾葛在男女愛情、家國之思中，捕捉生命的悲歡與歸宿。

幽冥物語

郝譽翔著，聯合文學出版社二〇〇七年十二月版。擷取〈聊齋〉的精神，借以表現現代風貌：以北投山區為故事舞臺，再現永恆的生命主題。〈愛慕〉

裡的蛇精來到人類社會，卻終被眾人辜負；〈房間〉的聲響是擺脫不去的前塵往事，幢幢魅影夜半孤游；〈夜遊〉本是為了找回失去的自由，卻意外碰見被辜負的友情亡魂。

殘念

顏忠賢著，印刻文學生活雜誌出版公司二〇〇八年一月版。這部長篇小說，寫一位中年男子沉溺在性實驗中不能自拔的故事。

後山鯨書

廖鴻基著，聯合文學出版社二〇〇八年二月版。如同「海王子」般，廖鴻基以神（海）、人（老船長與我）、使者（鯨豚）三者的對話，演繹一段段海上故事，讓我們一起學習尊敬、愛護天地派來的使者——鯨豚，乃至萬物。

複島

王聰威著，聯合文學出版社二〇〇八年二月版。這部中短篇小說集，主要書寫家族的故事。

九十六年小說選

李昂主編，九歌出版社二〇〇八年三月版。本書擇選二〇〇七年資深作家和新生代作家的傑出作品，三除兩篇大眾小說外，其他多為長篇節選；短篇小說則以寫實為主，書末另附年度小說記錄。

小說三十家：臺灣文學年菁英選一九七八～二〇〇八（上、下）

蔡素芬主編，九歌出版社二〇〇八年四月版。土地的脈動、人民的聲音、戀人的呢喃、政客的喧嘩都轉為文字收錄在這三十個精彩的短篇中。作者有施叔青、李永平、廖輝英、東年、黃凡、舞鶴、宋澤萊、李昂、平路、蘇偉貞、王定國、林宜澐，張貴興、朱天文、陳玉慧等。

隔壁親家

廖蕾夫著，九歌出版社二〇〇八年五月版。由於對鄉土的眷戀，對社會的人道關懷，作者將長期關注時事的悲憫與使命感，藉由短篇小說發聲。他以銳利的筆刀剖析屬於臺灣鄉村也屬於全人類的悲劇。書中的〈竹仔開花〉、〈隔壁親家〉兩篇小說曾連續獲《聯合報》小說獎；〈隔壁親家〉也先後改編為電視劇和舞臺劇。

永遠的信天翁

劉克襄著，遠流出版公司二〇〇八年六月版。這部長篇小說描寫在鳥類世界裡，有一種像NBA的姚明一樣高大、又擁有喬丹的靈活身手的大洋漂泊者——信天翁大鳥。每次出發，都是數百公里、不再收翅的旅行。巨大的牠們，如一根羽毛之輕盈。挺著狹長的雙翼，在氣流中逆風飄舉，順風滑翔，這是全世界最迷人的飛行。

舞女生涯原是夢

鍾虹著，九歌出版社二〇〇八年七月版。這部長篇小說描寫公務員帶著舞小姐同進同出，舞小姐卻把他們帶到監牢的故事。全書描寫三個不同性格的舞女，道盡她們的無奈與辛酸。作者以敏銳的觀察力，對舞女生涯、舞客心態以及舞廳的形形色色，有深入的描寫。

西夏旅館（上、下）

駱以軍著，印刻文學生活雜誌出版公司二〇〇八年九月版。其內容一方面是「西夏」最後的逃亡歷史，另一方面又是發生在現代「旅館」中的想像，兩個詞連接起來，隱喻的是臺灣外省第二代的命運、歷史和身份認同。這部長篇小說講的就是歷史上不同時期曾經出現過的各種不同的人，他們怎樣華麗登場，然後又進入虛空之中，留下一些破碎的記憶。

宇文正短篇小說精選集

宇文正著，臺灣商務印書館二〇〇八年九月版。在作者看來，不論是黑貓、白貓、大貓、小貓、老貓、少貓、男貓、女貓，還是富貓、窮貓、單身貴族貓、頂客族貓、袋鼠族貓，只要能活得浪漫，就是一隻好貓。這是個幽默的、諷刺的、慧黠的、自戀的「貓的年代」，而作者所有的作品都在這樣的心境下完成，使作品洋溢著輕快的揶揄。

揚帆吧！八級風

花格子著，九歌出版社二〇〇八年十一月版。這是一部少年小說。臺灣海峽波濤翻湧，百年來，先民、海盜、商賈、荷蘭人都曾在這片海域中穿梭。當「八級風」這個團體想挑戰金氏世界紀錄，駕著風帆橫渡臺灣海峽時，他們能成功嗎？想駕風帆挑戰黑水溝的王澔又會從時光大海中擷取到哪些精彩故事呢？

女生宿舍

蔡文甫著，九歌出版社二〇〇八年十二月增訂再版，收十七篇短篇小說。取材自周圍的生活，有寫實、嘲諷、悲哀，寫出小人物生活的掙扎與衝突。有年輕人的青春、中年人的徬徨、老年人的孤獨。情節有趣，結局往往令人意外。

七世姻緣之臺灣：中國情人

李昂著，聯經出版公司二〇〇九年一月版。這部長篇小說以現代臺灣、大陸的現況作為背景。故事主角一再相遇，是企盼心念造就的因？還是累世記憶重複的果？在無休止的因緣漩渦之中，牽發出故事主角刻骨銘心的悸動，不只一生一世，更道出人間情感藏匿於最幽微深處，難以言說的奧祕。

附魔者

陳雪著，印刻文學生活雜誌出版公司二〇〇九年四月版。這部自傳體長篇小說，講述了主人公琇琇因童年創傷而在愛情中不斷地投入逃離，對自身不斷摧毀重建，並最終獲得救贖與安寧的過程。

丘蟻一族

鄭清文著，玉山社二〇〇九年六月版。這部中篇小說是一本變形記，營造出無情荒漠中一個怪誕、詭譎的動物世界。這不只是作者最新的童話創作，更是小說家為臺灣寫下的充滿深切憂心與關懷的警世寓言。

美麗島進行曲

楊青矗著，敦理出版社二〇〇九年七月版。這部長篇小說分三部：衝破戒嚴、高雄事件、政治審判。這是臺灣民主運動史詩的大河小說，作者以親身經歷和現身說法，將一系列政治運動和事件的前因後果，力圖化為小說意象表現出來。

北京來的二姐妹

姬小苔著，聯合文學出版社二〇〇九年七月版。這部長篇小說副標題為「秘密警察的回憶」。這是一本寫滿人一九四九年去臺灣的書，以京劇〈化子拾金〉為引，將民國政府四十年代國內外經建大事、內政機密、鄉野軼聞與楊衛民一家的故事緊密接串，同時透過祕密警察楊衛民宦海足跡，見證臺灣發展史。

浮沉

劉大任著，聯合文學出版社二〇〇九年八月版。收入五篇小說，主要描寫海外知識分子的精神面貌。其中〈長廊三號〉描述為了幫客死異鄉的青年藝術家回鄉舉辦特展，而四處找尋遺作的故事。

希望偵探隊

劉美瑤著，九歌出版社二〇〇九年九月版。這是描寫少年兒童生活的中篇小說。

小飯店裡的故事

蔡文甫著，九歌出版社二〇〇九年十月版。這部中英對照短篇小說集，主要描寫風塵女結婚後不受利誘的道德力量。

沉

曹冠龍著，天下遠見公司二〇〇九年十一月版。這部中英對照短篇小說集，整個故事未曾離開過那個愚昧荒蠻的村落，始終圍繞著那群在吃人和被吃之間掙扎的眾生。整個敘事在不停地打轉，將一個悲慘的人世間漸漸地轉入深不可測的歷史河床下。

旋風

姜貴著，九歌出版社二〇〇九年十二月版，初版於一九五九年，這次增訂本從一個大姓家族的衰微和沒落，寫出那一時期的社會病態，以及許許多多雞鳴狗盜的小人物與某黨直接間接地勾結危害了國家。裡頭幾乎沒有什麼正派的人物。作者勉強以方八姑這個死硬派（國民黨員）代表民族正氣，給人留下一線希望。

殺鬼

甘耀明著，寶瓶文化公司二〇〇九年版。故事背景設定在臺灣日據時期、國民政府光復時期與「二·二八」大混亂依次發生的一九四一至一九四七年。小說主角是小名「帕」的臺灣原住民。

窗口的女人

廖輝英著，九歌出版社二〇一〇年一月版。這部長篇小說，探討了令人憂心的社會和家庭問題，全書分為二十章。

初夏荷花時期的愛情

朱天心著，印刻文學生活雜誌出版公司二〇一〇年一月版。這部長篇小說寫一位中年女子的愛情生活，分為十三章。

秋山又幾重

於梨華著，允晨文化公司二〇一〇年一月版。收入九個中短篇小說。

戰爭與愛情

唐德剛著，遠流出版公司二〇一〇年二月再版。這部長篇小說，寫中美建交後中國的社會變動，六十多萬字，出場人物有四百多人，分上、下冊。

九十八年小說選

駱以軍主編，九歌出版社二〇一〇年三月版。精選出朱天心、陳雪等十六位作家的作品。除短篇小說外，還包括長篇小說〈殺鬼〉的片斷。

陳若曦小說精選集

陳若曦著，新地文化藝術公司二〇一〇年四月版。收入〈灰眼黑貓〉、〈晶晶的生日〉等七篇作品。

霧中雲霓

蔡文甫著，九歌出版社二〇一〇年五月再版。收入十五篇微帶嘲諷、常寓勸善之意的作品。

花甲男孩

楊富閔著，九歌出版社二〇一〇年五月版。這部短篇小說集筆下皆為阿公阿嬤的故事，用鄉土語言書寫，有古今錯位、土洋作戰、哭笑不得的效果。

走過：一個臺籍原住民老兵的故事

巴代著，印刻文學生活雜誌出版公司二〇一〇年六月版。這是一九四五年被「國軍」誘以工作名義，參加國共內戰的一批臺灣兵的故事。

夏日鷺鷥林

李潼著，小魯文化公司二〇一〇年六月再版。資優生俊甫決定休學，跟著小修叔到宜蘭觀察鷺鷥林生態。白鷺鷥從構巢、孵蛋、驅敵、避災、餵養到訓練小鳥飛翔，都是辛苦的生活考驗。作者帶領讀者深入臺灣的土地，看見純樸的自然的風景，體會最真摯的鄉里人情。

我的感情名單

水瓶鯨魚著，大田出版公司二〇一〇年八月版。這部長篇小說描寫都市愛情故事。

雷峰塔

張愛玲著，皇冠文化出版公司二〇一〇年九月版。這部長篇小說由英文自傳小說翻譯而成，描寫作者成長的經歷，且採用了兒童視角來講述故事。照理說作者的童年如此不堪，對兒童的觀點應該避之唯恐不及，但她卻反其道而行，隱藏其中的心理動機耐人尋味。

三世人

施叔青著，時報出版公司二〇一〇年十月版。為「臺灣三部曲」終篇，寫殖民時期三代臺灣人的經歷，也隱喻臺灣人、日本人、中國人三種身份認同。當作者描寫女子王掌珠的服裝從大裲衫、和服、旗袍到又換回大裲衫，穿穿脫脫的不只是衣服，更是身份。

東方之東

平路著，聯合文學出版社二〇一一年一月版。作品寫出了男與女、時與空、陸與島、古與今、父與子的無限糾纏循環。此書不只描述二男二女的情感，以及對彼此真實面目的輾轉了解，作者還從當下社會現象的小我，挖掘出歷史中順治王朝與鄭氏父子的關係，巧手織就了古今兩岸的政治手段及其情感掙扎。

你是我今生的守候

廖輝英著，九歌出版社二〇一〇年十一月版。少年袁初陽和少女賀華姝，剛剛相愛旋即分手，從此兩人各自在人生路上曲折闖蕩。這部描寫愛情的長篇小說將上集〈你是我的回憶〉中所有的纏綿、遺憾、未決、痴心、情分，一線一線編織成動人的彩衣，呈獻給天下有情有分或有情無分、錯過或還來得及的男男女女。

中美五街，今天二十號

蔡宜容著，小魯文化公司二〇一〇年十二月版。這部長篇小說以花蓮為背景，架構出一個「在地創意」故事，有女巫、說話沒有標點符號的瘋狂藏書家、離家出走的父親、神秘的媽媽、頂替爸爸還債的無辜少年。他們的生命會碰撞出什麼樣的火花？跟著作者可以認識你所不知道的花蓮。

告別的年代

黎紫書著，聯經出版公司二〇一〇年十二月版。這部長篇小說共分十二章，串起三代人的共同回憶，一個家族的歷史，一個種族的東南亞集體記憶。

喪禮上的故事

甘耀明著，寶瓶文化公司二〇一〇年十二月版，第一個故事〈微笑老姐〉、第二個故事〈面盆裝麵線〉、第三個故事〈癲金仔〉、第四個故事〈噹鬼〉、第五個故事〈阿撒普魯的三隻水鹿〉等。

臺灣七年級小說金典

朱宥勳、黃崇凱編，秀威資訊公司二〇一一年二月版。收入黃崇凱、賴志穎、陳育萱、神小風、林佑軒、楊富閔，朱宥勳、盛浩偉八位最具代表性的寫作者十六篇小說。或處理人們遭遇的諸種社會困境、認同難題，或專注於銘刻時精微卻徹骨的情感遭遇。書中另由編者撰述各家短論八篇、世代觀察兩篇。

複眼人

吳明益著，夏日出版社二〇一一年二月版。這是一個充滿詩意和憂傷的故事，講述了一個島的過去和現在，也預示了人類的未來。這部長篇小說集合了好幾個因不同原因逃離了庸俗態度的人。他們難得看出一般人的庸俗日常，是帶著最恐怖的不正常的「複眼人」。

傷歌行

鍾文音著，大田出版公司二〇一一年七月版。這部長篇小說是「島嶼百年物語三部曲」第三部，重返作者心中的島嶼野性。這流逝的百年時光，男子，有殤；女子，有殤；島嶼，有殤。在原鄉，鍾小娜站成了一個弧線。

頭——東方白精選集

東方白著，前衛出版社二〇一一年七月版。共精選十五篇，除〈東方白短篇小說創作導論〉外，還附上文評家應鳳凰、歐宗智的單篇導讀。

臉之書

駱以軍著，印刻文學生活雜誌出版公司二〇一二年一月版。作者穿梭在現實與夢境之間，未來之城與昨日之街，成為手執密室之匙鑰的說故事的人，開啟每一道門格放一個故事現場，是一路角色扮演之旅：父親、丈夫、兒子，摯友、作家、鬼魂，他們無不傾聽與訴說在同一張臉上浮現的百種表情，突兀莫名老逝哀傷甜美血腥不可思議的憂傷。

迷宮中的戀人

陳雪著，印刻文學生活雜誌出版公司二〇一二年二月版。這是一本有關女同志的長篇小說。她在迷宮中旋動手指點亮了光——疾病是一種隱喻，愛情有各種可能。小說家在愛情的記憶裡回首穿梭，試著找出到糾纏毛線團源頭，文字是大量流出的坦白，是每個人心中的終極提問，他們正找尋的關鍵答案。

堊觀

朱宥勳著，寶瓶文化公司二〇一三年四月版。這部短篇小說集為七個迥然不同的故事，卻由一座神秘的「堊觀」所串連起來。當我們看到情感的巨大失落與渴求，存在的無所依恃，這才驚覺原來澈底的毀滅，每分每秒都在醞釀。「堊觀」，一個連語言同記憶一併吞噬的場所，人們為了各自的理由遁逃於此。

少女核

神小風著，寶瓶文化公司二〇一二年五月版。一部不安卻令人心疼的長篇小說。在貧瘠荒涼中，一對姊妹渴望靠近，她們以各自的方法縫補碎裂，但每一回當她們就快觸碰對方，寒冷又從她們腳底蔓延。她們要對抗的，遠比她們所認為的艱難多了。

我們

駱以軍著，（北京）人民文學出版社二〇一二年六月版。這是作者從私人生活到寫作職場幾乎所有精神妄想及秘聞八卦之超級解碼書。在這五十四篇古怪故事裡，潛藏著即使如此坦白也難窮盡相的種種人性怪物。

白鹿之愛

巴代著，印刻文學生活雜誌出版公司二〇一二年七月版。臺灣文學史上第一部深刻描述卑南人女子面對情愛的作品。

為何堅持

七等生著，遠景出版公司二〇一二年八月版。收入十八篇作品。作者創作的終極目標，是不斷通過文學再現對生命的冥思，以塑造完整自我的工作歷程。小說的著眼點不在於現實表象反映而是揭露內心的感應。在形式風格上，作者經常運用寫實與幻想的交融，創造寫實、寓言或象徵的美學形式。

壞掉的人

黃崇凱著，聯合文學出版社二〇一二年十月版。這部長篇小說寫三個邁向三十歲前中年期的男女交會在城市裡的遭遇。生活本是無邊無際的個人戰鬥，所以日常傷害是那樣大量地供應給每個住民。所有的人不論勝負，都可能生活中被磨損毀壞，而成了某種「壞掉的人」。

天空的眼睛

夏曼．藍波安著，聯經出版公司二〇一二年八月版。以一位歷經風霜的男子為主軸，寫他在島上的部落生活與孫子的相處。這不僅是老人與海，也是蘭嶼島上的一則生動的人文寫照。

變色的年代

謝里法著，印刻文學生活雜誌出版公司二〇一三年五月版。這部長篇小說接續作者〈紫色大稻埕〉的手法與主題，由四十三章組成。光復初期去臺的木刻版畫家朱鳴岡、黃榮燦、麥非幾年間全部失蹤。臺灣美術若不再是紫色，到底是什麼顏色？

V與身體——幽情三部曲之二

李喬著，印刻文學生活雜誌出版公司二〇一三年六月版。這部長篇小說其內容為：何碧生的「我」、「V」與體內各種器官之間的故事，採取隸、楷、明三字體以分辨「V」、器官、「客觀敘述」三敘事觀點。此書逾越「常識性物理」的侷限，又讓大量生理、病理、藥理以及心理、哲學、宗教概念「入侵」，算是給讀者一種挑戰。

大唐李白

張大春著，新經典圖文傳播出版社二〇一三年七月版。飄然不群的李白，無科考資格，不須迎合格律卻寫出無人匹敵的詩句。究竟他怎麼錯過時代，整個時代又怎麼錯過他？部分目錄：老對初芽意凋、無人知所去、壯心惜暮年、少年遊俠好經過、結客少年場、青冥浩蕩不見底。

南洋人民共和國備忘錄

黃錦樹著，聯經出版公司二〇一三年十月版。收入十一篇獨自成立又合為整體的小說，企圖呈現的都是馬共黨人及其親人的真實狀態——並非官方右翼歷史的虛偽，也不是馬共回憶錄所歌頌的英勇——那是一個個有血肉有情慾、正義激昂卻同時會計算利益的活生生的個體。附錄有〈馬來亞共產黨〉論文。

寶島大旅社

顏忠賢著，印刻文學生活雜誌出版公司二〇一三年十一月版，分上下冊，以老家經營的「寶島大旅社」為書名，寫出祖孫三代共百年的文明發展史。

放鳥的日子

段彩華著，新北市文化局二〇一三年十一月版。這部短篇小說集以嘲諷的筆調描述人性，內容多反映社會現實。

（二）散文

「勿忘臺灣」落花夢

張秀哲著，臺北現代文學研究會一九四七年八月版。作者如夢一樣地回憶了自己在二十世紀二、三十年代的年輕歲月，以熱情與豪氣在中國宣傳反對殖民統治，即使入獄也未曾後悔。他交遊廣闊，在廣州組織「臺灣革命青年團」，與魯迅、郭沫若、戴季陶、甘乃光有往來。

緣緣堂隨筆

豐子愷著，臺北開明書店一九四八年六月版。由吉川幸次郎日譯，為中日對照散文集，共有〈西湖船〉等四冊。書中富有濃郁鄉土風情的漫畫，雋永疏明語淡意深的散文，再輔以江南水鄉特有的自然風貌、民俗鄉情的攝影圖片，讓酷愛水鄉文學的朋友讀之心弦撥動，倍感親切。

亡友魯迅印象記

許壽裳著，上海峨眉出版社一九四八年十一月版。收有：剪辮、屈原和魯迅、雜談名人、〈浙江潮〉撰文、仙臺學醫、辦雜誌及譯小說、從章先生學、西片町住屋、歸國在杭州教書、入京和北上、提倡美術、整理古籍和古碑、看佛經、筆名魯迅、雜談著作等多篇散文。

雅舍小品

梁實秋著，正中書局一九四九年十一月版。每篇作品不出兩千字，寫的都是身邊瑣事，初看題目給讀者平凡之感，但細看內容後，卻又別有趣味，收入〈握手〉、〈理髮〉、〈衣裳〉、〈女人〉、〈男人〉、〈洗澡〉、〈牙籤〉等三十四篇作品。

歐遊剪影

陳紀瀅著，中央日報社一九五〇年二月版。作者於一九四九年與羅家倫同遊歐洲五十天。分國際筆會、西德、巴黎、瑞士、希臘等十部分。

寄海外寧兒

陳紀瀅著，重光文藝出版社一九五〇年二月版。用二十封寫給出國留學女兒的信，表達父女之情，也寓教於信中。

紅色中國的叛徒

劉紹唐著，中央文物供應社一九五一年二月版。寫作者從「南下工作團」逃往香港前的見聞。是當年轟動的暢銷書，被譯成十六種文字，在十三個國家刊行。

青春篇

艾雯著，大業書店一九五一年四月版。以閨閣樓中的女子的沉思來展示情致的抒情小品。這種展示，雖則偶爾也借用一些意象作為作者和讀者之間的中介物，如路、牆、門之類，但大多數卻是直抒胸臆。真實呈現作者的抒情技巧，被稱作「自由中國第一本散文集」。

夢真記

陳紀瀅著，中央文物供應社一九五一年五月版。以回憶與夢境為題材的作品，收入〈夢朵〉、〈貓國恩仇〉等九篇文章。

愛與船

王文漪著，東方書館一九五一年七月版。收入〈阿里山的雲霧〉、〈瑤池〉、〈我住在川端橋畔〉、〈祖國戀〉等散文。

冷泉心影

鍾梅音著，重光文藝出版社一九五一年版。收入〈吾兒〉、〈遙寄〉、〈遙寄我父〉、〈弟弟〉等散文三十篇。本書是作者來臺不久周邊生活的寫照，也可說是五十年代一整批初來臺的女性知識分子思想與日常生活的縮影。

我在臺北

徐鍾珮著，重光文藝出版社一九五一年版。本書除代序〈魚與熊掌〉外，收〈地獄天使〉、〈寄居〉、〈發現了川端橋〉、〈海祿和瑪尼〉、〈重逢〉、〈我的家〉、〈浮萍〉、〈羅馬不是一天造成的〉、〈雨夜〉等二十篇作品。

文藝書簡

趙友培著，重光文藝出版社一九五二年三月版。以書信方式介紹文藝創作之環境、態度、計劃、實踐及心理活動等外緣因素，涉及意象、主題、題材、結構、節奏、詩歌、散文、小說、戲劇、媒介、技術、觀察、想像、選擇、組合、表現、描繪、風格等方方面面。

答文藝愛好者

趙友培著，復興書局一九五二年三月版。收入〈美與美感及其它〉等十二篇文章。

三色堇

張秀亞著，重光文藝出版社一九五二年六月版。在絢爛的外表背後，三色堇性如高節的君子，偏好在冷涼的環境裡綻放幽光。收入〈哀歌〉、〈山城之子〉、〈種花記〉、〈遷居〉等十八篇作品，以思親懷人或直抒胸臆居多，寫母親、丈夫、亡兒與重慶小友。

北平懷舊

齊如山著，中國新聞出版公司一九五二年版。卷中包括五本書，都只寫北京之「相」，但不論古都的大氣鋪陳（〈北平〉），還是民俗的溫婉描述（〈北平懷舊〉），或者遺聞軼事的不捨俯拾（〈北平小掌故〉），均又真又美。另有〈談平劇〉、〈北京百戲圖考〉等文。

美國去來

吳魯芹著，中興出版社一九五三年一月版。為作者旅行美國所見所聞，其中有自嘲自諷和生活閒趣。

早春花束

郭楓著，文藝生活出版社一九五三年一月版。隨每篇題材不同，展示不同語言、不同風格的技藝，散文如詩，足堪吟。

小城風味

尹雪曼著，新創作出版社一九五三年六月版。作者抵臺最初幾年所作散文。

牧羊女

張秀亞著，虹橋書店一九五三年八月版。在作者秀麗的文筆下，創造出具有夢幻色彩的作品。分三輯，收入〈結婚十年〉、〈幻想曲〉、〈其人如玉〉、〈永恆的生命〉等十九篇作品，有兩篇附錄及前記。

寸草心

陳香梅著，新生出版社一九五三年版。收入〈下午茶〉等作品。

島上集

劉心皇著，人間出版社一九五四年三月版。分三輯：〈揮不掉的影子〉、〈星月狂想曲〉、〈北方的冰雹〉。無論是寫人寫景，還是抒情記事，他安居島上回首前塵：生與死、愛與憎、歡笑或眼淚，細細尋思便感到歷歷如繪。

茹茵散文集

茹茵（耿修業）著，重光出版社一九五四年五月版。收入〈談人事制度〉、〈夏夜〉、〈知趣〉、〈青年與詩〉、〈新樂園〉等千字文。

雪林自選集

蘇雪林著，勝利出版公司一九五四年九月版。作者係與冰心齊名的閨秀派代表作家，是女性作家中優秀的散文作者。此書為抗戰時期舊作，分小說、散文、文論三部分。

愛晚亭

謝冰瑩著，暢流出版社一九五四年版。寫在長沙愛晚亭賞玩風景，含蓄地表現了在現實壓力下鬱悶無訴的痛苦。收入〈偉大的母親〉、〈臺灣素描〉、〈兩港基隆〉等。

海濱隨筆

鍾梅音著，大華晚報社一九五四年版。作者居住環境清幽，有園地種蔬菜，有海景，有全副精神閱讀與寫作。居住環境很自然反映在作品裡和此書的書名上。

拾回的夢

雪茵著，大業書店一九五五年一月版。為〈中央日報〉「婦女家庭版」寫的專欄結集，書中展現了作者繪景、詠物、抒情的才華。

凡妮的手冊

張秀亞著，大業書店一九五五年一月版。作者未能脫去婚變的影響，不少地方表現了怨婦的苦悶。

懷念

張秀亞著，大業書店一九五五年十月版。寫對世界和人生的宗教情懷，則溫暖如炬，仁愛虔誠，悲天憫人又積極入世；寫個人心境，則緣事而發，觸景生情，喟嘆感慨，都有較強的詩情。

新苗

王琰如著，今日婦女雜誌社一九五五年十月版，大部分是懷舊之作，其餘寫身邊瑣事，收入〈命運〉、〈遠雲〉、〈友情〉等文。

冬青樹

林海音著，重光文藝出版社一九五五年十二月版。為作者第一本文集，以描寫家庭生活、婚姻問題和婦女心理等事項。收入〈爸爸不在家〉、〈小紅鞋〉等三十二篇文章，另收有小說。

艾雯散文集

艾雯著，遠東圖書公司一九五六年九月版。在這本散文集中，充分顯示了她的散文創作特有的女性思維，即以閨閣樓中的女子的沉思來展示情致。

晚來的明珠

王文漪著，臺灣省婦女寫作協會一九五六年十月版。其散文清新自然，幽默雋永，蘊含哲思，意境高遠。

齊如山回憶錄

齊如山著，中央文物供應社一九五六年版。作為學者、作家、戲劇家、戲曲理論家的齊如山，晚年羈旅臺灣的追懷之作。其真實生動地回顧了自己的一生，同時記下了那個兵荒馬亂的大變革時代。內容包羅萬象，文字親切樸實，讓人同歷史不再有隔世隔代之感。

女兵自傳

謝冰瑩著，力行書局一九五六年版。寫於三十年代，這次增加了「大學生活」等三部分資料。這是一本奇書，作者本人經歷也很傳奇。雖然文中有很多悲慘的經歷，可是透過作者詼諧的文筆，讀起來卻樂不可支。

竹頭木屑集

錢歌川著，開明書店一九五六年版。收入〈笑口常開〉、〈花生米〉等文。

生活的秘密

郭良蕙著，新新文藝社一九五六年出版。作品是寫實的，對女性有深刻的理解與認識。在歌頌道德、純情、關懷與寬容的同時，也暴露自私、低俗、殘忍與欺詐。

菲島遊記

謝冰瑩著，力行書局一九五六年版。寫菲律賓的人情與風貌。

三大聖地的巡禮

蘇雪林著，光啟出版社一九五七年二月版。此書係一九五〇年作者到法國訪問時，前往羅馬參加天主教「聖年大會」及遊覽天主教聖寺的記錄。分為三部分：永城朝聖記、法國西部諾曼蒂之游、靈德朝母。一九六〇年該書更名為〈歐遊獵勝〉。

湖上

張秀亞著，光啟出版社一九五七年三月版。收入〈港童〉、〈米花〉等文。

報人張季鸞

陳紀瀅著，文友出版社一九五七年四月版。敘述張季鸞辨報歷史的作品。

諺語甲編

朱介凡著，一九五七年四月自印。作者為著名民間文藝學家、俗文學家。從一九三〇年起即開始搜集、整理和研究中國諺語和其他民間文學作品。

掛滿獸皮的小屋

王敬羲著，光啟出版社一九五七年四月版。收入〈海上〉、〈霧〉等文。

旅美小簡

陳之藩著，明華書局一九五七年六月版。收入〈失燈的蘭花〉、〈哲學家皇帝〉等二十三篇作品。

故鄉別戀

呼嘯著，樂人出版社一九五七年六月版。收入〈故鄉別戀〉、〈懷疚〉、〈家園戀〉、〈飄零〉等作品。

雞尾酒會及其他

吳魯芹著，文學雜誌社一九五七年十一月版。寫美國去來的散文。他對生活瑣事觀察入微，有其獨到的見解，往往謔而不虐，帶刺卻不刻薄，並且引經據典，中西典籍運用靈活，特別是擅長自我解嘲，形成其獨門的「吳魯芹式散文」。

故鄉與童年

謝冰瑩著，力行書局一九五七年版。以明快的筆調寫出了故鄉秋天的勃勃生機，文中所敘童年往事，饒有情趣。

愛琳的日記

張秀亞著，三民書局一九五八年五月版。拋棄了以前常用的月露風雲，而轉型為寫平凡的小人物，帶有沉重的嘆息和對痛苦婚姻的描述。

尹雪曼自選集

尹雪曼著，大業書店一九五八年八月版。除散文外，還有小說、翻譯作品。

懷念集

歸人著，光啟出版社一九五八年八月版。收入〈山村散記〉等三十一篇作品。

談徐志摩

梁實秋著，遠東圖書公司一九五八年版。以談徐志摩為由體現浪漫的愛，這愛永遠處於可望而不可即的地步，雪萊、拜倫乃至盧梭，是一生追逐理想的愛而終於不可得。他們愛的不是某一個女人，他們愛的是自己內心的理想。

春晨頌

張漱菡著，力行書局一九五九年一月版。抒情是其主調，有一種陰柔的美。

生活的藝術

林語堂著，萬象書局一九六一年七月版。作者的閒適小品，係一九三七年英文版的中譯本。

少女的書

張秀亞著，婦女月刊社一九六一年八月版。這是「婦女叢書」之一，以青春、友情為題材。

北窗下

張秀亞著，光啟出版社一九六二年五月版。寫星光、細沙、花瓣、春草、斜陽，收入〈這種花〉、〈遺珠〉等作品七十篇。

曇花開的晚上

艾雯著，光啟出版社一九六二年五月版。收入〈在泥土裡生根〉等三十五篇作品。

在春風裡

陳之藩著，文星書店一九六二年九月版。「沒有人不愛春風的，沒有人在春風中不陶醉的。因為有春風，才有綠楊的搖曳；有春風，才有燕子的回翔；有春風，大地才有詩；有春風，人生才有夢。」收錄〈迷失的時代〉、〈科學與詩〉等十九篇作品。

羅蘭小語第一輯

羅蘭著，文化圖書公司一九六三年六月版。是對種種社會現象與人間苦樂的切身感受心得。這些「小語」從一個極其儉樸單純而又十分開朗明亮的農業社會，一步一步走到車水馬龍的時代。它是作者從六〇年代到世紀交替之間，在每晚一小時的廣播節目中，隨著當時對人生的感受與心得，寫下來的廣播稿。

煙愁

琦君著，光啟出版社一九六三年八月版，收入〈啟蒙師〉、〈阿榮伯伯〉、〈金盒子〉、〈毛衣〉、〈油鼻子與父親的旱煙筒〉等文章三十七篇。

左手的繆思

余光中著，文星書店一九六三年九月版。他的正業是寫詩：「這隻右手不斷燃香，向詩的謬思。可是僅飲汨羅江水是不能果腹的。漸漸地，右手休息一下，讓左手寫點散文。」收入〈中國的良心胡適〉、〈石城之行〉、〈記弗洛斯特〉、〈塔阿爾湖〉、〈書齋．書災〉等文章十八篇。

傳統下的獨白

李敖著，文星書店一九六三年十一月版。共二十篇雜文。談男人的愛情，談女人的衣裳，談媽媽的夢幻，談法律的荒謬，談不討老婆的「不亦快哉」。

貫串這些雜文的是反抗傳統、藐視傳統的態度。這種反抗和藐視，對李敖而言，頗有孤獨之感。所以千言萬語，像是李敖的「獨白」，卻像大家的「孤獨N講」。

生活漫談

羅蘭著，文化圖書公司一九六四年三月版。收入〈野草般的堅強〉等六十六篇作品。

扶桑漫步

司馬桑敦著，文星書店一九六四年七月版。「扶桑」指日本，此書寫作者在日本的見聞。

懷念

張秀亞著，大業書店一九六四年八月版。收入〈懷念〉等十五篇作品。

教育與臉譜

李敖著，文星書店一九六四年八月版。作者披露了臺灣高等教育中的怪現象，教授們的「分贓」和「意淫」，學術氣氛的沉悶，校園風氣的呆滯，師道與是非的混淆，考試制度的弊端，以及臺灣大學文學院和中央研究院的種種腐敗風氣。

羅蘭答問

羅蘭著，文化圖書公司一九六四年版。她解答了許多臺灣青年在生活、工作、學習，以及愛情、婚姻、家庭、處世、為人等方面形形色色的問題。

張秀亞散文集

張秀亞著，大業書店一九六四年版。收入〈我愛水〉、〈春天的聲音〉等文章。

逍遙游

余光中著，文星書店一九六五年七月版。所收文章有文藝評論，也有抒情散文，其中有〈剪掉散文的辮子〉的革命宣言、〈象牙塔到白玉樓〉的達古通今、〈逍遙游〉的雄奇瑰麗、〈塔〉的寂寞孤高，都是大手筆。

上下古今談

李敖著，文星書店一九六五年九月版。收有〈從「秀嫚信箱」到「上下古今談」——「上下古今談」代序〉，並附錄劉秀嫚〈孝道與學業〉五篇文章；以及收有〈「下上」與「雅俗」〉、〈「古今」與駱駝〉、〈「談」什麼？〉、〈對「好人」播音〉、〈不僅僅是做「好人」〉、〈大奶奶運動史〉、〈由大奶奶到上空裝〉等作品。

長短調

王鼎鈞著，文星書店一九六五年九月版。收入〈一個新字〉等文章。論述深入淺出，化難為易，雅俗共賞。

罕可集

錢歌川著，文星書店一九六五年版。取材散亂，內容斑駁。以立意論，小則如一雞一犬之微，大則如國家治亂所繫。信筆所之，隨感而錄。

心潮

朱介凡著，自由太平洋文化公司一九六五年版。收入〈糊湯粉〉等作品三十三篇。

三十年文壇滄桑錄

王平陵著，中國文藝社一九六五年版。其〈中國文藝〉月刊在連載時，竟被書商趕印成冊，後由作者重新修訂。收入〈我的寫作方法及重點〉、〈五四時期的散文作家〉、〈啟蒙期的短篇小說〉、〈新文藝在思想混亂中瞎碰〉、〈北伐前夜的文派〉、〈口號文學的興衰〉等二十二篇文章。

曼陀羅

張秀亞著，光啟出版社一九六五年版。收入〈回家〉等作品五十四篇。

海天遊蹤

鍾梅音著，大中國圖書公司一九六六年四月版。作者旅行了十三個國家，看到了不同的文化國情，收入〈香江履痕〉等作品。

微波集

吳宏一著，光啟出版社一九六六年八月版。收入〈陽光〉等六十一篇作品。

地毯的那一端

張曉風著，文星書店一九六六年八月版。收入〈到山中去〉、〈我喜歡〉等十八篇作品。

羅蘭散文第一輯

羅蘭著，文化圖書公司一九六六年八月版。收入〈紀念曲〉、〈那豈是鄉愁〉、〈我結婚的時候〉、〈生活的滋味〉、〈由冷說起〉等作品。

大學後期日記甲集

李敖著，一九六六年十一月自印。這本日記裡有大量的幼稚、矛盾、自誇、夢幻、徬徨等成分，不過人們的成長不能沒有這些「必要的不成熟」，因為李敖畢竟不是「天縱之聖」。

大學後期日記乙集

李敖著，一九六六年十一月自印。雖曰「日記」，其實多為雜文。

兩地

林海音著，三民書局一九六六年十二月版，收入〈英子的項鍊〉等作品，內容多為描寫北平舊事。

風箏與童年

林佛兒著，林白出版社一九六六年版。沒有成熟的果子掉落了，卻曾經青澀過，豐滿過。滿園翠綠，一樹風華。

齊如老與梅蘭芳

陳紀瀅著，傳記文學出版社一九六七年一月版。敘述著名戲劇家齊如山與梅蘭芳關係傳記。

我的生活

蘇雪林著，文星書店一九六七年三月版。收入〈我與舊詩〉等十六篇作品。

小園小品

紀弦著，商務印書館一九六七年五月版。多描寫生活瑣事和回憶過往人事，收入〈小園記〉、〈虎子〉、〈雙十前夜〉等三十五篇文章。

中年時代

薩孟武著，三民書局一九六七年九月版。收入〈由南京到重慶〉等十一篇作品。

孤憤

彭歌著，聯合報社一九六七年九月版。本書主題多為抒發孤高剛正、憤世嫉俗的情感。

荒野流泉

王尚義著，水牛出版社一九六七年十二月版。本書係作者的心路歷程、生活寫照包括他的情史、人生觀，以及作者的許多活動。其中可看出作者對人生的體驗，也充滿對人生的喜愛與智慧。

南窗小札

丁穎著，藍燈出版社一九六七年版。收入〈愛百合花的少女〉等五十一篇作品。

王書川散文集

王書川著，百成書店一九六七年版。多描寫離亂年代的悲歡離合，內容充滿啟迪人生的哲理。

晚開的歐薄荷

胡品清著，一九六八年五月版。收入〈玫瑰與百合〉等作品。

汶津雜文集

張健著，藍星詩社一九六八年七月版，收入〈三種迷信〉等四十九篇作品。

給你，瑩瑩

張曉風著，臺灣商務印書館一九六八年七月版。作者作為基督徒寫給一個讀大學一年級名叫瑩瑩的女生的書信。

望鄉的牧神

余光中著，純文學出版社一九六八年七月版。從〈咦呵西部〉、〈地圖〉等自傳性抒情散文到文學批評，共收入二十四篇文章，開創了臺灣旅遊文學的先河。

書香

彭歌著，仙人掌出版社一九六八年八月版。收入介紹新書和名作家作品的文章四十八篇。

青春行

司馬中原著，皇冠出版社一九六八年十月版。自幼年時期寫至十五歲時逃離家鄉。

陳克環散文集

陳克環著，大江出版社一九六八年版。書中充滿了愛心、誠意、哲理和詩情，作者文思豪放，文筆婉約，兼具剛柔之美。

淡紫的秋

季薇著，立志出版社一九六八年版。十歲那年的秋天，草臺戲依舊吹吹打打地開場，鬥牛場上依舊擠滿了人。可是，那秋天，塗上了一抹淡淡的紫色。淡紫色的秋天，在心頭抹上了哀愁。

山鳥集

蕭白著，哲志出版社一九六八年版。收入〈藍色小屋〉等七十二篇作品。

神秘與得意

張健著，水牛出版社一九六八年版。除了與作者的第一本散文集〈苦與笑〉同性質的文字外，另有抒情小品、書評、影評，其中透露出作者知識與情感生活的光影。〈觀湯姆瓊斯〉則做了融評論與創作於一爐的嘗試。

江湖恨

吳俊傑著，臺灣商務印書館一九六九年三月版。收入〈火車頭〉等二十篇作品。

葉曼散文集

葉曼著，仙人掌出版社一九六九年三月版。內容圍繞交友、愛情和婚姻等問題，注重表現人生見識。

那飄去的雲

張秀亞著，三民書局一九六九年七月版。收入〈冬天的太陽〉等十六篇作品。

拋磚記

水晶著，三民書局一九六九年七月版，內容多為討論文藝和讀書心得等文章。

秀俠散文

祝秀俠著，三民書局一九六九年八月版。收入〈養鴨記〉等作品。

心寄何處

張秀亞著，光啟出版社一九六九年九月版。或許寂寞長伴，或許書卷相陪。黃卷青冷，淡茶微風。暗夜裡，和你一起分享心事，不問心寄何處？遠在天涯，近在書中。

紅紗燈

琦君著，三民書局一九六九年十一月版。分親情篇、師友篇、護生篇三部分，收散文四十二篇，內容多為童年回憶和讀書心得。

秋室雜憶

梁實秋著，傳記文學出版社一九六九年十二月版。以作者個人回憶錄為主，歷經小學、中學、大學、留學，直到中年時期。加上兩篇附錄，收入〈清華八年〉等六篇文章，約十萬字。

白霜湧路

陳紀瀅著，傳記文學出版社一九六九年十二月版。為作者追念前賢、懷念友人、會議與訪問記錄。全書分三輯，收入〈敬悼文藝鬥士張道藩先生〉等十篇文章。正文前有作者自序。

一樹紫花

葉萍著，三民書局一九六九年十二月版。分二輯：「一樹紫花」、「專任主婦」。

心底微波

畢璞著，驚聲文物供應社一九六九年十二月版。分四部分：專欄文章、文學與音樂、抒情小品、家庭生活。收入八十四篇作品。

多少英倫舊事

徐鍾珮著，大林出版社一九六九年版。有馬星野的序，分「英倫歸來」、「巴黎會議旁聽記」等。收入〈我看鬥牛〉、〈追憶西班牙〉等作品。

不按牌理出牌

何凡著，大林出版社一九六九年版。〈文星〉月刊創辦於一九五七年十一月，第一任主編何凡在代發刊詞中提出的口號是「不按牌理出牌」。何凡所出的亂牌，是指一些新聞事件。

北大荒

梅濟民著，立志出版社一九六九年版。收入〈國境線上的冬天〉等二十六篇作品。

遲鴿小築

蔣芸著，仙人掌出版社一九六九年版。收入〈通往天堂的路〉等二十篇作品。

化蝶飛去

雪韻著，九歌出版社一九七〇年三月版。收入〈小樓風景〉等五十九篇作品。

取者和予者

彭歌著，三民書局一九七〇年三月版。收入〈文法與理工〉等七十七篇作品。

暢銷書

彭歌著，三民書局一九七〇年五月版。收入〈托爾斯泰新傳〉、〈暢銷書七十年〉等三十七篇作品。

重見故鄉

應未遲著，臺灣商務印書館一九七〇年五月版。收入〈破鏡〉等文章二十篇。

水鄉的雲

季薇著，水芙蓉出版社一九七〇年六月版。用如詩如畫的彩筆，描繪了暮春時節雨後初晴淡雲消散的西湖美景。

只是因為寂寞

周伯乃著，世界文物供應社一九七〇年六月版。收入〈浪子〉、〈苦澀的季節〉等作品，另有詩作。

赤足在草地上

鐘玲著，志文出版社一九七〇年七月版。收入〈竹廈〉、〈雪湖書簡〉等十二篇文章。

秋室雜文

梁實秋著，大林出版社一九七〇年七月版。收入〈駱駝〉等三十五篇文章。

實秋散文

梁實秋著，仙人掌出版社一九七〇年十月版。收入〈國文與國語〉等二十九篇文章。

黃凡的頻道

黃凡著，時報文化出版公司一九七〇年十月版。收入〈消費者萬歲〉等四十篇文章。

懺情書

鹿橋著，晨鐘出版社一九七〇年十月版。收入〈你不能恨我〉等二十篇文章。這是作者年輕時的文字，字裡行間那種喋喋不休的純真與執拗，撲面而來的是少年心氣。這本書記錄了作者年輕時的愛慕心境，他就像永遠長不大的孩子。

劍河倒影

陳之藩著，仙人掌出版社一九七〇年十月版。三十多年前，作者去了劍橋。在這如夢的兩年，寫成了十三篇散文，其中〈劍河倒影〉傳誦了三十多年。

情人眼

王鼎鈞著，大林出版社一九七〇年十二月版。這是作者偏愛的一本書。固然「無情不似有情苦」，但「無情何必生斯世」？作者以有情之眼，看無情人生，看出感動，看出覺悟，看出共鳴，看出希望。

仙人掌

胡品清著，三民書局一九七〇年版。分四輯，收入〈關於形象〉等文章七十篇。

白貓王子及其他

梁實秋著，九歌出版社一九七〇年版。收入〈糖尿病與我〉、〈貓的故事〉、〈白貓王子六歲〉等作品，為其編著英國文學史的閒暇之作。

葉歸何處

簡宛著，書評書目出版社一九七一年三月版，內容多為敘述友情的甜美、家居的幸福、旅居國外所思所想。

鄉愁石

張曉風著，晨鐘出版社一九七一年四月版。作者在日本的「中國海」上撿了七塊小圓石作為紀念品，把哀思寄託在沙灘上被上海的潮汐雕琢渾圓的七塊小圓石上。那是來自久違的故鄉。這些石子勾起作者對祖國的熱愛，更體現作家對故土的眷戀。

第一等人

風兮著，驚聲文物供應社一九七一年十月版。收入〈臺灣今昔〉等十三篇作品。

綠窗寄語

謝冰瑩著，三民書局一九七一年十一月版。收入〈和女青年們談寫作〉等十一篇作品。

生命的光輝

謝冰瑩，三民書局一九七一年十二月版。以回憶為主，內容包括節慶、懷友、家庭融洽之道和語文寫作等方面。

一束稻草

吳怡著，三民書局一九七一年版。收〈更上一層樓〉等三十五篇作品。

尋夢者的歌

孟浪著，現代潮出版社一九七一年版。收入〈愛的隨筆〉等三十六篇作品。

羅蘭散文第三輯

羅蘭著，現代關係出版社一九七二年一月版。分抒懷、隨筆、偶感等專題。收入〈海濱三題〉、〈寄給夢想〉、〈當陽光照臨〉、〈多色的燈海〉、〈飄飛的雲〉、〈小路〉、〈生活的腳步〉、〈一種頌讚〉、〈鎖住這個早晨〉、〈生活的浪花〉等作品。

浮生集

墨人著，聞道出版社一九七二年二月版。收〈文藝的危機〉、〈五十年華〉、〈春游阿里山〉、〈悼詩人覃子豪〉等文十三篇，另有七言律詩六首和墨人訪問記一篇。

焚鶴人

余光中著，純文學出版社一九七二年四月版。收入〈食花的怪客〉等文章十九篇。其中所收的〈焚鶴人〉一篇，表達了以下情感：「他」對故去的親人——舅舅的懷念，「他」對言論、學術、思想自由的嚮往，「他」對因歷史原因分隔兩岸的同胞深切地眷戀，深摯地慰問，隱晦地希望能夠重聚。

風樓

白辛著，大地出版社一九七二年六月版。收入〈長明燈〉等二十篇作品。

人籟

黃肇珩著，臺灣學生書局一九七二年十一月版。收入〈胡適銅像的故事〉等五十篇訪問文字。

抓住就寫

孫如陵著，中國文選社一九七二年十二月版。收入〈學問與創作〉等九十八篇作品。

水仙的獨白

胡品清著，三民書局一九七二年版。胡品清是一個純情主義作家，她的文學世界就是她自己：她的生活，她的感受，她的夢想，她的尋求。本書分成小品、書簡和評介。胡品清的寫作手法新穎，具朦朧美感，且寫作態度嚴謹，可從該文集中見識一二。

西雅圖雜記

梁實秋著，遠東圖書公司一九七二年版。行雲流水的文字，記錄他與他的第一任太太到西雅圖旅行的軼事。

高處不勝寒

趙淑敏著，黎明文化公司一九七三年一月版。收入〈出軌〉、〈回家〉、〈高處不勝寒〉、〈第六十九個志願〉、〈相親〉、〈鏖戰〉、〈明天〉等作品。

不自私的糊塗

尹雪曼著，臺灣學生書局一九七三年三月版。收入〈作家的使命〉等一〇六篇作品。

屬於我的音符

趙淑敏著，臺灣商務印書館一九七三年四月版。趙淑敏的少女時代，毋寧說是近百年來中華民族深重苦難的縮影。所有這一切，在她散文集中有真切的記錄和反映。

天香庭院

張秀亞著，先知出版社一九七三年七月版。她的散文多擷取身邊的物事人情和個人經歷，或寫景詠物，或描人情世態，或緣事寫情，看似小事一樁，寫來又各有情致。

水仙辭

張秀亞著，三民書局一九七三年七月版。寫個人心境，緣事而發，觸景生情，喟嘆感慨，都有較強的詩情。她能捕捉生活中種種動人的「真趣」，善於激發想像和聯想，從平凡中發掘出純真不凡的美來。收入〈沒有荷葉〉等作品。

安全感

張曉風著，宇宙光出版社一九七三年八月版。安全感，很少有人能正確地指出它的含義，但人人把它掛在嘴邊。無疑在「安全感」這三個字裡，「感」

字似乎較其他兩字占的分量為重。如成年人常靠金錢獲得安全感，但事實上他並不注重金錢和安全所可能發生的關聯，只習慣地覺得手裡握著存款簿、股票、金塊的「感覺」是多麼敦實。

旅人的故事

鍾梅音著，大地出版社一九七三年八月版。係作者探親旅遊歐美兩地的遊記，收入五十六篇文章，另有圖片二十三幅。

雅舍小品續集

梁實秋著，正中書局一九七三年十月版。所收〈退休〉等三十二篇作品，尋覓閒情逸致，反映出作者甘居淡泊而目光向上的人生境界。

和諧人生

子敏著，純文學出版社一九七三年版。這本散文集裡有許多小故事，這些故事都像朵朵向日葵迎向同一個太陽：如何獲得一個和諧的人生。子敏以「關心別人」為寫作的出發點，在日常生活瑣事上探求「和諧人生」的原則，將一個個嚴肅的人生課題，變成了本書中一篇篇輕鬆雋永的散文。

看雲集

梁實秋著，志文出版社一九七四年三月版。收錄梁氏十年來紀念謝世故友的回憶文章十餘篇，並有胡適、周作人、冰心、沈從文、老舍、陳源、張道藩等人的書信手札數十封，精印附錄，並有自序。

舊金山的霧

謝冰瑩著，三民書局一九七四年四月版。所收文章多數描寫美國的教育、社會問題、風土景物和朋友間的友情。

聽聽那冷雨

余光中著，純文學出版社一九七四年五月版。收入

〈朋友四型〉、〈幽默的境界〉等二十七篇散文，其中〈聽聽那冷雨〉抒寫的是深深的思鄉情緒，這種鄉情主要是通過雨聲的描寫流淌而出，但另一方面這種鄉情也表現在他化用的詩詞裡面。

純文學散文選集

林海音編，純文學出版社一九七四年五月版。收入五十多位港臺及美國華文作家發表在〈純文學〉上的散文。

無違集

姜貴著，幼獅文藝社一九七四年八月版。前面有自傳，收入〈白髮〉等十八篇作品。

太陽手記

羊子喬著，水芙蓉出版社一九七四年十月版。收入六十七篇表現現代人心靈活動的作品。

人間煙火

顏元叔著，皇冠出版社一九七四年十月版。收入〈曬太陽記〉、〈我愛開會〉、〈哀哉肉體〉、〈可愛的臺灣〉等四十篇作品。作者的散文跳脫學問，深諳瑣細人生的家常趣味，在機智、幽默的篇幅外，又有雋永的美文，主要體現在對兒時大陸故鄉的懷念以及對人生、人心的感悟上。

芭淇的雕像

胡品清著，三民書局一九七四年版。除〈童話〉等散文外，還有短篇小說。

心畫

謝霜天著，智燕出版社一九七四年版。收入〈真愛〉等作品二十五篇。

槐園夢憶

梁實秋著，遠東圖書公司一九七四年版。收入〈沒有秋天〉等五十篇作品。其中〈槐園夢憶〉係為悼念他妻子程季淑而作。裡面描繪了她們從初識到戀愛到結婚，到抗戰時期的別離，到達臺灣的日子以及在美國的生活。

不沉的小舟

艾雯著，水芙蓉出版社一九七五年四月版。收入〈月臺〉等三十五篇作品。

永恆的喜悅

雨僧著，星光出版社一九七五年四月版。分「天倫樂趣」等四輯，計三十二篇作品。

無言歌

畢璞著，水芙蓉出版社一九七五年四月版。收入〈一品紅〉等八十八篇作品。

開放的人生

王鼎鈞著，爾雅出版社一九七五年五月版。作者以開放的態度，探索、剖析人生問題，咀嚼、消化人生經驗。以開闊的視野、坦蕩的心胸、堅定的信念探討人生的大道理。每篇文章不過百十來字，卻起承轉合處處留心。

楊牧自選集

楊牧著，黎明文化公司一九七五年五月版。為中國新文學叢刊三十二，選入作者早期的代表作。

山河歲月

胡蘭成著，遠景出版社一九七五年五月版。這是作者最具代表性的一部著作，收入作者的自序，〈問史於中國〉、〈抗戰歲月〉等文。此書將東西方文化進行縱橫比照，從兩河流域到希臘羅馬，從三皇五帝到辛亥五四，從精神到食色，從住房到穿衣，勾勒出中國文明和世界文明發展的發膚體貌。

一鱗半爪憶巴黎

紀君婉著，一九七五年六月自印。收入〈我是中國人〉等三十九篇作品。

三更有夢書當枕

琦君著，爾雅出版社一九七五年七月版。作者一貫以質樸平易近人之筆，寫她對親人、師友的懷念，童年、鄉土的眷戀，及日常瑣事的感受。

夏濟安日記

夏濟安著，夏志清校注，言心出版社一九七五年八月版。通過一九四九年一月一日至九月二十九日所寫的日記，反映了夏濟安平時閱讀的題材與自學的方向。

黑紗

張曉風著，宇宙光出版社一九七五年十月版。收入〈我們都在〉等五篇散文。

十年潮

皓浩著，葡萄園詩社一九七五年十月版。收入〈浪潮〉等作品。

人生試金石

王鼎鈞著，一九七五年十二月自印。它以歷史小故事、名人格言、生活小故事為由頭，談論人生修養和處事方法。

西潮的彼岸

李歐梵著，時報文化出版公司一九七五年版。收入〈日本遊記〉等十六篇作品，為作者在海外求學和任教近四十年裡談中西文學之文章集合，既是一本

「我那時真年輕」的感情記錄，也不難看出作者對現代南美和東歐、特別是捷克文學的興趣。

綠野寂寥

丘秀芷著，水芙蓉出版社一九七五年版。樸實的文字，寫出了作者對人生的體驗和領悟，對自然的崇尚，對鄉土的親近。

做些小夢

林煥彰著，再興出版社一九七五年版。收入〈心病〉等作品。

心底有根弦

劉靜娟著，大地出版社一九七五年版。收入〈寫作與我〉等文章二十二篇。

年輪

楊牧著，四季出版公司一九七六年一月版。五年內生長於三個異鄉的「年輪」。分三部分：柏克萊、一九七一至一九七二年、北西北。

玉生煙

顏元叔著，皇冠出版社一九七六年一月版。寫日常生活瑣事，也談現實世事變遷。收入〈林黛玉可以休矣〉等三十五篇文章（另有兩篇小說不計）。

陳之藩散文集

陳之藩著，遠東圖書公司一九六六年二月版。係〈劍河倒影〉等三部散文集組成。內容有〈旅美小簡〉、〈在春風裡〉、〈劍河倒影〉、〈一星如月〉。

天瓶手記

林文義著，水芙蓉出版社一九七六年四月版。收入〈我將遠行〉等十四篇感性而帶哲思的作品。

代馬輸卒手記

張拓蕪著，爾雅出版社一九七六年四月版。「代馬輸卒」代表戰火、離亂、死亡、荒謬、無奈的軍中基層職稱。〈老兵話舊〉等五十二篇作品，是作者從自己從軍的角度出發，記錄了一位大兵的生活點滴，也記錄了軍旅生活的辛酸與回憶。其以真實的方式，向讀者娓娓道出那段大時代下最不起眼，卻也最動人的故事。

群像

李昂著，大漢出版社一九七六年四月版。收入〈在小說中記史——小說家朱西甯〉等十篇作品。作者勇於衝破社會的制約與禁忌，擅長剖析人物心理，展現時代群像，探討社會問題，犀利而精準地呈現了她的省思與觀察。

撒哈拉的故事

三毛著，皇冠出版社一九七六年五月版。以率真、樂觀的筆鋒記敘了作者在撒哈拉沙漠生活的那一段難忘歲月，有她和丈夫之間的生活瑣事，有當地的民俗民風。她並沒有在這段波折的故事裡過多地揮灑筆墨，但就在那輕描淡寫的字句中，仍可以感到她那段生活裡的苦不堪言卻愛莫能助。

雲上的聲音

司馬中原著，源成出版社一九七六年六月版。收入〈五個故事〉等二十六篇作品。

生煙井

小野著，文豪出版社一九七六年七月版。收入〈流轉的生命〉等二十五篇作品。

雨季不再來

三毛著，皇冠出版社一九七六年七月版。從其所收錄的〈惑〉、〈我從臺灣起飛〉、〈雨季不再來〉等十二篇作品中，可看到三毛年少時的內心，寂寞卻又如此充滿感情，同時清楚地印證她傳奇般性格的痕跡。

夜歌

季季著，爾雅出版社一九七六年八月版。分為〈鄉下老婦〉、〈再見，翁羅仔〉、〈一個雞胸的人〉等十九章。

我們現代人

王鼎鈞著，一九七六年十月自印。「人生三書」是三座金礦。其中〈開放的人生〉偏重做人的基本修養；〈人生試金石〉探觸父母師長沒有想到的、沒有教過或者不便說破的一面；〈我們現代人〉討論更複雜的現代人生問題。屬勵志小品集，每篇五百字以內。

長髮為誰留

葉慶炳著，皇冠出版社一九七六年十月版。收入〈中文系誤我？〉等二十篇作品。

心靈的果園

桂文亞著，皇冠出版社一九七六年十月版。分兩部分：訪學人談文學、訪作家談作品。受訪對象有林文月、鹿橋、夏志清、三毛等。

龍門集

吳癡著，水芙蓉出版社一九七六年十月版。收入〈短篇與長篇〉等四十六篇雜感。

羊頭集

楊逵著，輝煌出版社一九七六年十月版。有胡秋原的序，收入〈園丁日記〉等二十六篇雜感，另收有小說。

鍾理和日記

鍾理和著，遠行出版社一九七六年十一月版。本書收入作者自一九四五至一九四八年底的日記，而這些日記為我們留下了寶貴的財富。當作者在一九四六年從北京坐難民船返鄉的時候，這些沉重的稿紙大部分被帶回臺灣，從中可看出魯迅的社會批判性對鍾理和的影響至深。

鍾理和書簡

鍾理和著，遠行出版社一九七六年十一月版。收入作者自一九四七至一九五〇年底的書信。

桂花雨

琦君著，爾雅出版社一九七六年十二月版。書名形象地寫出了桂花紛紛揚揚落下的姿態，也更好地突顯出如雨一般潤澤環境的特點。舊宅院子裡的金桂不僅香氣四溢，可以拿來「吃」，更重要的是它深深浸潤、承載了在故鄉一家人美好的記憶。

顏元叔散文精選集

顏元叔著，源成出版社一九七六年版。他深諳瑣碎人生的家常趣味，從開會放假、街市菜場到街邊小吃、看病放行，娓娓道來，妙趣橫生。收入〈懶貓百態〉等文。

鳥呼風

顏元叔著，言心出版社一九七六年版。「鳥呼風」來自杜甫詩「龍媒去盡鳥呼風」，收入〈打字機上的日子〉、〈翻越一個山頭〉、〈親愛的夏教授〉等文。

天窗集

尉天驄著，藍燈出版社一九七六年版。在娓娓道來的敘述中，使讀者走進作者的情感和心靈世界。

年輕

夏祖麗著，純文學出版社一九七六年版。收入〈林燕的無聲世界〉等十六篇作品。

快活林

張系國著，遠景出版社一九七六年版。收入〈吸血鬼翻身〉等八十四篇作品。

新春旅客

段彩華著，文藝月刊社一九七六年版。這本去臺軍人的作品，融注著對祖國山河的眷戀，對家鄉父老的思念。

似水流年

米雷著，現代潮出版社一九七六年版。收入〈山林秋色〉等八十二篇作品。

非非集

張曉風著，言心出版社一九七六年版。〈非非集〉與作者另兩本〈幽默五十三〉、〈通菜與通婚〉合稱雜文三卷。

動人的綠夢

宋晶宜著，名人出版社一九七六年版。收入〈生命的彩虹〉等九十九篇作品。

地上的雲

簡宛著，書評書目社一九七七年一月版，內容多為描寫鄉愁的情懷，在他鄉與中國友人的聚會，母親對子女的期望等。

紅塵寂照

姜穆著，源成文化圖書供應社一九七七年二月版。收入〈在紅塵中尋找自我〉等五十三篇作品。

柏克萊精神

楊牧著，洪範書店一九七七年三月版。收入〈臺灣的鄉下〉等二十篇作品。

蔚藍的天

陳之藩著，遠景出版社一九七七年三月版。作者兼具科學家及文人兩種身份，用獨特的兼具理性與感性的筆，記述他對當代、對科學、對文學的見解，文中處處流露出知識分子憂國憂民的情懷。

憶南山

陳紀瀅著，重光文藝出版社一九七七年三月版。收入〈我的雙燕〉等作品五篇。

葉珊散文集

楊牧著，洪範書店一九七七年五月版。有自序。第一輯「陽光海岸」，第二輯「給濟慈的信」，第三

輯「陌生的平原」。收入〈爐邊范布倫的古屋〉、〈那個潮濕而遙遠的夜〉、〈兩篇瓊瓦〉等四十六篇作品。

離臺百日

顏元叔著，洪範書店一九七七年五月版。這是一部所謂「出賣私生活」的日記集，敘述自己三個多月於美國講學種種，裡面諷刺了左言右行的某些學人，並批評了大陸的「工農兵專政」。

擊壤歌

朱天心著，長河出版社一九七七年六月版。有胡蘭成的代序和作者的自序。收入〈閒夢遠南國正芳春〉、〈楚天千里清秋〉、〈綠兮衣兮〉、〈日月光華旦復旦兮〉等。

世緣瑣記

言曦著，爾雅出版社一九七七年七月版。被譽為

「完美的傳記文學」，收入〈伴〉、〈子〉、〈姊〉、〈媳〉、〈長〉、〈友〉等六篇作品。

天城之旅

張系國著，洪範書店一九七七年八月版。收入〈孤獨之旅〉等文章。內容有遊記感懷、讀書心得、社會觀察和學術評論等。

月光光

丘秀芷著，慧龍出版公司一九七七年八月版。收入〈秋華秋實〉等二十四篇作品。

哭泣的駱駝

三毛著，皇冠出版社一九七七年八月版。收入〈大鬍子與我〉等九篇作品。

鄉思井

司馬中原著，皇冠出版社一九七七年九月版。收入〈一個神父的死〉等三十七篇作品。

曉風散文集

張曉風著，道聲出版社一九七七年十月版。收入〈秋韆上的女子〉、〈不朽的失眠〉、〈卓文君和她的一枚銅錢〉等作品。

動物園中的祈禱室

張曉風著，宇宙光出版社一九七七年十一月版。本書具有寓言笑話小品的性質，作者所寫的這些可笑的禱詞，突顯角色的特質。他們不是壞人，但卻是一些卑陋的、自以為是而排他的人物。他們慣於用自己的形象去塑造上帝，卻不知用上帝的意象來塑造自己。

握筆的人

夏祖麗著，純文學出版社一九七七年十二月版。記敘當代臺灣作家多人。

青青邊愁

余光中著，純文學出版社一九七七年十二月版。大部分為作者到香港三年期間的作品，第一輯八篇都是抒情散文，第二輯是小品雜文，第三輯七篇為文學批評，第四輯五篇全是書評。

詩詩、晴晴與我

張曉風著，大林書店一九七七年版。是心靈的精品，全書帶我們從孩子身上學習生命與智慧。

笑與嘯

顏元叔著，皇冠出版社一九七七年版。其筆鋒犀利，議論風發，風格自成一家。

細雨燈花落

琦君著，爾雅出版社一九七七年版。〈家鄉味〉等六十五篇作品，是報紙專欄結集，或追思懷舊，或生活偶感，使人愛不釋手。

稻草人手記

三毛著，皇冠出版社一九七七年版。收入十六篇作品，其中大部分文章記述了作者在加納利群島上的生活。筆調幽默，點點滴滴盡述生活情趣，一個率性女子不加矯飾的燦然風貌躍然紙上。

代馬輸卒續記

張拓蕪著，爾雅出版社一九七八年一月版。收入〈那一群伙頭軍〉等作品二十二篇。

早餐的鳥

謝秀宗著，國家出版社一九七八年一月版，收入〈春吟夏唱〉等作品，作品多描寫景物山水和四時變化。

苦澀的成長

朱炎著，爾雅出版社一九七八年一月版。十篇文章可稱為給青年的十封信。根本上，作者是提供人生在世的一種觀點，探討人生潛藏於內的幽微，一方面勾勒了人生形之於外的崢嶸，同時也給理想的中國青年摹出風貌典型。

春天的意思

喻麗清著，爾雅出版社一九七八年一月版。本書為少兒讀物。

無花的園地

傅先壽著，九歌出版社一九七八年三月版。收入〈對立的世界〉等二十八篇作品。

杏林小說

杏林子著，九歌出版社一九七八年三月版。收入

〈廣州街上〉等六十六篇作品。

誰來看我

葉慶炳著，九歌出版社一九七八年三月版。收入〈辦一份雜誌吧〉等二十二篇作品。

碎琉璃

王鼎鈞著，九歌出版社一九七八年三月版。以作者少年為背景，寫得美，有大量的意象。收入〈迷眼流金〉、〈失樓臺〉、〈瞳孔裡的古城〉、〈一方陽光〉、〈紅頭繩兒〉等文。

人間情趣

趙滋蕃著，新人出版社一九七八年四月版。收入〈我讀〈狼來了〉〉等作品七十篇。

移植的櫻花

歐陽子著，爾雅出版社一九七八年四月版。收入

〈美國人的價值觀念〉、〈週末午後〉等作品十篇。本書為作者第一本散文集，充滿其恬淡的人生觀，溫馨感人。

遠方

許達然著，遠景出版社一九七八年六月版。分四輯，收入〈我的秋天〉等二十八篇作品。

見山見水集

羊令野著，大林出版社一九七八年六月版，內容多為文藝評論和生活雜感。

人生小景

張秀亞著，水芙蓉出版社一九七八年六月版。分三輯，第一輯的內容是生活感觸和往事的回憶，第二輯的內容是讀書心得和文藝札記，第三輯內容是生活素描和生活雜感。共收入三十四篇作品。

一通電話

葉慶炳著，九歌出版社一九七八年七月版。收入〈徵婚啟事〉等二十二篇作品。

生涯有知音

張天心著，大地出版社一九七八年七月版。收入〈美國法院「亮相」記〉等作品十四篇。

蒙古烤肉芭蕾舞

董保中著，九歌出版社一九七八年七月版。收入〈初見臺灣文壇〉等多篇作品。

戲與人生

彭歌著，九歌出版社一九七八年七月版。收入〈黃色與藝術〉等作品五十八篇。

叮噹集

丹扉著，九歌出版社一九七八年七月版。作者發表於各報刊專欄談聯考、影歌星、新女性、愛情與婚姻、電視與電影的文章，在輕鬆幽默的自嘲和反諷中，表現出她對社會、家庭以及廣大讀者的熱愛和關切，同時對人生百態有極銳利、極深刻的評判。

草木深

顏元叔著，皇冠雜誌社一九七八年八月版。收入〈不成文章〉、〈入冬以後〉等文。

千里懷人月在峰

琦君著，爾雅出版社一九七八年九月版。收入〈單身漢先生〉等二十三篇作品。可以這樣想像：有一張畫——某個人站在孤峰之巔，眺望千里之外，背景還有一輪明月，總而言之就是——思念。

香弦雨

姜穆著，乾隆圖書公司一九七八年九月版。收入〈山地風月〉等三十七篇作品。

讀中文系的人

林文月著，洪範書店一九七八年九月版。收入〈偷得浮生二日閒〉等文章八篇。分為三類：第一部是隨筆類，第二部是賞析評論類，第三是近年來翻譯〈源氏物語〉的相關文章。儘管內容性質有別，卻都是讀中文系的人始終努力用功的三個方向。每個方向又與在臺大讀中文系的那一段日子有深厚而又溫暖的關聯。

域外抒情

漢寶德著，洪範書店一九七八年九月版。收入〈倫敦的公共汽車〉等十八篇作品。

詩人的小木屋

張秀亞著，光啟出版社一九七八年九月版。她的散文多擷取身邊的物事人情和個人經歷，或寫景詠物，或描人情世態，或緣事寫情，看似小事一樁，寫來又各有情致。

楊逵畫像

林梵著，筆架山出版社一九七八年九月版。為楊逵傳記，共分八章。

閃亮的生命散文選

蔡文甫編，九歌出版社一九七八年十月版。收入〈另一道陽光〉等二十二篇作品，作者均為殘疾人士，有激勵、鼓舞的作用。

月光河

司馬中原著，爾雅出版社一九七八年十月版。收入〈寒夜〉等三十八篇作品。

紛飛

履彊著，德馨室出版社一九七八年十月版。收入〈思念〉等四十六篇作品。

假如沒有電視

葉慶炳著，九歌出版社一九七八年十月版。收入〈水土保持〉等二十篇作品。

我的書名就叫書

隱地著，爾雅出版社一九七八年十二月版。談送書、借書、賣書、偷書、搬書、出書、印書、發書等內容的書。

千帆之外

小嬋著，黎明文化事業公司一九七八年十二月版。收入〈愛的小屋〉等十九篇作品。

黑色的部落

古蒙仁著，時報文化出版公司一九七八年十二月版。描述新竹、尖石鄉、秀巒鄉村、泰雅人的文化生活與現代報導，便適時地展現日後眾多作家關切原住民的寫作契機。

千手千眼集

羊令野著，大林出版社一九七八年版。收入文藝短評、生活雜記等各類文章三十九篇。

梧鼠集

魏子雲著，大林出版社一九七八年版。收入〈緊張與輕鬆〉等四十八篇作品。

出岫

黃燕德著，水芙蓉出版社一九七八年版。內容包括親情和見聞雜感、山光水色等。

文革雜憶第一集

陳若曦著，洪範書店一九七八年版。記錄了作者在大陸居留七年中的親歷親聞親見。也許是在海外創作的緣故，文字裡有一種可貴的坦率，和很強烈的個人聲音，但是可能有一點點偏頗。

溫柔的夜

三毛著，九歌出版社一九七九年二月版。〈逍遙七島游〉、〈一個陌生人的死〉、〈大鬍子與我〉等十四篇文章，記錄了三毛在加納利群島的生活。

鳳凰樹專欄

鐵英著，遠景出版社一九七九年三月版。收入〈吳濁流遺事〉等七十一篇文章。

生花筆

夏元瑜著，九歌出版社一九七九年三月版。收入

〈時來運不轉〉等二十四篇作品。

錦繡年華

陳克環著，九歌出版社一九七九年三月版。收入〈老兵話舊〉等作品五十二篇。

蔚藍的天

陳之藩著，遠景出版社一九七九年三月版。〈春天的雪花〉、〈濟慈〉等十九篇作品所介紹的作家及其所譯的詩，在〈學生〉雜誌登出時，作者由此結識了梁實秋、余光中、聶華苓等朋友，留下一段以文會友的佳話。

天下人

溫瑞安著，皇冠出版社一九七九年四月版。收入〈神州人〉等七十六篇文章。

耶穌的藝術

七等生著，洪範書店一九七九年四月版。係作者閱讀〈聖經〉〈馬太福音〉逐章所做的筆記，分〈誕生〉、〈逃去埃及〉、〈結論〉等二十七章。

蘇打水集

水晶著，大地出版社一九七九年五月版。收入二十六篇文章，內容多為書評和文藝雜談。

彩色的音符

胡品清著，一九七九年七月版。收入〈玻璃世界〉等作品。

一朵午荷

洛夫著，九歌出版社一九七九年七月版。收入〈板門店之旅〉、〈日本文化與豬〉等二十三篇作品。其中〈一朵午荷〉描寫了一池夏天午後雨中的荷和一池秋末午後花事已殘的荷。一朵午荷的出現，不僅讓詩人走向內心，深入生命的底層，更在時間的意義上揭示關於宇宙規律的哲學命題。

不惑之約

王明書著，水芙蓉出版社一九七九年七月版。收入〈月是故鄉明〉等二十四篇作品。

群樹之歌

陳幸蕙著，九歌出版社一九七九年七月版。收入〈椰〉等作品五十六篇。

步下紅毯之後

張曉風著，九歌出版社一九七九年七月版。收入〈種種可愛〉、〈種種有情〉、〈春之懷古〉、〈花之筆記〉、〈步下紅毯之後〉、〈好豔麗的一塊土〉等文。

石竹花的沉思

張秀亞著，道聲出版社一九七九年八月版。收入有關詩與畫的欣賞文字以及抒情寫景的文章多篇。

無垠的陽傘

張健著，民眾日報社一九七九年八月版。收入〈耳朵和她的災難〉等五十一篇作品。

代馬輸卒補記

張拓蕪著，爾雅出版社一九七九年九月版。這個大兵在現實生活裡討生活，他走在人群裡毫不起眼，沒有人會想到他寫活了歷史裡的小人物。作者筆下有父親一輩的辛酸和眼淚、屈辱和憤怒、寬恕和同情。《補記》的出版，使代馬輸卒進入了「第四季」。收入〈我的學生生活〉等作品十五篇。

豆腐一聲天下白

林海音等著，爾雅出版社一九七九年十月版。收入管管等人的三十一篇作品，從追溯淮南王劉安發明豆腐起始的考據文章，及家鄉產母親所燒制的豆腐佳餚之情感文章，到事無巨細的豆腐菜譜，真可謂「豆腐一聲天下白」，中國情懷盡在其中。

請坐月亮請坐

管管著，九歌出版社一九七九年十月版。收入〈風箏〉等五十七篇作品。本書為作者出版的第一本著作，書名「月亮」係指作者喜歡的一個女子。少男情懷總是詩，眼睛儘管望著明月，心裡想的卻是家鄉或夢中戀人。阿兵哥東飄西蕩，但永遠把心中最好的位置留給愛戀的人。

升天記

夏元瑜著，九歌出版社一九七九年十月版。收入〈亮相記〉等二十七篇作品。

瞎三話四集

吳魯芹著，九歌出版社一九七九年十月版。〈談睡〉等十六篇作品，可分為「無法分類的夢囈與雜感」、「談書．論文」、「談舊事」和「談戲」四輯。作者「瞎三話四」的東拉西扯中，表現出頗多的人生智慧。而作者談「聖賢書」，則對現今的大學教育制度提出質疑。

作家的童心

彭歌著，聯經出版公司一九七九年十一月版。收入〈三十年後〉等一〇二篇作品。

淡江記

朱天文著，三三書坊一九七九年十一月版。這本書記錄了作者青少歲月的生活，可以看成是她的畢業紀念冊。我們在字裡行間看那年夏天藍藍的海，聽夏夜星空下的風吟與蟲鳴，像電影一樣，直到最後鏡頭凝固成一張拖著兩條辮子的卷首玉照。

一車的月色

米雷著，文豪出版社一九七九年十二月版。本書分：清泉篇、情懷篇、書香篇等三部分。

心在水之湄

畢璞著，道聲出版社一九七九年版。有封德屏序〈老樹春深更著花〉及吳宏一序〈老來可喜話畢璞〉，另有畢璞自序〈長溝流月去無聲——七十年筆墨生涯回顧〉。共收入〈勞我以生〉、〈獨擁一室的清靜〉、〈灰色的雨天〉等作品。

臺北清晨

杜文靖著，皇冠雜誌社一九七九年版。收入〈寂寞的老行業〉等十篇作品。

人生於世

何凡著，純文學出版社一九七九年四月版。其文字平和，「人生於世」，她低聲念著又抬起富有表情的眼光對準所有的人——智慧、滿載著學問的第一句詩就使人感動。

傳香火

劉紹銘著，大地出版社一九七九年版。作品分四輯：論文部分有〈地下文學與鄉土文學〉等六篇，附錄〈與陳若曦聊天〉，翻譯部分有〈方寸已亂——論譯事之難〉、〈葉維廉譯詩的理論與實踐〉等六篇，書話部分有〈自傳文學與心路歷程〉、〈歐陽子與臺北人〉等十二篇，雜文部分有〈欠缺的愛情〉、〈告罪篇〉、〈香港文學〉、〈「鄉土文學」答客問〉等十七篇。有代序〈一心一意傳香火〉。

中國人

溫瑞安著，皇冠出版社一九八〇年一月版。為其散文集，傳達中國人有拳頭，有筆墨，有志氣的理念。

平庸的夢

顏元叔著，皇冠出版社一九八〇年一月版。寫童年雜憶、故鄉雜憶，收入〈柏拉圖的對話〉、〈青年人〉等文章二十二篇。

時神漠漠

顏元叔著，皇冠出版社一九八〇年一月版。收入〈李爾王和兒子們〉、〈麥克白去散步〉等文。

柏楊選集（五）

柏楊著，星光出版社一九八〇年一月版。收入〈腸子都拉出來〉等雜文三十二篇。

徐復觀雜文（一）論中共

徐復觀著，時報出版公司一九八〇年四月版。主要論述文化大革命及其遺毒，共四冊，其餘分別為：看世局、記所思、憶往事。

文學的臺北

余光中等著，洪範書店一九八〇年五月版。收入張曉風、顏元叔、子敏、亮軒、楊牧、紀弦、羅蘭等人寫臺北印象的文章。

在暗夜中迎曦

林清玄著，時報出版公司一九八〇年九月版。作者除利用散文的方式來表達其對佛法的體驗外，也從事藝術的報導與批評。

留予他年說夢痕

琦君著，洪範書店一九八〇年十月版。主要寫故鄉的回憶和海外的遊蹤。

一髮青山

楊乃藩著，九歌出版社一九八〇年十月版。收入〈江南好〉等二十七篇作品。

花開的聲音

莊雲惠著，文史哲出版社一九八〇年十一月版。這是散文水彩畫集。她一直在營創一種小橋流水化的詩境，清澈純朗的語言娓娓道來，一展思想風華。從她手上展現的春暖花開，紅塵眷戀，過往雲煙，許多蛛絲馬跡都交織在她的詩文中。

徐訏二三事

陳乃欣等著，爾雅出版社一九八〇年十一月版。收入秦賢次、魏子雲、隱地、鍾玲、彭歌等人悼念和回憶徐訏的文章。

代馬輸卒外記

張拓蕪著，爾雅出版社一九八一年二月版。作者在對日抗戰時擔任阿兵哥，記錄了當年的往事。因為當時阿兵哥多半是文盲，所以作者是極少數甚至是僅有的一位士兵作家。收入〈兩將軍〉等作品十五篇。和前面四本《手記》、《讀記》、《餘記》、《補記》，奠定其老兵文學地位。

春天坐著花轎來

管管著，爾雅出版社一九八一年二月版。全書二十篇文章，寫春天的「轎步」，也寫自家門階前的落葉，寫古典與現代幻化相生的桃花源記，也寫現代生活。

你還沒有愛過

張曉風著，大地出版社一九八一年三月版。分「同時篇」、「同地篇」、「同氣篇」。收入〈半局〉、〈我聽到你唱了〉、〈看松〉、〈大音〉、〈孤意與深情〉、〈她曾經教過我〉〈找個更高大的對手〉、〈蝸牛女孩〉等作品。

胡適口述自傳

唐德剛譯著，傳記文學出版社一九八一年三月版。本書是胡適重點對自己一生的學術作總結評價，而作者將其英文口述譯為中文後所作的注釋評論。就學術價值和史料價值而言，注釋部分的分量還在傳文之上。二十世紀七十年代，海外史學界盛稱〈胡適口述自傳〉：「先看德剛，後看胡適。」

青春之泉

陳火泉著，九歌出版社一九八一年三月版。分為「生命」、「意志」等四集。

勃然大怒集

柏楊著，星光出版社一九八一年四月版。談嫉妒，談煤煙，談現代化，談一小撮人。嬉笑怒罵，皆成文章。

飄失的翠羽

顏元叔著，皇冠出版社一九八一年五月版。收入〈歡迎陳若曦〉等作品二十五篇。

走入那一片蓊鬱

顏元叔著，皇冠出版社一九八一年五月版。收入〈糞堆上的公雞〉、〈新舊之間〉、〈專欄與我〉等作品。

背影

三毛著，皇冠出版社一九八一年八月版。以回憶的方式，講述了作者自身的經歷。收入〈荒山之夜〉等作品十五篇。

夢裡花落知多少

三毛著，皇冠出版社一九八一年八月版，篇篇充滿著對荷西的思念，是三毛與荷西生死相契最直接的體現，收入〈不飛的天使〉等作品。

生命頌

杏林子著，一九八一年十月自印。我們都是生命的作者，把自己展現在人前。

善用一點情

顏元叔著，九歌出版社一九八一年十月版。副題為「寫給青年人」，為系列集輯的書。作者以長輩身份苦口婆心勸告下一代，此外還回顧往事，慨言時政。

溫一壺月光下酒

林清玄著，九歌出版社一九八一年版。屬於作者在對禪宗有所參悟之後的作品。以酒入題，感悟人生情趣，不局限於人生四時，還聯繫了各種詩詞名家作品的風格適宜飲用的酒。最後提到一段佛經典故升華主題。在作者看來，若能忘卻功利及人生齟齬，靜享歲月和美酒即是佛家所謂苦修深修的境界。

葉珊散文集

楊牧著，洪範書店一九八二年一月再版。葉珊是楊牧早期的筆名。第一輯「陽光海岸」，第二輯「給濟慈的信」，第三輯「陌生的平原」，共收入四十六篇作品。

飛躍的晌午

謝輝煌著，水芙蓉出版社一九八二年一月版。收入〈萬年青〉等六十七篇作品。

人間百態

楊思湛著，九歌出版社一九八二年二月版。收入〈頭髮〉等三十篇作品。

再生緣

張曉風著，大地出版社一九八二年五月版。寫出對生命的關懷、行旅的見聞。分四輯，收入〈交會〉、〈江河〉等作品。

搜索者

楊牧著，洪範書店一九八二年五月版。收入作者一九七六至一九八二年間所撰散文作品，屬於抒情和體悟隨筆的範圍，含〈搜索者〉、〈出發〉、〈科學與夜鶯〉、〈普林斯頓的秋天〉、〈普林斯頓的冬天〉、〈普林斯頓的春天〉、〈紐約以北〉、〈西雅圖誌〉、〈海岸七疊〉等。

萬里采風

張放著，文開出版社一九八二年六月版。收〈從臺北到柏林〉等三十六篇文章。

中國散文大展

陳嘉堯主編，啄木鳥出版社一九八二年六月版。分「理論篇」和「範例篇」，收入兩岸作家作品一百五十四篇。

席德進書簡——致莊佳村

席德進著，聯經出版公司一九八二年七月版。作者是最早的同性戀名人，七十二封信展現了一位同志畫家的現身說法。

永生的鳳凰

林清玄著，九歌出版社一九八二年八月版。收入〈我所認識的李敖〉等二十二篇文章。

農婦

吳晟著，洪範書店一九八二年八月版。為作者第一本散文集，描述主題有三：作者母親、農村婦女、農村生活和社會問題。收入〈這樣無知的女人〉、〈豬糞味〉、〈了尾仔〉等四十一篇文章。

小畢的故事

朱天文著，三三書坊一九八二年九月版。描述一位眷村青年的成長故事，從年少輕狂的懵懂無知，到成年的成熟穩重，傳達早期臺灣生活的真切與感懷。整個舞臺在臺北縣淡水鎮取景，其攝取日本傳統建築風格，傳達早期臺灣眷村生活及回憶。

另一種愛情

杏林子著，九歌出版社一九八二年十月版。作者除潛心寫作外，還經常向社會呼籲重視傷殘者的福利，同時為在逆境中奮鬥不懈的殘障朋友打氣。她用無限的愛心，關懷、同情許多不幸者。收入〈賣書記〉等十五篇作品。

幽默五十三號

張曉風著，九歌出版社一九八二年十一月版。此書是「可叵集」的化身，而「可叵集」是《中國時報》「人間副刊」最叫座的專欄之一。受誇不少，挨罵亦多。總之，是一個「很有反應」的專欄，這可能跟作者不斷探討現實問題有關。此書選來可輕鬆神經，也可以在笑聲背後來認真思考問題。

海水天涯中國人

王鼎鈞著，爾雅出版社一九八二年十一月版。讀此書，我們學到的並非只是文字裡的世界，還有文字外的世界，像「海水天涯中國人」這樣深沉有力的書，要不是作為一個中國人，便無法體會，更不可能讀懂。

只能帶你到海邊

苦苓著，蘭亭書店一九八二年十二月版。收入〈櫻花之戀〉等文章。

早晨的夢境

張健著，九歌出版社一九八二年版。有自序，收入〈病〉、〈說話〉、〈騙〉、〈抗菸〉、〈理髮師〉、〈眼鏡〉、〈門〉、〈談馬〉、〈談狗〉等小品文，另有文化隨筆〈談教授審查〉、〈談誹謗〉、〈寫作與教學〉等短文。

臺灣社會檔案

古蒙仁著，九歌出版社一九八三年一月版。係環保散文，分四部分，其中的「災難篇」和「生態環境篇」，有對社會底層人物的關懷和對人類普遍情感的關注。

不是望鄉

林文義著，蘭亭書店一九八三年一月版。收入〈鄉土歌手〉等文章五十篇。

左殘閒話

張拓蕪著，洪範書店一九八三年一月版。收入〈往事如煙〉等文章二十二篇。

臺灣城鄉小調

古蒙仁著，蘭亭書店一九八三年二月版。收入〈借問鬼屋何處有——尋訪臺灣鬼屋〉等二十二篇。全書分為「城鄉篇」與「人物篇」，所詠嘆的是在時光的淘洗下，流落在臺灣城鄉之間的溫馨以及和諧可親的軼事。

給你

張曉風著，宇宙光出版社一九八三年三月版。去享有生命的一切吧，並且心存感謝。去享有生命的一切吧，並且分享給別人。

雅舍小品（三集）

梁實秋著，正中書局一九八三年四月版。收入〈書房〉等三十七篇作品。作者俯仰起居雅舍其間，將生活中息息相關的事物以風趣幽默的筆法觀照，將人們最熟悉的動物及下棋等日常瑣事娓娓道來。

葉公超其人其文其事

秦賢次編，傳記文學出版社一九八三年六月版。為葉公超生前好友回憶悼念葉氏的文章匯編，有〈葉公超傳略〉和葉氏的遺文。

大地反撲

心岱著，時報文化出版公司一九八三年六月版。此報導文學由〈美麗新世界〉、〈綠色大廈〉、〈蝴蝶出賣〉等十一章組成。

臺北一月和

吳魯芹著，聯經出版公司一九八三年七月版。記錄作者在返臺一月中的瑣事，以丘彥明所撰的訪問記作引。吳魯芹的文章是半生智慧的凝聚，其中醇厚的深意就值得一讀再讀。

通菜與通婚

張曉風著，九歌出版社一九八三年七月版。本書繼《幽默五十三號座》後，又一延續「可叵集」風格的作品。每篇文章，都有它的新聞性和社會性，是作者用她獨長的慧眼、靈心，觀察感應人情世象所作的諷喻褒貶，可讀性極高。

三弦

張曉風、席慕蓉、愛亞著，爾雅出版社一九八三年七月版。本書為三位不同風格女作家的合集。

無情不似多情苦

喻麗清著，爾雅出版社一九八三年九月版。收入〈虹〉等四十九篇作品。

文人相重

吳魯芹著，洪範書店一九八三年十月版。收入〈福德與龐德〉等文章。其中〈文人相重〉描述作家與編輯的友情。在他的幽默中，讀者能看到感時傷逝的淚光，在略帶誇張的自嘲中看到撼不動的自重，在偶爾強烈的抨擊裡看到深切的關心。讀他的文章，是對中國漸漸失去的文人傳統重新認識。

古丁全集Ⅲ散文

古丁著，秋水詩刊社一九八三年版。上半部分收入〈我從風雨來〉、〈國慶禮物〉、〈詩情畫意〉、〈河灘上〉等散文。下半部分為「餐桌上的談話」，收入〈同性婚姻〉、〈一株玉蘭花〉、〈孤女的孝心〉、〈我所認識的涂靜怡〉等散文，後面附有作者年譜和涂靜怡等人的編後記。

山中人語

墨人著，臺灣商務印書館一九八三年版。有作者代序〈微塵自話〉，簡述了自己的創作道路和心路歷程。收入〈人生六十壽常青〉、〈我與廣播〉、〈患難夫妻四十年〉等帶自傳性的文章，另有〈仙境游蹤〉、〈梅雨夜談〉等山水文章，最後一部分是〈民族精神與文學創作〉、〈艾青的覺醒〉、〈談旅居海外的作家〉、〈從姜貴談到朱炎〉等文藝隨筆，書末附有〈墨人小樓〉。

憤慨的梅花

顏元叔著，正中書局一九八四年二月版。收〈什麼是散文?誰知道!〉等作品。

隨筆與雜文

劉紹銘著，正中書局一九八四年二月版。作者行文不拘一格，所聞所想均信手拈來，加以學識廣博，不時穿插古今中外文學典故，幽默風趣，見解獨特，令人折服。

一九八三年臺灣散文選

林清玄主編，前衛出版社一九八四年四月版。分三卷：自然與鄉土、情感與人生、生活與性靈。

山裡山外

王鼎鈞著，洪範書店一九八四年四月版。以作者的親歷為基礎，多層次展現抗戰時流亡學生和基層民眾生活的紀實長篇。它描寫流亡學生的生活實況，他們的感懷、理念、夢想和抱負，以及對前途的焦慮與信仰的空虛。

知無不言

顏元叔著，（香港）博益出版集團有限公司一九八四年四月版。作者雜文精選集，收有〈雜文與現代人〉、〈車夫之戀〉、〈林黛玉可以休矣〉、〈東方人的窮酸〉、〈西餐請客〉、〈腳與鞋〉、〈閒話武打片〉、〈話說資本家〉等，其中有故事有音韻有對白，也有對著熙攘的人生張大訕笑的嘴，體現了作者一貫幽默揶揄的風格。

別是一番滋味

王鼎鈞著，皇冠出版社一九八四年五月版。本書為散文集，書中每篇文章均言之有物，言之有序，言之有理，言之有味。

看不透的城市

王鼎鈞著，爾雅出版社一九八四年五月版。運用靈活的形式，質樸的語言向我們展示了美國華人的生存狀態，從而帶給讀者海外華人生存方式的思考。

水是故鄉甜

琦君著，九歌出版社一九八四年五月版。都是童年的趣事、往事的回憶，都是對人對物的懷念。讓我們看到一個真實、豐滿、鮮明的琦君，一個過去的琦君，一個不為我們所知的琦君。

唐文標散文集

唐文標著，時報文化出版公司一九八四年五月版。作者為留美數學家，其評論、散文在二十世紀六十至八十年代的海外有較大影響。唐氏為人熱情、懇切，熱愛祖國，素有「大俠」之稱，他的文學傾向曾受臺灣當局壓製，但他不屈服。他的作品今天讀來仍覺得具有一種熱切的感情。收入〈我的詩生活〉等文章十一篇。

白雪少年

林清玄著，九歌出版社一九八四年七月版。以懷念少年時代往事的作品為主。

胡適北大日記選

胡適著，遠景出版社一九八四年七月版。內有第一次公開的資料。

看雲集

梁實秋著，皇冠出版社一九八四年八月版，內容多為懷念友人胡適、周作人、郭沫若等人。

我在

張曉風著，爾雅出版社一九八四年九月版。「在」字對「我」而言，彷彿不是回答老師，而是回答宇宙乾坤，告訴天地，告訴歷史。它顯示了「我」的存在，體現了「我」自我價值提升的確認。

九月的眸光

郭楓著，帕米爾書店一九八四年九月版。本書表現出其對古老的中華大地的深情懷念。作者的戀土情結、摯愛家鄉的文化鄉愁，盡在一聲聲情真意切的呼喚中。

雞窗集

夏志清著，九歌出版社一九八四年十月版。這是作者的第一本散文集，在這本書中，我們能夠看到他為人、治學的稟賦、毅力和學問，展示了他在學術以外更豐富的人生取向和情懷。

田園之秋（仲秋篇）

陳冠學著，前衛出版社一九八四年十一月版。係作者一九八三年出版的同名書的續篇。全書充滿了他對單純田園生活的熱愛，以細膩的觀察寫下人和自然之間的和諧，是作者對臺灣田園生活的緬懷和讚歌，蘊含了許多人文的思考和觀照。

暮雲影

吳魯芹著，洪範書店一九八四年十一月版。收錄了作者一九八二年一月至一九八三年七月間的文章。「暮雲」之名，取意「暮靄沉沉楚天闊」，有著作者暮年的感慨和思考。全書共分兩輯，一輯以作者的回憶和對文事的介紹為主，二輯只有一篇文章，即〈泰岱鴻毛只等閒〉，述說了作者對「死」的一些聯想。

萍水相逢

蔣勳著，爾雅版社一九八五年一月版。收作品五十二篇。係作者的第一本散文集。無疑他喜歡老子：看見水從高處狠狠摔下，依然不損，就會生發感慨，從真實景物裡，印證《道德經》裡的感悟。他也讀佛經，想像光腳持缽，腳踩在金黃土地的感受。他有好奇善意的眼睛，看他的書，能看見其情懷和氣度。

雅舍談吃

梁實秋著，九歌出版社一九八五年一月版。本書是作者一生在飲食文化方面才華的集中展示。

一星如月

陳之藩著，遠東圖書公司一九八五年一月版。所收作品內容涉及歷史、哲學、政治、文學，計十三篇。作者用兼具理性與感性的筆，記述他對當代、對科學、對文學的見解。他在撰文紀念胡適時曾說：「並不是我偏愛他，沒有人不愛春風的，沒有人在春風中不陶醉的。」讀作者的散文，也很難不沉醉在他文字的「春風」裡。

隨鳥走天涯

劉克襄著，洪範書店一九八五年一月版。是本有關自然生態的散文集。

水問

簡媜著，洪範書店一九八五年二月版。作者個人的斷代史。收入〈白千層〉、〈我來釀〉、〈水問〉等三十五篇。

流行歌曲滄桑記

水晶著，大地出版社一九八五年二月版。收十二篇作品。流行老歌，曾風靡大江南北，反映了那個時代的風貌。作者不忍其就此湮沒，訪問了宋淇、陳蝶衣、姚莉、胡心靈、吳鶯音等，以如椽之筆，記下幾許的滄桑。

壓不扁的玫瑰

楊逵著，前衛出版社一九八五年三月版。收入〈花園札記〉等散文多篇。這壓不扁的玫瑰花正是楊逵精神的真實寫照，承擔了日據下臺胞共同的苦難命運，並繼承了賴和頑強的抗議精神，以誠實的風格，發揚了被壓迫者不屈不撓的民族魂。

三姐妹

朱天文、朱天心、朱天衣著，皇冠出版社一九八五年三月版。收入〈三三行〉等作品。這次三姐妹一改以前談論時移世易時的犀利與銳氣；談論文學電影時的華麗與蒼涼，而是帶著我們熟悉的才情與純粹女性的溫情。作品的主題，不存在激進的女性主義抑或保守的綱常禮教，而有人們熟悉而平淡的生存與生活。

談心

三毛著，皇冠出版社一九八五年三月版。三毛在《明道文藝》和《講義》中開設過「三毛信箱」專欄，和讀者魚雁往返。本書的作品，則源自《明道文藝》專欄中的往來書信。讀者來自五湖四海，不同的社會階層，「三毛信箱」一期期地寫下來，受益最多的人，可能還是作者自己。藉著讀者朋友的來信，三毛看見了自身的不足，有如明鏡，擦拂了三毛朦朧的內心，也可看出三毛的處世哲學。

消滅李敖，還是被李敖消滅？

韓妙玄著，遠流出版公司一九八五年四月版。分九章，用散文的筆調分析了李敖從保守到激進的轉變過程，以及與殷海光、羅素的關係。

老家的樹

郭楓著，新地出版社一九八五年五月版。這位客居臺灣島數十載的漢子，總是想念他徐州銅山縣的「老家」，無時無刻不在夢囈中親吻著那片黃土地，親吻著家鄉的一草一木。〈老家的樹〉就是抒寫他這種魂兮歸來的戀土情結。通過對黃淮平原的回憶，表現出他對故鄉的真摯熱愛之情。

意識流

王鼎鈞著，一九八五年七月自印。薄薄一本，字數也不多，卻老讓人讀不完。整本書，沒有標點符號，也沒有標題。它應當是一篇談論愛情的散文，明看，是一本戀愛聖經，隱藏在書後的是暗潮洶湧的人生哲理，真正要探討的是人生的各種迷魂陣。

交流道

楊牧著，洪範書店一九八五年七月版。作者曾說：「變不是一件容易的事，然而不變即是死亡，變是一種痛苦的經驗，但痛苦也是生命的真實。」這是楊牧開始關注社會人世的關鍵。此書隨筆式地記錄了作者對社會現象的觀察及批判。

醜陋的中國人

柏楊著，林白出版社一九八五年八月版。該書結集作者的數十篇雜文，主要批判中國人的劣根性。作者以「恨鐵不成鋼」的態度，將傳統文化種種弊端喻之為「醬缸文化」，指出中國傳統文化有一種過濾性疾病，子孫後輩永遠受感染，且持續不斷。

我站在金門望大陸

無名氏著，黎明文化事業公司一九八五年八月版。收入〈我選擇自由〉、〈我的聲明〉、〈告別香港朋友〉等四十七篇文章。前有作者自序〈繩子與我〉

五十回首

顏元叔著，九歌出版社一九八五年八月版。作者主要描寫自己在水頭村的童年生活，從中道出了戰爭中的共象，與一個外省少年艱難的求學路。收入〈騎白馬的人〉等文。

寫給幸福

席慕蓉著，爾雅出版社一九八五年九月版。作者認為，人必須要懂得感恩，因為懂得用心去感受屬於自己的幸福，而非羨慕別人的幸福。因為想要去守候，想要去追尋幸福。要愛別人就必須先自愛，愛自己所有的一切，這樣才能愛得了別人的一切，甚至這世界的一切。

絕美

周芬玲著，前衛出版社一九八五年九月版。收入〈水仙之死〉、〈愛玉〉等二十九篇作品。

林希翎自選集

楊雲編，一九八五年十一月臺北自印。有大陸出名右派林希翎的前言和眾多林氏的生平史料，以及臺、港記者對她的訪問記。

作家與書的故事

隱地編，爾雅出版社一九八五年十一月版。所收作品，不但具有珍貴的文學史料價值，也能幫助我們了解每一位作家成長的心路歷程。

春來半島

余光中著，香江出版司一九八五年十二月版。本書為作者在香港居住期間描寫香港沙田之山精海靈的詩文選集。

野火集

龍應台著，圓神出版社一九八五年十二月版。該書共收入〈中國人，你為什麼不生氣〉等散文多篇。作者嚴厲指出一九八〇年代臺灣社會的問題，而作者點燃的這把野火，從二十世紀八十年代一直燒到了今天，已成燎原之勢，無論是大陸，還是臺灣，甚至凡是有華人的地方，都能見到「野火」的影響。二十多年來，「野火」已經成為一個時代的共同符號。

選美與寂寞

張健著，道聲出版社一九八五年版。收入〈火車〉、〈選美〉、〈失眠〉、〈寂寞〉、〈剪報〉、〈消遣〉、〈談書〉等隨筆文字，另有〈談系務會談〉、〈好校長的下場〉、〈無恥的補習班〉等有關臺灣大學校園亂象的短文，及〈文學批評的效用〉、〈過去一年的文藝界〉等評論文章。

臺北狂想曲

顏元叔著，九歌出版社一九八六年二月版。在報刊寫的專欄結集。從武則天到里根，從國內到國外，由放洋通婚寫到警匪槍戰，在這一系列的時論性雜文裡，可看到作者深刻的見地。

午後的書房

林文月著，洪範書店一九八六年二月版。作者替臺灣女性散文開創了不同的風貌，融合中國古典六朝文學的瑰麗及日本文學的色彩，其散文華麗卻不濃豔，收〈臺先生和他的書房〉、〈再見〉、〈東行小記〉等小品，另有遊記二十四篇。

七十四年散文選

林錫嘉編，九歌出版社一九八六年三月版。分為「語錄話殘華」、「人生隨緣處」等幾部分。作者有蔣勳、林央敏、亮軒、蕭白等人。

吳魯芹散文選

齊邦媛編，洪範書店一九八六年四月版。吳魯芹為一代散文名家，筆調朗暢，知識趣味超越時尚。本書編選其傳誦文壇的名作精品，真摯敦厚中透露著智慧和幽默，為當代文學不可多得之範本。

楊青矗與國際作家對話

楊青矗著，敦理出版社一九八六年四月版。附題為「愛荷華國際作家縱橫談」。一九八五年，楊青矗獲邀參與美國愛荷華大學「國際作家計畫」研究，期間採訪參與計畫之二十五國的作家，集結成本書。對臺灣時人具有一定的影響力。

雅舍小品（四）

梁實秋著，正中書局一九八六年五月版。收〈北平的冬天〉等四十篇小品。每一篇都是他信筆拈來的，妙趣橫生，而且篇幅短小，每天晚上正好細細品讀兩三篇，真是最合適不過的枕邊書了。

龍應台風暴

蘇不纏編著，林白出版社一九八六年五月版。分五部分：誰是龍應台、野火燒不盡、風雨滅野火、人間有正義、龍應台風暴。

燃燒的年代

尉天驄編，帕米爾書店一九八六年六月版。係唐文標去世後，文友們所寫的紀念文章，計二十二篇。

三十年代作家直接印象記

陳紀瀅著，臺灣商務印書館一九八六年八月版。本書接續〈三十年代作家印象記〉筆調，針對作者有聯繫的作家茅盾、蘇雪林、沈從文、姚雪垠等十八位進行介紹。全書分兩部分，收入〈記茅盾——兼記中國「人民陣線」滲透新疆及失敗的經過〉、〈記沈從文〉、〈記蘇雪林——介紹《二三十年代的作家與作品》〉等篇。前面有作者自序，並有兩篇附錄。

且慢相思

簡宛著，書評書目出版社一九八六年八月版。作者以一腔深情浸潤生活，用一顆愛心擁抱人生；用一種蓬勃向上的生命意識闡揚心靈天地與身外世界的真、善、美。

散文阿盛

阿盛著，希代書版公司一九八六年九月版。作者通過對成長歷程中的風物民俗的讚美，夾雜著對城市化侵吞鄉村的不安，表達對傳統文化習俗的深切關懷。

黑色、黑色、最美麗的顏色

聶華苓著，林白出版社一九八六年九月版。描寫作者在愛荷華生活的所見所聞所思所想。

女朋友

葉石濤著，晨星出版社一九八六年九月版。以青春時期的性意識及對女人漸漸產生的好奇心為主軸，除了描寫他與周圍的女性們發生的故事外，亦有多篇關於臺灣光復以及談論作家楊逵的文章。全書收錄〈遊廓〉、〈內媽與外媽〉等二十一篇作品，正文前有〈序〉。

風雲小品

張健著，文經出版社一九八六年版。作者以「汶津」為筆名在〈中國時報〉寫的專欄小品。分三輯：「她再來的時候」、「閉門羹」、「寂寞」。

作者開放的胸懷、豁達的人生態度以及廣闊的思想空間，使他落筆勁健，字裡行間馳騁自如，處處透出渾然天成的機趣。

記憶像鐵軌一樣長

余光中著，洪範書店一九八七年一月版。二十篇散文兼擅感性與理趣，包括膾炙人口的〈我的四個假想敵〉、〈春來半島〉、〈記憶像鐵軌一樣長〉、〈沙田七友記〉。

筆耕的人

應鳳凰著，九歌出版社一九八七年一月版。本書用編年體方式介紹了十五位男作家。

歡喜讚嘆

蔣勳著，林白出版社一九八七年一月版。集結了作者對攝影、繪畫、雕塑、舞蹈、戲劇等文藝活動的評價，寫下藝術家與作品間的生命對話。

大度・山

蔣勳著，爾雅出版社一九八七年一月版。收入描繪山水等方面的散四十二篇。

飛過火山

楊牧著，洪範書店一九八七年一月版。作者有關當前政治社會、文化教育的切身問題的小品結集。

野火集外集

龍應台著，圓神出版社一九八七年二月版。作者的文字，內斂的控制力下張揚著巨大的人性關懷，對親情和對歲月的感懷，總是在掩卷落幕的那一刻。分三輯，內容多為社會批評。

月娘照眠床

簡媜著，洪範書店一九八七年二月版。收入〈碗公花〉、〈大水〉、〈尋墓人〉等二十二篇作品。

誰在說真話：一九八六臺灣現實批判

柏楊編，敦理出版社一九八七年三月版。「當代批評文存系列」之一，作品主題為對一九八六年的臺灣現實進行批判，共分六卷。

臺灣也瘋狂：一九八六臺灣生活批判

高信疆、楊青矗編，敦理出版社一九八七年三月版。為敦理的「當代批評文存系列」之一，共選十六篇，主題以一九八六年的臺灣生活批判為主。

化外集

吳玲瑤著，希代書版公司一九八七年四月版。分「神秘的中國人」等四卷，記述旅美生活的各種風趣故事。

歐羅巴蘆笛

葉維廉著，東大圖書公司一九八七年四月版。分

「臺北與我」等五輯。收入〈曼茵河上的佛蘭福特〉、〈酒香的村鎮和城堡〉、〈初識古城提里爾〉、〈讓景色擁有我們——印象派景物試寫〉、〈塞納河的兩岸：美與傳說的湧溢〉、〈卡斯提爾的西班牙〉、〈自琉璃的海中躍起，那聖・米雪山堡〉、〈讓我們隨著詩的激盪到英國〉、〈陽光大道與天藍海岸〉、〈時間的博物館——米蘭與威尼斯藝術的留痕〉等文。

十分鐘的寧靜

張健著，圓神出版社一九八七年五月版。分三輯：生活觸角、一字之見、黑板粉筆。

山風海雨

楊牧著，洪範書店一九八七年五月版。記述日據時代到光復時期作者的故鄉花蓮面貌，分〈水蚊〉、〈詩的端倪〉等七篇。

神州鼎沸

黎明文化事業公司編委會編，黎明文化事業公司一九八七年五月版。為「抗戰文學」報導類第二輯。此文選另有小說類、傳記類、散文類各兩冊。

玫瑰海岸

林清玄著，九歌出版社一九八七年七月版。作者以菩提之心凝視人生，開啟現實智慧，動人的愛情小品，在美麗與哀愁中昇華。收入〈在雲上〉、〈玄想〉、〈清歡〉、〈心的菩提〉等作品。

生氣吧！中國人

叢甦著，希代出版社一九八七年七月版。人到中年平添一些或多或少的大儒，而雜文的形式正適合發泄那或狂或狷的情緒。

我的寶貝

三毛著，皇冠出版社一九八七年七月版。收錄三毛走遍萬水千山收集的八十六件寶貝的來歷故事及全部精美照片。這些寶貝的價格也許不能用金錢來衡量，但是作者卻深深地愛著它們。

墨西哥憶往

馬森著，圓神出版社一九八七年八月版。此書是馬森旅居墨西哥時期的生活見聞錄。馬森以行走世界各地的豐富經驗，加上深厚的戲劇、小說素養，簡筆勾勒便神形鮮活地表現出人物與場景。此書不大像遊記，也不像報導文學，比較接近回憶錄。

師生緣

涂靜怡著，采風出版社一九八七年八月版。本書為作者獻給文學啟蒙老師古丁的作品，有文曉村序，附錄有汪洋萍等人的四篇文章。

一座城市的身世

林燿德著，時報文化出版公司一九八七年八月版。所收作品為作者給現代都市描繪的新畫像，分六卷：貓、行蹤的歧義、盆地邊緣、自動販賣機、寵物K、紫色警句。

那半壁中國文壇

文船山著，允晨文化公司一九八七年九月版。分「出土文物篇」等四輯，主要寫大陸老作家在文革中發生的悲劇。

五四與荷拉司

水晶著，三聯書店香港分店一九八七年十月版。分五輯：五．四作家訪問、書評與讀書心得、影評、抒情散文、因博士論文而引起的。

從小橋流水到經濟起飛

羅蘭著，一九八七年十一月自印。這是〈羅蘭小語〉第五輯，內容包括〈重點看中國〉等。

七個季節

簡媜著，時報文化出版公司一九八七年十二月版。分四卷：情人、鄉人、旅人、浪人。

黃秋芳隨訪錄——速寫簿

黃秋芳著，希代出版社一九八八年一月版。分三部分：繁花錄、未央夜、應節聲，共速寫了席慕蓉、臺靜農、葉慶炳等人。

受傷的蘆葦

陳嘉農（陳芳明）著，林白出版社一九八八年一月版。有作者代序〈失去國籍的地圖〉。分二輯：遠航、回航。

本城的女人

鄭寶娟著，希代書版公司一九八八年一月版。分為〈美麗與哀愁〉等四輯。

七十六年散文選

蕭蕭編，九歌出版社一九八八年二月版。散文是最體貼心靈、最切近生活、最能顯現作者的人格，也最能反映時代的脈搏。「七十六年」即一九八七年，這是臺灣戒嚴、解嚴的一個重要分水嶺，一個重要的年代必然會有特異的傑作出現，此書正可見證這點。

暖暖的歌

林清玄著，皇冠出版社一九八八年二月版。讀此書會給浮躁不安的心靈帶來一種震撼，就像習慣於行走在喧鬧中突然發現了一眼清泉，不知不覺陷在作者所設置的一種淡淡的幸福和哀傷裡。縱是落雪之夜，讓寒冷凝結在無邊的黑暗中，我們的世界裡，唱著一首暖暖的歌。

我愛動物

琦君著，洪範書店一九八八年三月版。除了寫自己對動物的情誼，字裡行間更不時流露出「為鼠常留飯，憐蛾不點燈」的溫柔敦厚、仁愛萬物之精神。換句話說，不只貓狗等同伴動物，連一般人避之唯恐不及的蛇蟲鼠蟻，也是作者書寫與關懷的對象。

書和影

王文興著，聯合文學出版社一九八八年四月版。收集與文學有關的評論四十多篇，包括廣受注目的聊齋評論，與日本小說家遠藤周作的對話等。作者始終認為電影與文學同類，故凡影評，皆以文學角度論之，書中影評十七篇，亦可視為書評來讀。

石破天驚

陳映真著，人間出版社一九八八年四月版。作者作品集的訪談卷。

左心房漩渦

王鼎鈞著，爾雅出版社一九八八年五月版。全書描述他四十年來離鄉漂泊的種種人生際遇的酸楚。分四部分：大氣游虹、世事恍惚、江流石轉、萬木有聲，附錄對該書的評論文章三篇。

人在歐洲

龍應台著，時報出版公司一九八八年六月版。本書為作者旅瑞一年多的心路歷程。它形象地顯現了龍應台的關注點：就地球村的整體文化而言，「白種文化」的絕對強勢所造成的世界同質化傾向，對「弱勢文化」中的作家無疑是一種威脅，有些基本信念必須超越民族主義的捆綁。「弱勢文化」中的作家或許應該結合力量，發出聲音。可見作者認為，談四海一家前，必須先站在平等的立足點上。

從你美麗的流域

張曉風著，爾雅出版社一九八八年七月版。收有：〈初綻的詩篇〉、〈母親的羽衣〉、〈愛情篇〉、〈一個女人的愛情觀〉、〈地毯的那一端〉、〈步下紅毯之後〉等篇。

青燈有味似兒時

琦君著，九歌出版社一九八八年七月版。寫童年時代的故事，分「生活篇」等二輯。趁著過年的喜氣，與作者一起回味兒時，回味鄉情，回味記憶中永遠美麗的江南。

龍坡雜文

臺靜農著，洪範書店一九八八年七月版。收錄〈雜文〉、〈我與書藝〉、〈記波外翁〉、〈始經喪亂〉、〈《說俗文學》序〉等文章，或懷舊憶往，或談文論藝，字裡行間學問和性情交相輝映，歷盡滄桑的老一代知識分子的耿介和深厚博大的人文關懷盡在其中。

高陽雜文

高陽著，遠景出版社一九八八年七月版。收有〈香港的地鐵與馬場〉、〈未免小題大作了〉、〈重華宮的新年〉等雜文。

大陸啊！我的困惑

馬森著，聯經出版公司一九八八年七月版。作者三十多年後回到大陸，處處覺得像夢境一般不可思議。作者以旁觀者的角度，紀錄八十年代大陸的社會型態致生活層面的差異，並以具臨場感的文字，一一闡述。

鬧學記

三毛著，皇冠出版社一九八八年七月版。作者以新的文風與對真實生活的見證，展現了一個美麗新世界。收〈你從哪裡來〉等作品多篇。

四十五自述——我的文學歷程

張良澤著，前衛出版社一九八八年九月版。分二十三章：一、幼年時代；二、初中生活；三、燕子去了；四、吃飯生；五、初為人師；六、開風氣之先；七、臺灣文藝；八、戴上方帽；九、蔣家子弟兵；十、負笈東瀛；十一、異國情；十二、返鄉；十三、處變不驚；十四、鄉土文學；十五、前輩作家；十六、死裡逃生；十七、筆鄉書屋；十八、山雨欲來；十九、傳播臺灣文學；二十、鄉關夢遠；二十一、迢迢天涯路；二十二、二度美國行；二十三、歐洲一瞥。附錄：〈張良澤略年譜〉、〈後記〉。

桃花源

張拓蕪著，九歌出版社一九八八年九月版。分「鄉思相思」等五輯。

柏楊雜文選

柏楊著，張香華編，皇冠出版社一九八八年九月版。作品以論說文化為主。

胡秋原傳

張漱菡著，皇冠出版社一九八八年十二月版。從胡秋原的童年一直寫到一九五五年，後面附有胡秋原從一九五六年到一九八八年的〈三十三年來筆舌生活紀要〉及〈大陸之行的初步報告〉。分二冊，封底有胡秋原從出生到一九八八年的大事年表。

憑一張地圖

余光中著，九歌出版社一九八八年十二月版。分兩輯：隔海書、焚書禮。收入〈美文與雜文〉、〈假如我有九條命〉、〈遠方的雷聲〉等，還有附錄和後記。

緣起不滅

張曼娟著，皇冠出版社一九八八年十二月版。作者認為花開成簇，海聚為川，依舊是寂寞。唯有在花與水交映的剎那，花因水而清麗，水因花而澄淨了，人生大抵也是如此。即使到最後，花謝水枯，仍不肯忘記，那一場初初的緣起。分「塵緣」與「情緣」兩大部分。收入〈鴛鴦兩字怎生書〉等文。

銀色鐵蒺藜

林文義著，春暉出版社一九八八年版。收入〈無言歌〉、〈雙子星〉等文。

信物

席慕蓉著，圓神出版社一九八九年一月版。作者從少女時代求學到中年後心情、生活變化的近景寫真。不管是年少時在布魯塞爾學畫還是回臺後任職教書，她細膩善感的心情實在是變化不大。

東區連環泡

黃凡著，希代出版社一九八九年一月版。呈現了一幅幅紛亂雜沓的現代都市怪世相。

人情之美，記十二位作家

丘彥明著，允晨文化公司一九八九年一月版。十二位作家指臺靜農、梁實秋、葉公超、吳魯芹、張愛玲、高陽，孟東籬、白先勇、西西、王禎和、三毛、王拓。

一首詩的完成

楊牧著，洪範書店一九八九年二月版。此書為作者對詩的理念思考之整體展現，採用書信體，原題《給青年詩人的信》，共十八篇。主題主要為論詩的定義和方法，分析詩的形式和內容，以冷靜的筆調檢查美學和人生的和諧與矛盾，為作者自剖文學心靈的散文集。

剪不斷的鄉愁

瓊瑤著，皇冠出版社一九八九年二月版。這是作者生命中一段「歷程」。這樣的旅程，像是一群候鳥的飛行，可是，這群候鳥經過了三十九年，才飛第一次。「我的鄉愁不在大陸的任何一點上，而在大陸那整片的土地上！」這句話表明作者的鄉愁灑遍大陸的每一寸土地。

寫生者

席慕蓉著，大雁出版社一九八九年三月版。這是抒情散文素描集。

願嫁山地郎

吳錦發編，星晨出版社一九八九年三月版。分原住民卷、漢民族卷，收入拓拔斯、李喬等人寫山地的作品。

在世界裡遊戲

平路著，圓神出版社一九八九年四月版。談辯證的年代、沙文與反思、虛假的陽具等種種前衛激進的議題，口才犀利滔滔不絕。一直不變的是她對女性文學的執著。

靈感

王鼎鈞著，爾雅出版社一九八九年四月版。幽默中有著犀利的俏皮，談吐自如，隨意的思緒下，妙語迭出，讓人在不覺中嫣然。

中華現代文學大系（壹）散文卷（臺灣 一九七〇～一九八九）

張曉風主編，九歌出版社一九八九年五月版。共分四卷，收入蘇雪林、臺靜農、梁實秋、吳魯芹、王鼎鈞、余光中、顏元叔、楊逵、席慕蓉、三毛、蔣勳、龍應台、林清玄、劉克襄、古蒙仁、陳克華等人的作品。

咖啡時間

張香華著，漢藝色研文化公司一九八九年五月版。廣泛取材，多取自人生現實閱歷之中，藉著淺白溫婉的文字，傳達作者面對生活的體悟。

說人生

姚一葦著，聯經出版公司一九八九年六月版。以漫談形式觀照人生，關注現實。

等待一朵花的名字

黃春明著，皇冠出版社一九八九年七月版。為黃春明第一本散文集，收入〈戰士，乾杯！〉、〈丟丟銅仔〉等二十五篇作品。

誰在西雙版納

於梨華著，皇冠出版社一九八九年七月版。多次回國觀光，作者由此對美國幻滅，對臺灣失望而對祖國大陸卻多有認同。在此書中，她把大陸知名作家冰心和普通勞動婦女寫得那樣富有精神和朝氣，還歌頌大陸少數民族的新生，由此該書被臺灣封殺。

梁實秋文選

梁實秋著，文經出版社一九八九年十月版。「隨想篇」中的文章，題目簡練，通常都是兩個字，例如「雅舍」、「女人」、「男人」、「衣裳」、「飲酒」等，說的都是身邊的人或事，有如三五知已燈下談話，看似稀疏平常，卻蘊涵著人生的哲學。

詩林散步

黃永武著，九歌出版社一九八九年十月版。所收作品的主題以傳承古人的生活智慧為主，談瀟灑、論友情、求快樂、尚修養，帶領讀者認清幽默本質，尋找愛的真諦，激發現代人的奇想。這是作者從詩裡採集的雋句，而釀成的真知灼見，織成綺霞美景的人生。

曉風吹起

張曉風著，文經出版社一九八九年十一月版。作者的寫作風格充滿水的靈氣，敘事中結合人的情懷，作多方面融合的寫法，品賞起來直覺得縷縷曉風輕拂人心，醉意在身。

林語堂傳

林太乙著，聯經出版公司一九八九年十一月版。東方和西方的智慧聚於林語堂一身，我們只要稍微誦讀他的著述，就會覺得如在一位講求情理的才智之士之前接受教益。他自信、有禮、能容忍、寬大、友善、熱情而又明慧。他的筆調和風格像古時的人文主義者，描述人生的每一方面都深刻機敏，估評局部事物時能恰如其分。

青藏高原的誘惑

陳若曦著，聯經出版公司一九八九年十一月版。一九八五年，胡耀邦邀請作者去西藏看看。雖然形同走馬看花，但藏地的建設和藏人的純樸給作者留下了深刻的印象，也糾正了一些隔閡與誤解。

隔水呼渡

余光中著，九歌出版社一九九〇年一月版。作者第三本純散文集，本集的十六篇散文裡，遊記占其十三。所記錄的地區除了臺灣南部之外，更遠及英國、法國、德國、瑞士、西班牙、泰國。遊記大半表現感性，但也可以蘊含知性。名勝的地理與人文，是知識；遊後的感想，是思考。

女人的幽默

吳玲瑤著，躍升文化公司一九九〇年三月版。女人的幽默在細膩的情感中自然地表露出來，有時甚至她們獨自一人也能沉醉其中。這位旅美華文女作家描繪了一個異域女人的生活，以及女人生活中的一個個「小幽默」。

塔外的女人

無名氏著，風雲時代出版公司一九九〇年四月版。描寫了作者婚姻心路歷程。

紐約客談

劉墉著，一九九〇年五月自印。以紐約經驗寫成。其中有天馬行空闊談生死愛恨的奇想；有筆調輕鬆褒貶社會情況的現代症候群；有實例生動討論家庭教育的「吾家有子初長成」；有羈旅天涯，感懷無限的「異鄉人」。

不夜城手記

蔡詩萍著，聯合文學出版社一九九〇年六月版。收入〈東區下午茶〉、〈城市舞者〉等文。

我的家在高原上

席慕蓉著，圓神出版社一九九〇年七月版。分為三輯：〈溯祖篇〉、〈追源篇〉、〈夢土篇〉。收入〈還我河山〉、〈風裡的哈達〉等十篇散文。

玉想

張曉風著，九歌出版社一九九〇年七月版。所收作品是作者成熟的深思，在安靜分析中有激情，在冷眼凝視中有摯愛。

風情與文物

漢寶德著，九歌出版社一九九〇年十月版。收入作者談文物、建築、園林的文章十八篇。

愛情筆記

杜十三著，時報文化出版公司一九九〇年十二月版，有洛夫等人論杜十三創作的文章四篇。分二卷：愛情的左邊，愛情的右邊。另有後記。

山與谷

郭楓著，許達然選，（香港）文藝風出版社一九九〇年版。收入四十七篇文章，包括對故鄉土地深切的思念，對自然景鄉細緻的描繪，對純樸人生衷心的讚美，對社會殷切的期望，對時代陰暗面的無情批判，對子女和青年諄諄的引導。

十句話（第四集）

周夢蝶等著，爾雅出版社一九九一年二月版。收入周夢蝶、洛夫、向陽、焦桐、侯吉諒、杜十三等人的「養性十句」。

化身博士

張大春著，皇冠出版社一九九一年二月版。副標題《危言爽聽》。收入〈使用說明〉、〈既得利益者〉、〈左派〉、〈右派〉、〈歸國學人〉等文。

得饒己處且饒己

沈謙著，黎明文化公司一九九一年三月版。分三輯：「年輕與豪情」、「文學與文化」、「熱鬧與門道」。

鳥與不鳥的策略

游喚著，漢藝色研文化公司一九九一年三月版。摘取〈戰國策〉最富於啟發性的故事寓言或警句，用現代人的觀點重新詮釋。

時代邊緣之聲

龔鵬程著，三民書局一九九一年三月版。收入〈鬼話連篇〉、〈胡說八道〉、〈觀察《臺灣文學觀察雜誌》〉等文。

浮生五四——雪林回憶錄

蘇雪林著，三民書局一九九一年四月版。全書二十一章：我的家世及母親、家塾讀書及自修、考入宜城第一女子師範、升學北平高等女子師範、赴法留學、都隆養病及搬入里昂城中、皈依公教、返國、蘇州教書及返滬、任教國立武漢大學、隨校入川、開始屈賦的研究、勝利復員、赴港就職真理學會、再度赴法、返臺任教師大、任教成大，胡適先生病逝和我所繳論文、赴星洲任教星大、回成大繼續屈賦的研究、姊逝及退休。

方向歸零

楊牧著，洪範書站一九九一年五月版。收入〈野橄欖園〉、〈愛美與反抗〉、〈你決心懷疑〉、〈程健雄和詩與我〉、〈她說我的追尋是一種逃避〉、〈大虛構時代〉等文。

沉屍，流亡，二·二八

藍博洲著，時報文化出版公司一九九一年六月版。此報導文學致力於揭露臺灣二十世紀五十年代白色恐怖。通過歷史寫作，用歷史真相反駁臺獨派的歷史合法性。

夢遊書

簡媜著，大雁書店一九九一年六月版。收入〈馬桶樹〉、〈圖騰〉、〈憂鬱對話〉等文。

久久酒一次

孫大川著，張老師文化出版社一九九一年七月版。收入〈「山的想像」〉、〈復活的「山」〉等三十篇文章。

一個臺灣老朽作家的五〇年代

葉石濤著，前衛出版社一九九一年九月版。這是作者回憶錄的前半部，透露出一個從日據下府城的文藝青年，到戰後流轉各地的鄉村教師，到堅決地成為臺灣作家的生命軌跡，其間有著思想旅路的轉折，尤其是自戰後臺動盪時期至五十年代白色恐怖時期的體驗描述。

三十男人手記

蔡詩萍著，聯合文學出版社一九九一年十一月版。作者用敏銳的感覺和細膩的思維，反映了當代臺灣都市生活中一個男性知識分子到了人生的關鍵時刻——三十歲的種種內心的反省與感受。共收〈單身告白〉等二十二篇文章。

靜怡散文選

涂靜怡著，〈深圳〉黃河文化出版社一九九一年十二月版。有雁翼序，分三輯：我心深處、師生緣、生活隨筆，另有附錄四篇。

幌馬車之歌

藍博洲著，時報文化出版公司一九九一年十二月版。真誠地面對鍾浩東們那段曾經真實存在過卻被刻意湮滅或扭曲的臺灣歷史，幫助我們認識臺灣近現代歷史的發展過程，進而讓我們清楚地知道自己究竟在兩岸歷史的長河當中所站的時空位置，從而作出自我反省與批判。

淡水魚冥思

無名氏著，黎明文化事業公司一九九二年一月版。堪稱「無名氏語錄」，它記載了作者對文學、人生、歷史、宗教、哲學及政治等多方面的獨到見解，是無名氏人生經驗及智慧的結晶。本書適合那些正在人生旅途上苦悶掙扎、想追求精神歸宿的青年人閱讀。

森林家屋

江兒編著，晨星出版社一九九二年二月版。築家屋於林間，縱性情於山野，真境界。本書是臺灣多位作家走進林中思考的新體驗。森林是自然公園中所有野生物的房舍與家屋，也是人類必須終生依靠的家屋。

九〇年代心情

張建著，漢光文化事業公司一九九二年三月版。分三輯：「生活智慧」、「幽默散文」、「海峽三岸」。

異鄉的木魚

吳英女著，石頭出版社一九九二年四月版。本書為作者描寫到印度、尼泊爾遊山玩水時的感觸。（似水柔情書介）

昨天的雲

王鼎鈞著，一九九二年五月自印。王鼎鈞回憶錄四部曲之一。描寫故鄉、家庭和抗戰初期的遭遇。作者對家鄉的風土人情、歷史掌故信手拈來，同時將個體的遭遇置於宏大的社會背景中。此書是為生平所見的情義立傳，支持幫助是情義，安慰勉勵也是情義；嘉言懿行是情義，趣事軼話也是情義；而無情義處也塗抹幾筆，卻是烘雲托月。

教授的底牌

鄭明娳著，聯合文學出版社一九九二年五月版。在散文集中，讀者看到了一個自掀底牌的學者教學工作的感受和生命的真容。

走過從前

蜀洪著，八八出版社一九九二年六月版。為作者三次回四川探親所寫的作品。

花言花語

風信子著，黎明文化事業公司一九九二年七月版。玫瑰的花語——玫瑰：純潔的愛、美麗的愛情、美好常在。紅玫瑰：熱戀、熱情、熱愛著你。粉玫瑰：初戀、求愛、愛心與特別的關懷。黃玫瑰：高貴、美麗或道歉。橙玫瑰：富有青春氣息、初戀的心情。白玫瑰：天真、純潔。綠玫瑰：純真簡樸、青春長駐。

未能忘情

劉紹銘著，三民書局一九九二年八月版。信了命終於學會把濃濃的世味看成淡淡的清水，像作者對著這池清水，悠然靜觀書裡書外的大千世界那樣。

荊棘的閘門

陳芳明著，自立晚報社一九九二年九月版。分三輯：「蹀躞」、「葳蕤」、「悱惻」，收入〈屬於臺灣的驕傲〉、〈死〉、〈魯迅故居〉等文，另收錄〈我從未缺席，只是晚歸〉。

下午茶話題

朱天文、朱天心，朱天衣著，麥田出版社一九九二年九月版。三姐妹三種身份，她們都借由小同的筆調和人生經歷，來抒發她們對同一事件的不同觀點。她們的文字活潑俏皮，觀念新穎有趣，是一首好聽的三重唱。收入：〈發現另一半私〉、〈藏色情刊物時〉、〈女人與衣服〉、〈面臨致命的吸引力〉、〈丈夫沉迷娛樂時〉等文。

媽媽銀行

琦君著，九歌出版社一九九二年九月版。這是琦君的短文精品，以有限的篇章表現無限的情意，舊時代的溫馨生活，新社會的種種有情，懷人、記事令人擊節讚賞。在溫柔敦厚的筆觸背後，充分彰顯中國文人、當代女性對生活、生命的獨到體會。

愛戀情節

張國治著，耶魯國際文化公司一九九二年十月版。分四輯：愛人說、心裡的那扇窗、愛戀情節、少年黑皮書。

臺灣世紀末觀察

孟樊著，皇冠出版社一九九二年十一月版。分五部分：世紀末政治學、世紀末經濟學、世紀末社會學、世紀末文化學、世紀末思維學。其中有〈文學死亡的時代〉等雜文。

大陸文學之旅

墨人著，文史哲出版社一九九二年版。作者赴北京、上海、杭州、武漢、敦煌、深圳等地作四十天的文學之旅，與大陸作家作廣泛而深入的交談和討論。第一輯為照片與題詞，第二輯為作家與作品，第三輯為傳統與現代，第四輯為大陸詩抄，第五輯為媒介與評論，第六輯為大陸作家詩人名錄，含照片簽名。附錄有〈墨人創作年表〉等三項。

我的快樂天堂

三毛著，皇冠出版社一九九三年一月版。作品為敘述親人、求學、大陸探親等。收入〈忠孝西路〉、〈我的快樂天堂〉、〈補考定終生〉、〈我的三位老師〉、〈永恆的母親〉、〈得獎的心情〉、〈他沒有交白卷〉、〈悲歡交織錄——三毛故鄉歸〉

等文。

臺灣文學兩地書

鍾肇政、東方白著，張良澤編，前衛出版社一九九三年二月版。該書為一九七九年至一九九一年七月本土文化人通信的結集。

施明德前傳

李昂著，前衛出版社一九九三年二月版。作者為民進黨前主席、「倒扁紅衫軍」發起者施明德的前女友。李昂自述著作的出版，是藉紀錄施明德的前半生，來記錄臺灣當代的歷史，以及這段歷史所呈現的生命意義的信仰。

疑神

楊牧著，洪範書店一九九三年二月版。七〇年代末，作者曾以浪漫主義者自況。在此書中，最決定他美學態度的描述，應是一位凝神的安那其了。在少年時期開始不斷發出疑問，終於建構成一套有系統的整體美學，此書標誌著這一美學系統的完成。

冷眼看人生

劉墉著，水雲齋文化公司一九九三年三月版。它辛辣幽默地向你展示了種種人生的真相，教你如何冷靜地看這人世間的眾生相。越是熱情澎湃的人，越需要有冷眼，這樣才不至於在起步階段失之主觀、意氣用事。人生的真相可能會讓你覺得痛，可能還會使你有些畏懼。但是，橫在你眼前的這個社會，卻是你不得不跨入的。

沒有了英雄

黃碧端著，九歌出版社一九九三年五月版。引用了名人的言行事跡及作品作討論。作品中隨處可見一些無論是科學、文學、繪畫或藝術的典故，運用起來是如此地自然。

愛情、愛情、愛情

無名氏著，黎明文化事業公司一九九三年五月版。作者在大陸構築的「塔」中，一生曾晃動著七八位女性的形象。名正言順的劉寶珠外，均為匆匆過客。有趣的是還有外國血統的女性。作者寫愛情盎然生趣，頗富傳奇神韻。

旅行到一個陌生的地方

沈花末著，皇冠出版社一九九三年五月版。分四卷：雪滴花的對話、一個甜美的記錄、純淨無染、淡黃封面的筆記本。收入作品三十六篇。

迷宮零件

林燿德著，聯合文學出版社一九九三年六月版。是小說、是詩或者散文，也就是另一座迷宮。導遊的作者隱身其中，成了零件的一部分。收入〈音樂〉、〈魚夢〉等作品。

歡喜心過生活

林清玄著，圓神出版社一九九三年六月版。作者認為不斷保持超越的心，你的心就打開了。歡喜心過生活的第二種方法就是承擔的心。第三種方法就是轉化的心。活得很開心就是把負面的情緒轉化成正面的情緒。

寫在風中

林海音著，純文學出版社一九九三年七月版。作者在百業待舉的時代，寫就了臺灣生活、感情的種種。書中生動的畫面，記錄了小我的生命軌跡，也反映時代轉折的歷史側面。

人生三十喻

張健著，正中書局一九九三年七月版。作者第二十本散文集，表現了對生命的熱愛、對人間的關心和對年輕人的關懷，多為抒情文和幽默小品。

真意集

葉明勳著，躍升文化公司一九九三年八月版。作者悲天憫人的懷抱，在作品中表露無遺。

不完美的旅程

葉石濤著，皇冠出版社一九九三年八月版。本書將臺灣從日據時期一直到工商社會的演變過程，通過文字的記錄，表現半個世紀以來臺灣人民的生活經驗。收入〈寺廟神升天〉、〈挑專〉、〈太白酒〉等三十二篇文章。

唐諾看ＮＢＡ

唐諾著，麥田出版公司一九九三年八月版。讀了這本書，才知道原來世界上有這樣的籃球文章，也才真正一頭栽入ＮＢＡ過去的種種。他的寫球方式始終讓人感到如沐春風，輕輕鬆鬆就被他帶進ＮＢＡ的世界，而他憑藉的不過是文字。

笑看日出

應平書著，九歌出版社一九九三年九月版。以幽默、自嘲、反諷、感懷等五味雜陳的筆鋒，描繪出生活中的歡欣。

站在尊貴的窗口讀信

蕭蕭著，九歌出版社一九九三年十月版。以抒情的調子表現人生的多元性。

媽咪小太陽

光禹著，圓神出版社一九九三年十一月版。書中的散文像一幕幕的電影場景，鋪陳出細膩感人的情節，上演一個家庭的真實故事，也浸潤著溫厚的親情，勾起你我心底最深層的溫柔記憶。

葉公超傳

符兆祥著，懋聯文化基金一九九三年十二月版。通過「家世和教育背景」、「從北大到暨南」、「葉公超與徐志摩」、「葉公超與大時代的知識分子」等部分，敘述了葉公超的生平事跡。

路，要你自己走

柏楊著，星光出版社一九九三年十二月版。作者為馬來西亞〈中國報〉以信箱形式寫的專欄結集。回答讀者有關宗教信仰、國族認同、工作與事業、父子關係、文化與文學等問題。全是一問一答，問題包羅萬象，回答時充滿智慧。

小說家的政治週記

朱天心著，時報文化出版公司一九九四年二月版。這本充滿焦慮的一九九三年的臺灣政治、陽光法案，初始是誰啟動了省籍仇恨這個潘朵拉之盒，寫解嚴之初，臺灣如何錯失了環保、社福、土改稅制、憲政體制建立的契機。

嚴肅的遊戲——當代文藝訪談錄

楊錦郁著，三民書局一九九四年二月版。分四輯：文學心靈、文學經驗、文學夫妻、電影之美，另有附錄兩篇。

你的心情我明白

苦苓著，晨星出版社一九九四年三月版。本書四十五道愛情疑難病症均附作者的精闢解答，大膽剖析青少年的感情問題，從此愛人面前不低頭。

孩子你慢慢來

龍應台著，皇冠出版社一九九四年三月版。作為母親的龍應台和作為一個獨立的人的龍應台有著豐富、激烈的內心衝突，而正是通過對這一衝突的訴說，表現出她內心深處的母愛。但它不是傳統母愛的歌頌，而是對生命的實景寫生。

人在江湖

龔鵬程著，九歌出版社一九九四年四月版。古龍的世界無論小說或人生，它代表著一種探索和追尋，在酒、劍與女人之間，或貪婪、或自私、或驚懼、或狂傲，這呈現的眾生相就構成了江湖。只有江湖人才懂得江湖，作者請古龍來談談他的「江湖」。

臺灣文化秋韆

李魁賢著，稻鄉出版社一九九四年六月版。有自序，收入〈警察〉、〈民主〉、〈詩論〉等文章。

報人王惕吾：《聯合報》的故事

王麗美著，天下文化出版公司一九九四年七月版。敘述聯合報系創辦人經營報業的歷程。

企業家，沒有家

王定國著，月旦出版社一九九四年九月版。分為商戰記事十二章，一種超級寫實的文類。

我知道你是誰

張曉風著，九歌出版社一九九四年九月版。本書短文唯美機智，長文氣勢雄渾，在激情中帶柔美，充分展現作者散文的多重樣貌，以「可愛」看人生，細述「我有一個夢」，最後再以華嚴的態度說「活著，真好！」

奈良的古寺

陳景容著，靈鷲山出版社一九九四年十月版。京都、奈良的古寺名剎體現著中國唐代古樸雄渾的建築風格。這兩個有大量木結構建築的古都在美國的轟炸中毫髮無損，作者在此書中描述了奈良的古寺與眾不同的特色。

回顧林語堂

正中書局主編，正中書局一九九四年十月版。這是林語堂百年紀念文集。

球迷唐諾看球

唐諾著，麥田出版社一九九四年十月版。作者的球評，有著他的認真和嚴肅，但也有他對ＮＢＡ球員的膜拜和感恩，他認為出現這麼多的球星，是應該感恩上帝的，懷著感恩的心去看球賽，去評球，彷彿在與球迷們聊天，娓娓道來，告訴球迷們這些球星的歷史和球技。

一隻會寫情書的駱駝

陳秋見著，晨星出版社一九九四年十一月版。貫串了五種人世情，有悲有喜，有感動，也有哲思，更有天地間的浪漫與渾厚。卷一「情關難渡」，卷二「生死悲歌」，卷三「紅塵山水」，卷四「魂夢駝鈴」，卷五「古月今晨」。

藍天下的鈴鳥

夏祖麗著，正中書局一九九四年十一月版。有關澳洲風土民情的散文集。

緣與願

王書川著，爾雅出版社一九九四年十二月版。描寫親人、故鄉與生活經驗的散文集。

雲天萬里晴

秦嶽著，臺中市立文化中心一九九四年版。分三輯：思念的靈光、大地藏無盡、秦嶽的詩境，最後一部分收入李春生、文曉村等人的評論文章。

小園昨夜又東風

墨人著，北京，群眾出版社一九九五年一月版。有自序，分四輯：山居、詩情、瀟齋片羽，形象。

強悍而美麗

劉大任著，麥田出版社一九九五年二月版。刻畫中外著名運動家與運動文化的作品集，收入〈魔術強生的魔術〉等文。

星圖

楊牧著，洪範書店一九九五年二月版。以文字試探生育與死亡的本質、過程及其美學效應，自成一限制時空裡的象徵系統，上接二十世紀七十年代初所作〈年輪〉，轉折詮釋，通過抒情散文之筆意與虛擬敘事情節，隨時調整焦距並融合表現文類，遂以之嚮往，指趨一特定詩的境界。

萬水千山師友情

琦君著，九歌出版社一九九五年二月版。作者的婉約、雋永的篇章，從對師友之情感念，寫到對兒時種種的回憶，從異國生活與日常點滴，談到她四十年來寫作過程與理念。另收錄琦君數篇小小說、從未發表過的新詩及劇本。

又聞稻香

曾心儀著，新風格文藝出版社一九九五年三月版。在一九七〇年代鄉土文學思潮影響下走上文壇的作者，創作伊始就顯示了女性書寫的路線，呈現出強烈的現實批判指向，由此帶來一九七〇年代臺灣新女性主義文學的第一縷曙光。

酷媽不流淚

小野著，皇冠出版社一九九五年四月版。本書以可愛的插畫、幽默以及真摯的寫作，將眼中的媽媽形象告訴我們，讓我們不時會心一笑，時而感動，將世界上偉大的媽媽一詞，作了最動人的解釋。

人間煙雲

張健著，文史哲出版社一九九五年五月版。有自序，分三輯。內容有抒寫人間美好的一面，也有批判人生生病的一面。

天涯心事家鄉情

齊濤等著，中央日報出版部一九九五年六月版。記敘作者走遍天涯海角難忘故鄉之情，月是故鄉明。

歲月沉沙三部曲

羅蘭著，聯經出版公司一九九五年六月版。這本自傳分三部：薊運河畔、蒼茫雲海、風雨歸舟。

怒目少年

王鼎鈞著，一九九五年七月自印。著者回憶錄之二，記錄的是一九四二年夏天至一九四五年抗戰勝利，一個中學流亡學生輾轉安徽阜陽、陝西漢陰等地的經歷、見聞與思考。

回憶常在歌聲裡

邱七七編，爾雅出版社一九九五年七月版。為抗戰勝利五十周年而編的作品，作者有林海音、羅蘭、鍾雷、蓉子、王藍等人。

小綠山之歌

劉克襄著，時報出版公司一九九五年八月版。作品描寫作者觀察當地自然環境和當地人的生活狀態的感受。

醬缸震盪——再論醜陋的中國人

柏楊著，星光出版社一九九五年八月版。日本華裔作家黃文雄就〈醜陋的中國人〉涉及的一些問題，與柏楊展開進一步對話，遂有此書。直言不諱的內容，句句擊中中國人的禁忌要害。

紅樓隨筆

王熙元著，三民書局一九九五年九月版。作者看〈紅樓夢〉時突然想到一些東西想寫下來，就有了這本學術小品。

人與地

蔣勳著，東潤出版社一九九五年十月版。這是深沉磁性的獨白。

偷窺天國

劉紹銘著，三民書局一九九五年十月版。係在臺港兩地報紙專欄結集，收入〈平心靜氣讀金庸〉、〈文學的租界〉等文章。甲輯均屬雜文，以移作書名的〈偷窺天國〉一篇為代表。各篇亦莊亦諧的內容，使讀者能輕輕鬆鬆地面對問題。乙輯都是與書本相關因應而生的文字，亦可作為作者心路歷程的一段記錄。

第六隻手指

白先勇著，爾雅出版社一九九五年十一月版。分五輯：散文寫論文、書評、〈現代文學〉、〈游園驚夢〉舞臺劇在大陸演出之經過及回響、蔡克健專訪白先勇。

用心演出人生

楊錦郁著，彰化縣立文化中心一九九五年版。分二輯：文宿專訪，內收專訪王集叢、孫如陵、劉捷、魏子雲、王紹清、羅蘭、王聿均、鄧綏寧、朱立民等人的文章；文學蹤跡，收入〈張漱菡為他人立傳〉、〈這一回，李莎再也沒有詩興〉、〈王潔心重返文學隊伍〉、〈周介塵溪邊垂釣〉、〈馬尼拉文學之旅〉、〈八方風雨會星洲〉等文章，並有〈後記〉和〈楊錦郁寫作年表〉。

雅舍尺牘——梁實秋書札真跡

余光中、瘂弦、陳秀英編，九歌出版社一九九五年版。本書影印了梁實秋寫給孫伏園、舒新城、林海音、余光中、聶華苓、蔡文甫，梁錫華、羅青等人的信，另收有余光中序〈尺牘雖短寸心長〉，附有林海音〈讀信憶往〉及瘂弦的〈編後記〉。梁實秋寫給文友、學生及編輯的親筆信，深具文獻價值和歷史意義。

浮生隨筆

張放著，文史哲出版社一九九六年一月版。作品主題多為作者對社會問題、文壇現象的雜感。

縱橫五十年——呂秀蓮前傳

李文著，時報文化出版公司一九九六年二月版。該書從童年時光寫到民主出擊、臺灣戰役，展示了呂秀蓮的成長過程，附有呂秀蓮大事年表。

無聲的臺灣

周玉山著，東大圖書公司一九九六年一月版。喧囂的臺灣，有時是無聲的。對某些人物和言行，人物禁若寒蟬。官方忙著消音，大部分的媒體知難而退，知識界的笑罵固然不絕於耳，但很少形諸文字。作者發而為文，兼及兩岸，計六十四篇。

亭午之鷹

楊牧著，洪範書店一九九六年四月版。此書匯集作者十年間寫作的〈紐約日記〉、〈下一次假如你去舊金山〉等散文十五篇，包括了作者在重要的創作時期裡，心神交集之體會和領悟，筆端多涉自然與人文世界之交感，並以專文〈瑤光星散為鷹〉闡釋其文學理念。

私藏美麗

黃屏渝著，小報文化公司一九九六年五月版。以情為主的散文集，包括雜文、專欄、影評等。

觀音山下的沉思

歐宗智著，臺北縣立文化中心一九九六年七月版。兼具論文之理與散文之趣，妙趣橫生，可讀性高。

這杯咖啡的溫度剛好

張曉風著，九歌出版社一九九六年九月版。收入〈女人，和她指甲〉、〈你真好，你就像我少年伊辰〉、〈喂！外層空間人，有閒再求坐〉、〈同巷人〉等作品。

下一次假如你去舊金山

楊牧著，洪範書店一九九六年九月版。包含兩篇：〈下一次假如你去舊金山〉、〈來自雙溪〉。作者記述第一次到舊金山感覺有不安時，忽然發現空氣裡好像飄著小雨點。雨中的舊金山，給作者一種不可言喻的感受，那裡的溫暖與安靜，使作者深受感動。

母親的書

琦君著，洪範書店一九九六年九月版。作者以母親的書為線索，勾勒母親的形象。於平淡中注入深沉，在字裡行間流淌著一種無處不在的淺愁。作者在為逝去的一個時代造像，溫馨中透著幽幽的愴痛。該書選入作者代表作七篇。

調琴高手

張正傑著，希代出版社一九九六年十月版。作者為知名的大提琴家，多次在報紙雜誌上撰寫介紹古典音樂的專欄。

林家次女

林太乙著，九歌出版社一九九六年十一月版。是林語堂次女林太乙的自傳，描述了作者充滿快樂又好玩又好笑的童年和成長的過程，以及父親給予作者的教育。

千金之旅

紀弦著，文史哲出版社一九九六年十二月版。用詩的筆法寫旅遊見聞。分為：關於詩與詩人，千金之旅及其他，專題演講、序跋文及詩論與詩評，我的童年、少年、青年時代。

文化風景

李敏勇著，圓神出版社一九九六年十二月版。用本土觀點談各種文化現象。

堅強弱女子

沈春華著，皇冠出版社一九九六年十二月版。作者歷數生命中所遇的諸多轉折點，由升學、就學、進修，再就業、結婚、生子等。分為兩篇：〈常主播之路〉、〈現代女子的自信〉，傳達了現代女子的堅強和溫柔。

夢回長樂

周伯乃著，臺揚出版社一九九六版。長樂是作者家鄉廣東五華的舊縣名。作者願意作為長樂人，祈祝自己此生能夠真正長樂無憂。分四輯：四季序抒情、夢回長樂、金石情懷、永恆哀思。無論寫情，寫愛，寫家人，寫朋友，寫山水，寫花鳥，都是作者對故人、對家園的眷戀。

人生廣場

張健著，古遠清編選，（北京）中國友誼出版公司一九九六年版。有作者簡介，收入〈床〉、〈作秀〉、〈鬍鬚〉、〈吹牛〉、〈聲東擊西〉、〈名片〉、〈朋友六型〉、〈人生三十喻〉等短散文。

島嶼獨白

蔣勳著，聯合文學出版社一九九七年一月版。作者認為過多的對話，使島嶼失去了真實，唯有逃離桎梏，從孤獨發掘自我。收入〈狗〉、〈歌者〉、〈漂浮〉、〈繩索〉等短散文。

尋找一個有苦難的天堂

劉墉著，水雲齋出版社一九九七年一月版。我的人生就像苦難的天堂：三歲就被帶離父母身邊，到了個陌生的家。五歲，我的生父過世了，養父牽著我在人群中，遠遠地參加了喪禮。九歲，最疼愛我的養父也離開了這個世界，我跪爬匍匐著去一家家報喪，好多親人奇異的眼光以及「瞧！他都沒流眼淚」的議論。

舊時相識

黃光男著，聯合文學出版社一九九七年二月版。作者以藝術家的感性觸角和博物館學者的理性視野，漫遊故國山川之際，深刻地描繪了行腳所及的感思，全書蘊含著歷史氣韻和美學的品賞。

為者常成·行者常至——李鍾桂的生涯故事

李鍾桂口述，曾繁蓉、黃素菲執筆，張老師文化公司一九九七年三月版。這是「救國團」負責人李氏的傳記。

龔鵬程縱橫論

龔鵬程著，幼獅出版社一九九七年三月版。讓文學跟文化以及社會的方方面面關聯起來，從整個文化的發展中去了解文學，也從文學去看到整個中國文化的內涵。

隨緣破密

王鼎鈞著，爾雅出版社一九九七年五月版。書中不再有「人生的光明面」，而是對人生的黑暗面進行無情的解密。書中並沒有高分貝的批判，然其援古證今，轉折得皆是更叫人心痛。

李敖回憶錄

李敖著，商業週刊一九九七年五月版。李敖和時代頡頏最忠實的自述。言人所不能言，言人所不敢言，罵遍天下名人，卻安然無恙，身處亂世，卻一生桀驁不馴。從哈爾濱（一九三五至一九三七，一到二歲）一直寫到「二進宮」（一九八一至一九八二，四十六歲）、筆伐（一九八二至一九九二，四十七到五十七歲）、口誅（一九九三至五十八歲至今）、前程（一九九七至六十二歲以後）。

大雁之歌

席慕蓉著，皇冠出版社一九九七年五月版。大雁與老人的對話是一個心懷夢想的人和自己靈魂的對話，大雁放棄那優裕的環境，千里迢迢是為了自己心中的夢想。這個夢是他夢中的故鄉，是他靈魂的棲息地。此書是一曲靈魂的讚歌。

紅葉的追尋

葉維廉著，東大圖書公司一九九七年五月版。作者是學者、遊子、散文家，而縱使他具有多重身份，仍在尋找紅葉，紅葉一直與其時代、地域、運動血脈相連。

臺灣文學家列傳

龔顯宗著，臺南市立文化中心一九九七年五月版。介紹十七世紀至二十世紀的臺灣文學與作家，尤其是沈光文等古典詩人。

臺灣念真情

吳念真著，麥田出版公司一九九七年七月版。「臺灣念真情」是作者第一個電視節目。在這本細述人間邂逅的「臺灣筆記」中，作者以樸質的語言記錄人間群像。書中的主角都是臺灣的平民百姓，他們對傳統的堅持、對美德的理解，體現原初的生命力，也讓讀者更加真切地看到那些漸行漸遠的生活方式，理解臺灣真正吸引人的地方在哪裡。

可以饒恕，但不可以忘記

王鼎鈞等著，李宜涯主編，青年日報社一九九七年七月版。七七抗戰六十周年紀念專文選輯，分六部分：勇者的畫像、終生的夢魘、我沒有忘記、如何看待七七抗戰、魂歌、血濺沌溪。

已經

顏艾琳著，歡熹文化一九九七年八月版。作者在成長中真摯地感受自己，感應女性，感知生活。

他山之石

林水福著，歡熹文化公司一九九七年九月版。作者浸淫日本文學領域多年，對於日本作家及文學作品涉獵廣博，在此書中推介日本作家和文學作品不遺餘力。

我的不安

龍應台著，時報出版公司一九九七年九月版。作者是一個充滿了「不安」的文化批評者，因此她也會帶給讀者各種各樣的「不安」。在這本書中，用她的觀察，她的眼光，帶領讀者走進不同的地域，去感覺不同的文化和歷史。收錄〈理解上海男人〉、〈我想成為一個新加坡人〉、〈臺北即景〉、〈秋天〉等七十餘篇文章。

善境與美境

張健著，水牛出版社一九九七年九月版。包括「散文超小品」、「散文散散步」，附錄評論一篇。

請到二十世紀的臺北來

張健著，水牛出版社一九九七年九月版。包括：散文短打、散文數數看。

回家，真好

施叔青著，皇冠出版社一九九七年十月版。作者是一個島民，年輕時從三個島中最大的島出走，從臺灣浪跡到曼哈頓再到香港，轉眼間過了四分之一世紀，從最小的島上再轉回來，繞了一圈。想要重新適應相隔多年的家鄉，想要在人事全非的環境下尋找安定的所在，雖然不安，但她心無所懼，因為——回家，真好！

大海作證

張放著，獨家出版社一九九七年十月版。分為四輯：往事如煙、文友紀情、生活片羽、舊瓶新酒。

你的側影好美

張曉風著，九歌出版社一九九七年十一月版。作者以都市女性的視角，精選三十五篇散文。其乾淨洗鍊的文字，描摹世間的溫柔。

昔我往矣

楊牧著，洪範書店一九九七年十二月版。上承作者所著〈山風海雨〉與〈方向歸零〉延伸而產生，計六章，回溯作者少年末期之體會、遭遇，追憶時代風潮與自我性格之塑造，其中無限猶疑和執著，皆通過變化的散文筆路展開，為作者自傳《奇萊書》第三部。

臺灣文學兩鍾書

鍾理和、鍾肇政合著，錢鴻鈞編，前衛出版社一九九八年二月版。此書係鍾理和、鍾肇政兩人於一九五七年至一九六〇年間一三八封通信的結集。有兩篇序文，還附錄了文友書簡，以及〈文友通信〉十六期的內容。

垂釣睡眠

鍾怡雯著，九歌出版社一九九八年三月版。以豐沛的想像營構出赤道雨林和南洋時期的生活圖景，不但蘊含深厚的人文情感，更有對文化與歷史的關照。收入：〈時間的焰舞〉、〈說話〉〈垂釣睡眠〉、〈髮誄〉、〈傷〉、〈鬼祟〉、〈換季〉、〈驚情〉、〈忘記〉、〈時間的焰舞〉等。

詩的紀念冊

李魁賢著，草根出版公司一九九八年四月版。收入〈悼張文環先生〉、〈懷念臺灣奇女子——詩人陳秀喜〉等文章。

回家的路

林雙不著，前衛出版社一九九八年五月版。記錄與批判臺灣解嚴後風起雲湧的街頭抗爭運動。筆調直接樸素，人名、時間、地點、事件都真實。

夢從樺樹上跌下來

張默著，爾雅出版社一九九八年六月版。臺灣當代詩壇鈎沉筆記，敘述了洛夫、向明等人的詩生活。

盪著鞦韆喝咖啡

隱地著，爾雅出版社一九九八年七月版。分兩輯：「盪鞦韆」、「喝咖啡」，其中有和黃春明、席慕蓉等人的對話以及〈關於〈余秋雨臺灣演講〉〉等文。

風中蘆葦

陳芳明著，聯合文學出版社一九九八年九月版。陳芳明文集之三。收入作者少年的〈啟航〉、在海外的〈遠航〉與回到臺灣之後的〈回航〉。

夢的終點

陳芳明著，聯合文學出版社一九九八年九月版。陳芳明文集之四。作品主題以一場在八十年代傳遞的革命之夢，燃燒的火紅，支撐起作者生命中一段義無反顧的歷程。

時間長巷

陳芳明著，聯合文學出版社一九九八年九月版。陳芳明文集之五。是作者在臺北與臺中兩地奔波的心影錄，其間的顛頗掙扎，歷歷可數。

掌中地圖

陳芳明著，聯合文學出版社一九九八年九月版。陳芳明文集之六。每篇文章好似條條掌紋，描繪出作者的生命地圖，多少可以看到他的人格塑造的一些色彩與聲音。

日不落家

余光中著，九歌出版社一九九八年十月版。有短到幾百字的幽默小品〈三都賦〉，也有長達萬言的〈橋跨黃金城〉。南非、西班牙、巴西的幾篇遊記，無不細緻生動。

心靈與宗教信仰

王鼎鈞著，爾雅出版社一九九八年十一月版。該書原名〈心靈分享〉，後因其中四篇內容和宗教信仰無直接關係予以抽出，更換四篇新作，成為一本專門討論宗教經驗和心靈修養的書籍。

知識分子的炫麗黃昏

楊照著，大田出版公司一九九八年十一月版。分三輯，內容包括對歷史現實辯證關係的看法、對政治與選舉的評論，記錄了知識分子活過、叨嘮過的時代。

茱萸的孩子——余光中傳

傅孟麗著，天下遠見出版公司一九九九年一月版。作者將余光中各時期之重要著作與生活歷程，交叉編織成一完整生命。小荷已露尖尖角、注定做南方的詩人、一塊拒絕融化的冰、五陵少年、在茫茫的風裡、高處必定風勁、讓春天從高雄出發、浪子回頭、余門幾學士、詩人之家、心底有一朵蓮、和星宿停止爭吵。另有作者後記〈追蹤大師背影——橫看成嶺側成峰〉及余光中大事年表、余光中譯著一覽表。

千手撲蝶

王鼎鈞著，爾雅出版社一九九九年一月版。作者身為基督徒和佛經讀者，有志以佛理補基督教義之不足，用以詮釋人生，建構作品。本書通過這些短小精煉的文字，描述他看到的大千世界形形色色的事物和人生體驗，看似簡單，實為醒世箴言。

單人旅行

蘇偉貞著，聯合文學出版社一九九九年二月版。這是作者桀驁高遠之作。作者有意借由單人旅行回溯至更深的因緣，具有強烈的現實性，以一場輕飄虛渺的人間遊戲，賦予作品獨特的悲涼氣氛。狀寫個體生命與現實世界格格不入，作者的文字始終遼闊高遠，極致通透，狂野而自由。

語言是我們的星圖

南方朔著，大田出版社一九九九年三月版。秉持著對於「語言」的研究與愛好，作者儼然成為語言研究的專家，他概括的語言範圍與現代人的生活緊緊關連。他不僅將語言「活性化」，更將語言過去的奧秘與故事，巨細靡遺、抽絲剝繭地呈現出來。

八十七年散文選

簡媜編，九歌出版社一九九九年四月版。所選為一九九八年作品。

飲膳札記

林文月著，洪範書店一九九九年四月版。每篇都是以一道菜的名稱為題目。作者在介紹菜餚的同時，也帶領我們回味往昔舊夢。本書收入〈潮州魚翅〉、〈清炒蝦仁〉、〈臺灣肉粽〉、〈炒米粉〉等十九篇文章。

心靈河流

蔣勳、席慕蓉著，經濟部水資源局一九九九年五月版。靈河是什麼，我們也不知道，就是一條心靈的河流。

臺灣文化的迴響

趙天儀著，臺中市立文化中心一九九九年五月版。係風雨樓隨筆。

紅嬰仔：一個女人與她的育嬰史

簡媜著，聯合文學出版社一九九九年五月版。收入〈一張喜帖〉、〈兩周歲〉等十八篇文章，記錄了作者孕育新生兒的經驗。

活到老，真好

王鼎鈞著，爾雅出版社一九九九年六月版。活到老，真好，可是也別太老，老了要能「捨」，能像佛家那樣，歡歡喜喜地捨，該捨就捨，包括生命。在以後的老年福利法裡，應該有一條「安樂死」。

葡萄紅與白

愛亞著，爾雅出版社一九九九年七月版。讀書的感覺那麼好，作者多麼希望把這感覺也像風拂花朵一樣，把花香傳播到任何地方，讓接觸的人得到喜悅。唯有寫作是作者生命中可堪攀附的肩膀，而且是唯一可堪攀附的肩膀。

百年思索

龍應台著，時報出版公司一九九九年八月版。十多年來，當野火燃燒之後，作者仍以犀利的筆鋒，持續不斷地點批社會不平的現象，帶著知識分子獨具的感性憂心。作者始終堅持她的理想，她的風格。從臺灣到西方，從西方到中國內地，透視著兩岸的現況發展，使她的角度更加寬廣。

我愛年輕人

小野著，麥田出版公司一九九九年九月版。小野作品集十六。收入〈那裡好像一所學校〉等文。

張道藩先生文集

道藩文藝中心主編，九歌出版社一九九九年十月版。分四輯：傳記、散文、戲劇、文藝政策，附錄著作年表等。

那天晚上的雨聲

侯吉諒著，麥田出版公司一九九九年十月版。共分為「遠方的風景」、「筆畫婉轉」、「寫字的情懷」、「人與詩人」四輯。描寫作者旅行、學習繪畫和書法，以及關於人的種種情感與想像。

肝膽相照——鍾肇政、張良澤往返書信集（鍾肇政卷）

鍾肇政著，張良澤編，前衛出版社一九九九年十一月版。本卷共收兩百六十三封信，由張良澤提供，時間跨越一九六一年至一九九六年。

作家列傳

阿盛著，爾雅出版社一九九九年十二月版。共寫了朱天心、王鼎鈞、隱地、鍾鐵民、蕭麗紅等五十二位作家。

蘇雪林作品集．日記卷

蘇雪林著，成功大學中文系蘇雪林作品集編輯小組主編，成功大學出版組一九九九年版。全書共十五冊，自一九四八至一九九六年間的蘇雪林創作和生活的記錄。

有光的所在

南方朔著，大田出版社二〇〇〇年一月版。自傳體散文集。本書分舊情綿綿、開放生命、歌頌瑣碎、最好的愛情、靈魂的重量等六部分。近二十篇雜文通過自身經歷與感受，筆下展現的一幕幕場景，有著戲劇般的力量。不論是在自序中對私德與公德的思考，還是記憶不堪重遊的感嘆，都給讀者以強烈的感受。

遙念臺灣

范泉著，人間出版社二〇〇〇年二月版，分四部分：遙念臺灣、綠的北國、青海流浪記、附錄作者和陳映真的通信。

用腳讀美麗山河

姜穆著，黎明文化事業公司二〇〇〇年二月版。另收多為所收多為兩岸開放後作者遊祖國大好河山的作品。計有〈一腳踏出國門〉、〈初識北平〉、〈遊覽張家界，天下無名山〉等散文。

怪馬集

柏楊著，遠流出版公司二〇〇〇年三月版。借鑑時事、電影以及古今中外典故作為議論的基礎，顯現此類觀念於中國文化的植根之深與破壞力之強大。傳統文化逐漸成為作者的火力焦點。此外，他又借李宗吾之「厚黑學」——中國官場之心黑臉厚、逢迎做作，仿擬古典語法敘寫今事，不但達到以古諷今的效果，亦同時解構了經典的權威性。

山海世界

孫大川著，聯合文學出版社二〇〇〇年四月版。借暢談原住民議題，從不一樣的角度認識臺灣。

滄海幾顆珠

王鼎鈞著，爾雅出版社二〇〇〇年四月版。比以前作品多了「雲無心以出岫」的從容，及「隨心所欲不逾矩」的灑脫。借序文說出近來對文學的新見解，用隨筆方式表現對社會現實的新觀察，不論內容題材及關懷層面都更為擴大。

愛情聖經

張啟疆著，美麗人生文化公司二〇〇〇年五月版。所謂「聖經」，無非是「愛情已經超載，我明白」。

春聲已遠

林海音著，格林文化公司二〇〇〇年五月版。是作者豐富人生閱歷的結晶，書寫朋友特殊遭遇以及醇厚情誼，不止憶往，更是史料。

琦君散文選

琦君著，九歌出版社二〇〇〇年六月版。作者的散文以懷鄉憶舊獨樹一幟。她把對故鄉、親人的縷縷情思凝於筆端，感情濃烈真摯，文風質樸平實，筆調清麗雅潔，於平淡中見深沉。

死不認錯集

柏楊著，遠流出版公司二〇〇〇年七月版。從兩樁意外事件的發生而論俠義情操，以及與之相對的「勢利眼主義」、「正路學」，從而重新闡釋作者一直要打破的「醬缸」的七樣產品：「權勢崇拜狂」、「牢不可破的自私」、「文字魔術和詐欺」、「僵屍迷戀」、「窩裡鬥，和稀泥」、「淡漠冷酷猜忌殘忍」、「虛驕恍惚」。

雪樓隨筆

洛夫著，探索文化公司二〇〇〇年八月版。作者的別墅名為「雪樓」。雪樓，是洛夫探索詩藝、製造夢幻的理想天地。作者的〈雪樓隨筆〉及其書法，就像飄舞的雪花，那麼溫馨浪漫。

別西冷莊園

於梨華著，（美國）瀛洲出版社二〇〇〇年九月版。收入〈寄小安娜〉、〈匆匆來去巴西〉、〈南斯拉夫點滴〉等二十五篇文章。

幸福號列車

張曼娟著，時報出版公司二〇〇〇年九月版。五十篇都會隨筆，共分成「星球」、「愛戀」、「身體」、「傳說」、「城市」五篇。除了繼續書寫女性的溫柔與堅定，此次更從女人的心靈成長延展至所有族群，廣及親情與人際的互動、城市萬象的觀察心得、身體與心境的調和，或借由名人的故事來思索愛情或人生的定義。

林海音傳

夏祖麗著，天下文化出版公司二〇〇〇年十月版。分十七章。著者作為傳主的女兒，始終追尋母親的蹤跡，敘述了傳主的文學創作道路及其成就，附錄有傳主大事年表和著作書目。

下一步就是現在

黃碧端著，九歌出版社二〇〇〇年十一月版。作者在長期的教學與科研活動中，形成了自己獨特的文化素養和學術品位，這個集子讀來讓人耳目一新。

張潮日

隱地著，爾雅出版社二〇〇〇年十一月版。分三部：個人成長故事、走過的年代、夢想的追求，係作者自傳。

婆娑之洋，美麗之島

蔣勳、席慕蓉著，經濟部水資源局二〇〇〇年十二月版。臺灣小情調，配有多幅圖片。既可以了解臺灣的歷史，又可得到美的享受。

每天做聰明的選擇

曹又方著，圓神出版社二〇〇〇年十二月版。有鑒於現代人類失衡的生活及心理問題，特別精心整理出八大項四十八法則，就人際互動、生涯規劃、工作哲學、兩性關係及一生的學習課題上，為每個人找出一條聰明適性的選擇。

山居小札

張錯著，河童出版社二〇〇一年一月版。日久山居成了尋常百姓，唯其淡泊心情仍常帶一種牽掛。遠處的島國——楓葉猶醉否，清酒猶溫否，豪情猶存否，風情猶在否？

二十二歲之前

朱天心著，聯合文學出版社二〇〇一年一月版。〈三三行〉、〈成人不自在〉、〈行行且遊獵〉寫出作者與文學好友極盡青春和成長的種種美好、焦灼、浪漫等經歷，〈花憶前身〉、〈江山入夢〉、〈妹妹〉、〈一花亦真〉等篇書寫作家的文學淵源、家庭友朋，〈讀岳傳〉、〈時移事往〉等篇以讀書筆記的形式，表達作者當時的思考和見解。

昨日重現

鍾文音著，大田出版社二〇〇一年二月版。翻開這本書，彷彿跟著作者進了鍾家的時光隧道，好像作者就在自己面前，隨手拿起一個對象，一張照片，就流瀉出許多源遠流長的故事。

八十九年散文選

廖玉蕙主編，九歌出版社二〇〇一年三月版。收入三十七篇散文。高行健、余光中、張曉風、隱地、陳映真、陳丹燕、簡媜等。內容包括內心幽微情感的挖掘、社會激越脈動的勾勒、人生艱難議題的反思。不管妍媸或好醜，無論「蒼蠅之微」或「宇宙之大」，既有入乎其內的勃發生氣，又有出乎其外的靈動高致。

與自己共舞

簡宛著，三民書局二〇〇一年四月版。自我成長與快樂的生活，是作者多年來研究與關懷的主題，尤以婚姻中的親情、愛情與友情的體會，誠懇地表達了簡單快樂的生活原則。快樂原本存在於人人心中，如何與之共舞？這正是作者要與大家分享的生活哲理。

在臺北飛翔的蝴蝶

王蝶著，黎明文化事業公司二〇〇一年五月版。作品中寫的少年心，誰人知，尊重本應有一定尺度。

橘子花香

沈花末著，九歌出版社二〇〇一年六月版。橘子花在南方比較多見，很小的、白色的、黃色的花兒點綴在綠色的枝葉上，散發著陣陣花香。作者的散文，宛如這橘子花在微小中散發的心靈之聲。

那些人那些故事

楊照著，聯合文學出版社二〇〇一年七月版。作者以彼岸的感受，用一個個的小故事來談歷史、談當下，溫和誠懇，有趣生動。

文學風流

莊信正著，時報出版公司二〇〇一年八月版。這些談文論藝的隨筆，對許多著名文學作品作出了深入淺出的評價，令讀者重新認識文學經典，是難得一見的回歸文學本質的作品。

馬祖、高雄、我

周嘯虹著，爾雅出版社二〇〇一年九月版。包括「回首港都情」、「童年十八團」等四輯。

文學臺灣人

李懷等著，遠流出版公司二〇〇一年十月版。本書介紹了二十位臺灣文學家。

天生的凡夫俗子

蔡文甫著，九歌出版社二〇〇一年十月版。作者自傳，副標題為〈從〇到九的九歌傳奇〉，共分五章，道盡人生的艱苦與奮鬥。有後記、作者大事年表、作品一覽表及評論文章四篇。

天下散文選

鍾怡雯、陳大為主編，天下遠見出版公司二〇〇一年十月版。共兩卷，收五十五位作者作品六十篇。

夏志清的人文世界

殷志鵬著，三民書局二〇〇一年十一月版。作者與夏志清兩人經由不間斷的書信及文聚，成了作者撰寫本書的契機。書中詳細敘述夏志清與張愛玲的關係，以及夏志清與顏元叔、唐德剛之間的學術糾葛。

文字的故事

唐諾著，聯合文學出版社二〇〇一年十二月版。這不是一本文字學者寫給中文專門科系的文字教科書，而是一本由古文字的業餘愛好者，同時也是博學強記的雜食者，寫給每一個讀寫方塊字卻日用而不察的中文使用者的一本華麗的文字故事書。

紀弦回憶錄第一部

紀弦著，聯合文學出版社二〇〇一年十二月版。分十六章，從出生一直到抗戰勝利後離到臺灣前的各種遭遇。

紀弦回憶錄第二部

紀弦著，聯合文學出版社二〇〇一年十二月版。分二十三章，從初到臺灣一直寫到赴美之前所經歷的各種事件。

紀弦回憶錄第三部

紀弦著，聯合文學出版社二〇〇一年十二月版。分二十一章，寫傳主移居美國進入「美西時期（一九七七至二〇〇〇年）」之晚年生活情景。

忘情之約

潘郁琦著，黎明出版社二〇〇一年版。作者有著古典情懷，也有著個人的哀愁、家族的滄桑記憶。她飽嘗生離死別、異域懷鄉的憂傷，但她以禪理入人生，以詩心化悲歡。

母親的金手錶

琦君著，九歌出版社二〇〇二年一月版。作者回憶童年、故鄉與域外生活的散文合集，精選了五十四篇散文，根據題材的不同分為「水是故鄉甜」、「母親的手藝」、「異國的仙桃」三輯，以平和、溫馨的筆調描寫了作者在大陸、臺灣和域外的生活經歷，抒發了作者對故鄉和親友的懷念之情。

金色的馬鞍

席慕蓉著，九歌出版社二〇〇二年二月版。金色的馬鞍，在蒙古文化裡，是一種幸福與理想的象徵。作者細寫蒙古的史實與傳說、風俗與文化、飲食與歌謠，蒙古人的際遇與離散、自身在漢文世界裡成長與一生漂泊的父母的情感。

臺灣監獄島——柯旗化回憶錄

柯旗化著，第一出版社二〇〇二年三月版。前面有葉石濤、陳永興的序。以回憶錄的方式記錄自己苦難的一生，也就是上一代臺灣人經歷兩個不同政權統治的時代悲劇，尤其是對國民黨統治時期實行白色恐怖的血淚控訴，並抒發自己對自由民主的嚮往。

華太平家傳

朱西甯著，聯合文學出版社二〇〇二年二月版。以家族書寫再現原鄉關懷，在家常生活、地域風俗、人情以及中華文化與基督教義的參辯中，體現一個現代知識分子對家國、現代性與救贖的再思考。他所代表的外省第一代寫作者在「後殖民」語境中展現出的「後遺民」時空思維及文化守成傾向，則是超國家的文化存在。

天涯海角

簡媜著，聯合文學出版社二〇〇二年三月版。作者書寫一次曲折的身世解謎，一段血淚交織的歷史陳跡，一場與親愛土地最深情的對話，一個個揮之不去的舊日故人，以及一則讓人動容的愛的故事。收入〈浪子〉、〈浮雲〉、〈朝露〉、〈水證據〉等文章。

鄉居手記

鍾鐵民著，未來書城二〇〇二年五月版。作者有著源源不絕的創作動力，美濃也因為他們父子而成為人文環保與文學的地標。

我的天才夢

侯文詠著，皇冠出版社二〇〇二年六月版。成長過程中一直被目為「天才」的作者，背負著太多的壓力和期許。作者用輕鬆詼諧的筆法，借由敘述自己的故事來傳達「一個人生命中能達到最了不起的成就，無非就是發現自己，並且勇敢地成為自己」。

林文月精選集

林文月著，九歌出版社二〇〇二年七月版。共分四輯：講述自己如何讀書，從學生到學者，從少女到為人父母，記錄人物，為母親梳頭，給兒子寫信，陪老師訪友，無一不是最難忘的記憶，增益見聞，無論臺灣風物還是異國奇遇，甚至童年時的頑皮探險，都匯成窗外風景。

蔣勳精選集

蔣勳著，九歌出版社二〇〇二年七月版。主要收入作者的散文名作。

唐諾推理小說導讀選

唐諾著，印刻文學生活雜誌出版公司二〇〇二年七月版。為五十餘本推理、偵探小說所寫的導談結講，分為I、II兩冊。第I冊以勞倫斯·卜洛克的「馬修·史卡德」系列和「雅賊」系列為討論中心；第II冊收錄了「約瑟芬·鐵伊」、「達許·漢密特」、「米涅·渥特絲」三系列共二十三篇。推介了英國古典推理奇葩錢伊，及她所塑造的最富於人文內涵的蘇格蘭探長葛蘭特，開創美國冷硬派、風格媲美海明威的漢密特，及他的經典名著〈馬耳他之鷹〉，以及英國阿嘉莎·克麗絲蒂的繼位者渥特絲。

楊照精選集

楊照著，九歌出版社二〇〇二年七月版。收入〈謎與禁忌〉、〈一九八〇備忘錄〉、〈「失敗主義」的左派〉等四十篇作品。

我凝視

平路著，聯合文學出版社二〇〇二年八月版。這是一本參差對照、繾綣而不忍的記憶之書。閱讀此書，就彷彿閱讀「生命」這本大書。生命太過龐大複雜，風景迅即切換，所以我們凝視。

失去的樂土

楊牧著，洪範書店二〇〇二年八月版。本書是〈傳統的與現代的〉、〈文學知識〉、〈文學的源流〉等三書改訂後的二十八篇，代表作者的文學經驗及在學術研究與實際創作的期待下，如何交叉指涉，為知識感應洊密的過程作印證，其中不移的憧憬和嚮往是永遠超越、迴拔至高的文學理想。

過平常日子

李歐梵、李玉瑩著，一方出版公司二〇〇二年九月版。這是一本感情自傳。溫潤動人的光芒，總隱藏在最簡單質樸的生活底層；在平凡年代中，交織著哈佛教授的黃昏熱戀不平凡的生命印記。這一對飽經滄桑的世間男女，各自眾裡尋他千百度，才覺醒原來眼前人即是夢中人。

雅舍小品補遺

梁實秋著，九歌出版社二〇〇二年十月版。在一九二八至一九四八年間，作者以不同筆名發表的散文小品四十篇。分為二輯，上輯側重抒情與議論，下輯偏於紀事，完整體現雅舍風格，細繪梁實秋散文的另一面貌，為現代文學史補遺。

楊牧

張惠菁著，聯合文學出版社二〇〇二年十月版。關於楊牧的傳記，分十一章，敘述楊牧的創作道路及其成就。

一首詩一個故事

吳晟著，南投縣文化局二〇〇二年十一月版。作者以樸質懇切的文字，細細回憶創作詩歌以來所衍生的種種因緣，讓人欣喜莫名或者深感欣慰，令人悵然扼腕甚至悲憤慨歎。充分表達出詩人與詩作間、詩作與讀者間、讀者與大時代間神秘莫測的互動。

中國人，活得好沒有尊嚴！

柏楊著，遠流出版公司二〇〇二年十二月版。他的雜文，對中國的「醬缸文化」批判鞭笞入裡，對現實的針砭入木三分，晚年更致力於維護人權的工作，期望中國人能夠活得尊嚴些。本書是作者在

〈明報月刊〉所發表文章的結集，從中我們看到這位「渡客」深重的歷史感和恣肆捭闔的文風。

董橋語絲

董橋著，未來書城二〇〇二年十二月版。這是文學的神韻，是社會學的視野，是文化的倒影，更是歷史多情的呢喃，都在作者的胸中和筆底。

奇萊前書

楊牧著，洪範書店二〇〇三年一月版。〈山風海雨〉、〈方向歸零〉、〈昔我往矣〉，遂完成一早期文學自傳之結構。三書自成系列，脈絡延伸，合帙為〈奇萊前書〉，迥異於自傳以事件為主的寫作形式，而出之以隱喻和抽象的詩之筆史。

二〇〇二／隱地

隱地著，爾雅出版社二〇〇三年二月版。出版家的工作日記，記錄了二〇〇二年七月到十二月從事出版業的一段曲折歷程和某些書的問世經過。

臺灣原住民族漢語文學選集．散文集卷

孫大川主編，印刻文學生活雜誌出版公司二〇〇三年三月版。收錄劉武香梅、孫大川、田雅各等原住民作家散文，可看到他們對海洋的深情，對部落山林的依戀。他們以平實懇切的字句，道出原住民生命中歡喜悲傷的各色景象。

歌聲戀戲

路寒袖著，聯合文學出版社二〇〇三年四月版。本書使KTV歌本的排列方式，介紹不同年代一首首臺語歌謠，歌聲裡有平民的喜怒哀樂，有世俗的恩怨情仇——剪影著月臺離別的時分、意氣風發的少年夢想，再也喚不回的青春、纏綿的男女情愛。

星星都已經到齊了

張曉風著，九歌出版社二〇〇三年五月版。分五個

部分，懷人、抒情、詠物、寫景、鑒賞，無一不是大塊文章。作者的散文出入古今，其剔透處，既可因把玩而成佳趣，清寂處亦可因細繹而啟人天機，至於絕美處則不免令人五內驚動。

叫我醫生哥哥

歐陽林著，麥田出版公司二〇〇三年五月版。在「自由副刊」家庭版的專欄結集，主要描述他轉任新醫院所發生的趣事。

讀者時代

唐諾著，時報文化出版公司二〇〇三年六月版。這本書，是作者為一本了不起的書（包括電影）及其背後了不起的書寫者而寫成的文字。設定的位置是進入，而不是褒貶點評，它們尋求的是可能性，以替代只此一種的答案。因此，這是一本閱讀者的書，而不是一本評論者的書。

把天空還給你

張小嫻著，皇冠出版社二〇〇三年六月版。舊相識或者是舊情人的承諾從來都是美麗的。因為我們很少會去兌現。最難承認的，是心裡的妒忌。愛一個人的時候，我們很願意說「對不起」。我錯了，希望你不要生氣。

佛光大學佛光緣

龔鵬程等著，佛光人文社會學院二〇〇三年七月版。該校師生描寫佛光大學山水風景和人文景觀的作品。

星雨樓隨想

王文興著，洪範書店二〇〇三年七月版。作者累年撰寫的隨想筆記，舉凡思維感觸、閱讀旅行、登高濟深、宗教體會等，無不在他筆端留下哲人啟迪的痕跡。

陳芳明精選集

陳芳明著，九歌出版社二〇〇三年七月版。作者的散文，不是唯一艱難的實踐，負載著時代和自我的沉重傷痕，在美麗如詩的表象之下，是無畏而雄辯的氣勢。他的斷裂轉折，徘徊憂思，和那些濕霉的記憶，都已然留棄在北國的雪地裡，遺忘在生命的記憶之外。

廚房裡的音樂會

韓良憶著，皇冠出版社二〇〇三年九月版。喜歡美食的人會發現，吃東西的時候，影響味覺的不只是食物本身，一起吃的人、餐桌的擺設、周遭的氣氛，甚至空氣中的味道，都會改變你吃東西的心情。而音樂，就是最能直接影響用餐心情的元素之一。作者藉由美食勾勒出回憶地圖，也記錄下時光的滋味。

中華現代文學大系（壹）散文卷（臺灣　一九八九～二〇〇三）

張曉風編，九歌出版社二〇〇三年十月版。選收一九八九～二〇〇三年間七十四位作家的作品，其中卷一收錄十七位散文家：蘇雪林、張秀亞、羅蘭、齊邦媛、葉石濤、王鼎鈞、余光中、張拓蕪、張作錦、逯耀東、林文月、隱地、劉大任、徐世棠、劉靜娟、丘秀芷、許達然。

蒼茫暮色裡的趕路人——何凡傳

夏祖陽、應鳳凰、張至璋等著，天下文化出版公司二〇〇三年十一月版。這是林海音丈夫何凡為文化事業奮鬥一生的記錄，分為四個部分：家族與成長、一生的事業、寫作的成果、社會先行者。

有風就要停

李瑞騰著，九歌出版社二〇〇三年十二月版。寫著者作為小農之子的成長過程，分為「披文入情之路」等四輯。

句號後面

陳大為著，麥田出版公司二〇〇三年十二月版。本書共收錄十二篇以人物為主題的散文集，寫的是化整為零的家族故事，每一篇列傳者有不同的主角和事件，看似獨立，但彼此暗中絲連。

遠方有光

楊錦郁著，九歌出版社二〇〇三年版。三輯：遙遠，相忘，傾聽。有席慕蓉的序言〈有心如蘭〉，書末有作者〈後記〉。這些抒情文字中包含著人世的悲涼滄桑，旅行回憶中記錄著天涯交錯時迸發的火花。

蔡詩萍精選集

蔡詩萍著，九歌出版社二〇〇四年一月版。擅長品味寂寞的作者同時用體會和同理心，演繹生命中那些大量重複的瑣屑裡閃現如鑽石的美麗。他同時又以社會學者的眼光，為臺灣民眾的情慾及人際關係，留下了寶貴的抒情論述。

文學二二八

橫地剛、藍博洲、曾健民合編，臺灣社會出版社二〇〇四年二月版。側重於二‧二八事件前後的作品，收錄的文學樣式包括散文、小說、報導、詩歌、戲劇等共二十九篇。

四十九個夕陽

陳幸蕙主編，幼獅出版公司二〇〇四年三月版。收錄鍾鐵民、杏林子、黃碧端、李黎、黃武忠、小野、陳幸蕙等人的文章，全部與親子關係有關。

人物速寫

林文月著，聯合文學出版社二〇〇四年四月版。追記了自己與他人在生命行旅的際會因緣，依次寫了十篇，分別用人物的縮寫代號表示。名為「人物速寫」，實際上主題不是鎖定人物，而是該人物背後鋪陳的事件，作者強調的是與這些人物之間互動而留下來的美好記憶。

異議分子

龔鵬程著，印刻文學生活雜誌出版公司二〇〇四年四月版。分六輯：議時政、哀教育、嘆世道、悲臺灣、佛光大學校長辭職的爭議、「散居中國」與華文文學。

布衣生活

劉靜娟著，印刻文學生活雜誌出版公司二〇〇四年五月版。布衣就是庶民，他們尋常日子有尋常的快樂。學會上網，會以e-mail通信，就得意洋洋，散步，看那些季節一到就認真開花的欒樹、木棉、杜鵑，還有聽出租車司機發表政治評論。這些讓人讀得歡喜。

張曉風精選集

張曉風著，時報出版公司二〇〇四年六月版。收入〈我喜歡〉、〈地毯的那一端〉等六十二篇，另有小說、戲劇八篇。作者散文意蘊豐厚，世事洞明人情練達，市井瑣事中自有骨氣奇高，不使感性淪為軟性；她的散文敘述自然，衝淡寧靜，文辭如水，一筆如舟，引領我們一步步走入一條條美麗水域。

詩人的憂鬱：寫給臺灣的情書

李敏勇著，玉山社二〇〇四年七月版。本書集結了作者自二〇〇一年底至二〇〇四年初發表的隨筆。作為詩人，作者在詩之志業與社會參與的歷程中，寫下許多告白與批評的篇章。透過詩的情境，將臺灣與世界的記憶和想像連接起來。

散文的航行

蘇童著，麥田出版公司二〇〇四年八月版。天地萬物、人事情境，一一收入這位大陸作家優游自在的筆調內，彷彿一幅眾生浮世繪，信手拈來，文字間的瀟灑豪爽，揮向讀者的心靈深處。

父親

陳映真著，洪範書店二〇〇四年九月版。作者的父親是一位牧師，因此他從小就受到過很深的基督教宗教精神的熏陶，養成了一種悲天憫人的心懷。不若以往犀利的筆鋒，所收作品充滿了懷念與深情，可見其不同的文采風貌。

給青年藝術家的信

蔣勳著，聯經出版公司二〇〇四年九月版。以書信的形式談藝術，別開生面。

舞動白蛇傳

蔣勳著，遠流出版公司二〇〇四年十月版。以現代觀點詮釋名著，新意迭出。

海枯石

李黎著，印刻文學生活雜誌出版公司二〇〇四年十月版。這是一本銘刻時間與記憶的石頭記。輯一是作者近年有關水與橋的「主題行旅」心得，寫生與攝影對伴隨文字記錄的另一種配樂；輯二則是更多屬於私密記憶的話語，宛如匣中雖不貴重但鍾愛的珠玉。

只怕陳文茜

陳文茜著，印刻文學生活雜誌出版公司二〇〇四年十二月版。針對社會各種現象有感而發的書寫，討論了廣泛的議題，如兩岸、族群、三・一九槍擊，也針對「三・二七」之後的新民主運動有感而發。

分八輯：「給族群」、「給暗殺」、「給廣場」、「給兩岸」、「給老人」、「給小人物」、「給大官」、「給自己」。

海哭的聲音

詹澈著，九歌出版社二〇〇四年十二月版。書前有朱天心〈此時此際讀詹澈〉，分五輯：輯一至輯三是寫臺東這塊土地上發生的農事經驗，輯四係參與農民運動的心路歷程，輯五則搜羅文學生命光熱的感想與哲思。

雜花生樹

張放著，詩藝文出版社二〇〇四年版。分五輯：燈前冥思，讀餘雜記，文苑隨想，藝文拾荒，書話。文風質樸、誠懇，字裡行間可看出作者的讀書心得與人生體驗相結合的特色。

千山之月——上官予八十紀事

上官予著，臺灣商務印書館二〇〇五年一月版。係作者八十歲的歲月蹤跡記錄，分十二章，另有後記。他寫故鄉的可愛，親人的難忘，戰火中逃亡流浪及其跨越不同時代的文學生涯。

聽說

鍾怡雯著，九歌出版社二〇〇五年一月版。余光中序中認為「貓爪軟中帶硬，頗似作者的散文風格，在深情之中也暗寓叛逆。」

飄浮書房

鍾怡雯著，九歌出版社二〇〇五年一月版。是作家本色的讀書、旅行之樂，與不拘傳統禮教的隨興生活態度。作者提供拍攝原鄉馬來西亞及臺灣行腳的珍貴相片，是〈聯合報〉〈副刊〉最受歡迎專欄的結集。

靈欲刺青，曹又方自傳

曹又方著，圓神出版社二〇〇五年一月版。她歷經了數度貼近死亡的過程，忠誠地寫下她一生的愛、恨、情，她的好朋友如是說：「曹又方充分證明自己是獨立自主的靈魂」，柏楊「看見她彷彿看見自己」，胡茵夢稱「她是一個男性靈魂寓於女性肉身的人」。她一直都在鍥而不捨地追問：「我究竟是誰？」

青銅一夢

余光中著，九歌出版社二〇〇五年二月版。從山東、金陵寫到美國、俄羅斯，世界地圖就在他的腳下。對前賢舊友的追憶，句句真誠感人，追憶兒時趣事，幽默自不待言。

閱讀的故事

唐諾著，印刻文學生活雜誌出版公司二〇〇五年三月版。書本中豐饒的世界雖有所限制，但仍叫喚出我們共同的心事與希望。以豐富的閱讀經驗，佐以理性與感性兼具的文字，用一種極其獨特的文體與思緒，書寫下與各類書籍的美麗邂逅，以及對書的奇想與期待，猶如作者前半生的閱讀傳記。

舞動紅樓夢

蔣勳著，遠流出版公司二〇〇五年三月版。獨特且全方位平民視角的解讀，讓著名影星林青霞每週必自香港飛臺灣親聽蔣勳授課〈紅樓夢〉，並稱蔣勳老師是她唯一的偶像。

漫漫隨筆集

莫渝著，苗栗縣文化局二〇〇五年四月版。分「詩人與世界」等八輯。

山水浩歌

秦嶽著，文學街出版社二〇〇五年五月版。分三輯：「超凡入聖世間情」、「雲山流轉綠苑情」、「一片詩心在玉壺」。

關山奪路

王鼎鈞著，爾雅出版社二〇〇五年五月版。著者回憶錄之三。著力描述不同身份、不同階層、不同地域之間各色人物的面目與選擇，以此來對應和詮釋被意識形態長期遮蔽的真實歷史，觸及與國共內戰相關的一系列重大歷史事件。

東海岸減肥報告書

林宜澐著，大塊文化公司二〇〇五年六月版。作者運用其所擅長的短篇小說技巧，寫出了花蓮的生活，道其在故鄉找到的一種生活的寬度與速度。全書自然流露出輕鬆抒情，文字裡常有風景徘徊，也常有音樂迴盪。

月白風清

張放著，黎明文化公司二〇〇五年七月版。收入〈葉公超晚年〉、〈為江青討公道〉、〈再談胡蘭成〉等作品。

人文蹤跡

楊牧著，洪範書店二〇〇五年八月版。作者深入思考詩在古典與現代之發生與完成，其因緣際會，機杼展開。

紅色客家人

藍博洲著，（北京）臺海出版社二〇〇五年八月版。有代序〈臺灣客家人的紅色讚歌〉，描寫南北二路客家民眾的武裝抗日游擊戰、臺共指導下的客系農民反日鬥爭、臺灣左翼運動第二週期的紅色客家人、大河底的政治風暴、臺灣省工作委員會機構重建與瓦解。

臺北秧歌

藍博洲著，（北京）臺海出版社二〇〇五年八月版。有陳映真總序。追憶一九四九年臺北四六學生運動的證言集。分兩輯：「麥浪歌詠隊」、「天未亮——四六事件紀實」，附錄〈四六事件大事年表後記〉。

臺灣好女人

藍博洲著，（北京）臺海出版社二〇〇五年八月版。由五篇文章組成：小傅、高草、歐巴桑、蔣姑娘、許金玉。有代序和葉芸芸〈兩個偶然指派的命運和一個異鄉人〉，另有後記。

消失在歷史迷霧中的臺灣作家

藍博洲著，（北京）臺海出版社二〇〇五年八月版。寫了宋非我、簡國賢、呂赫若、雷石榆、藍明谷、吳濁流、楊逵、范泉等兩岸作家，另有後記。

孤夜獨書

陳芳明著，麥田出版公司二〇〇五年九月。有作者自序，分四輯：「夜獨經驗」、「夜書雜記」、「文學隨筆」、「歷史手札」。

我的姐姐張愛玲

張子靜等著，印刻文學生活雜誌出版公司二〇〇五年十月版。張愛玲的弟弟張子靜以親歷親聞的特殊身份，回憶姐姐張愛玲的家庭、生活經歷和所接觸的人與事。

獵人們

朱天心著，印刻文學生活雜誌出版公司二〇〇五年十月版。作家書寫自己與屋裡屋外、可見的與不可見的生活領域裡眾貓族的邂逅與相處，她給他們自由，自己卻賺得了羈絆，對他們的生命尊之重之，自己的生命也得到豐富。

這個人．這個島——柏楊人權感恩之旅

遠流實用歷史館編，遠流出版公司二〇〇五年十一月版。本書以傳主的生活照及其相關圖像資料，呈現柏楊生命歷程中各個不同階段的轉折。

掠影急流

楊牧著，洪範書店二〇〇五年十二月版。收入的十九篇選自〈傳統的與現代的〉、〈文學知識〉、〈文學的源流〉等書，概在讀書與懷人之範圍，代表作者早年文學思索之意念取捨。

天地有大美

蔣勳著，遠流出版公司二〇〇五年十二月版。談生活美學。

紅爛廚娘

蔡珠兒著，聯合文學出版社二〇〇五年十二月版。作品以漢字下廚，用文字烹飪。它從鮮啖、煮炒、蒸熬、燜烤、挑嘴、外食等方面詳述各味美食、各色食材的身家故事、料理方式與作者的私房心得。收入〈酗芒果〉、〈覆盆子〉、〈舞絲瓜〉、〈飛天筍〉等文。

放齋書話

張放著，臺北縣文化局二〇〇五年十二月版。分四輯，收入〈謝冰瑩的寂寞〉、〈葉石濤隱居左營〉、〈吳祖光生前餘話〉等文。

我的相對論

汪洋萍著，文史哲出版社二〇〇五年版。分五卷：「心靈告白」、「心靈互動」、「為歷史見證」、「我的詩魂」、「傳統詩」，有作者自序，收入〈敬向海峽兩岸政治領袖們建言〉等文章多篇，另有回憶錄〈回想文學路上〉、古體新詩二十首以及格律詩多首。

陳之藩文集

陳之藩著，天下遠見出版公司二〇〇六年一月版。總共三冊，完整收錄了作者已結集的八本書，以及尚未結集的新書〈看雲聽雨〉，是一代「科學文學達人」最完整的作品呈現。

葡萄熟了

王鼎鈞著，爾雅出版社二〇〇六年二月版。結集散文四十篇，分「生命長河」、「光陰分享」、「未晚隨筆」、「案頭人物」、「藝文感應」等五輯。書寫自己年少離家的經驗、生活中的日常點滴、與人相交的種種情感。

文藝二三事

尹雪曼著，楷達文化公司二〇〇六年三月版。尹雪曼文學世界之五，收錄了〈國軍新文藝運動三十年〉、〈文協風波平議〉、〈八年來的青溪新文藝學會〉等文。

問題是人生的禮物

林幸惠著，聯合文學出版社二〇〇六年四月版。借由一則則真實的故事，提供給讀者嶄新的觀點，希望讀者能從一個遇見生命中挑戰的人，轉化成生命的設計師，從陷於問題的死胡同裡，走出解決問題的康莊大道來。

幸福在他方

林文義著，印刻文學生活雜誌出版公司二〇〇六年五月版。卷一「情境」，即是作者的旅中情思；卷二「幽然」，則是作家更深入旅途、事象與心靈的深處反思與追憶；卷三「素顏」，以懷人為主，不論是東引島當兵的愛子，多年來仍堅持創作的文友，還是遠方生命如風中燭火的文壇前輩，都使作家憶及自己投身文學志業的良美初心。

請用文明來說服我

龍應台著，時報出版公司二〇〇六年七月版。從家庭著手，細述自由，闡述民主的慢進程與代價，強調對歷史的反思，樂見兩岸的交流。收入〈為臺灣民主辯護〉等三十一篇文章。

二〇〇六／席慕蓉

席慕蓉著，爾雅出版社二〇〇六年九月版。本書為爾雅日記叢書之一，讀讀作者生活的行雲流水，從日記中感受詩人細膩的心思。

你逐漸向我靠近

李瑞騰、李時雍著，九歌出版社二〇〇六年十月版。這對父子倆在對話中談人生哲理，生死感悟乃至文學寫作體驗、政治社會的省思。

命運，非關命運

隱地編，爾雅出版社二〇〇六年十月版。本書搭上二〇〇六年臺灣掀起的「倒扁」新浪潮而出版的散文合集，作者有向明、曉風、辛鬱等人。

美的覺醒

蔣勳著，遠流出版公司二〇〇六年十二月版。作者和你談眼、耳、鼻、舌、身。

年輕的你，好好愛

廖輝英著，健行文化公司二〇〇七年一月版。寫給青年男女的叮嚀書，內容是現在新新人類面臨的愛情、友情、親情的各種案例。每一篇文末都有「青春Note」單元，讓身為家長的讀者與青年朋友都能全面理解與了解「年輕的歲月好好愛！」

柏楊品三國

柏楊著，遠流出版公司二〇〇七年三月版。先綜述背景，然後分別講興旺和滅亡，再點評人物和事件。分三方講述歷史，而不是單純地按年代講，很有新鮮感，但信息量有所重複。

冰火情書

袁瓊瓊著，印刻文學生活雜誌出版公司二〇〇七年四月版。當精神還掛在網路上，深情還禁錮在回憶裡，肉身卻跋涉到了彼岸大陸，一個生活與人際關係幾乎都重新開機的地方，作家將遭遇什麼樣的人與事，開啟什麼樣的新視野和感情模式，又將一再招惹什麼樣於人無害、於己卻無可救藥的情傷痛點？

文學風華

應鳳凰著，秀威科技公司二〇〇七年五月版。介紹戰後二十世紀五十年代活躍於文壇的十三位女作家。

自由的翅膀

龔鵬程著，九歌出版社二〇〇七年六月版。作者透過豐富的學養，以旅人的心情，用文字帶領我們遊蹤萍寄，遍及大陸南北翱翔天宇。在遊山玩水之際，無論一飲一食，一文物一古蹟，他都能從典籍中找資料深入淺出地介紹。字裡行間，盡是文化苦旅與甘旅，更有深沉的人生感喟。

焚燒

黃錦樹著，麥田出版公司二〇〇七年七月版。在作者犀利的評論文字底下，和他極具諷刺能事的小說故事裡，可看見作者洞察人生的高度敏感，再現了作者從東南亞移居臺灣的種種歷程。

琦君書信集

李瑞騰、莊宜文主編，臺灣文學館二〇〇七年八月版。收入琦君給出版社編輯和朋友的近四百封信，讓讀者更全面地可以看到琦君的風貌。

夜燕相思燈

阿盛著，遠流出版公司二〇〇七年九月版。包括〈三步淚珠〉、〈夜燕相思燈〉、〈乾坤裝思想起〉、〈蟋蟀戰國策〉、〈連連牛筋草〉、〈是你將我生落土〉、〈孤鳥的兒女〉、〈河邊春夢寒〉、〈瑪莉點絳唇〉、〈可憐戀花再會〉等作品。此書工筆細描臺灣漸漸消失的民間風景、中下層社會浮生百相，有笑有淚，更有淡淡的哀愁。

胡蘭成傳

張桂華著，自由文化出版社二〇〇七年十月版。作者帶領讀者一路相隨，歷經日本和中國上海、香港、臺灣，看胡蘭成如何投身汪精衛「和平運動」，又如何深得汪氏夫婦信任成為「蘭成先生」，浮沉宦海，如何與張愛玲相知相愛，又如何與眾多女子糾纏不休。分十六章，從〈家世鄉里〉寫到〈臺灣的尾聲〉，後面附有傳主的年表。

認得幾個字

張大春著，印刻文學生活雜誌出版公司二〇〇七年十月版。由八十九篇獨立的小短文構成，皆為溫馨逗趣之作。作者以父親的口吻與視角，在日常與孩子們的交流片段中解說漢字。用淺近活潑的語言，在最為普通的生活情景中選取了八十九個孩子們所不熟悉的字，追根溯源，最終又回到孩子們的生活情境。

宮保雞丁

藍雲著，唐山出版社二〇〇七年十一月版。分二卷，分別談詩的種種和人的各類問題。

情與美

劉俊著，時報出版公司二〇〇七年十二月版。這位大陸學者從人生歷程的角度，展現了白先勇多姿多彩的人生。白先勇的一生，是鍾「情」的一生，是愛「美」的一生。因為有「情」，白先勇走上了寫作的道路，成為一個作家，並在自己的小說中寫盡人間的各種「情」。

邱妙津日記

邱妙津著，印刻文學生活雜誌出版公司二〇〇七年十二月版。這是作者留學法國時期的生活記錄，兩冊筆記本則宛如劫後餘生——是愛的禮物，未完的生命責任，等待祭司解讀的天國書信。這些日記內容，像一組組求救或告別的密碼，在記憶縫隙間載浮載沉，溫柔地行過情緒幽谷，有時卻也百般嚴厲檢驗著作者自己的藝術志向與餘生。

當張愛玲的鄰居

章緣著，健行文化公司二〇〇八年一月版。在作者筆下，京滬的生活不斷在現代與過去切換，拐過繁華的黃埔江畔，走進張愛玲的故居，迎面而來的是上海的古樸、滄桑，而三朝首善之都——北京，一磚一瓦都是歷史，邁向新世紀，日新月異的科技更在此蓬勃發展，新舊交輝。

黃金盟誓之書

朱天文著，印刻文學生活雜誌出版公司二〇〇八年二月版。作者的天才為散文而生。她的文字雖平淡若水，卻能刻骨銘心。有人說，這活脫又是一個張愛玲，頗有幾分道理。該書所收文字自剖其生活及創作，早期的跳脫和後期的沉穩都可以從中領略，其文學和出版價值自不待言。

張愛玲來信箋注

莊信正編著，印刻文學生活雜誌出版公司二〇〇八年三月版。張愛玲遷居加州之後至去世之前近三十年間，舉凡工作、搬家等重要事宜，都托由莊信正代為受理，寫給他的書信高達八十四封，內容包括工作變遷、作品發表、譯文出版、閱讀心得及生活狀況，是她隱居歲月的對外發聲，亦可視為她的一幅幅自我素描。

曾經輝煌——被遺忘的文人往事

蔡登山著，秀威科技公司二〇〇八年四月版。收有關張競生、陳銓、陳季同、沈啟無、顧頡剛、袁昌英、邵洵美、穆旦、田漢、梅娘、阮玲玉等人的十五篇文章。

我的眼睛

隱地著，爾雅出版社二〇〇八年五月版。收入五十七篇有關生活感觸等方面的文章。

散文三十家

阿盛主編，九歌出版社二〇〇八年六月版。共有兩冊，入選作家有廖鴻基、韓良露，莊裕宏、王浩威、張曼娟，簡媜、蔡珠兒、張小虹、呂政達、宇文正、鍾怡雯、王盛弘、吳明益、徐國能等三十位，時間為一九七八至二〇〇八年。

月光照不回的路

辛金順著，九歌出版社二〇〇八年八月版。以其來自馬來西亞華人的自身經驗，書寫跨越不同語言，尋求文化根源與自身認同，從描繪親情的〈燕子〉、〈元音〉、〈鱉跡〉與自我認同的篇章〈破碎的話語〉，可看出作者細膩筆觸，帶著濃烈的情感，抒發擺蕩在兩種文化之間的矛盾與困擾。

昨夜雪深幾許

陳芳明著，印刻文學生活雜誌出版公司二〇〇八年九月版。六十歲這一年，作者寫下這本遺忘錄，記述生命中帶來各種召喚和隱喻的齊邦媛、隱地、陳映真、鍾肇政，許信良、楊牧、龍瑛宗、史明、李敖、余光中、黃春明、尉天驄等二十位文化人的形象，作者以其最喜歡的方式保留這些文士的最佳狀態、印象和感覺。

余光中跨世紀散文

陳芳明編，九歌出版社二〇〇八年十月版。從余光中五十年的散文創作中，選出四十七篇散文菁華，有前言〈左手掌紋，壯麗展開〉。分五輯：「抒情自傳」、「天涯躡蹤」、「師友過從」、「詩論文論」、「諧趣文章」。

堅持．無悔

陳若曦著，九歌出版社二〇〇八年十月版。作者七十歲自述：數十年往事歷歷寫來，她的大半生如跑馬燈般一幕幕映上紙頁。她的筆下沒有太多沉湎、耽溺或長吁短嘆，節奏明快，情景卻無比清晰。分六章，從〈童年〉寫到〈揮走文革魅影〉，附有作者著作簡表。

優樂

劉大任著，印刻文學生活雜誌出版公司 二〇〇八年十一月版。為作者「紐約眼」系列第六冊，選錄專欄上發表的五十餘篇文章，將自身生活和關懷的面向彙為五輯：「問心」、「處世」、「望鄉」、「懷國」和「探美」。

一盞不滅的燈

賴益成主編，詩藝文出版社二〇〇八年十二月版。

所收作品皆有關詩人文曉村的追思錄，作者有台客、呂進等人。

亂世佳人

陳文茜著，時報出版公司二〇〇九年一月版。二〇〇八年金融海嘯席捲而來，學歷史的她，帶大家回顧一九三〇年代大蕭條時代的快樂和沮喪。崛起於大蕭條年代的人物，包括張愛玲這些亂世奇女子，他們除了擁有天才夢之外，也知道只有自己才是自己所擁有的唯一的資產。

感覺十書

蔣勳著，聯經出版公司二〇〇九年二月版。原名為〈給青年藝術家的信〉。一首樂曲，一首詩，一部小說，一齣戲劇，一張畫，一層一層打開我們的視覺、聽覺，打開我們全部感官記憶，打開我們生命裡全部的心靈經驗。

文學江湖

王鼎鈞著，爾雅出版社二〇〇九年三月版。作者回憶錄四部曲之四，描述了一九五〇至一九七〇年在臺灣由文學、政治和特務交織組構的奇妙江湖。作者所親歷的這個「文學江湖」同時也是臺灣風雲變幻三十年的縮影。

我的自然調色盤

林麗琦著，天下遠見出版公司二〇〇九年四月版。透過一幅幅精美的植物畫，以及一篇篇淡雅的生活隨筆，分享的是作者獨特的自然觀點和生活美學。自然調色盤調和了心靈和大自然，處處流露出生活的真滋味。

此物最相思

張曼娟著，麥田出版公司二〇〇九年五月版。主要講述了中國古典詩詞中的愛情體驗。作品以王維的絕句〈相思〉開篇，二十個字，二十首古詩，產生了二十個愛情故事，通過古今愛情故事的對比，闡述了古典愛情新主義——要謙卑地體會愛情，回味愛情。

九彎十八拐

黃春明著，聯合文學出版社二〇〇九年五月版。主要針對社會文化現象提出議論。如〈打一個比方〉對本土意識受到選舉的操弄有所反省，〈寵壞自己的暴發戶〉譴責雪山隧道對生態環境的破壞。除了對社會時事的檢討與批判，黃春明以有趣的筆調寫出〈一隻便秘的老鼠〉、〈眉刷刷眉〉等小品。

因為愛，所以我存在

曾昭旭著，健行文化公司二〇〇九年六月版。作者以其長期教授愛情學的經驗，告訴我們愛情的真義，並將戀愛時常發出的疑問，如：為什麼浪漫只有五分鐘熱度？愛情最佳的表白時機為何？劈腿時代果真來臨了嗎？我們是為了吵架而結婚嗎？一一做了詳盡且富哲理的說明。

二〇〇七／陳芳明：夢境書

陳芳明著，爾雅出版社二〇〇九年七月版。通過日記表現了作者對社會的深切期盼。觸碰政治更有其獨特角度，在字裡行間更能感受到知識份子憂國憂民的情懷。

巨流河

齊邦媛著，天下遠見公司二〇〇九年七月版。巨流河，位於中國東北地區，本書的記述，從長城外的「巨流河」開始，到臺灣南端的「啞口海」結束。這是一部反映中國近代苦難的家族記憶史，一部過渡新舊時代衝突的女性奮鬥史，一部臺灣文學走入西方世界的大事記，一部用生命書寫壯闊幽微的天籟詩篇。

童年舊憶

台客著，文史哲出版社二〇〇九年八月版。作者以感性的筆觸，紀錄一九六、七十年代的臺灣農村風光和生活點滴。有古遠清等人的序言，收入〈放牛的歲月〉等八十篇文章。

大江大海一九四九

龍應台著，天下遠見公司二〇〇九年九月版。該書以傳記體形式，講述國共解放戰爭的故事，展現出歷史的創傷和個人命運的慘烈，其目的不是為了控訴和譴責，而是為了「向所有被時代傷害的人致敬」。不過該書因為把臺灣人描述成「失敗者」的後代，在島內飽受爭議。

送你一個字

張曉風著，九歌出版社二〇〇九年九月版。無所不談上古傳說、中外神話、詩詞文賦、傳說風聞佚事，都信手拈來。作者把很多原本不相關的典故共治一文，談同一個話題，又融合得天衣無縫。

中華現代文學大系（貳）散文卷（臺灣 一九八九～二〇〇三）（一、二）

張曉風主編，九歌出版社二〇〇九年十月版。係導讀新版。

孤獨六講

蔣勳著，廣西師範大學出版社二〇〇九年十月版。作者以美學家特有的思維和情感切入孤獨，從情慾、語言、革命、思維、倫理、暴力六個面向闡釋孤獨美學，融個人記憶、美學追問、文化反思、社會批判於一體。可以說，作者在本書中，創造了孤獨美學：美學的本質或許就是孤獨。

踏尋梵谷的足跡

丘彥明著，藝術家出版社二〇〇九年十一月版。第一章「梵谷這個人」，以圖文並茂的方式述說梵谷的生平，以及梵谷在油畫、素描等的特色；第二章「梵谷的承傳與影響」，略及梵谷藝術的師法，和他留下的藝術品對後代的影響。

身體褶學

張小虹著，有鹿文化公司二〇〇九年十一月版。從談論現今風氣關注的「真/假名媛話題」，到上流大家張愛玲的風姿綽約。從身體角度的曲線、弧線、慵懶到生活布置的態度，從電影裡的枝微末節之事到學術研究的柔軟，此書更多的是一碗粥、一段路的自我對話與淡淡的敘述，獻給你已經對生活麻木的一點小感動。

漢字書法之美

蔣勳著，廣西師範大學出版社二〇〇九年十一月版。此書係感受生活的文字巡禮，匾額對聯、招牌標誌、舞蹈繪畫，字不再只是文字，都有它觸動人心的美麗與驚喜。部分目錄：之一漢字演變、之二書法美學、之三感知教育、之四漢字與現代、之五建築上的漢字、之六漢字書寫與現代藝術。

憶春臺舊友

彭歌著，九歌出版社二〇〇九年十一月版。為作者記錄與名家王藍、琦君、高陽、林海音、柏楊、殷張蘭熙、吳魯芹以及諾貝爾文學獎得主尤薩等文友年輕時的情誼，並搭配照片、書信往來，及作家小檔案。

遺忘與備忘

隱地著，爾雅出版社二〇〇九年十一月版。一九四九年寫至二〇〇九年，為一甲子的文學年記，這是作者再一次讓文學老抽屜裡的珍珠重見天日，是他七十歲後送給文壇的禮物。

全世界是一本大書

涂靜怡著，漢藝色研文化公司二〇一〇年一月版。全書分為歐洲卷、中國卷，收入十五篇文章。

司馬中原鬼靈經

司馬中原著，九歌出版社二〇一〇年二月版。分二輯：「鬼話連篇」、「靈異傳奇」，共收入十五篇文章。除了講鬼，作者對玄奇的靈魂、氣與數、靈力與潛能、命與運、幽浮等靈異傳奇，作者也從中國古代典籍、科學與玄學的角度，發展出自成一格的獨到見解。

九十八年散文選

張曼娟主編，九歌出版社二〇一〇年三月版。收錄余光中、瘂弦、蔣勳、漢寶德、龍應台、王鼎鈞、瓦歷斯．諾幹、陳玉慧等四十七人對人、時代與歷史古物的回憶及緬懷，對旅行的規劃，或暢談生活的美好，或照顧親人的痛與感傷，或寫出之父母對孩子的無私付出，以及永難割斷的手足之情。

心美，一切皆美——心的菩提

林清玄著，九歌出版社二〇一〇年三月版。菩提喻指佛教中覺悟的境界。面對世事紛亂，人心迷惘，作者以自身體驗和思考，將佛理修養化作美好心情，為讀者點燃心燈。分「溫柔半兩」、「心無片瓦」兩輯，收入四十四篇文章。

郭楓散文精選集

郭楓著，新地文化藝術公司二〇一〇年四月版。以強烈的歷史意識，揭示出故土豐蘊的文化歷史之根，展示出北方農村豐富多彩的生活和北方農民的剛強性格。共五輯：「坐對一山青」、「九月的眸光」、「一縷絲」、「臺南思想起」、「早春花束」。收入六十三篇作品。

文字的故事

唐諾著，上海人民出版社二〇一〇年四月版。分兩部分：一是文字的產生，解釋文字的意義開始堆積、延續並負載情感的過程，二是在文字中進行「推理」，在浩渺字海中搜尋蛛絲馬跡，力圖還原古人的生活，帶我們回到文字產生的現場。

文化窗景與歷史鏡像

李敏勇著，允晨文化公司二〇一〇年四月版。作者在〈自由時報〉「鏗鏘集」專欄的結集，共一百一十篇。回敘從二十世紀跨越到二十一世紀，在戰後臺灣歷史有轉型關鍵意義的過去。

生活十講

蔣勳著，廣西師範大學出版社二〇一〇年五月版。是臺灣廣播節目「文化廣場」的結集，安撫過監獄中很多絕望而困頓的人。在本書中，作者娓娓道來，在廣闊的生活中選取了十個側面：價值、官學、倫理、信仰、物化、創造力、文學力、愛與情、情與慾，新食代。借用生活中的點點滴滴，反映文化的本質。

虎尾溪的浮光

古蒙仁著，九歌出版社二〇一〇年五月版。這二十篇文章，充滿童年記憶的雲林虎尾糖廠宿舍、夏日冰涼消暑的仙草冰、美麗開闊的虎尾溪流域，作者以深情幽默之筆，帶領讀者橫渡時光的河流，回溯臺灣山城之美。

我家有個渾小子

張拓蕪著，九歌出版社二〇一〇年六月版。是大時代又悲又喜的另一章。書中部分文章敘說嚴父兼慈母對其獨子的期望，表盡了所有父母恨鐵不成鋼複雜又單純的心理，更值得天下父母及子女共讀。

大度·山

蔣勳著，九歌出版社二〇一〇年六月版。作者面對寂闊蒼涼的現世，為我們在抑鬱無奈之中，尋找出明麗翩翩的一角。全書收入四十二篇文章。

風華的印記

曹又方著，九歌出版社二〇一〇年六月版。全書分為「風情四季」、「裊繞書香」等四輯，共四十四篇文章。

故事效應——創意與創價

楊照著，九歌出版社二〇一〇年八月版。是一本關於故事的故事書。作者用了五十個故事代替精密的論述，庖丁解牛般拆解故事的本質，分類為「對故事的衝動」、「故事的功能」、「說故事的方法」以及「重新認識故事」四個部分，每篇文章一千字左右，共收入五十一篇文章。

在咖啡館遇見十四個作家

唐諾著，聯經出版公司二〇一〇年八月版。十四個作家係指《渡河入林》的作者海明威、《正午的黑暗》的作者柯斯勒、《如鏡的大海》的作者康拉德、《發現契訶夫》的作者契訶夫、《人造天堂》的作者波特萊爾、《普寧》的作者納博科夫、《八月之光》的作者福克納、《迪坎卡近鄉夜話》的作者里戈理、《書鏡中人》的作者波赫士、《一個燒毀的痲瘋病例》的作者葛林、《波多里諾》的作者艾可、《巫言》的作者朱天文、《基甸的號角》的作者安東尼·路易士、《替罪羊》的作者吉拉爾。

尋找祖國三千里

藍博洲著，臺灣人民出版社二〇一〇年九月版。作者尋訪吳思漢等人的相關史料，追蹤臺灣青年的身份認同歷程。

境明，千里皆明：境的菩提

林清玄著，九歌出版社二〇一〇年十月版，作者自選「菩提十書」中的精華，集結成三書，此為第三部。菩提喻指佛教中覺悟的境界。面對世事紛亂，人心迷惘，作者以自身體驗和思考，將佛理修養化作美好心情，為讀者點燃心燈。

歡愛

林文義著，爾雅出版社二〇一〇年十一月版。漫畫裡滑稽耍寶，文字裡憂鬱多情，當記者的義憤填膺，內心裡卻又帶著天真童心的義氣，這樣多面衝突又率真個性的作者，筆下的世界華彩滿眼，沉鬱豐富。

行過急水溪

阿盛著，九歌出版社二〇一〇年十二月版。作者用俚俗之語，結合大小傳統，將世俗的題材化成感人貼心的生活散文。本書收錄被譽為現代散文經典的〈廁所的故事〉、〈唱起唐山謠〉等多篇，有一九七〇年代鄉下年輕人的心跳聲，完整地記錄一個時代，應和著一九九〇年代都會人的節奏，共享文學與生活之美。共收十二篇文章。

世間的名字

唐諾著，印刻文學生活雜誌出版公司二〇一一年一月版。作者專注如刺蝟，通達似狐狸，言志兼抒情，雄辯亦溫柔，談各種皮相——富翁、煙槍、騙子，談各種職業——醫生、網球手、編輯，談各種身份——老人、哥哥、同學與家人。對作者而言：深度就在表面，名字即是實相。

消逝的文學風華

古遠清著，九歌出版社二〇一一年十二月版。細數影響臺灣當代文壇的胡適、林語堂、張道藩、蘇雪林、王平陵、臺靜農、梁實秋、胡蘭成、謝冰瑩、覃子豪、孫陵、無名氏、尹雪曼、林海音，吳魯芹、柏楊等十六位名家。

少年臺灣

蔣勳著，聯合文學出版社二〇一二年一月版。島嶼上跨越十年的行走，孤獨而青春的流浪筆記，踏進心靈原鄉的美感對話。該書用揮之不去的青少年歲月的記憶，凸現臺灣人為求生存發展的感人事跡。

桃花流水杳然去

王鼎鈞著，爾雅出版社二〇一二年二月版。分為史論、文學、宗教、美感四部分。涉及文學、歷史、人物等眾多方面，既有〈「一九四九」三稜鏡〉等通透的文藝評論，又有〈韓寒遊臺灣〉等老辣的世情微言，既有〈眷村與眷村文化〉等深沉的個人記憶，又有如〈宗教與人生〉等淳淨的宗教盛行。

二〇一二／隱地

隱地著，爾雅出版社二〇一二年二月版。爾雅日記叢書之一，只要一筆在手，作者熱情與活力四射，出版與文化現象，以及「小我」背後「大我」的歷史和社會種種，都是他關懷關心的對象。沒有書評雜誌，透過日記，作者仍然找到了屬於他的舞臺。

尋路青春

楊照著，天下遠見公司二〇一二年三月版。該書分為「少年回憶」、「迷路的音樂」、「我的文青路」、「青春是最大的奢侈」、「城市行走與鄉野漫游」五部分。

路上書

蔣勳著，廣西師範大學出版社二〇一二年三月版。精選作者散文佳作，主要內容為在各地旅行時所寫的札記隨筆、藝術評論以及對故土的懷念與思考，用溫婉細膩的文字，寫羈旅愁思、家國情懷。文章大多是在路上所寫，故名「路上書」。

忘言書

蔣勳著，廣西師範大學出版社二〇一二年三月版。書名「忘言」，指的是生活中普通平凡的事物、隨生隨滅的想法、「欲辨已忘言」的感慨。全書從作者的宿舍後院講起，一直到院子裡的花木菜竹、貓雨苔蟬，甚至藝術感想、舊人往事，配以作者所畫的簡單、靈動的插圖，清新雋永，回味無窮。

欲愛書

蔣勳著，廣西師範大學出版社二〇一二年三月版。寫給Ly'sM的十二封情書，講述的是欲愛時的等待、渴望、震顫、悸動、糾纏，欲愛時的大哭大笑，眷戀與憤怒。作者筆下的敬愛，是人的不完整，是走向疼痛的開始。這是一本極其私密的書，使我們終於有機會知道，原來他人也有過與我們一樣的狂喜，或一樣的痛楚。

歌聲越過山丘

陳義芝著，爾雅出版社二〇一二年四月版。「從古以來書上的傳說，從小到大母親懷裡的故事，還有黑暗中搭起的氣息的橋梁，偶然邂逅或是許多年後回眸不滅的眼神，一似薔薇的火焰、銀河的星光、隱隱不斷歇的歌聲。」作者用如詩的散文筆法，記下讓作者低徊縈心的人事光影及當下的聲音、顏色和姿態。

蔣勳說宋詞

蔣勳著，（北京）中信出版社二〇一二年版。為了把這「安靜、圓滿的果實」講解透澈。全書按照五代、北宋、南宋詞的脈絡，分別講述了李煜、馮延巳、范仲淹、晏殊、晏幾道、歐陽修、蘇軾、柳永、李清照、辛棄疾與姜夔，具有極大的可讀性和流暢度。

蔣勳說唐詩

蔣勳著，（北京）中信出版社二〇一二年一月版。作者用十個章節來講述他心中的最精彩的一百首唐詩，他心中最好的唐朝詩人，從魏晉到晚唐，從文學到美學，從張若虛到李商隱。唐代是「花季」，是詩的盛世，是一場精彩的戲，誕生了諸多偉大的詩人，如李白、杜甫、王維、白居易、李商隱等。

愛吃鬼的秘徑

李昂著，有鹿文化公司二〇一三年一月版。身為資深旅遊達人的作者，這一回要告訴大家，在臺灣最有口福的地方。本書收錄近年來作者參訪東臺灣各農村小區的居遊筆記。另外收錄作者嚴選老饕級美食餐廳，體現何謂「混搭」的臺灣料理文化。

我的雲端情人

陳克華著，二魚文化公司二〇一三年五月版。每一篇故事是同性之間的記錄。同志族群流傳許多不可思議的故事，讓作者告訴你。

寫字年代：臺灣作家手稿故事

向陽著，九歌出版社二〇一三年六月版。從楊逵到同輩分的陳芳明、阿盛等人斑駁的手稿，串連起戰前至解嚴後的臺灣文壇。二十四位名家，二十四個故事，多重身份的作者謹慎的學術之筆、浪漫的詩人情懷、客觀的編輯態度，將被時代迅速湮沒的墨痕溫度，一一重新在紙上點燃。

躊躇之歌

陳列著，印刻文學生活雜誌出版公司二〇一三年七月版。一段有關人受傷、孤單、彷徨，以及勇氣與希望的故事。整部書實為一篇長達三十年歲月的散文書寫，分為五個章節，記錄五段時空：歧路、藏身、作伙，假面、浮雲。

人間．印象

陳列著，印刻文學生活雜誌出版公司二〇一三年七月版。本書為作者一九八三至二〇〇七年創作的散文作品集結，分為四輯：「聽聲」、「凝望」、「僻居」、「行踏」。

一片冰心在沸騰

顏元叔著，海峽學術出版社二〇一三年十月版。〈向建設中國的億萬同胞致敬〉疾呼「中國建設起來——這才是愛中國！」。〈盤古龍之再臨〉、〈中國的希望在你們身上〉、〈邪惡帝國〉等作品，在海內外產生了強烈的反響。有的學者稱讚道：「說到國家大事，民族前途，則顏元叔真有精衛之堅韌、刑天之勇猛。」

盡頭

唐諾著，廣西師範大學出版社二〇一三年十一月版。收入：〈溫泉鄉的屍體露辛娜〉、〈回布拉格開同學會的伊萊娜〉、〈特洛伊十年後的海倫〉、〈畫百美圖的俠客金蒲孤〉、〈抄寫在日本墓園裡的王維〉等十七篇文章。

（三）詩歌

八年詩選集

雷石榆著，粵光印務公司一九四六年八月版。收入新詩七十首，其中有日文新作七首，這是臺灣光復後出版的第一本詩集，作者是大陸去臺文人。

路

田野等十七人著，讀賣書店一九四八年三月版。田野為大陸赴台作家。

碑

金軍著，詩木文藝社一九四九年四月版。本書寫於抗戰後期，收入詩歌二十四首，是作者參與作戰的記錄，是抗日戰場的速寫，是作者為抗日英雄記下的碑文。

常住峰的青春

葛賢寧著，中興文學出版社一九五〇年五月版。這是長篇史詩，共分四卷，每卷下又有子題。卷一，「黃卷」，卷二，「暗夜」，卷三，「魔鬼」，卷四，「晨曦」。內容是述說中華民族從抗日戰爭至今力爭自由的經過。

歌北方

金軍著，詩木文藝社一九五〇年九月版。有金星代序和編後。寫作時間為一九四六～一九四七年，除有戰鬥的氛圍外，另有對家鄉思念的情緒，共四十五頁。

自由的火焰

墨人著，一九五〇年十一月自印。以苦痛的心情抒寫時代的災難，收入〈遙寄〉、〈苦難的行列〉、〈修路〉等詩。

在飛揚的時代

紀弦著，寶島文藝社一九五一年四月版。共收〈六月的菲律賓〉、〈麥克阿瑟的日本〉、〈血的禮讚〉等九首作品。

行吟者

鍾鼎文著，臺灣詩壇社一九五一年五月版。此書有于右任的題署、戴杜衡的題記。上集為「來臺後的作品」，下集為「來臺前的作品」，多為承襲一九三〇年代新月風的寫景詩，前者如〈高雄港的黃昏〉、〈臺北橋的夜吟〉、〈淡水河之歌〉，後者如〈蘇州河的歌〉、〈鐘塔〉。

帶怒的歌

李莎著，詩木文藝社一九五一年七月版。收入〈被損害者的呼喚〉、〈中國的霧〉等二十首詩，分為「柔美的抒情」和「苦難的吟唱」。有序，另有作者詩論十一則，共五十二頁。

駱駝詩集

明秋水著，新生報讀者服務部一九五一年十一月版。內分六輯：「我的畫像」、「重慶的記憶」、「生活在金陵」、「臺灣詩草」、「駱駝頌」、「梅花之歌」。

舟子的悲歌

余光中著，野風出版社一九五二年三月版。作者通過漏風的帆、黃昏的一片雲、午夜的一顆星和心頭的一個影，強烈地寫出了離開大陸的遊子的孤獨、寂寞和一種漂泊無根的心緒和情感，真實地展示了一個流亡者凄涼的心意。

哀祖國

墨人著，大業書店一九五二年五月版。上集收入〈燕〉、〈蝶〉等詩三十五首，下集收入〈帶路者〉、〈送第一艦隊出征〉等詩十四首，有〈前記〉和〈詩人與詩〉。

紀弦詩甲集

紀弦著，暴風雨社一九五二年五月版。收入一九三一至一九三四年的五十二首詩，係一九四五年出版的〈三十前集〉分二冊出版，重新更名。有作者前記，其中大多為早期的浪漫主義抒情詩。

紀弦詩乙集

紀弦著，暴風雨社一九五二年七月版。有作者前記，收入一九三一至一九三四年的〈理想〉、〈夜歸〉、〈五月風〉、〈北國之行〉、〈我願意上天做月亮〉等五十二首詩。

載著歌的船

彭邦楨著，中興文學出版社一九五三年一月版。收入〈詩玫瑰的花園〉、〈海島之歌〉、〈靈魂的歌曲〉等二十一首詩。

海洋詩抄

覃子豪著，新詩週刊社一九五三年四月版。收入〈虹〉、〈我是一個水手〉、〈檳榔樹的嘆息〉、〈晨風〉等四十七首詩。

時間

方思著，中興文學出版社一九五三年六月版。一九五八年作者翻譯出版了德國詩人里爾克的詩集〈時間之書〉，里氏有關時間的觀念潛移默化進他的作品中。這表現在本詩集的書名和作品中充滿的「瞬間即永恆」的哲理思考。

陽明山之戀

明秋水著，東方文物供應社一九五三年七月版。陽明山原為草山，是蔣介石隱居和辦公的地方。收入〈照鏡子〉、〈杜鵑啼血〉、〈中秋月夜思〉、〈沒有詩的日子〉、〈病中雜感〉等三十六首詩，計六十四頁。

青鳥集

蓉子著，中興文學出版社一九五三年十一月版。收入作者一九四一至一九五三年間作的四十一首詩，多半寫詩人的生活和內心世界，充滿著少女的夢幻和恬靜的美，以及溫柔的愛，附錄有番草（鍾鼎文）〈晶瑩的珠串〉及作者年表。

摘星的少年

紀弦著，現代詩社一九五四年五月版。少年英雄執著地追求自己的理想，不為世俗嘲笑所動，將傷痕變成自己的勛章，將旁觀者的詬罵作為自己的踏腳石。詩的結尾，將獵戶星座擬人化，暗喻文壇的無恥文人。

藍色的羽毛

余光中著，藍星詩社一九五四年十月版。收入〈沉默〉、〈海之戀〉、〈夜別〉、〈信徒之歌〉等四十三首詩。

長的咽喉

林亨泰著，新光書店一九五五年三月版。作者寧願探求還沒有被那些「懂得價值的人」的足跡所踐踏過的地方，縱然那是有著猙獰的容貌而不能稱為風景，或不過是醜陋的一角而不足稱為風景之處。

夜

方思著，現代詩社一九五五年四月版。收入〈生長〉、〈石柱〉、〈長廊〉、〈夜歌〉、〈海特爾堡〉等二十五首詩。

夢土上

鄭愁予著，現代詩社一九五五年四月版，仁俠精神和浪子情懷的結合，使作者的詩有動人的藝術魅力。收錄〈海灣〉、〈邊塞組曲〉等二十餘首詩。

向日葵

覃子豪著，藍星詩社一九五五年九月版。收入〈孤獨的樹〉、〈詩的播種者〉、〈小鹿〉等二十三首詩。其中〈向日葵之一〉將詩比作太陽，而自己是虔誠的向日葵，用貼切的形象和語言表達了對詩忠貞不渝的愛。

自由之歌

上官予著，文壇社一九五五年十月版。文壇社新詩選集之二，收入〈陽明山之晨〉、〈迎新年與春天〉、〈二等兵的情人〉、〈念故鄉〉、〈海戀〉、〈海夢〉等十二首詩。

山河詩抄

鍾鼎文著，正中書局一九五六年一月版。分三輯：「海風集」、「鄉愁集」、「大陸紀行詩草」，共收入〈海上秋風辭〉、〈鄉愁〉、〈登泰山〉等四十三首作品。

無人島

紀弦著，現代詩社一九五六年五月版。收入作者一九四三年間創作的作品，共十五首。

鄉愁

錦連著，新生出版社一九五六年八月版。由羅浪代為出版，有李篤恭序，作品有濃郁的鄉愁色彩，共二十九頁。

琴

李莎著，現代詩社一九五六年十月版。共收〈給北方的詩〉、〈在臺北大橋上〉等二十三首詩。詩風柔美，但帶著感傷的情調。

觸覺生活

黃荷生著，現代詩社一九五六年十一月版。共收入二十四首詩。在「不明所以」的意象背後，有一條清晰、堅韌的線在牽動著。意象不再是散兵遊走式的，只是它們結合的方式，變化得使人目眩神迷。

水上琴聲

張秀亞著，樂天出版社一九五六年十二月版。收錄〈秋日小唱〉、〈陽光〉、〈林鳥〉、〈秋夕〉、〈生活〉、〈月〉等二十四首詩歌。

噴水池

夏菁著，明華書局一九五七年六月版。作者是一位農業專家，他的詩清朗冷靜，有佛洛斯特風，也頗受另一美國詩人狄瑾蓀的影響。在早期作品中，〈噴水池〉是其代表性的佳構，亦能顯示夏菁的古典風格。

靈河

洛夫著，創世紀詩社一九五七年十二月版。雖然只收入〈飲〉、〈生活〉、〈風雨之夕〉等三十一首詩，但已呈現詩人過去十年的創作風貌，有何其芳式的婉約、哀怨，表現對愛與美的抒情性的追求，代表了作者早期的風格。

玫瑰城

吳望堯著，藍星詩社一九五八年五月版。詩作受新月派和西方浪漫派的影響，輕倩柔美，意淺情濃。

地平線

吳望堯著，藍星詩社一九五八年五月版。作者的想像力曾經兼探東方與西方，貫穿美學與科學，並且伸向未來。收入〈水晶球〉、〈摩天樓〉、〈歷史的自述〉等五十六首詩。

孤獨國

周夢蝶著，藍星詩社一九五九年四月版。收入一九六〇年代以前的早期詩作五十七首，表現「寧靜孤絕」之美，一九九九年獲選為「臺灣文學經典」。

秋．看這個人

碧果著，創世紀詩社一九五九年四月版。收入〈戰．明月〉、〈魚的告白〉、〈一九五九〉、〈神．晚歸〉等十八首詩。分兩輯，計三十六頁，有序詩和後記。

雨天書

向明著，藍星詩社一九五九年六月版。收錄〈檐滴〉、〈門〉、〈燈〉、〈車〉、〈窗〉、〈家〉、〈筆〉、〈釋〉、〈音樂〉、〈雨天書〉、〈井〉等詩作。

瘂弦詩抄

瘂弦著，（香港）國際圖書公司一九五九年九月版。收入〈神〉、〈山神〉、〈上校〉、〈傘〉、〈紅玉米〉、〈鹽〉、〈坤伶〉、〈C教授〉、〈巴黎〉、〈芝加哥〉、〈水夫〉、〈如歌的行板〉等三十二首作品。跳躍性的節奏，彩色性的意象，象徵性的典故，是其特點。

偉大的母親

王祿松著，改造出版社一九六〇年四月版。母親係祖國的象徵。長達九百二十行。

水之湄

葉珊（楊牧）著，藍星詩社一九六〇年五月版。作者在浪漫抒情風格上形塑他的名聲。收入〈給愛麗絲〉、〈小站之夜〉、〈風暴〉等五十首詩。有後記，計九十五頁。

海外詩抄

魯蛟著，黃埔出版社一九六〇年六月版。分三輯：「戰陣曲」、「自秘之歌」、「諷世篇」。或記錄軍旅生涯之片斷，或吟詠小我之私情，或抒發作者對現實生活之感受。

萬聖節

余光中著，藍星詩社一九六〇年八月版。收入〈塵埃〉、〈我的分割〉、〈芝加哥〉、〈新大陸之晨〉等三十六首詩，有序和後記。

鐘乳石

余光中著，（香港）中外畫報社一九六〇年十月版。係作者一九五七至一九五八年間之詩作，收入〈黎明〉、〈四月〉、〈怯〉、〈世紀之夢〉等四十三首詩。前面有覃子豪的〈前言〉，後面有作者簡介和後記。

軍曹手紀

辛鬱著，藍星詩社一九六〇年十一月版。收入〈午時的幻覺〉、〈海的百合花〉、〈等待〉等六十首詩，共八十四頁。另有後記。

丁香結

高準著，海洋詩社一九六一年四月版。丁香結，即丁香的花蕾，象徵人們的愁心。分三輯，收入〈盼〉、〈醉〉、〈熄〉、〈早春〉等作品十九篇，寫於一九五六至一九六〇年。

石柱集

夏菁著，（香港）中外文化公司一九六一年八月版。不即不離，欲忘猶記，如此特別的創作形態，是理解夏菁詩歌風貌的入口。分五輯：「雨中」、「圓頂」、「動物園」、「風景」、「感覺及其他」，共六十五首。

鐵血詩抄

王祿松著，明光出版社一九六一年九月版。選入〈月夜登山〉、〈晨光〉、〈戰歌〉、〈徹夜行軍〉等三十七首詩，係作者二十五至二十八歲時的作品。

七月的南方

蓉子著，藍星詩社一九六一年十二月版。收入二十四首詩，有後記，共七十五頁，其中〈七月的南方〉共九十三行，它代表著嚮往智慧、繁茂與陽光照耀下的豐美，以及同和諧、永恆的大自然發生的聯繫。

畫廊

覃子豪著，藍星詩社一九六二年四月版。分三輯：「畫廊」、「金色面具」、「瓶之存在」，收入〈拾夢〉、〈夜在呢喃〉、〈域外〉等三十一首詩，有自序。

果園的造訪

趙天儀著，雙葉書廊一九六二年十二月版。表現了年輕詩人的情感波紋，基本色調是單純、柔美與抒情。一向關懷生態的作者，書中出現了不少植物。除後記外，收入〈湖畔〉、〈輓歌〉、〈晨光〉等二十八首詩。

花季

葉珊著，藍星詩社一九六三年一月版。葉珊是楊牧早期的筆名，收入〈露宿者〉、〈當晚霞滿天〉、〈我的子夜歌〉等四十三首詩，有後記，共一百三十五頁。

膜拜

方莘著，現代文學社一九六三年二月版。收入〈月升〉、〈夜的變奏〉、〈沙時計〉等二十一首詩。

密林詩抄

桓夫著，現代文學社一九六三年三月版。其中〈鼓手之歌〉是詩人中文詩的早期代表作，可看作詩人用祖國語言的新聲邁向世界的序曲。

靈骨塔及其它

楓堤（李魁賢）著，野風出版社一九六三年三月版。收入〈牧童的懷念〉、〈孤獨〉、〈含羞草〉、〈馬祖海濱遙望〉等三十五首詩。前半部為浪漫的風格，後半部取材以物象為主。

側影

朵思著，創世紀詩社一九六三年四月版。收入〈夜港〉、〈風雨中〉、〈雨季〉、〈懷鄉〉等三十六首詩，計五十七頁。

賦格

葉維廉著，現代文學社一九六三年五月版。收入〈城望〉、〈塞上〉、〈赤裸之窗〉、〈仰望之歌〉等十五首詩，計一〇九頁。其中〈賦格〉為長詩，表現一位旅居香港的遊子對祖國的憂患意識。

第九日的底流

羅門著，藍星詩社一九六三年五月版。收入一九五八至一九六一年間詩作三十三首，其中〈第九日的底流〉通過寫貝多芬的第九交響樂，表現永恆的美；〈麥堅利堡〉表現出戰爭、死亡、偉大所交錯成的悲劇；〈都市之死〉是以死與心靈為主題的詩篇。另還有〈光穿著黑色的上衣〉等三十首短詩。

蛙鳴集

杜國清著，現代文學社一九六三年六月版。收入〈枯葉〉、〈樓梯〉、〈雲〉等詩作。

收獲季

古丁著，葡萄園詩社一九六三年七月版。分三輯：「獻給祖國的詩」、「收獲季」、「設攤者」。收入〈召喚〉、〈春的原野〉、〈小青果〉等詩作六十五首，有代序和後記。

雪地

沙牧著，詩散文木刻社一九六三年十月版。收入一九五四至一九六〇年間的二十六首詩。作品極其生活化，共一〇六頁。

飲者詩抄

紀弦著，現代詩社一九六三年十月版。收入一九四三至一九四八年寫於上海的〈我，宇宙〉、〈三人之溜冰者〉、〈流星與窗〉、〈飲者不朽〉等一百六十二首詩。

綠色的塑像

綠蒂著，野風出版社一九六三年十一月版。分四輯：「海上的過客」十五首，「畫像」十七首，「風與雲」十七首，「風城輯」二十首，情詩占多數，共一百五十一頁。

蓮的聯想

余光中著，大林書店一九六四年六月版。有作者的代序。新古典主義時期兩年間，孕育了一本與他個人陽剛風格完全不同的這本詩集，在寫實傳統與極端西化的夾縫中抽出一芽新綠。其中〈蓮的聯想〉及〈等你，在雨中〉為其代表作，也與此時心境及個人愛情觀遙相呼應。附錄有〈論三聯句〉。

枇杷樹

李魁賢著，葡萄園詩社一九六四年七月版。前面有紀弦序，收入〈冬夜〉、〈秋之午〉、〈夜航〉等詩作。

紫的邊陲

張默著，創世紀詩社一九六四年十月版。收入〈哲人之海〉、〈拜波之塔〉、〈神秘之在〉、〈戀的構成〉等十三首詩。有李英豪的序言，另有作者的後記，共三十五頁。

少年遊

夏菁著，文星書店一九六四年十月版。分二輯，共三十三首詩，均係作者在美國的所見所感，另有寫各地區的社會人物與風情，後面更多的是懷鄉與抒情的綜合。

七星山

高準著，中國文化學院一九六四年十一月版。分三輯：「鼓聲咚咚」，收入〈三月，在海上〉、〈鼓聲咚咚〉等八首；「玫瑰」，收入〈旗〉、〈雨〉等七首；「考驗」，收入〈我很疲倦〉等五首。另有譯詩四首，附錄三篇文章。

第八根琴弦

文曉村著，葡萄園詩社一九六四年十二月版。所抒寫的情與愛，在小我的心靈中激起美與愛的浪花。第一輯：「第八根琴弦」，共三十首，全是抒情之作。第二輯：「十月的島」，共六首。第三輯：「小鎮群像」，共二十八首，計一百四十九頁。

石室之死亡

洛夫著，創世紀詩社一九六五年三月版。這是一本超現實主義詩集。石室象徵著詩人所處的環境，是人生與死搏鬥的場所，這首長詩共六十四節，每節十行，寫人在這種環境中的痛苦、悲劇以及鬥爭的人生。前面有以〈詩人之鏡〉為題的自序，後面有李英豪的〈論《石室之死亡》〉。作品詩思玄奧艱深，在詩壇有不同的評價。

回首

吳宏一著，藍星詩社一九六五年三月版。收入〈望向五月〉、〈初渡〉、〈手術臺上〉、〈賭注之初〉等作品。

旗手

上官予著，正中書局一九六五年三月版。分二輯，第一輯「心靈的眼」包含了〈春〉、〈憶戀〉等十二首詩。第二輯「旗手」，包括〈季長青的歌〉等三首詩。

詩創作集

中國青年寫作協會主編，光復書局一九六五年三月版。前面有導言，收入上官予、方思、王祿松、向明、余光中、鍾雷等人的詩作。

蓉子詩抄

蓉子著，藍星詩社一九六五年五月版。收入〈我從季節走過〉、〈出海〉、〈我們的城不再飛花〉、〈今．昔〉等四十六首詩。分「海語」、「憂鬱的城市組曲」等五輯，前有詩序。

覃子豪全集（一）

覃子豪著，全集委員會一九六五年六月版。除詩作外，另有照片、手跡等項。收入〈生命的弦〉、〈永安劫後〉、〈海洋詩抄〉、〈向日葵〉、〈畫廊〉等五種詩集及《集外集》與《斷片》，總計兩百二十四首詩。

還魂草

周夢蝶著，文星書店一九六五年七月版。分四輯：「山中拾掇」、「紅與黑」、「七指」、「焚麝」。收入〈天窗〉、〈九行〉、〈朝陽下〉、〈守墓者〉、〈濠上〉、〈押擺渡船上〉、〈樹〉、〈聞鐘〉等詩。

人造花

胡品清著，文星書店一九六五年七月版。分二輯：其中「鮫人之歌」，收入〈白楊與倒影〉等十五首詩；「黑色的聯想」，收入〈小夜曲〉等二十七首詩，另有自序。

風的薔薇

白萩著，笠詩社一九六五年十月版。共收入〈秋〉、〈山〉、〈夜的枯萎〉等二十七首詩。作者以他的重要詩論〈人本的奠基〉作為代序。此詩集「以圖示詩」，顯得別具一格。

島與湖

杜國清著，笠詩社一九六五年十月版。分四輯：「駱鳥只愛在沙漠裡奔跑」、「撕夢記痕」、「島與湖」、「傳道者亞瑟的酒歌」。收入〈裴格美良一獨語〉、〈復活〉、〈蜘蛛〉、〈傳道者亞瑟的酒歌〉等多首作品。

本省籍作家作品選集·新詩

鍾肇政主編，文壇社一九六五年十月版。本《選集》為臺灣戰後第一部本土作家的作品選集，收入林亨泰、詹冰、桓夫、錦連、葉笛、黃荷生等人的作品。

力的建築

林宗源著，笠詩社一九六五年十月版。收入〈成熟的果實爭奪緊握的枝節〉、〈埋無窮的怨恨〉、〈沒有比向日葵更苦的植物〉、〈有什麼比得上袋鼠的仁慈〉等五十二首詩。

冥想詩集

吳瀛濤著，笠詩社一九六五年十月版。收入〈美麗島〉、〈飢渴〉、〈都市〉、〈春天之歌〉等三十七首詩。

不眠的眼

桓夫著，笠詩社一九六五年十月版。分三輯：「時間」、「命運」以及「以性愛交織的組曲」。收入〈在路上〉、〈愛河〉等作品，其中〈在母親的腹中〉、〈童年的詩〉、〈咀嚼〉等詩表現了民族意識的增強和本土文學的確定。

綠血球

詹冰著，笠詩社一九六五年十月版。作者的美是希望綠血球沉穩深靜。分二輯：「綠血球」、「紅血球」，共收〈插秧〉、〈五月〉等詩作五十首，計九十四頁。

大安溪畔

趙天儀著，笠詩社一九六五年十月版。詩作中經常出現臺灣特有的生物、自然環境和地理風貌。收入〈藍色的熱帶魚〉、〈杜鵑花〉、〈斑鳩的呼喚〉等詩。

春安．大地

張健著，藍星詩社一九六六年一月版。收入〈逍遙〉、〈無言的交響〉、〈依然只有海〉等六十四首詩。分為五輯：「逍遙路」、「微笑城」、「陽光詩抄」、「澎湖詩抄」、「鐘鼓」。書前有作者自序。

夢的船

胡品清著，皇冠出版社一九六六年二月版。分三輯：「散文」，其中包括小品、書簡、遊記、散論、藝文漫語；「小說」，共九篇；「新詩」，收入〈茵夢湖〉、〈小王子〉等十五首詩。她的詩作，大都有淡淡的哀愁。

過渡

翺翺著，星座詩社一九六六年三月版，第一輯是一種漂泊無邊的感覺，第二輯是對死亡的一種感受，第三、四輯屬於愛情詩。第五輯沒有引言只有〈婚禮〉一首詩，還有英詩四首和後記。

患病的太陽

王潤華著，星座詩社一九六六年三月版。分五輯：「窄門」、「守潭」、「美麗的V凋落進曙光中」、「失落」、「英譯三首」。收入〈焚燒的一夜〉、〈奔進花朝〉等作品。

河品

沙白著，現代詩社一九六六年三月版。有朱沉冬的代序和作者的自序，分兩大部分：綠鄉湖畔、高斜電線的顫動。

豐盈季

劉建化著，葡萄園詩社一九六六年六月版。分三輯：第一輯「尋夢者」十二首，第二輯「幻底滑落」十二首，第三輯「豐盈季」十六首。

革命之戰

古丁著，葡萄園詩社一九六六年六月版。全詩長達一千兩百行，第一章寫歷史和古老的文明，第二章批判日本軍國主義和歌頌北伐軍，第三章歌頌抗日戰爭的偉大勝利，前面有鍾鼎文的序〈大時代的投影〉。

哀歌二三

方旗著，一九六六年六月自印。分四輯：「有無」、「江南河」、「趕集」、「哀歌」，收入〈後臺〉、〈奧迪伯斯〉、〈假面舞會〉等六十首詩。內文編排採直式齊尾的形式，有點像是山脈橫走，創發了之後圖像詩的思考。

青果

袁德星著，駝峰出版社一九六六年六月版。袁德星為楚戈的原名。

衣缽

鄭愁予著，商務印書館一九六六年十月版。分四輯：「衣缽集」、「大韓集」、「燕雲集」、「想望集」。收入〈招魂〉、〈想望〉等作品。

燈船

葉珊著，文星叢刊一九六六年十一月版。分四輯：「歌贈哀綠依」、「佳人期」、「斷片」、「河之右岸」。收入〈日暖〉、〈楓的感覺〉、〈憂愁的楓〉等作品。

雛菊

陳敏華著，葡萄園詩社一九六七年一月版。為一部抒情的小品，收入〈珊瑚〉、〈珍珠〉、〈葡萄酒〉等作品。

遺忘之歌

謝秀宗著，笠詩社一九六七年二月版。歌唱以往戀情失落的夢幻，收入〈愛〉等作品。

火鳳凰的預言

黃德偉著，星座詩社一九六七年三月版。編列依次為：代序、目錄、詩作。分二輯：「獵人星」，計十二首；「火鳳凰的預言」，計九首。另有五首英譯詩和後記。

五陵少年

余光中著，文星書店一九六七年四月版。五陵少年指的是富貴人家的子弟，但在本詩中感受到的卻是一種淒涼的孤寂，有一種燈火闌珊處的寂寥。許多詩人仍戀戀於西化文風之際，此集卻以「五陵少年」這麼鮮明的古典形象命名，足證作者回歸古典的決心。收入〈吐魯番〉、〈颱風夜〉、〈冰島〉、〈重上大度山〉等三十四首詩。

檳榔樹甲集

紀弦著，現代詩社一九六七年六月版。收入著者一九四九至一九五三年寫於臺灣的九十多首詩。

外外集

洛夫著，創世紀詩社一九六七年七月版。分三輯：「外外集」、「投影集」、「雪崩集」。收入〈醒之外〉、〈投影〉、〈從墓地回來〉、〈劇場天使〉等二十八首詩。

太陽的流聲

沙白著，笠詩刊社一九六七年八月版。這是一本對世界的呼聲，對大自然的觸摸，以及敲響宇宙和上帝的心房的詩集。

五弦琴

向明等著，藍星詩社一九六七年十月版。所謂五弦琴，係指五位詩人的作品集結，他們都是藍星詩社覃子豪生前文藝函授班的學生，故有題詞「謹以此詩集紀念覃子豪先生」，代序〈五弦琴〉。內收向明、彭捷、楚風、鄭林、蜀弓的五十首詩，每人各十首。

雨季

鍾鼎文著，臺灣省新聞處一九六七年十一月版。收入〈高雄的黃昏〉、〈赤嵌樓懷古〉、〈雨季〉、〈臺北橋的夜吟〉等十八首詩，計一四五頁。另有代序〈松柏與珊瑚〉。

蝴蝶結

鄭仰貴著，笠詩社一九六八年四月版。收入〈雨後的原野〉、〈歡樂的明德村〉、〈北斗·我的童年〉等作品。

多角城

陳慧樺著，星座詩社一九六八年五月版。分六輯，其中「城的意象」收詩八首，「從三度空間外走來」九首，〈大自然的音符〉六首、「回響」九首、「V形的海灣」四首、「英詩及英譯」四首。

另有後記，計一二六頁。

長歌

鄭愁予著，一九六八年六月自印，收入〈革命的衣缽〉、〈仁者無敵〉、〈春之組曲〉三首詩，另有後記。

金蛹

虹著，純文學出版社一九六八年七月版。收入〈海誓〉、〈水紋〉、〈詩末〉等六十二首詩。

單人道

淡瑩著，星座詩社一九六八年八月版。作者為赴台的新加坡詩人。收入〈鐘聲常鳴〉、〈終點〉、〈數盡無奈〉、〈不眠夜〉、〈季節病〉等二十六首詩。有羅門的代序〈走在「單人道」上的淡瑩〉。

千葉花

上官予著，臺灣商務印書館一九六八年八月版。分三輯：「北方的牧野」、「南方的果園」、「鐘聲與笛音」。收入〈鄉思〉、〈心湖〉、〈想起江南〉等五十四首詩。

畫中的霧季

張健著，水牛出版社一九六八年九月版。有內涵豐富的大詩、小詩和譯詩。分三輯：「星子的呼喚」三十二首，「新絕句」三十五首，「猶太之額」十首。

窗外的女奴

鄭愁予著，十月出版社一九六八年十月版。分五輯：「採貝集」十八首，「知風草」七首，〈右邊的人」十首，「五嶽記」二十首，「草生原」五首。共計九十三頁，其中最有名的是〈天窗〉和

〈情婦〉。

貝葉

羊令野著，南北笛詩社一九六八年十月版。共收入十三首詩，其中代表作〈貝葉〉共十三章兩百四十一行。詩中演繹禪佛文理以歌頌愛情，想像豐富，頗有神秘色彩。

深淵

瘂弦著，眾人出版社一九六八年十二月版。反映了歷史悠久的東方文化，是對獨裁政治「深淵」中墜落的批判。作者將這「深淵」的背景移至「西班牙」，顯然是有他的難言之隱。

燦爛的敦煌

黃雍廉著，新中國出版社一九六九年一月版。收入〈我心中的記憶〉、〈東方水手的世紀〉、〈燦爛的敦煌〉、〈十三世紀的世界花都〉等四十首詩。

天國的夜市

余光中著，三民書局一九六九年五月版。收入二十世紀五〇年代中期的詩作六十二首，多為抒情小品，採用四行段、雙行體與歌謠體。多詠愛情、自然、音樂、玄思等。其中亦有針砭文化界的諷刺小品，有西方新古典主義的機智。較長的幾首如〈飲一八四二年葡萄酒〉、〈給惠德曼〉、〈雲〉，可看出作者的潛力。

死亡之塔

羅門著，藍星詩社一九六九年六月版。收入詩作十九首，其中長詩〈死亡之塔〉最有名。詩前長文〈對的全面性認知及我的創作世界〉，用玄學式的理論構架闡明自己詩學觀的演變。

天空象徵

白萩著，田園出版社一九六九年六月版。收入

〈雁〉、〈貓〉、〈蛾〉等三十四首作品。

手中的夜

林綠著，星座詩社一九六九年七月版。收入作品十四首，也有作者自己的英譯詩。

非渡集

葉珊著，仙人掌出版社一九六九年八月版。分三輯：「水之湄」、「花季」、「燈船」。收入〈露宿者〉、〈搜索者〉、〈崖上〉等七十四首詩。

詩

洪素麗著，田園出版社一九六九年九月版。收入〈寫詩〉、〈晚眺〉、〈風和陽光〉、〈山中詩〉等作品。

愁渡

葉維廉著，仙人掌出版社一九六九年十月版。分五輯：「降臨」、「賦格」、「白色」、「暖暖的旅程」、「愁渡」。其中〈愁渡〉是五節各自獨立又可組合的短詩所構成的長詩，計一六〇頁。

敲打樂

余光中著，純文學出版社一九六九年十一月版。著者在美國講學時所寫，有的描寫異國風光，有的深深懷念妻子，有的為先知造像，有的為祖國擔憂。收入〈仙能渡〉、〈七層下〉、〈鐘乳岩〉等二十首詩，有後記。

在冷戰的年代

余光中著，純文學出版社一九六九年十一月版。〈雙人床〉、〈如果遠方有戰爭〉刀光閃閃，〈狗尾草〉、〈空酒瓶〉深沉厚重，〈天使病患者〉譏誚幽默。這幾首與戰爭、死亡、生命、愛有關，詩人的眼光向外，關注民族文化興衰；向內，關照個體生存榮辱。在冷戰年代，剛從自由主義國度返回臺灣，面對回不去的家園、戰爭籠罩的大背景，作者的詩也格外有力量。

維納麗沙組曲

蓉子著，藍星詩社一九六九年十一月版。分二輯：「維納麗沙組曲」，由十二首小詩組成；「奇跡」，收入〈雪是我底童年〉、〈奇跡〉、〈冷雨·冷雨〉等二十二首詩。有後記，計九十八頁。

傘季

施善繼著，田園出版社一九六九年十二月版。分五部分：菲莉莎、素描、東衛組曲、石門、飛幡之歌。收入〈雨之懷念〉、〈拾荒〉、〈風季之後〉、〈秋之午〉等四十三首詩。

無岸之河

洛夫著，大林書店一九七〇年三月版。反映越戰的作品，分五輯：無岸之河、灰燼之外、太陽手札、投影、果園。有自序，共收六十七首詩。

琴

薛林著，愛國畫刊社一九七〇年六月版。共收入〈春回〉、〈雨景外三章〉、〈迷你裙〉等作品九十五首，計一六〇頁。

高準詩抄

高準著，光啟出版社一九七〇年六月版。有郭楓序〈獨立蒼茫且放歌〉、自序〈寫詩的歷程〉、能式一序〈序高準詩抄〉。分六卷，其中前四卷為：卷一「召喚」，收詩十三首，如〈念故鄉〉、〈神木〉、〈中國萬歲交響曲〉等。卷二「古意」，收詩九首，如〈登玉山吟〉、〈登長城吟〉、〈謁大禹陵〉等。卷三「夜歌」，收詩十五首，如〈裸月〉、〈異端之變奏〉、〈永恆〉等。卷四「玫瑰」，收詩十五首，如〈在這玫瑰色的五月〉、〈繁星〉、〈玫瑰〉等。

再生的樹

梅新著，驚聲文物公司一九七〇年九月版。分九輯：「城」、「黃昏」、「原始人」、「十四行詩」、「托缽者之歌」、「繫舟的珊瑚」、「江湖客」、「致戰地一詩人」、「我在甕中」。收入〈再生的樹〉等四十六首詩。

上升的風景

張默著，巨人出版社一九七〇年十月版。分四輯，收入〈假面的回族〉、〈群贊〉、〈門之探險〉等三十五首詩。前面有作者〈關於本書〉和大荒的評論，另有後記。

鳥叫

張錯著，創意社一九七〇年十二月版。收入〈蟬玉〉等二十首詩，另有代序、獻詞，附錄作者〈評王潤華詩集《高潮》〉及散文〈悲歌性〉。

嘗試後集

胡適著，胡適紀念館一九七一年二月版。〈嘗試集〉是民國九年三月出版的。民國十年再版後，作者稍有增刪。一九二二年三月，〈嘗試集〉四版，作者又增刪，共存〈嘗試集〉四十八首，附〈去國集〉十五首。一九五二年九月，作者檢點一九二三年以來殘存的詩稿，留下這幾十首，作為〈嘗試後集〉的「初選」。

傳說

葉珊著，志文出版社一九七一年三月版。分為四輯：「掛劍之什」、「屏風之什」、「十二星象練習曲」、「山洪」，其中〈十二星象練習曲〉和〈山洪〉是最受歡迎的長詩。

散落的樹羽

辛牧著，林白出版社一九七一年四月。分有兩輯，收入〈碑〉、〈甕〉、〈水仙〉、〈棄婦〉、〈倒在路邊的一隻狗〉等三十二首詩。另附有後記和作品年表。

歸途

鄭炯明著，笠詩社一九七一年五月版。有桓夫序〈追求真實性〉和白萩序〈詩的語言〉。共收入〈搖籃曲〉、〈中文〉、〈乞丐〉、〈瘋子〉、〈禁地〉等詩。

白萩詩選

白萩著，三民書局一九七一年七月版。分三輯：「蛾之死」、「風的薔薇」、「天空象徵」，收入〈羅盤〉、〈金魚〉、〈飛蛾〉、〈昨夜〉、〈牽牛花〉等八十三首詩。

郭楓詩選

郭楓著，新風出版社一九七一年九月版。分三輯：「異鄉人」、「向日葵」、「春之聲」。收入〈山的哲學〉、〈夜之花〉、〈日出〉等八十九首詩。

醒之邊緣

葉維廉著，環宇出版社一九七一年十二月版。「醒之邊緣」就是夢未醒，未醒而將醒的夢是在醒之邊緣間做成一種大麻的世界，花是花也非花，夢是夢也非夢。收入〈絡繹〉等詩作，附有朗誦唱片。

第五季的水仙

丁穎著，藍燈出版社一九七一年十二月版。收入〈春的感知〉、〈春醒〉、〈三月的懷念〉、〈椰子汁〉、〈冬夜〉等七十八首詩，計一八一頁。

覆葉

陳秀喜著，笠詩社一九七一年十二月版。收入〈嫩葉〉、〈父母心〉、〈透視〉等三十首詩。

荒蕪之臉

管管著，普天出版社一九七二年一月版。共收入〈藍色水手〉、〈放星的人〉、〈讀燈的人〉、〈星期日的早晨〉等七十二首。附有張默等三人的評論，計二〇四頁。

吃西瓜的方法

羅青著，幼獅文藝社一九七二年十月版。分四卷：「許願」、「夢的練習」、「吃西瓜的方法」、「月亮月亮」，收入〈許願〉、〈彈劍之歌〉等五十四首詩，計二一六頁。

允達詩選

楊允達著，南北笛詩社一九七二年十一月版。分四輯：「詩人的獨語」、「植物的禮讚」、「動物的禮讚」、「短笛的組曲」。收入〈夢〉、〈故事〉、〈欣賞〉等六十首詩。

含憂草

陳芳明著，大江出版社一九七三年二月版。收入四十五首詩，從中可看見時局的變化給作者非常深的刺激。有作者自序，另有高瑞穗寫的後記。

存愁

大荒著，創世紀詩社一九七三年三月版。收入〈兒子的呼喚〉、〈夸父〉、〈遺忘症患者的哀歌〉等二十三首作品。

平原極目

唐文標著，環宇出版社一九七三年版。分上下卷：上卷「公無渡河」收入詩和散文，下卷「人的試探」收入電影論文，呈現其文學創作的多元性。

橫笛與豎琴的晌午

蓉子著，三民書局一九七四年一月版。分四輯：

「舞鼓」、「一朵青蓮」、「禱」、「寶島風光組曲」。收入〈溫泉小鎮〉等五十二首詩，有後記，計一四七頁。

鄭愁予詩選集

鄭愁予著，志文出版社一九七四年三月版。由詩人自選，包括二十年來〈夢土上〉、〈衣缽〉、〈窗外的女奴〉三卷詩集之精華，有〈後記〉及葉珊之〈鄭愁予傳奇〉代序。

花叫

彭邦楨著，華欣文化中心一九七四年三月版。詩人從一隻貓眼裡看見花叫，從一雙狗眼裡看見花叫。分六輯：「花叫」、「驛站」、「草上之風」、「純粹的美感」、「薔薇圖」、「不朽的禮讚」。收入〈花叫〉等四十二首詩。

檳榔樹戊集

紀弦著，現代詩社一九七四年六月版。收入著者自一九六九年至一九七三年寫於臺灣的〈烏蘇里江的悲歌〉、〈二月的冬吹〉、〈六十自壽〉等九十一首詩。

白玉苦瓜

余光中著，大地出版社一九七四年七月版。從時空的廣度和另一個時空體系的深度，詠嘆了一件珍藏在故宮博物院的白玉雕琢的苦瓜。這件奉為國寶的古董是作為民族歷史的一個縮寫，在詩中升華為民族命運的象徵。有自序，收入詩作五十多篇。

一盞小燈

文曉村著，現代潮出版社一九七四年九月版。分三輯：「一盞小燈」、「雨季」、「牧馬神的天空」，收入〈一盞小燈〉、〈聖母峰下〉、〈生日〉等四十二首詩。

樹的哀樂

陳秀喜著，笠詩社一九七四年十二月版。收入〈臺灣〉、〈魚〉、〈耳環〉等三十七首詩。

魔歌

洛夫著，中外文學雜誌社一九七四年十二月版。有自序〈我的詩觀與詩法〉，收入〈月問〉、〈裸奔〉、〈金龍禪寺〉、〈長恨歌〉、〈隨雨聲入山而不見雨〉等五十八首，附有張漢良評論〈論洛夫後期風格的轉變〉及創作年表，計二六四頁。

葉維廉自選集

葉維廉著，黎明文化公司一九七五年一月版。選自作者詩集〈賦格〉、〈愁渡〉、〈醒之邊緣〉，另還有未刊作品。分四輯，共收入作品三十八首，有一首儀式舞蹈劇〈死亡的魔咒和頌歌〉。

海之組曲

朱學恕著，山水詩社一九七五年三月版。分六輯，收入作者生活在海上的感受詩作六十四首。有杜笛的序，還有後記。

洛夫自選集

洛夫著，黎明文化公司一九七五年五月版。收入〈石室之死亡〉、〈邊界望鄉〉、〈長恨歌〉、〈沙包刑場〉等五十一首詩，體現了洛夫七十年代中期以前的作品風貌。

無調之歌

張默著，創世紀詩社一九七五年六月版。收入〈詠鳥〉、〈露水以及〉、〈無調之歌〉、〈阡陌〉等三十六首詩。

瓶中稿

楊牧著，志文出版社一九七五年八月版。分為五輯：追趕、十四行詩、穿梭、航向、林沖夜奔。收入〈風在雪林裡追趕〉、〈開闢一個蘋果園〉、〈化學〉、〈林沖夜奔〉等六十三首詩。

織虹的人

涂靜怡著，長歌出版社一九七五年九月版。收入〈草的語言〉、〈時間之流〉、〈有一天〉、〈寄〉等五十一首詩。有古丁寫的序和作者後記。

廟前

陳黎著，東林文學社一九七五年十一月版。分四卷：「水鄉」、「西遊記」、「古今英雄傳」、〈廟前」，共收五十三首詩，有後記。

羅門自選集

羅門者，黎明文化公司一九七五年十二月版。收入〈第九日底流〉、〈麥堅利堡〉、〈都市之死〉、〈死亡之塔〉、〈隱形的椅子〉等五十二首詩。又有羅門訪問、作品書目、作品索引、年表、代序〈詩人與藝術家創造了第三自然〉。

眾荷喧嘩

洛夫著，楓城出版社一九七六年五月版。收入抒情短詩〈果園〉、〈暮色〉、〈冬天〉五十一首。前有自序，後有作者書目。

八十年代詩選

洛夫等著，濂美出版社一九七六年六月版。有張漢良序〈現代詩的田園模式〉，收入大荒、王潤華、余光中、岩上、林煥彰、紀弦、張默、彭邦楨、周夢蝶等人的詩。

天狼星

余光中著，洪範書店一九七六年九月版。收入〈天狼星（新稿）〉、〈古龍吟〉、〈圓通寺〉、〈四方寺〉、〈多峰駝上〉、〈海軍上尉〉等作品。

赤裸的薔薇

李魁賢著，三信出版社一九七六年十二月版。分六輯：「相對論」、「旅歐詩抄」、「赤裸的薔薇」、「非頌集」、「事務所」、「悲歌」。收入〈萊茵河〉、〈華都茲古堡〉、〈教堂墓園〉等六十一首詩。

山

夏菁著，純文學出版社一九七七年三月版。分二輯：「異鄉人」、「為山」。收入〈雪融之後〉、〈那年，五月〉、〈哭牆〉、〈早春落在我的頭頂〉等三十四首詩。

銀杏的仰望

向陽著，故鄉出版社一九七七年四月版。分七輯：「銀杏的仰望」、「念奴嬌」、「調寄」、「小站十行」、「山海經」、「河悲」、「家譜」。收入七十五首詩，其中有不少方言詩。

瘂弦自選集

瘂弦著，黎明文化事業公司一九七七年十月版。分八卷：「野荸薺」、「戰時」、「無譜之歌」、「側面」、「徒然草」、「從感覺出發」，為二十五歲前作品十七首和文章一篇。收入〈阿拉伯〉、〈希臘〉、〈羅馬〉等七十四首詩。

捉賊記

羅青著，洪範書店一九七七年十二月版。分三卷：「去也篇」、「天上篇」、「人間篇」。收入〈杜甫訪問記〉、〈月琴記〉、〈觀音記〉等詩作。書末有後記，書前序詩為〈捉賊記〉。

娥眉賦

方娥真著，四季出版公司一九七七年版。收入〈存愁〉、〈燈謎〉、〈足印〉、〈書〉、〈眉峰雪花〉等詩作。她的作品所扮演的是閨中才女，常在樓上守著燈，等她的俠士從江湖中闖蕩歸來。

北斗行

楊牧著，洪範書店一九七八年三月版。分五輯：「古琴」、「雪止」、「凄涼三犯」、「吳鳳頌詩代序」、「北斗行」。收入〈帶你回花蓮〉、〈情詩〉、〈高雄·一九七三〉等四十七首詩，其中〈北斗行〉長達數百行，有王文興的序。

內外集

王潤華著，國家書店一九七八年四月版。分三集：「象外集」、「門外集」、「天書集」。收入〈溯入而上〉等詩作。後附張漢良等人的三篇評論，另有作品發表年表。

蓉子自選集

蓉子著，黎明文化事業公司一九七八年五月版。選作者一九四九至一九七七年間代表作一百一十二首。分六卷：「維納麗沙組曲」，計二十一首；「橫笛與豎琴的晌午」，計三十六首；「蓉子詩抄」，計二十三首；「七月的南方」，計九首，「青鳥集」，計九首；「天堂鳥」，計十四首。書後附有〈千曲無聲——蓉子〉長文，並有三個附錄。

茫茫集

蘇紹連著，大升出版社一九七八年六月版。分五輯：「茫顧」、「廢詩拾遺」、「茫的微粒」、「春望」、「魂與床」。收入〈地上霜〉、〈江雪〉等六十多首詩。主要表現人生迷惘和青春的嘆息，另有蕭蕭的編輯弁言。

青衫

陳義芝著，德馨室出版社一九七八年八月版。分六輯：「蒹葭」、「沉痾」、「竹節」、「重探」、「春喚」、「海上之傷」。前有楊牧序，收入〈樹情〉、〈陽關〉、〈焚寄一九四九〉等七十首詩。

玻璃人

胡品清著，學人文化公司一九七八年九月版。分四輯：「沉思時刻」，計二十六首；「抒情小唱」，計六十六首；「莊敬篇」，計四首；「兒童詩」，計六首。另有史紫忱的小評和作者的話。

望月

杜國清著，爾雅出版社一九七八年十二月版。收入〈枯葉〉、〈當我離開你時〉、〈秋雨的黃昏〉、〈島與湖〉、〈親情之歌〉、〈懷鄉石〉等詩作，有後記和序言。

紀弦自選集

紀弦著，黎明文化公司一九七八年十二月版。有作者小傳和自序，第一部分為迄於一九四八年大陸時期的作品，第二部分為一九四九至一九七三年臺灣時期的作品。

森林

麥穗著，秋水詩社一九七九年一月版。共收〈祝福〉、〈愛情〉、〈霧〉、〈森林〉、〈靈感〉等詩作五十六首，其中有少量的兒童詩作品。計一二三頁。

山河錄

溫瑞安著，時報出版公司一九七九年一月版。系列武俠詩，其中反覆出現「少年劍俠」這一人物形象。分為：長安、江南、長江、黃河、峨眉、崑崙、武當、少林、蒙古、西藏等十篇，後被臺灣當局作為「為匪宣傳」的證據而查禁。

無語的春天

莫渝著，三信出版社一九七九年二月版。分四輯：「啞默的序曲」，計二十一首；「寞靜的風景」，計二十六首；「在我們的土地上」，計二十三首；「無語的春天」，計十首。有陳義芝的序言和作者的後記。

光之書

羅智成著，龍田出版社一九七九年二月出版。分七輯，收入四十五首詩。

與永恆拔河

余光中著，洪範書店一九七九年四月出版。分八輯：「九廣鐵路」、「沙田秋望」、「紅葉」、「憶舊遊」、「隔水書」、「旗」、「唐馬」、「海祭」。收入〈颱風夜〉、〈沙田之秋〉等七十一首詩。

吳鳳

楊牧著，洪範書店一九七九年四月版。這是一部激越悲壯的史詩。吳鳳字符暉，福建平和人，生於清康熙三十八年（一六八九），小時隨父入臺，長大後經常跟父親入山與土著貿易，學會番語。全詩長達二千餘行。前言四頁，附錄有〈偉大的吳鳳〉。

愛的暖流

上官予著，臺灣商務印書館一九七九年五月版。分三輯：「四季」、「愛的暖流」、「救溺者」。內容為寫自然界的春夏秋冬，人的生老病死等。

畫詩

席慕蓉著，皇冠出版社一九七九年六月版。收入〈山月〉、〈一棵開花的樹〉、〈十六歲的花季〉、〈我的信仰〉、〈山月二〉、〈山月三〉、〈涙・月華〉等作品。

椅子

梅新著，成文出版社一九七九年六月版。收入〈在斜坡上〉、〈夢與睡眠〉、〈土地廟〉等四十八首詩。

雷峰塔

大荒著，天華出版公司一九七九年八月版。根據神話〈白蛇傳〉改編的詩劇。除序詩外，分十五章：變形、出山、結緣、訂親、波折、成婚、瘟疫、端陽、療驚、吞符、遭火、色誘、檀引、決鬥、生滅、尾聲。

醒・時光流著

張堃著，創世紀詩社一九八〇年三月版。收入〈時間〉、〈你的聲音〉、〈病房〉、〈斑馬線〉、〈印象〉等四十一首詩。

陋室賦

張默著，創世紀詩社一九八〇年三月版。收入〈我是一隻沒有體積的杯子〉、〈動物園四帖〉、〈過客〉、〈旅韓詩抄〉、〈再會左營〉等三十五首詩作。

冬盡

岩上著，明光出版社一九八〇年五月版。分七輯：「陋屋詩抄」、「伐木」、「冬盡」、「海岸極限」、「蚯蚓」、「山與海」、「竹竿叉」，收入六十首詩，附錄有李瑞騰和蕭蕭的評論。

種子

向陽著，東大圖書公司一九八〇年四月版。分「鄉里記事」等五輯。

當代中國新文學大系．詩

瘂弦編選，天視出版公司一九八〇年四月版。有編者導言，收入大荒、也斯、王潤華、古丁、向明、西西、余光中、李魁賢、杜國清、周夢蝶、林煥彰、胡品清、紀弦等人的詩作。

上官予自選集

上官予著，黎明文化公司一九八〇年五月版。分四卷，分別選自作者詩集〈春歸集〉、〈海〉、〈千葉花〉、〈自由之歌〉，附錄〈論上官予及其詩〉。

龍族的聲音

羊令野、張默編，黎明文化事業公司一九八〇年六月版。分七輯：「革命先烈史詩展」十首，「永生不朽的國魂」十八首，「東方的黎明」十一首，「迎向勝利詩展」十八首，「捧出詩心喚國魂」二十八首，「革命薪傳」，「永恆讚歌」二十首，「龍族的聲音」五首。

少年中國

蔣勳著，遠景出版社一九八〇年七月版。主要描述作者青少年歲月的記憶，在臺灣各地的所見所聞，以及對自己少年生活的回憶。收三十八首詩，有陳映真序。

彷彿在君父的城邦

楊澤著，時報出版公司一九八〇年八月版。分「伐木」、「桂林題壁」等七輯，收入〈西門行〉等詩作，有顏元叔的序。

燕人行

鄭愁予著，洪範書店一九八〇年十月版。詩人出國後，沉潛復出所製的新體式新感性，抒寫北國燕人浪跡異鄉的風塵。分五輯：「燕人行」、「書齋生活」、「踏青即事」、「雨說」。收入〈手術室初冬〉、〈受刑的羅丹〉等三十三首詩。

方思詩集

方思著，洪範書店一九八〇年十月版。由《時間》等三部詩集組成。分三卷：「時間」、「夜」、「豎琴與長笛」。共收入〈給一個鄉下女孩子〉、〈黑色〉、〈蘭蘭〉等四十八首詩。

海岸七疊

楊牧著，洪範書店一九八〇年十月版。歌頌生命的和諧、大自然的圓融、宣洩時間的奧秘。分四輯：「會話」、「草木疏」、「出發」、「子午協奏曲」。收入〈從沙灘上回來〉、〈晚雲〉、〈山楂〉等四十四首詩。

禁忌的遊戲

楊牧著，洪範書店一九八〇年十月版。分四輯：「南陵」、「全錄」、「諸宮調」、「九辯」。收入〈西班牙·一九三六〉、〈向遠古〉、〈繁華度過〉等三十六首詩。

曠野

羅門著，時報文化出版公司一九八〇年十一月版。收四十五首詩。主要詩篇是〈曠野〉、〈曠野又一章〉，蘊含著沉鬱的氣氛。另在〈心靈的疊景〉這篇長序中，提出作者從事詩歌創作與作為詩人所持的十七點基本態度與看法。

六點三十六分

鐘順文著，德華出版社一九八一年版。有羅青序，收入〈山溪小唱〉、〈掌門〉、〈山〉、〈郵票〉等作品。

瘂弦詩集

瘂弦著，洪範書店一九八一年四月版。其新詩創作生涯只有十二年，留有詩集〈深淵〉，改版後取名〈瘂弦詩集〉，分「從感覺出發」等八卷。

剪成碧玉葉層層——現代女詩人選集

張默編，爾雅出版社一九八一年六月版。有編者導言，收入張秀亞、胡品清、陳秀喜、鍾玲、張香華、席慕蓉等人的詩作多首，每位詩人詩選前面有小傳和編者的小評。

中國當代新詩大展

蕭蕭等編，德華出版社一九八一年六月版。所選為一九七〇至一九七九年的作品，共三冊。

時間之傷

洛夫著，時報出版公司一九八一年六月版。這裡面有作者對故鄉軍營生命的思考，但悲傷的氣息和思考落寞的痕跡太深，給人的感覺冷峻並強烈，收入八十首詩作。

加工區詩抄

李昌憲著，德華出版社一九八一年六月版。描寫勞工生活，集中表現女性勞動者的環境與生活的作品。收入三十首詩，寫女工的詩占了二十四首。

七里香

席慕蓉著，大地出版社一九八一年七月版。詩人以七里香為背景，追憶二十年前的青春往事，全書分為「七里香」、「蓮的心事」等九輯。

余光中詩選

余光中著，洪範書店一九八一年八月版。入選對象為一九四九至一九八一年間的作品。作者選了如〈鄉愁〉淺近的詩作，也選了如〈史前魚〉、〈天狼星變奏曲〉、〈看手相的老人〉一類曲折而複雜的詩，呈現作者多元的詩風。目錄：舟子的悲歌、藍色的羽毛、天國的夜市、鐘乳石、萬聖節、五陵少年、天狼星、蓮的聯想，敲打樂、在冷戰的年代、白玉苦瓜。

錯誤十四行

張錯著，時報文化出版公司一九八一年八月版。收入〈寄託〉、〈傾訴〉、〈落葉〉、〈落花時節〉、〈從高雄到臺中〉、〈蟑螂〉等四十六首詩，另有代序和後記。

施善繼詩選

施善繼著，遠景出版社一九八一年八月版。收入〈房東，再見〉、〈小耘周歲〉、〈左轉迪化，右轉酒泉〉、〈一九四四，宛如昨日〉、〈小耕入學〉等十六首詩，有許南村（陳映真）序〈試論施善繼的詩〉。

灶

陳秀喜著，春暉出版社一九八一年十二月版。這是一部懷戀鄉土的詩集。

許世旭自選集

許世旭著，黎明文化事業公司一九八二年一月版。作者是韓國人，他的中文詩創作是留學臺灣時起步。這些作品多直接切入理性領域，總是力圖捕捉詩人對命運的思考，以象徵主義的暗示、對比、聯想以及超現實主義的主客體等居多。

春歸集

上官予著，臺灣商務印書館一九八二年二月版。收〈雲海〉、〈羅馬之春〉、〈小城之春〉、〈鄉愁〉、〈異鄉〉、〈大漢門外〉、〈鄉情〉、〈殘荷〉等抒情短詩，另附有〈記「國際文藝交流會議」〉。

松鳥的傳說

葉維廉著，四季出版公司一九八二年五月版。分五輯：「島的傳說」三部曲（〈散落的鳥鳴〉、〈鳥狂〉、〈羽祭〉）、「臺灣山村十二首」、「宜蘭太平山五首」、「沛然運行及其它」十一首、「愛的行程」兩首。附錄〈作者寫作年表〉。

林泠詩集

林泠著，洪範書一九八二年五月版。分為六輯：「叩關的人」、「四方城」、「雪地上」、「常夜燈」、「非現代的抒情」、「建築」。收入〈微悟〉等五十一首詩。

雲的捕手

羅英著，林白出版社一九八二年六月版，第一輯收入〈戰事〉、〈腳印〉等十一首詩，第二輯收入〈移植〉、〈正午〉等十八首詩，第三輯收入〈種子〉、〈都市〉等十八首詩，第四輯收入〈星畫〉、〈雪球花〉等十八首詩，第五輯收入〈月光〉、〈最後的冬季〉等十一首詩。前面收有洛夫的代序，書末有兩篇附錄。

驚馳

葉維廉著，遠景出版社一九八二年九月版。有作者自序，分四輯：「驚馳」、「未發酵的詩情」、「追尋」、「江南江北」。收入〈聽魚〉、〈夜抵東京本鄉六丁目〉、〈深夜抵廣州某區〉、〈北京詩束〉等七十六首詩。

感月吟風多少事——現代百家詩選

張默編，爾雅出版社一九八二年九月版。有作者導言，收入蘇紹連、蕭蕭、羅青、鍾鼎文、瘂弦、管管、梅新、洛夫、辛鬱、余光中等人的詩作。

傾斜之書

羅智成著，時報出版公司一九八二年十月版。在創作或生活中追求理想，我們不甘但也不必畏懼淪為少數。作為一個熱情奮進、滿懷奇想而又意識清明的人，我們無法不對自己作更高的期待與要求，也無法抑止原創的靈魂對種種更好的可能充滿探索與規劃的熱忱。

青春的臉

向明著，九歌出版社一九八二年十一月版。收入〈老者〉、〈少婦〉、〈電視天線〉、〈樹的語言〉、〈時間〉等七十首詩。後面附有兩篇評論，另有作者後記。

古丁全集Ⅰ．新詩

古丁著，秋水詩社一九八三年版。分為「革命之歌」、「收獲祭」、「星的故事」、「集外集」。收入作者開始創作時一直到一九八一年元月最後的遺作，有鍾鼎文的代序〈大時代的投影〉，另有作者的手跡和照片多幀。

隔水觀音

余光中著，洪範書店一九八三年一月版。為作者一九七九至一九八一年作品的結集，收〈湘逝〉、〈夜讀東坡〉、〈故鄉的來信〉、〈夜遊龍山寺〉等五十三首詩。

一九八二年臺灣詩選

李魁賢主編，前衛出版社一九八三年二月版。有編者序言，收入趙天儀、施善繼、林宗源、巫永福、林亨泰、林佛兒等人的詩作。該書以本土詩人為主，後引起爭議。

七十一年詩選

張默編，爾雅出版社一九八三年三月版。年度詩選第一輯。收入劉克襄等九十九家詩作，每家詩後附有編者按語及作者簡介。卷首有導言，卷後有詩壇大事記。

土地，請站起來說話

詹澈著，遠流出版公司一九八三年五月版。其詩作以簡潔的形象，勾勒出樸實、強韌的生命力。有蔣勳序，收入〈春風〉、〈阿爸來看我〉、〈土地，請站起來說話〉、〈什麼時候才是和平的春天〉等詩。

天河的水聲

馮青著，爾雅出版社一九八三年五月版。晶澈、朦朧、半開、半閉，雖然沒有平坦明朗的路，但卻誘引著讀者從她栽植的花徑林蔭中曲曲折折地，去探尋那詩意的奧秘。

晚景

紀弦著，爾雅出版社一九八三年五月版。收入作者自一九七四年至一九八四年所寫的詩作，分兩部分：晚景，計五十二首；美西，計二十八首。前者作於臺灣，後者寫於美國。

非馬詩選

非馬著，臺灣商務印書館一九八三年六月版。收入〈白樺〉、〈被擠出風景的樹〉、〈蟬曲〉、〈長城〉、〈長恨歌〉、〈沉思者〉、〈初潮〉、〈除夕〉、〈春〉、〈春雪〉、〈從窗裡看雪〉、〈登黃鶴樓〉、〈底片世界〉等作品。

我存在因為歌因為愛

鄧禹平著，純文學出版社一九八三年七月版。收入〈自傳——我最短的歌〉、〈每當月圓的那一天〉、〈位置〉、〈阿里山之歌．高山青〉等詩作八十六首。有黃伯朗的代序。

楊牧詩集（一九五六～一九七四）

楊牧著，洪範書店一九八三年十月版。為作者一九五六至一九七四年間詩作之總匯，結合〈水之湄〉、〈花季〉、〈燈船〉、〈傳說〉、〈瓶中稿〉所有作品近二五〇首為一帙，有序言，附錄各卷序跋及題目索引，為作者第一階段詩作之定本。

釀酒的石頭

洛夫著，九歌出版社一九八三年十一月版。是他第九本詩集，共收入近兩年內創作的抒情詩四十五首，其中〈愛的辯證〉、〈給女兒曉民〉、〈血的再版〉等篇，發表後即獲得普遍回響。

詩廣場

白萩著，熱點文化公司一九八四年三月版。作者進行多種主題、語言、立場方面的實驗，分八部分。收入〈我知道〉、〈世界和夢〉、〈廣場〉、〈夜雨〉等作品。

林亨泰詩選

林亨泰著，時報文化出版公司一九八四年三月版。分五輯，附錄有〈一首現代詩的分析〉。

七十二年詩選

蕭蕭編，爾雅出版社一九八四年三月版。年度詩選第二輯，前後有編者導言，附有大事記和詩人小傳等項，收入從非馬到邱俐華等六十五家詩作。

一九八三臺灣詩選

吳晟主編，前衛出版社一九八四年四月版。分「關懷鄉土」等六大部分，不少詩刊對其編選標準提出質疑。這是同類詩選集的第二本，入選五十四家，附有導讀文字。

不明飛行物來了

羅青著，純文學出版社一九八四年五月版。作品在科幻與現實、想像與寫實之間。分五卷，另有序詩，後有長篇訪問記〈從繪畫語言出發〉，收入六十七首詩。

當代臺灣詩選（一九八三卷）

郭成義主編，金文圖書公司一九八四年五月版。這是同類詩選集的第三本，入選三十六家，附有賞析文字。

十行集

向陽著，九歌出版社一九八四年七月版。作者心懷歷史，自鑄格律，企圖建立新詩的新形式。分三卷：「小站」、「草根」、「立場」。收入〈聽雨〉、〈子夜〉、〈山色〉、〈夜空〉、〈寒流〉等詩作。

備忘錄——夏宇詩集

夏宇著，一九八四年九月自印，共收〈蛀牙記〉、〈也是情婦〉、〈野餐〉、〈南瓜載我來的〉等四十六首詩，最早一首寫於一九九一年，最晚的一首寫於一九九八年。這是一本「古怪」的剪貼詩集。

漂鳥的故鄉

劉克襄著，前衛出版社一九八四年十月版。這部環保詩集內容不一定以「鳥」為主題，但每頁均用「鳥」做插圖。

七十三年詩選

向明編，爾雅出版社一九八五年三月版。書前有向明寫的導言〈重頭歌韻響琮琤〉，入選作者有余光中、洛夫、羅門、白靈等五十五位，共六十八首詩作。附有一九八四年詩壇大事記和詩人小傳。

雪的可能

鄭愁予著，洪範書店一九八五年五月版。分五輯：「書齋生活」、「窗外春」、「佛芒特日記」、「愛荷華集」、「散詩記游」，收入作者一九八〇年底至一九八四年的作品。

愛荷華詩抄

張香華著，林白出版社一九八五年五月版。分三輯，「流過愛荷華」、「種籽」、「溪流與渚石」。收入〈早安！安娜〉、〈夜在愛荷華〉、〈黑雲母石〉等詩作。書前有聶華苓的序和張默的評論，配有多幅插畫。

吾鄉印象

吳晟著，洪範書店一九八五年六月版。分六卷：「不知名的海岸」、「菩提樹下」、「向孩子說」、「泥土」、「吾鄉印象」、「愚直書簡」。

李魁賢詩選

李魁賢著，新地出版社一九八五年七月版。分七輯：「釣魚臺」、「高速公路」、「事件」、「變奏」、「雲鄉」、「雨季」、「短調」。收入〈輸血〉、〈祈禱〉、〈痲瘋〉等詩作。

土地的歌

向陽著，自立晚報社一九八五年八月版。這部方言詩分三卷：「家譜」、「鄉里記事」、「都市見聞」。

唯情是岸

李勤岸著，一九八五年九月自印。分三輯，其中第一輯「唯情是岸」，收入十六首詩。

雪花賦

許世旭著，楚戈圖，聯經出版公司一九八五年十二月版。分七輯：「地球一個」、「回歸於煙囪那邊」、「風並不知道」、「流向地心的脈流」、「雪花賦」、「月聲」、「我的浪漫主義」。

輸血

李魁賢著，自印本一九八六年自印。收有用中文寫的〈秋與死之憶〉、〈雷雨傾瀉著〉、〈輸血〉等二十三首詩，另附日文、英文、德文和韓文、荷文翻譯詩作。

手的歷史

詹澈著，錦德圖書公司一九八六年一月版。收入〈人民的定義在我心底浮沉〉、〈不能再這樣了生意人〉等詩。

管管詩選

管管著，洪範書店一九八六年一月版。收入〈邋遢自述〉、〈把螢抹在臉上的傢伙〉、〈弟弟之國〉、〈空原上之小樹呀〉等詩。

暗房

李敏勇著，笠詩刊社一九八六年二月版。暗房喻社會的黑暗，內容多為批判現實政治。

爪痕集

林亨泰著，笠詩社一九八六年二月版。收入不少圖畫詩或准圖畫詩。甚至還有應用非文字的線條和符號的〈車禍〉，其詩作冷肅理性和抽象辯證。

殉美的憂魂

杜國清著，笠詩社一九八六年二月版。收入作者從一九五九至一九八九年的愛情詩代表作。

飲浪的人

朱學恕著，大海洋文藝雜誌社一九八六年三月版。前面有自序〈摘星弄潮四十年〉，詩分二〇五節。

讀雲

王祿松著，星光出版社一九八六年三月版。收入抒情小詩〈花魂．春喚〉、〈海夢．江晨〉、〈雲水之鄉．落霞湖〉、〈水鄉戀．鳥秋溪〉、〈山居．

煮雲人〉等，配有作者的畫。

大黃河

白靈著，爾雅出版社一九八六年四月版。除〈大黃河〉、〈黑洞〉兩首長詩外，另有〈竹葉青〉、〈長城〉、〈大地公公〉、〈飛魚〉等短詩多首。

有人

楊牧著，洪範書店一九八六年四月版。分「有人問我」等五輯。

上帝是隻大蜘蛛

陳瑞山著，星光出版社一九八六年五月版。收入〈長髮吟〉、〈給C．F〉、〈過程〉、〈悲劇的傳說〉等作品。

星空無限藍

羅門、張健主編，九歌出版社一九八六年六月版。藍星詩社社員選集，收入十八位同仁作品。

清商三輯

彭邦楨著，瑞德出版社一九八六年六月版。分「清商之戀」等三輯。

紫荊賦

余光中著，洪範書店一九八六年七月版，以香港為主題的詩共有十六首，另有六首以臺灣為題材。這是著者在香港時期的第三本也是最後一本詩集。

臺灣的心

林佛兒著，林白出版社一九八六年八月版。傳達了著者對本土的熱愛。

濁水溪

林宗源著，笠詩刊社一九八六年版。收入〈根〉、〈北仔北〉等三十二首詩。

時光九篇

席慕蓉著，爾雅出版社一九八七年一月版。收入〈山櫻〉、〈雨夜〉、〈難題〉、〈迷航〉、〈懸崖菊〉等五十首詩，作者還為詩畫了二十幅插圖。

銀碗盛雪

林燿德著，洪範書店一九八七年一月版。有楊牧序，分六卷：「絲路」、「上邪注」、「塔的奧義」、「隱泣的地圖」、「木星早晨」、「文明幾何」，後面有跋。

覃子豪詩選

彭邦楨編選，（香港）文藝風出版社一九八七年三月版。有彭邦楨序，共分七卷：「生命的弦」、「永安劫後」、「海洋詩抄」、「向日葵」、「畫廊」、「雲屋」、「山海經」。卷外為彭邦楨〈覃子豪評傳〉，並附錄編者兩篇論覃子豪的文章。

留不住的航渡

葉維廉著，東大圖書公司一九八七年四月版。分五部分：「人生」、「字的傳說與死亡」、「故園的夢與醒」、「松香晴雪」、「留不住的航渡」。

小詩選讀

張默編著，爾雅出版社一九八七年五月版。選錄的小詩最短者為四行，最多者八行，最長者不超過十行，每首詩後面附有賞析。有李瑞騰序和編者〈晶瑩剔透話小詩〉。

水碧青山

文曉村著，采風出版社一九八七年六月版，第一輯「木訥的靈魂」，收入詩十三首；第二輯「攀登」，收入詩十七首；第三輯「園丁之歌」，收入詩四十一首。

城市心情

侯吉諒著，漢光文化公司一九八七年六月版。有洛夫序，分「城市情結」、「城市觀察」、「城市思考」三大部分，附有沙笛的評論。

刺繡的歌謠

鄭愁予著，聯合文學雜誌社一九八七年七月版。收入四十多首具有歌謠風格的情詩。

望雲小集

徐望雲著，林白出版社一九八七年七月版。有張漢良序和作者自序。分三輯：「江湖夜雨篇」、「故事」、「方寸小集」。書後有跋和孟樊的評論〈江湖寥落爾安歸——評徐望雲的流浪意識〉。

三十年詩

葉維廉著，東大圖書公司一九八七年七月版。分「愛與死之歌」等九輯。

千般是情

張香華著，漢藝色研文化公司一九八七年八月版。收入〈車禍〉等十六首詩。

星球紀事

陳克華著，時報文化出版公司一九八七年九月版。收入〈室內設計〉等七首長詩。

芬芳的海

鍾玲著，大地出版社一九八八年一月版。有余光中序〈從冰湖到暖海〉，指出鍾玲是一位氣質浪漫的短篇抒情詩人，所抒的情具有濃烈的感性。收入〈七夕的風暴〉、〈卓文君〉等情詩。

都市終端機

林燿德著，書林出版公司一九八八年一月版。有劉以圖序，以及白靈、許悔之兩人的導讀。分六卷：「上緊發條的謊言」、「都市思維」、「終端機文化」、「私人廣告」、「報導詩學」、「不明物體叢考」，有作者跋，另有凌雲夢、馮青兩人的評論文章。

紅遍相思

莊雲惠著，文史哲出版社一九八八年二月版。作者的情詩注意自己靈魂微妙悸動與內心悠遠遐思，伴有感情的嘆息。收入〈圓的心音〉、〈迎你〉、〈悟情〉、〈無端〉、〈涓滴〉等詩。

你不了解我的哀愁是怎樣一回事

林燿德著，春暉出版社一九八八年四月版。有張漢良序，分六卷：「日出珊瑚海」、「馴養考」、「無限軌道」、「韶華拾遺」、「人類家族遊戲」、「四十五度的自然光」，另有代跋和兩種附錄。

整個世界停止呼吸在起跑線上

羅門著，光復書局一九八八年四月版。有作者代序〈打開我創作世界的五扇門〉，收入〈時空奏鳴曲〉等詩作，附錄陳寧貴等人的評論兩篇。

因為風的緣故

洛夫著，九歌出版社一九八八年六月版。作者一九五五至一九八七年間的詩選集，分八卷：「靈河」、「石室之死亡」、「外外集」、「無岸之河」、「魔歌」、「時間之傷」、「釀酒的石頭」、「未集稿」，附有葉維廉的〈洛夫論〉和作者書目。

碧果人生

碧果著，采風出版社一九八八年八月版。這些表現人生的詩，寫得晦澀難懂，其入選範圍為一九五〇至一九八八年。

豹

辛鬱著，漢光文化公司一九八八年八月版。收入〈頂興茶館所見〉、〈青色平原的一個人〉等詩九十三首。

用腳思想

商禽著，漢光文化公司一九八八年九月版，第一輯「音速」，收入九首詩；第二輯「封神與聊齋」，收入十首詩；第三輯「無言的衣裳」，收入十首詩；第四輯「更深的海洋」，收入八首詩；第五輯「月亮和老鄉」，收入十二首詩。第六輯「用腳思想」，收入四首詩。整本書中有不少是散文詩。

夢或者黎明及其它

商禽著，書林出版公司一九八八年九月版。分八卷：「行徑」、「長頸鹿」、「事件」、「遙遠的催眠」、「夢或者黎明」、「涉禽」、「門或者天空」、「手套」，附錄有李英豪的評論。

我撿到一顆頭顱

陳克華著，漢光文化公司一九八八年九月版。現職為醫師，做醫生，難免接觸人體各類器官。作者詩作與眾不同之處在於常出現一根指頭、一顆頭顱之類殘碎肢體的意象和下意識的夢幻描寫。收入〈早晨車過田間〉、〈一九五〇年冬天〉等六十九首詩。

愛的辯證——洛夫選集

非馬編，（香港）文藝風出版社一九八八年九月版。收入詩作七十餘首，包括作者各個時期的名作，其中有十五首未曾結集，有序言及附錄和作者專論、小傳、年表。

多情應笑我

蔣勳著，爾雅出版社一九八九年一月版。多情應笑我，笑我青春轉老，笑我痴愛貪美，笑我歌哭無常。所收詩作有頹廢、耽溺，有貪美者至死不悔的痴愛執迷，有南朝繁華匆匆一夢的愴痛與自負。

現代中國詩選（二冊）

楊牧、鄭樹森編，洪範書店一九八九年二月版。選入從沈尹默到羅葉等九十七家的詩，時間上從五·四到當下，包括臺灣、大陸、海外三地的詩人。前面有楊牧的導言，後面附入選作者的著作目錄。

風吹才感到樹的存在

白萩著，春暉出版社一九八九年六月版。分為：「有人」、「叫喊」、「自娛蓮」、「雁」、「新美街」、「重置」、「夕陽無語」、「廣場」，另有附錄五篇。

盈盈秋水——秋水詩選

涂靜怡主編，秋水詩刊社一九八九年七月版。收入一信、古丁、沙白、林煥彰、張朗等人的作品多首，每首作品前均有作者的小傳和詩觀。

都市之薨

林燿德著，漢光文化事業出版公司一九八九年六月版。「薨」是「屋脊」的意思，使讀者產生古老、典雅但不安的感覺。分八卷：「符徵」呈現都市中觸目可見的部分，接下來的「聖器」、「愛染」、「鋁罐」陳列的則是滿足性慾與口欲的性器與可樂罐子，「上邪」、「廢墟」、「夢薨」、「炎炎」所呈現的是深埋的、洪荒的、傳說中的景象。

美麗的稻穗

莫那能著，晨星出版社一九八九年八月版。如果想為原住民現代的痛苦找到一個解放的缺口，那麼，或許此書中引人的感懷與啟示、無私的歡喜與謙卑的情愫，可以產生一種生命的力量與文化的信心，讓原住民在絕望中找到希望，在悲憤中獲得喜悅，宛如是卑南族的民謠。

一場雪

白雨著，一九八九年九月自印。分五卷：〈當我行過〉、〈還給海的〉、〈殘局〉、〈深院靜〉、〈登樓〉。

張我軍詩文集

張光直編，純文學出版社一九八九年九月二版。張我軍為臺灣新文學奠基人之一，本書為其逝世後，由其子張光直接收錄集結而成。

新婚別

陳義芝著，大雁書店有限公司一九八九年九月版。有余光中、陳黎的評論文章，分四卷：〈新婚別〉、〈綠色的光〉、〈子夜辭〉、〈山水寫意〉，附錄有作者對詩的看法。

星戰紀念

侯吉諒著，海風出版社一九八九年十二月版。編列：作者序〈詩劍江山〉、目錄、詩五卷三十五首。附錄三篇文章及詩作發表記錄和作者簡介。〈時空檔案〉等每卷詩前，均有一段有關的文辭。

秋箋

涂靜怡著，漢藝色研文化事業公司一九九〇年一月版。這是作者在報刊上發表的小詩，有些是心靈的獨白，更多的是「夢」。分五卷：「秋箋」、「短歌」、「塵外」、「繽紛」、「小溪流」。

情劫集

杜國清著，笠詩社一九九〇年三月版。收入〈順緣〉、〈逆緣〉、〈露〉、〈海〉、〈仙人島〉等詩作。

黑暗中的音樂

鴻鴻著，曼陀羅創意工作室一九九〇年三月版。收入〈詩法〉、〈超然幻覺的總說明〉、〈紀念冊〉、〈論勇敢〉、〈我給你的信中在途中焚毀〉、〈習劍錄〉、〈黎明〉等九十二首詩。

浮雲集

莫渝著，笠詩社一九九〇年三月版。分六輯：「土地的戀歌（一九八〇～一九八二）」、「父親靈前的焚稿（一九八〇～一九八二）」、「羅亞河畔的思念（一九八二～一九八三）」、「廢園詩帖（一九八〇～一九八四）」、「人間（一九八三～一九八八）」、「航向故鄉（一九八一～一九八二）」。

鎮魂歌

李敏勇著，笠詩社一九九〇年三月版。分三卷：「夢的手札」、「思親與哀愁」、「青空的憂鬱」，附有陳明台〈鎮魂之歌——析論李敏勇的詩〉。

戒嚴風景

李敏勇著，笠詩社一九九〇年三月版。分三卷：「人間公害」、「戒嚴風景」、「島嶼心情」，收入〈風景〉等三十九首詩。

月光房子

洛夫著，九歌出版社一九九〇年三月版。本書所收詩作為作者文風的另一突破，如〈月光房子〉這首詩，所有的鋪陳都是為了最後的出場，八個字，心裡有事，所以「悶燒」。收入〈太陽的追逐〉、〈論女人〉等詩。

火和海

葉笛著，笠詩刊社一九九〇年三月版。其中第二輯為「獨語」，收入〈夢的死屍〉等八首詩。

時光

巫永福著，笠詩刊社一九九〇年三月版。收入〈偶感〉、〈秋日〉、〈公孫鳥〉、〈雨夜〉等六十六首詩，計一一八頁。

遠千湖

杜潘芳格著，笠詩刊社一九九〇年三月版，收入〈重生〉、〈非魚〉、〈信仰〉、〈紗帽山〉等四十三首鄉土詩。

陽光蜂房

許悔之著，尚書出版社一九九〇年四月版。在他高度的抒情語言裡，仍無自我夢囈與隔絕。收入〈大寂無聲〉、〈斷恨刀〉、〈背叛〉、〈年代〉等詩。

讀山

王祿松著，二曲藝術有限公司一九九〇年四月版。為王祿松新詩水彩畫集，收入〈種夢〉、〈海浴〉、〈秋夜〉、〈冷星〉、〈水仙〉等三十三首詩，搭配有三十三幅畫。另收有莊雲惠〈詩中歲月，畫裡乾坤〉的編後記和作者的後記。

天使的涅槃

洛夫著，尚書出版社一九九〇年四月版。不少詩作將古典詩詞翻出新意，收入〈湖南大雪〉、〈風起廣場〉等詩。

紐約湖畔

李佩徵著，文史哲出版社一九九〇年五月版。前面有文曉村序、作者自序，收入詩作一〇四首。

童話遊行

蘇紹連著，尚書出版社一九九〇年六月版。收入〈父親與我〉、〈雨中的廟〉、〈三代〉、〈臺灣鄉鎮小孩〉、〈蘇諾的一生〉等九首長詩。

海洋姓氏

汪啟疆著，尚書出版社一九九〇年六月版。分八卷：〈夢勿航行〉、〈海洋四季〉、〈紙船到達那裡〉、〈美麗的那些喲〉、〈今晚喝酒去〉、〈梨花·石榴〉、〈桔〉、〈柿子之夢〉、〈新大陸看雪〉、〈穗實之海〉。收入一九七〇至一九八六年間的作品四十九首。

夢與地理

余光中著，洪範書店一九九〇年六月版。收入作者一九八五至一九八八年間長短作品五十五首，代表他自香港返臺灣後的文學思維和觀察，尤其是熱心擁抱南臺灣的風物，給人留下深刻印象。

春天在旅行

雪柔著，漢藝色研文化公司一九九〇年七月版，第一個窗口「夢之燈」，收作品三十首；第二個窗口「鳳凰音」，收入作品九首；第三個窗口「山河情」，收入作品二十三首。這些詩作，有的是描寫愛情的美麗或表現韶光易逝，有的表現家庭的溫暖或旅遊時觸景生情。

驚心散文詩

蘇紹連著，爾雅出版社一九九〇年七月版。貫穿全詩的是敘事者「我」，關注的是孤獨的內心世界，有洛夫序。

臺北之楓

大荒著，采風出版社一九九〇年九月版。分六卷：「試為渾沌開七竅」、「萬里長城傳」、「西楚霸王」、「冬日南海園獨坐」、「遲佩的黑紗」、「上帝的震怒」。

臺灣新世代詩人大系（上、下）

簡政珍、林燿德主編，書林出版公司一九九〇年十月版。入選對象為一九四九年以後出生的詩人，計有蘇紹連、簡政珍、杜十三、白靈、陳義芝、向陽等二十四家，共二萬五千行。有簡政珍序，另有林燿德的編後記。

嘆息筆記

杜十三著，時報出版公司一九九〇年十二月版。分五部分：「愛情的嘆息」、「空間的嘆息」、「時間的嘆息」、「人間的嘆息」及「符號的嘆息」，共九十九首詩。作者主張唯美主義，面對現代生活形態，提出「複數型藝術觀念」。

歷史的騷味

簡政珍著，尚書出版社一九九〇年版。收入〈時間〉、〈這一刻〉等詩作。

花開的聲音

莊雲惠著，文史哲出版社一九九〇年版。收入〈登高〉、〈長亭外〉、〈風華〉等抒情小詩，另有多幅水彩畫。

臺灣青年詩選

張默編，（北京）人民文學出版社一九九一年二月版。有張默導言，收簡政珍、杜十三、白靈、陳義芝、向陽、夏宇、陳克華，田運良、許悔之、林群盛等人的詩作多首。

七十九年詩選

向明編，爾雅出版社一九九一年二月版。收入從周夢蝶到雨田等四十一家的詩作，每首作品後面附有編者按語。前面有導言，另附有詩人小傳。

薔薇田

胡品清著，華欣文化出版社一九九一年三月版。分七輯，收入〈戀語〉、〈超現實花園〉、〈解藥〉、〈追思〉、〈變形字〉等七十七首詩。前面有涂靜怡代序，後面有作者著作年表。

腹語術

夏宇著，現代詩季刊社一九九一年三月版。係作者一九八五至一九九〇年間在後現代主義潮流下產生的作品，收入〈隱匿的王后和她不可見的城市〉、〈耳鳴〉、〈插圖〉、〈甜蜜的復仇〉、〈疲於抒情後的抒情方式〉等詩作五十七首。

愛情的流派及其他——林煥彰詩集

林煥彰著，石頭出版公司一九九一年四月版。分五卷：「愛情的流派」、「無心論」、「輪子的心事」、「做人應該」、「被遺棄的」，有作者的代序〈詩的隨想〉，另有兩篇附錄。

這首詩可能還不錯

嚴力著，書林出版公司一九九一年七月版。作者是大陸赴海外的前衛詩人，其文體兼跨現代主義和後現代主義，充滿著軒昂的宇宙性情懷與進步的超前意識。他一方面回溯到了當代大陸青年知識分子的心路歷程，另一方面又寄寓哲思於西方資本主義社會的生活現實。這本詩集是他在一九八五至一九八九年間主要代表作的精選。

完整的寓言

楊牧著，洪範書店一九九一年九月版。透露出一種對安靜的欣賞。

家族

許悔之著，號角出版社一九九一年九月版。有吳繼文序，收入〈在花蓮〉等詩。

當夜綻放如花

尹玲著，一九九一年十二月自印。有瘂弦序，分四輯：「血仍未凝」、「弦之演繹」、「莫奈印象」、「時間粉牆」。作者以女性的纖細情懷去捕捉戰爭的心象，多寫越戰，讓讀者看到火光，聽到槍聲。

憂鬱的極限

張國治著，詩之華出版社一九九一年十二月版。這是獻給永恆的土地及充滿無窮希望的後現代的詩集。有白靈等三人的序。分六卷：「大造無私記」、「人間遊戲」、「憂鬱的極限」、「乾燥花」、「病歷」、「世界將給你一個愛的承諾」，另有〈列車上的詩想〉等三種附錄。

空山靈雨

楊平著，詩之華出版社一九九一年十二月版。有瘂弦等三人的序言，分六卷：「坐看雲起時」、「山居瑣記」、「夢江南」、「尋覓」、「花事」、「桃花源外記」。

心影集

汪洋萍著，文史哲出版社一九九一年十二月版。有自序，收入〈港灣〉、〈賀盼周令飛〉、〈心語〉等短詩。

林煥彰兒童詩選

林煥彰著，安徽少年兒童出版社一九九一年版。有大陸學者樊發稼的前言。內收抒情詩、兒歌、童話詩、故事詩，詩劇等。有的適合低幼兒童朗誦，有的可供小學中高年學生欣賞。〈飛翔之歌〉則是專為初中以上年齡層的少年創作的。

雪白的夜

張國治著，詩之華出版社一九九一年版。這是作者的抒情詩選集。有張默和古遠清的序，另有作者自序「以詩寫憂歡歲月」。分五卷：「獨幕劇」、「藍調」、「四季」、「昔日的散拍」、「不如去飲酒」，另附錄有四篇對張國治詩作的賞析和作者的簡歷。

臺灣悲歌

黃樹根著，春暉出版社一九九二年一月版。分五輯：「奉獻者——臺灣人物志」、「花若解語亦叛亂」、「同款的夢」、「臺灣悲歌」、「神啊！請你審判這件事」。收入〈掌門人〉、〈坐不坐牢的政治哲學〉、〈解嚴之後〉等詩作。

太陽與月亮

羅門、蓉子合著，（廣東）花城出版社一九九二年三月版。羅門、蓉子夫婦詩作精選，收入〈南方之旅〉、〈流浪人〉等詩。

S·L·和寶藍石筆記

孟樊著，書林出版公司一九九二年五月版。為作者一九八二至一九九二年作品的結集，內容有從個人內在心靈世界的流露到外在現實的描寫甚至批判。其風格不僅有寫實和現代主義，還有幾首後現代的實驗作品。

春之海

上官予著，文史哲出版社一九九二年六月版。為作者新詩創作五十週年紀念集，以「海」為題的系列作品。分五卷：「春之海」、「風雅四十一」、「鄉謠之什」、「九歌」（大觀念重歌劇）、「詩緣小記」。收有趙滋蕃、于還素等人的評論文章五篇，書後附有作者的著作目錄。

河流之歌

席慕蓉著，東華書局一九九二年六月版。席慕蓉詩作自選集，有序〈一代的心事〉，收入〈請柬〉、〈鳶尾花〉、〈秋來之後〉等作品。

浮生紀事

簡政珍著，九歌出版社一九九二年九月版。作品取材生活，為其對生命感悟的結晶。有序言〈詩的生命感〉，收入〈彈唱〉、〈觀海〉等詩作。

葡萄園三十週年詩選

文曉村主編，文史哲出版社一九九二年九月版。有文曉村序，分為臺灣之卷、大陸之卷、香港海外之卷，附錄〈我們的道路〉。

飛吧！精靈

非馬著，晨星出版社一九九二年十月版。選入一九八六年以後的作品。

守夜人

余光中著，九歌出版社一九九二年十月版。作者自譯中英對照詩選集。分十輯，收入〈西螺大橋〉等六十八首詩。

綠箋多情

涂靜怡著，漢藝色研文化事業公司一九九二年十二月版。筆記本詩集，詩作均刊在書的旁邊，中間部分是大片空白，留給讀者寫心得體會。收入〈日記〉、〈情愁〉、〈雨的叮嚀〉、〈荷〉、〈角色〉、〈有一種心情〉、〈對影子說〉、〈九月的歌〉等抒情小詩。

歲月的河

汪國真著，金安出版社一九九三年一月版。為汪國真抒情詩選。這位大陸詩人敘說歲月的河是永遠新鮮，不應悲哀。

留情

渡也著，漢藝色研公司一九九三年二月版。作者酷愛民藝古物，也愛民藝詩，其作品中涉及銅臉盆、銅熨斗、長宜子孫鏡、銅油燈、古鐘、番刀、筷子籠、紅眠床、三寸金蓮、石磨、古硯、鼓等。或以物喻物，或以物寓情，從而展現其詩學觀。

生命樹

台客著，葡萄園詩社一九九三年三月版。作品中涉及一系列有關親情、鄉情以及城市、村野，宗教、小人物等內容的各種詩篇。

隱題詩

洛夫著，爾雅出版社一九九三年三月版。「隱題詩」是洛夫在一九九一年開始創設的一種新型詩體，它的創作靈感雖來自中國舊詩中的一部分，屬於遊戲性質的形式，標題本身是一句詩或多句詩，每個字都隱藏在詩內，有的藏在頭頂，有的藏在句尾。收入〈行到水窮處，坐看雲起時〉等詩。

肉身

許悔之著，皇冠出版社一九九三年四月版。分「情色注」等七輯，收入〈不忍〉等詩。

唯愛

王祿松著，文史哲出版社一九九三年六月版。作品選集，分早操、偉大的母親、鐵血詩抄、歸意集、彈丸詩抄、狂飆的年代、讀虹、讀雲等十五卷。

見者之言

林亨泰著，彰化縣立文化中心一九九三年六月版。有作者自序，分兩大部分：作品選輯，選自二十世紀四十年代到九十年代的作品；評論選輯，選作者論文多篇。

黃昏的意象

李魁賢著，臺北縣立文化中心一九九三年六月版。有自序，分三輯：「抒情意象」、「社會寫實」、「語言象徵」。收入〈歲末〉等詩。

郡王牽著我的手

莊柏林等著，臺笠出版社一九九三年六月版。黃勁連主編，「蕃薯詩社」發行之〈蕃薯詩刊〉第四冊。分五篇：理論篇、詩篇、散文篇、小說篇、批信篇。收入〈我恬恬辭別了故鄉〉等詩。

八十一年詩選

向明、張默主編，現代詩社一九九三年六月版。有瘂弦序，收入余光中、紀弦、羅門、向陽、于堅等人的詩作多首，每首詩後面均有〈編者按語〉。

傾斜的島

李敏勇著，圓神出版公司一九九三年六月版。分三輯：「為一隻鳥」、「傾斜的島」、「隱藏的風景」。收入〈秋〉、〈街景〉等四十八首詩。

漂水花

張朗著，書華出版公司一九九三年八月版。有麥穗序，分五輯：「戀歌」、「晨風」、「冰雕」、「營火」、「劍客」。

半島之歌

紀弦著，現代詩季刊社一九九三年八月版。收入作者一九八五至一九九二年居住在舊金山半島時所寫的〈宇宙論〉、〈春天的腳步聲〉、〈星之分類〉等作品。有自序。

金筑詩抄

金筑著，葡萄園詩社一九九三年八月版。有文曉村的序〈展示孤寂的美姿〉，分六卷：「我從山中來」、「春的律動」、「沒有緣由」、「比夢更冷」、「失去了的夢」、「沙漠中的奇葩」。

諦聽，那聲音

郭楓著，（北京）人民文學出版社一九九三年十月版。共分：「山的哲學」、「戲」、「飄然過往」、「花信」、「諦聽」、「那聲音」、「黃昏的番鴨仔」、「攬翠十四行」等卷，附有作者小傳和寫作年表。

夢的圖解

洛夫著，書林出版公司一九九三年十月版。係《時間之傷》再版本，原有的八十三首，減為五十七首，末附詩劇。

秋與死之憶

李魁賢著，（北京）人民文學出版社一九九三年版。作者近四十年的詩歌選集，不僅有抒情性還有批判性。收入〈值夜工人手記〉、〈不會歌唱的鳥〉、〈越南悲歌〉、〈釣魚臺是我們的島〉、〈愛的辯證〉、〈愛情政治學〉、〈老師失蹤了〉、〈黑死病〉、〈都市的夜景〉等詩作，後附作者書目。

寂寞的人坐著看花

鄭愁予著，洪範書店一九九三年版。分十輯：「紐英倫畫卷」、「散詩記遊」、「猜想黎明的顏色」、「烏蘭察布盟」、「書齋生活」、「寂寞的人坐著看花」、「酒詩與琴詩」、「言笑禪」、「高速檔上的風景線」、「愛荷華葬禮」，另有作者後記。

岩上詩選

岩上著，南投縣立文化中心一九九三年版。有四篇序，書內分四卷：「激流詩集」、「冬盡詩集」、「臺灣瓦詩集」、「愛染篇詩集」，附錄向明等六人的評論文章。

創世紀四十年詩選（一九五四～一九九四）

洛夫、沈志方主編，創世紀詩社一九九四年版。收入張默、洛夫、瘂弦、楊牧、葉維廉、古月、簡政珍、杜十三、楊平等人在〈創世紀〉雜誌或相關刊物公開發表的詩作，有沈志方序〈四十年的狂與狷〉，另有洛夫的〈跋〉。

讀月

王祿松著，葡萄園詩社一九九四年版。分六輯：「新詩」、「國詩」、「水彩畫」、「詩論」、「畫論」、「文摘」。收入〈小詩十三朵〉、〈絕句律詩〉等。

雪崩

洛夫著，書林出版公司一九九四年一月版。係作者的詩選集。

想念族人

柳翱著，晨星出版社一九九四年三月版。原住民詩。作者本名為瓦歷斯·尤幹，屬於泰雅族人，內容為回顧族人走過的道路，共分五輯。

進化原理

方群著，凱拓出版社一九九四年五月版。有向明序

〈未知中的真知〉，分七輯：「臺北·微雨」、「路燈」、「盆栽三種」、「打水漂兒的人」、「耶路撒冷」、「進化原理」、「越南」。另有後記和作品索引。

八十二年詩選

梅新等主編，現代詩季刊社一九九四年六月版。選入五十八位詩人的作品。

楊光中詩集

楊光中著，一九九四年六月自印。收入二百多首情色新詩，內容多為女體的讚頌和對性愛的謳歌。

抽象的地圖

顏艾琳著，臺北縣立文化中心一九九四年六月初版。收入〈愛情晚宴〉、〈有人向我索取愛情簡章〉、〈灰——固執的詩人〉等詩。

傾訴

徐望雲著，業強出版社一九九四年七月版。為徐望雲情詩集，收入的詩作題材皆為情詩，從中可見其「詩情」。

故鄉之歌

台客著，葡萄園詩社一九九四年八月版。這本鄉土詩分「故鄉之歌」等六輯，有文曉村等人的序言。

李莎全集

李莎著，文曉村等編，海鷗詩社一九九四年八月版。分十三卷，計二冊，有鍾鼎文的序。收入〈深沉的懷念〉、〈藍色的愛〉、〈致無名氏〉、〈夜思〉、〈生命的春天〉等作品。

穿越陽光地帶

楊小濱著，現代詩季刊社一九九四年九月版。作者是旅居北美的大陸學人，這本詩集將引導人們思考現代漢語的詞語運用與當代書寫情境下的技術化、繁複化傾向的關係。

淡水馳情

張朗著，絲路出版社一九九四年十月版。收入〈觀音山〉、〈懷人〉、〈茶葉〉、〈將軍〉、〈父親〉、〈良心〉等短詩。

綠滿年華

莊雲惠著，一九九四年十二月文史哲出版社出版。為莊雲惠新詩水彩畫集，收入〈尋你的名字在綠中〉、〈感聲〉、〈午後〉等新詩，另有多幅水彩畫。

火鳳凰

莊柏林著，臺笠出版社一九九四年版。這是一本中、英、日文混語作品集，收〈寫給平靜的自己〉、〈父親的故事〉、〈搖滾歌手〉、〈等待〉、〈餓鬼〉、〈火鳳凰〉等一三〇首詩，有作者的序詩。

欠砍頭詩

陳克華著，九歌出版社一九九五年一月版。分五輯，重點寫肉體與性慾，借此諷刺在泛政治化年代中，政治對人身的壓抑。

法氏裸睡

隱地著，爾雅出版社一九九五年二月版。收入〈眼睛坐火車〉、〈髮〉等五十八首新詩。其中〈法氏裸睡〉只是將睡覺、吃田螺、擺脫丈夫、吃西瓜、做愛、失眠、作詩、打蚊子這些看來毫無聯繫的日常生活，經由平淡客觀的敘述，並置於一個詩化空間裡。

都市詩

羅門著，文史哲出版社一九九五年四月版。羅門創作大系之二。

《麥堅利堡》特輯

羅門編著，文史哲出版社一九九五年四月版。羅門創作大系之七，分五部分：「麥堅利堡詩」、「麥堅利堡的回響」、「麥堅利堡場景」、「麥堅利堡配圖特輯」、「麥堅利堡的答辯及其它」。

水蔭萍作品集

呂興昌編，葉笛譯，臺南市立文化中心一九九五年四月版。除詩外，另有評論、小說、回憶及序跋、水蔭萍研究資料。

燈屋．生活影像

羅門編著，文史哲出版社一九九五年四月版。羅門創作大系之十，分兩部分：「燈屋造型空間」、「藝文生活影像」。

在那張冷臉背部

辛鬱著，爾雅出版社一九九五年五月版。有辛鬱生活的見聞感悟、歷次返鄉的探親心得，以及旅行途中的所見所思，是他生命的真實呈現。「在那張冷臉背後」，其實充滿柔情與生命力。

磨擦．無以名狀

夏宇著，現代詩季刊社一九九五年五月版。作者將自己的詩集〈腹語術〉經過改造和拼貼，重組成四十五首新詩。

紀弦精品

紀弦著，（北京）人民文學出版社一九九五年五月版。分三部分：「摘星的少年」、「檳榔樹」、「半島之歌」，收入作者從一九二九至一九九三年的代表作。

女人詩眼

李元貞著，臺北縣立文化中心一九九五年六月版。第一部分為詩作，第二部分為女性詩學研究。

泊岸

綠蒂著，躍升文化公司一九九五年七月版。收入〈歲月的黃昏〉、〈風與城〉、〈登大峽谷〉等詩，附有鍾鼎文等人的評論。

天山明月集

童山著，東大圖書公司一九九五年八月版。共收入一一二首，其中分六卷，包括童詩、紀遊詩、懷舊詩及其他、短歌、抒情詩、朗誦詩。以短歌八首及抒情詩五十五首所占的分量最多。書名取自唐人李白的〈關山月〉。

楊牧詩集II（一九七四～一九八五）

楊牧著，洪範書店一九九五年九月版。此書匯集作者一九七四至一九八五年間抒情詩作品，即「北斗行」、「禁忌的遊戲」、「海岸七疊」、「有人」等四卷之原貌，附錄各卷序跋及題目索引，按寫作年代編排，為楊牧第二階段詩作之定本。

文曉村詩選

文曉村著，（北京）團結出版社一九九五年九月版。分八輯：「木訥的靈魂」、「第八根琴弦」、「一盞小燈」、「想起北方」、「種火的人」、「龍在哪裡」、「中國宮殿」、「貓熊辨」。

情絲

王祿松著，（北京）團結出版社一九九五年九月版。分三卷：「情絲」、「岳河」、「薪膽」。

新詩三百首（一九一七～一九九五）（上下冊）

張默、蕭蕭編，九歌出版社一九九五年九月版。有余光中序〈當繆思清點她的孩子〉和蕭蕭導言〈新詩的系譜與新詩地圖〉，分三卷：「大陸篇」、「臺灣篇」、「海外篇」，每首詩後面均附有較長的鑒評。

午夜歌手

北島著，九歌出版社一九九五年十月版。作者為大陸詩人，入選範圍為一九七二～一九九四年所作。

海上的狩獵季節

汪啟疆著，九歌出版社一九九五年十一月版。作品多與海洋有關。

羊子喬詩集

羊子喬著，台笠出版社一九九五年十二月版。副題為：該是春天為我們開門的時候。從其詩作可見作者對故土的熱愛。

島嶼邊緣

陳黎著，皇冠出版社一九九五年十二月版。島嶼邊緣是指詩人生活的花蓮市。這裡地處臺灣東部最邊緣的海濱，尚未受到西化和「三廢」嚴重污染。分「秋歌」等三輯，收入〈戰爭交響曲〉、〈島嶼飛行〉等詩。

九卷一百首

文曉村著，詩藝文出版社一九九六年三月版。收有自序，分九卷：〈木訥的靈魂〉、〈第八根琴弦〉、〈一盞小燈〉、〈想起北方〉、〈種火的人〉、〈龍在哪裡〉、〈夏日讀荷〉、〈熊貓辨〉、〈附錄〉。

春夏秋冬

張健著，文史哲出版社一九九六年三月版。所收作品多為短小精鍊的小詩，內容以抒情、哲理、生命以及社會現實為主，收入二〇五首詩作。

帶你回花崗岩島——金門詩鈔．素描集

張國治著，三采文化公司一九九六年三月版。分五卷：〈花崗磐石〉、〈眼淚總會遞給我一首歌〉、〈在秋天的灰泥埕〉、〈年歲之歌〉、〈歲月的容顏〉，另有多篇附錄。

安石榴

余光中著，洪範書店一九九六年四月版。「安石榴」，這讓人綺想的名字，充滿異國的誘惑，據說是古代的安息遠路傳來。有作者的〈我為什麼要寫作〉，收一九八六至一九九〇年間的作品，圍繞中國結、臺灣心、香港情而生。

八十四年詩選

辛鬱、白靈主編，現代詩社一九九六年五月版。有白靈序〈詩的夢幻隊伍〉，收入席慕蓉、洛夫、碧果，管管、梅新等人的詩作，每首詩後面附有「小評」。

致南方的海

藍海萍著，大海洋詩雜誌社一九九六年六月版。分六輯：「致南方的海」、「一朵小野菊」、「曾經如此醉過」、「心中的百合」、「下妝後」、「夜間松濤」。

片片楓葉情

紫楓著，大海洋詩刊社一九九六年六月版。分二卷：「現代詩」、「童詩」。

春夜無影

張錯著，書林出版社一九九六年六月版。分三輯：「江湖遍地險惡的風波」、「掩映在歷史的無常裡」、「真相永遠依稀」。

雙人床

余光中著，鄭樹森主編，洪範書店一九九六年九月版。選自作者〈敲打樂〉等詩集的代表作〈等你，在雨中〉、〈月光曲〉、〈茫〉，計十六首。

夢土上

鄭愁予著，洪範書店一九九六年九月版。收入〈錯誤〉等二十六首詩。

婚姻有哭有笑有車子

一信著，文史哲出版社一九九六年十月版。有向明序，收入〈詩的化石〉等六十首作品。

小詩瑰寶

張朗編，絲路出版社一九九六年十月版。選十二行以下的小詩，共三百六十餘首。

心弦詩集

李玉著，文史哲出版社一九九六年十一月版。分三部分：「抒情篇」、「加工區篇」、「感時篇」，並附有作者年表。

燈語

藍雲著，文史哲出版社一九九六年十一月版。分三輯：「燈語」、「天窗」、「中國結」。

張默精品

張默著，（北京）人民文學出版社一九九六年版。分三卷：「關於海喲（一九五〇～一九七九）」、「三十三間堂（一九八〇～一九八九）」、「時間，我繾綣你（一九九〇～一九九五）」，書後附有作者小傳及其寫作年表。

文明併發症

方群著，文史哲出版社一九九七年一月版。有楊昌年、向陽兩人的序，分六輯：〈愛情土司〉、〈習於遲鈍〉、〈煎魚〉、〈遠離蘭嶼〉、〈洗心革面〉、〈寓言〉。

迪化街的秋天

林齡著，絲路出版社一九九七年一月版。有張朗序〈霜葉紅於二月花〉，第一輯「歲月漫漫」大部分是傷逝懷舊之作，第二輯「迷你詩章」都是詠物詩，吟詠對象多為女性，第三輯「思古幽幽」多為懷古篇章，第四輯「畫一個你」多是情詩，第五輯「薔薇有夢」多為小詩。書後附有張放、麥穗、古遠清等人的評論文章七篇。

傷口的花：二·二八詩集

李敏勇編，玉山社一九九七年二月版。詩人透過詩來記憶、發現「二·二八」，為歷史留下見證。

我的近代史——臺灣詩錄

張信吉著，書林出版社一九九七年二月版。分三輯：「夏日聲音」、「一四一高地詩抄」、「幼年的幻想」，收入〈童年之夭〉等七十二首詩。

飛翔的天空

秦嶽主編，文學街出版社一九九七年三月版。這是海鷗詩社四十年選集，收入魯松、李春生、路衛、馬驄等人的詩作多首。

一隻白鴿飛過

尹玲著，九歌出版社一九九七年五月版。寓美麗於悲悽之中，收入〈追尋名叫西貢的都市〉等作品。

葡萄園小詩

金筑主編，詩藝文出版社一九九七年六月版。有文曉村序，分為三卷：「臺灣」、「大陸」、「海外」。

八十五年詩選

余光中、蕭蕭主編，現代詩季刊社一九九七年六月版。有余光中序，選四十九首詩，每人只限一首，題材涉及愛情、政治與社會、生活與生命、宗教、自然等。以自由詩為主，散文詩只有一首，每篇詩作後面附有「小評」。

骨皮肉

顏艾琳著，時報出版公司一九九七年六月版。為作者第一本詩集，展現其女性書寫、情色詩的詩風。收入〈度冬的情獸〉、〈淫時之月〉、〈黑暗溫泉〉等詩。

籠中無鳥

雨弦著，文史哲出版社一九九七年七月版。分四卷：「花開的聲音」有六首，為遊歷日本的隨想；「讓我們看雲去」共十首，為抒情之作；「籠中無鳥」有七首，呈現作者對悟性的討論；「賣春，捲」共七首，為生命詮釋之作。收入〈二〇三朵紅色的康乃馨——給老人院的媽媽們〉等作品。

隱形或者變形

蘇紹連著，九歌出版社一九九七年八月版。分九輯：「調色板」、「腹語木偶」、「剪貼簿」、「工作坊」、「圓桌思考」、「魚限幻境」、「南十字星」、「逆光人像」以及「催眠術」。

履歷表

梅新著，聯合文學出版社一九九七年十二月版。在鄉情中加入了歷史內涵，在親情中滲入了文化的內容，使詩作顯得厚重。收入〈說詩〉、〈今年生肖屬狗〉等五十九首詩。

時光命題

楊牧著，洪範書店一九九七年十二月版。在這首安靜且富有想像的詩歌當中，蘊含著音韻之美。從青蔥少年開始寫詩，一生經歷了戰亂與和平，作者自認其創作階段可以分為青年、中年、老年，每個階段的表現方式不同，但有關詩歌語言的特點，卻始終如一。

感動九九

薛林編著，小白屋詩苑一九九七年版。這是一本為紀念抗戰勝利而編的詩文集。

風情

詩薇著，臺灣省文藝作家協會臺南市分會一九九八年一月版。收入〈風情〉、〈西風〉等二十九首詩作。

三月風華

劉菲、汪洋萍主編，文史哲出版社一九九八年五月版。三月詩會同仁二十世紀末作品選集。

西瓜寮詩輯

詹澈著，元尊文化公司一九九八年六月版。分五輯：「風景畫」、「子彈和稻穗」、「翡翠西瓜」、「堡壘與夢土」、「雲的行識」，附錄古遠清等人的評論兩篇。

末世桂冠

張國治著，陳達升譯，河童出版社一九九八年六月版。這是一本中詩英譯兼版畫的作品集。

地球是艘大太空梭

陳瑞山著，書林出版公司一九九八年八月版。分五輯：「大地的邊鼓」、「不倒你的身段，嘿！」、「來點臺灣料理」、「雪後的謊言」、「小詩系列」。收入〈陽明春秋〉、〈我不喜歡月光〉、〈致——假前衛〉共七十首詩。另有附錄三種。

林亨泰全集

林亨泰著，呂興昌編，彰化縣立文化中心一九九八年九月版。共十冊。除詩外，還有詩歌評論和序跋以及翻譯卷。

余光中詩選 第二卷：一九八二～一九九八

余光中著，洪範書店一九九八年十月版，有作者自序，係詩人半世紀詩藝之翔實展現。包括：〈紫荊賦〉、〈夢與地理〉、〈安石榴〉、〈五行無阻〉及未結集作品。

五行無阻

余光中著，九歌出版社一九九八年十月版。收入〈東飛記〉、〈初夏的一日〉等四十五首詩。

洛夫小詩選

洛夫著，小報文化公司一九九八年十一月版。以十二行為限，收入〈曇花〉等詩。

與永恆對壘

鐘玲主編，九歌出版社一九九八年十月版。這是一本余光中七十壽慶詩文集，作者有胡燕青、陳義芝、斯人等。

詩在女鯨躍身擊浪時

杜潘芳格等著，書林出版公司一九九八年十一月版。係女鯨詩社創社的詩選集。

有詩

王鼎鈞著，爾雅出版社一九九九年一月版。如果沒有詩，吻只是碰觸，畫只是顏料，酒只是有毒的水。只要雪有影、雨有痕、雷有聲、水有紋，就有詩。不能沒有詩。沒有詩，如何證明我們彼此是同類。而詩也是詩人的人格，透過詩，我們更了解王鼎鈞的文學成就。

傾斜之書

羅智成著，聯合文學出版社一九九九年二月版。在創作或生活中追求理想，我們不甘但也不必畏懼淪為少數。作為一個熱情奮進、滿懷奇想而又意識清明的人，我們無法不對自己作更高的期待與要求。

流浪玫瑰

渡也著，爾雅出版社一九九九年三月版。作品所處理的均為中外文學的主題、原型，即鄉愁與愛情。收入〈地圖〉、〈茅臺〉、〈蘇州〉、〈錄影帶〉等作品。

心的奏鳴曲

李敏勇著，玉山社一九九九年四月版。收入〈眺望〉、〈詩史〉等四十六首作品。

邊緣光影

席慕蓉著，洪範書店一九九九年五月版。席慕蓉詩風，澄明熱烈，真摯動人，充滿了田園式的牧歌情調和舒緩的音樂風格。她寫愛情、人生、鄉愁淡雅剔透，抒情靈動，飽含著對生命的摯愛真情，充滿著對人情、愛情、鄉情的領悟。

羊子喬三十年詩選

羊子喬著，臺南縣立文化中心一九九九年五月版。自喻為平埔族西拉雅人的作者，在詩中透露出原住民的心事。在島嶼發展的歷史，被淹沒的族群重新站在遼闊平原以歌聲歌頌土地，吟唱心聲，但被忽略的存在反映在眼神，既憤怒又不滿。

臺灣男人的心事

曾貴海著，春暉出版社一九九九年五月版。有諸多與環保運動、對臺灣的情感及對人間情懷幽微的感受等相關的描寫。

完全壯陽食譜

焦桐著，時報出版公司一九九九年五月版。收入〈日出東方〉、〈埋頭苦幹〉等二十四首詩，每首詩分為材料、作法、說明、詩四部分。

八十七年詩選

商禽、焦桐主編，創世紀詩雜誌社一九九九年六月版。有焦桐的編者報告，選入王潤華、張香華、張錯、羅青等人的詩作，每詩後面附有賞析。

雪落無聲

洛夫著，爾雅出版社一九九九年六月版。有代序〈如是晚境〉，收入〈走向王維〉、〈桌子的獨白〉、〈莫斯科紅場〉、〈列寧墓前〉、〈馬雅可夫斯基銅像與鳥糞〉、〈交給風去討論〉、〈登黃鶴樓〉等詩。

兩岸女性詩歌三十家

王祿松等編，詩藝文出版社一九九九年七月版。大陸部分收入鄭玲等人的作品。

向陽詩集

向陽著，洪範書店一九九九年八月版。作品帶有濃烈的鄉土色彩。

今生的圖騰

潘郁琦著，思想生活屋國際文化公司一九九九年九月版。有鄭愁予〈圖騰是抒情的指涉〉和作者自序。分五輯：「折梅紅袖底」、「胭脂並環扣」、「執手暫相問」、「眉瞳復清滅」、「放舟江渚外」。她的詩富於古典情懷，兼有一種巾幗俠氣。

天下詩選Ⅰ（一九二三～一九九九　臺灣）

瘂弦主編，天下遠見出版公司一九九九年九月版。有瘂弦序，在每位詩人作品後面附有「品賞」，共兩冊，分七輯：〈人性的映影〉、〈時間的約會〉、〈城市的邊緣〉、〈山水的驚豔〉、〈靜物的玄想〉、〈生命的觀照〉、〈情意的綻放〉。

形而上的遊戲

洛夫著，駝駱出版社一九九九年九月版。收入〈形而上的遊戲〉等詩。

伊能再踏查

瓦歷斯・諾幹著，晨星出版社一九九九年十一月版。原住民詩，分七輯。作者以伊能嘉矩尋訪原住民部落的足跡，追憶原住民的過往。一九九六年作者以〈伊能再踏查〉獲時報文學獎新詩類評審獎。

小紅鞋

潘郁琦著，耶魯文化公司一九九九年版。富於兒童情趣。收入〈竊竊私語〉、〈你正百無聊賴我正美麗〉、〈給時間以時間〉、〈無感覺樂隊（附加馬戲）及其暈眩〉等。

蕭蕭・世紀詩選

蕭蕭著，爾雅出版社二〇〇〇年版。有「蕭蕭小傳」和手稿、詩觀，另有李癸雲的長篇導言：「風景與自我」。分七卷：「舉目」、「悲涼」、「毫末天地」、「緣無緣」、「雲邊書」、「皈依風皈依風」、「凝神」，另附有〈蕭蕭書目〉。

夏宇詩集

夏宇著，二〇〇〇年一月自印。充滿了實驗性，在文字與意涵上的冒險，各人所見的風景難於統一，也許這正是她巧心供應的閱讀樂趣。

祝福

蔣勳著，聯合文學出版社二〇〇〇年二月版。蔣勳認為，詩是生命之火的餘燼，使人追念，而非生活本身，則此集子可謂其生命的紀錄，讓我們窺見他的生活。

八十八年詩選

張默、白靈主編，創世紀詩雜誌社二〇〇〇年三月版。有編者的說明和代序，收入陳去非、辛鬱、陳義芝、陳大為、零雨、文曉村、余光中、向陽等人的詩多首。

周夢蝶．世紀詩選

周夢蝶著，爾雅出版社二〇〇〇年四月版。作者的詩融合儒、釋、道哲學，兼攝中外宗教，冶為一爐，不但續寫了中國傳統文學的新頁，更為當前詩壇開拓一條新路。在這跨世紀之交，從周夢蝶三本詩集中精選而出。

風的捕手

綠蒂著，秋水詩刊社二〇〇〇年四月版。收有〈早安．臺灣〉、〈絲路與詩路的對話〉、〈大草原組曲〉、〈坐看風起時〉、〈沉澱的潮聲〉、〈歲月的黃昏〉、〈巴黎過客〉、〈風與塵〉、〈熟悉又陌生的繁華〉等詩。有作者自序，附有〈北京「綠蒂作品研討會」論評〉，收有古繼堂、古遠清、一信等人的評論十篇。

席慕蓉．世紀詩選

席慕蓉著，爾雅出版社二〇〇〇年五月版。作者多寫愛情、人生、鄉愁，清新、易懂、好讀，具有女性獨有的纖細風格，充滿著細膩的甜蜜與哀愁。她那濃得化不開的浪漫情詩，所構築的世界抽離時空，且有唯美色彩。

洛夫·世紀詩選

洛夫著，爾雅出版社二〇〇〇年五月版，收錄了詩人從一九五〇年代在臺灣詩壇出版的第一本詩集《靈河》，到九十年代末移民加拿大後出版的《雪落無聲》的部分詩作。

白靈·世紀詩選

白靈著，爾雅出版社二〇〇〇年六月版。有杜十三的長篇導讀，分五卷：「五行詩」、「愛與死的間隙」、「沒有一朵雲需要國界」、「大黃河」、「後裔」。

巴雷詩集

巴雷著，天下文化公司二〇〇〇年六月版。有吳望堯即巴雷的自序。分五卷：「靈魂之歌」、「地平線」、「玫瑰城」、「別祖國」、「組曲與交響詩」，另有紀弦等人寫巴雷的三篇文章。

高樓對海

余光中著，九歌出版社二〇〇〇年七月版。收錄詩作五十九首。「高樓」是作者在西子灣中山大學宿舍的樓居，所對的海便是臺灣海峽。十四年來，那對海的高樓便是詩人「就位」之所。詩人與海為鄰，海便起伏在他詩裡，其結果是出現〈浪子回頭〉、〈母難日〉、〈夜讀曹操〉、〈成都行〉、〈風聲〉、〈絕色〉等名作。

讀海

王祿松著，文史哲出版社二〇〇〇年八月版。配有作者水彩畫的微型詩集，收有寫大自然景色的抒情詩多首。

園丁之歌

賴益成主編，詩藝文出版社二〇〇〇年九月版。收入二十位葡萄園同仁的作品。前面有多幅彩色圖片，分台客卷、白靈卷、晶晶卷等。

冰河的超越

葉維廉著，三民書局二〇〇〇年十一月版。他的詩洋溢著中國古典詩意，融合了二十世紀三、四十年代中國現代派詩歌的遺產，承接了西方自象徵主義以來的表現策略。他畢生致力於從哲學和美學的高度，探尋中西詩學和詩藝匯通的途徑，其詩歌在這方面開闢了一代詩風。

紫色香囊

涂靜怡著，漢藝色研文化公司二〇〇〇年十二月版。有顏昆陽序，分四卷：〈暮然回首〉、〈前塵往事〉、〈冬日小語〉、〈旅人的心〉。

紅得發紫

李元貞主編，女書文化公司二〇〇〇年十二月版。這是臺灣現代女性詩選，以四個世代為劃分依據，從陳秀喜到吳瑩等三十七位入選。

更換的年代

岩上著，春暉出版社二〇〇〇年十二月版。有李魁賢序。分十卷：〈更換的年代〉、〈國旗〉、〈玩命終結者〉、〈地震與土石流〉、〈獅子與麻雀〉、〈建築與重疊〉、〈隔海的信箋〉、〈無人島〉、〈無盡的路〉、〈菩提樹〉，另有後記。

有鹿哀愁

許悔之著，大田出版公司二〇〇〇年版。收入〈餘生〉等詩。

流轉的容顏

張清香著，詩藝文出版社二〇〇一年一月版。有古遠清等人的評論，分四卷。

九十年代詩選

白靈等主編，創世紀雜誌社二〇〇一年三月版。收入周夢蝶、蘇紹連、汪啟疆、李敏勇、席慕蓉、蕭蕭、涂靜怡、陳義芝、大荒、一信、李魁賢、岩上、杜十三、白靈等人的詩作。

發現之旅

台客（本名廖振卿）著，內蒙古科技出版社二〇〇一年三月版。收入作者一九九七至二〇〇〇年的詩作多首，附錄有樊洛平等人的評論。

愚溪詩集

愚溪著，普音文化公司二〇〇一年五月版。作者善於把微密靈犀的觀照與雋永的智慧，凝聚而為精緻又獨特的文字意象，書寫智能而喜悅的宇宙密因，印證人生美麗聖嚴的長卷詩篇，充滿了神奇典麗的妙想空間，探尋著心靈的生命原鄉。

涉事

楊牧著，洪範書店二〇〇一年六月版。此書追蹤詩人一九九七年以後四年間精神的和心靈的探索，而實際架構出一獨異的美學背景，正如詩人所自況，詩是我涉事的行為。

洪醒夫全集（六）新詩卷

黃武忠等編，彰化縣文化局二〇〇一年六月版。以寫鄉土生活為主。

李勤岸臺語詩選

李勤岸著，真平企業文化公司二〇〇一年七月版。收錄近百首方言詩作。

漂木

洛夫著，聯合文學出版社二〇〇一年八月版。全詩三千行，分為〈漂木〉、〈鮭，垂死的逼視〉、

〈浮瓶中的書札〉（〈致母親〉、〈致詩人〉、〈致時間〉、〈致諸神〉）和〈向廢墟致敬〉四章。宏觀地表述了他個人的形而上思維、對生命的關照、美學觀念和宗教情懷，以及他獨有之漂泊天涯的美學。

黑鍵與白鍵

楊宗翰主編，天行社二〇〇一年十月版。這是林燿德佚文選——創作卷（下冊），收現代詩多首，以及在〈中華日報〉等處寫的專欄多篇。

一隻鳥在想方向

一信著，臺北縣文化局二〇〇一年十二月版。有自序，分四輯：「失落園中一團火焰」、「飛越舊新世紀之鯤鵬」、「物之語」、「該走哪條路」。

李魁賢詩集

李魁賢著，「文建會」二〇〇一年十二月版。詩人早期詩作表達的是青年詩人的青春感悟，自〈南港詩抄〉後，作者開始把目光轉向現實生活，從少年的懦弱和唯情主義，轉化為成年的世故的批判異質的能力。

高準詩集全編——附詩篇賞析選錄

高準著，詩藝文出版社二〇〇一年十二月版。有謝冕等人的文章和作者自序兩篇，分七卷：「召喚」、「古意」、「夜歌」、「玫瑰」、「春雨」、「譯詩」、「外編」。另有璧華、劉登翰、古遠清、鄒建軍、黃河浪等人的分析，還有多篇附錄以及校讀後記。

林宗源臺語文學選

林宗源著，真平企業文化公司二〇〇二年一月版。主題多元並富於哲理，往往結合浪漫、唯美、情慾、哲思，與現實條件交織起來的境界。

詩歌鋪

隱地著，爾雅出版社二〇〇二年二月版。「詩」是作者的桃花源，也是他對俗務纏身的反抗。成立一座「詩歌鋪」一直是作者的夢想，如今在「夢見地中海」的餐館中已經踏出了一步。

夢中書房

羅智成著，聯合文學出版社二〇〇二年三月版。文字風格獨特，深邃幽微，語法神秘迷人。

中國海洋文學大系：二十世紀海洋詩精品

朱學恕編，詩藝文出版社二〇〇二年四月版。編者認為海洋詩，是指以海洋為題材的詩，取廣義。

九十年詩選

焦桐編，爾雅出版社二〇〇二年五月版。「九十年」即二〇〇一年，由編委會入選七十七首佳作，

三位編委會全面導讀、分析其特色。

文曉村短詩選

文曉村著，（香港）銀河出版社二〇〇二年六月版。中英對照詩集。收入〈四君子〉、〈誓約〉、〈牛〉、〈瀑布之下〉等作品。

落蒂短詩選

落蒂著，（香港）銀河出版社二〇〇二年六月版。中英對照詩集，收入詩作〈木棉花〉等詩十五首。

麥穗短詩選

麥穗著，（香港）銀河出版社二〇〇二年六月版。中英對照詩集，收入詩作〈秋風秋雨〉等十九首。

琹川短詩選

琹川著，（香港）銀河出版社二〇〇二年六月版。中英對照詩集，收入詩作〈雨〉等詩十八首。

藍雲短詩選

藍雲著，（香港）銀河出版社二〇〇二年六月版。中英對照詩集，收入詩作〈約會〉等詩十七首。

迷途詩冊

席慕蓉著，圓神出版社二〇〇二年六月版。有自序〈初老〉，收入〈梔子〉、〈詩成〉、〈夢中街巷〉、〈洪荒歲月〉、〈四月梔子〉等詩。

十三朵白菊花

周夢蝶著，洪範書店二〇〇二年七月版。其詩探索冥漠於未知，一如鏡中之花水裡之月，蹤跡不可拘泥，卻饒富禪意，終則導致情與志歸位，昭晰顯影。係作者三十多年來之珍品。

園丁之歌：葡萄園同仁詩選

賴益成主編，詩藝文出版社二〇〇二年九月版。計有文林卷、文曉村卷、王詔觀卷、王碧儀卷、台客卷、白靈卷、吳淑麗卷、花甲白丁卷、金筑卷、洪守箴卷、喬洪卷、晶晶卷、曾美玲卷、黃朝和卷、楊火金卷、詩薇卷、詹燕山卷、筱華卷、魯松卷。

我年輕的戀人

陳義芝著，聯合文學出版社二〇〇二年十月版。作者即將五十歲時出版的詩集裡，讀到一種他過去的詩中所沒有的少年徬徨，一種浪漫的青澀與清苦，一種玩耍與遊戲的快樂。

在植物與幽靈之間

林泠著，洪範書店二〇〇三年一月版。收入〈與頑石鑄情〉、〈給林羚〉、〈搖籃〉、〈給女兒的詩〉等詩。

橋畔，我猶在等你

潘郁琦著，大地出版社二〇〇三年二月版。作者歌頌死了也要在一起、一起輪迴轉生的愛情。奈何橋畔痴痴守候，此情必可動天。

臺灣原住民族漢語文學選集（詩歌卷）

孫大川編，印刻文學生活雜誌出版公司二〇〇三年三月版。收錄奧威尼・卡露斯、阿道・巴辣夫、胡德夫、田哲益、莫那能、溫奇、林聖賢、根阿盛、林志興、瓦歷斯・諾幹、伐楚古、達卡鬧・魯魯安、旮日羿・吉宏、董恕明、伍聖馨、趙聰義等十六位詩人近六十首詩作。

海浪和河流的隊伍

詹澈著，二魚文化公司二〇〇三年四月版。分兩輯：「東海岸速寫」、「坐在公認的版圖上」。有余光中序，後面有阿鈍的評論。

二十世紀臺灣詩選

奚密編選，（北京）中國社會科學出版社二〇〇三年四月版。有流沙河序和作者的導論。入選者有楊華、楊熾昌、覃子豪、紀弦、林亨泰、洛夫、羅門、余光中、張默、瘂弦、葉維廉、李敏勇、簡政珍、陳義芝、許悔之等，另有作者跋。

失樂園

簡政珍著，九歌出版社二〇〇三年四月版。為作者近年發表的詩作集結，以沉默的意象語言傳達作者個人體悟。〈失樂園〉是作者的第三首長詩，總計二十四節，三一七行，深刻體現其「苦澀的笑聲」之詩心及後現代的當代性。整首詩處處有後現代的精神，但在外表的形式上，卻不著痕跡。有洛夫序〈序簡政珍詩集《失樂園》〉

洛夫禪詩

洛夫著，天使學園文化公司二〇〇三年五月版。詩人素有禪心：魔即禪，禪即魔，禪魔互證，兩者的結合，是一種革命性的東方智慧。收入〈窗下〉、

〈談詩〉、〈誰來晚餐〉、〈根〉等七十首詩。

楓韻

紫楓著，詩藝文出版社二〇〇三年六月版。有文曉村序，分五卷：「悲歡離合總無情」、「卻道天涼好個秋」、「感時淚雨灑天江」、「青山水綠思當年」、「人生到處知何似」，另有附錄兩篇。

臺詩三百首

楊青矗編，敦理出版社二〇〇三年八月版。選自鄭成功入主臺灣之後三百多年間，描寫臺灣本土的古典詩。有臺灣先民的生活感情風貌、祖先開墾臺灣的血淚史、土地與歷史的腳跡。這些作品有六、七萬首，作者用六年時間從中精選三四一首，加以批註、欣賞分析。本書注有臺語讀音，並翻譯成臺語新詩對照。

陳千武詩全集

陳明台主編，臺中市文化局二〇〇三年八月版。這部本土詩集，不停地尋求臺灣詩的立足點，不停地探索詩與臺灣、臺灣的人和臺灣的土地的關係。

洛夫詩抄

洛夫著，未來書城公司二〇〇三年八月版。為「詩魔」洛夫的經典手抄本。

生命是悲歡相連的鐵軌

方明編，創世紀詩雜誌社二〇〇三年八月版。本書以同仁歷年在海內外詩壇行走的活動照片約千幀為主軸，並穿插海報、專刊書影、簽名式、詩人手稿等，卷前有簡史，卷末有大事記，記錄一個元老詩刊的身影。

中華現代文學大系（壹）：詩卷（臺灣 一九八九～二〇〇三）

白靈編，九歌出版社二〇〇三年十月版。分二卷，入選作者有紀弦、周夢蝶、洛夫、余光中、羅門、向明、管管、夏菁、文曉村、陳千武等人。

讀星

王祿松著，讀月山房二〇〇三年十月版。這部微型詩畫集，收有抒情詩和小詩多首。

戰爭的顏色

張國治著，聯經出版公司二〇〇三年十一月版。分三卷：「帶你回花崗島」、「想家的時候」、「戰爭的顏色」。

針孔世界

岩上著，南投縣文化局二〇〇三年十二月版。有「小詩集錦」、「旅日詩抄」等七卷。

愛情像風又像雨

一信著，臺北縣文化局二〇〇三年十二月版。分四輯：〈初戀情懷〉、〈戀戀情濃〉、〈回首情惘〉、〈附錄〉。

一信詩選

一信著，秀威科技公司二〇〇三年十二月版。作者從五十年的創作生涯中選出八十首詩。有落蒂的序，共七輯：「夜快車」、「時間」、「牧野的漢子」、「婚姻有苦有笑有車子」、「從一隻鳥在想方向」、「魔術方塊」、「其它」。

鄭愁予詩集二：一九六九～一九八六

鄭愁予著，洪範書店二〇〇四年一月版。係為《燕》、《雪》、《刺》三書之合集，展現視野由塞外江南到臺灣到北美，唯意識貫通，關懷普遍，於細密精緻處前後入一，詩的人文性格愈見超越。

名詩手稿

侯吉諒編，未來書城二〇〇四年三月版。收錄周夢蝶、向明、管管、商禽、辛鬱、隱地、李敏勇、蕭蕭、羅青、向陽、路寒袖、鴻鴻、須文蔚等二十七位海內外詩壇各世代名家手稿詩作。

良性互動

汪洋萍著，文史哲出版社二〇〇四年三月版。有作者自序，第一卷為〈天道．地利．人情〉，第二輯為〈詩心．痴情．俗話〉，第三卷為〈良性互動〉，收入古遠清等人的評論，書後有作者著作一覽表。

二〇〇三臺灣詩選

向陽編，二魚文化公司二〇〇四年四月版。這部年度詩選，收入詩人八十六家，詩作八十六篇。選錄詩作較多的是二十一至三十行和十一至二十行。

另一種遙望

張錯著，麥田出版公司二〇〇四年五月版。詩集帶領讀者走一趟追尋自我的旅程，時來的哲思，讓在煩擾俗世中，進入一片寧靜恬淡的境界。收〈螢火蟲之歌〉、〈秦兵馬俑〉、〈謁黃花崗〉、〈唐三彩載樂駝〉、〈秋刀魚季節〉、〈禁忌的遊戲〉等三十一首詩，另有一首譯詩和後記〈距離與遙望〉。

詩話中華（遠古篇）

張朗著，詩藝文出版社二〇〇四年五月版。唱出了對祖國的愛與崇敬，祝福與希望，也唱響祖國年輪裡亙古的雨聲、風聲。分為：開天闢地、人類誕生與繁衍、三皇時代、五氏時代、蠶神、皇帝時代、後皇帝時代、唐虞盛世、帝舜時代的傳說，每首詩後面者附有文史解說。

給從前的愛

陳克華著，小知堂二〇〇四年六月版。詩主題寫的是同志之愛。

相遇

陳恩華著，秀威資訊公司二〇〇四年七月版。作品告訴我們，愛情的意義，不再是有始有終，有結果或沒結果。在相愛的過程中，你所付出的每一件事，有價值，有意義，才是重點。

叫花的男人：羊令野詩集

羊令野著，爾雅出版社二〇〇四年八月版。這位終身未娶的軍人，自作多情地把自己喻為「叫花的男人」，他自信這種男人可叫出仁心之境，叫出一個世界來。作者用字典雅細緻，意象豐沛鮮活，並展現其獨特個性與豐富的學養。

請不要說再見

蕭雲著，秀威資訊公司二〇〇四年九月版。作者把一路走來的人生旅程的感受，以抒情詩的形式呈現。以情詩為多，次為親情。

愛與死的間隙

白靈著，九歌出版社二〇〇四年九月版。有蕭蕭的論文〈白靈的心靈觀照與意象表現〉。分六卷：真假之間、愛與死的間隙、灼灼烈日、誰主浮沉、千年一淚、聞慰安婦自願說。

創世紀詩選（一九九四～二〇〇四）

李進文等編，爾雅出版社二〇〇四年十月版。收入管管、白靈、周夢蝶、洛夫、隱地、陳義芝等人的詩，在每首詩前面均有作者簽名的明信片。

他們怎樣玩詩？

洛夫等著，辛鬱等編，二魚文化事業公司二〇〇四年十月版。這部創世紀五十年精選集，有張默代序，入選者有洛夫、張默、瘂弦、葉維廉、楊平、簡政珍、大荒等，每人前面有生平簡介和詩觀。

同款的夢：結婚三十年紀念詩集

黃樹根著，春暉出版社二〇〇四年十二月版。這是床裡床外的一種書寫儀式。

小蘭嶼和小藍鯨

詹澈著，九歌出版社二〇〇四年十二月版。有陳映真的代序。詩人表達了達悟人民對核電權力憤怒的吼聲，還寫了蘭嶼小島上的作家和一個嫁到蘭嶼的漢族女兒，表現了動人心弦的友情。分四輯：「祝禱詞」、「小蘭嶼和小藍鯨」、「饅頭岩」、「語言」，另有後記。

日花

張清香著，臺南市立圖書館二〇〇四年十二月版。收八十六首詩，分四卷：「生之回瀾」抒發人生感悟，「詠物感時」詠嘆萬事萬物，「女人與愛」以女性思維探索同性對愛的期待、失望及自覺，「天涯放歌」為山水旅遊之作。

希望的世紀

林央敏著，前衛出版社二〇〇五年一月版。創作年代縱跨三十年，內容包括寫人記物和咏懷言志的雜詠，以及以臺灣為中心主題的詠史，還有柔美含蓄的情詩。主題詩〈希望的世紀〉正是音樂家柯芳隆的臺灣交響曲〈二〇〇〇年之夢〉的藍本。〈土牛翻身〉是所有書寫「九二一大地震」的詩作中最長的一篇。

給NK的十行詩

江自得著，春暉出版社二〇〇五年二月版。這部本土詩集從唯美、抽象的概念，轉而深沉、確切的歷史書寫，這不僅擴大其詩意的輻射層面，從個人走向國族，同時也增加其多次元的書寫空間，再次揭示出作者從醫師的角色，逐漸趨近於純粹詩人的位階。

我摺疊著我的愛

席慕蓉著，圓神出版社二〇〇五年三月版。四十二首詩與二十幅畫，收藏著作者的真心真情。這本詩集正是作者兩年來對於生命與原鄉的悸動與熱情。

無為詩帖

張默著，創世紀詩雜誌社二〇〇五年三月版。分四卷：〈鄉情〉、〈親情〉、〈詩情〉、〈閒情〉。

莫渝詩集

莫渝著，苗栗縣文化局二〇〇五年四月版。共二冊，收入從一九六四至二〇〇四年的作品。

草木有情

蘇紹連著，秀威科技公司二〇〇五年五月版。收入〈球根海棠〉、〈卷心烏毛蕨〉、〈紅珊瑚油桐〉、〈天外九重葛〉等詩。

追夢

麥穗著，詩藝文出版社二〇〇五年六月版。分八輯：〈迎接繽紛〉、〈想起楊梅〉、〈血凝固後〉、〈午夜蛙鳴〉、〈時間的陸沉〉、〈在大峽谷吟詩〉、〈送你一首小詩〉、〈遠方是一個夢〉。附錄林麗如專訪作者的文章及麥穗寫作年表和評介編目、後記。

臺灣現代文選（新詩卷）

向陽編著，三民書局二〇〇五年六月版。這本教材有主編導言，每首詩後面含作者簡介、賞析及延伸閱讀，附錄臺灣現代詩社詩刊起落小志。

詹澈詩選

詹澈著，（北京）臺海出版社二〇〇五年六月版。有金堅范等人的序，分六輯：〈土地，請站起來說話（一九七九～一九八二）〉、〈手的歷史（一九八〇～一九八五）〉、〈海岸燈火（一九七四～一九九〇）〉、〈西瓜寮詩集（一九八一～一九九七）〉、〈海浪和河流的隊伍（一九九九～二〇〇二）〉、〈小蘭嶼和小藍鯨（二〇〇〇～二〇〇二）〉，附錄有余光中、古繼堂、古遠清等人評論。

星的堅持

台客著，重慶出版社二〇〇五年六月版。有麥穗等人的序，分五輯：〈寶島詩旅〉、〈神州和海外詩旅〉、〈懷念與有贈〉、〈感時篇〉、〈星的堅持〉，附錄兩篇評論文章。

童山人文山水詩集

邱燮友著，萬卷樓圖書公司二〇〇五年七月版。有作者自序，分童詩卷、生活卷、旅遊卷，多為山水詩和旅遊詩。

穿越世紀的聲音——笠詩選

鄭烱明主編，春暉出版社二〇〇五年八月版。前面有李魁賢等人的序，全書共收入本土詩人巫永福、林亨泰，杜國清等人的作品。

了然集

周煥武著，詩藝文出版社二〇〇五年八月版。前面有文曉村的序言和作者的自序，分三卷：〈自然篇〉，以順應自然生態為正面取向；〈恍然篇〉，傾向中性取向，可供玩味；〈不然篇〉，頗多驚世駭俗、逆天背理的負面示範。

雲遊四海

楊平著，唐山出版社二〇〇五年十月版。收入〈追求者〉等旅遊詩。

苦惱與自由的平均律

陳除黎著，九歌出版社二〇〇五年十一月版。從深切抒情到社會嘲諷，他的作品見證了主導臺灣蛻變的歷史變遷，並表現了詩人的實驗精神。作者的詩在勾勒出臺灣文化認同甘苦參半的追尋過程的同時，為個人和政治、藝術至上的前衛主義和良心文學的適切結合提出了實證。

詩的旅行

落蒂著，臺南市立圖書館二〇〇五年十二月版。分〈濁水溪微波〉、〈新竹來風〉、〈北臺踏青〉等十二輯。

雪飛世紀詩選

雪飛著，（香港）銀河出版社二〇〇五年十二月版。為抒情詩集，〈簫聲〉、〈中秋夜思——獻給祖父〉流露出濃濃的懷鄉思親之情。

二〇〇五臺灣詩選

蕭蕭編，二魚文化公司二〇〇六年二月版。這部年度詩選，每篇新詩後增錄導讀，入選者為老中青三代詩人，其特色為「沉潛與獨立」。

精神病院

鯨向海著，大塊文化公司二〇〇六年三月版。作者醫學系畢業，為精神科住院醫師。有關書名，作者在序中自敘：現代人太過忙碌，無法靜靜讀詩，詩集的處境，有時更像一座荒郊的精神病院，故定名為「精神病院」。

介殼蟲

楊牧著，洪範書店二〇〇六年四月版。敏感心靈與深邃幽思綿密交織，「童年，一排鐘聲似的傳來」這樣的意象，依舊盤旋徘徊詩集中。

鹹酸甜，人生的滋味

林武憲著，彰化縣文化局二〇〇六年八月版。臺語詩歌集。

存在美麗的瞬間

綠蒂著，（北京）中國文聯出版社二〇〇六年九月版。有愚溪序〈問江湖〉和作者代序〈存在不一樣美麗的瞬間〉，收入〈東海傳說〉、〈洞庭秋思〉、〈屬於我的十四行〉、〈一生中的兩樣〉、〈向西奔流的鄉愁〉、〈在微風的古城向晚〉、〈永遠的少女峰〉等詩作。

雨的味道

葉維廉著，爾雅出版社二〇〇六年十月版。詩集主題是以追憶人性的原點即童年與家鄉作為詩意空間的聚斂場。整本詩集通過詩意空間的「聚斂場——開放場」、身體的「存在虛無」這兩條線索，反覆探問三大命題：人文與自然、心靈夢想與現實生活、文化傳統與歷史時空，試圖在詩歌中召喚整體的人性。

綠蒂詩選

綠蒂著，臺灣商務印書館二〇〇六年十一月版。作者在喧囂的世界裡，締造屬於自己的詩的城堡。有自序〈詩是我的代言人〉，收入〈波士頓的下午茶〉、〈夏夜聽雨〉、〈千島之湖〉、〈黃昏與海〉、〈中秋無月〉、〈早安臺灣〉、〈夜遊尼羅河〉、〈靜靜的初夜〉等詩。

當鬧鐘與夢約會

簡政珍著，〈北京〉作家出版社二〇〇六年十二月版。有鄭慧如序，分六輯：「出入人生」、「現實的身影」、「意象的姿容」、「有情眾生」、「所謂情詩」、「長詩的行腳」。

郭楓詩選

郭楓著，臺北縣文化局二〇〇六年十二月版。有作者自序，分九卷：「山岳集」、「靜觀集」、「春歌集」、「金石集」、「危航集」、「癌戲集」、「商籟集」、「鳥獸集」、「怒濤集」，另有後記和作者年表。

性情世界

陳福成著，時英出版社二〇〇七年二月版。分六輯：〈去大肚山看媽媽〉、〈辦公室之花〉、〈與情婦訣別書〉、〈似曾相識在樓蘭〉、〈想我未曾謀面的老娘〉、〈讀兩個人和一座山〉。

小詩．床頭書

張默編，爾雅出版社二〇〇七年三月版。分九卷，最短的為二行詩，最長的不超過十行，每卷均有作者的讀後筆記。

肉身意識

碧果著，爾雅出版社二〇〇七年三月版。有白靈〈水的上下，火的左右〉、向明〈碧果的二大爺哲學〉雙序。分四輯：「柿子紅了」、「井與月光」、「人的問題」、「非鳥之鳥」，另有後記和作者寫作年表。

第一道曙光

莫渝著，秀威資訊科技公司二〇〇七年五月版。有自序〈十個寫詩的理由〉，另有郭楓、黃美娥的雙序。內容分四輯：「自由：寬廣的路（二〇〇五）」、「傾聽自然（二〇〇六）」，「北國三部曲」、「田園與畫意」，後面有林鷺、楊淑華的評論和作者的後記。

安魂曲

李魁賢著，上慶文化公司二〇〇七年六月版。除收有〈社會現象〉、〈SARS焦慮症〉、〈二二八安魂曲〉等多首詩外，另有莊金國的評說〈史詩的交響〉。

獨釣空濛

張默著，九歌出版社二〇〇七年七月版。這部旅遊詩集分臺灣、大陸、海外三部分。

與石有約

台客著，偉霖文化事業公司二〇〇七年七月版。有秦嶽序〈酷似一粒石頭的台客〉和作者自序。無論是新詩篇還是散文篇，其內容都離不開玩石、賞石和詠石。

旅遊寫真

孟樊著，唐山出版社二〇〇七年九月版。分中國、東北亞、東南亞、紐澳、北美洲、歐洲等部分。

張默詩選

張默著，〈北京〉作家出版社二〇〇七年十月版。分「戰爭偶然及其它」等六卷。

尋找青春拼圖

范揚松著，聯合百科電子出版公司二〇〇七年十二月版。分「旋轉的年輪」等七輯，有吳明興等人的評論四篇。

調色盤

張堃著，唐山出版社二〇〇七年十二月版。收〈午夜聽雨〉、〈油紙傘〉、〈老人公寓〉、〈晚餐後的古典音樂〉、〈觀海二題〉等一一〇首詩。

綠島外獄書

詹澈著，秀威科技公司二〇〇七年十二月版。分「用翅膀走路」等五輯。

我們一路吹鼓吹

李瑞騰編，爾雅出版社二〇〇七年十二月版。為《臺灣詩學季刊》同仁詩選，每位同仁前均有簡介、詩觀、手稿。

一縷禪

潘郁琦著，遠景出版社二〇〇七年版。是作者心底的清淡意念，書寫著佛學研進中的幾世因緣，也懷念無我、有我間的師友。分為「天地星辰」、「深沉回眸」、「山水行腳」等五輯。

秋收的黃昏

林明理著，春暉出版社二〇〇八年一月版。收錄十八篇詩作和二十四篇文章，與美麗的圖畫相輝映。

除了野薑花，沒人在家

李進文著，九歌出版社二〇〇八年二月版。訴說身邊所有的一切。不論是愛情、親情，還是日常生活的點點滴滴，都寫入他的新詩之中，散發出淡雅細膩的風情。

回眸處

涂靜怡著，漢藝色研文化公司二〇〇八年四月版。分「午後雨」、「布拉格」等五卷，最後一卷為胡品清翻譯的著者詩作，附錄評論多篇。

新詩三十家

白靈主編，九歌出版社二〇〇八年四月版。此係臺灣文學三十年精英選集之一，有李瑞騰總序和白靈序，收入李敏勇、羅青、蘇紹連、簡政珍、渡也、楊澤、詹澈、鴻鴻、紀小樣、唐捐等人的詩作。

一五一時詩選集

夏夏編，黑眼睛文化公司二〇〇八年五月版。大小設計成昔日車票的尺寸，畫上撕折虛線，讓每首詩成為交換的票券，通往交流的旅程。沒有頁碼和目錄更能隨性翻閱，無須逐頁閱讀。作者包括：顏峻、廖偉棠、向明、管管、蘇紹連、李進文等。

余光中六十年詩選

陳芳明選編，印刻文學生活雜誌出版公司二〇〇八年六月版。自作者千餘首作品中挑出近百，並收錄未發表的新作數首，可分三個時期：臺北時期、香港時期、高雄時期。他心靈的開闊、念舊、流轉、隨遇而安卻又不輕易從俗的諸般特性，也與他親身經歷的時代社會脈動起落有致地相互呼應。

一棵永不凋謝的小樹

趙天儀著，富春文化公司二〇〇八年八月版。一本寫給少年看的詩集。

年方九十

紀弦著，文史哲出版社二〇〇八年九月版。選自二〇〇一至二〇〇五年間的作品。

放逐與口水的年代

簡政珍著，書林出版公司二〇〇八年九月版。本詩集的標題詩是一部詩小說。詩的意象敘述，呈現一個掏空國庫、以口水治國的年代。

藕神

余光中著，九歌出版社二〇〇八年十月版。收錄〈詩藝老更醇？〉、〈捉兔〉、〈雞語〉、〈魔鏡〉、〈畫中有詩〉、〈永念蕭邦〉、〈讀夜〉、〈天葬〉、〈呼天搶地〉、〈維納斯的誕生〉、〈只有你知道〉、〈漏網之魚〉、〈你想做人魚嗎？〉、〈琉璃觀音〉等七十二首詩。

行走的詩

鴻鴻主編，臺北市文化局二〇〇八年十一月版。這是第九屆臺北詩歌節詩選。

余光中集

余光中著，臺灣文學館二〇〇八年十二月版。收入〈控訴一支煙囪〉、〈西子灣的黃昏〉、〈高樓對海〉、〈臺東〉等描寫臺灣的短詩。書後附有編者丁旭輝的長篇解讀。

錦連集

錦連著，臺灣文學館二〇〇八年十二月版。作者朝寫實的目標走，其中〈鐵軌〉代表受壓迫的意象，表達了詩人的悲憫心懷。收入〈在北風之下〉、〈蚊子淚〉、〈寂寞之歌〉等短詩。後面附有編者岩上的長篇解讀。

巫永福集

巫永福著，臺灣文學館二〇〇八年十二月版。前有作者影像及小傳。入選〈泥土〉、〈遺忘語言的鳥〉、〈愛〉、〈母親的相片〉、〈雜念〉、〈嫩葉〉、〈籠鳥〉、〈祖國〉、〈水仙花〉、〈稻草人的口哨〉等作品。

林宗源集

林宗源著，臺灣文學館二〇〇八年十二月版。作者一九五〇年代就開始用「臺語」寫詩，被稱作「臺語詩之父」。收入〈人講你是一條蕃薯〉、〈講一句罰一元〉、〈選舉連（聯）想曲〉、〈牧童及牛〉等短詩，後面有編者方耀乾的長篇解讀。

朵思集

朵思著，臺灣文學館二〇〇八年十二月版。收入〈道別〉、〈母親〉、〈懷思〉、〈車過林邊〉等短詩，後面有編者莫渝的長篇解讀。

岩上集

岩上著，臺灣文學館二〇〇八年十二月版。收入〈蟬〉、〈拉鏈〉、〈星的位置〉、〈水牛〉、〈清明〉等短詩，後面有編者向陽的長篇解讀。

趙天儀集

趙天儀著，臺灣文學館二〇〇八年十二月版。收入〈果園的造訪〉、〈大安溪畔〉、〈林間的水鄉〉、〈曆史的腳步〉等短詩，後面有編者的長篇解讀。

葉笛集

葉笛著，臺灣文學館二〇〇八年十二月版。收入〈火與海〉、〈玫瑰〉、〈雲的對話〉、〈火鳳凰〉、〈玻璃屋〉等短詩，後面有編者趙天儀的長篇解讀。

白靈詩選

白靈著，（北京）作家出版社二〇〇八年版。分六部分：小詩/五行詩、小詩/其他（百字內或十行內）、短詩、中長形詩、散文詩、組詩。

夜櫻

林明理著，春暉出版社二〇〇九年一月版。收〈丁香花開〉、〈愛是一種光亮〉等抒情詩九十五篇以及兩篇文章。

洛夫詩歌全集

洛夫著，普音文化公司二〇〇九年四月版。共四冊。卷一收錄：〈靈河〉、〈外外集〉、〈西貢詩抄〉、〈魔歌〉。卷二收錄：〈時間之傷〉、〈釀酒的石頭〉。卷三收錄：〈月光房子〉、〈城市悲風〉、〈隱題詩〉、〈雪落無聲〉。卷四收錄：〈長詩集錄〉、〈漂木〉、〈背向大海〉、〈未集稿〉。

傅予詩選

傅予著，秀威科技公司二〇〇九年四月版。分「生命在陽光下吶喊」等七輯，另有四篇附錄。

玫瑰的破綻

嚴忠政著，寶瓶文化公司二〇〇九年四月版。一朵玫瑰，鮮紅地開著。有人說，這就是春色，這就是綻放，對嚴忠政而言，他卻說，這是破綻。

商禽詩全集

商禽著，印刻文學生活雜誌出版公司 二〇〇九年四月版。他的詩作富有原創精神與前衛特質。本書收錄作者僅有的幾本詩集及其他刊登於報章之詩作，在詩人的「逃亡」過程中補缺拾遺，期能為其創作留下更完整的記錄。

邊界

陳義芝著，九歌出版社二〇〇九年五月版。他的詩，是一種風采，像因緣，是浪漫主義的延伸。有陳芳明序〈流浪之風，抵達之歌〉，廖咸浩序〈登陸不捨舟，舟在岸方在〉。

二〇〇八臺灣詩選

向陽主編，二魚文化公司二〇〇九年六月版。收錄老中青三代詩人最具代表性的七十餘首詩作，帶你暢遊臺灣的「四季」，秋風蕭瑟的冷寂，寒風陣陣的季節。

詩藝浩瀚

中國詩歌藝術學會編，台客主編，文史哲出版社二〇〇九年六月版。收入晶晶、范揚松等人的作品。

焦桐詩集

焦桐著，二魚文化公司二〇〇九年七月版。寫於一九八〇至一九九三年，全書依「蕨草」、「咆哮都市」和「失眠曲」分為三個部分，各部分選詩十餘首，尤以「失眠曲」最多。書末除收錄余光中、唐捐對焦桐詩作之評論外，也附「焦桐詩作評論索引」。

臺灣，用詩拍攝

汪啟疆著，春暉出版社二〇〇九年七月版。以短詩的形式居多，每一首詩就像一張照片，他悉心整理這些新舊照片，為它們命名，集結。夜裡燈下靜靜地翻閱，詩與思想漸漸顯影。

女孩馬力與壁拔少年

鴻鴻著，黑眼睛文化公司二〇〇九年八月版。收〈土製炸彈〉之後詩作六十首，分為〈自然醒〉、〈革命前夕〉、〈甜蜜與卑微〉三輯，題材涉及西藏抗暴、北京奧運、捍衛樂生、野草莓學運、新流感，出場人物包括銀行小姐、美容師、援交妹、黎礎寧、商禽、柯恩和野貓家狗。

樂善好詩

林德俊著，遠景出版社二〇〇九年八月版。詩人發起「樂善好詩」行動，「順手捐張隨身物，救救荒涼詩主題」，邀請任何人投入任何形式的隨身物，作為詩人創作的素材。有自序，收入〈朝向一個巨大的集體夢境〉、〈彈性規律〉、〈街巷冒險法則〉、〈遊行路線〉、〈時間九宮格〉等作品。

航行，在詩的海域

方群著，臺北教育大學二〇〇九年九月版。作者跳脫情詩的侷限，進入了與靈魂對話的空間，有意無意、戲謔似的嘲諷俗不可耐的現實生活。作者書寫那些卑微夢想，是一位典型的學者詩人。在詩集的後面附錄「作品發表索引」。

自白書

李敏勇著，玉山社二〇〇九年十一月版。收錄作者自一九九七年至二〇〇八年的詩作，全書分成「風中一葉」、「在世紀之橋的禱詞」、「你有你的、我有我的憧憬」、「島嶼街頭的榮光」四輯，訴說著詩人對自然景物、人生情調的感懷。

花，也不全然開在春季

丁文智著，爾雅出版社二〇〇九年十二月版。作者善於把死的文字變活，又把活了的文字塑造成一種富於藝術魅力的審美客體——詩。收入〈自主〉、〈秋盡〉等作品。

小調低唱

滌雲著，詩藝文出版社二〇〇九年版。分五輯：「低唱」、「土地之歌」、「第一聲禪」、「臺灣小調」、「濁水溪之歌」。該書是作者自二〇〇〇年至二〇〇八年創作的結集，是一位平凡詩的愛好者與創作者生命的展現。

秋天還是會回頭

李魁賢著，秀威科技公司二〇一〇年一月版。為記遊詩，創作時間為一九九三～一九九八年收入〈沃茲涅先斯基來到韓國〉、〈荷蘭木鞋〉、〈雅典的神殿〉、〈西貢〉、〈莫斯科的三條魚〉、〈木棉花的街道〉、〈俄羅斯船歌〉、〈魚子醬〉、〈紅場〉、〈逃亡〉、〈巨鐘〉等六十六首詩。

獨行集

夏菁著，秀威科技公司二〇一〇年一月版。五十五首詩簡約可誦，給讀者一種親和感，內涵則清新蘊藉，符合其「詩必心出」的信仰。

陳坤崙集

陳坤崙著，臺灣文學館二〇一〇年一月版。收入〈無言的小草〉、〈鄉土〉、〈午睡的工人〉、〈吃土〉等短詩，後面有編者莫渝的長篇解讀。

舞蹈

魯蛟著，爾雅出版社二〇一〇年二月版。他的詩表達的是對大自然的審美、喜愛生活之樂、對社會百態的所思及追求真善美的決心，收入〈梯田〉、〈五色鳥〉等八十七首詩。

結局

沈志方著，爾雅出版社二〇一〇年三月版。由第一本詩集〈書房夜戲〉再加入新詩作而成，共收入六十四首詩。

陳義芝詩精選集

陳義芝著，新地文化藝術公司二〇一〇年四月版。分六輯「落日長煙」、「青衫」、「新婚別」、「不能遺忘的遠方」、「不安的居住」、「我年輕的戀人」。收入一百首詩。

許悔之集

許悔之著，臺灣文學館二〇一〇年四月版。前面有作者小傳，後面有編者李敏勇的長篇解說。收入〈憂鬱的臺灣〉、〈發現臺灣〉、〈胸膛〉、〈頑石〉等短詩。

張默小詩帖

張默著，創世紀雜誌社二〇一〇年五月版。共七卷，題材從寫景到婉轉抒情，從集悟到靈光一閃，從人文獨照到海浪滄浪，收入一九五四至二〇一〇年間的作品約二百首小詩。

二〇〇九臺灣詩選

陳義芝主編，二魚文化公司二〇一〇年五月版。入選詩人共七十六家。

小詩磨坊

林煥彰主編，秀威科技公司二〇一〇年七月版。收入八位詩人的六行小品，計二四〇首。

詩是屬於夏娃的

碧果（姜海洲）著，秀威科技公司二〇一〇年八月版。收入八十七首詩作，多為超現實主義作品。

終於起舞

李東霖著，九歌出版社二〇一〇年十月版。收入五十七首短詩作，用深遠的寓意傳達感情的真味。

風雲舞山

隱地著，爾雅出版社二〇一〇年十一月版。不少人物、故事、風景在巧喻的安排下，不經意地流露出臺灣味的生活剪影。收〈偷眨眼〉、〈塵世飛翔〉等四十二首詩作。

葉日松詩選

葉日松著，二〇一〇年十二月自印。這是作者五十年來詩作選集，共收入二六〇首作品。

我／城——陳黎詩選

陳黎著，二魚文化公司二〇一一年六月版。所收的九十五首詩一方面見證了主導臺灣蛻變的歷史變遷，一方面表現了詩人蓬勃的實驗精神。

以詩之名

席慕蓉著，圓神出版社二〇一一年七月版。延續了作者一貫的豐厚的簡單。人生感悟依然在其筆端緩緩流淌，伴隨著每一次晨鐘暮鼓。經歷過太多的雲卷雲舒，人生於她，一出寧靜的風景，其中沉澱了太多的人生智慧和遙想。收錄二〇〇五年以後的新作以及以前未發表過的舊作。

府城詩篇

林宗源著，臺南市文化局二〇一一年十二月版。以臺南府城古跡、民俗文化、小吃等為題材的詩集。

當風di山秋天的草埔吹起

陳秋白著，高雄市文化局二〇一二年二月版。用臺語撰寫的歷史長詩，寫「打狗」即高雄的歷史，也將馬卡道族的滄桑融入詩中，呈現省思意味。搭配有附贈的朗讀語音光碟。

美麗島詩歌

李敏勇著，玉山社二〇一二年五月版。一如既往地表達他對土地、對社會、對歷史的觀察與心境抒發，表達他對臺語創作的關心與支持。全書收錄四十九首漢字臺文詩，以及十八首漢字臺文歌詞。

新世紀的吹鼓吹

蘇紹連編，爾雅出版社二〇一二年九月版。該書為網路時代詩人作品選。他們的創作風氣主要來自網路詩友們的砥礪及自我警醒後的塑造，反而吸收平媒詩集和詩刊雜誌的養分比較少。

下棋與下田

詹澈著，人間出版社二〇一二年十月版。一〇三首詩其主題仍是農村與農民。在白描的儉樸與寒酸處境裡，呈現一種無分種族、無分貴賤的愛。前面有蕭蕭寫的序言〈詹澈：現代墨翟〉。

影子的重量

張堃著，秀威科技公司二〇一二年十一月版。副標題為張堃詩集。收入〈車站留言板〉、〈青花瓷〉、〈淡水歸來〉、〈獨居老人十四行〉、〈一個老婦的側影〉等一三五首詩。

臺灣二〇一二年現代詩選

江自得等編，春暉出版社二〇一三年四月版。收入本土詩人岩上、林梵、錦連等人的作品。

長短歌行

楊牧著，洪範書店二〇一三年八月版。這是作者繼二〇〇六年以後的作品結集。收長短詩篇四十餘首。在曲折有致的文字間，蘊蓄綿密，層出不窮。

驀然發現

碧果著，獨立作家出版社二〇一三年九月版。副題為碧果詩集。詩風雜揉實與幻的迥異風格。有序〈一隻鳥飛過鏡中孤寂的空間〉。該書共分六卷：卷一：吐納在風景恣意的扭動中，卷二：美成聊齋的夜，卷三：夢見一頭剔牙的獅子，卷四：黑暗的個體，卷五：驚悚的一瞥，卷六：巨大的寂靜。卷一收入〈驀然發現〉、〈空間之我與我之空間〉、〈歲月引力〉、〈吐納在風景恣意的扭動中〉等作品。

掩映

陳義芝著，爾雅出版社二〇一三年十月版。收入作者二〇〇九年夏至二〇一三年秋的作品。作者以飽含古典意蘊的深情，穿越古今，表達了對自然的讚頌，對歷史的反思。

（四）劇本

荒島英雄

黃佐臨著，世界書局一九四五年版。這個話劇係據〔英〕巴蕾〈可敬的克萊登〉改編為四幕喜劇。作者為大陸著名導演。

時代插曲

李曼瑰著，婦女文化月刊社一九四六年版。這齣四幕話劇出場人物有二十四位，主要人物有從大陸遷臺的公務員張自強、農場主任高志飛等人。描寫同住在兩棟日式宅院三戶人家子女的故事。

現代陳三五娘

呂訴上著，銀華出版社一九四七年版。這部五幕話劇講述現代閩粵才子佳人陳三和黃五娘掙脫封建禮教，最終取得美滿婚姻的愛情故事。以方言俗語增添鄉土色彩，並以人物的強烈抗爭性體現封建束縛較為薄弱的邊緣地區的地域特色。

童養媳

魏廉著，臺灣書店一九四八年版。全劇分五幕：「謎樣的人生」、「不作睜眼瞎子」、「壓迫」、「掙扎」、「走向光明大道」。劇情牽涉到抗日戰爭，主要人物有劍俗、福兒、王志樹、袁老二、袁超群。

西施

林清文著，一九四九年自印。西施與王昭君、貂蟬、楊玉環並稱為中國古代四大美女。本書係以西施為主人公的話劇。

海嘯

趙之誠著，民治出版社一九五〇年十一月版。這齣話劇描寫舟山群島北方的孤立小島，島上漁民如何與解放軍周旋的故事。主要人物有漁民領袖李鬍子、游擊隊頭目朱大姐、空軍上尉張桐等。

樊籠

王方曙著，反攻出版社一九五一年元月版。為舞臺劇，這齣四幕劇寫大陸新政權建立前，朱兆年同情共產黨，「匪諜」謝軍見有機可乘，派人迷惑他，並鼓動大學生鬧學潮。新政權建立後特務方耀剛計劃炸共產黨的軍火庫。主要人物除朱兆年外，另有他的妹妹及其親戚。

女匪幹

呂訴上著，臺灣省新聞處一九五一年五月版。劇本描寫羅挹芬和李子衡都是有抱負的青年，後來聽信了共產黨的宣傳而替共產黨工作的故事。「女匪幹」是指劇中人物張瓊。

大別山下

墨深著，文藝創作出版社一九五一年七月版。寫八路軍到皖北如何內鬥的故事。主要人物有老農民張爺爺，他的兒子八路軍特務班長及共產黨幹部周政委等人。

大巴山之戀

郭嗣汾著，文藝創作出版社一九五一年七月版。描寫家鄉人民組織「巴山部隊」進行「團結抗暴」的故事，主要人物有楊老太婆及其兒子、侄子等人。

征衣緣

齊如山著，文藝創作出版社一九五一年十月版。這齣「平劇」描寫「鎮山貓」茅洪霄在北國匈奴的幫助下，興兵作「亂」的故事。該劇用比喻、暗示等美學技術來影射唐朝（國民黨）和「鎮山貓」（共產黨）。全劇分十八場。

碧血丹心灌自由

上官予著，文藝創作出版社一九五二年一月版。「反共抗戰」劇的代表作品之一。有張道藩序。這齣四幕劇描寫解放區的國民黨人士在思想、行動上與中共展開鬥爭的故事。主要人物有國民黨的潛伏人員方明志、蔣大龍、小扣子，中共幹部有花莉、毛同志等人。

憤怒的火焰

方曙著，文藝創作出版社一九五二年一月版。寫解放區工人的遭遇。主要人物有男工許大慶、女工張來鳳、廠長劉二等人。

人獸之間

吳若著，文藝創作出版社一九五二年一月版。這部四幕五場劇以一九四九年上海為背景。那時國民黨正準備撤退臺灣，國共兩黨在這個大城市展開了一場惡戰。主要人物有荀文卿、劉健生、陳莉娜、李惠強等人。

尼龍絲襪

丁衣著，「國防部總政治部」一九五二年三月版。這場獨幕劇係為當局做宣傳，並強調消耗和奢侈必須節制。主要人物有王正林及其夫人，以及小姐、表哥等人。

光武中興兩部曲

李曼瑰著，世界書局一九五二年十一月版。〔東漢〕和帝、安帝以後，朝政日衰，「中興」成為士大夫迫切渴望政治改革與王朝善政的政治信念，每一位新君都被認為承擔了「中興」之責以及「中興」的時代契機。這個四幕劇係借古諷今之作，分兩部：王莽篡漢，光武中興。

王莽篡漢

李曼瑰著，世界書局一九五二年版。「王莽篡漢」係著名歷史事件，王莽御王冠即天子位，國號新，稱始建國元年（西元九年），莽年五十四歲。從安漢公—宰衡—假皇帝—真皇帝，總計八年，自此中國歷朝除了貴族革命及平民革命之外，另開篡奪之例。按現代觀點改編而成的四幕劇。

勾踐復國

齊如山著，文藝創作出版社一九五二年版。借古喻今的新歷史劇，由國民黨軍中劇團上演。

三隻鴨子

高前著，文藝創作出版社一九五三年六月版。這部獨幕喜劇通過對話表現部隊在困難中從事生產的故事。主要人物有老禿、少爺和老狗。

海

虞君質著，文藝創作出版社一九五三年十月版。以臺灣的高雄港為背景，以描寫漁民生活為中心。

五百完人

上官予著，文藝創作出版社一九五三年版。一九四九年國共內戰後期，中國人民解放軍攻陷山西省府太原，山西省代主席梁敦厚等文武官員五百餘人集體自殺，是為「太原五百完人」其實，這五百人中因自殺而死亡者最多可能只有百餘人，且死亡時間和原因與原來宣傳中所稱也不盡相同，有的還是日本人。係多幕劇。

春風吹綠湖草邊

叢林著，國民黨中央委員會婦女工作會一九五四年八月版。寫白蘭花經營的「桃花江酒家」，買了一批養女當搖錢樹，後來這些養女有不同的遭遇。主要人物有白蘭花、香妹、玉娟、林金火等人。

再會吧，大陳

高前著，康樂月刊社一九五五年五月版。「大陳」係指大陳島。這齣三幕五場話劇以唐忠祥一家為核心，寫他們如何反抗解放軍攻占大陳島過程。

花好月圓

趙之誠著，民眾讀物供應社一九五五年版。四幕諷刺喜劇，描寫一對愛慕虛榮的青年男女，結婚時講排場並貪圖賀禮，結果未收到預期效果，反而負債累累。

熱血忠魂一江山

朱白水著，中華文化出版事業委員會一九五六年一月版。寫「反共救國軍」如何死守一江山島最終失敗的故事。

夜渡

上官予著，暴風雨出版社一九五六年十月版。這部多幕劇曾公演多次，並改編為〈夜盡天明〉電影。寫深圳一位老農民和少女想偷渡到對岸，後老農民喪生，少女在他人幫助下成功脫險。

漢宮春秋

李曼瑰著，中國戲劇藝術中心出版部一九五六年版。這部五幕劇超越了反共抗俄的刻板主題，忠於史實，形象地再現了漢代的歷史風雲，劇中人物眾多。

小人物家事

丁衣著，康樂月刊社一九五六年版。這齣三幕劇又名〈和親睦鄰〉。

女畫家

李曼瑰著，自由中國社一九五六年版。描寫一位被丈夫拋棄的女子，自強奮鬥成為一位畫家的故事。

戲中戲

李曼瑰著，幼獅出版社一九五七年四月版。反映婦女生活作品的三幕劇。

春歸何處

虞君質著，中華文化出版事委員會一九五七年五月版。由〈秋海棠〉改編而成，寫一代名旦玉樓春在瀋陽大舞臺演唱的遭遇。主要人物有玉樓春、偽滿警察廳長歐陽虎及其太太華夢梅等人。

張道藩劇集

張道藩著，正中書局一九五七年版。收入〈自誤〉、〈殺敵報國〉等作品。

一字千金

趙之誠著，民眾讀物供應社一九五七年版。「一字千金」出自〈史記〉〈呂不韋列傳〉「布咸陽市門，懸千金其上，延諸侯游士賓客有能增損一字者予千金。」意思是一個字值一千金，原指改動一個字賞賜千金。

大漢復興曲

李曼瑰著，臺灣商務印書館一九五七年版。這部歷史劇，與作者寫的〈漢宮春秋〉、〈楚漢風雲〉、〈漢武帝〉組成四部曲。

維新橋

李曼瑰著，正中書局一九五八年版。「維新」含反共抗俄之意。

魔劫

王生善著，改造出版社一九五九年四月版。故事發生在一九五八年暮秋，大陸沿海的某一村莊。主要人物有李老爹及其長子，還有人民公社幹部崔明。

盡瘁留芳

雨初（李曼瑰）著，改造出版社一九五九年六月版。這部四幕一景話劇，副題為「勤儉為服務之本」。主要人物有仁愛醫院院長兼婦女會理事長漆若蘭，以及醫院研究室主任莫天生，中醫兼國畫家江善齋等人。

禮尚往來

王紹清著，改造出版社一九五九年版。描寫一批違裝建築戶為了城區的改造和社會的進步，忍痛拆掉舊房的故事。

陋巷天使

劉枋著，臺灣省婦女寫作協會一九六〇年一月版。廣播劇。

喜事重重

陳梅隱著，改造出版社一九六〇年四月版。這齣廣播劇寫彭萬新和兩個孫女決定搭乘象徵金門、馬祖的「金馬號」汽車北上的故事。

亂世忠貞

鄧綏寧著，正中書局一九六〇年版。這齣四幕三景劇發生的時間為明思宗崇禎十七年二月，地點於山西寧武關，主要人物有：雲兒、翠娥、周母、小平、周遇吉等。

楚漢風雲

李曼瑰著，戲劇中心出版社一九六一年版。這齣五幕劇講述張良、項羽、虞姬與劉邦的故事。出身楚國貴族的項羽係悲劇英雄，楚國卑微平民的劉邦係政治家，兩人合力起義反秦。但由於劉項各懷野心、各有自己的擁護者，因此大家的友誼亦隨之風吹雲散。其對項羽和虞姬的愛情有細緻的描寫，對英雄、美人給予了極大的同情。

梅嶺千秋

趙之誠著，正中書局一九六二年三月版。這齣四幕景話劇副題為「服從為負責之本」。故事發生的時間為明朝天啟五年，地點在北京監獄後門，主要人物有呂小、左光斗、史可法、小太監和獄卒等人。

黎明之前

彭行才著，正中書局一九六二年六月版。這齣獨幕話劇寫一個初夏的夜晚，南中國海洋邊上勞工們盼望黎明到來的故事。

翠竹蒼松

趙琦彬編著，正中書局一九六二年六月版。為獨幕話劇。

夜

王平陵著，正中書局一九六二年版。獨幕話劇。

秦始皇

上官予著，華夏劇社一九六二年版。這齣多幕寫秦王嬴政殘酷執政，收金鐵、遷富豪、建阿房宮、求神仙、焚書坑儒、生民塗炭，暗示「暴政必亡」的主題。一九六二年臺港影劇界聯合公演多次。

新婚夜

吳若著，正書局一九六二年版。獨幕話劇。劇情簡介：夜，嘆了一口氣，迎來了姍姍的一對。大地安穩地躺下，虛空進入遙遠的夢境。彼此彬彬有禮，相互小心翼翼，眼下，終於迎來了只剩下他倆的清夜。預感，期待，空想，準備，終於成為他倆的私有——一幅無與倫比的彩畫。

康乃馨

許常安著，臺灣基督長老教會一九六二年版。為母親節劇本。康乃馨是所有女性的神聖之花，美好典雅的典範。

最後五分鐘

趙元任著，語文出版社一九六二年版。作者是中國現代語言和現代音樂學先驅。腳本改編英國作家A.A.Milne的劇本*The Camberley Triangle*，後以漢語和國語羅馬字對照本出版。此書初版於一九二九年。該劇除戲譜正文外，有三篇自序和凡例三則，附錄《北平語調的研究》三則。

來自鳳凰鎮的人

姚一葦著，現代文學社一九六三年四月版。這齣三幕話劇寫風塵女子朱婉玲十二年前為援助素昧平生的青年周大雄，無私地脫下戒指送他上路，後因家庭變故、情人爽約、周遭的攻擊以及生活的困頓，迫使她離開故鄉，淪為妓女，最後自殺。

聖女媽祖傳

文泉著，勝利出版社一九六三年版。這齣電影劇本上演後又出版成書。媽祖本是中國民間影響最大的女神之一，她作為中國第一女海神，成為沿海廣大地區民眾及海外華人重要的信仰神明和精神紐帶。

春雷

趙之誠著，改造出版社一九六四年版。三幕喜劇。

張莘夫殉國記

夫名著，教育部社會教育司一九六四年自印。此劇主人公張莘夫（一八九八至一九四六年），原名張春恩，中國地質學家、礦業工程師，一九四六年在遼寧撫順李石寨火車站遇刺身亡，引發全國性反蘇運動。

戰金門

劉行之著，山水人文雜誌社一九六四年版。「戰鬥文藝」之作。

長虹

鍾雷編著，改造出版社一九六五年七月版。描寫社會問題的三幕話劇。

孫飛虎搶親

姚一葦著，現代文學社一九六五年十二月版。取材於中國傳統戲曲經典〈西廂記〉，但作者對原本才子佳人的情調進行了顛覆，將東方藝術傳統與西方現代戲劇巧妙交融。撲朔迷離的角色互換、身份串扮等離奇情節，犀利批判色相迷思，直指人心提問：「我是誰？」、「什麼是我本來面目？」

危樓

李泠著，教育部社會教育司一九六五年版。舞臺劇。

毋忘在莒

毛定元著，民間知識社一九六六年版。勿忘在莒，比喻不忘本，不忘記曾經的艱苦歲月。山東莒縣，就是「勿忘在莒」的古莒國。作者藉著這個歷史典故，鼓勵臺澎金馬的國軍勵精圖治，臥薪嘗膽，實現其「統一大陸」的夢想。

淡水河畔

李曼瑰著，戲劇中心出版社一九六六年版。描寫了一位自認為受人欺侮的太保幫首領，由於一系列的不良行為，造成內心的痛苦悲哀，後由悲痛中警覺，再加上愛情的力量，覺今是而昨非，決心洗清自己的罪過。

夜來風雨

上官予著，正中書局一九六六年版。獨幕話劇集。

金色傀儡

鍾雷著，菲律賓劇藝出版社一九六七年一月版。電影劇本。

碾玉觀音

姚一葦著，文學季刊社一九六七年四月版。這齣三幕話劇取材自宋代傳奇，作者重新賦予新的意義，借由「崔寧碾玉」，衝破了世俗利害關係和規範塵封的心靈，展露出人們心中原先具有的善或美。

柳暗花明

鍾雷著，華實出版社一九六七年七月版。舞臺劇。

金玉滿堂

姜龍昭著，菲律賓劇藝出版社一九六七年九月版。獨幕劇。

父與子

姜龍昭著，僑聯出版社一九六七年十二月版。為獨幕劇。

鄒容傳

張國雄著，帕米爾書店一九六七年版。這是根據歷史人物改編的話劇。

紅衛兵

鄒綏寧著，改造出版社一九六七年版。以大陸文革為題材的話劇，曾獲教育部一九六七年度文藝獎。

正氣

羅永培著，臺灣商務印書館一九六七年再版。一九四〇年四月長沙商務印書館初版。此書收錄獨幕話劇〈正氣〉（即〈文天祥柴市殉國〉）、〈血十字〉、五幕話劇〈中華民族不會亡〉。

林希翎

上官予著，改造出版社一九六八年五月版。這是一部取材於大陸反右派鬥爭、以第一學生右派為表現對象的三幕劇。

歌渡橋

劉昌博著，國聯影業公司一九六八年版。為電影劇本。

荊軻

顧一樵著，臺灣商務印書館一九六八年版。這部歷史劇以寫實為特色。

岳飛

顧一樵著，臺灣商務印書館一九六八年再版。歌頌岳飛精忠報國，鞭撻秦檜賣國。抗戰期間，〈岳飛〉四處巡演，得到觀眾的普遍好評。

鳩那羅的眼睛

蘇雪林著，臺灣商務印書館一九六八年版。最初發表於一九三五年〈文學〉月刊五卷五期，係模仿王爾德〈莎樂美〉寫的一部三幕詩劇。比較純正的、東方式的唯美主義趣味，有別於現代文壇其他作家對西方唯美——頹廢主義的「創造性不忠」，代表了現代文壇對以王爾德為代表的唯美——頹廢主義的一種純藝術角度的接受。

三對佳偶

文心著，東方出版社一九六八年版。電視劇。

吳沙墾田記

許文心著，東方出版社一九六八年七月版。副題為「電視劇選集（二）」。另收劇本《西北雨》、《海怨》。

紅鼻子

姚一葦著，出版單位不詳，一九六九年十二月。紅鼻子的真名叫神賜，一個雜耍班子裡的丑角演員。他為大家指點迷津，卻得不到感激。當時，陳映真因〈文季〉被捕入獄，本劇結尾王佩佩悲愴絕望的呢喃「他不會回來，我知道他不會回來的」，與此有關。

畫愛

張曉風著，校園出版社一九七一年十月版。收入〈畫〉和〈無比的愛〉兩個四幕劇本。

中華戲劇集（第十輯）

李曼瑰、劉碩夫主編，中國戲國藝術中心出版部一九七一年十二月版。收入兒童戲劇四個：王慰誠的〈金龍太子〉、文泉根據謝冰瑩原著改編的〈山冬遇險記〉、吳青琴的〈黃帝〉、黃幼蘭的〈仙瓶〉。

第五牆

張曉風著，宇宙出版社一九七一年版。寫一家人在清晨醒來，發現家中的一面牆倒了，所有的隱私都暴露在外人面前。正慌亂之時，「先知」出場，以生命的真理勸喻劇中人。

申生

姚一葦著，華岡出版部一九七一年版。這齣四幕劇取材於春秋時代晉國一段宮闈鬥爭歷史。

武陵人

張曉風著，基督教文藝出版社一九七二年十二月版。這齣話劇有「灰衣」、「白衣」和「黑衣」三個黃道真，分飾人物的公開外在、內心理想面和世故面。

一口箱子

姚一葦著，華岡出版部一九七三年版。這齣獨幕劇分為四場，其中第一場呈現老大和阿三的來龍去脈，透過他們漫無頭緒的對白讓觀眾得知，他們正處於失業的狀態。第二場在一間嘈雜擁擠的飲食店，報紙和收音機都在報導遺失皮箱一口，皮箱內儲醫療用放射性元素鐳錠，懸賞二萬元的新聞。

荊軻

上官予著，中國電視公司一九七四年版。係電視劇，在〈一代暴君〉中演出。

姚一葦戲劇六種

姚一葦著，華欣文化中心一九七五年三月版。收錄六個劇本：〈來自鳳凰鎮的人〉、〈孫飛虎搶親〉、〈碾玉觀音〉、〈紅鼻子〉、〈申生〉、〈一口箱子〉。各劇或明顯、或隱約觸及生存的意義、生命追求的目標、表象與真相等主題。

曉風戲劇集

張曉風著，道聲出版社一九七六年十一月版。收錄作者一九七一至一九七五年為「基督教藝術團契」而寫的〈第三害〉、〈自烹〉等五個劇本，代表了作者的戲劇風格和成就。這些戲除向歷史尋找素材外，還富於宗教意味。

絳帳千秋

叢靜文著，世界書局一九七七年一月再版。寫世家小姐秦虹大學畢業後做教師工作，而王大業夫婦在紙醉金迷的生活中有著濃厚的懷念大陸的情結。

血笛

張曉風著，黎明文化事業公司一九七七年十月版。

馬森獨幕劇集

馬森著，聯經出版公司一九七八年二月版。作者獨幕劇的獨特性表現在作者對傳統價值觀念的冷靜審視和嚴峻批判，以及由此所表露出來的「現代中國人」既不能回歸傳統又無法真正「現代化」的尷尬的兩難體驗。其作品均有故事和人物，但採用荒誕手法反映人生世相。

離亂世家

吳若著，中央文物供應社一九七八年十一月印行第三版。寫陶蘋、范志強、大奶奶留在北京不適應新生活，陶蘋最後自殺的故事。係根據陳紀瀅的小說〈赤地〉改編。

李曼瑰劇存

李曼瑰著，正中書局一九七九年四月版。共四冊。作者為臺灣當代戲劇的奠基人。

雷峰塔

大荒著，天華出版公司一九七九年八月版。用現代詩語言改寫〈白蛇傳〉，屬詩劇。

吳若自選集

吳若著，黎明文化事業公司一九八〇年三月版。舞臺劇。收據本《旗正飄飄》、《山地春秋》、《多難興邦》。

曉風自選集

曉風著，黎明文化事業公司一九八〇年六月版。分九輯，包含戲劇和其他作品。

水晶宮

陳玉姝著，臺灣書店一九八〇年十月版。寫水晶宮遭小烏龜搗亂的故事，係兒童歌舞劇。

看古人扮戲

張曉風著，時報出版公司一九八二年十二月版。把以前的戲曲改編成小說一般的故事，即從浩浩古籍舊藏裡，擇六十部經典，首次以輕鬆快讀的形式，全面演繹中國五千年文化風格面貌。

天之驕子

銀正雄著，黎明文化事業公司一九八一年七月版。這部電影劇本中的天之驕子，指為人類作出卓越貢獻的人，改變人類傳統的認知在精神思想和信仰上都有劃時代意義。直接為人類在和平、生活科技、健康幸福作出貢獻，從而改變生命的意義。

寒流續集

劉玉瑾著，黎明文化事業公司一九八一年十月版。用臺灣觀點描寫大陸「四人幫」和華國鋒等人鬥爭的電視劇本。

雙城復國記

碧果著，復興崗歌劇研究社一九八一年十月版。係古裝三幕歌劇，劇本根據戰國時代田單復國的史實改編，由張永祥編撰，碧果執筆編劇，蔡伯武、李健合作譜曲。

姜龍昭劇選集

》》，遠大出版公司一九八二年四月版。收入〈國魂〉、〈多少思念多少淚〉、〈沒有舌頭的女人〉等舞臺劇本。

新荀灌娘

魏子雲著，一九八三年自印，改編平劇《荀灌娘》。

臺北二重奏

丁衣等著，「文建會」一九八四年三月版。為舞臺劇。

海宇春回

鍾雷等著，「文建會」一九八四年三月版。四幕六場舞臺劇本。

嫁妝一牛車

王禎和著，遠景出版社一九八四年四月版。這齣電影劇本主要講述村民萬發在一次空襲中耳朵失聰。人們都嫌棄他，不肯雇傭他。無奈，他只得白天替人拉車，掙點微薄的酬金養活一家大小，係根據作者原著改編。

稻草人

李國修著，教育部一九八四年版。話劇。

我要回家

林雪著，「文建會」一九八四年版。四幕六場舞臺劇本。

閻振瀛的戲劇

閻振瀛著，時報出版公司一九八五年五月版。一九八〇年他所發表的「非戲劇」的劇場表現形式，在英國、法國、韓國和中國大陸獲得反響。

新陸文龍

王安祈著，陸光國劇隊一九八五年十月版。名叫

〈陸文龍〉的國劇是過去臺灣三軍劇團還存在時，所謂的「競賽戲」，有點像現在大陸的大型新編京戲。這部一九八五年陸光劇團由老戲〈八大錘〉新編而成，由王安祈執筆，當年獲得第一名。競賽戲最重要的一個要求就是要緊湊，因此比起〈八大錘〉的劇情，這齣戲目變動得相當多。

暗戀桃花源

賴聲川著，皇冠出版社一九八六年八月版。這部舞臺劇澈底「不合文法」的戲在臺灣開出了一朵奇異的花，同時並置在臺上的是時裝與古裝、時事與古典文學、悲劇與喜劇，產生新的戲劇張力。

淝水之戰

王安祈著，陸光國劇隊一九八六年十月版。歷史京劇。獲得多項獎項，一九八九年明華園改編成歌仔戲。

戀戀風塵

吳念真、朱天文編著，三三書坊一九八七年三月版。全題為「侯孝賢的電影：戀戀風塵——劇本及一部電影的開始到完成」。吳念真編劇，朱天文記錄其電影拍攝過程，藉由朱天文溫柔的筆法，我們看見電影誕生的過程。

傅青主

姚一葦著，遠景出版社一九八七年九月版。主角傅青主是明代遺民之一。作者截取了傅青主漫長一生中的兩段經歷編成劇本。一是寫順治十一年，傅青主遭到逮捕，雖經嚴刑拷問但拒不招供，表現了無畏的精神。二是寫傅青主出獄後，以行醫為業走遍天下，救活之人無數，名聲大振。

我們一同走走看

姚一葦著，書林出版公司一九八七年六月版。〈我們一同走走看〉講述一個名叫阿聰的青年，從農村來到城市，遇上了身處妓院的阿美。阿美在阿聰的幫助下逃脫出來。最後，阿聰鼓勵阿美：「我們一同走走看」，勇敢地一同去接新的生活。另收入〈左伯桃〉、〈訪客〉、〈大樹神傳奇〉、〈馬嵬驛〉等劇作。

俞大綱——劇作卷

俞大綱著，幼獅文化公司一九八七年六月版。收〈百花公主〉等六部作品。

圓環物語

賴聲川著，皇冠出版社一九八七年九月版。作者採用奧地利作家史尼茲勒的劇作〈循環曲〉提供的一環套一環的迷失愛情故事架構，和演員即興創作出屬於臺灣的七段戲，以臺北市南京西路圓環之歷史變遷為象徵，來探討現代臺北人錯綜複雜之感情關係。在爆笑背後，觀眾看到都會男女寂寞與迷失地追尋著愛情。

腳色

馬森著，聯經出版公司一九八七年十月版。收入〈弱者〉等十部獨幕劇作品。

獨幕劇選粹

黃美序著，淡江大學出版中心一九八七年版。三場話劇〈楊世人的喜劇〉是作者的代表作。〈木板床與席夢思〉用喜劇的形式，探討現代生活的意義。〈傻女婿〉則以民間故事中的糊塗姑爺作襯托，呈現當下一般知識分子缺乏內省及真相。

婚禮

黃英雄著，「文建會」一九八八年六月版。舞臺劇。黃英雄的作品風格，以探索人性、描寫人際關係，以及心理掙扎為其基調。

楊世人的喜劇——黃美序劇作選

黃美序著，書林出版公司一九八八年十月版。主人公楊人世是被閻羅王派來的催命無常所拘捕的對象。作者將一齣西方中古戲劇改編成適合現代中國國情的腳本，拓展國內劇場的視野，豐富劇情內容。

西遊記

賴聲川著，皇冠出版社一九八八年版。這個舞臺劇第一個主角孫悟空，從誕生到他被如來佛關在五指山。第二個主角唐三藏，但他並不是玄奘和尚，而是清朝末年第一位中國留學生。第三個主角為現代臺北年輕人，一個急著往現代西方爭取綠卡的人，三個主角的旅行均穿插在〈西遊記〉的過程中。

人間孤兒

汪其楣著，遠流出版公司一九八九年一月版。全劇由二十幾個片段組成，沒有中心事件與主要人物，整齣戲就是臺灣歷史、社會的觀察報告，藉著反諷批判的手法，述說年輕人對臺灣的關懷與憂慮。

魏子雲戲曲集

魏子雲著，臺灣學生書局一九八九年一月版。共四冊，收十六齣劇本。

大學教授

熊式一編，中國文化大學出版部一九八九年四月版。一九三九年創作的英文話劇。

誰是第三者

姚雲著，新女性雜誌社一九八九年三月版。愛情劇，後拍成電影。

中華現代文學大系（壹）戲劇卷（臺灣　一九七〇～一九八九）

黃美序主編，九歌出版社一九八九年五月版，共兩冊。收入張曉風、馬森、金士傑、賴聲川、黃美序、姚一葦等人的作品。

紅綾恨——失去國家的女人

王安祈著，雅音小集一九八九年七月版。京劇，分八幕，以明代長平公主生平為依據創作而成。長平公主貴為一國公主，卻在新婚之夜背負亡國的命運。全劇主力於國家民族情感，突顯遺民烈士的風骨，跳脫傳統價值觀，不再墨守成規。

悲情城市

吳念真、朱天文著，遠流出版社一九八九年八月版。劇情以二・二八事件為背景，講述了林氏家族兄弟四人的遭遇和生活。該劇由侯孝賢拍成電影，於一九八九年十月二十一日在臺灣上映。影片獲第四十六屆威尼斯國際電影節金獅獎。

回頭是彼岸

賴聲川著，皇冠出版社一九八九年九月版。劇情以一位武俠作家的探親故事為主線，武俠小說的世界為副線，其間雜以作家的外遇、身世。在古代與現代、大陸與臺灣、外省的老「臺北人」與新一代的臺北人、臺灣人與大陸人之間的對比，發散出強烈的張力。

寒鐘歌

上官予著，臺灣商務印書館一九八九年十月版。由〈易水寒〉、〈萬世鐘〉、〈大風歌〉三齣戲組成。人物有阿菊、高漸離、秦舞陽、田光等。係四幕歷史劇。

六祖惠能大師傳

劉枋著，佛光出版社一九九〇年三月版。惠能對中國的佛學、史學、哲學乃至文化界，影響深刻長遠。作者廣搜史料，詳加考證，融會歷史、文化、學理、禪機、修行、證悟，蘊集東方智慧寫成此劇作。

樂天派

楊逵著，合森文化公司一九九〇年三月版。收〈豐收〉等作品。

睜眼的瞎子

楊逵著，合森文化公司一九九〇年三月版。收〈勝利進行曲〉等街頭劇。

大地之子

汪其楣著，東華書局一九九〇年五月版。根據西西小說〈肥土鎮的故事〉改編，分為「臺灣飛行」、「童年肥土鎮」、「遠足的心」、「肥土鎮廟會」、「成長的慘綠」、「肥土膨脹」、「一九九九」等七個部分。

袁崇煥

王安祈等著，陸光國劇隊一九九〇年十月版。新編京劇。劇情採自史事：寧遠之戰後，袁崇煥升任遼東巡撫，繼續堅持避敵之長、擊敵之短、憑城固守、漸次進取的原則，修建錦州、中左所（今遼寧塔山）和大凌河堡（今遼寧錦縣）三城，構築以寧遠、錦州為重點的關外防線。

問天——沒有名字的女人

王安祈等著，雅音小集一九九〇年十二月版。新編京劇，改編梨園戲劇《節婦吟》，劇情講述寡婦愛上孩子的家庭教師。此劇跳脫才子佳人的無暇情感，突出寡婦的悲劇性色彩。

明天是新年

黃英雄著，「文建會」一九九一年三月版。舞臺劇。以一所精神病院的病患在除夕夜發生的故事，期望激起大眾對精神病患的關注。

是誰殺死了ＸＸＸ

平路著，圓成出版社一九九一年四月版。作者在劇作中化身為間諜或偵探，充當「解謎的人」。主人公為民國時期的傳奇女人章若亞。

瀟湘秋夜雨

王安祈著，雅音小集一九九一年八月版。當王安祈和郭小莊相遇，從一個戲劇學者兼戲痴的角度記錄郭小莊的舞臺與人生，傳統戲劇頓時有了新生命、新時尚。本書亦附有豐富的圖文，具典藏價值。

清宮外史

楊村彬著，遠東圖書公司一九九一年九月版。這個歷史劇：第一部〈光緒親政記〉以甲午海戰為歷史背景。第二部〈光緒變政記〉以戊戌維新為歷史背景。第三部〈光緒歸政記〉以義和團運動為歷史背景。全國圍繞慈禧（后黨）與光緒（帝黨）的鬥爭，揭露清王朝的昏庸腐朽。

國劇新編

王安祈著，「文建會」一九九一年十二月版。臺灣京劇新編潮流的推手王安祈，四十七歲以前在臺下當觀眾，以客觀視角看京劇發展，四十七歲進入體制參與京劇發展，新編了不少京戲。

愛的奇譚

黃美序著，中正文化中心一九九一年版。歷史劇。

艾莉絲夢遊記

黃英雄著，「文建會」一九九二年五月版。由膾炙人口的童話故事改編成的舞臺劇。本齣戲劇採用典型的文字冒險遊戲：輸入必要指令才能做出特別的動作，且遊戲中要多與人對話，每個人都可能有一首歌，一件物品，或是密碼可以提供給玩家。此劇為早期難得的佳作之一，是許多人美好的回憶。

馬森文集．戲劇卷二

馬森著，文化生活新知出版社一九九二年九月版。包括中國古典戲劇、東方戲劇和西方戲劇三大部分。前者主要論〈竇娥冤〉，後兩部分多為劇評，另有導演體會。

非關男女

郭強生著，晨星出版社一九九二年十月版。為現代都市愛情劇，此劇結合張曼娟和蔡詩萍二位作家擔任主角，使創作家走上舞臺，開創小劇場新模式。此劇曾獲時報文學獎戲劇首獎。十年來已多次被專業及業餘劇團搬上舞臺。

曲話戲作

王安祈著，新竹市立文化中心一九九三年一月版。副題為王安祈劇作、劇論集。收錄早期為陸光國劇、雅音小集劇團新編之劇本和戲劇論著。

三人行不行

李國修著，周凱劇場基金會一九九三年三月版。臺灣最好笑的舞臺小品，兩男一女共飾三十角，展現最高難度表演特技。

天堂旅館

汪其楣等著，周凱劇場基金會一九九三年三月版。四個女性述說生前的種種故事。

誰在吹口琴

陳玉慧著，周凱劇場基金會一九九三年版。始於一段黑暗中的貝克特式對話，馬上轉為以人物刻畫為主的平行展開，最後卻以謀殺案類型衝動地結束。

戲螞蟻

陳玉慧著，周凱劇場基金會一九九三年版。用一段輪迴的愛情故事貫穿始終，講一個傳統歌仔戲班子的更替。

戲劇交流道

汪其楣編，周凱劇場基金會一九九三年版。收錄自一九八二至一九九二年間二十五個劇本，包括李國修的〈三人行不行〉、陳玲玲的〈八仙作場〉、田啟元的〈毛屍〉、黎煥雄的〈星之暗湧〉等。

X小姐·重新開始

姚一葦著，麥田出版公司一九九四年八月版。這個戲的登場人物只有一對夫婦。第一幕時間是一九九三年，第二幕則是十二年後。

好男好女

朱天文著，麥田出版社一九九五年六月版。係侯孝賢拍片筆記：分場、分鏡的電影劇本。

西出陽關

李國修著，「文建會」一九九五年八月版。講述一九四九年來臺的老兵，在青島上船逃難，難民裡找不到跟他假結婚的大學生妻子。營長下令機槍掃射難民，否則船開不走，老兵悲憤地開了槍。

春祭

陳映真著，「文建會」一九九五年八月版。以一群歷史的使女為報告劇中的主要敘述者，借由她們呼喚六張犁公墓那二〇一座屈死於二十世紀五十年代白色恐怖刑場的英冢，以獨白、對白的方式，道出一段被強權淹滅的悲劇，感嘆歷史知識。

我們都是金光黨

馬森著，書林出版公司一九九七年五月版。寫酒女救風塵的故事。

山伯英台

鄭英珠編，宜蘭縣立文化中心一九九七年七月版。歌仔戲四大齣之一，含邱萬來等七個版本。

陳三五娘

鄭英珠編，宜蘭縣立文化中心一九九七年十一月版。歌仔戲四大齣之二，含邱萬來等八個版本。

酷兒狂歡節

紀大偉主編，元尊文化公司一九九七年十二月版。除「酷兒小劇場」劇本外，另有小說、詩等。

賴聲川——劇場

賴聲川著，元尊文化公司一九九九年一月版。共四冊。收錄的不僅是一部部的劇本，這也是賴聲川二十多年來兩岸當代劇場中創造獨特戲劇文化的完整記錄。

呂毅新戲劇作品集

呂毅新著，臺南市文化中心一九九九年六月版。

什細記

鄭英珠編，宜蘭縣立文化中心一九九九年六月版。歌仔戲四大齣之四，含陳健銘等四個版本。

呂蒙正

鄭英珠編，宜蘭縣立文化中心一九九九年八月版。歌仔戲四大齣之三，含邱萬來等七個版本。

聖經的故事

楊慶亮著，曹溪文化公司二〇〇〇年一月版。舞臺劇，內容為《聖經》故事。《聖經》雖然多為歷史，但有一些話語可能難以理解，此劇以活潑的演繹，讓讀者能了解這些話語所蘊含的智慧。

複製新娘

汪其楣著，遠流出版公司二〇〇〇年二月版。婚紗店正喜氣洋洋地送走一位新娘子，而已到適婚年齡的斐斐，瞞著母親，分別與兩位不同的男友至婚紗店拍結婚照，這不是玩笑也非濫情，只是她覺得一個女人一生只愛一個男人是不夠的。

人間四月天

王蕙玲著，三品國際文化公司二〇〇〇年三月版。是以徐志摩的生平為主要線索的言情劇。

一年三季

汪其楣著，遠流出版公司二〇〇〇年四月版。讚美臺南女性的三幕劇，用閩南語寫成。

慾望城國

當代傳奇劇場編著，法蘭克福工作室二〇〇〇年六月版。這部傳奇劇改編自莎士比亞名著〈馬克白〉。講述東周時期薊國大將敖叔徵在夫人慫恿之下刺殺薊候，取而代之，並擊殺山鬼預言中有王侯之命的孟庭父子，最後被叛軍亂箭射死的故事。

八十八年度教育部文藝創作獎作品集

熊宜中編，藝術館二〇〇〇年七月版。「八十八年」即一九九九年。

回首碧雪情

潘寧東著，聯經出版公司二〇〇〇年七月版。這部廣播劇寫蔣碧微、徐悲鴻、張道藩的愛情故事。

臨水照花人

魏可風著，聯經出版公司二〇〇〇年七月版。這部廣播劇書寫張愛玲的傳奇。

多情累美人

潘寧東、袁瓊瓊著，聯經出版公司二〇〇〇年七月版。這部廣播劇描寫郁達夫、王映霞的時代苦戀。

夕陽山外山

潘弘輝著，聯經出版公司二〇〇〇年七月版。這部廣播劇寫一代奇才李叔同的遭遇。

眼神劇本集

黑門山上的劇團著，校園書房二〇〇〇年八月版。收錄〈眼神〉、〈天使之夜〉、〈復活節外傳〉和〈約瑟之真愛風雲〉四個劇本。除了選取現代生活的題材，還增加了兩齣聖經劇。人們不在乎他人的「眼神」，但是必須在乎是否能「演神」——將他在我們裡面的生命呈現出來。

初戀

蕭矛著，新聞局二〇〇〇年十一月版。故事談的還是初戀，故事主角還是學生，但年齡卻從高中生變成了大學生，整個故事更為浪漫、動人。

八月雪

高行健著，聯經出版公司二〇〇〇年十二月版。係三幕劇。本劇演唱的是從盛唐西元七世紀中葉至晚唐西元九世紀末二五〇年間有關禪的歷史與傳說。

週末四重奏

高行健著，聯經出版公司二〇〇一年一月版。一個慵倦的女人、一個已到暮年的畫家、一個風騷姑娘、一個不知還有什麼可寫的中年作家在鄉間共度週末，組合成一組人性、慾念與焦慮的四重奏。

獨角馬與蝙蝠的對話

王友輝著，天行國際文化公司二〇〇一年四月版。以神話和童話為題材的作品。

如夢之夢

賴聲川著，遠流出版公司二〇〇一年六月版。在這個故事裡，有人做了一個夢，在那個夢裡，有人說了一個故事。故事由一個剛畢業的醫生及瀕臨死亡的「五號病人」開始，透過這個病人的敘述發展出了一段超越文化、穿越時空的情愛關係。

千禧曼波

朱天文著，麥田出版公司二〇〇一年十月版。這部電影原著有中英文劇，其副題為「音速青春，失速城市」。劇情講述一名年輕女孩虛幻顛簸的年輕記憶，作者以其女性書寫呈現在男性主導下的世界中，女性迷惘不定的心靈。

羅漢腳仔

黃英雄著，文史哲出版社二〇〇二年七月。作者的歌仔戲劇本集第一輯。此劇以喜劇方式，表現臺灣農業社會的幽默，也企圖打破歌仔戲的表演窠臼。

金士傑劇本

金士傑著，遠流出版公司二〇〇三年五月版。分三冊，收入〈螢火〉、〈永遠的微笑〉、〈家家酒〉、〈明天我們空中〉、〈荷珠新配〉、〈懸絲人〉、〈今生今世〉等作品。

中華現代文學大系（貳）戲劇卷（臺灣　一九八九～二〇〇三）

胡耀恆編，九歌出版社二〇〇三年十月版。收入紀蔚然、李國修、黎煥雄和葉智中、田啟元、陳梅毛、王嘉明等人的作品。附錄有「一九八九～二〇〇三臺灣劇場大事記」。

戲劇讀本

王友輝等主編，二魚文化公司二〇〇三年。分三冊，收入〈人間孤兒〉等作品。

鍾肇政全集　三十五～三十六：劇本（一）（二）

鍾肇政著，桃園縣文化局二〇〇四年三月版。收入〈黑眼珠女郎〉、〈鴿子與少女〉、〈按摩女〉、〈完整的愛〉、〈仙鞋戀〉、〈幸福〉等十九部劇本，可見其創作之豐富。

人間條件——滿足心中缺憾的幸福快感

吳念真著，圓神出版社二〇〇四年四月版。突然有一天，死去多年的阿嬤，附身在孫女阿美的身上。因為一句「千萬要堅強」，阿嬤跨越陰陽兩世。完成心願的阿嬤，最終離去前，告知眾人千萬要「堅強、平安、幸福」。

國民文選：戲劇卷

汪其楣編，玉山社二〇〇四年版。收入田啟元「同志」劇本〈毛屍〉等作品。

對照——賴聲川劇作

賴聲川著，群聲出版公司二〇〇五年二月版。收錄〈暗戀桃花源〉和〈我和我和他和他〉。兩齣戲的創作時間雖相隔十二年，但手法、題材、架構卻都巧妙呼應。

兩夜情——賴聲川劇作

賴聲川著，群聲出版公司二〇〇五年二月版。收入〈那一夜，我們說相聲〉及〈這一夜，誰來說相聲？〉兩部作品。這兩部戲奠定了臺灣現代劇場的基礎，為摸索中的世界華文劇場創造出一個嶄新形式及觀劇經驗。

拼貼——賴聲川劇作

賴聲川著，群聲出版公司二〇〇五年二月版。收入〈紅色的天空〉和〈亂民全講〉，兩齣戲都引用賴聲川早期「天馬行空」的隨機原理，刻意不去預設結構和內容，把整個創作過程視為一種有機的探索和發現，最後才到達演出形式和內容的統一。

世紀之音——賴聲川劇作

賴聲川著，群聲出版公司二〇〇五年二月版，收錄了賴聲川兩齣「相聲劇」作品：二〇〇〇年的〈千禧夜，我們說相聲〉及二〇〇五年的〈這一夜，Women說相聲〉。形式與內容上，有承襲過去作品，也有挑戰過去作品的地方。兩齣戲，都把「賴氏」相聲邏輯及文法推展到更寬廣的地步。

魔幻都市——賴聲川劇情

賴聲川著，群聲出版公司二〇〇五年二月版。收入都會喜劇〈十三角關係〉和〈在那遙遠的星球，一粒沙〉。兩齣戲探討的都是愛的可能或不可能性，以及人的現實與幻想之間的灰色空間。都有魔幻的元素，讓寫實走入超寫實。

影癡謀殺

紀蔚然著，印刻文學生活雜誌出版公司二〇〇五年四月版。一部緊扣〇〇七電影而產生的偏執狂智能型犯罪案件，三名警探、三名嫌疑人、二女四男以及六部電影糾纏。

莎姆雷特

李國修著，印刻文學生活雜誌出版公司二〇〇六年四月版。係再版，另加有副題〈狂笑版〉。為李國修原創喜劇代表作，以戲中戲的方式，演繹戲劇與人生難以分割的即興真實演出。

歌未央

汪其楣著，遠流出版公司二〇〇七年五月版。係寫千首詞人慎芝的故事。

人間條件三——臺北上午零時

吳念真編劇，圓神出版社二〇〇八年五月版。由臺灣方言老歌〈臺北上午零時〉延伸出來的作品。

絳脣珠袖兩寂寞——京劇．女書

王安祈著，印刻文學生活雜誌出版公司二〇〇八年版。本書收錄四齣新編京劇劇本〈王有道休妻〉、〈三個人兒兩盞燈〉、〈金鎖記〉及〈青冢前的對話〉，除了傳統戲曲的新編之外，更從張愛玲的小說中汲取創意，嘗試多元手法，進而提出現代人觀看經典的另一種態度，凸顯創作和時代的關係。

狂言三國

馮翊綱編著，聯合文學出版社二〇〇九年六月版。收羅「相聲瓦舍」演出過的三國主題相聲劇目，其穿插歷史故事，詼諧逗趣的體現社會時事。

約／束

彭鏡禧、陳芳著，臺灣學生書局二〇〇九年十一月版。本劇係改編自莎士比亞的〈威尼斯商人〉，以傳統豫劇的方式呈現，有中英對照。劇情以三個約定，層層串起人性之衝突。

還鄉斷悲腸

林央敏著，開朗雜誌公司二〇〇九年六月版。有趣的「臺語」黑色幽默劇本。

馬森戲劇精選集

馬森著，新地文化藝術公司二〇一〇年四月版。目錄：小傳、序言、〈窗外風景〉前言、〈窗外風景〉、〈陽臺〉、寫在〈我們都是金光黨〉的前頭、〈我們都是金光黨〉、〈雞腳與鴨掌〉、從話劇到歌舞劇的〈蛙戲〉（〈蛙戲〉〔歌舞劇〕、〈蛙戲〉〔歌舞劇劇照〕、〈蛙戲〉〔話劇〕）。

人生是條單行道

曾紀鑫著，秀威科技公司二〇一〇年七月版。副標題為曾紀鑫戲劇作品集。分上下冊，收入八部作品。作品立意深遠，情節曲折動人。

惡鄰依依

馮翊綱著，聯合文學出版社二〇一〇年九月版。這是相聲怪傑之世紀代表作。以女主角四段不同的故事，象徵臺灣四段不同的歷史。

願結無情游

施如芳著，聯合文學出版社二〇一〇年十一月版。共收六部歌仔戲劇本。以古人古事，鋪陳生命的深度。

荷珠新配

金士傑原著、王夢琪改編，中東話劇社二〇一〇年版。此話劇依照京劇〈荷珠配〉進行古今結合的改編，將劇中的時空轉到當代臺灣，被譽為「臺灣小劇場運動的濫觴」。

孟姜女

夏菁著，秀威科技公司二〇一一年八月版。這是臺灣第一本譜曲之歌劇劇本。全劇以新詩體裁轉寫。

英雄淚

周定邦著，臺南市文化局二〇一一年十二月版。這是作者布袋戲作品選集，收《臺灣英雄傳之余清芳》、《神明愛冤家》二齣。

拉提琴

紀蔚然著，印刻文學生活雜誌出版公司二〇一二年十月版。收入〈拉提琴〉、〈豔后和她的小丑們〉、〈瘋狂年代〉故事劇作品三篇。

李國修戲劇作品全集

李國修著，印刻文學生活雜誌出版公司二〇一三年五月版。共收入二十七本劇作，時間橫跨二十六年。作者的喜劇技巧從輕鬆逗趣的小品（〈沒有我的戲〉）進化到戲中戲情境喜劇的繁複結構（〈半里長城〉、〈莎姆雷特〉、〈京戲啟示錄〉），呈現荒謬的角色困境，讓人笑中帶淚，省思深刻的人生課題。

鹿窟的春天

陳去非著，新北市文化局二〇一三年十一月版。係根據作者的小說改編的故事劇。以二·二八事件為背景，建構大歷史，敘寫臺灣政治與社會。

（五）論著

國語廣播教本

林忠編，臺灣實業有限公司一九四五年十一月版。為去除「皇民」色彩，宣揚中華文化，此書前後出版了四冊。

初級簡易國語作文法

魏賢坤編，臺中市泉安出版社一九四五年十二月版。這是為適應「去日本化」編的教材。

各界適用現代時文讀本全編

郭克仁著，臺南市崇文書局一九四五年十二月版。當時許多人只熟悉日文，此書為實現「再中國化」而編寫。

女性素描

龍瑛宗著，臺灣大同書局一九四七年二月版。收〈文學中的女性〉等隨筆八篇。

怎樣學習國語和國文

許壽裳著，臺灣書店出版社一九四七年四月版。此書列為許壽裳主編的「光復文庫」之一。

魯迅的思想與生活

許壽裳著，臺灣文化協會一九四七年六月版。目錄為：自序、魯迅的人格和思想、魯迅的精神、魯迅的德行、魯迅和青年、魯迅的生活、懷亡友魯迅、關於〈弟兄〉、《魯迅舊體詩集》序、《魯迅舊體詩》跋、《民元前的魯迅先生》序。附錄：魯迅先生年譜。

我與我的思想

張深切著，臺中中央書店一九四八年一月版。共收入十七篇文章。

三民主義文學論

王集叢著，帕米爾書店一九五二年二月版。共分七章二十九節，依次為：三民主義文藝理論根據與時代背景、中國文學之走向三民主義、三民主義文學的本質（上、下）、三民主義的內容與形式、三民主義的功用、三民主義的文學批評。此書最早出版於一九四三年，它在臺灣再版，成了三民主義文學思潮在臺灣延伸的一個實證。

《文藝創作》週年紀念特刊

〈文藝創作〉編委會編，文藝創作出版社一九五二年版。〈文藝創作〉係（一九五一至一九五六）早期官辦刊物，在臺灣有著「導向」作用。

現代小說

葛賢寧著，中華文化出版事業委員會一九五二年版。為「現代國民基本知識叢書」第一輯，該書闡釋小說的定義及創作技巧。

國劇概論

齊如山著，文藝創作出版社一九五二年版。張道藩序。論述京劇的原理及創作技巧。

現代文藝叢談

劉太希著，（香港）新世紀出版社一九五三年九月版。收入〈文藝的時代使命〉、〈文藝的演變〉、〈文藝的本質〉、〈文藝的技巧〉、〈文藝的天才與學力〉等十篇文章。

紀弦詩論

紀弦著，現代詩社一九五四年七月版。收錄解讀現代詩的文章十七篇，如〈袖珍詩論抄〉、〈我之詩律〉、〈論新詩〉。

書評集

司徒衛著，中央文物供應社一九五四年九月版。共二十一篇書評，涉及小說、散文、新詩。

臺灣的戲劇

呂訴上著，中華文化出版事業委員會一九五四年版。詳述了臺灣各種戲劇的演變、發展，以及臺灣戲劇近三十年的改革活動的情況。

中國文藝問題

王集叢著，帕米爾書店一九五四年版。作者的論述為國民黨二十世紀五十年代文藝政策的制定下了基礎。該書強調文藝的宣傳作用，提出「民生寫實主義」作為三民主義的文藝創作方法。

國劇漫談

齊如山著，晨光月刊社一九五四年版。用漫談的形式傳授京劇的基本知識。

論戰鬥的文學

葛賢寧著，中華文化出版事業委員會一九五五年七月版。作者認為，「戰鬥文學」可以包括反侵略的「戰爭文學」。該書闡明中外文學史上「戰鬥文學」的發展，用四章說明中國及歐美文學的戰鬥精神，再論到今日的「反共文學」的戰鬥任務。

戰鬥文藝與自由文藝

陳紀瀅等著，文壇社一九五五年十月版。〈文壇〉「戰鬥文藝叢書」之十，為貫徹官方文藝政策所寫的一本書。香港一些作家不讚成「戰鬥文藝」的口號，另提出「自由文藝」作為回應，主張個人選擇的自由。

戰鬥文藝論

王集叢著，文壇社一九五五年十月版。此書目的不單在替當局政治口號建立正當性與理論基礎，也露骨地表現出急於向當權者靠攏的姿態。

寫甚麼？怎麼寫？

王藍著，紅藍出版社一九五五年版。為普及寫作常識而作。

文藝新史程

陳紀瀅著，中央文物供應社一九五六年一月版。論述中國大陸及臺灣文藝發展情況，分五部分：文藝簡史回顧、自由與奴役的對照、戰鬥文藝論、論文藝戰鬥、文藝戰鬥工作大隊組織計劃大綱。正文前有〈建國小叢書研究說明〉和作者自序。

中國詩史

葛賢寧著，中華文化出版事業委員會一九五六年六月版。分一、二冊。

文思

宋海屏著，明華書局一九五六年九月版。收入〈美感與快感〉、〈移情與距離〉、〈陽剛與陰柔〉等文章。

寫作與鑑賞

鍾肇政譯著，重光文藝出版社一九五六年九月版。談一般的創作原理。

中國戲劇史

鄧綏寧著，中華文化出版事業委員會一九五六年九月版。收入〈戲劇的起源〉、〈周秦的歌舞與優伶〉、〈漢朝的歌舞〉、〈北齊的歌舞劇〉、〈唐朝的音樂〉等文。

新詩論集

紀弦著，大業書店一九五六年十月版。著重論述韻文與散文、詩與歌、內容與形式的聯繫及區別。分四輯：「新詩之所以新及其它」、「一個宣言和一個發刊辭」、「關係象徵派」、「關於幾位現代詩人」。收入〈新詩之所以新〉、〈偽自由詩之放逐〉等二十五篇文章。

中華民國兒童圖書目錄

教育部國民教育司和中央圖書館編，正中書局一九五七年十一月版。分總類、國語、算數、常識、史地、音體、美勞、幼稚園等八大類，圖計七九〇冊。

詩的解剖

覃子豪著，藍星詩社一九五八年一月版。為作者一九五五年於中華文藝函授學校授課時，對學生習作新詩的批改示範。收入〈兩個傾向，三種風格〉、〈啟示與模仿〉、〈新鮮與新奇〉等十九篇詩論，這對初學寫詩者和普通讀者有很大啟發，栽培了臺灣新詩人，如向明、瘂弦、麥穗、楊華銘、小民、文曉村、辛鬱。

百年來中國文藝的發展

陳紀瀅著，建設雜誌社一九五八年八月版。論述清末至二十世紀六〇年代中國文學的發展與演變。收入〈百年來中國文藝的發展——敬以本文紀念國父百年誕辰〉、〈六十年來我國文藝思潮的演變〉兩篇文章。

民族文學

杜呈祥著，海外文庫出版社一九五八年版。此書由戴君仁審稿，著重談民族文學的特徵及其使命。

文藝技巧論

王夢鷗著，重光文藝出版社一九五九年四月版。全書由十八篇文章組成：小說人物之構造、情節的間歇作用、論悲劇、電影編劇問題等。

讀與寫

蘇雪林著，光啟出版社一九五九年五月版。分三部分：國文研究之部、文藝理論之部、文藝書評之部，收入〈怎樣識字及應用成語典故〉、〈怎樣讀書〉、〈怎樣作文〉、〈怎樣教授國文〉等三十篇文章。

文協十年

中國文藝協會編，一九六〇年四月自印。中國文藝協會十年來的會務記錄，由鍾雷執筆。

論現代詩

覃子豪著，藍星詩社一九六〇年十一月版。分三輯：「詩的藝術」、「詩的演變」、「創作評介」，收入〈什麼是詩〉、〈新詩運動的歷史觀〉、〈論詩的成長〉、〈談譯詩〉等五十一篇文章。

散文結構

邱燮友等著，福記文化圖書公司一九六〇年版。作者先由闡釋文學的基本概念入手，然後論述了從定義的界說到創作等一系列有關散文構成的理論問題。共七章。

懷袖書——《旋風》評論集

高陽等著，一九六〇年姜貴自費出版。第一篇文章為〈中國國民黨中央委員會推薦函〉，此外有高陽〈關於《旋風》的研究〉等文。

書評續集

司徒衛著，幼獅書店一九六〇年版。收入評論五十年代作品三十餘篇文章。

電影概論

陳文泉著，政工幹校影劇系一九六〇年版。闡述電影的特徵及創作常識。

談中國新文藝運動

蔣夢麟著，改造出版社一九六〇年版。目錄：一、北京大學與學術自由。二、魯迅兄弟。三、紹興師爺〈阿Q正傳〉。四、胡適之先生與白話文運動。

五、陳獨秀與文學革命。六、陳獨秀的最後見解。七、李大釗與毛澤東。八，西歐個性主義思想的引進。九、社會改革與共產主義思想。十、從文學革命到革命文學。

文學批評集

程大城著，半月文藝社一九六一年二月版。前半部分評論了王藍、紀弦、潘人木、孟瑤、師範等人的作品，計十三篇，後半部分評論西洋文藝作品。

五十年來的中國電影

鍾雷著，正中書局一九六一年五月版。其中第一章〈中國電影初期的開創發展〉，分成「由移植而萌芽」、「在競爭中拓展」、「從無聲到有聲」等部分。

中國文學的地理發展

梁容若著，東海大學一九六一年六月版。以文學與地理環境之關係為研究對象，就中國文學地理學的發展趨勢闡述了自己的觀點。

臺灣電影戲劇史

呂訴上著，銀華出版社一九六一年九月版。作者認為臺灣的「新劇」話劇萌芽於民國前一年，但要等到十二年後才算真正開始。光復前的戲劇，包括用國語、方言及日語創作的作品。

中國文藝復興運動

胡適等著，中國文藝協會一九六一年版。一九五八年五·四紀念日，胡適以「中國文藝復興運動」為題發表演說。演講中指出他自己沒有參與狹義的五·四運動，但對廣義的五·四運動卻參加了。此書另有黃少谷、王雲五、蔣夢麟的專文。

文藝新論

王集叢著，臺灣商務印書館一九六一年版。收入

〈談文藝的時代使命〉、〈文藝的演變〉、〈文藝的本質〉、〈文藝的技巧〉、〈文藝的天才與學力〉等十篇。

寫作的境界

穆中南著，文壇社一九六一年版。給初學寫作者提供文學常識。

在唐三藏與浮士德之間

胡秋原著，學術出版社一九六二年十一月版。係「胡秋原文錄」之一，計一五四頁。

藝術精神

趙友培著，重光文藝出版社一九六三年一月版。有代序〈國脈與文心〉。第一輯收〈藝術精神的內涵〉、〈文藝第一，政治第二〉、〈海洋文藝的戰鬥性〉等。第二輯收〈論文藝建設〉等。第三輯收〈給新詩愛好者〉。第四輯收〈讀者和作者〉等。

文路

王鼎鈞著，益智書局一九六三年五月版。這是一本作文指導書。

文壇往事辨偽

劉心皇著，一九六三年五月自印。有自序，全書主要揭穿蘇雪林對文壇往事的虛構之詞。主要文章有〈從胡適之死說到抗戰前夕的文壇〉、〈欺世「大師」——與蘇雪林女士「話」文壇「往事」〉，附錄有寒爵等人與蘇雪林算舊賬的文章。

小說技巧舉隅

王鼎鈞著，光啟出版社一九六三年六月版。將小說技巧寫得這樣深入淺出，是因為作者多運用實例，這對初學寫作者有莫大的幫助。

五十年來中國俗文學

婁子匡、朱介凡編著，正中書局一九六三年十二月版。以大量材料論述民間文藝學自「五·四」以來的發展進程與重要成就。書中分別就神話、傳說、故事、笑話、歌謠、諺語、謎語、民間說唱的研究工作做了歷史的歸納與概述。

從一個人看文壇說謊與登龍

劉心皇著，一九六三年十二月自印。有小引和〈胡適先生對蘇雪林之批評〉，全書共分四部分：文壇說謊與登龍的批評、關於蘇雪林文壇說謊事件的書簡、蘇某等狡辯巧飾的批註和附錄。

藝文談片

黎烈文著，文星書店一九六三年版。論述了天才與環境等問題。

文學欣賞

謝冰瑩著，三民書局一九六三年版。著眼於讀者文學欣賞能力的培養與提高。

詩的欣賞

陳紹鵬著，文星書店一九六三年版。主要談西方詩歌。收〈詩的想像與意象〉、〈詩的用字〉、〈詩人的意匠〉、〈主觀的詩與客觀的詩〉等文章。

文學概論

劉萍著，華聯出版社一九六三年版。內容包括文學觀念、文學語言組織、文學形象系統、文學的風格、文學創作等基本常識。

《心鎖》之論戰

余之良編，五洲出版社一九六三年版。小說〈心鎖〉由臺灣女作家郭良蕙創作，出版於一九六二年，曾引起了文藝界的激烈爭辯，該書收入了蘇雪林等人批判與反批判的文章。

廣播寫作

王鼎鈞著，中廣公司一九六四年三月版。係作者在廣播訓練班的講稿，主要論述廣播編審與寫作的諸多問題。

從異鄉人到失落的一代

王尚義著，文星書店一九六四年三月版。作者對傳統的批判、對臺灣社會封閉的批判、不斷地追求心靈的解放、堅持要做個實踐者的信仰，除了李敖之外，很難找到第二人。收入〈達達主義與失落的一代〉、〈現代文學與現代人〉、〈卡繆的人道主義〉等。

文壇窗外

彭歌著，文星書店一九六四年七月版。收入〈二十世紀的大小說家〉等十六篇文章。

文化論戰丹火錄

李敖著，文星書店一九六四年七月版。它的重點不是記錄作者如何「打」別人，而是記錄別人如何「打」李敖，如何把他放在「八卦爐」中一再鍛煉。也記錄了臺灣文壇的論戰。

現代文學散論

胡品清著，文星書店一九六四年七月版。收入〈沙特與存在主義〉、〈略談超現實主義〉、〈法國詩壇的演變〉、〈法國的文化沙龍〉、〈作為詩人的哲人尼采〉等。

現代人的悲劇精神與現代詩人

羅門著，藍星詩社一九六四年版。體現了作者前衛的詩學觀。

胡適評傳

李敖著，文星書店一九六四年版。包括〈半個臺灣人〉等十篇文章。

胡適研究

李敖著，文星書店一九六四年版。包括〈播種者胡適〉等七篇文章。

文學概論

王夢鷗著，帕米爾書店一九六四年版。該書接受了西洋文學理論的系統，由語言的記號作用開始，論及「語言美」、「韻律」、「意象」、「傳達」、「直述」、「譬喻」、「敘事」、「動作」、「情節構造」以至「批評」，用系統的討論方式取代即興的批評。

偏見集

梁實秋著，南京正中書局一九三四年初版文星書店一九六四年再版，大多為理論批評。

文學因緣

梁實秋著，文星書店一九六四年版。收入〈文學的美〉、〈批評家之皮考克〉、〈莎士比亞研究之現階段〉、〈美國的英文〉等十一篇文章。

五十年來的中國詩歌

葛賢寧、上官予編著，正中書局一九六五年三月版。分十二章，從初期的新詩一直談到二十世紀五〇年代反共詩歌的興起、二十世紀六十年代現代詩興盛，最後一章論述一九五五至一九五九年的臺灣新詩壇。署名二人，其實是上官予所寫。

我對推行新文藝運動之意見

陳紀瀅著，青年戰士報社一九六五年十月版。〈青年戰士報〉叢書之一，體現了官方對當時文藝運動的看法。

中國文藝年鑑一九六六

中國文藝年鑑編，平原出版社一九六六年一月版。該書所說的「中國」是指臺灣。書名「一九六六」是指出版時間，該年鑑收錄一九四九年至一九六四年的臺灣文藝事業的發展、文藝工作成果和重大活動以及社團組織。共分九篇，包括馬來西亞、新加坡文藝近況，計五六〇頁。編者為郭衣洞（柏楊）和彭品光。

批評的視覺

李英豪著，文星書店一九六六年一月版。分三輯：第一輯六篇，有兩篇涉及文學批評，另四篇為詩論。第二輯六篇，為詩的分論。第三輯六篇，評論洛夫、張默、葉維廉、方莘、紀弦的詩集或詩篇。

美學引論

趙天儀著，笠詩社一九六六年一月版，作者將美學與文藝理論批評結合在一起，改變了臺灣隨筆式評論的寫法。

散文研究

季薇著，益智書局一九六六年五月版。卷首為〈死去的蝴蝶〉，分為「壯闊的道路」、「未成熟的蜜」等部分，其中後者收入〈如魚飲水〉、〈起跑與起點〉、〈淺說散文〉、〈說情理〉、〈語與文〉、〈釋「散」〉等。

現代小說之研究

周伯乃著，華聯出版社一九六六年七月版。本書收入〈論現代文學中的人性基點〉、〈論現代文學與現代社會〉、〈意識流在小說中的效果〉等文章十篇。

文學和語文

任卓宣著，帕米爾書店一九六六年九月版。分三編：「文學理論和文學政策」、「文學歷史和文學批評」、「語言問題和文字問題」。

二十世紀的中國散文

劉心皇著，正中書局一九六六年十月版。

三十年代文藝論叢

孫如陵編，中央日報社一九六六年十月版。收入林語堂、梁實秋，唐柱國、玄默等人批判一九三〇年代文藝和大陸文化大革命的文章。

紅樓夢寫作的技巧

墨人著，臺灣商務印書館一九六六年十一月版。系統分析古典名著寫作技巧的書，分八十五節論述，後有〈結論〉。

林語堂思想與生活

林語堂著，大東書局一九六六年版。著者將人生引入審美視野，將生活藝術化，以現實人生為基點，以人文主義為坐標，向人們展示了人生審美的藝術。作者本真生活美學內涵的核心在於追求真實、切己、無偽的自我。

中國文學論集

徐復觀著，民主評論社一九六六年版。有關文學方面的專論，其中既有對中國文學中如李商隱〈錦瑟〉詩、韓偓《香奩集》、《紅樓夢》等具體問題的闡發，也有對文學中宏觀問題的體認，尤其是關於《文心雕龍》的研究，具有相當的系統性。

文學論

上官予著，正中書局一九六七年一月版。論述文學的含義、特性、思想、情感、想像、語言、背景、素材以及文學的類型和文學批評、現代文學等有關問題。

作家印象記

謝冰瑩著，三民書局一九六七年一月版，內容有王平陵等作家的為人處世和自學精神，計二十九篇。

談聞一多

梁實秋著，傳記文學雜誌社一九六七年一月版。分十二節，評述了聞一多到抗戰發生為止的重要生平活動。

我論魯迅

蘇雪林著，文星書店一九六七年三月版。收入〈魯迅傳論〉、〈與蔡孑民先生論魯迅書〉等文章十六篇。

文壇話舊

蘇雪林著，文星書店一九六七年三月版。有自序，收入〈最近加入共黨的郭沫若〉、〈黃色文藝大師郁達夫〉、〈左翼文壇巨頭茅盾〉、〈新詩壇象徵派創始者李金髮〉等論文多篇。

人物刻畫基本論

丁樹南著，文星書店一九六七年四月版。傳授人物塑造的基本常識。

中國文藝年鑑一九六七

中國文藝年鑑編，平原出版社一九六七年十一月版。該書所說的「中國」是指臺灣。計四三〇頁，分為文藝概況、中華文化復興運動、文藝社團、文壇大事紀要、傳播工具概況、重要出版品，並附錄馬來西亞、新加坡、菲律賓及「共黨地區」的文藝概況。編者為柏楊。

現代詩的投影

張默著，臺灣商務印書館一九六七年版。輯一談詩的技巧、語言、意象、特徵以及現代詩人的精神世界，輯二評論了鄭愁予等當代詩人的十多篇詩作，共收短文二十六篇。

隱地看小說

隱地著，大江出版社一九六七年版，第一輯收入〈林文昭《他和她》〉、〈荊棘《南瓜》〉等二十六篇評論。第二輯收入〈幾個閃爍發光的名字〉、〈《純文學》的短篇小說〉等十三篇評論。

什麼是傳記文學

劉紹唐著，傳記文學出版社一九六七年版。作者認為，「以文學的筆法，記述某個真實人物的生平」是為傳記文學。

現代文藝論評

周伯乃著，五洲出版社一九六八年六月版。收入〈從「迷失的一代」到「覺醒的一代」〉、〈文學與人性的批判〉、〈論文學作品的嚴肅性〉、〈論現代小說的語言〉等文章。

小小說寫作

彭歌著，蘭開書店一九六八年六月版。大量的觀點和例子都有複製丁樹南的譯著〈小小說的寫作與欣賞〉的痕跡。作者認為在萬字以內，甚至只限於幾百字到二三千字的短篇，則又可以稱為小小說。該書有「小小說的形式」、「人物的性格與特徵」等章節。

中國現代詩論評

張健著，藍星詩社一九六八年七月版。有作者自序，「詩論」中收入〈現代詩問題舉隅〉、〈現代詩與中國傳統〉等論文，「詩評」評論了葉珊、羅門、覃子豪等人的作品。

望鄉的牧神

余光中著，純文學出版社一九六八年七月版。從〈咦呵西部〉、〈地圖〉等自傳性抒情散文到文學批評，共計收錄二十四篇文章，內容精緻，也開創了臺灣旅遊文學的先河。

孤寂的一代

周伯乃著，水牛出版社一九六八年十月版。收入〈年青一代的良知——卡繆〉、〈吳爾芙夫人與現代小說〉、〈論湯姆斯·曼的生平及其作品〉、〈論安妮·波特〉等十五篇文章。對海明威、卡夫卡等西方名家作品，做了細緻的剖析和探討。

文化漢奸得獎案

劉心皇編，陽明雜誌社一九六八年十二月版。有編者代序〈文化漢奸梁容若得獎週年祭〉，全書分為三部分：論評、通信、其他。內容均為針對梁容若以〈文學十家傳〉得「中山學術獎」一事進行抨擊，作者有徐復觀、胡秋原等人。

藝術的奧秘

姚一葦著，開明書店一九六八年版。對東西方古典、現代的各種風格流派的文學、戲劇、音樂、繪畫，還有弗洛伊德、馬力頓、布封、尼采、艾略特等人的理論和觀點作了深入的評價和探討。

葉石濤評論集

葉石濤著，蘭開出版社一九六八年版。主要是對臺灣文學發展的概況、作家個人風格及作品之綜合討論。收入〈臺灣的鄉土文學〉、〈論七等生的小說〉等十四篇文章。

現代詩的基本精神

林亨泰著，笠詩社一九六八年版。此書探討了現代詩崛起的原因、現代詩的基本精神，以及揭示現代詩人所擔負的歷史使命。

三十年代文藝運動在武漢

魏紹徵著，改造出版社一九六八年版。一九三八年的武漢，是抗戰文藝工作者開拓之地。該書論述了田漢、洪深等人在武漢的情況。

文學的玄思

顏元叔著，驚聲文物供應社一九六九年一月版。收入〈新批評學派的文學理論與手法〉、〈朝向一個文學理論的建立〉、〈從文學看科學〉、〈文學與文學批評〉等十八篇文章。

掌上雨

余光中著，文星書店一九六九年四月版。收錄了作者一九五九年返臺至一九六三年寫的二十二篇文藝評論文章，分為兩輯，上半部分是論詩文字，下半部分也與詩有關，如〈古董店與委託行之間〉等。

散文點線面

季薇著，益智出版社一九六九年四月版。作者取某些日常生活現象，以聊天方式談論有關散文創作問題的方方面面。從「正確的識字」開始，到立意、修辭、結構等方面。全書共計百篇，係普及散文理論知識的讀物。

詩人之鏡

洛夫著，大業書店一九六九年五月版。攬鏡自照，我們所見到的不是現代人的影像，而是現代人殘酷的命運，寫詩卻是對付這殘酷命運的一種報復手段。為評論集，體現了作者的前衛詩觀。

短篇小說透視

王鼎鈞著，大江出版社一九六九年九月版。為〈中國語文〉月刊的邀請而寫。共收入十一篇文章，其中對一些典型作品進行了探討。

中國新詩之回顧

周伯乃著，廣文書局一九六九年九月版。收入〈論現代派的詩〉等十篇文章。

新文藝概說

符顯仁著，中華書局一九六九年十月版。分總論、詩歌、散文、小說、戲劇等五章。

文藝批評

王鼎鈞著，廣文書局一九六九年十月版。以有趣而典型的例子，說明文藝批評原理與方法。

中國現代詩論選

洛夫等編，大業書店一九六九年版。編者搜集了臺灣一些詩人、詩評家關於論詩的文章共十八家三十四篇。另附有〈詩人與哲學家談話錄〉一篇、詩人訪問記兩篇。

文學批評散論

顏元叔著，驚聲文物供應社一九七〇年一月版。收入〈現代英美短篇小說的轉質〉、〈從亂世佳人談起〉、〈人類工程學〉等十三篇文章。

中國近代作家與作品

林海音編，純文學出版社一九七〇年三月版。「近代」其實是現代，收入張秀亞〈關於郁達夫〉等二十篇文章。

現代詩的欣賞（一、二）

周伯乃著，三民書局一九七〇年四月版。分二十章，全書論述了詩人及詩的本質、語言、形式、意象、象徵、境界等一系列問題，另還分析一些現代詩作。前面有朱西甯的代序，後面附錄〈中國新詩的興起與發展〉。

文學與藝術

趙滋蕃著，三民書局一九七〇年五月版。收入〈談未來主義〉等六十八篇文章。

愛情·社會·小說

夏志清著，純文學出版社一九七〇年九月版。收入〈張愛玲的短篇小說〉等文章十篇。

中國現代小說的風貌

葉維廉著，晨鐘出版社一九七〇年十月版，收入〈現代中國小說的結構〉等七篇文章。

三民主義與文藝

王集叢著，臺灣商務印書館一九七一年三月版。分〈三民主義的文藝政策〉等七章。

現代小說論

周伯乃著，三民書局一九七一年五月版。收入〈論現代小說的語言、形態〉、〈精神分析〉、〈這一代的苦悶〉等文章十三篇。

秩序的生長

葉維廉著，志文出版社一九七一年六月版。收入〈藝術與自然〉等文章。

現代中國文學史話

劉心皇著，正中書局一九七一年八月版。有代序，分五卷：「新文學運動前夕」、「新文學運動面面觀」、「三十年代文學對我國的影響」、「抗戰時期文藝述評」、「自由中國時代的文藝」。

文藝美學

王夢鷗著，新風出版社一九七一年版。文藝美學，是文藝學、美學相互交織的邊緣學科。此書保留了這兩個學科交織的痕跡：上篇除文藝美學研究對象的討論外，大部分是文藝審美的歷史描述，下篇為〈適性論——合目的性原理〉、〈意境論——假象原理〉、〈神遊論——移感與距離原理〉。

現代詩的解說與評論

林鐘隆著，現代潮出版社一九七二年版。有自序〈我為什麼要寫新詩讀評〉。第一輯「讀評」十七篇，第二輯「感想與意見」六篇，第三輯「詩集讀後」六篇。

散文的藝術

季薇著，臺灣學生書局一九七二年版。散文理論和作品分析的合集，理論部分著重從倫理的角度對散文的一般價值標準，散文的創作、欣賞、批評問題進行探討。

文學經驗

顏元叔著，志文出版社一九七二年版。收入〈單向與多向〉、〈文格與人格〉等十九篇文章。

心靈的側影

李魁賢著，新風出版社一九七二年版，分三輯：「側影」、「浮雕」、「片論」。共收入〈七面鳥的變表〉、〈象徵派詩人馬拉美〉、〈片論現代詩〉等十四篇文章。

現代詩散論

白萩著，三民書局一九七二年版。收〈由詩的繪畫性談起〉、〈實驗階段〉、〈抽象短論〉、〈從新詩閒話到新詩餘談〉、〈詩的語言〉、〈語言的斷與連〉、〈音樂性和雕塑性〉、〈音樂性和繪畫性〉等十八篇論文。

葉石濤作家論集

葉石濤著，三信出版社一九七三年三月版。評論了鍾理和、七等生、吳濁流、林海音等人的作品，另有論述外國作家的文章。收入〈臺灣的鄉土文學〉、〈鍾理和評介〉、〈一年來的省籍作家及其作品〉等三十二篇文章。

三十年代文藝論

李牧著，黎明文化事業公司一九七三年六月版。分〈中共對三十年代文藝的清算〉等九章。

談民族文學

顏元叔著，臺灣學生書局一九七三年六月版。收入〈葉維廉的「定向疊景」〉等文。

張愛玲的小說藝術

水晶著，大地出版社一九七三年九月版。有夏志清序，收入〈尋張愛玲不遇〉等文章十一篇。

文學探索

林柏燕著，星光出版社一九七三年九月版。評介鄭清文、王禎和等人作品，計二十篇。

中國新詩風格發展論

高準著，中國文化學院華岡出版部一九七三年十二月版。收入〈文學與社會〉等三篇文章。

讀書與品書

張健著，國家出版社一九七三年版。不僅提供各類書籍的入門常識，更深入剖析其內容意識、結構章法與獨特風格。能加深讀者的文學涵養，更能論證出書籍與人生密不可分的關係。

大學文學教育論戰集

趙友培等著，中華日報社一九七三年版。收入〈我國大學文學教育的前途〉等文章。這場教育論戰的戰場為〈中華日報〉副刊。重點討論各大學和獨立學院是否應該增設現代文學系，以及此系是否設在中文系或國文系之外。

長期受著審判的人

羅門著，環宇出版社一九七四年二月版。收入〈詩的預言〉等二十篇文章。

文藝與傳播

王鼎鈞著，三民書局一九七四年二月版。同樣都由想像所建構而成的兩種不同作品間，究竟有著什麼樣的聯繫？作者以深入淺出的方式，揭示傳播媒體的特徵，論證文藝與傳播間相依相連的親密關係。

鏡子和影子

陳芳明著，志文出版社一九七四年三月版。分三輯。評論余光中、葉珊、陳秀喜、洛夫等人的作品。書名的命名，即作者認為把批評當作鏡子，則正是詩的映照，把批評當作影子，則正是詩的投射。

苦澀的美感

何懷碩著，大地出版社一九七四年三月版，第一輯收入〈形上符號與繪畫符號〉、〈從文化性格看中西繪畫〉等十七篇，第二輯收入〈中國藝術的人文主義精神〉等八篇，第三輯收入〈細說五百年來一大千〉等九篇。

講理

王鼎鈞著，大地出版社一九七四年四月版。以說故事的方式來表達作論說文的方法，把生活、教學、徵引三者融合在一起。

文學的前途

夏志清著，純文學出版社一九七四年十月版。分四輯，收入〈一九五八年中國大陸文學〉等文章。

文藝思想問題與創作

王集叢著，黎明文化事業公司一九七四年版。代表國民黨官方的文藝論述，屬以三民主義實踐想像核心的政治化文學意識形態。

中華民國文藝史

尹雪曼總編，正中書局一九七五年六月版。分十二章：導論、文藝思潮與文藝批評、詩歌、散文、小說、音樂、舞蹈、美術、戲劇、電影、海外華僑文藝與國際交流、文藝運動。附錄兩篇：〈臺省光復前的文藝概況〉、〈大陸淪陷後的文藝概況〉。

新詩研究

楊昌年著，蘭開出版社一九七五年版。分三章，以「創作論」說明本書係為詩歌創作而寫，而非研究之研究。其餘兩章是〈中國新詩發展史分期簡介〉、〈遷臺以後的詩派與創作〉。

泛論文學與寫作

尹雪曼著，星光書報社一九七五年版。除後記外，上部收入〈出賣靈魂的英國作家〉等十五篇文章，下部收入〈我國文學作品的演變〉等十二篇文章。

現代中國詩史

上官予著，臺灣商務印書館一九七五年版。是作者〈五十年來的中國詩歌〉的改寫與擴展。

橄欖樹

朱寧著，書評書目社一九七六年二月版。談詩的鑒賞，另有小說評論。

張愛玲與宋江

王拓著，藍燈文化公司一九七六年三月版。除自序外，評論了張愛玲的〈來生緣〉、〈怨女〉、〈金鎖記〉等作品，以及歐陽子的〈秋夜〉，另有〈西遊記〉、〈白蛇傳〉、〈三國演義〉、〈水滸傳〉的讀書札記，共計十篇文章。

從大學生到草地人

何欣著，遠景出版社一九七六年三月版。收入〈歐陽子的主題與人物〉、〈王禎和的短篇小說〉、〈王默人的世界〉、〈黃春明小說中的人物〉四篇文章。

王謝堂前的燕子

歐陽子著，爾雅出版社一九七六年四月版。係對白先勇小說〈臺北人〉的研析與索隱，收〈白先勇的小說世界〉等論文。

中國新文學

周錦著，長歌出版社一九七六年四月版。分八章：緒論、中國新文學運動史、中國新文學初期、中國新文學第二期、新文學第三期、新文學第四期、中國新文學大事記、中國新文學重要論文，後面附有人名索引。

張愛玲研究

唐文標著，聯經出版公司一九七六年五月版。《張愛玲雜碎》增修版，收入〈張愛玲早期作品繫年〉等文章十篇，為張愛玲作品做整體性的討論。

天國不是我們的

唐文標著，聯經出版公司一九七六年五月版。上卷為「電影」、「戲劇的盲視」，評論了張曉風等人的作品。下卷為「現代詩的狂想」，收入在詩壇引起激烈論戰的〈僵斃的現代詩〉、〈詩的沒落〉、〈什麼時候什麼地方什麼人〉等五篇文章。附有〈大地的事〉等兩篇文章。

臺灣先賢著作提要

王國璠著，新竹社教館一九七六年六月版。計一百五十八家，著作一百七十五種。不少是漢語傳統文學作家的文集，起自清代康熙年間，下限為一九七一年，編排以得書先後排序，開私人獨立整理臺灣漢語傳統文學文獻的風氣。

比較文學的墾拓在臺灣

古添洪、陳慧樺編著，東大圖書公司一九七六年六月版。收入葉維廉等人的十四篇論文。第一部分是關於比較文學的定義及其在臺灣的墾拓情形，還有意形型態及文學理論的探討。第二部分是引用西方文學理論與方法研究中國文學。

裸體的國王

趙天儀著，香草山出版公司一九七六年六月版。書名係對羅門的批評再批評，包括三輯：「現代詩論評」、「現代詩史料」、「詩壇散步」。

文學，休走——現代文學的考察

趙知悌編著，遠行出版社一九七六年七月版。收入唐文標、關傑明批判現代詩的文章和陳映真、尉天驄、高上秦等人的論文。

唐文標雜碎

唐文標著，遠景出版社一九七六年七月版。收入〈來喜歡鍾理和〉等文章六篇。

林以亮詩話

林以亮著，洪範書店一九七六年八月版。有夏志清序，收入〈論詩的形式〉、〈論散文詩〉、〈論讀詩之難〉等論文十篇。

中國現代文學批評選集

葉維廉主編，聯經出版公司一九七六年八月版。收入王夢鷗、夏濟安、姚一葦、林以亮、夏志清等人的論文十九篇。

中國文化概論

萬驪著，大中國圖書公司一九七六年八月版。分二十四章，有〈三民主義新文化的偉大精神〉、〈共

產主義在中國發展及中國反共的精神基礎〉、〈中華文化對世界文化的偉大貢獻〉等內容。

影響人生的書

周伯乃著，眾成出版社一九七六年八月版。收入評論尼采、齊克果、卡謬，佛洛姆、卡夫卡等人作品的文章。

壓不扁的玫瑰花

楊素娟編，輝煌出版社一九七六年十月版。論述楊逵的人與作品的論文集，作者有張良澤等人。

中國現代作家論

葉維廉主編，聯經出版公司一九七六年十月版。收入羅青論紀弦、洛夫論覃子豪、陳芳明論余光中、楊牧論鄭愁予、水晶論張愛玲、葉維廉論聶華苓、顏元叔論白先勇、劉紹銘論陳映真等人的論文，有編後記。

比較文學‧現代詩

古添洪著，國家出版社一九七六年十一月版。收入〈中國文學批評中的評價標準〉等十二篇文章。

何謂文學

顏元叔著，臺灣學生書局一九七六年十二月版。收入〈認知與詩創作〉等文章二十篇。

知識人的偏執

許南村（陳映真）著，遠行出版社一九七六年十二月版。有尉天驄等人的序和陳映真的代序。收入〈試論陳映真〉、〈現代主義底再出發〉、〈寂寞的以及溫煦的感覺〉等論文十三篇。

路不是一個人走得出來的

尉天驄著，聯經出版公司一九七六年版。收入〈在浪濤中倒退的必被淹沒——五四以來的新文化運動〉、〈幔幕掩飾不了污垢——對現實主義的考察〉等文章七篇。

文學的史與評

顏元叔著，四季出版社一九七六年版。收入〈詭辯的蘇格拉底〉、〈柏拉圖的二分世界〉、〈亞里士多德的悲劇觀〉、〈臺灣小說裡的日本經驗〉、〈如何讀一首詩〉、〈何謂比較文學〉等十一篇文章，並附錄六篇美國文學的講稿。

二十世紀文學

侯健著，眾成出版社一九七六年版。所收論文多半發表在〈幼獅文藝〉等刊物上。除了收〈中西載道言志觀的比較〉、〈文學研究與思想史〉、〈道德性的文學批評〉、〈論民族文學的領域〉、〈也談文學藝術的民族性與社會性〉、〈中庸的民族文學〉、〈二十世紀文學〉外，還收了討論中西（主要是英國）小說的文章各四篇。

散文欣賞

秦童編著，普天出版社一九七七年一月版。對胡適、朱自清、羅家倫、蘇雪林、謝冰瑩、錢歌川、王雲五等人的作品做出欣賞和剖析。

詩和現實

陳芳明著，洪範書店一九七七年二月版。收入〈什麼是學院派〉、〈回頭的浪子〉、〈七位詩人素描〉等文章十二篇。

國際筆會與亞洲作家會議

陳紀瀅著，重光文藝出版社一九七七年三月版。收入〈第三十五屆阿必尚國際筆會大會記〉、〈第三十七屆漢城國際筆會大會簡記〉、〈第三十八屆柏林國際筆會大會記〉等十篇文章。

文藝運動二十五年

陳紀瀅著，重光文藝出版社一九七七年三月版。全書計有引言、「不服氣」的感覺、文藝獎委員會的誕生、中國文藝協會創立的新構想、發起人的產生、中國文藝協會的誕生、成立大會及第一次會員大會宣言、文協前期工作等部分。

人的文學

夏志清著，純文學出版社一九七七年四月版。共收入十二篇論文，除三篇有關明清小說和小說理論外，其餘都是討論當代文學問題，最有影響的是〈追念錢鍾書——兼談中國古典文學研究之新趨向〉、〈勸學篇——專復顏元叔教授〉。

臺灣新文學運動簡史

陳少廷著，聯經出版公司一九七七年五月版。分七部分：臺灣新文學運動的歷史背景、臺灣新文學運動的萌芽、臺灣新文學運動的開始、臺灣新文學運動的成長、臺灣新文學運動的高潮、戰爭時期的臺灣新文學、臺灣新文學運動的歷史意義。附錄收有：臺灣光復前的文藝概況、臺灣新文學運動文獻資料目錄。

文學評論集

林綠著，國家出版社一九七七年八月版。收入〈反面能力〉等九篇文章。

三百年來臺灣作家與作品

王國璠、邱勝安著，臺灣時報社一九七七年八月版。從唐代施肩吾論到當下鍾理和，共八十三篇文章。有馬星野序和自序。

臺灣文藝與我

吳濁流著，遠行出版社一九七七年九月版。收入〈《臺灣文藝》雜誌的產生〉等三十一篇文章。

街巷鼓聲

王拓著，遠景出版社一九七七年九月版。收入〈是現實主義文學，不是鄉土文學〉、〈當代小說所反映的臺灣工人〉等十一篇文章。

回首暮雲遠

溫瑞安著，四季出版社一九七七年十二月版。收入談散文及武俠小說等方面的二十二篇文章。

中國詩學縱橫論

黃維樑著，洪範書店一九七七年十二月版。探討傳統詩話詞話的問題和言外之意說的神髓，採取中外理論比較研究的方法，以現代的新知印證古典的智慧。收入長篇論文三篇，有夏志清序。

快樂就是文化

唐文標著，遠行出版社一九七七年版。收入〈快樂狂想調〉等文章十三篇。

散文的寫作與欣賞

張雪茵著，臺灣學生書局一九七七年版，第一輯談散文的歷史發展，散文的含義、分類以及如何具體寫作、各類散文的一般性基礎理論；第二輯從欣賞角度入手，具體地分析了十八位女作家散文創作的特色和成就；第三輯是作者各類散文（分抒情小品、敘事散文、人物故事、書信體散文、遊記、隨筆等）的代表作品及簡略分析。

三十年代作家評介

丁望著，時報文化出版公司一九七八年一月版。這位香港文學評論家評介了九位在「文革」中受迫害的左翼作家作品。

中西文學關係研究

王潤華著，東大圖書公司一九七八年二月版。收入〈詩的結構〉等十六篇文章。

文學．政治．自由

董保中著，爾雅出版社一九七八年四月版。收入〈中共反修正主義戲劇中的現實〉、〈中共戲劇中的戲劇衝突及其政治意義〉、〈顏元叔讀中共小說〉等論文。

鄉土文學討論集

尉天驄主編，一九七八年四月自印。有胡秋原序，分四輯：「當前臺灣的處境與文化課題」、「當前的臺灣社會與文學」、「從鄉土文學到民族文學」、「對媚外意識的批判」。另有三種附錄：〈對鄉土文學的批評（一、二）〉、〈鄉土文學的座談和訪問〉。

文學．思想．書

侯健著，皇冠出版社一九七八年八月版。收入〈過去一年的文藝批評〉、〈武俠小說論〉等文章，有侯健教授訪問記。

社會寫實文學及其他

顏元叔著，巨流圖書公司一九七八年八月版。收入〈詩人的問題在哪裡〉等十五篇文章。本書發表於鄉土文學論戰後，其批評氣勢在滑落。

洛夫詩論選集

洛夫著，金川出版社一九七九年八月版。有作者自序，分兩輯：「現代詩散論」、「現代詩人專論」。較重要的論文有〈中國現代詩的成長〉、〈超現實主義與中國現代詩〉、〈請為中國詩壇保留一份純淨〉，評論對象有覃子豪，余光中、管管等作家。

梁實秋論文學

梁實秋著，時報文化出版公司一九七八年九月版。收入〈詩與圖畫〉等二十三篇文章。

驀然回首

白先勇著，爾雅出版社一九七八年九月版。收入〈《現代文學》的回顧與前瞻〉等九篇文章。

不談人性，何有文學

彭歌著，聯經出版公司一九七八年版。一九七七年八月十七至十九日，作者在〈聯合報〉發表了這篇約一萬兩千字的長文，點名批判了王拓、陳映真、尉天驄，分析他們三人的政治立場，暗示他們宣揚階級論，是按照共產黨的觀點進行政治宣傳，從而點燃了鄉土文學論戰之火。

美的範疇論

姚一葦著，開明書店一九七八年版。此書從具體的自然物與藝術品的分析入手，再檢討前人對這方面的研究，然後重點闡明怎樣認知美和增益美的創造能力，並對秀美、崇高、悲壯、滑稽、怪誕、抽象等六個美學範疇提出自己的看法。

梁實秋札記

梁實秋著，時報文化出版公司一九七八年版。收入〈純文學〉等六十篇文章。

新詩品賞

楊昌年著，牧童出版社一九七八年版。作者認為，詩的高度表現要求的目的，是要有鮮活的形象，並分析了不少知名作家的詩作。

當前文學問題總批判

彭歌等著，彭品光主編，青溪新文藝學會一九七八年自印。有尹雪曼〈清除文壇「旋風」〉代序，分六輯：「愼防文藝統戰陰謀」、「鄉土文學如何鄉土」、「邪惡的工農兵文學」、「認清三十年代文學」、「文學歪風不容滋長」、「堅持正確方向努力」，另有〈論當前文藝政策〉等附錄十一篇。

民族與鄉土

尉天驄著，慧龍文化公司一九七九年一月版。收入〈什麼樣的人什麼樣的文學〉等四十篇文章。

日據下臺灣新文學：文獻資料選集

李南衡主編，明譚出版社一九七九年三月版，共五冊，此為第五冊。內容包括評論、回憶、紀念、歷史文獻等文章共六十二篇。為日據臺灣文學集成的重要著作。

民族文學的再出發

《仙人掌》雜誌編選，故鄉文化出版公司一九七九年三月版。有〈中國的出發〉代序。分三輯：「文學之路」、「來認識鄉土文學」、「從鄉土文學到民族文學」，附錄〈文學與政治〉四篇文章。

中國現代小說的主潮

何欣著，遠景出版社一九七九年三月版。本書除〈作家的任務——代序〉和後記外，收〈中國現代小說的傳統〉、〈三十年來的臺灣小說〉、〈七十年代的使命文學〉、〈報導文學與文學創作〉、〈鄉土文學怎樣鄉土〉、〈寫實主義與現實〉、〈寫實主義的得失〉、〈小說裡的方言〉、〈誠實與容忍〉等九篇論文。

火浴的鳳凰——余光中作品評論集

黃維樑編著，純文學出版社一九七九年四月版。分三部分：詩論、散文論、通論及其他，另有附錄：余光中年表、余光中著作編譯目錄、評論介紹訪問余光中的文章目錄。

藝術．文學．人生

何懷碩著，大地出版社一九七九年五月版。收入〈論典型〉等三十篇文章。

五十年代文學論評

司徒衛著，成文出版社一九七九年七月版。分五輯：理論、詩、散文、小說、戲劇。收入評王集叢、覃子豪、吳魯芹、朱西甯、潘壘、張愛玲、端木方、南宮博、郭衣洞、艾雯、王藍、白余等人的作品。附錄〈論書評〉、〈泛論五十年代的小說〉。

文學知識

楊牧著，洪範書店一九七九年九月版。收入〈現代詩二十年〉等二十一篇文章。

小說賞析

楊昌年著，牧童出版社一九七九年九月版。分〈小說創作技巧析例〉等四章。

新文學的傳統

夏志清著，時報文化出版社一九七九年十月版。收入〈重會錢鍾書紀實〉等文章。

期待批評時代的來臨

沈謙著，時報文化出版公司一九七九年十一月版。分為：理論、批評、文學史和考證——文學研究的幾個主要部門，文學的傳統與創斷，文學批評的態度，文學批評的層次——從夏志清顏元叔的論戰談起，從批評原理論鄉土文學等十部分。

古典與現代

周伯乃著，遠景出版社一九七九年十一月版。本書主要探討文學與人生的關係，以及古典文學的批評方法，貫通哲學與文學、古典文學與現代的觀念。

欣賞與批評

姚一葦著，遠景出版社一九七九年十一月版。分四輯：討論文學欣賞與批評一般性原則、關於古典詩與現代詩之欣賞、對當代小說之批評、探究戲劇倫理與批評觀念，收入〈談文學上「懂」的問題〉等二十一篇文章。

二三十年代的作家與作品

蘇雪林著，廣東出版社一九七九年十二月版。有自序和總論，分五編：「新詩之部」、「小品散文之部」、「長短篇小說之部」、「戲劇之部」、「文評及文派之部」，另有後記。

突破與驚喜

〈聯合報〉編輯部一九七九年十二月自印。簡介〈聯合報〉第一至第四屆小說獎得獎人名單、評審會議紀要、評審委員簡介。

從徐志摩到余光中——白話詩研究第一冊

羅青著，爾雅出版社一九七九年版。有代序〈論白話詩〉，分三部分：分行詩、分段詩、圖像詩，賞析羅門、徐志摩、商禽等人的作品。

臺灣鄉土作家論集

葉石濤著，遠景出版社一九七九年版。論述一九五〇至一九六〇年代的鄉土文學作家，以及這一時期臺灣文學的發展方向。收入〈臺灣鄉土文學史導論〉、〈臺灣的鄉土文學〉等二十八篇文章。

中國現代小說史

夏志清著，傳記文學出版社一九七九年版。作者探討中國新文學小說創作的發展路向，尤其致力於「優美作品之發現和評審」，發掘並論證了張愛玲、張天翼、錢鍾書、沈從文等重要作家的文學史地位，使此書成為西方研究中國現代文學史的經典之作。

文化復興與超越前進論

胡秋原著，學術出版社一九八〇年三月版。分上、下冊，收入〈中西文化與文化復興〉、〈中國之悲劇〉、〈中國文化之前途〉等文章。

寫給青少年的新詩評析一百首（上、下）

文曉村編著，黎明文化事業公司一九八〇年三月版。有鍾雷等人的十二方家評文及序，分十部分：動物篇、植物篇、人物篇、風景篇、親情篇，青春之歌、山水小唱、鄉土吟、童話及其他、附錄。

左手的繆思

余光中著，時報文化出版公司一九八〇年四月版。收入〈艾略特的時代〉、〈中國的良心——胡適〉、〈美國詩壇頑童康明思〉、〈死亡，你不要驕傲〉、〈簡介四位詩人〉等論文和散文。

抗戰時期淪陷區文學史

劉心皇著，成文出版社一九八〇年七月版。分三卷：南方偽組織的文學、華北偽組織的文學、東北偽組織的文學，另有前言和著者簡介。有些地方將一些革命作家誤判為漢奸。

抗戰時期的新詩作家和作品

舒蘭著，成文出版社一九八〇年七月版。評論覃子豪、葛賢寧、鍾鼎文、墨人、劉心皇、艾青、胡風、老向、金軍等人的作品。

琦君的世界

隱地編，爾雅出版社一九八〇年十一月版。收入陳芳明、季季、林海音、夏志清等人對琦君作品的評論，後面附有琦君書目。

長耳朵的窗——詩與藝術散論

劉菲著，創世紀詩社一九八〇年十二月版。一本以現代主義為標桿所作的立論，包括思想的、文學的、藝術的，其中較重要的論文有〈與顏元叔教授論詩〉、〈漫談現代詩的欣賞〉、〈揭開唐文標之流的假面具〉。

不滅的詩魂——對談評論集

鍾肇政主編，臺灣文藝出版社一九八一年一月版。評論對象為葉石濤、七等生等十位作家。

分水嶺上

余光中著，純文學出版社一九八一年四月版。分為：新詩、古典詩、英美詩、白話文、小說、綜論，重要論文為〈繆思的左右手——詩和散文的比較〉。

胡秋原先生之生平與著作

徐復觀等著，學術出版社一九八一年五月版。臺灣文化界慶賀胡秋原七十壽辰文集，並附胡秋原先生著作展覽目錄。

中共文藝統戰回顧

唐紹華著，文壇雜誌社一九八一年七月版。作者以雜憶方式，根據自己所經歷之情形，雜記抗戰前後文壇、一九四九年後大陸劇團的大小事件。

孤寂中的回響

洛夫著，東大圖書公司一九八一年七月版。此書原名〈談詩雜記〉。收入〈詩的語言與意象〉、〈詩與散文〉、〈寫在水上的詩〉、〈我辦朗誦會的經驗〉等。

當代中國新文學大系——史料與索引

劉心皇編著，天視出版公司一九八一年八月版。《當代中國新文學大系》全套共計十冊，本書為最後一冊。有文學小史類的導言〈自由中國文學三十年〉，分六部分：一般史料、文藝團體、文藝獎金、文藝刊物、作家小傳、作家筆名。

浪漫之餘

李歐梵著，時報文化出版公司一九八一年九月版。現代文學評論集，收十五篇文章。

無名氏研究

卜少夫主編，（香港）新聞天地社一九八一年九月版。無名氏四〇年代闖入文壇時，就決意顛覆大眾經典，立意用一種新的媚俗手法來奪取廣大的讀者，向一些自命為擁有廣大讀者的成名文藝作家挑戰。本書便收入了無名氏如何向作家挑戰的有關研究文章。

無塵的鏡子

張默著，東大圖書公司一九八一年九月版。收《現代詩的回顧與前瞻》、《淺談現代詩的欣賞》等七篇綜論，另評論了二十世紀六十年代八位詩人的作品，還有對鄭愁予、瘂弦、向明等人作品的剖析，有〈後記〉。

建國七十年國軍文藝大會專輯

國軍新文藝輔導委員會編，黎明文化事業公司一九八一年十月版。分為：演講與報告、社論與短評、專論與專訪、檢討與建言。

文學藝術論集

胡秋原著，學術出版社一九八一年十一月版。分上、下冊，收入著者從二十世紀三十年代到七十年代有關文藝的主要論文：〈毛澤東要殺胡風嗎？〉、〈關於《紅旗》之誹謗答史明亮先生等〉、〈漢奸胡蘭成速回日本去！〉等。

聯副三十年文學大系　評論卷：中國古典文學論

聯副三十年文學大系編委會編，聯合報社一九八一年十二月版。有「編委會」的長文〈風雲三十年——三十年來中國現代文學之發展與聯副〉，收入葉慶炳、黃永武，林文月、魏子雲，姚一葦等多人論述中國古典詩詞、古典小說尤其是〈紅樓夢〉的文章。另有編後記、本冊作家小傳、大系評論卷總目錄。

聯副三十年文學大系　評論卷二：文學史話

聯副三十年文學大系編委會編，聯合報社一九八一年十二月版。有丁望序，分三部分：文學史話、臺灣光復前文學、中國大陸文壇。收入梁實秋、蘇雪林、梁錫華、李歐梵、葉公超、葉石濤等作家的文章。

聯副三十年文學大系　評論卷三：現代文學論

聯副三十年文學大系編委會編，聯合報社一九八一年十二月版。有王文興序，分三部分：現代小說、現代詩、當代作家作品論。

聯副三十年文學大系　評論卷四：世界文學

聯副三十年文學大系編委會編，聯合報社一九八一年十二月版。有齊邦媛序，分三部分：論世界文學、比較文學、論翻譯。

聯副三十年文學大系　評論卷六：文學與生活

聯副三十年文學大系編委會編，聯合報社一九八一年十二月版。有鍾肇政序，分三部分：文學原論、論語文、俗文學。

聯副三十年文學大系　評論卷七：文化與生活

聯副三十年文學大系編委會編，聯合報社一九八一年十二月版。有鄭騫序，分為：文化與生活、論戲劇。

聯副三十年文學大系　史料卷八：風雲三十年

聯副三十年文學大系編委會編，聯合報社一九八一年十二月版。有瘂弦序，分七部分：聯副與我、歷屆主編回憶錄、聯副三十年紀事、聯副文學資料選輯、國內期刊評介、聯副選輯、聯副編按選輯、「聯合報小說獎」資料選輯。

中國現代文學書目總編

「國家文藝基金會」第三次文藝會談秘書組一九八一年十二月編印。收入海峽兩岸作家從大陸時期一直到二十世紀八十年代初出版的書目，按筆劃分類，附有作家小傳，係內部徵求意見稿。

沒有土地，哪有文學

葉石濤著，遠景出版社一九八一年版。分四部分：分析臺灣本土文學與作家、論述日本文學與作家、探討歐美文學與作家、譯作。收入〈日本文壇史的背面〉、〈諾曼·梅勒的生涯與作品〉等四十三篇文章。

詩的詮釋

李瑞騰著，時報文化出版公司一九八二年六月版。有作者〈與詩結緣〉序，分三輯：「詩的詮釋」、「專論」、「拾零」，主要評析了紀弦、洛夫、張默等人的代表作。

一九八〇中華民國文學年鑑

柏楊主編，時報文化出版公司一九八二年十一月版。該書除序、凡例之外，分為七章：文學概況、一年文壇大事記、文學活動、文學獎、名錄、著作目錄、文星隕落。

文學邊緣

周玉山著，東大圖書公司一九八三年一月版，第一輯收入〈記陳若曦女士〉等文十五篇，第二輯二十五篇文章，或為文藝作詮，或為歷史做證，或為時事作注，第三輯十篇，收入評鄭學稼、胡秋原等人論著文章十篇。

文藝座談實錄

「文建會」一九八三年二月編印。一九八二年臺灣文藝界舉行的座談會記錄，分大眾傳播、文藝活動、文藝理論、報導文學、中部地區等項。

文學回憶錄

葉石濤著，遠景出版社一九八三年四月版。收入

〈府城之星，舊城之月〉、〈文藝臺灣及其周邊〉、〈光復前後〉、〈日據時期文壇瑣憶〉等三十一篇文章。

蓬萊文章臺灣詩

羊子喬著，遠景出版社一九八三年九月版。分三卷，收入〈光復前臺灣新詩論〉等文章。

當代臺灣作家論

何欣著，東大圖書公司一九八三年十二月版。收〈三十年來臺灣的文學論戰〉、〈葉石濤的文學觀〉以及論鍾肇政、黃春明、陳映真、陳冠學等人的文章十篇。

小說筆記

葉石濤著，前衛出版社一九八三年版。分為「本土篇」、「西洋篇」兩部分，收入〈一個臺灣作家的七十七年〉、〈安德烈·馬柔的生涯與作品〉等二十二篇文章。

一九八〇年文學書目

應鳳凰編著，大地出版社一九八三年版。收入五百六十三本書，分成文學評論、詩、散文雜文、小說、混合集五個部分，翻譯作品不列入。

文學概論

張健著，五南圖書公司一九八三年版。作者從一九七二年起在臺灣大學任教使用的教材，上編為「原理論」，包括文學的起源、特質、語言與文學、創作與欣賞、文學與道德、文學的類型等十一講：下編為「文類論」，包括詩、散文、小說、戲劇、文學批評五部分，共十八講，後附參考書目。

比較詩學

葉維廉著，東大圖書公司一九八三年版。有葉維廉〈「比較文學叢書」總序〉、〈《比較詩學》

序〉，收五篇論文：〈東西比較文學中模子的運用〉、〈語法與表現——中國古典詩與英美現代詩美學的匯通〉、〈語言與真實世界——中西美國基礎的生成〉、〈中國古典詩和英美詩中山水美感意識的演變〉、〈「出位之思」：媒體及超媒體的美學〉。

古丁全集＝評論

古丁著，秋水詩刊社一九八三年版。分四輯：「新文藝論集」、「筆壘集」、「截斷眾流集」、「未名集」。

文學的源流

楊牧著，洪範書店一九八四年一月版。分三部分：詩評、散文評論、周作人等專論。

談民族文學

顏元叔著，臺灣學生書局一九八四年二月版。收五方面的文章：民族文學概論、中國古典詩的分析、中國民俗文學價值的肯定、中國現代詩的討論、中國現代小說的評述。

逍遙遊

余光中著，時報文化出版公司一九八四年三月版。為其三十五歲前後的文集，收入〈下五四的半旗〉、〈剪掉散文的辮子〉、〈從靈視主義出發〉等論文，另有〈鬼雨〉等散文。

大陸文藝新探

周玉山著，東大圖書公司一九八四年四月版。收〈中共對三十年代作家的「解放」〉、〈以胡風的悲劇看中共文藝政策〉、〈大陸作家在海外〉等文章十篇。

三民主義文藝運動
——兼對中共文藝統戰的批判

上官予著，中央文物供應社一九八四年五月版。為當局文藝政策「背書」之作。

中華民國作家作品目錄

應鳳凰、鐘麗慧編，「文建會」一九八四年六月版。收入眾多臺灣作家的小傳和著作目錄，分上、下冊，配有照片。

張愛玲資料大全集

唐文標編，時報出版公司一九八四年六月版。作者將他收集到的所有上海淪陷時期有關張愛玲的出版資料，包括張愛玲的照片、張愛玲畫的插圖、扉頁、漫畫、書籍封面，第一次發表文章的刊頭以及發表過張愛玲作品的各雜誌的封面及目錄頁，匯總原樣影印。

論墨人及其作品（上、下）

上官予等著，臺灣商務印書館一九八四年七月版。分五部分：論墨人的詩、論墨人的散文、論墨人的小說、談墨人的文學生活、思想及其它、墨人作品一粟。

戲劇與文學

姚一葦著，遠景出版社一九八四年七月版。收入〈我與《現代文學》〉、〈平劇的形式與結構〉、〈存在主義的戲劇〉等九篇文章。

張愛玲的小說世界

張健主編，臺灣學生書局一九八四年七月版。這是編者在臺灣大學開課時學生寫的十多篇論文式的報告，論及張氏小說中的女性以及張氏與姜貴反共小說之比較等問題。

作文七巧

王鼎鈞著，一九八四年八月自印。本書主講是直敘、倒敘、抒情、描寫、歸納、演繹、綜合等七種寫作技巧。作者以幽默筆法，深入淺出，期能成為作文範本。

剪影話文壇

林海音著，純文學出版社一九八四年八月版。本書所提的文壇作家共有上百人，均附有照片。

孤兒的歷史·歷史的孤兒

陳映真著，遠景出版社一九八四年九月版。評論了吳濁流、施善繼、王拓等人的作品，計二十二篇。

鐵血詩人吳濁流

呂新昌著，臺灣文藝出版社一九八四年九月版。分五章，記錄和評述了吳濁流的一生。

人性與「抗議文學」

張子樟著，幼獅文化公司一九八四年十月版。此博士論文的研究對象為大陸的傷痕文學。

中國現代文學的桃花源

尹雪曼著，臺灣商務印書館一九八四年十月版。有自序，分四輯，收入〈消滅第二個「三十年代」〉、〈為大陸作家爭取真正的創作自由〉、〈文協三十年〉等短文。

詩與美學

黃永武著，洪範書店一九八四年十二月版。分十二部分：詩與生活、詩的色彩設計、詩的具象效用、詩的形式美、詠物詩的評價標準、從科際整合看詩的欣賞、梅花精神的歷史淵源、詩與神話、詩與傳統（新詩怎樣繼承傳統）、張九齡詩中的鳥、白居易的靈肉世界、詩人看月。

一九八一年文學書目

應鳳凰編著，大地出版社一九八四年版。收入五百九十二本書，包括書名、作者名、開本、頁碼、出版日期、出版單位、叢書編號，最後是內容簡介及作者介紹。

中國話劇史

吳若、賈亦棣著，「文建會」一九八五年三月出版。記述中國話劇近百年的發展歷史，本書介紹的劇目遺漏了〈一口箱子〉等名劇。

七十三年文學批評選

陳幸蕙編，爾雅出版社一九八五年三月出版。分為文學理論、詩歌批評、散文批評、小說批評四部分，收入蕭蕭，沈謙、曹淑娟等人的論文。

大陸文壇及其他

唐紹華著，文壇雜誌社一九八五年四月出版。收報導、評述大陸文壇及電影界的文章三十二篇。

臺灣文學的過去與未來

葉石濤、彭瑞金、宋冬陽（陳芳明）等著，陳永興編，臺灣文藝雜誌社一九八五年四月版。收入彭瑞金〈臺灣文學應以本土化為首要課題〉、宋冬陽〈現階段臺灣文學本土化的問題〉、葉石濤〈光復初期的臺灣日文文學〉等論文十九篇。

諸子百家看金庸（第二、三輯）

沈登恩主編，翁靈文等著，遠景出版公司一九八五年五月版。「金學研究叢書」之十六，有沈登恩序言〈百年一金庸〉，收入林以亮、倪匡、陳雨航等人的論文。

理想的追尋

尉天驄著，新地出版社一九八五年五月版。作者在鄉土文學論戰後所寫的文章：〈臺灣鄉土文學的新課程〉、〈沒有強健的民族，哪有詩人的歌唱〉、〈軍中文藝的理想與未來〉、〈臺灣文學往何處去？〉等。

康莊有待

向陽著，東大圖書公司一九八五年五月版。有作家個論，以及對新文學發展的思考。

陳若曦的世界

鄭永孝著，書林出版社一九八五年五月版。是海內外最早出版的研究陳若曦的專著，由六篇論文組成：〈迷信與命運——論陳若曦早期小說的主題〉、〈陳若曦的回憶——論《尹縣長》的情節與結構〉、〈陳若曦的夜世界〉、〈評陳若曦的《老人》〉、〈《文革雜憶》的政治與文學〉、〈抉擇在異鄉——論陳若曦太平洋彼岸的小說〉、〈《赤地之戀》與《歸》的結局——論長篇小說的敘述藝術〉，另有〈陳若曦作品與批評目錄〉。

龍應台評小說

龍應台著，爾雅出版社一九八五年六月版。酷評集，帶給文壇巨大的震撼。有〈面對——序〉。輯一：〈淘這盤金沙——細評白先勇《孽子》〉等。輯二：〈我在為你做一件事〉、〈畫貓的小孩——與張系國一夕談〉、〈文學批評，什麼玩意兒？〉等。

臺灣小說與小說家

高天生著，前衛出版社一九八五年六月版。分二部分，作家論以及綜論。評論了賴和、鍾理和、葉石濤、鍾肇政、李喬、陳映真、黃春明、七等生、白先勇、楊青矗、王拓、洪醒夫等人的作品。

光復後臺灣地區文壇大事紀要（增訂本）

張默等編著，「文建會」一九八五年六月版。寫至一九八五年底。

解構批評論集

廖炳惠著，東大圖書公司一九八五年九月版。注意理論與實證的結合，如該書敘述完歐美當代文評的發展概貌後，便分別以詩、散文、劇作、小說、擬話本等演繹批評理論，為作品作出進一步的解釋。鑒於解構批評的術語難懂，作者還特地收集了一些經常在報刊上見到的名詞，在書後附錄中作了簡要的解釋。

文學散步

龔鵬程著，漢光文化事業公司一九八五年九月版。名曰「散步」，其實是一本文學概論或「文學理論」。此書最精彩部分是前七章所論述的文學作品欣賞問題。

馬森戲劇論集

馬森著，爾雅出版社一九八五年九月版。作者的戲劇理論涉及的面很廣，既有對中西戲劇歷史發展線索的梳理、規律的探求，又有對臺灣當代劇場現狀的分析與考察，既有自已從事戲劇創作的經驗總結，又有立足於劇場實踐的舞臺演戲理論的建構。

中華國劇史

史煥章著，臺灣商務印書館一九八五年十一月版。論述京劇的誕生及其成長歷程。

認識兒童文學

馬景賢主編，中華民國兒童文學學會一九八五年十二月版。分綜論、分論兩部分。

詩的傳統與現代

李春生著，濂美出版社一九八五年版。分三篇：第一篇為主幹部分〈縱論詩的傳統與現代〉，由文學與邏輯、詩的本體、詩境與禪境、詩的形式、詩的表現、晦澀與明朗、現代詩的路向、建議等組成。第二篇為〈揭開詩的面紗〉，第三篇〈誦詩、弦詩、歌詩、舞詩〉。另有兩篇附錄：〈五四～一棵尚未成長的樹〉、〈我們期待新詩的盛唐〉。

兩種文學心靈

詹宏志著，皇冠出版社一九八六年一月版。內容為評兩篇〈聯合報〉小說獎得獎作品，後引起一場「邊疆文學」及「臺灣文學地位論」的論戰。收二十篇文章。

比較文學理論與實踐

張漢良著，東大圖書公司一九八六年二月出版。本書分五個篇章，處理了比較文學傳統上認可的課題，而將重點置於影響研究與文類（尤其是敘述學）研究上。由於每一篇作品都必然受到寫作當時的歷史性所界說、制約，由文學信念、理論與方法等形成的知識視域，是變動不居的。因此出版時作者的經驗視域，與寫作時難免有差異。

小說入門

李喬著，時報文化出版公司一九八六年三月出版。分三輯：「認識小說」、「寫作實務」、「其它思考」。收錄〈小說是什麼？〉、〈長篇小說概說〉、〈小說的社會責任〉等八十六篇文章。

胡適演講集

胡適著，遠流出版社一九八六年三月版。本書所選的演講內容，題材上，橫跨文化、民生、修身、歷史、教育、社會改革，甚至婦女地位等諸多領域，既保證了內容上的豐富，又提升了可讀性。在書中，既可以看到一個智者，又可以體會到胡適對於家國的熱愛，對於民主和自由的守護和堅持。

中共文藝政策析論

徐瑜著，中國文化大學出版部一九八六年四月版。分為〈中共文藝思想的淵源〉等八章。

七十四年文學批評選

陳幸蕙編，爾雅出版社一九八六年四月出版。收入曾昭旭、黃維樑、陳映真、夏志清等人的論文，書後附有當年文學批評大事記和書目等項。

文學與美學

龔鵬程著，業強出版社一九八六年四月版。作者研究文學與美學多年的成果，充分掌握了中國美學的精神。

李金髮評傳

楊允達著，幼獅文化事業公司一九八六年四月版。分四章：第一章〈法國象徵派與李金髮〉，包括象徵派的表現方法等；第二章〈中國象徵派的拓荒者〉；第三章〈李金髮的生平〉；第四章〈李金髮的作品評析〉；結論〈李金髮是中國象徵詩的先驅〉。

四海集

林以亮主編，皇冠出版社一九八六年五月版。收入夏志清、林以亮、余光中、黃國彬的四篇長文。

作文十九問

王鼎鈞著，一九八六年五月自印。假設一個勤學好問的學生，不斷向老師請教寫作中的疑惑，老師一邊解答，一邊啟發這個學生自己思考。這十九類問題，既有普遍性，又有針對性。

從劉鶚到王禎和

王德威著，時報出版公司一九八六年六月版。有〈前言〉，分三輯，收入〈中國寫實小說的四個時期〉、〈略論五四白話小說與中國小說傳統之關係〉、〈歷史／小說／虛構〉、〈現代文學史理論的文、史之爭〉等十五篇論文。

誰怕宋澤萊

宋澤萊著，前衛出版社一九八六年六月版。此書對準葉石濤、陳映真、陳千武、楊牧、七等生一個個掃射。除序文〈初開的盞盞花〉外，由九篇論文組成，另附錄有〈當前臺灣人權文學著作一覽表〉。在這些文章中，最重要的是頭篇〈臺灣人權文學小史〉。

魯迅這個人

劉心皇著，東大圖書公司一九八六年六月版。有鄭學稼序，分五部分：從〈魯迅書簡〉看魯迅對中共「文總」的鬥爭、從魯迅看三十年代文壇的糾紛、魯迅究竟拿了誰底錢、魯迅遭通緝而未被捕的真相、魯迅與托派。

中國現代文學作品書名大辭典

周錦編著，智燕出版社一九八六年九月版。分三冊，共收集了自一九一九年至一九四九年大陸的和一九五〇年至一九八五年臺灣的文學作品共七八八九五冊。第三卷，二三一八頁，在臺灣文學其內容只占全部的一小部分。

中國現代文學鄉土語彙大辭典

周錦編著，智燕出版社一九八六年九月版。以方言俗語作為辭條，正文後面附有人名和篇名索引、長篇小說版本。

三十年代作家論

姜穆著，東大圖書公司一九八六年十月版。收入〈魯迅與共產黨〉、〈打手周揚又被鬥〉、〈文藝弄臣艾青〉等文章十九篇。

現代散文縱橫論

鄭明娳著，長安出版社一九八六年十月版。分綜論、個論，收入〈現代散文的寫作與欣賞〉以及論琦君、木心、余光中等人散文的論文。

文學與社會

高準著，文史哲出版社一九八六年十月版。有陳映真序〈不怕寂寞的獨行者高準〉。收入寫於一九七二年至一九八一年的〈論中國現代詩的流變與前進方向〉、〈《詩潮》與詩壇風雲〉、〈為《詩潮》答辯流言〉、〈中國文學的前途〉、〈覺醒的一代〉。另附錄〈中國與臺灣的統一問題〉、〈高準其人其事〉等文，並有高準作品評論簡目。

一九四九以後

林燿德著，爾雅出版社一九八六年十二月版。論述一九四九年以後出生的臺灣詩人羅青、蘇紹連、杜十三、白靈等人的藝術特色。

一九八四年文學書目

應鳳凰編著，大地出版社一九八六年版。不收翻譯書、傳統詩、武俠小說，特色是重視史料及評論書的搜集，評論書包括的範圍較廣，有現代文學評論、古典文學評論、武俠小說評論以及作家傳記。比過去多了「選集」的節目，前面還有龔鵬程、向明等人寫的該年度各類圖書出版概況。

詩的邊緣

洛夫著，漢光文化事業公司一九八六年版。收入〈詩壇春秋三十年〉、〈且領風騷三十年〉、〈對大陸詩變的探索〉、〈評中韓作家會議我方的論文〉等論文，以及作者評論向明、無名氏、張默等人作品的文章。

細讀現代小說

張素貞著，東大圖書公司一九八六年版。有自序，第一輯選兩篇創作理論及三篇小說技巧研究論文。第二、三輯係對沈從文、張愛玲、林海音、司馬中原等人作品的評論。

中外文學論文索引（一九七二年六月～一九八五年五月）

〈中外文學〉編輯部編，一九八七年一月自印。

臺灣詩人作品論

李魁賢著，名流出版社一九八七年一月版。有自序，收入巫永福、趙天儀、非馬、杜國清、鄭炯明等本土詩論十六篇。

文學因緣

鄭樹森著，東大圖書公司一九八七年一月版。收入〈現代詩的英譯——評榮之穎的《臺灣現代詩選》〉、〈奧菲爾斯的變奏——評葉維廉的《眾樹歌唱》〉等文章。

現代散文類型論

鄭明娳著，大安出版社一九八七年二月版。有自序，綜理數十年各家創作與理論，辨其原委脈絡。分四章：總論、散文的主要類型、特殊結構的類型、結論。

臺灣文學史綱

葉石濤著，文學界雜誌社一九八七年二月版。分七章：傳統舊文學的移植、臺灣新文學運動的展開、四〇年代的臺灣文壇、五〇年代的臺灣文學、六〇年代的臺灣文學、七〇年代的臺灣文學、八〇年代的臺灣文學，另附錄臺灣文學年表。

七十五年文學批評選

陳幸蕙編，爾雅出版社一九八七年三月出版。收入王文興、瘂弦、楊牧、龍應台等人論文，附錄有當年文學批評大事記和批評書目。

現代詩學

蕭蕭著，東大圖書公司一九八七年四月版。有自序，分現象論、方法論、人物論。其中「現象論」研析現代詩中呈現的不同風貌，「方法論」則論述現代詩的創作技巧，「人物論」論及洛夫的〈無岸之河〉、羅門的意象世界、葉維廉的秩序以及席慕蓉、苦苓的詩作。

當代文學史料研究叢刊　第一輯

當代文學史料研究社編，大呂出版社一九八七年五月版。有〈發刊詞〉，欄目有：新月派專輯、文學專論、文壇動態、文學史話、書話、書目與索引、期刊回顧、當代已停詩刊回顧、海外書訊、譯詩集錦、文學的臺灣、社訊、廣告索引。

夏志清文學評論集

夏志清著，聯合文學出版社一九八七年六月版。有自序，第一輯共三篇論述英美作家和作品，第二輯四篇論述大陸作家作品，第三輯共五篇論述臺港文學作品。

抗戰文學概說

李瑞騰編，〈文訊〉雜誌社一九八七年七月版。上篇為有關抗戰文學史的論述文章，作者有王平陵、陳紀瀅、劉心皇等，下篇為有關抗戰文學的討論。

抗戰時期文學史料

秦賢次編著，文訊雜誌社一九八七年七月版。包括抗戰時期文學大事記、期刊目錄、作品目錄。

現代中國文學批評述論

柯慶明著，大安出版社一九八七年十月版。分三輯，收錄〈現代中國文學批評述論〉、〈中國文學批評的兩種趨向〉、〈短論與演講〉等文章。

解析文學

姜穆著，黎明文化公司一九八七年十月版。有序，收入〈剝皮刮骨看余光中〉、〈文藝統戰的迂迴道路〉、〈中共對作家統戰〉、〈無格作家〉等文章共三十五篇。

開拓海洋新境界

朱學恕著，大海洋文藝雜誌社一九八七年十月版。全書分五部分：海洋論文、報導文學、時論、雜文、散文。

當代文學史料研究叢刊　第二輯

應鳳凰等編，大呂出版社一九八七年十二月版。全書分成抗戰文學書話、文學的臺灣、文壇動態等。

孤寂的一代

周伯乃著，水牛圖書出版公司一九八七年十二月版。收入〈年輕一代的良知——卡繆〉、〈吳爾芙夫人與現代小說〉、〈論海明威的《雪山盟》〉以及論卡夫卡、沙特等外國文學論文。

從浪漫主義到後現代主義

蔡源煌著，雅典出版社一九八七年十二月版。係文學術語新詮，收有四十三篇文章。以簡顯易懂的文字，解釋當代文學理論，並節錄知名作品的段落輔以說明。

文學．政治．知識分子

邵玉銘著，聯合文學出版社一九八八年一月版。有序，收入〈論阿Q式的「革命青年」〉、〈現代中國文學對政治的影響〉、〈文學著述的角度和情懷〉、〈風骨嶙峋一代典範——我對梁實秋先生的感佩〉等七篇論文。

放膽文章拼命酒

宋冬陽著，林白出版社一九八八年一月出版。作者為陳芳明，收入〈現階段臺灣文學本土化的問題〉等九篇論文。

現代散文新風貌

楊昌年著，東大圖書公司一九八八年二月版。注重個論和作品賞析。

詩人之燈

羅青著，光復書局一九八八年二月版。談的是詩的欣賞及評論。

七十六年文學批評選

陳幸蕙編，爾雅出版社一九八八年三月版。有編者自序，分為：文學觀念、詩評、散文批評，小說批評、綜合論，附錄一九八七年文學批評大事記及批評書目等項。

歷史、傳釋與美學

葉維廉著，東大圖書公司一九八八年三月版。收入〈與作品對話——傳釋學的諸貌〉、〈中國古典詩的一種傳釋活動〉、〈意義組構與權力架構〉等文章。

文學原理

趙滋蕃著，東大圖書公司一九八八年三月版。分兩部分：文學原理、文學批評。另有附錄〈港九文藝戰鬥十五年〉、〈文藝登陸作戰方案設計〉等文章。

當代文學氣象

鄭明娳著，光復書局一九八八年四月版。收入〈論中國現代寓言文學〉、〈一九八七年散文現象〉、〈中國新詩概說〉等論文。

鞭子和提燈

陳映真著，人間出版社一九八八年四月版。書前有尉天驄〈三十年來的伙伴，三十年來的探索！〉、陳映真〈「鞭子和提燈」自序〉，收錄作者為自己的集子寫的序和為他人書寫的評論，並有作者所寫的影評，共二十一篇文章。

西川滿與臺灣文學

陳映真著，人間出版社一九八八年五月版。係作者作品集（十二）政論及批判卷。書前有王曉波〈重建臺灣人靈魂的工程師——論陳映真中國立場的歷史背景〉、陳映真〈迎接一個新時代的到來——「政論及批判卷」自序〉，收錄作者一九七五年以後關於政治、社會、文化、知識、思想方面的評議、爭論和批判文章，共十七篇。

小說與社會

呂正惠著，聯經出版公司一九八八年五月版。作者在〈文星〉和〈臺北評論〉寫的十四篇論文結集。第一部分收有〈黃春明的困境〉等論文七篇，第二部分收〈性與現代社會〉等論文四篇，第三部分收入〈「知青」三部曲〉等論文三篇，第四部分收入外國文學評論二篇。

不安海域

林燿德著，師大書苑公司一九八八年五月版。作者針對臺灣新世代詩人的作品寫的評論，收思潮綜論一篇，詩人論十四篇，附錄三篇。

臺灣人的自我追尋

宋澤萊著，前衛出版社一九八八年五月版。以建構臺灣人意識為中心，收入〈臺灣人的自我追尋〉、〈從臺灣人自我意識的成長與完成〉、〈「臺灣民族」三講〉等文章。

橫看成嶺側成峰

文曉村著，東大圖書公司一九八八年五月版。「詩評．書評」評論了古丁、覃子豪、胡品清、白靈、涂靜怡等人的作品，「詩序．書序」收序文九篇，另有後記。

胡適與魯迅

周質平著，時報出版公司一九八八年六月版。作者認為胡適是創造白話文運動的英雄，魯迅不過是白話文的實踐者。

洛夫《石室之死亡》及相關重要評論

侯吉諒編，漢光文化公司一九八八年六月版。收入李英豪等人的評論。

當前大陸文學

《文訊》雜誌社主編，《文訊》雜誌社一九八八年七月版。《文訊》雜誌社和《聯合文學》雜誌社召開的「當前大陸文學研討會」論文集。分二輯，收入張錯、張子樟、尼洛等人的論文八篇，另有四篇附錄。

文學四論

王志健著，文史哲出版社一九八八年七月版。按文體分論。上冊為新詩論和戲劇論，下冊為小說論和散文論。

臺灣人的歷史與意識

陳芳明著，敦理出版社一九八八年八月出版。收入〈臺灣作家的定位問題〉等二十六篇論文。

中國文學縱橫論

黃維樑著，東大圖書公司一九八八年八月版。分三部分：論詩、論小說、論文學批評。收入〈唐詩的現代意義〉、〈艾略特和中國現代詩學〉。

臺灣意識論戰選集

施敏輝（陳芳明）編，前衛出版社一九八八年九月版。收入從一九八三到一九八四年有關「臺灣結」與「中國結」的總結文章多篇，作者有陳映真、林濁水、宋冬陽等人。

楊逵的文學生涯

陳芳明編，前衛出版社一九八八年九月版。共十九篇，分三部分：一、楊逵的文學有五篇小說；二、楊逵的生涯，收有楊逵〈我的太太葉陶〉等文；三、楊逵的文學生涯，收有葉石濤〈楊逵先生與我〉等文。

郭沫若總論

金達凱著，臺灣商務印書館一九八八年九月版。副標題為《三十到八十年代中共文化活動的縮影》，分六章論述了郭沫若的生平和創作道路。

中國大陸新詩評析：一九一六～一九七九

高準著，文史哲出版社一九八八年九月版。有胡秋原序和作者自序〈本書寫作的經過與體例〉。分八部分：引論〈中國大陸新詩發展的輪廓〉、初期及二十年代、三十年代、四十年代、五十年代、六十年代、七十年代、附錄。

當代文學史料研究叢刊　第三輯

當代文學史料研究社編，當代文學史料研究社一九八八年十月版。欄目如下：抗戰文學專輯（下）、抗戰文學書話、文壇動態、創作經驗、新月派專輯（二）、譯詩集錦、文學的臺灣、評論、期刊回顧，廣告索引。

中國現代文學史料述語大辭典

周錦編著，智燕出版社一九八八年十月版。搜集範圍為一九一七年一月至一九四九年三月的大陸現代文學史料和術語，計一一二二條，共四〇六二頁。臺灣文學的內容只占其中一小部分。

政府遷臺以來文學研究理論及方法之探索

李正治主編，臺灣學生書局一九八八年十一月版。收入唐君毅、高友工、龔鵬程、劉若愚、鄭樹森、周英雄，李達三等人有關比較文學及文藝美學等方面的論文十五篇。

臺灣文學經驗四十年

張恆豪著，自立晚報社一九八八年版。作者從本土立場出發，論述省籍作家的創作經驗。

眾聲喧嘩——三〇與八〇年代的中國小說

王德威著，遠流出版公司一九八八年版。輯一評論了魯迅、沈從文、錢鍾書等人的作品。輯二收入〈當代大陸作家「寫」歷史〉、〈畸人行〉、〈「女」作家的現代「鬼」話〉、〈棋王如何測量水溝的寬度〉等論文。

臺灣當代短篇小說的女性描寫

賀安慰著，文史哲出版社一九八九年一月版。分六章，論述了短篇小說中的風塵女子以及女性性問題，還有對蘇偉貞、施叔青等人作品的探討。

黃秋芳文學筆記——風景

黃秋芳著，希代書版公司一九八九年一月版。收入〈午後書房——林文月的散文世界〉、〈菩提錄——林清玄的友情天地〉、〈在流轉的歲月中——古蒙仁的報導與文學〉等文章。

文壇反思與前瞻

施叔青著，（香港）明報出版社一九八九年二月版。副標題為：「施叔青與大陸作家對話」，係作者與劉賓雁、張賢亮、莫言等人的對話錄，紀錄兩岸文學相異之處。

張愛玲的世界

鄭樹森編，允晨文化公司一九八九年三月版。選刊陳輝揚和李焯雄兩位畢業於港大的青年作家，以及康乃爾大學耿德華等全面重評張愛玲的評論。而美國、香港和大陸的論文選，統一收錄於本書的第二輯。本書沒有收臺灣的論文，是考量論文資料取得容易，故不收錄。本書最後以香港大學中文系陳炳良教授的資料錄注作結。

現代散文構成論

鄭明娳著，大安出版社一九八九年三月版。本書是從「修辭」、「意象」、「敘述」、「結構」五方面論述散文的構成理論，分節分目論其基本觀念及深層理想。

做為一個臺灣作家

李敏勇著，自立報系一九八九年三月版。分三部分：臺灣作家的定位、做為一個臺灣作家、附錄。較重要者有〈臺灣筆會成立宣言〉、〈陳若曦，你錯了〉等。

七十七年文學批評選

陳幸蕙編，爾雅出版社一九八九年三月版。分詩評、散文批評、小說批評、書評精選等幾大部分，收入詹宏志等人的論文。

現代與反現代

龔鵬程著，幼獅文化事業公司一九八九年四月版。作者論述文學、教育、社會、民俗各方面的文章，內容多針砭時事，批評社會，顯示出作者既現代又反現代的精神。

中華現代文學大系（一）評論卷（臺灣 一九七○～一九八九）

李瑞騰主編，九歌出版社一九八九年五月版。收入一九七○至一九八九年在臺灣發表的論文多篇，共二冊，分總論、小說、散文、詩、戲劇，作者有夏志清、李歐梵、葉石濤、尉天驄、王曉波、水晶、高全之、樂蘅軍、詹宏志、方瑜、黃克全、龍應台、齊邦媛、彭歌、白先勇、林載爵、顏元叔、歐陽子，何欣等六十位。

舒蘭詩歌研究集

薛家太主編，（江蘇）職工教育社一九八九年五月版。收入袁成蘭、孫友田等大陸學者和詩人評論多篇。另有文曉村和李春生等人的評論，附舒蘭詩歌三十首。

對談錄——面對當代大陸文學心靈

施叔青著，時報文化出版公司一九八九年五月版。作者訪問了古華等十五位大陸小說家。

現代中國繆司——臺灣女詩人作品析論

鍾玲著，聯經出版公司一九八九年六月版。分九章：導言、紹繼中國文學傳統、現代文明的衝擊、多姿多彩的感情世界、五十年代清越的女高音、由六十年代的晦澀詩風出發、七十、八十年代女詩人的感性世界、八十年代的都市雙重奏、結語。附錄臺灣女詩人小傳，另有後記。

在時代的分合路口

陳芳明著，前衛出版社一九八九年七月版。作者政論文集之一。收入〈論胡秋原事件〉等論文。

在美麗島旗幟下

陳芳明著，前衛出版社一九八九年七月版。有許信良〈勿忘在洛——序陳芳明《在美麗島的旗幟下》〉，分三輯，第一輯「頓挫·療仿·奮起」，收入〈美麗島思想是能夠查禁的嗎？〉等文。第二輯「出發·調整·開拓」，收入〈輕易出鞘非寶刀——對四一九行動的一些觀察〉等文。第三輯「團結·提昇·進步」，收入〈朝向自決與獨立的道路〉等文，另有後記〈離臺十五年祭〉。

鞭島之傷

陳芳明著，自立報系文化出版部一九八九年七月版。收入〈是撰寫臺灣文學史的時候了〉、〈解嚴後的臺灣文化〉等三十篇文章。

從臺灣看當代大陸文學

陳信元著，業強出版社一九八九年七月版。有張放等人的序二篇，分四輯，收入〈大陸對臺灣文學的研究概況〉、〈大陸文學在臺灣〉、〈大陸作家在臺灣〉等文章，並分析了王安憶、莫言、史鐵生等人的作品。

大陸作家評傳

張放著，臺灣商務印書館一九八九年七月版。有自序，評論了丁玲、巴金、田間、冰心、艾青、沈從文等十六位作家的作品，另附錄有〈胡風錯案的省思〉等三篇文章。

欣賞與批評

姚一葦著，聯經出版公司一九八九年七月版。著重研究了在欣賞中的文學意象、審美趣味和觀眾心理等問題。

後現代併發症

孟樊著，桂冠圖書公司一九八九年八月版。當代臺灣社會文化批判論文集。有作者的自序〈後現代主義與批判〉，分三部分：思想篇、社會篇、文化篇，較重要的論文有〈後現代主義在臺灣的反思〉、〈後工業社會的副刊〉、〈兩岸新詩發展的浪漫旅程〉、〈後現代之後，瀕臨死亡的現代詩壇〉，另有附錄六篇。

臺灣詩史

廖雪蘭著，武陵出版社一九八九年八月版。分九章〈臺灣文學發展情形〉、〈臺灣之詩社〉、〈明鄭及其以前之詩〉、〈康雍年間之詩〉、〈乾嘉年間之詩〉、〈道咸同年間之詩〉、〈漢光緒年間之詩〉、〈日據時期之詩〉、〈結語〉。並附有參考書目。

文學社會學的理論評析

何金蘭著，桂冠圖書公司一九八九年八月版。副題為「兼論在中國文學上的實踐」。

先人之血，土地之花

臺灣文學研究會主編，前衛出版社一九八九年八月版。收入該會一九八三至一九八八年舉辦的年會論文十八篇。

這樣的詩人余光中

陳鼓應等著，臺笠出版社一九八九年九月版。收入陳鼓應〈評余光中的頹廢意識與色情主義〉、〈評余光中的流亡心態〉、〈三評余光中的詩〉及郭楓、李敏勇等多人批判余光中的文章。

解嚴前後的人文觀察

蔡源煌著，遠流出版公司一九八九年九月版。有詹宏志序，分四輯：「語言初步」、「文學思考」、「人文與知識」、「文化解嚴」。收入〈誰代表人文傳統〉、〈是誰主宰了臺灣的流行文化〉等文。

靜農論文集

臺靜農著，聯經出版公司一九八九年十月版。前面有序，收入〈兩漢樂舞考〉、〈兩漢簡書史徵〉、〈魏晉文學思想述論〉、〈嵇阮論〉、〈論唐代士風與文學〉、〈中國文學由語文分離形成的兩大主流〉、〈記王荊公詩集李壁箋注的版本〉、〈從「杵歌」說到歌謠的起源〉、〈女真族統治下的漢語文學——諸宮調〉、〈佛教故事與中國小說〉等文。

三十年代作家論續集

姜穆著，東大圖書公司一九八九年十月版。收入〈楊絳錯誤的選擇〉、〈柔石冤死〉、〈巴金的矛盾〉等文章十篇。

臺灣精神的崛起

鄭炯明編，春暉出版社一九八九年十二月版。這是《笠》詩論選集，有陳千武等人代序〈豎立臺灣詩文學的旗幟〉，分三卷：「論述篇」收入林亨泰等人論文十四篇，「座談篇」收入李魁賢等多人的對話十篇，「史料篇」收入趙天儀等人的文章十篇，較重要者有〈笠的歷程〉、〈笠詩社五年大事記〉，另有〈後記〉。

中華民國臺灣地區兒童期刊目錄彙編

洪文瓊主編，中華民國兒童文學學會一九八九年十二月版。收入一九四九年底到一九八九年十月的二百多種兒童期刊的基本資料。

觀念對話

林燿德著，漢光文化事業公司一九八九年版。有簡政珍序和作者的〈題解〉、〈對話者檔案〉，對話者有白萩、余光中、林亨泰、張錯、葉維廉、楊牧，鄭愁予、簡政珍、羅青，另有簡政珍等三人的會談作為〈代跋〉。

海峽兩岸小說的風貌

蔡源煌著，雅典出版社一九八九年版。有作者〈一九八八文化體驗——誰是大贏家〉代序，收〈五四看臺灣文壇〉、〈臺灣四十年來的文學與意識形態〉、〈從臺北人到撒哈拉的故事〉、〈從大陸小說看「真實」的真諦〉、〈我看大陸小說熱〉等十一篇論文，另有二篇附錄。

語言與文學空間

簡政珍著，漢光文化事業公司一九八九年版。嘗試以現象學的思考方式審視語言和文學世界，分別論述了現實、沉默、聲音、語音、意象、比喻和意識等現象，以不同的時間觀作為論述的焦點。

臺灣文學的悲情

葉石濤著，派色文化出版社一九九〇年一月版。由〈中國文學與臺灣文學〉、〈鄉土文學論戰十年〉等文章組成。

解放愛與美

李元貞著，婦女新知基金會出版部一九九〇年一月版。針對時事及文學、電影作品，探討了許多帶禁忌性的話題，如「性解放」是解放女性，還是便利男性？為什麼性與裸露不是罪惡，而色情卻是。

走向臺灣文學

葉石濤著，自立晚報社一九九〇年三月版。有代序〈一個臺灣老朽作家的告白〉。主要論述各個時期臺灣文學發展狀況，並評論多位臺灣作家的作品。收入〈日據時代的抗議文學〉、〈臺灣的長篇小說〉、〈談聶華苓的小說和散文〉、〈許振江和《寡婦歲月》〉等四十一篇文章。

現代美學及其他

趙天儀著，東大圖書公司一九九〇年三月版。本書包括了美學與現代詩理論的探討。其中第一部分「現代美學」，從美學的界說談到文藝創造過程。

大陸文藝論衡

周玉山著，東大圖書公司一九九〇年三月版。收〈抗戰時期中共的文藝政策〉、〈一九四九年以後中共的文藝政策〉、〈中共「臺港文學研究」的非文學意義〉、〈王蒙的下放與上臺〉等論文十篇。

當代文學史料研究叢刊（第四輯）

當代文學史料研究社編，業強出版社一九九〇年四月版。該書系「中華文學史料學研討會」專輯，收入大陸、香港、臺灣學者文章十篇，另有如下欄目：中國現代文學研究、臺灣文學研究、現代譯詩名家、一九八八年臺灣出版界概況、譯詩集錦、文學臺灣、一九八八年逝世作家。

理想主義者的剪影

施淑著，新地文學出版社一九九〇年四月版。收入論青年胡風、端木蕻良、路翎的論文以〈中國社會主義文藝理論的發展（一九二三～一九三二）〉，附錄〈卡夫卡的再審判〉。

王文興的心靈世界

康來新編，雅歌出版社一九九〇年五月版。從多方面呈現了王文興的精神世界及其文藝觀感。

大陸當代文學掃描

葉穉英著，英文圖書公司一九九〇年五月版，論述了傷痕文學、反思文學、尋根文學、女性文學等問題。

兩岸文學互論第一集

周錦選編，智慧出版社一九九〇年五月版。收入王紀人、李星、馬良春、曾慶瑞等大陸學者和尹雪曼、周錦、胡秋原、張放、陳映真、蔡源煌等臺灣學者互論對方作品的論文。

臺灣戰後初期的戲劇

焦桐著，台原出版社一九九〇年六月版。分六章，光復前後的臺灣劇運、反共抗俄劇、本地劇作家楊逵、二十部劇作提要、戰後臺灣戲劇年表、四十年來的戲劇書目。

千年之淚

齊邦媛著，爾雅出版社一九九〇年七月版。收入評鹿橋、潘人木、司馬中原、林海音等人的作品。

閱讀的反叛

詹宏志著，遠流出版公司一九九〇年九月版。以小說有關的讀書札記。

蓮花千瓣

張雙英著，合森文化公司一九九〇年十月版。著重探討小說創作的奧秘。

形式與意識形態

廖炳惠著，聯經出版公司一九九〇年十月版。收集了作者在一九八五至一九八九年寫的十一篇論文。

此書其實也可叫作〈從新馬克思主義到新歷史主義〉，其主旨是考察作品的表達與內容如何充實、質疑意形態的形式與內容。為了達到這一目的，便以「批判理論」談起。

兩岸書聲

王鼎鈞著，爾雅出版社一九九〇年十一月版。評論莫言、張賢亮、劉賓雁及臺灣現代詩人的作品。

中國現代散文初探

陳信元著，臺中縣立文化中心一九九〇年十二月版。分三輯，分別論述了一九一八至一九四九年以及五十年代到文革後的大陸散文發展概況，和〈臺灣地區現代散文研究概論〉以及許地山、朱自清等人的散文。

世紀末偏航——八〇年代臺灣文學論

林燿德、孟樊主編，時報文化出版公司一九九〇年十二月版。中國青年寫作協會一九九〇年九月召開的「八〇年代臺灣文學研討會」論文集，有孟樊等的總序〈以當代視野書寫八〇年代臺灣文學史〉，收入林亨泰、孟樊、游喚、呂正惠、陳思和、蔡詩萍等學者的論文，每篇文章後面附有講評意見。

青少年詩國之旅

蓉子編著，業強出版社一九九〇年版。作者應〈國語日報〉之約開闢的介紹新詩的專欄結集，第一部分「詩是什麼」，收十八篇短文，第二部分「詩的賞談」，賞析〈心井〉等多篇詩作。

現代詩創作與欣賞

薛林著，秋水詩刊社一九九〇年版。作者研究覃子豪遺著〈論現代詩〉的心得體會，其中談到什麼是詩、創作的意義、詩的本質、詩的形態、詩的意象、詩的意境、詩的語言、詩的風格等題。

現代詩學研討會論文集

白靈等著，彰化師範大學國文系出版，時間不詳。收焦桐〈八〇年代詩刊的考察〉、也斯〈臺灣與香港現代詩的關係〉、王浩威〈一場未完成的革命〉等論文八篇。

文學的長廊

張健著，幼獅文化事業公司一九九〇年版。收文學史、文學批評、文學賞析的文章三十四篇，其中包括小說、詩、散文、戲劇及文學批評，值得重視的是〈六十年代的散文〉、〈十年來的現代詩〉、〈臺灣文學批評史略〉、〈大陸新詩印象記〉、〈張愛玲的散文〉、〈七等生的小說〉、〈姚一葦戲劇的一正一反觀〉等，後面附有張健年表。

詩與臺灣現實

白萩策劃、張信吉記錄，笠詩刊社一九九一年一月版。有林亨泰序，內容為笠詩社詩人討論當前詩歌形勢的文章，涉及臺灣新詩的獨特性、臺灣人的唐山觀、臺灣孤立的哀愁、沉太平洋的臺灣、臺灣的愛怨情結、被蹂污的綠色臺灣、臺灣歷史的傷痕，這些論述充滿了分離主義意識。

羅門論

林燿德著，師大書苑公司一九九一年一月版。分三章：〈三六〇度層疊空間——論羅門的意識造型〉、〈人與神之間的交談——羅門的戰爭詮釋〉、〈在文明的塔尖造塔——論羅門的都市主題〉。另附錄有〈向她索取形象——論蓉子的詩〉及羅門繫年等項。

走出傷痕——大陸新時期小說探論

張子樟著，東大圖書公司一九九一年二月版。全面論述大陸傷痕文學後的創作現狀。

修辭學

沈謙著，空中大學出版社一九九一年二月版。三冊，探討了消極修辭與積極修辭、口語修辭與文章修辭及修辭學的理想目標等項。

臺灣新文學運動四〇年

彭瑞金著，自立晚報文化出版部一九九一年三月版。分六章：〈臺灣新文學運動的起源〉、〈戰後初期的重建運動（一九四五～一九四九）〉、〈風暴中的新文學運動（一九五〇～一九五九）〉、〈埋頭深耕的年代（一九六〇～一九六九）〉、〈回歸寫實與本土化運動（一九七〇～一九七九）〉、〈其本土化的實踐與演變（一九八〇——）〉。

中國文學史話

胡蘭成著，遠流出版公司一九九一年三月版。一九七七年夏天於僑居地日本寫完。因作者在臺灣授課的學生中多有青年寫作者，故著此作勵教激志，編成書後加一篇〈論建立中國的現代文學〉，這是上卷。下卷收錄單篇評文。六篇寫在孤島時期的上海，一篇寫在初亡命日本時，兩篇寫在來臺授課期間，三篇寫在返東京之後的晚年。

當代戲劇

馬森著，時報文化出版公司一九九一年四月版。分兩部分，論當代戲劇、評當代演出，另有附錄〈「當代劇場發展的方向」座談會〉。

詩魔的蛻變——洛夫詩作評論集

蕭蕭主編，詩之華出版社一九九一年四月版。有編者導言，分為綜論、專論兩冊，收入葉維廉、余光中、張漢良、李瑞騰、李元洛、劉登翰、龍彼德等人的論文，另有〈洛夫年譜〉和本書作者小傳等附錄三篇。

臺灣文學風貌

李瑞騰著，三民書局一九九一年五月版。收入〈臺灣文學的歷史考察〉、〈什麼是「臺灣文學」〉、〈二十年來的臺灣文學評論〉等論文。

華文兒童文學小史

洪文瓊主編，中華民國兒童文學學會一九九一年五月版。第一部分為陸臺港及馬來西亞、新加坡自一九四五至一九九〇年華文兒童文學發展狀況分析，第二部分為臺灣地區兒童文學詩歌、童話、少年小說發展狀況的評介，另有四種索引。

兒童文學大事記要（一九四五～一九九〇）

洪文瓊主編，中華民國兒童文學學會一九九一年六月版。分兒童文學工作者、社團、獎項等。

重組的星空

林燿德著，業強出版社一九九一年六月版。收入〈臺灣新世代小說家〉、〈文學新人類與新人類文學〉等文章九篇。

現代詩縱橫觀

蕭蕭著，文史哲出版社一九九一年六月版。有自序，分四輯：「塑造詩的風骨」、「探索詩的神韻」、「承傳詩的血脈」、「剖析詩的肌理」，附錄作者寫作年表。

謝雪紅評傳：落土不凋的雨夜花

陳芳明著，前衛出版社一九九一年七月版。一部完整地重新評價臺灣史上最具傳奇性、爭議性的奇女子——謝雪紅的一生，巨細靡遺地呈現臺灣政治、歷史上最重要的女革命家的故事。本書也指出，謝雪紅是臺灣現代政治人物中，少有的最夠體會被壓迫滋味的女性，因為她同時承受了男性沙文主義、帝國主義、資本主義以及沙文主義的壓迫。

魯迅與「左聯」

周行之著，文史哲出版社一九九一年八月版。內容有：「革命文學」，「圍剿」魯迅，「左聯」的籌備，「左聯」的成立與文藝論戰，「左聯」的新任務，「左聯」的衰退，魯、「左」交惡，「兩個口號」的糾紛，魯迅其人等。

詩歌分類學

古遠清著，復文圖書出版社一九九一年九月版。有徐遲等人的序和緒論，分四部分：從有無較完整的故事情節和人物形象劃分、從表現形式上劃分、從題材選取上劃分、雜體詩。另附錄有三篇對此書的評論和作者學術年表。

與世界文壇對話

鄭樹森著，三民書局一九九一年十月版。收錄二十四篇專訪，作者深入分析報導當代世界文壇的趨勢和動態，在清楚掌握世界各地的文學發展之餘，反省本土文學，並期在原有基礎上更向前邁進。

臺靜農先生紀念文集

林文月編，洪範書店一九九一年十一月版。收入秦賢次、王靜芝、林文月、吳宏一、莊栢和、聶華苓、啟功等人的文章。

紀念鍾理和臺灣文學學術研討會論文集要

鄭麗玲等著，高雄縣政府一九九一年十一月版。本書為紀念鍾理和逝世三十二周年而舉辦的研討會論文集。

苦難與超越——當前大陸文學二輯

陳信元等著，文訊雜誌社一九九一年十二月版。一九九一年六月文訊雜誌社舉辦的「當前大陸文學研討會」論文集，收入周玉山〈大陸文學作品中政治的顯與隱〉、李瑞騰的〈文藝政策緊縮，作家反應如何〉等文章，均附有特約討論，另有「我的大陸文學經驗」座談會報導。

中國新詩論史

旅人編著，臺中縣立文化中心一九九一年十二月版。分五章，從梁啟超談到古丁，一九四九年以後的中國大陸詩壇作者不予處理，而對臺灣詩論家用了極大的篇幅論述。

門羅天下

張漢良等著，文史哲出版社一九九一年十二月版。係海峽兩岸及香港還有海外評論家評羅門的文集。收入張漢良、蔡源煌、蕭蕭、張健等人的評論。

文學徘徊

周玉山著，東大圖書公司一九九一年十二月版。分五輯：「抒情小品」、「臺灣文化評論」、「大陸文壇解析」、「五四運動散論」、「兩岸文學書評」。

一首詩的誕生

白靈著，九歌出版社一九九一年十二月版。分為比喻的遊戲、想像的捕捉、煎出一首詩、意象的虛實、尋意與尋字、形態分析法、特性列舉法等部分。附錄有想像力的十項運動。

帶詩蹺課去

徐望雲著，三民書局一九九一年十二月版。收入〈現代詩人的現代困境〉、〈與時間決戰——臺灣新詩刊四十年奮鬥述略〉等六篇文章，另有二篇附錄。

流行天下——當代臺灣通俗文學論

林燿德，孟樊主編，時報文化出版公司一九九二年一月版。為中國青年寫作協會一九九一年十月召開的「當代臺灣通俗文學研討會」論文集，分總論、言情、武俠、靈異、科幻、推理、大眾詩、媒體，每篇論文後附有講評意見。

浮名與務實

李魁賢著，稻鄉出版社一九九二年三月版。收入〈臺灣新詩的現實主義〉、〈傳統〉、〈初評遼寧大學《現代臺灣文學史》〉、〈行動美學的詩人〉、〈從臺灣文學進入國際社會的起步〉、〈檢驗民主政治的一項標準〉等論文和政論。

大陸新時期小說論

張放著，東大圖書公司一九九二年三月版。分五章：〈農村小說的豐收〉、〈軍事小說的發展〉、〈通俗小說的暢流〉、〈新潮小說與現代派〉、〈新時期小說評介〉，另有後記。

文心雕龍與現代修辭學

沈謙著，文史哲出版社一九九二年五月版。分五部分：〈文心雕龍〉與修辭學、比興、誇飾、隱秀、結論。

極短篇美學

瘂弦等著，爾雅出版社一九九二年五月版。分四輯，論述微型小說的技巧和社會作用，作者有鄭樹森、隱地、馬森、張春榮、愛亞、鍾玲等人。

張大春的文學意見

張大春著，遠流出版公司一九九二年五月版。目錄：代序〈一切都是創作〉、關於小說作品的意見、徵友啊！這個愛情城市、我愛扯閒篇、謀殺案外有玄機、《巧治》之外、偶開天眼窺紅塵、可憐身是眼中人、難以承受之輕薄、父子戰於野、兩代千里、來自世界大戰的消息、奉愛情之名。

臺灣文學與現代詩

黃恆秋著，苗栗縣立文化中心一九九二年六月版。分上中下篇，收入〈本土語言與文學〉、〈客家文學的省思與前瞻〉、〈詩人與詩刊〉、〈重讀一九八二年的兩種年度詩選〉等論文，並評論了李敏勇等本土詩人作品，附錄有作者創作年表。

詩的反抗

李魁賢著，新地文學出版社一九九二年六月版。有郭木風訪問李魁賢談詩的〈詩人是天生的在野代言人〉代序，收入〈詩的超越與超越論〉等論文八篇，最後一篇為長篇論文〈臺灣詩人的反抗精神〉。

牛聲

莫渝編，苗栗縣立文化中心一九九二年六月版。收入鍾鐵民、彭瑞金、劉俊等人論林海音、七等生的論文。

讀詩錄

莫渝編，苗栗縣立文化中心一九九二年六月版。收入〈親切臺灣〉、〈陳秀喜的詩世界〉、〈速寫李魁賢〉等文章，後附古遠清〈辛勤的開墾者〉。

臺灣文學造型

李喬著，派色出版社一九九二年七月版。文學時評，強調臺灣文學的主體性和獨立性。

瞄準臺灣作家

彭瑞金著，派色出版社一九九二年七月版。分四輯：「懷舊篇」、「拓荒篇」、「傳薪篇」、「今嘆篇」。收入〈戰後臺灣新文學運動的路標〉等文章。

現代散文現象論

鄭明娳著，大安出版社一九九二年八月版。收入〈臺灣現代散文的危機〉、〈臺灣的現代散文研究〉、〈當代臺灣文藝政策現象〉等論文。

民族文學的良心

《詩潮》社編，文史哲出版社一九九二年八月版。係高準作品評論選，收入丁穎、璧華、郭楓、陳映真、胡秋原、瘂弦等人的評論，後半部分為瓊瑤等人評高準詩的短文選輯，附錄〈高準文藝思想摘要〉等七篇。

文學關懷

李瑞騰著，三民書局一九九二年十月版。作者發表的有關當代文學的時評。

文學的迷思

張漢良著，正中書局一九九二年十一月版。收入〈比較文學的迷思〉、〈文學史的迷思〉等七篇文章，附有〈進修書目〉。

中華民國臺灣地區兒童文學工作者名錄

邱各容等編，中華民國兒童文學學會一九九二年十一月版。共收入二百二十三名臺灣兒童文學工作者的資料，後附有人名索引。

詩·評介和解說

林煥彰著，宜蘭縣立文化中心一九九二年版。有作者自序，分三卷，「詩集評介」係評李金髮、覃子豪、陳秀喜、瘂弦等人的詩集，共八篇，「詩的解說及其它」收入〈我對詩的看法〉、〈傅敏，我想對你說〉、〈關於一九七九年的詩壇〉等九篇文章。

閱讀當代小說

王德威著，遠流出版公司一九九二年版。有序，輯一為「臺灣作家」，評論陳映真、黃凡、李喬、李昂、朱天心、朱天文、袁瓊瓊等人的作品。輯二為「大陸作家」，評論阿城、韓少功、余華、李杭育等人的作品。輯三為「香港及海外作家」，評論水晶、鍾曉陽、西西、平路、施叔青等人的作品，另有附錄〈落選者的聲音〉等五篇文章。

新詩論文集

陳千武等著，南投縣立文化中心一九九二年版。係〈臺灣新詩活動的回顧與未來展望——現代詩研討會論文集〉，有黃宗輝序，分三部分，後面有研討會參加人員名錄和研討會議程表。

戰後臺灣文學經驗

呂正惠著，新地出版社一九九二年版，第一輯共五篇，篇幅較長，反映了作者對戰後臺灣文學的整體看法。其餘四輯為短論，其中論述了二十世紀八十年代現象及問題、臺灣文學與兩岸關係，女作家與女性問題以及評〈評遼寧大學《現代臺灣文學史》〉、〈臺灣文學研究在臺灣〉等論文。

書本就像降落傘

沈謙著，黎明文化事業公司一九九二年版。書名的意思來自二十世紀勸人讀書的一句名言：「書本就像降落傘，要打開才能發生作用」。收二十四篇評論文章，其中評論了梁實秋的〈雅舍小品〉、張曉風的〈幽默五十三號〉、三毛的〈撒哈拉的故事〉、楊牧的〈文學的源流〉，還有對〈幼獅少年〉、〈故宮文物月刊〉、〈聯副三十年文學大系〉等書刊的評論。

臺灣文學的困境

葉石濤著，派色出版社一九九二年版。共分三輯，收入了〈撰寫臺灣文學史應走的方向〉、〈八〇年代臺灣文學的特質〉、〈南臺灣作家的主張〉等重要論文，並評論了鍾理和等人作品。

現代中國文學的時間觀和空間觀

黎活仁著，業強出版社一九九三年二月版。作者認為魯迅散文詩中的「嚴冬」不一定代表黑暗勢力。收入〈象徵主義對傳統中國時間觀的影響——何其芳早期作品的「嘆老」的表現〉、〈樂園的追尋——何其芳早期作品的一個重要主題〉等。

大陸文化思潮

王章陵著，「行政院大陸委員會」一九九三年四月版。分四部分：綜論、哲學、文學、兩岸關係。

當代臺灣文學評論大系　一　文學理論卷

鄭明娳總編輯、簡政珍主編，正中書局一九九三年五月版。有鄭明娳總序、主編導論，收入高友工、王德威、葉維廉、張漢良、廖炳惠、廖咸浩等人的論文十四篇。

當代臺灣文學評論大系　二　文學現象卷

鄭明娳總編輯、林燿德主編，正中書局一九九三年五月版。有鄭明娳總序、主編導論，分為三編：「文學史觀」、「文學潮流」、「文學媒體」。

當代臺灣文學評論大系　三　小說批評卷

總編輯鄭明娳兼本卷主編，正中書局一九九三年五月版。有鄭明娳總序，主編導論，分為三編：「綜論」收入單德興、王德威、顏元叔等人的七篇文章，「作家論」收入葉維廉、呂正惠等人的八篇論文，「作品論」收入馬森、張漢良、葉石濤等人的七篇論文。

當代臺灣文學評論大系　四　新詩批評卷

鄭明娳總編輯、孟樊主編，正中書局一九九三年五月版。有鄭明娳總序、主編導論，分為三編：「綜論」、「詩人論」、「詩作論」。

當代臺灣文學評論大系　五　散文批評卷

鄭明娜總編輯、何寄澎主編，正中書局一九九三年五月版。有鄭明娳總序，主編導論，分為三編：「綜論」、「作家論」、「作品論」。

通俗文學

鄭明娳著，揚智文化公司一九九三年五月版。有關通俗文學的基礎知識及有關作品分析。

從紅衛兵到作家

梁麗芳著，萬象圖書公司一九九三年五月版。作者為加拿大華人學者，以知青小說為研究主題。

當代臺灣女性文學論

鄭明娳主編，時報文化出版公司一九九三年五月版。「中國青年寫作協會」一九九二年十二月召開的「當代臺灣女性文學研討會」論文集，分小說、詩、散文、論評、媒體等五部分。收入〈當代臺灣女性主義詩選〉、〈臺灣當代女評論家論〉等十三篇論文。作者有邱貴芬、張惠娟、鍾玲、廖咸浩、何寄澎、古遠清等人，均附講評意見。

認識莫渝

白沙堤編，苗栗縣立文化中心一九九三年六月版。分三部分，莫渝簡介等資料、四十首詩欣賞、趙天儀等人的評價。

評論集

秦賢次著，臺北縣立文化中心一九九三年六月版。其編排內容以臺灣有關作家為主，以及與文學史料相關的論文。作者的研究常常與史料的掌握和考證分不開。

客家臺灣文學論

黃恆秋編，苗栗縣立文化中心一九九三年六月版。分三卷：「本質論」、「技巧論」、「作家論」，另有〈客家文學研究爭議〉等附錄三篇。

認識七等生

張恆豪編，苗栗縣立文化中心一九九三年六月版。分三輯：「總論」、「文論」、「專訪」。作者有呂正惠、彭瑞金等人，另有〈七等生生活與創作年表〉等附錄。

現代詩廊廡

蕭蕭著，彰化縣立文化中心一九九三年六月版，有作者自序，分二輯：「現代詩路」、「蕭蕭詩路」。評論了余光中、張默、夏宇等人作品，後面為作者各種作品集的自序和後記，並附有作者寫作年表。

一把文學的梯子

張春榮著，爾雅出版社一九九三年七月版。談現代文學修辭的書。

中國新詩淵藪

王志健著，正中書局一九九三年七月版。這分三冊的大部頭的現代詩史，因引錄作品過多而引起版權糾紛，導致此書被下架。

高陽小說研究

張寶琴主編，聯合文學出版社一九九三年七月版。高陽是臺灣歷史小說的巨擘，此書從各方面分析高陽的藝術成就和成為歷史小說巨擘的原因。

臺灣文學與時代精神

林瑞明著，允晨文化公司一九九三年八月版。賴和研究論集。分二輯，收入〈賴和與臺灣新文學運動〉、〈賴和與臺灣文化協會〉、〈石在，火種是不會絕的——魯迅與賴和〉等文。附錄有日本學者松永正義的評論文章。

迎向眾聲

向陽著，三民書局一九九三年十一月版。係對二十世紀八十年代臺灣文化情境的觀察。

續讀現代小說

張素貞著，東大圖書公司一九九三年版。有作者自序，第一輯是對沈從文等人小說的綜合討論，其論述對象還有〈未央歌〉、〈滾滾遼河〉。第二輯係對姜貴〈旋風〉等長篇小說的細讀。第三輯一部分是短篇小說的單篇賞析，另一部分是短論。

小說中國

王德威著，麥田出版社一九九三年版。有作者自序，副題為：「晚清到當代的中文小說」。分五輯：「小說．歷史．政治」、「從世紀末到世紀末」、「去國與懷鄉」、「女聲殿堂」、「批評的新視野」。

從現代到當代

鄭樹森著，三民書局一九九四年二月版。分五輯，收入〈中國小說七十年〉、〈香港文學的界定〉等文章。

文學與歷史

胡秋原著，東大圖書公司一九九四年二月版。為「胡秋原選集」第一卷，有作者長篇自序，收入〈抗戰與抗戰文學〉、〈由老舍之死敬告三十年代虎口餘生的朋友們〉等文章。

哲學與思想

胡秋原著，東大圖書公司一九九四年二月版。為「胡秋原選集」第二卷，有作者長篇自序，收入

〈論新自由主義〉、〈馬列主義與中國問題〉等文章共十篇。

文學與閱讀之間

周英雄著，允晨文化公司一九九四年二月版。分四部分：文學如何定位，「我」的問題，我看當代小說、短評當代小說。

典範的追求

陳芳明著，聯合文學出版社一九九四年二月版。分兩大部分：中國新詩史論，臺灣文學史論，主要論述楊牧、葉石濤等人作品，並有長文〈魯迅在臺灣〉。

鄉土與文學

《文訊》雜誌社主編，《文訊》雜誌社一九九四年三月版。為「臺灣地區區域文學會議」實錄，分花東地區、高屏澎地區、雲嘉南地區、中彰投地區、桃竹苗地區、北基宜地區會議論文。收人李瑞騰〈臺北，一個文學中心的形成〉等論文，另有座談引言、活動側寫。

從徐霞客到梵谷

余光中著，九歌出版社一九九四年三月版。收十四篇文章，其中有四篇析論中國遊記，另有四篇探討梵谷的藝術。還有〈白而不化的白話文〉、〈李清照以後〉等文章。

藝文與環境

《文訊》雜誌社主編，《文訊》雜誌社一九九四年三月版。「臺灣各縣市藝文環境調查」實錄，分屏東、臺東、彰化、南投、雲林、澎湖、嘉義、臺南、花蓮、新竹、苗栗、桃園、宜蘭、高雄、臺中、基隆等部分。有李瑞騰序和封德屏〈傾聽鄉土的聲音〉，另有附錄〈各縣市藝文環境的回想〉。

三〇年代作家臉譜

姜穆著，九歌出版社一九九四年四月版。評論了丁玲、茅盾、老舍、朱自清、沈從文、黎烈文、聞一多、潘漢年等人的作品。

羅門蓉子文學世界學術研討會論文集

周偉民、唐玲玲主編，文史哲出版社一九九四年四月版。收入公劉、古繼堂、謝冕等人的論文多篇。

心靈的故鄉——與青少年談詩

古遠清、章亞昕著，業強出版社一九九四年六月版。分四部分，怎樣讀詩、怎樣寫詩、詩的藝術、詩與人生。

從現象到表象

葉維廉著，東大圖書公司一九九四年六月版。為比較文學論著。

文藝休閒說帖

黃武忠等著，彰化師範大學成人教育中心一九九四年六月版。收入黃武忠、簡政珍、蕭蕭等人論述小說、詩歌、散文、戲劇體裁特徵的文章。

煙火與噴泉

白靈著，三民書局一九九四年六月版。論述了詩與生命能力、新詩發展趨勢、媒介轉換等問題，另評論了鄭愁予、羅青等人的作品。

詩的見證

李魁賢著，臺北縣立文化中心一九九四年六月版。有作者自序，收入〈巫永福詩中的祖國意識和自由意識〉、〈《笠》詩刊與《臺灣文藝》並壽〉、〈新詩的過去、現代與未來〉、〈選詩的偏見〉等論文和短論，附錄郭成義〈李魁賢的詩人與批評家的位置〉和著者寫作年表。

戰後臺灣文學反思

李敏勇著，自立晚報社文化出版部一九九四年六月版。分三輯：「斷層的探索」、「戒嚴下的風景」、「藝術與社會」。

林亨泰研究資料彙編（上、下）

呂興昌編，彰化縣立文化中心一九九四年六月版。收入紀弦、余光中、蕭蕭、陳千武、趙天儀、古繼堂等多篇討論林亨泰其人其詩的資料。有編序，後面有編者的著作年表。

臺灣新文學觀念的萌芽與實踐

莊淑芝著，麥田出版公司一九九四年七月版。內容為：緒論、新文學觀念的萌芽、萌芽期的新文學作品與文學雜誌、萌芽期新文學的語言問題、結論。附有參考書目。

當代臺灣政治文學論

鄭明娳主編，時報文化出版公司一九九四年七月版。中國青年寫作協會一九九三年十二月召開的「當代臺灣政治文學研討會」論文集，分大眾傳播、小說、散文、詩、綜論等，每篇論文後面附有講評意見。

情愛掙扎

李瑞騰著，漢光文化公司一九九四年七月版，第一本柏楊小說評論集，分析了柏楊小說的雜文筆法、〈凶手〉的悲劇成因等問題，附錄有柏楊談小說。

解讀瓊瑤愛情王國

林芳玫著，時報出版公司一九九四年八月版。分為六十年代、七十年代、八十年代三部分，共九章，附錄瓊瑤小說作品和〈瓊瑤小說改編電影一覽表〉等四篇。

日據時期臺灣新劇運動
（一九二三～一九三六）

楊渡著，時報文化出版公司一九九四年八月版。本書不僅有評論，而且有豐富的史料，是研究日據期間臺灣戲劇的重要參考書。

展望臺灣文學

葉石濤著，九歌出版社一九九四年八月版。分兩部分，前面探討了有關臺灣立學走向的問題，後面主要是帶有自傳性的雜文。

找尋現代詩的原點

林亨泰著，彰化縣立文化中心一九九四年九月版。有作者的自序，分五部分：早期文學評論、現代詩的基本精神、強化現代詩體質之探討、尋找現代詩的原點、臺灣文學的構成與條件。

史詩的照明彈
——從徐志摩到余光中（第二冊）

羅青著，爾雅出版社一九九四年八月版。分三卷：「分行詩」、「分段詩」、「圖象詩」，分析了覃子豪，洛夫、聞一多、胡適等人的作品。

詩的風向球
——從徐志摩到余光中（第三冊）

羅青著，爾雅出版社一九九四年八月版。分三卷：「詩人論」、「時代論」、「用典的研究」。

詩痴的刻痕——張默詩作評論集

蕭蕭主編，文史哲出版社一九九四年九月版。有編者導言，分上、中、下三卷，卷名為：「綜合專論」、「詩集評」、「詩作賞析」，收入劉登翰、洛夫、劉菲、瘂弦、林亨泰、李英豪等人的評論，另有三篇附錄和本書作者簡介。

詩儒的創造——痖弦詩作評論

蕭蕭主編，文史哲出版社一九九四年九月版。有編者導言，分四輯：〈詩人評述〉、〈詩篇評賞〉、〈詩作評論〉、〈詩論評介〉。收入杜十三、覃子豪、余光中、葉珊、西西、白靈、黃維樑、鄒建軍等人的評論，另有二篇附錄。

文學的出路

李瑞騰著，九歌出版社一九九四年九月版。分兩輯，上輯是當代文學現象的討論，重點在文學傳播和文學發展，下輯是對梁實秋，張道藩、洛夫等人作品的討論。

創世紀四十年評論選（一九五四～一九九四）

痖弦、簡政珍主編，創世紀詩雜誌社一九九四年九月版。有簡政珍代序，上卷為「現代詩學綜論」，收有洛夫、李英豪、葉維廉等人的論文十一篇。下卷為「詩人詩作析評」，收有李元洛、張默、朵思等人的論文十九篇，後有痖弦的跋。

臺灣文學輕批評

孟樊著，揚智出版公司一九九四年九月版。有痖弦和李瑞騰序，收入二十五篇文章：〈臺灣作家式微論〉、「新人類文學論」、「臺灣後現代詩人論」、「臺灣文壇的文化論述」、「新詩不死之秘」、「詩與自由論」、「詩選的政治性」、「新左派詩人」等。

創世紀四十年總目（一九五四～一九九四）

張默、張漢良主編，創世紀詩雜誌社一九九四年九月版。有張漢良代序和插頁〈創世紀四十年剪影〉，分三編：第一編為創世紀四十年總目、詩叢書目、有關文稿篇目索引；第二編為創世紀重要文獻選刊，收有張默執筆的發刊詞、編輯人手記以及有關創世紀的評述文字；第三編為大事記、歷屆得獎人，同仁名錄、作者小傳，後有張默的跋。

璀璨的五采筆——余光中作品評論集（一九七九～一九九三）

黃維樑編，九歌出版社一九九四年十月版。分四輯：「詩論」、「散文論」、「文學批評論和翻譯論及其它」、「生活特寫」，另有四篇附錄。

西潮下的中國現代戲劇

馬森著，書林出版公司一九九四年十月版。作者通過多年來對現代當代劇作的閱讀、對劇作家的訪談和對中國現有的當代舞臺劇的細心研究，提出了「兩度西潮」的觀點，作為中國現今當代戲劇發展和定位的指標。本書涉及的中外現今當代作家、導演、演員及戲劇學者多達六百餘人。

從四○年代到九○年代

楊澤主編，時報出版公司一九九四年十一月版。為兩岸三邊華文小說研討會論文集。

臺灣文學散論

許俊雅著，文史哲出版社一九九四年十一月版。分為：「日據時期臺灣文學」研究概況、光復前臺灣詩鐘史話、延斯文於一線——日據時期臺灣傳統詩歌、鐵漢奇才洪棄生、三臺才女黃金川及其詩、「薄命詩人」楊華及其作品、陳第與東番記、楊守愚小說的風貌及其相關問題、冷筆寫熱腸——論呂赫若的小說，從楊青矗小說看戰後臺灣社會的變遷，另收自序一篇。

臺灣文學研究在日本

黃英哲編，涂翠花譯，前衛出版社一九九四年十二月版。力求在中日文化視野中把握文學現象，致力於宏觀與微觀研究相結合的美學分析，呈現日本學術界一九五〇年代以來研究臺灣文學的情況。

郭楓散文論

吳周文、泰家琪著，新地文學出版社一九九四年版。兩位南京作者全面探討郭楓散文藝術成就的專著，分上中下三篇，前兩篇主要從文化和意境、風格等方面論述，另有四篇作品分析，有作者自序，後面附錄有郭楓的散文代表作。

洛夫與中國現代詩

費勇著，東大圖書公司一九九四年版。分五章：〈洛夫詩歌的語言〉、〈詩歌的意象〉、〈詩歌的悲劇意識〉、〈詩歌中的莊與禪〉、〈詩歌與歷史題材〉，另有〈洛夫年譜〉等附錄三篇。

當代臺灣作家編目

張默、隱地編，爾雅出版社一九九四年版。副題為〈爾雅篇〉，其資料以在爾雅出版社出過一本著作以上的作家為收錄對象，兼及該作家的全部著作出版時間為一九四九年一月至一九九三年十二月。各類著作出版時間先後為序，一律採用西元紀年。

臺灣文學探索

彭瑞金著，前衛出版社一九九五年一月版。分三輯，由〈臺灣文學定位的過去與未來〉等論文組成，企圖以人民與土地建立臺灣文學的定位。

日據時期臺灣小說研究

許俊雅著，文史哲出版社一九九五年二月版。有自序和緒論，分六部分：日據時期臺灣新文學的發展、日據時期臺灣小說之作者及其背景分析、日據時期臺灣小說蘊含的思想內容、日據時期臺灣小說創作形式之探討、日據時期臺灣小說中的人物形象，結論，另收有日據時期臺灣小說總評。

日據時期臺灣文學雜誌總目、人名索引

中島利郎編，前衛出版社一九九五年三月版。編者係日本學者。

否定的美學

楊小濱著，麥田出版公司一九九五年三月版。副標題為「法蘭克福學派的文藝理論和文化批評」包括引言、法蘭克福學派及其社會批判理論的緣起和發展、藝術否定社會——法蘭克福學派的美學理論、一種新的社會學美學——形式自律中的社會力量、現代主義——否定的美學、藝術的解放潛能、等等。

大陸新時期文學（一九七七～一九八九）：理論與批評

唐翼明著，東大圖書公司一九九五年四月版。作者以理論和批評的角度指引讀者了解此時期的大陸文學。有導言，分九章：〈艱難的起步〉、〈乍暖還寒的時候〉、〈人性和人道主義的呼喚〉、〈圍繞現代派的爭論〉、〈現實主義面臨挑戰〉、〈文學主體性的旗幟〉、〈文學批評新方法的浪潮〉、〈新的美學原則的真正崛起〉、〈重寫文學史〉，有二篇附錄。

永遠的青鳥——蓉子詩作評論集

蕭蕭編，文史哲出版社一九九五年四月版。有編者導言，分四部分：詩作總論、詩集評鑑、詩篇賞析、詩人印象，有三篇附錄。

文學經典與文化認同

呂正惠著，九歌出版社一九九五年四月版。有作者自序，共分兩輯：「臺灣文學問題」、「人情與境界」。上輯討論目前流行的「臺灣本土文學論」的各種論調，並對這種論調的片面性提出批評。下輯討論王安憶等大陸作家，以及胡適、聞一多、余

光中等詩人作品。收入〈臺灣文學與中國文學〉、〈統派的本土關懷〉、〈余光中小論〉等論文。

第二屆現代詩學會議論文集

林亨泰等著，彰化師範大學國文系一九九五年四月版。收十一篇論文：林亨泰〈關於文學教育改革的一個提案〉、翁文嫻〈評論可能去到的深度〉、董崇選〈從詩的四個創作空間談幾種西洋的現代詩〉、廖炳惠〈比較文學與現代詩學在臺灣〉、何金蘭〈發生論結構主義詩篇分析方法〉、林燿德〈大陸地區現代詩理論〉、葉振富〈前衛詩的形式遊戲〉、陳義芝〈現代詩中的「故園」母題〉、趙衛民〈現代詩與中國美學〉、白靈〈現代詩創作方法之教學示例〉、蕭蕭〈大學「現代詩」教材之檢討〉。

文學的原像

楊照著，聯合文學出版社一九九五年五月版。收入有關臺灣文學獎、臺灣文藝營、兩岸小說交流以及評李喬、駱以軍等人作品的文章，分五輯，有四篇附錄。

抗戰時期的文學

劉心皇編著，國立編譯館一九九五年五月版。分三編：「抗戰時期的文藝運動」、「抗戰文藝的理論與評論」、「抗戰時期的文藝創作」。

洛夫評傳

龍彼德著，南京大學出版社一九九五年五月版。分十一章，著重評論了洛夫各個階段的重要作品，附錄有洛夫年譜和著譯書目。

神秘的觸鬚

羊子喬著，臺笠出版社一九九五年六月版。討論日據以來的臺灣新文學。

臺中縣文學發展史

許俊雅等著，臺中縣文化中心一九九五年六月版。分四編，從原住民口傳文學論及戰後至一九九二年臺中縣文學發展狀況。

四十年來中國文學

瘂弦等主編，聯合文學出版社一九九五年六月版。聯合報系等單位主辦的「四十年來中國文學會議研討會論文集」。分六部分，總論、臺灣、大陸、香港、海外、附錄，作者有王德威，黃子平、梁錫華、羅門等人。

文化理想的追尋

李瑞騰著，南投縣立文化中心一九九五年六月版。分五輯，收入〈釋「文化中國化」〉、〈白樺事件〉、〈澈底研究大陸問題〉、〈中國古典文學研究在臺灣〉等論文，及作者著作的各種自序和後記。

藝文綴語

鄭樹森著，（香港）樂文書店一九九五年六月版。內容包括文化、文學隨筆及文學家專訪、側寫、評介等。

愛與解構

廖咸浩著，聯合文學出版社一九九五年十月版。內容為當代臺灣文學評論與文化觀察。

文學不安

張大春著，聯合文學出版社一九九五年十月版。作者對小說的意見。分三輯：〈綜論〉、〈西方文學〉、〈作家論文學現象論〉，評論了高陽、朱天心等人的作品。

文學、社會與歷史想像

楊照著，聯合文學出版社一九九五年十月版。論述戰後文學史包括大眾文學、大河小說以及對朱天心等人的評論。

臺灣文化的邊緣戰鬥

王浩威著，聯合文學出版社一九九五年十月版。分三輯：輯一為「未完成的革命」，收入〈一場延遲的現代主義革命〉等五篇文章，輯二為「邊緣戰鬥」，收入〈實驗劇場一九九零〉等五篇文章；輯三為「前衛或者地方」，收入〈國家機器對臺灣文學的宰制〉等五篇文章。

五十年來臺灣文學

張健等著，文訊雜誌社一九九五年十月版。五十年來臺灣文學研討會第一場「面對臺灣文學」座談會論文集，收入陳萬益〈臺灣文學是什麼〉、游喚〈臺灣文學史怎麼寫〉等論文六篇。

戲劇與人生

姚一葦著，書林出版社一九九五年十月版。分四輯：「讀書與創作」、「劇場與電影」、「文學評論」、「傷逝」，收入〈評《游園驚夢》〉等文。

當代臺灣都市文學論——以世紀末視角透視文學書寫中的都市現象

鄭明娳主編，時報文化出版公司一九九五年十一月版。中國青年寫作協會一九九四年十二月召開的「當代臺灣都市文學研討會」論文集，分綜論、散文、小說、戲劇、新詩等，每篇論文後面附有講評意見。

當代臺灣新詩理論

孟樊著，揚智出版公司一九九五年版。嘗試以西方當代文學批評理論考察臺灣新詩及其批評理論，有序和導言。分十二章：新詩的語言與概念、新詩評論現狀考察、印象式批評詩學、新批評詩學、現代主義詩學、寫實主義詩學、政治詩學、大眾詩學、後現代主義詩學、女性主義詩學、地緣詩學、世紀末詩學。

我永遠年輕

關博文編，（北京）生活・讀書・新知三聯書店一九九五年版。唐文標紀念集，有南方朔代序〈注解唐文標〉。論說部分收入唐文標評論鍾理和及張愛玲等人的文章，散文部分收入〈康橋，你在哪裡〉等七篇作品，詩作部分收入〈寫給自己〉等五篇作品，遺稿部分收入〈臺灣新文學史導論〉等七篇論文：「追思與回憶」部分收入李信明〈唐文標的夢〉等八篇文章，附有唐文標年表和代跋。

十三家論文

王幻等著，中國詩歌藝術學會一九九五年版。係「墨人半世紀詩選」學術研討會論文集，收入王幻、古繼堂、李春生、周伯乃、謝輝煌、藍雲等人的論文，另有文曉村的編後記。

張愛玲新論

張健著，書泉出版社一九九六年一月版。收入〈評介《張愛玲短篇小說集》〉、〈《傾城之戀》不傾城〉等文章。

日據時期臺灣新文學運動研究

梁明雄著，文史哲出版社一九九六年二月版。分八章：〈緒論〉、〈日據臺灣的時代環境〉、〈臺灣新文學運動的影響因子〉、〈新舊文學論爭〉、〈臺灣新文學之父——賴和〉、〈臺灣新文學運動的進程〉、〈臺灣新文學運動的搖籃——〈臺灣民報〉〉、〈結論〉。另有〈日據時期臺灣文藝雜誌一覽表〉、〈臺灣現代文學大事記（一九二〇～一九四五）〉等八個附錄。

臺灣現代詩史論

文訊雜誌社主編，文訊雜誌社一九九六年三月版。臺灣現代詩史研討會實錄，分二卷，論文及討論部分、座談引言及討論部分，論述範圍為日據時期到二十世紀九〇年代。

臺語文學運動史論

林央敏著，前衛出版社一九九六年三月版。分為本卷、附件兩部分。收入〈臺語文學的誕生——臺語文學運動之一〉、〈不可扭曲臺語文學運動——駁廖咸浩先生〉、〈臺灣詩壇的兩條脈流〉等文。

古典到現代

張健著，三民書局一九九六年四月版。有作者自序，論述了陶淵明、李白、杜甫以及胡適、郭沫若、張愛玲、余光中、羅門、白先勇等人的作品。

臺灣青年詩人論

古繼堂著，人間出版社一九九六年四月版。分導言、背景、思潮、流派、特徵、思想意識濃郁的詩群、現實主義傳統的接續、鄉土的戀歌、現代的再出發、後現代的挑戰、女性的嫵媚（上、下）等部分，共論當代二十七家青年詩人。

愛情與婚姻

李仕芬著，文史哲出版社一九九六年五月版。收入研究臺灣當代女作家小說的文章。

臺灣文學的兩種精神

林載爵著，臺南市立文化中心一九九六年五月版。收評論楊逵、鍾理和、賴和等人的論文，以及〈日據時代臺灣文學的回顧〉、〈新文化運動與臺灣學生抗日運動〉等文章。

臺灣文學中的社會

《文訊》雜誌社編，「文建會」一九九六年六月版。五十年來臺灣文學研討會論文集之一。分兩部分：「面對臺灣文學」座談會、「臺灣文學中的社會」研討會。收平路、柯慶明等人的論文。

臺灣文學發展現象

《文訊》雜誌社編，「文建會」一九九六年六月版。五十年來臺灣文學研討會論文集之二，收入陳芳明〈臺灣文學史分期的一個檢討〉等論文。

臺灣文學出版

《文訊》雜誌社編，「文建會」一九九六年六月版。五十年來臺灣文學研討會論文集之三。收入王德威、應鳳凰、沈謙等人的論文，每篇後面附有特約討論。

大陸新時期文學概觀

施淑著，「文建會」一九九六年六月版。分六章：〈緒論〉、〈從傷痕到改革〉、〈新詩潮〉、〈小說熱〉、〈散文〉、〈報告文學及劇作〉、〈文學理論及批評〉。

當代大陸新詩發展的研究

洛夫、張默合著，「文建會」一九九六年六月版。分八章，文章主題從一九四九至一九七六年的發展概述論到對大陸第三代詩人的觀察，有附錄兩篇。

大陸新時期報告文學概述

陳信元，文鈺合著，「文建會」一九九六年六月版。包括「從恢復期談到平靜期」等四章，每章還附有作家小檔案。

大陸新時期散文概述

陳信元著，「文建會」一九九六年六月版。論述八九十年代的散文創作，兼及散文詩。

當代大陸文學概況・史料卷

應鳳凰著，「文建會」一九九六年六月版。分七章，主要介紹大陸文學社團、期刊、活動等項。

大陸新時期兒童文學

林煥彰、杜榮琛合著，「文建會」一九九六年六月版。分十章，從兒童文學理論到兒童小說、散文、寓言等。

試論大陸新時期小說

張子樟著，「文建會」一九九六年六月版。分五章，主要從角色創造上論述。

大陸的外國文學翻譯

呂正惠著，「文建會」一九九六年六月版。分三章：〈緒論〉、〈西方文學〉、〈亞非拉文學〉。

大陸「新寫實小說」

唐翼明著，東大圖書公司一九九六年六月版。有作者自序，分四部分：導論〈從反叛異化到回歸本體〉、總論〈文學低谷中湧出的新潮〉、分論〈「新寫實小說」各家及其作品〉、餘論〈「新寫實小說」的前景〉。

庫巴之火

巴蘇亞・博伊哲努（浦忠成）著，晨星出版社一九九六年六月版。探討鄒族起源和發展。分四章：鄒族神話探討、鄒族口傳文學背景探討、鄒族神話之特色及價值、影響鄒族因素之探討。

臺灣文學本土論的興起與發展

游勝冠著，前衛出版社一九九六年七月版。探討「本土論」的發展與相關論述：有呂正惠、陳萬益序，分六部分：〈緒論〉、〈臺灣文學本土論的發軔〉、〈臺灣文學本土論的式微〉、〈臺灣文學本土論的再興〉、〈七〇年代以後臺灣文學本土論的建構〉、〈結論〉。

臺灣文學的歷史考察

林瑞明著，允晨文化公司一九九六年七月版。收入〈臺灣新文學運動理論時期之檢討〉、〈現階段臺語文學之發展及其意義〉、〈國家認同衝突下的臺灣文學研究〉等論文十一篇。

臺灣文學的本土觀察

林瑞明著，允晨文化公司一九九六年七月版。探討日據時期到臺灣戰後第二代作家為主。收入〈日本統治下的臺灣新文學運動——文學結社及其精神〉、〈日據時期的臺灣文學精神〉、〈讓他們出土——臺灣新生報「橋」副刊小說選介〉等十九篇文章。另有附錄兩篇評論鍾肇政和李喬的作品。

詩的存在

岩上著，派色文化出版社一九九六年八月版。分四輯，以本土詩人詩作評論為主。收入〈論詩的存在〉、〈詩的來龍去脈〉、〈釋析楊喚的《雨中吟》〉、〈《詩脈》的流數〉等文。

危樓夜讀

陳芳明著，聯合文學出版社一九九六年九月版。以臺灣文學評論為主，兼及臺灣史研究。以「誤讀」的方式，站在和作者相同高度的位置，在沉靜的都市夜晚，星光次第的盆地上空，與作者對話，浸淫在作者密布的符碼裡，將不可解的意義從語言囚房中釋放出來。

古龍小說藝術談

曹正文著，知書房出版社一九九六年十月。這是大陸第一本關於港臺新派武俠小說家的專論。

井然有序

余光中著，九歌出版社一九九六年十月版。包括詩集、散文集、畫集、翻譯、選集甚至辭典的三十五篇序言。

喧嘩、吟哦與嘆息

向陽著，駱駝出版社一九九六年十一月版。本書收入了〈臺灣文學論述變質了嗎？〉、〈哀哉！沒有臺灣文學系的大學〉、〈文學書寫與臺灣主體〉等論文。

臺灣詩人散論

沈奇著，爾雅出版社一九九六年十一月版。評論洛夫、張默、大荒、管管、鄭愁予等人作品，另有關於兩岸詩交流的附錄二篇。

臺灣出版文化讀本

孟樊著，唐山出版社一九九七年一月版。分七章：第一章〈出版環境與經營方〉、第二章〈出版公司體制〉、第三章〈編輯部問題〉、第四章〈出版策略〉、第五章〈作者與作品〉、第六章〈書價——稿費與版稅〉、第七章〈出版周邊〉。在該書中作者以長期對臺灣出版界的觀察，從批判的角度出發，系統地討論臺灣現今的出版現象，同時也對出版界既有的問題提出新的闡釋。

綻放語言的玫瑰

李敏勇著，玉山社一九九七年一月版，本書論述了陳千武、杜潘芳格、錦連、林宗源、李魁賢、許達然、拾虹、李敏勇、陳芳明、江自得、鄭炯明、陳黎、瓦歷斯．諾幹、張信吉等二十位臺灣本土詩人的政治情境。

臺灣文學——異端的系譜

岡崎郁子著，鄭清文等譯，前衛出版社一九九七年一月版。有序言〈臺灣文學的正統和異端〉，分六部分：文學中的二·二八事件——向禁忌挑戰的作家們、邱永漢——戰後臺灣文學的原點、陳映真——對中國革命懷抱希望的政治作家、劉大任——求新天地與美國的知識分子作家、鄭清文——為臺灣文學啟開創作童話的新頁、拓拔斯——非漢族的臺灣文學。作者為日本學人。

臺灣小說名著新探

林政華著，文史哲出版社一九九七年一月版。論述賴和、楊雲萍、張我軍的作品，計十篇，另有〈臺灣文學界說範圍分類的歷史考察〉、〈臺灣新文學研究的聞見思述略〉等附錄三篇。

王禎和的小說世界

高全之著，三民書局一九九七年二月版。這是第一本為王禎和小說定位的專書。從總論、單篇個論、特色專論，大陸對王禎和小說處理之個案析評，以至張愛玲與王禎和文學因緣研究，本書建立了前所未見的王禎和小說解讀系統。

新詩五十問

向明著，爾雅出版社一九九七年二月版。有李瑞騰序，收入〈詩人還是詩匠〉、〈妾身未明散文詩〉、〈詩的超現實〉、〈概念能否成詩〉等篇短論。

新詩學

李瑞騰著，駱駝出版社一九九七年三月。論文匯編。前面有序，分為三輯：「概論」、「意象論」、「作品分析」，有附錄兩篇。

蕾絲與鞭子的交歡——當代臺灣情色文學論

林水福、林燿德主編，時報文化出版公司一九九七年三月版。分小說，新詩、電影、空間、媒體等五部分。收入〈臺灣小說中男同性戀的性與流放〉等十一篇論文。每篇論文均附有講評意見，後面有跋。

臺灣文學在臺灣

龔鵬程著，駱駝出版社一九九七年三月版。收入〈臺灣文學四十年〉、〈武俠小說現代化〉、〈商戰小說新世紀〉、〈本土化的迷思：文學與社會〉等五篇長文，另有自序。

臺灣寫實詩作之抗日精神研究

許俊雅著，臺灣編譯館一九九七年四月版。論述對象為一八九五至一九四五年之古典詩歌。

臺灣文學研究論集

陳明台著，文史哲出版社一九九七年四月版。分五部分：戰前臺灣新詩研究、戰後臺灣現代詩史論、戰前臺灣作家研究、戰後臺灣詩人研究、臺灣文學散論。

臺灣新詩論集

陳千武著，春暉出版社一九九七年四月版。分「論述篇」和「鑒賞篇」，論述了臺灣新詩的演變及其七十年的發展歷史諸問題。

臺灣現代詩概觀

張默著，爾雅出版社一九七七年五月版。上卷收入七篇文章，係對臺灣現代詩的總體發展作多角度的考察，下卷係對詩人作品的序介，另為入選〈新詩三百首〉和年度詩選的若干詩作的小評。

彰化縣文學發展史

楊翠等著，彰化縣文化中心一九九七年五月版。上、下冊，分為彰化地區口傳文學、彰化地區口傳文學等部分。

臺灣文學中的歷史經驗

東海大學中文系編，文津出版社一九九七年六月版。研討會論文集。

詩歌修辭學

古遠清、孫光萱合著，五南圖書公司一九九七年六月版。有臺版自序和緒論，分四部分，詩歌詞句修辭、詩歌篇章修辭、詩歌辭格舉隅、詩歌風格探幽。附錄有秀實等人的評論文章五篇。

一九九六臺灣文學年鑑

封德屏主編，文訊雜誌社一九九七年六月版。分概述、記事、人物、作品、名錄等部分，另有本年臺灣文學人、事、書調查報告。

兩岸文學論集

施淑著，新地文學出版社一九九七年六月版。分三輯：「臺灣文學論集」、「大陸新時期文學散論」、「短評」，另有二篇附錄。

臺灣文學入門

葉石濤著，春暉出版社一九九七年六月版。以「五七問」形式寫成的臺灣文學史。收入〈臺灣新文學運動可分幾個階段〉、〈臺灣文學史上的鄉土文學論爭〉、〈戰後初期的臺灣文學〉、〈五十年代初期的文藝政策〉、〈五十年代的反共小說〉、〈六十年代的本土刊物有哪些？〉、〈七十年代的本土小說〉、〈八十年代本土文學的意識形態〉、〈九十年代臺灣文學的展望〉，另有五個附錄。

林燿德與新世代作家文學論——悼念一顆耀眼文學之星的殞滅

中國青年寫作協會編，「行政院文建會」一九九七年六月版。有林水福等人序言和〈林燿德檔案〉，分六部分：綜論、散文、戲劇、詩、小說、附錄。每篇論文均附有講評意見。

詩的挑戰

李魁賢著，臺北縣立文化中心一九九七年七月版。有作者自序，共分三輯：「詩的挑戰」、「文藝的挑戰」、「文化的挑戰」。較重要的有〈臺灣不在的現代詩史〉、〈臺灣筆會國際交流的回顧〉、〈文學運動的檢討〉等，另附錄〈我所知道的中國「臺灣文學研究」簡報〉和作者年表。

臺灣文學與「臺灣文學」

周慶華著，生智文化公司一九九七年八月版。分十章，從臺灣文學定義的複雜性談到二十世紀八十年代小說街頭活動。

笠詩社同仁著譯書目集

岩上主編，笠詩社一九九七年八月版。收入巫永福、陳秀喜、李敏勇、北影等人的書目。

二十世紀中國新文學史

皮述民、馬森等四人著，駱駝出版社一九九七年八月版。分為導論；危機四伏（一九〇一年以前）、山雨欲來（一九〇～一九一八）、除舊布新（一九一九～一九三六）、救亡圖存（一九三七——一九四八）、分道揚鑣（上）——臺灣；從戰鬥文藝到現代文學（一九四九～一九七九）、分道揚鑣（下）——大陸；〈在延安文藝座談會上的講話〉持續主導文學（一九四九～一九七六）、當代文學（上）——臺灣當代文學（一九八〇～一九九七）、當代文學（下）——大陸當代文學（一九七七～一九九七〉、結論；天際曙光。另附錄有胡適、陳獨秀、魯迅、梁實秋、林語堂、毛澤東等人有關文藝論述的十二篇文章。

仲介臺灣・女人

邱貴芬著，元尊文化公司一九九七年九月版。後殖民女性觀點的臺灣閱讀，分二篇：「臺灣女性文學篇」、「臺灣文學篇」。收入〈「發現臺灣」，建構臺灣後殖民論述〉等九篇論文。

臺灣區域兒童文學概述

林文寶主編，臺東師院兒童文學研究所一九九七年十月版。係各縣市、社團、研究機構五年來有關兒童文學研究資料的匯總。

臺灣新詩的三種關懷

李漢偉著，駱駝出版社一九九七年十月版。有作者自序，分五部分：〈導論——現代精神寫實詩〉、〈臺灣新詩「政治議題」的現實關懷〉、〈臺灣新詩「鄉土議題」的現實關懷〉、〈臺灣新詩「社會議題」的現實關懷〉、〈結語：一個美好國家的盼望〉，附有主要參考書目。

人文風景的鐫刻者——葉維廉作品評論集

廖棟樑、周志煌編，文史哲出版社一九九七年十一月版。有前言，分六部分：詩、散文、文學理論、翻譯、專訪、附錄，收蕭蕭、顏元叔，古添洪、簡政珍、陳芳明等人的論文。

葡萄園目錄（一九六二～一九九七）

賴益成主編，詩藝文出版社一九九七年十一月版。有文曉村代序和編輯凡例，分三大部分，期刊作品細目、類別作品細目、作者作品細目。

葡萄園詩論（一九六二～一九九七）

文曉村主編，詩藝文出版社一九九七年十一月版。

分三部分，創刊詞及社論、古丁和文曉村等人的詩論、鄒建軍和古繼堂等評論台客等人詩作的文章。

世界中文報紙副刊學綜論

瘂弦、陳義芝主編，「行政院文建會」一九九七年十一月版。為研討會論文集。

呂赫若作品研究——臺灣第一才子

陳映真等著，聯合文學出版社一九九七年十一月版。呂赫若是早夭型的文學家。初作〈牛車〉一鳴驚人，刊載於日本的《文學評論》雜誌，立刻受到文壇矚目。後來又經胡風譯成中文，與楊逵的〈送報伕〉及楊華的〈薄命〉一起被選入《朝鮮臺灣短篇集——山靈》，作為弱小民族的文學作品代表，介紹給人們。

張愛玲未完

水晶著，大地出版社一九九七年十二月版。收〈張愛玲現象在大陸〉等十四篇文章。

酷兒狂歡節

紀大偉主編，元尊文化出版公司一九九七年十二月版。臺灣QUEER（酷兒）文學讀本。

愛與和平的禮讚

莫渝著，草根出版事業公司一九九七年版。分二卷：「鐘聲和餘音」，收〈談卡繆的《異鄉人》〉等八篇文章；「回到臺灣文學」，收〈真誠與泥土〉、〈溫情與高歌〉等八篇文章。另有代後記〈文學家的任務〉、〈莫渝寫作年表〉。

馬華文學的中國性

黃錦樹著，元尊文化出版公司一九九八年一月版。收入〈華文/中文，「失語的南方」與語言再造〉、〈中國性與表演性，論馬華文學與文化的限度〉、〈神州，文化鄉愁與內在中國〉等文。

臺灣的日本語文學

垂水千惠著，涂翠化譯，前衛出版社一九九八年二月版。分〈兩大日本語雜誌的產生——〈文藝臺灣〉與〈臺灣文學〉〉、〈年輕的日本語詩人——邱永漢〉、〈臺灣作家的認同意識與日本——周金波〉、〈日本統治與皇民文學——陳火泉〉等八章。

慾望更衣室

劉亮雅著，元尊文化出版公司一九九八年三月版。該書將同性戀書寫分為「九〇年代臺灣情色小說篇」、「歐美現代主義情色小說篇」二輯。

評論二十家

李瑞騰主編，九歌出版社一九九八年三月版。臺灣文學二十年集之四，收入彭瑞金、王德威、龔鵬程、楊照等人發表於一九七八～一九九八年間的論文，書後附有文學評論二十年大事紀要。

小說稗類

張大春著，聯合文學出版社一九九三年三月版。由莊子始，作者炫技似地學舌馬奎茲、戲仿司馬中原，極盡耍痞嘲弄之能事，顯出其獨特的小說觀。共收三十七篇文章。

夢與灰燼——戰後文學史散論二集

楊照著，聯合文學出版社一九九八年四月版。收入〈臺灣戰後五十年文學批評小史〉、〈透過張愛玲看人間〉、〈「本土現代主義」的展現〉、〈文化的交會與交錯〉等論文。

新詩後五十問

向明著，爾雅出版社一九九八年四月版。有洛夫序，收入〈詩死了嗎？〉、〈認識俳句〉、〈詩心與童心〉、〈詩人上網路〉等短論五十篇。

詩空的雲煙

麥穗著，詩藝出版社一九九八年五月版。為臺灣新詩備忘錄，分三部分：詩史·逸事、詩話·話詩、附錄。

一九九七臺灣文學年鑑

封德屏主編，文訊雜誌社一九九八年六月版。綜述夾敘夾議，後面記事、人物、作品、名錄以資料為主，並配之特寫。

臺灣客家文學史概論

黃恆秋著，客家臺灣文史工作室一九九八年六月版。分八部分：緒論、客家文學的界定、客家文學的演進、客家文學的結社與組織、客家文學的類型、客家民間文學、客家文學的文化傳承、客家文學研究的未來面向，另有四篇附錄。

新詩論

許世旭著，三民書局一九九八年八月版。有作者代序〈中國文學是叔伯的臉孔〉，「專論中國新詩」收入〈重估臺灣五〇年代的新詩〉、〈臺灣現代詩三十年之發展〉等論文九篇，「比較研究」收入〈兩岸新詩的發展比較〉、〈從兩岸當代詩比較中國傳統文化〉等論文五篇。

左翼臺灣：殖民地文學運動史論

陳芳明著，麥田出版社一九九八年九月版。本書介紹了賴和、楊逵、王詩琅、巫永福、吳新榮、呂赫若、吳濁流、葉石濤等作家的文學試煉，時間則橫跨新文學運動的萌芽期，直到二十世紀四〇年代太平洋戰爭前後。這些作家有的堅持社會主義的信仰，有的則從事現代主義的實驗，但是他們都共同帶有左翼的色彩。此書突破臺灣文學研究的格局與視野，使殖民地作家的風貌可以更完整浮現出來。

霧漸漸散的時候

齊邦媛著，九歌出版社一九九八年十月版。收入〈灰濛凝重到恣肆揮灑——五十年來的臺灣文學〉、〈江流匯集成海的六〇年代小說〉等十二篇文章。

看你名字的繁卉——蓉子詩賞析

古遠清著，文史哲出版社一九九八年十一月版。分六卷，每首詩後均附有賞析。

臺灣文學的街頭運動（一九七七～世紀末）

焦桐著，時報文化出版公司一九九八年十一月版。探討前衛詩、情色詩、小劇場等各種「在野」文學現象或各種充滿活力的邊緣問題，由歷史參與者所記錄的文學見證史。

一代詩魔洛夫

龍彼德著，小報文化公司一九九八年十一月版。有引言，主幹部分分別論述了洛夫的人生道路、詩風的蛻變、詩人之旅、詩藝術和洛夫的最後衝刺，附錄有洛夫年譜及其著譯書目，並有後記。

現當代詩文錄

奚密著，聯合文學出版社一九九八年十一月版。以不同視野全方位探索當代心靈。收入〈從邊緣出發——《現代漢詩選》導言〉、〈邊緣、前衛、超現實——對臺灣五六十年代現代主義的反思〉、〈「差異」的憂慮——本土性、世界性、國際性的分梳理〉等十七篇。

臺灣現代小說史綜論

陳義芝主編，聯經出版公司一九九八年十二月版。「臺灣現代小說史研討會」論文集，並彙編大會專題演講、各篇論文講評意見及座談會記錄，作者有齊邦媛、葉石濤、陳芳明、張系國、李瑞騰、張辛欣等人。

臺灣後設小說研究

黎活仁主編，文史哲出版社一九九八年十二月版。收入余麗文等人評論蔡源煌、張大春等人作品的文章，共七篇。

性別研究讀本

張小虹編，麥田出版社一九九八年版。分五輯：「性別與慾望閱讀」、「發回與自我書寫」、「性別與想像」、「性別與大眾文化」。每一部分各選論文二篇。

葉石濤評傳

彭瑞金著，春暉出版社一九九九年一月版。分九章：確定的年代不確定的文學、滄桑古都府城少年、心靈的路文學的根、紛爭時代錯綜文學、時代動盪心靈豐收、白色歲月的黑色文學、開拓荒原播種鄉土、回首臺灣文學路、遙遠的路未完的旅程，書後有葉石濤年表。

地下的光脈

黃粱主編，唐山出版社一九九九年二月版。大陸先鋒詩叢，收入大陸詩人于堅、孟朗等人的詩論，並附錄有〈填補二十世紀漢語詩歌的闕檔——大陸先鋒詩歌在臺灣出土多〉等附錄四篇。

現代散文

鄭明娳著，三民書局一九九九年三月版。分五部分：現代散文的名義與分類、現代散文的感性與知性、現代散文的內視、現代散文的外觀、現代散文的出位。

臺灣現代詩教學研究

潘麗珠著，五南圖書公司一九九九年三月版。分七部分：緒論、近年來各階段的現代詩教學發展綜論、現代詩史的教學內容與重點、現代詩創作的教學方法、現代詩作品批評的考察、現代詩的聲光教學、結論。

評詩論藝

劉菲著，詩藝文出版社一九九九年三月版。有自序，分四卷：「讀詩論詩」、「讀詩聯想」、「詩話詩事」、「品畫論藝」，另有後記。

中國大陸當代文學理論批評史（上、下）

古遠清著，文史哲出版社一九九九年四月版。有緒論，分七部分：詭譎變幻的文學運動與理論反思、文學理論建設的艱難之旅、繽紛的小說理論批評世界、詩歌理論批評的嬗變、孱弱的散文報告文學雜文理論批評、戲劇文學理論批評的豐收、建設中的電影文學批評，餘論：九〇年代的文學批評特徵，附錄〈中國大陸當代文學理論批評大事記〉。

航向愛爾蘭

吳潛誠著，立緒文化公司一九九九年四月版。作者以愛爾蘭文藝復興的歷史經驗，期望帶給臺灣本土文學的發展提供參照。有楊牧的代序〈詩和愛與政治〉。

臺灣當代文學研究之探討

羅宗濤、張雙英著，萬卷樓圖書公司一九九九年五月版。分二編，討論各類文學研究的發展趨勢、一九八八至一九九六年文學研究的特色。

卓爾不群的王平陵

符兆祥主編，世界華文作家出版社一九九九年六月版。王平陵紀念選集，另有新聞報道和王平陵各種體裁的代表作。

臺灣文學經典研討會論文集

陳義芝主編，聯經出版公司一九九九年六月版。係三十部臺灣文學經典的詮釋，每篇後面附有講評意見和作家特寫，附錄有票選書單和決選會議紀實等項目。

書香處處聞

秦嶽著，臺中市立文化中心一九九九年六月版。主要評介蔣夢麟、紀剛、王鼎鈞、林清玄、朱炎等人的作品。

一九九八臺灣文學年鑑

封德屏主編，文訊雜誌社一九九九年六月版。計有十四篇，為對臺灣文學的現象觀察及探討，研究部分除現代文學外，略述古典文學、外國文學和比較文學研究。綜述部分不像過去出版的年鑑來進行分類，臺灣文學在本土之外的中國大陸和日本的研究情況，也有專文介紹。

笠下的一群——笠詩人作品選

莫渝著，河童出版社一九九九年六月版。有陳千武序，輯一為「散論」，收入〈六〇年代臺灣的鄉土詩〉等論文四篇，輯二為「詩人作品選讀」，入選對象有巫永福、陳秀喜、林亨泰、李魁賢、杜國清等清一色的本土詩人。

中華民國作家作品目錄

〈文訊〉雜誌社編，「文建會」一九九九年六月版。收入一八〇〇位作家的資料但沒收李敖，引發他的抗議，內容包括小傳和作品分類目錄。

追憶文學歲月

葉石濤著，九歌出版社一九九九年八月版。第一輯收入九篇回憶性文章，第二輯以評論與短評為主。

從半裸到全開

——臺灣戰後世代女詩人的性別意識

陳義芝著，臺灣學生書局一九九九年九月版。有王潤華等人代序。分七部分：導論、永恆的男人、從半裸到全開、變聲的焦慮、各人住在各人的衣服裡、霧中的路標、結論，附錄有〈繆思唱歌〉、〈女性自覺的先聲〉、〈四兩撥千斤〉。

臺灣文壇大事紀要

南華大學編譯出版中心編，「文建會」一九九九年九月版。記錄了一九九二至一九九五年的臺灣文壇發生的大事。

詩心與詩學

簡政珍著，書林出版社一九九九年十月版。分為三部分：「詩心」探究詩的普遍原則與批評理論，「詩學」針對特定的時期與詩人作深入評析，而「詩話」則收錄作者與詩人的對談。本書涵蓋詩學、詩評與詩史各層面，足供讀者縱覽近半世紀來臺灣詩壇的面貌。

極短篇的理論與創作

張春榮著，爾雅出版社一九九九年十一月版。共分九章，前四章為：〈極短篇的定義〉、〈極短篇的特色〉、〈極短篇的分類〉、〈極短篇的流變〉。自極短篇的內涵加以考慮，得見傳統的寓言、志怪、禪宗公案等創作形式，正足以豐富極短篇的不同向度。

二十一世紀臺灣原住民文學

黃鈴華主編，臺灣原住民基金會一九九九年十二月版。論及的範圍有小說、詩歌、神話傳說等。

殖民地經驗與臺灣文學

柳書琴等著，遠流出版公司二〇〇〇年一月版。本書回答了殖民社會政治、文化對被殖民者精神有些壓抑和滲透，這些精神又如何在臺灣新文學透過不同的文化想像及其表徵形態表現出來，文學書寫對殖民現代性的認知如何這些問題。

現代詩縱橫觀

蕭蕭著，文史哲出版社二〇〇〇年二月版。收入〈詩人與詩風〉等短文。

苗栗縣文學史

莫渝、王幼華著，苗栗縣文化中心二〇〇〇年二月版。分五部分：史前與原住民文化概說、清領時期、日治時期、戰後文學、附編。

柏楊的思想與文學

黎活仁等主編，遠流出版公司二〇〇〇年三月版。香港大學主辦「柏楊思想與文學國際學術研討會」論文集，分為：專題討論、柏楊的思想與雜文、柏楊的史論、柏楊的報告文學與舊詩、柏楊的小說等部分，另有九個附錄。

聚織花序Ⅰ

瘂弦著，洪範書店二〇〇〇年四月版。此論文論及席慕蓉、陳義芝、蘇雪林、金兆、馬森、許世旭等人的散文作品，另有小說評論和文學藝術論述。

書寫臺灣

周英雄等編，麥田出版社二〇〇〇年四月版。此論文集分為：臺灣文學現象重探，後現代、後殖民與「國族」想像，臺灣文學作家作品專論。另有三篇索引。

現代文學與文化想像

陳麗芬著，書林出版公司二〇〇〇年五月版。副標為：從臺灣到香港。收入〈文學批評與文化身份〉、〈當中心變成邊緣〉、〈臺灣現代主義文學的另類想像〉、〈普及文化與歷史想像〉、〈超經典〉等文。評論對象有臺灣的王文興、七等生，也有香港的西西、吳煦斌和董啟章等作家。

小說稗類（卷二）

張大春著，聯合文學出版社二〇〇〇年五月版。所論主題以小說寫作為主，其看法仍是洞見處處，可還是第一卷較好。

文化、認同、社會變遷

何寄澎編，「文建會」二〇〇〇年六月版。副標為：戰後五十年來臺灣文學國際學術研討會論文集。以戰後五十年臺灣文學的發展、社會變化、翻譯與思潮等領域進行研討。

從沈光文到賴和
——臺灣古典文學的發展與特色

施懿琳著，春暉出版社二〇〇〇年六月版。收入〈清領時期臺灣文學的發展與特色〉、〈日治時期臺灣古典文學的發展與特色〉（上、下篇）等文。

張愛玲的小說藝術

水晶著，大地出版社二〇〇〇年七月版。評論是以張愛玲早年的短篇小說為主，長篇小說〈半生緣〉因為是改寫自一九四〇年代晚期的作品，所以也包括在內。張愛玲蛻變的作品〈秧歌〉、〈赤地之戀〉則沒有論到。有夏志清序。

風雨陰晴王鼎鈞

亮軒著，爾雅出版社二〇〇〇年七月版。王鼎鈞的評傳，分八篇，另有三個附錄。

彷彿看見藍色的海和帆

李敏勇著，圓神出版社二〇〇〇年七月版。分四輯：「詩人的憂鬱」、「我們的島」、「彷彿看見藍色的海和帆」、「經由一個吻想像」。收〈詩的志業〉等五十八篇詩評。

相思千里

李瑞騰著，九歌出版社二〇〇〇年八月版。為分析中國古典情詩的論文集。

臺灣現代小說的誕生

張明雄著，前衛出版社二〇〇〇年九月版。本書主要對臺灣小說的萌芽、發展到成熟進行研究，反映臺灣現代小說多重層次的一面。

解嚴前後的人文觀察

蔡源煌著，遠流出版公司二〇〇〇年九月版。對解除戒嚴後臺灣出現的各種人文現象做敏銳的評論，多為短文。

解嚴以來臺灣文學國際學術研討會論文集

臺灣師範大學國文系主編，萬卷樓圖書公司二〇〇〇年九月版。收入〈解嚴與文學中的歷史重建〉、〈「臺灣文學主體性」的探討〉、〈邊緣發聲：解嚴以來的同志小說〉等論文。

海峽兩岸蘇雪林教授學術研討會論文集（上、下）

杜英豪主編，財團法人亞太綜合研究院、永達技術學院二〇〇〇年十月版。收入唐亦男等人在黃山舉辦的研討會論文。

小國家大文學

鄭清文著，玉山社二〇〇〇年十月版。分二卷：「文學臺灣」、「臺灣的心」，由〈臺灣文學的統派〉、〈文學家的國籍〉等短文組成。

一九九九臺灣文學年鑑

封德屏主編，文訊雜誌社二〇〇〇年十月版。欄目和前幾年的年鑑相同，「記事」部分除〈文學日誌〉外，並特寫九件文學事、十二位文學人、十四本文學書。

文化心燈

李喬著，望春風文化公司二〇〇〇年十月版。文化評論選粹，分三卷，由〈新型國家〉、〈「日本式」——臺灣人的印象〉等短篇組成。

歷史迷路　文學引渡

彭瑞金著，富春文化公司二〇〇〇年十月版。收入〈文學的非臺北觀點〉、〈南方文學〉、〈臺灣文學命名〉等六十篇短文。

情繫伊甸園：創世紀詩人論

章亞昕著，文史哲出版社二〇〇〇年十月版。分兩部分，綜論和個論，論述了創世紀的創作心態、文化精神、意象語言以及洛夫、瘂弦、張默、大荒等人的詩歌藝術。有蕭蕭〈創世紀的伯樂與伯樂的百駿圖〉。

臺灣文學十講

鍾肇政著，莊紫蓉編，前衛出版社二〇〇〇年十一月版。分十部分：文學下鄉、一個臺灣作家的成長（上、下）、臺灣文學之父賴和和他的時代（上、下）、臺灣文學開花期、小說創作種種（上、下）、臺灣文學成熟期／戰後初期、座談會，另有鍾肇政專訪等附錄。

女性詩歌

李元貞著，女書文化公司二〇〇〇年十一月版。分十章：臺灣現代女詩人的自我觀、臺灣現代女詩人作品中的國家論述、從「性別敘事」的觀點論臺灣現代女詩人作品中「我」之敘事方式、為誰寫詩、論臺灣現代女詩人作品中「身體」與「情慾」的想像，論臺灣現代女詩人作品中「時間」與「社會」的正義、論臺灣現代女詩人作品中的語言實踐、論臺灣現代女詩人的詩壇顯影、從女性雙重「他者」觀點閱讀吳瑩詩文、結論——什麼是女性詩學。

臺灣現代詩圖象技巧研究

丁旭輝著，春暉出版社二〇〇〇年十二月版。有作者自序，分六章：〈緒論〉、〈圖象詩的圖象技巧（一、二）〉、〈類圖像詩的圖像技巧〉、〈留白的圖象技巧〉、〈結論〉。

臺灣文學的周邊

趙天儀著，富春文化公司二〇〇〇年十二月版。談臺灣文學與臺灣現代詩的對流。

殖民地經驗與臺灣文學

江自得主編，遠流出版社二〇〇〇年版。收入談日據時期的臺灣文學論文十篇。

中國文學的美感

柯慶明著，麥田出版公司二〇〇〇年版。收入〈中國文學真、美的價值性〉、〈中國古典詩的美學性格〉、〈從「現實反應」到「抒情表現」〉、〈天高地回，月照星臨〉、〈試論漢詩、唐詩、宋詩的美感特質〉、〈從「亭」、「臺」、「樓」、「閣」說起〉、〈從韓柳文論唐代古文運動的美學意義〉、〈六十年代現代主義文學〉等論文，另有五篇附錄。

不墜的夕陽——薛林的兒童文學及其評論

薛林著，臺南縣文化局二〇〇〇年版。有涂靜怡的代序〈童心・詩心・愛心〉，自序〈坦露心靈〉。分四部分：我的兒童文學觀、我在兒童文學路上、尋找我的兒童文學之根、兒童文學青蘋果與金蘋果，附有〈薛林簡略年表〉。

臺灣新詩筆試

莫渝著，桂冠圖書公司二〇〇〇年修訂版。有作者代序，輯一「詩文學的長河」，收入〈臺灣新詩的演進〉、〈年度詩選的沉思〉等十篇文章。輯二「詩人論」收入〈桓夫論〉、〈李魁賢的「中國觀察」〉等十四篇文章。輯三「日治時期臺灣新詩選讀」，共選讀了張我軍等二十七人的二十八首作品，後記為〈走過九〇年代臺灣詩文壇的邊緣〉，另有三篇附錄。

輕舟已過萬重山

文曉村著，文史哲出版社二〇〇〇年版。有自序，分三卷，附錄〈兩岸詩歌文化交流大事記（一九八七年十一月~二〇〇五年六月）〉，另有後記。

二十一世紀臺灣·東南亞的文化與文學

龔鵬程、楊松年、林水檬主編，南洋學社二〇〇〇年版。第一屆新世紀文學文化研究的新動向研討會論文集，有龔鵬程的序，分五部分：前瞻與回顧，傳播與影導，文類的探討，作家作品論，臺馬的文化世界，另有附錄參會學者單位等。

從傷痕文學到尋根文學
——文革後十年的大陸文學流派

宋如珊著，秀威科技公司二〇〇一年一月出版。以社會環境、文學理論、文學創作三者的互動，呈現文革後十年大陸文學的流變過程，計有傷痕文學、改革文學、反思文學、知青文學、朦朧詩、先鋒文學、鄉土文學、尋根文學。

拜訪新詩

吳當著，爾雅出版社二〇〇一年二月版。賞析余光中等人的作品。

深山夜讀

陳芳明著，聯合文學出版社二〇〇一年三月版。作者遠離喧囂的塵世，把自己鎖在深山的書房中潛心夜讀，對閱讀的孤獨有著獨到的體驗與理解。這一過程使作者的生命變得更加完美，實際上就是在創造生命。

文化．臺灣文化．新國家

李喬著，春暉出版社二〇〇一年三月版。分〈臺灣文化與新國家〉等十三章。

臺灣儒學的當代課題：本土性與現代性

陳昭瑛著，（北京）中國社會科學出版社二〇〇一年七月版。分六章，論述了吳濁流〈亞細亞的孤兒〉中的儒學思想、當代儒學與臺灣本土化運動等問題。

臺灣文學

林文宏等著，萬卷樓圖書公司二〇〇一年八月版。有序言〈我們的臺灣文學〉，分十章：〈臺灣文學的界定與流變〉、〈臺灣文學的特色與作品舉隅〉、〈臺灣文學作家的分布與成就〉、〈臺灣的文學批評與批評家〉、〈臺灣文學的傳播與教學〉、〈臺灣文學史的書寫與爭議〉、〈臺灣的兒童文學〉、〈海峽兩岸的文學交流〉、〈臺灣的文學美學研究〉、〈臺灣文學的展望〉。

臺灣報導文學概論

楊素芬著，稻田出版公司二〇〇一年九月版。分七章，分別探討了臺灣報導文學三種源流、文類特徵、興盛原因、題材類型、發展現象，另有緒論、結論。

臺灣出版工具參考書・二〇〇〇年年度書目

國家圖書館編印，二〇〇一年九月版。收六九七筆書目資料，分為十三種類型。

新世代星空

楊宗翰主編，天行社二〇〇一年十月出版，此書副標題為林燿德佚文選——批評卷，收入〈掙奪偽殼——論臺灣的當代大陸文學研究〉、〈臺灣當代科幻文學〉等論文十篇。

書寫與拼圖——臺灣文學傳播現象研究

林淇瀁著，麥田出版公司二〇〇一年十月版。專論臺灣文學傳播現象。全書分五卷：「基礎卷」探究文學傳播媒介的角色。「斷層卷」以意識形態研究分析日據時期臺灣文學的傳播策略。「板塊卷」探究戰後到解嚴期間文學與政治的糾結，呈現臺灣文學的霸權爭奪及其光譜分布。「新地卷」處理網路年代文學面臨的傳播課題，以及新興的網路文學趨勢。「觀察卷」針對近年臺灣文學傳播進行現象分析。具參考價值。

兩棵詩樹

吳當、落蒂著，爾雅出版社二〇〇一年十二月版。對洛夫等人的世紀詩選的評論。

地獄的佈道者

楊宗翰主編，天行社二〇〇一年十二月版。林燿德佚文選譯介卷。除譯文外，還有中外文學的評介。

將軍的版圖

楊宗翰主編，天行社二〇〇一年十二月出版。林燿德佚文選・短論卷，收入書評、短論與序跋、對談記錄多篇。

美麗島文學評論集

郭楓著，臺北縣文化局二〇〇一年十二月出版。有自序，第一輯收入〈臺灣文學的環境與生態〉等論文五篇，第二輯收入〈人的文學和文學的人〉等論文十篇，第三輯收人有關臺灣田園文學的論文十篇，另有附錄二篇。

臺灣自然生態文學研討會論文集

東海大學中國文學系編，文津出版社二〇〇二年一月版。收入〈試論海洋文學作家廖鴻基的寫作風格〉、〈臺灣賦中的古典自然書寫——以鳥類為視域〉等文。

文學經典與臺灣文學

楊宗翰主編，富春文化公司二〇〇二年一月版。內論臺灣文學經典並探討了經典的迷失等問題，還評論了楊牧等作家的作品。

孤島張愛玲——追蹤張愛玲香港時期（一九五二～一九五五）小說

蘇偉貞著，三民書局二〇〇二年二月版。分〈緒論〉、〈順著張愛玲出走的路線〉、〈重繪張愛玲的「上海時期」與「香港時期」〉、〈〈秧歌〉、〈赤地之戀〉座標〉、〈〈秧歌〉、〈赤地之戀〉的評價與影響〉、〈總結〉等部分。

為自由招魂

李敖著，李敖出版社二〇〇二年三月出版。本書包含：記一位沒有「流血的自由」的先烈、漫畫的自由意義、不拍馬屁的自由、論唱反調、「敢怒而又敢言」的自由、獨裁中的民主、張宗昌、我夢到了你、開玩笑的自由、沒有演說的自由、月亮屬於誰的、我們夢想「野蠻之自由」、讀警總秘密會議記錄、還是第一聲最像、「春風吹又生」、肚皮裡的言論自由，等等。

後殖民臺灣——文學史論及其周邊

陳芳明著，麥田出版公司二〇〇二年四月版。收入〈張愛玲與臺灣文學史的撰寫〉、〈余光中的現代主義精神〉等論文以及和陳映真的論戰文章三篇。

二〇〇〇臺灣文學年鑑

杜十三總策劃，「文建會」二〇〇二年四月版。比以往的同類書增加了〈文學出版大事記〉、〈重要選集作品目錄〉、〈全臺文學性機構與網路文學〉專章。

文學的魅惑——馬森文論六輯

馬森著，麥田出版公司二〇〇二年四月版。分四部分：文學沉思、文學論評、文學論辯、文學筆記，其中和彭瑞金、鍾肇政的爭論最引人矚目。

臺灣現代詩史：批判的閱讀

楊宗翰主編，巨流圖書公司二〇〇二年六月版。對現代詩系譜作出反思，並對臺灣現代詩史提出不同的策略和方法，分十章，另有結論〈未來的詩史與詩史的未來〉。

臺灣文學的當代視野

楊宗翰主編，文津出版社二〇〇二年六月版。從不同角度探討了楊牧、零雨等作家之詩學詩藝，並旁涉文學史、文學年鑑、文學經典等議題。

臺灣文學史的省思

楊宗翰主編，富春文化公司二〇〇二年七月版。純粹以大學研究生集體探討有關臺灣文學的研究叢刊。分為臺灣文學評論、臺灣文學書房傳真、資料庫等。

跨世紀風華——當代小說二十家

王德威著，麥田出版社二〇〇二年八月版。本書不僅推薦海峽兩岸暨香港、澳門小說家的傑作，也將其納入文學史的脈絡裏作討論。以深入淺出的論述作基礎，介紹二十位小說家個別的特色，觀照小說與政治、社會、人生的美學關聯，提供中文小說研究一個嶄新的視角。

殖民地的傷痕——臺灣文學問題

呂正惠著，人間出版社二〇〇二年八月出版。所收論文多為討論日據時期的臺灣新文學，少部分涉及戰後初期政治轉換期間的文壇。在作者看來，一九二〇至一九四九年之間，臺灣新文學出版的核心問題，都跟日本的殖民統治密切相關。附錄二篇論楊逵、賴和的小說。

當代文學讀本

唐捐、陳大為主編，二魚文化公司二〇〇二年八月版。臺灣現代文學教程，各種文體的作品後面附有作者簡介、評析、延伸閱讀。

反對言偽而辯

呂正惠等著，許南村編，人間出版社二〇〇二年八月版。主要是對陳芳明臺灣文學論、後現代論、後殖民論的批判，另有附錄〈走出「臺灣意識」的陰影〉。

悅讀余光中——詩卷

陳幸蕙著，爾雅出版社二〇〇二年九月版。有余光中代序和著者答客問，分四卷，每首詩後附有較長的分析。

中國大陸的臺灣文學研究資料搜集計劃研究報告

佛光人文社會學院編，二〇〇二年十一月自印。分五部分，兩岸文學交流暨臺灣文學在中國大陸出版現況、中國大陸的臺灣文學研究概況、臺灣學者對中國大陸臺灣文學研究的評論、（結論）建議。還有參考書目、中國大陸臺灣文學研究大事紀要、中國大陸與臺灣文學研究有關機構、中國大陸臺灣文學研究者介紹，以及咨詢會記錄等項。

中國大陸臺灣文學研究目錄

佛光人文社會學院編，二〇〇二年十一月自印。分四部分，中國大陸出版臺灣作家作品目錄（一九七九～二〇〇一）、中國大陸臺灣文學研究書目、中國大陸臺灣文學研究單篇論文、臺灣地區刊登兩岸學者研究臺灣文學相關性論文，另有四篇附錄。

左岸詩話

丁旭輝著，爾雅出版社二〇〇二年十一月版。用輕鬆的筆調和讀者談詩，希望普及難懂的現代詩，重點賞析鄭愁予的〈錯誤〉和席慕蓉的情詩、夏宇的後現代詩等。

在詩國邊緣

向明著，爾雅出版社二〇〇二年十一月版。有作者自序，收入〈詩人總多情〉、〈馬雅可夫斯基和他的抗稅詩〉、〈漂木的啟示〉、〈九重天上的詩歌鋪子〉等文章。

心的隱喻

解昆樺著，苗栗縣文化局二〇〇二年十二月版。論及文學場域中知識分子的書寫意識問題。

一座文學的橋——林海音先生紀念文集

李瑞騰、夏祖麗主編，文化保存籌備處二〇〇二年十二月版。收入回憶和從不同角度研究林海音的文章多篇。

窺詩手記

向明著，禹臨圖書公司二〇〇二年十二月版。分二輯：「詩餘雜感」、「話說詩人」，收入〈坐公車賞詩〉、〈詩怪李金髮〉等短論多篇。

呂赫若小說研究與詮釋

王建國著，臺南市圖書館二〇〇二年十二月版。以呂赫若小說的流變為主軸，在自身脈絡及其他作家作品相互對照下皆呈現出立體視域的效果。

李魁賢文學國際學術研討會論文集

彭瑞金編，「文建會」二〇〇二年十二月版。收入多位本土學者研究詩人李魁賢的文章。

臺灣後現代詩的理論與實際

孟樊著，揚智文化公司二〇〇三年一月出版。有序和導論，分三章：〈臺灣後現代詩史〉、〈臺灣後現代詩的論述〉、〈臺灣後現代語言史〉，附有參考書目。

臺灣文學花園

應鳳凰著，玉山社二〇〇三年一月出版。分小說、散文、新詩三大部分，從殖民地小說一直論及戰後本土詩，評介了賴和、李敏勇等人的作品。

女性主義文學理論

唐荷著，揚智文化公司二〇〇三年一月版。有自序，分五部分：導論、女性主義與文學話語的再造、女性主義的後現代處境、女性主義美學的探討、身份政治與後殖民女性主義理論，另有結語。

詩的播種者

落蒂著，爾雅出版社二〇〇三年二月版。評析了覃子豪、余光中等人的作品。

日治時期臺北地區文學作品目錄

黃美娥編，北市文獻會二〇〇三年二月版。目錄含作品名、出版者時間等項。

新詩啟蒙

趙衛民著，業強出版社二〇〇三年二月版。分九章，從二十世紀二〇年代的浪漫與論述至九〇年代的繁複與華麗。

二十世紀臺灣新文化運動與國家建構論文

張炎憲等著，吳三連臺灣基金會二〇〇三年三月版。前面有專題演講〈終戰前後兩個時代的臺灣文化比較〉，收入〈臺灣文化協會時期的哲學思潮〉等論文。

臺灣數位文學論
——數位美學、傳播與教學理論與實際

須文蔚著，二魚文化公司二〇〇三年四月版。專門探討新興的網路文學的專著。

二〇〇一臺灣文學年鑑

彭瑞金總編輯，靜宜大學二〇〇三年四月版。分六部分：文學大事記述、人物、出版、名錄、索引。此年鑑突出本土作家，外省作家被邊緣化。

臺灣文學重建的問題

王詩琅著，張良澤編，海峽學術出版社二〇〇三年五月版。此書有日據時代文學運動與社會運動最重要的史料。

在閱讀的密林中

楊照著，印刻文學生活雜誌出版公司二〇〇三年六月版。第一輯以文學類為主，包括「哈利波特」系列、《安徒生童話》、飯島愛的《柏拉圖式性愛》、高行健的《靈山》、七等生的《思慕微微》，以及哈金的創作，等等。第二輯以社會科學、傳記類為主，包括《張榮發回憶錄》、《文茜小妹大》等。第三輯為概論臺灣二十至九〇年代各類雜誌的出版背景及其時代意義、影響。

《文訊》二十週年　臺灣文學雜誌展覽目錄

〈文訊〉雜誌社二〇〇三年七月版。臺灣現代文學的發展，報紙副刊和文學雜誌是兩大支柱，也是兩股動力，它們在寫作人才的培育和作品的傳播上，都發揮了無與倫比的力量。本書將展出的臺灣文學雜誌性質及相關情況作了介紹。

文學批評精讀

游喚編著，五南圖書公司二〇〇三年八月版。內容包括臺灣當代文學理論、理論批評、實際批評。體例為：範文、作者、題解、析論、問題與思考、進階書目。

書寫部落記憶
——九〇年代臺灣原住民小說研究

呂慧珍著，駱駝出版社二〇〇三年九月版。重新勾勒描繪可以代表部落自身觀點的歷史樣貌。

二〇〇二臺灣文學年鑑

彭瑞金總編輯，靜宜大學二〇〇三年九月版。體例和二〇〇一年的年鑑一樣，同樣突出本土色彩。

後殖民及其外

邱貴芬著，麥田出版公司二〇〇三年九月版。分兩大部分：研究方法篇、作品現象探討篇。有陳芳明〈文史臺灣〉編者前言及著者的自序。

中華現代文學大系（一）評論卷
（臺灣　一九八九～二〇〇三）

余光中總編輯、李瑞騰主編，九歌出版社二〇〇三年十月版。收入齊邦媛、葉石濤、余光中、馬森等人的論文。

中華現代文學大系（二）評論卷
（臺灣　一九八九～二〇〇三）

余光中總編輯、李瑞騰主編，九歌出版社二〇〇三年十月版。收入廖炳惠、王德威、龔鵬程、陳昭瑛、孟樊、陳大為等人的論文。

臺灣文學百年顯影

中島利郎、黃英哲、應鳳凰等七人合著，玉山社二〇〇三年十月版。一八九五至二〇〇三年，涵蓋古典文學、新文學、反共文學、現代主義文學到本土文學各種不同流派的演變，以插圖為主，早期的作家作品的圖片尤為寶貴。

余光中談詩歌

余光中著，江西高校出版社二〇〇三年十月出版。有自序，分四部分，第一部分為綜論和概論，第二部分為個別詩人專論，第三部分為詩選所寫的序，第四部分為自己的著作所寫的序言和後記。

當代臺灣傳記文學研究

鄭尊仁著，秀威科技公司二〇〇三年十一月版。體現了臺灣傳記文學研究的一種新視界，其特點突出體現為如下四個方面，強烈的問題意識，獨特的研究視角，縝密的藝術構思，繁富的理論建樹。

一信詩話

一信著，秀威科技公司二〇〇三年十二月出版。除對當下丁文智、朵思等三十四位詩人作品評論外，另有讀詩札記。

美麗島文學評論續集

郭楓著，臺北縣文化局二〇〇三年十二月版，第一輯收入評李魁賢、巫永福、陳千武、林亨泰作品的論文；第二輯〈臺灣七〇年代新詩潮初探〉；第三輯為〈西洋魔笛與高行健現象〉、〈論高行健的自救策略與小說創作〉，附錄作者著作年表。

放逐詩學——臺灣放逐文學初探

簡政珍著，聯合文學出版社二〇〇三年版。作者選取余光中、葉維廉、白先勇、張系國、陳若曦等五位作家，針對他們作品中的放逐意識進行剖析，試圖為當代臺灣文學建構一套放逐詩學。有緒論，分五章，另有結束語和後記。

閱讀馬森

龔鵬程編，聯合文學出版社二〇〇三年版。係馬森作品學術研討會論文集。

臺灣歌仔戲史

楊馥瀠著，晨星出版社二〇〇三年版。歌仔戲是唯一發源於臺灣本土的漢族傳統戲曲之一。歌仔戲與京劇、豫劇在臺灣戲曲舞臺上呈三足鼎立局面。本書論述了歌仔戲從誕生到發展壯大的歷史。

浮世星空新故鄉：臺灣文學傳播議題析論

向陽著，三民書局二〇〇四年一月版。傳媒的發達，使閱聽大眾有如置身信息叢林之中，面對隨手可得的信息，文學變得不再是閱讀的主流。文學傳播媒介的弱化，將緊縮文學社群和整個社會的對話空間，連帶導致文學與社會關係的脫鉤。

臺灣現代詩筆記

張默著，三民書局二〇〇四年一月版。分四卷，第一卷收入十一篇文章，內容包括從「兩大報新詩獎」談等內容，第二卷收入四篇詩人專論，第三卷收入當下老中青三代某些新詩閱讀筆記，以及詩選中的作品點評，第四卷為附錄〈臺灣新詩大事紀要（一九〇〇～二〇〇二）〉。

臺灣新詩美學

蕭蕭著，爾雅出版社二〇〇四年二月版。分六部分：導論、臺灣新詩的入世精神、臺灣新詩的出世情懷、現實主義美學、超現實主義美學、結論。

回顧兩岸五十年文學學術研討會論文

中國文化大學中文系編，文化大學出版部二〇〇四年三月版。收入〈論張文環《地平線上的燈火》手稿〉等文。

現代小品

鄭明娳著，五南出版社二〇〇四年三月版。本書選了魯迅、朱自清、廬隱、陸蠡、蕭紅、琦君、王鼎鈞、司馬中原、梁放、張啟疆、簡媜及林燿德等十二位現代小品作家和二篇作品欣賞，來介紹小品文的特質與認識，期使讀者在小品文中得到不一樣的風味。

出版與文學

陳信元著，揚智文化公司二〇〇四年四月版。出版人身份見證了二十年來海峽兩岸文化交流。

鍾理和論述（一九六〇～二〇〇〇）

應鳳凰編，春暉出版社二〇〇四年四月版。有作者代序〈鍾理和文學發展史〉，分為作家研究、作家論、作品論、〈故鄉〉系列，另有二篇附錄。

文廬詩房菜

文曉村著，詩藝文出版社二〇〇四年五月版。分五輯，計五十六篇，以隨筆散文方式敘說其創作背景、動機、技巧，兼及兩岸詩評家的評論。

書話臺灣

李奭學著，九歌出版社二〇〇四年五月版。通過書評形式表達自己對一九九一至二〇〇三年的文學印象，評論了張大春、余光中、陳芳明等人的作品。

多情與嚴法

鄭清文著，玉山社二〇〇四年五月版。分四卷：「舊事懷想」、「文學、文學家與臺灣文學」、「中國文學的困境」、「對中國的迷思」。

詩生話

奚密著，廣西師範大學出版社二〇〇四年五月版。以詩歌為主題，從評論、欣賞、歷史描述等多種角度再現詩與人類生活的豐富關聯。

五〇年代臺灣文學論集——戰後第一個十年的臺灣文學生態

應鳳凰著，春暉出版社二〇〇四年六月版。分三部分：政治力運作下的文學生產場域、文學月刊與文學生態、個別作家與文學場域。

臺灣的文學

莊萬壽、陳萬益、陳建忠等著，允晨文化公司二〇〇四年六月版。共分六部分：臺灣文學的範圍、臺灣的口傳文學、臺灣古典漢文學、日據時期臺灣文學（一八九五～一九四五）、戰後臺灣文學（一九四五～今）、結論。計有一〇五頁。

聚織花序II

瘂弦著，洪範書店二〇〇四年六月版。收入其論陳義芝、杜十三等人詩作的文章，另有作者的編詩選導言。

臺灣新詩分類學

林于弘著，鷹漢文化公司二〇〇四年六月版。分為緒論、詩社與詩刊、詩集詩史與詩論、文學獎與年度詩選、政治詩的轉型與擴展、都市詩的觀察與批判、生態詩的萌發與茁壯、母語詩的發聲與堅持、女性詩的存在與思考、小詩的嘗試與開拓、後現代詩的實驗與創新、網路詩的產生與啟示。結論，附錄有〈解嚴後詩壇大事簡表〉。

臺灣現代詩典律的建構與推移：以創世紀詩社與笠詩社為觀察核心

解昆樺著，鷹漢文化公司二〇〇四年七月版。分六部分：緒論、創世紀與笠詩社的發展與社群性格、創世紀詩社的現代詩典律建構、笠詩社的現代詩典律建構、異典律的交鋒與推移，文學論戰、結論。內附創世紀與笠詩社時期轉變對照表十六種，〈創世紀詩社同仁流動情形名錄〉等附件四種。

臺灣文學這一百年

藤井省三著，張季林譯，麥田出版公司二〇〇四年七月版。臺灣從曲折輾轉的近代歷史經驗中淬煉出豐饒的文學。一八九四年中日甲午戰爭後，臺灣開始接受日本統治，並以日本語為國語。此書很多觀點顯得偏執，如「皇民文學」那一章，受到陳映真的批判。

臺灣現代詩美學

簡政珍著，揚智出版公司二〇〇四年七月版。分三部分：美學與歷史的辯證，以美學檢驗詩史，以語言藝術驗收詩作；後現代風景，以後現代雙重視野的精神，審視結構與空隙、意義的流動、意象的嬉戲等；美學的歷史蹤痕，專注於常識，以及那些技巧「似有似無」的作品。

二〇〇三臺灣文學年鑑

彭瑞金總編輯，靜宜大學執行製作，臺灣文學館二〇〇四年八月版。由靜宜大學年鑑執行製作團隊負責編寫。綜述部分清一色是談臺灣文學系建立一類的話題，外省作家只作陪襯出現。

現代新詩版圖

洪淑苓著，秀威科技公司二〇〇四年八月版。分四輯：「女詩人新版圖」、「男詩人新版圖」、「詩閱讀新版圖」、「童詩新版圖」。評析了蓉子、曾美玲、周夢蝶、蘇紹連、陳義芝、王潤華、蕭蕭、余光中、向明等人的作品。

現代新詩讀本

孟樊等主編，揚智文化公司二〇〇四年八月版。有導論〈以詩選撰寫詩史〉，後面從五四到一九九〇代大陸和臺灣的詩選，以臺灣為主，每個年代前面附有概論。

無盡的追尋：當代散文的詮釋與批評

鍾怡雯著，聯合文學出版社二〇〇四年九月版。分散文家專論以及散文綜論兩部分，共收十三篇論文，論述面涵蓋當代散文的重要議題、現象與類型，主題包括飲食書寫、中國圖像、旅遊書寫、自然生態、歷史文化等，觀照面橫跨臺灣、大陸、香港及馬來西亞、新加坡等重要華文文學書寫區塊。

無名氏的文學作品探索與紀懷

文史哲編委會編，文史哲出版社二〇〇四年十月版。分五部分：無名氏文學作品研討會論文、無名氏文學作品研討會紀實、哀榮新聞剪影、無名氏最後手稿及詩篇手稿、追懷文錄，附錄〈無名氏文學創作年表〉。

洪醒夫評傳：
洪醒夫文學觀與人物圖像之研究

黃武忠著，聯合文學出版社二〇〇四年十月版。作者以朋友及研究者的身份，搜羅各方信息，爬梳鈎勒，歸納出其文學觀、人格與風格及其所創作的人物圖像，並為他在鄉土文學的成果及奉獻做最深沉的禮敬。

歷史與怪獸：歷史、暴力、敘事

王德威著，麥田出版公司二〇〇四年十一月版。分別討論三部小說：晚明李清「紀魏忠賢之惡」的《檮杌閑評》、晚清錢錫寶記錄士人求名逐利種種惡相的《檮杌萃編》，以及現代姜貴仇恨共產革命的《今檮杌傳》。

笠詩社四十周年國際學術研討會論文集

鄭烱明編，臺灣文學館二〇〇四年十一月版。收入〈笠四十年的業績〉、〈臺灣現代詩的現況〉、〈論笠前行代的詩人〉等論文十二篇。

臺灣的文學

莊萬壽、陳萬益等著，李登輝學校二〇〇四年十二月版。分六部分：臺灣文學的範圍、臺灣的口傳文學、臺灣古典漢文學、日據時期臺灣文學、戰後臺灣文學、結論。

臺灣新文學發展重大事件論文集

《聯合報》副刊編輯，國家臺灣文學館二〇〇四年十二月版。此書所說的重大事件，是指：日據時新舊文學論爭、三十年代臺灣話文論爭與臺語文學運動、《橋》副刊論爭與戰後初期臺灣文學重建、「中國文藝協會」成立與五十年代臺灣文學走向、五十年代的現代詩運動、解構《現代文學》與臺灣現代主義文學的神話、七十年代鄉土文學論戰、文學本土論爭的發端與終端、《山海文化》創刊與原住民文學建構、蘭陵《荷珠與新配》的演出意義、兩大報文學獎設立的文學史意義、臺灣文學館及臺灣文學系所之建立、《殺夫》事件、THE CHINESE PEN創刊與臺灣文學外譯等事件，另有四個附錄。

離心的辯證——世華小說評析

楊松年、簡文志編，唐山出版社二〇〇四年版。評論了劉以鬯、聶華苓、黃春明、司馬中原、王蒙、白先勇、西西、七等生，高行健、陳忠實、張系國、施叔青、張抗抗、韓少功、王安憶、莫言、朱天文、池莉、鐵凝、王朔、嚴歌苓、李碧華、蘇童、駱以軍、陳雪等人的作品。附錄一為〈世界華文文學論壇〉，收有朱壽桐的〈試說「漢語文學」概念〉、楊宗翰〈艱難的志業，溫柔的惡聲——「世華文學」在臺灣〉等文章，附錄二為該書作者簡介，有楊松年序。

我為詩狂

向明著，三民書局二〇〇五年一月版。分三輯：「詩宜自出機杼」、「我為詩狂」、「詩的奮鬥」。

李昂小說中女性意識之研究

黃絢親著，萬卷樓圖書公司二〇〇五年一月版。分析李昂作品中的書寫主題和女性意識。

「咬嚼」余秋雨——從文化苦旅到法律苦旅

古遠清編著，知書房出版社二〇〇五年二月版。內容主要是：「余秋雨」是誰、天上飄著余秋雨、不放心的文化之旅、《山居筆記》指繆、「開始寫小女人，散文了」、硬傷累累、知識學養與文化意識、日益明顯的模式化、余秋雨與余光中比較論以及余秋雨「法律苦旅」的破產，等等。

見樹又見林——文學看臺灣

許俊雅著，渤海堂二〇〇五年二月版。以綜論的形式，由不同側面探索日據以降迄戰後的臺灣文學方向，兼及文學史方法之檢討、文學創作者作品論述。

覃子豪詩研究

劉正偉著，文史哲出版社二〇〇五年三月版。分九章，系統地論述了覃子豪的創作道路和詩歌的修辭技巧，另有五個附錄。

戰後臺灣現代詩研究論集

金尚浩著，晨星出版社二〇〇五年三月版。本書詳析「笠」創辦期詩人陳千武風格，戰後第一代「笠」詩人趙天儀、李魁賢、杜國清的特色，以及評價戰後中生代「笠」詩人李敏勇、陳明台、鄭炯明、江自得、曾貴海等人的作品，呈現「笠」詩社世代交替的經驗傳承。書中也論述戰後臺灣現代詩之發展及其影響，並考察一九八〇年至二〇〇三年之間韓國、中國臺灣、日本東亞詩文學交流。

莫渝研究資料匯編

莫渝編，苗栗縣文化局二〇〇五年四月版。分資料、詩作賞讀、詩集評介、綜論、訪談錄等部分。

前言後語集

莫渝著，苗栗縣文化局二〇〇五年四月版。收入從一九七〇至二〇〇〇年所寫的各類著作的前言和後記，並附有他人的評論。

世紀末臺灣文學地圖

古遠清著，揚智文化公司二〇〇五年四月版。用大陸的觀點去發現和建構歷史，對當代臺灣的文學制度、文學生態、文學事件、文學生產、文學人物，試圖做出新的審視與打量，走出單純評述作家作品的文學史敘述老一套模式。

想像的本邦：現代文學十五論

王德威、黃錦樹著譯，麥田出版公司二〇〇五年五月版。精選東西方青年學者論文十五篇，顯現當代教學研究的最新趨勢。點出當代東西方漢學研究者的關注焦點，在於國族想像與建構的辯證，綿亙其下的文化生產現象，以及更重要的文字、影像修辭形式和敘述策略的生成。

臺灣武俠小說發展

葉洪生等著，遠流出版公司二〇〇五年六月版。有楊昌年序言〈雙劍合璧補闕史〉。書的部分內容：司馬翎生平及其重要作品概貌、諸葛青雲生平及其重要作品概貌、臺灣武俠小說界四大流派、「海光」書系作家作品舉隅、「清華—新臺」書系作家作品舉隅、「明祥—新星」書系作家作品舉隅、「南琪」書系作家作品舉隅，等。

二〇〇四臺灣文學年鑑

彭瑞金總編輯，靜宜大學執行製作，臺灣文學館二〇〇五年七月版。在〈凡例〉中強調客觀完整記錄該年度臺灣文學發展之整體風貌，但從作者的選擇和大事記的內容看，很明顯偏向本土文壇。

分裂的臺灣文學

古遠清著，海峽學術出版社二〇〇五年七月版。有作者前言及引論〈天南地北的臺灣文學〉，分兩大部分：以中國意識和都市文學為主的北部文學、臺灣意識和草根性著稱的南部文學。這是以辭條形式寫的當代臺灣文學簡史。

臺灣文學五十家

彭瑞金著，玉山社二〇〇五年七月版。有自序〈點出臺灣文學的發展關鍵〉及導言，評介了從沈光文到李敏勇等人的作品。

詩海微瀾

台客著，文史哲出版社二〇〇五年八月版。有麥穗序和作者自序，分四部分：詩評和評詩、素描和懷人、短論和隨筆、序跋和報導，另附錄古遠清、謝輝煌、古繼堂、一信等十九位作者評台客的文章。

臺灣：從文學看歷史

王德威編寫，麥田出版公司二〇〇五年九月版。這本選集介紹十七世紀中葉以來到當代的文學作品，並由此重新呈現臺灣歷史的凝聚與解散，應然與偶然。從文學看到的臺灣歷史，不僅止於政治擾攘、世代興替而已。

重層現代性鏡像：日治時代臺灣傳統文人的文化視域與文學想像

黃美娥著，麥田出版社二〇〇五年十月版。書中從傳統文人位置出發，一方面描繪過去為人所忽略的、新文明下傳統文人、在文學現代性發展進程中的角色扮演，另一方面則是回溯新、舊文人頡頏對峙的緊張關係，彰顯其人是對現代性既熱衷卻也狐疑甚至不信任的態度，並留意雙方的「國族」意識與文化主體性的變化情形。

楊逵及其小說作品研究

吳素芬著，臺南縣政府二〇〇五年十二月版。本書較詳盡地研究了鄉土作家楊逵的創作概況。

日治時期楊熾昌及其文學研究

黃建銘著，臺南市立圖書館二〇〇五年十二月版。楊熾昌是將超現實主義詩歌引進到臺灣的先驅。

九〇年代臺灣同志小說中的同志主體研究

沈俊翔著，臺南市立圖書館二〇〇五年十二月版。分六部分：緒論、九〇年代臺灣同志小說之書寫風潮、同志主體與主體性、九〇年代臺灣同志小說中的同志主體位置、九〇年代臺灣同志小說中同志主體的情慾探索、九〇年代同志小說的同志主體建構。

臺灣現代詩自然美學——以楊牧、鄭愁予、周夢蝶為中心

羅任玲著，爾雅出版社二〇〇五年十二月版。從自然美學角度研究三位作家，頗有新意。

臺灣文學導讀

李喬等編，允晨文化公司二〇〇六年一月版。共導讀了吳濁流、鍾理和、鍾肇政、鄭清文、李喬、東方白、宋澤萊、李昂、拓拔斯等人作品，另有〈臺灣詩導讀〉等兩篇文章。

五十年來臺灣女性散文

張瑞芬著，麥田出版公司二〇〇六年二月版。分「選文篇」與「評論篇」。作者針對臺灣女性散文文本作全面整理，共收入並評論五十一位作者。輯一為選文篇〈前附編輯體例、導論、編序，總括臺灣當代女性散文書寫流變及整理始末〉，輯二為評論篇。「選文篇」與「評論篇」既屬分立，又可相互詮釋。

戰後臺灣反殖民與後殖民詩學

曾貴海著，前衛出版社二〇〇六年二月版。作者企圖用「後殖民詩學」反思光復後現代詩發展歷程，其矛頭不僅針對洛夫、余光中，也針對「笠詩社」同仁林亨泰。

臺灣文學正名

蔡金安主編，金安文教機構二〇〇六年三月版。一批本土文學論者企圖讓臺灣文學脫離中國文學的「正名」集，共收入胡民祥〈臺語文學誠是臺灣民族國家的活路〉、呂興昌〈憑什麼？為什麼文學〉、施俊州〈臺語文學著是臺灣文學〉等文章。

詩中天地寬

向明著，臺灣商務印書館二〇〇六年三月版。分四輯：「詩的探索」、「好詩共賞」、「詩題趣談」、「記憶開挖」，另有〈輝煌的五〇年代現代詩〉。

聲納——臺灣現代主義詩學流變

陳義芝著，九歌出版社二〇〇六年三月版。有王德威序，分為：緒論、第一章〈水蔭萍與超現實主義〉、第二章〈紀弦與新現代主義〉、第三章〈覃子豪與象徵主義〉、第四章〈「現代派」運動後的現代詩學〉、第五章〈「笠」詩社詩人的現代性〉、第六章〈一九七〇年代詩學的轉向〉、第七章〈一九八〇年代詩學的新生狀態〉、第八章〈後現代詩學的探索〉、第九章〈夏宇的達達實驗〉，另有餘論和附錄三種。

後殖民的東亞在地化思考：臺灣文學場域

柳書琴等編，臺灣文學館籌備處二〇〇六年四月版。分為殖民地語言、讀書、出版、媒體、東亞殖民地文學比較研究、港/臺/中/日跨文化流動，文化主體、文化想像等部分。收入李乘機〈從清治到日治時期的《紙虎》變遷史——將緊張關係訴諸「輿論大眾」的社會文化史〉、王惠珍〈殖民地的文化素養問題——以龍瑛宗為例〉、徐秀慧〈解殖與國族想像：一九四八年香港〈大眾文藝叢刊〉與臺灣《橋》副刊論爭的「新中國」、「新文化」想像〉等人的論文。

臺灣與世界文學的匯流

廖炳惠著，聯合文學出版社二〇〇六年五月版。作者從殖民研究的觀點切入，探討臺灣在接受不同階段的殖民經驗之後，與現代性多元的交錯，產生另類現代性、單一現代性、多元性現代性，及壓抑性的現代性的過程。這四種現代性彼此交織，形成一種難分難解的族群和殖民文化的問題，作者借此對許多文本乃至於通俗文化、以論文、導讀、書評做出分析。

一首詩的誕生

白靈著，九歌出版社二〇〇六年六月版。讀詩尚且是一件玄妙的事，何況寫詩。讀過這本書卻發現，原來寫詩這件事也可以被描述得像化學方程式一樣清晰明了，其中有圖示，有表格，有範例，甚至書的最後還附有一篇總結式的練習方法，形象又實用地教人如何創作一首詩。

文學史如何可能——臺灣新文學史論

孟樊著，揚智出版公司二〇〇六年六月版。有序和緒論，分十章三大部分：文學史總論、新詩史分論、小說史分論，後面附有引用書目。

高雄文學小百科

彭瑞金主編，高雄市文化局二〇〇六年七月版。用辭條形式圖文並茂地介紹了高雄作家及其媒體和重要作品。

瘂弦評傳

龍彼德著，三民書局二〇〇六年七月版。有代前言〈瘂弦——現代詩壇的一座睡火山〉，分四章：〈夢坐在樺樹上——瘂弦的生平〉、〈從西方到東方——瘂弦的詩〉、〈回答今日的詩壇——瘂弦的詩論〉、〈詩意地棲居在這大地上——瘂弦的詩生活〉，另有附錄二篇和後記。

金門藝文鉤微

張國治著，金門縣文化局二〇〇六年七月版。有黃光南等三人的序和自序，分六部分：文化篇，音樂篇，文史篇，文學篇，美術篇，影像篇。末尾附錄

〈無以測量的青春熱度〉等二篇文章。這是全面探討作者故鄉金門文學藝術世界的論文結集。他既書寫國際知名影像藝術家，又評介多位當代詩人、畫家作品。

二十世紀臺灣新詩史

張雙英著，五南圖書公司二〇〇六年八月版。分為：臺灣新詩的名義與源起；創新、寫實與超現實（一九二三～一九四五）；回歸、失落、奮鬥（一九四五～一九五四）；政治壓抑與西化解脫（五六十年代）；百家爭鳴（六七十年代）；八〇年代，多元現象；九〇年代；詩人自我定位的努力。

二十世紀臺灣文學專題（一）：文學思潮與論戰

陳大為、鍾怡雯主編，萬卷樓圖書公司二〇〇六年九月版。分六個時期：日據時期（一九一五～一九四五）、反共文藝（一九五〇～一九五六）、新詩論戰（一九五六～一九六九）、現代詩論戰（一九七二～一九七三）、鄉土文學論戰（一九七七～一九七八）、從後現代到後殖民（一九八七～二〇〇〇），收入呂正惠、邱貴芬、王德威等文章。

描紅：臺灣張派作家世代論

蘇偉貞著，三民書局二〇〇六年九月版。作者以既是張派作家又是研究者的身份，探討張愛玲與朱西甯、朱天文、蔣曉雲、袁瓊瓊、蘇偉貞、林俊穎、林裕翼、郭強生等作家間的關係。在雙方人生經歷與作品風格的相互對比外，亦隱含著向文壇上的祖師奶奶敬禮之意。

日治時期臺灣文藝評論集　雜誌篇（四冊）

黃英哲主編，臺灣文學館籌備處二〇〇六年十月版。前有主編者的〈導言〉，凡日本發表者均譯成中文，作者有甘文方、蔡培火、楊逵、西川滿等人。

二○○五臺灣文學年鑑

林瑞明總編輯，臺灣文學館二○○六年十月版。欄目有特稿、專輯、創作與研究綜述、著作與出版（含報紙副刊作品分類選目、期刊作品分類選目等項）、會議與活動、大事記。

「同化」的同床異夢：日治時期臺灣的語言政策、近代化與認同

陳培豐著，麥田出版社二○○六年十一月版。透過日據時期「同化」教育的分析——有關近代化論述和實際政策內容，以及統治者和被統治者之間的互動關係，繼而去探討近代臺灣人認同意識之內涵、特質及意義。

五○年代文學出版顯影

應鳳凰著，臺北縣文化局二○○六年十二月版。收入〈穆中南與文壇社〉、〈陳暉與大業書店〉、〈蕭孟能與文星書店〉等十一篇論文，附錄〈五十年代文藝雜誌概況與分類〉等二篇文章。

臺灣現代文學的視野

柯慶明著，麥田出版社二○○六年十二月版。收入〈二十世紀的文學回顧——由新文學到現代文學〉、〈學院的堅持與局限〉、〈傳統、現代與本土——論當代劇作的文化認同〉、〈臺灣「現代主義」小說序論〉、〈情慾與流離——論白先勇小說的戲劇張力〉、〈葉維廉詩掠影〉、〈我所不知道的林文月先生〉等文。

臺南縣文學史（上）

龔顯宗著，臺南縣政府二○○六年十二月版。共分十章，由遠古至明鄭文學、清代、從獨立到日殖、戰後迄今、俗文學與碑聯籤詩。

詩不安——七〇年代新興詩社及詩人之精神動員與典律建制

解昆樺著，苗栗縣立文化中心二〇〇六年十二月版。收入〈臺灣七〇年代新興詩社研究的問題反省意識〉、〈重估傳統，再造國族——臺灣七〇年代新興詩社的文化振興運動〉等論文七篇，有作者自序。

想像臺灣——當代小說中的族群書寫

陳國偉著，五南圖書公司二〇〇七年一月版。為研究當代小說中族群書寫的著作。分七部分：族群的臺灣．臺灣的族群；定義、概念與研究方法；臺灣中心性的建構；福佬族群書寫的後殖民演繹；客家族群書寫的在場性表述；省外族群書寫的空間化呈示；原住民族群的時空間自維；結論：族群的未來？附錄有〈解嚴以來臺灣族群大事記〉。

胡蘭成、朱天文與「三三」

張瑞芬著，秀威科技公司二〇〇七年四月版。收入論文〈胡蘭成，朱天文與「三三」〉、〈鏡象與心影的對話——論陳芳明抒情散文〉、〈國族？家族？女性——陳玉慧、施叔青、鍾文音近期文本中的國族/家族寓意〉、〈趙滋蕃的文學創作及時代意義〉、〈七〇年代顏元叔與吳魯芹的散文〉，呈現出與傳統臺灣史以小說論述或殖民/反殖為主軸的另類視野。

臺灣當代女性散文史論

張瑞芬著，麥田出版社二〇〇七年四月版。以史觀和理論串聯成散文史論的敘述，以歷史數據與文本考察建立論基礎，挖掘出許多幾乎被遺忘的重要作家作品，盡可能呈現較為接近原貌的半世紀女性散文完整版圖。

臺灣詩人群像

莫渝著，秀威科技公司二〇〇七年五月版。此「臺灣詩人」不含外省詩人。分二輯，前面討論了陳千武等人的詩，後面則是李魁賢等人作品的賞析。

現代新詩美學

蕭蕭著，爾雅出版社二〇〇七年七月版。計有緒言、共構後的交疊現象、浪漫主義與現代主義的交疊美學、孤獨美學、現代主義裡的古典文學情愫、封閉式的現代主義、放逸型的現代主義、生靈關照與心靈觀照的交疊美學、圖像詩、多種交疊的文類、結論、二元對立與多方和諧的悖論美學。另有後記和附錄一篇。

異議的聲音

高準著，問津堂二〇〇七年八月版。有關文學與政治社會的論評集。收入〈檢視余光中的核心思想〉、〈關於文化交流的問題〉、〈不可以「多元化」之名尋低俗化之實〉、〈漢奸・政客・政治家〉等文章。另有〈中國與臺灣的統一問題〉等多篇附錄。

張愛玲的文字世界

劉紹銘著，九歌出版社二〇〇七年八月版。評析知名作家夏志清、余光中、白先勇、董橋等文章。作者以其專業獨到的見解，解構才女張愛玲的情感與文字世界。

重寫臺灣文學史

張錦忠、黃錦樹編，麥田出版公司二〇〇七年九月版。王德威、邱貴芬、黃英哲等十一位學者討論了什麼是臺灣文學、臺灣文學內容又屬於哪些範疇、臺灣文學應該從哪兒說起等問題。

「去日本化」「再中國化」：戰後臺灣文化重建（一九四五—一九四七）

黃英哲著，麥田出版公司二〇〇七年十二月版。關於臺灣從殖民地解放後所必然經歷到的文化危機之探討。作者透過豐富的史料研究，清楚地描繪出文化再構築的實體，並從官方與民間兩方面來探討文化再構築所具有的意義。

二〇〇六臺灣文學年鑑

林瑞明總編輯，臺灣文學館二〇〇七年十二月版。構架大體上維持前一年的體例，不同的是特別增加了〈臺灣區域文學史的論述與建構〉和〈臺語文學創作概述〉一類突出本土特色論題。

臺灣當代新詩史

古遠清著，文津出版社二〇〇八年一月版。這是既寫詩人又寫詩評家的新詩史，既是一部詩歌創作史，又是一部詩壇論爭史，同時又是一部充滿爭議的新詩史。分兩大部分：二十世紀五〇年代至八〇年代中期、八〇年代中期至二〇〇六年，內容包括，四十餘年主義頻繁、戒嚴寒流詩花顫抖、結黨營詩論戰不斷、衝勁十足的現代派、亮麗耀眼的藍星、威勢逼人的創世紀、從鄉土到本土的笠集團、現實主義詩派的抗衡等。

如何現代，怎樣文學？

王德威著，麥田出版公司二〇〇八年二月再版。以小說為重點，探討現代及後現代文學研究的理論與實踐。藉著研讀十九、二十世紀的中文小說集結出二十一篇論文，觸及了下列議題：被壓抑的現代性，小說與政治，意識形態的辯證，文學的現代「性」之路，歷史的空間想像，等等。

文學引渡者

汪淑珍著，秀威科技公司二〇〇八年二月版。嘗試由文學而進入出版，將林海音的研究由創作領域延伸至文學傳播，以守門人的角度切入——以林海音的編輯出版生涯為個案研究，發現林海音另一種成就。

二〇〇七青年文學會議論文集

封德屏主編，文訊雜誌社二〇〇八年三月版。主要研究現當代文學媒介。

關不住的繆思

黃文成著，秀威科技公司二〇〇八年四月版。臺灣監獄文學群落的形成，是臺灣文學發展史裏一頁充滿苦悶的次文類。本書借由臺灣百年以來監獄文學文本的詮釋與再現，探討受刑與書寫、人性與意志對決的議題，透過文學、歷史及政治家交鋒對話，呈現當代臺灣文學研究領域的新風貌。

余光中評說五十年

古遠清編，（北京）文化藝術出版社二〇〇八年五月版。分為：余光中自述、訪問、印象，漫議、爭鳴、論列、附錄。該書與同類書不同的是收入陳鼓應、郭楓、李敖等人激烈批評余光中的文章。

歷史與記憶

林麗如著，大安出版社二〇〇八年五月版。以舞鶴小說為研究對象的著作。

高雄市文學史——現代篇

彭瑞金著，高雄市圖書館二〇〇八年五月版。分五部分，高雄文學史現代篇發展概述，二十世紀三十四十年代高雄文學的奠基者群像，戰後高雄市文學的融合、衝突與蛻變，高雄文學與臺灣文學本土派運動，從高雄出發的臺灣文學建構運動，另有高雄市文學年表。

臺灣文學史書寫國際學術研討會論文集

成功大學臺灣文學系主辦，春暉出版社二〇〇八年六月版。分上、下二冊，共三部分，臺灣文學史觀、外國文學史借鏡、原住民文學史和母語文學史議題。

臺灣科幻小說的文化考察（一九六八～二〇〇一）

傅吉毅著，秀威科技公司二〇〇八年六月版。部分內容如下：第一章〈尋找失落的文學紀元——歷史論〉，含：「潘渡娜」的誕生——發展期、「星雲」的進行曲——黃金期、「繽紛」的科幻——轉變期、科幻「天下」的形成——再興期等節；第二章〈宏觀視野下的變異軌跡——方向論〉，含：從「西化」到「中化」、由「通俗」而「雅正」、自「國族」至「性別」等節。第三章〈複製與再生——機制論〉，含：不再「幻象」的《幻象》、菁英科幻的科幻的獎、出版社等節。談論的作家有張系國、黃海、張大春、平路、洪凌、郝譽翔等。

臺灣文學三十年菁英選——評論三十家

李瑞騰主編，九歌出版社二〇〇八年六月版。〈臺灣文學三十年菁英選〉是九歌出版社為慶祝創社三十週年，並反映一九七八至二〇〇八年間臺灣文學之表現及成就，為臺灣文學做一完整紀錄。本集依文類分四卷，書名分別為《新詩三十家》、《散文三十家》、《小說三十家》、《評論三十家》。《評論三十家》共二冊，收入柯慶明、陳芳明、蕭蕭、呂正惠、李瑞騰，王德威、孟樊、許俊雅、丁旭輝、楊宗翰……等人的評論。

二〇〇七臺灣作家作品目錄

封德屏主編，臺灣文學館二〇〇八年七月版。分三冊，收錄二千五百餘位作家小傳和十萬多種作品目錄，按筆畫排列。

《文訊》二十五週年總目

《文訊》雜誌社編，《文訊》雜誌社二〇〇八年七月版。自一九八三年七月至二〇〇八年六月的總目，前面有〈《文訊》簡史〉。

笠與七、八〇年代臺灣詩壇關係

笠詩社、東海大學中文系編，春暉出版社二〇〇八年八月版。有關笠詩社研討會論文集，收入郭楓、丁威仁等論述李魁賢等人詩作的文章多篇，另有二個附錄。

大虛構時代——當代臺灣文學光譜

郝譽翔著，聯合文學出版社二〇〇八年九月版。分四部分：論述、評論、出版觀察、遇見大師，共評論了七等生、楊牧、林文月、李昂等人的作品。

戰後臺灣「現實詩學」研究——以笠詩社為考察中心

阮美慧著，臺灣學生書局二〇〇八年八月版。作者以笠詩社為例，論述臺灣「現實詩學」的形成及其內涵。

文學地理——臺灣小說的空間閱讀

范銘如著，麥田出版社二〇〇八年九月版。由文本裏的空間、文本與空間流動，以及文本與空間性三個面向，應用時空型、地方感、地志學、第三空間、文化旅行、空間三元論、文化地理學等概念進行實際批評。

文學的臺灣

須文蔚主編，封德屏等十一位作者合著，相映文化公司二〇〇八年九月版。分二十章，從臺灣古典文學論到現當代文學，是一本教材式的專著。

眾裡尋她：臺灣女性小說縱論

范銘如著，麥田出版社二〇〇八年九月版。重新檢視五十年代到二十世紀末每個世代的女作家在社會、政治、文化、性別結構劇變中引發的敘事形式及內容的變革，並探究當代女性通俗文類改造的可能，以及女性因應民族性與全球化的思索。

大河的雄辯——洛夫詩作評論集（第二部）

張默主編，創世紀詩雜誌社二〇〇八年十月版。有張默代序，分四部分：綜論、專論、學術研討會論文、〈漂木〉研究。

張愛玲學

高全之著，麥田出版公司二〇〇八年十月版。增訂本。作者用文本的內在分析，逐步開拓至版本考據、生平事跡、書信材料、佚文追蹤等。此書更強化此一方向，擴大至張愛玲的親戚關係、家族系譜、居所地理、譯文問題等。

舉杯向天笑

余光中著，九歌出版社二〇〇八年十月版。評析內容包含詩、繪畫、翻譯、語言等，更包含性質各不相同的序文，展現評論家洞悉事事的觀點。收入〈《茱萸的孩子》簡體字版前言〉、〈光芒轉動的水晶圓〉、〈散文也待解夢人〉、〈種瓜得瓜，請嘗甘苦〉等文。

漂浪舞臺

邱坤良著，遠流出版公司二〇〇八年十一月版。主要解讀臺灣全民劇場的經驗。

臺灣人文出版社三十家

封德屏主編，《文訊》雜誌社二〇〇八年十二月版。討論的出版社有三十家：廣文書局、志文出版社、藝文印書館、光啟文化事業公司、東方出版社、臺灣學生書局、幼獅文化事業公司、皇冠文化集團、成文出版社、純文學出版社、五南文化事業機構、南天書局、商務印書館與臺灣商務印書館、道聲出版社、世界書局、三民書局、爾雅出版社、聯經出版公司、大地出版社、文史哲出版社，洪範書店、時報文化出版公司、黎明文化出版公司、遠流出版公司、九歌出版公司、遠景出版公司、書林出版公司、藝術家出版社、漢聲雜誌社、晨星出版公司。

內斂的抒情

鍾怡雯著，聯合文學出版社二〇〇八年十二月版華文文學評論集。分二卷，論述範疇涵蓋臺灣、大陸、香港以及馬來西亞、泰國等地的華文文學。議題包括：散文創作觀察、當代小說評述、命名機制、文學版圖分析、自然寫作、遊記等，時間跨度從清代延伸到二十一世紀初。

馬華文學史與浪漫傳統

鍾怡雯著，萬卷樓圖書公司二〇〇九年二月版。作者另闢蹊徑，乃第一本從浪漫主義傳統來閱讀馬華文學的著作。

中國當代詩史的典律生成與裂變

陳大為著，萬卷樓圖書公司二〇〇九年二月版。這是一部討論中國大陸當代詩史的專著。從詩壇世代交替所產生的「裂變」展開歷時性的宏觀論述，再深入探討了詩歌的美學變革、小歷史的創造、典律的生成，以及詩歌版圖的京畿攻略。在這個架構下，分析了以詩為劍的黃翔、傳抄成神話的食指、啟蒙了一代人的北島、鑄造文化詩篇的楊煉、創作現代神話史詩的歐陽江河。

百年臺灣文學散點透視

朱雙一著，海峽學術出版社二〇〇九年三月版。分三部分，殖民與現代性、文學匯流與二·二八，中華文化底色中的當代臺灣文學。

二〇〇八青年文學會議論文集

封德屏主編，文訊雜誌社二〇〇九年三月版。主要研究兩岸暨華文地區數位文學的發展與變遷。收入十八篇論文，對網路作家興起、數位文學創作的延續與行動力、網路媒介對文學生產與消費的影響及意義，以及數位文學資料庫建構，均有涉及。

臺灣文學傳播論

須文蔚著，二魚文化公司二〇〇九年四月版。以作家為核心的論文集。前三章是臺灣文學傳播總體的描述，後四章是實證研究，反映出臺灣文學傳播教學與研究發展面對的種種挑戰，以及研究的多元方法。

皇民文學與反皇民文學之研究

褚昱志著，秀威科技公司二〇〇九年四月版。皇民文學的本質是：以文學的力量，泯滅臺灣原有的中國文化和民族意識，更把臺灣青年送上戰場。反皇民文學主要是陳映真等左派。

荊棘之道

柳書琴著，聯經出版公司二〇〇九年五月版。研究臺灣旅日青年的文學活動與文化抗爭。

古遠清文藝爭鳴集

古遠清著，秀威科技公司二〇〇九年六月版。以張愛玲是不是文化漢奸、關於臺港新詩史和重構香港文學史的爭鳴為主線，探幽入勝，引導讀者一覽陸、港、臺文壇的另一風景，同時從側面反映作者研究臺港文學的特點與評論個性，附有〈我的文學評論道路〉。

茅盾，老舍，沈從文：寫實主義與現代中國小說

王德威著，麥田出版社二〇〇九年七月版。本書提出茅盾、老舍和沈從文的獨特影響在中國文壇上仍然可見，他們的寫實模式仍主導著二十世紀後半期中國作家的寫實觀念，二十世紀七八十年代以來的中國作家如何承續這三位作家的成就，形成新舊世代之間、文學精神上的相互對話。

現代詩的風景與路徑

丁旭輝著，春暉出版社二〇〇九年七月版。書名的用意在於與現代詩的同好們分享現代詩的精彩風景，並同時提供欣賞風景的最佳路徑，亦即解讀現代詩的最好方法。

楓香夜讀

陳芳明著，聯合文學出版社二〇〇九年九月版。收入〈臺文所與中文所〉等五十篇短文。分「晚風渡詩」、「星下書寫」、「孤窗觀史」、「夜讀漫思」四部分。

臺灣觀點：書話東西文學地圖

李奭學著，九歌出版社二〇〇九年九月版。針對「虛構性文類」的評論文章，包含總論艾略特與費茲傑羅的文學淵源、總評史學大師史景遷、中國人阿Q精神的魯迅、後殖民主義大師薩依德、諾貝爾文學獎得主高行健等名家，涉及傳記、評論、新詩等文類。

蕭蕭新詩乾坤

林明德編，星晨出版社二〇〇九年十月版。收入丁旭輝、方群、白靈、張默、羅門、陳政彥等人研究蕭蕭新詩的文章。

家變六講

王文興著，麥田出版公司二〇〇九年十一月版。副題為寫作過程回顧。由作者親自導讀、解析、回顧〈家變〉的創作過程，為讀者一一說明小說的結構安排、文字的精心鑄煉、場景的戲劇鋪陳、意象的展現等。

詩的意象與內涵——當代詩家作品賞析

林明理著，文津出版社二〇〇九年十二月版。收錄了作者發表於大陸學報和臺灣〈創世紀〉詩雜誌等詩刊評鍾鼎文、張默、非馬、辛牧、陳坤崙等人的詩評以及畫評一篇。

二〇〇八臺灣文學年鑑

彭瑞金總編輯，臺灣文學館二〇〇九年十二月版。內容由創作與研究綜述、人物、著作與出版、會議與活動、大事記、名錄、索引等七大部分組成，有彭瑞金的〈年年見面的《臺灣文學年鑑》〉序言。

中國文學

龔鵬程著，里仁書局二〇〇九年版。說明文學在歷史上如何出現、完善、發展，其內部形成了哪些典範，又存在哪些問題與爭論，包括各時期的文學史觀念和譜系如何建構等。文學的觀念史、創作史、批評史，也兼攝於其中。是對過去文學史傳統寫法的重大革新，不依序介紹作家之生平及八卦，也不炒作這篇佳作那篇佳作。

臺灣原住民族文學史綱

浦忠成著，里仁書局二〇〇九年版。該書以文學史的概念，串起建構原住民文學從古至今發展的脈絡及其相關細節。在作者看來，民族文學由口傳文學作家文學組成。在口傳文學的部分，「史綱」分混沌的年代、洪水肆虐時期、家族部落時期、接觸的時代等部分。

白先勇的藝文世界演講手冊

柯慶明主編，臺灣大學出版中心二〇〇九年十二月版。本書分為八單元，有白先勇序。

夾縫中的族群建樹

孫大川著，聯合文學出版社二〇一〇年一月版。收入十三篇文章，論述一九八八年到一九九九年作者對臺灣原住民的語言、文化與政治的觀察和看法。

天・光：二・二八本土母語文學選

杜潘芳格等著，臺灣文學館二〇一〇年二月版。收入六十四篇文章。

文協六十年實錄（一九五〇～二〇一〇）

張默等編，普音文化公司二〇一〇年五月版。收入愚溪、李瑞騰等三十五位作家的論述，還附有「中國文藝協會」大事記。

遠走到她方（上、下）

陳明柔主編，女書文化公司二〇一〇年五月版。這是「臺灣女性文學學術研討會」論文結集。

研讀張愛玲長短錄

陳子善著，九歌出版社二〇一〇年八月版。這位大陸學者意外發現張愛玲鮮為人知的另一面。不僅有張愛玲生前的手稿出土（如《鬱金香》），也從中得知懂得書籍裝幀的張愛玲曾設計自己第一本書〈傳奇〉書封，而常德公寓裡的生活則是她寫作的養分……等等資料，呈現張愛玲的多樣面貌。收入三十篇文章。

霧與畫

楊照著，麥田出社二〇一〇年八月版。四十七篇文章不只談論了小說、詩與散文，更拉開時間的縱深，從反共文藝、現代主義文學，到現代詩論戰、鄉土文學論戰，還有八十年代的浪漫轉向，一直論及九十年代的代表作家。作者更橫向論述歷史武俠、愛情羅曼史、大河小說、成長小說，從陳映真、林懷民，到張愛玲、朱天心，再到葉石濤、鍾理和，描繪了戰後臺灣文學這塊豐美場域。

現代詩人結構

陳義芝著，聯合文學出版社二〇一〇年九月版。該書包含現代詩的制度結構、關係結構、具象結構等多重觀點，分八章。

資本主義有怪獸

張小虹著，有鹿文化公司二〇一〇年十月版。作者持續批判父權社會與資本主義的新招，收入五十七篇文章。

悅讀余光中——遊記文學卷

陳幸蕙著，爾雅出版社二〇一〇年十一月版。作者以散文筆調和說故事的方式，引導讀者探索余光中的旅遊散文世界。

二〇〇九臺灣文學年鑑

總編輯李瑞騰，臺灣文學館二〇一〇年十二月版。共六五八頁。內容由創作與研究綜述、人物、著作與出版、會議與活動、大事記、名錄、索引等七大部分組成。這是國民黨重新執政後，《年鑑》不再由綠營人士編撰，重新回歸李瑞騰負責。

臺灣戲劇——從現代到後現代

馬森著，秀威科技公司二〇一〇年十二月版。從日據時期臺灣新劇以降，臺灣的戲劇發展歷經文化時代、皇民化時期、光復初期、反共抗俄時期、新戲劇時代、小劇場時代等階段。透過戲劇型態的變化，指出臺灣戲劇面臨的困境與精神的轉折。

臺灣文學三百年

宋澤萊著，印刻文學生活雜誌出版公司二〇一一年四月版。作者用外來理論分析臺灣文學發展的歷程，分為傳奇、田園、悲劇、諷刺、新傳奇五個階段，並核合春夏秋冬新春的氣候律動，跳脫過去編年書寫形式，開啟文學研究新方向。

現代抒情傳統四論

王德威著，臺灣大學出版公司二〇一一年八月版。以現代性切入，首論〈抒情傳統與中國文學現代性〉，縱論多年來中外學界對抒情話語的辯證與問難。另外三篇：〈史詩時代的抒情聲音〉、〈國家不幸書家幸〉、〈抒情與背叛〉則分別以江文也、臺靜農、胡蘭成為焦點，思考「抒情」的理念淵源、媒介形式、今昔對話、政治條件、個人抉擇，以及與臺灣研究的關聯性。

殖民地摩登：現代性與臺灣史觀

陳芳明者，麥田出版社二〇一一年九月版。分二部分：摩登與日據臺灣，現代性與臺灣史觀。分別從殖民地文學與歷史的研究，考察現代性對臺灣文化的影響。摩登對於臺灣知識分子，是代表啟蒙與進步，或是代表蒙蔽或傷害、在歷史產生重大裂變的時刻，此書為臺灣主體的建構提出新的詮釋。

臺灣新文學史

陳芳明著，聯經出版公司二〇一一年十月版。上、下冊，共二十四章，用後殖民史觀評述日據時期以來臺灣文學各個時期的發展，包括重要作家、文學作品、文學雜誌、文學社團、文學思潮演變、文學論戰、文壇大事等。左翼文學、皇民文學、反共文學、鄉土文學、現代主義、眷村文學、女性文學、原住民文學、同志文學、馬華文學、留學生文學，均一一羅列在內。

二〇一〇臺灣文學年鑑

總編輯李瑞騰，臺灣文學館二〇一一年十一月版。共七一八頁。內容由創作與研究綜述、人物、著作與出版、會議與活動、大事記、名錄、索引等七大部分組成。在選材上，「外省作家」不再被邊緣化。

臺灣中生代詩人論

孟樊著，揚智出版公司二〇一二年三月版。作者論述李敏勇、羅青、蘇紹連等十位詩人的藝術成就。

當代臺港文學概論

古遠清著，（北京）高等教育出版社二〇一二年三月版。這是一本兼有教科書和學術著作品格的專著，是首部將臺港文學融會貫通、由一人獨立完成的文學教程。全書共分八章，系統論述了一九四九至二〇一〇年間的臺港文學思潮及小說、散文、新詩、話劇、通俗文學、文學評論的代表作家及其作品，對六十年來的臺港文學發展歷程、臺港文學的關係及各自的特殊經驗和存在問題，做了評述。

臺語文學史暨書目匯編

方耀乾著，臺灣文薈出版社二〇一二年六月版。該書論述四百年來臺語文學的流變與發展。以歷史為脈絡，搜集、整理出自明清時期的臺語民間文學、清領末期的白話文學，到日據時期的臺灣語文論爭與歌仔冊文學，再到戰後的臺語文學運動與作家文學。本書三百多頁，其中附有九十頁的書目，證實臺語作品近三千冊。

臺灣海洋文學

楊雅惠主編，臺灣文學館二〇一二年九月版。全書分七章，探討臺灣海洋文學的源流與發展。

二〇一一臺灣文學年鑑

總編輯李瑞騰，臺灣文學館二〇一二年十一月版。

共六四九頁。內容由創作與研究綜述、人物、著作與出版、會議與活動、大事記、名錄、索引等七大部分組成。這雖然是臺灣文學館編的第七本《年鑑》，但內容上與彭瑞金、林瑞明主編的有不少相異的地方。

陳映真現象

陳明成著，前衛出版社二〇一三年六月版。這是用本土觀點研究陳映真的家族書寫及其國族認同的博士論文。除緒論〈臺灣的寓言〉外，分七部分：在「臺灣進行曲」的年代、在「大刀進行曲」的晚會、在「義勇軍進行曲」的回聲、「失落」的臺灣文學史、臺灣文學史的「寄語」、認同的身影、親愛的同志。另有結論〈臺灣的預言〉。

臺灣近代兒童文學史

邱各容著，秀威科技公司二〇一三年九月版。論述臺灣近代兒童文學的發展歷程，在「共生的歷史」中建構近代臺灣兒童文學的史實規模。從意識形態談日據時期的臺灣新文學作家以及日本居臺的兒童文學作家，他們超越政治符碼的差異性，朝向兒童文學的共通性，在一九三〇年代締造出近代兒童文學的黃金時期。

臺灣文學路

彭瑞金編，春暉出版社二〇一三年十月版。這是葉石濤評論文章結集，是其為《臺灣文學史綱》的前哨，真實呈現其思想。

二〇一二臺灣文學年鑑

總編輯李瑞騰，臺灣文學館二〇一三年十一月版。內容由創作與研究綜述、人物、著作出版、會議與活動、大事記、名錄六大部分組成，共六八八頁。